"中央高校基本科研业务费专项资金资助"
(Supported by the Fundamental Research Funds for the Central Universities)
项目编号：20720161109

师雅惠 著

# 正声初起
## 早期桐城派作家研究

中国社会科学出版社

# 图书在版编目(CIP)数据

正声初起：早期桐城派作家研究/师雅惠著. —北京：中国社会科学出版社，2019.5

ISBN 978-7-5203-4527-9

Ⅰ.①正… Ⅱ.①师… Ⅲ.①桐城派—作家评论 Ⅳ.①K825.6

中国版本图书馆CIP数据核字（2019）第104968号

| | |
|---|---|
| 出 版 人 | 赵剑英 |
| 责任编辑 | 慈明亮 |
| 责任校对 | 李　剑 |
| 责任印制 | 戴　宽 |

| | |
|---|---|
| 出　　版 | 中国社会科学出版社 |
| 社　　址 | 北京鼓楼西大街甲158号 |
| 邮　　编 | 100720 |
| 网　　址 | http://www.csspw.cn |
| 发 行 部 | 010-84083685 |
| 门 市 部 | 010-84029450 |
| 经　　销 | 新华书店及其他书店 |

| | |
|---|---|
| 印刷装订 | 北京君升印刷有限公司 |
| 版　　次 | 2019年5月第1版 |
| 印　　次 | 2019年5月第1次印刷 |

| | |
|---|---|
| 开　　本 | 710×1000　1/16 |
| 印　　张 | 26.5 |
| 插　　页 | 2 |
| 字　　数 | 395千字 |
| 定　　价 | 108.00元 |

凡购买中国社会科学出版社图书，如有质量问题请与本社营销中心联系调换
电话：010-84083683
版权所有　侵权必究

# 序

党圣元

师雅惠博士的学术专著《正声初起：早期桐城派作家研究》即将由中国社会科学出版社印行出版，在春节之前，雅惠电话与我联系，让我给她的书写个序，由于这是给自己学生的第一本专著写序，我便欣然应之。但是，由于庶事纷扰，拖延至今，使得该书责任编辑慈明亮先生和雅惠一直在等待，因此我心里实在过意不去。

师雅惠于2006年至2009年，在中国社会科学院研究生院文学系攻读文艺学专业中国古代文论研究方向的博士学位，我是她的指导教师。师雅惠早慧，五周岁时即在父母任教的乡村小学开始上一年级，因此她比同龄人提前两年便读完中学、大学、硕博，并且学业一直非常优秀。读硕士研究生、博士研究生时，师雅惠对明清文学思想、文学史研究一直有学术兴趣，我记得经过多次讨论、商议之后，确定了她学位论文的选题范围为桐城派文论思想研究，经过一段时间的考虑，根据她的文史知识结构和学养积累方面的特点，以及她颇善于进行综合性思考的研思特长，我指定她专门对方苞的学术思想与文论进行研究，确定题目为《方苞的学术思想与文论》。自确定了这个选题之后，师雅惠便全身心地投入了学位论文的开题准备和具体写作，她是一个既能专心而又舍得用功的学生，因此在短短的两年时间里，经过潜心研读和撰写，便顺利完成了长达近20万字的论文写作。雅惠的学位论文写得认真扎实，学术视野较为开阔，体现出一定的理论阐释和文献整合运用的学术能力。论文写得颇有学术气象，并且体现出可以就这一选题更进一步拓展、深化的可持续研究的特点，而这也正是我当时为她确定这一选题之初衷所在。我一直认为，博士学位论文的选题和撰写，是一个愿意终生投身学术事业的青年学子在成长过程中的筑基固本期，因此所选题目一定要有可持续性研究的学术价值，应该是自己今后相当一段时期内所从事的一个研究领域，而不应该是只为了通过答辩得到学位而事后就不愿意再碰的权宜性的选题。师雅惠的学位论文在评审和答辩过程中，得到了专家们的一致肯定与鼓励，顺利毕业。毕业之后，师雅惠有幸到厦门大学从教，在作为"青椒"的这些年头里，她在课业繁重、生子抚育之同时，一直坚持不辍地进行着她的桐城派研究工作，并且拓展了学术视野和研究范围，在文学思想史和文学史两方面齐头并进，对桐城派的作家、作品、文论进行综合性研究，这本《正声初起：早期桐城派作家研究》专著，就是她的研究所得，而她的博士学位论文《方苞的学术思想与文论》，也在数年的时间里不断地进行扩充、订正、深化，经过精心打磨，终于修改成熟，被列为"桐城派研究丛书"之一种，即将由安徽大学出版社推出。正如其性格一样，师雅惠治学不急功近利，不急不躁，更愿意在一种慢条斯理的状态下从容为之，事实证明这是一种比较理想的治学心态。功到自然成，慢工出细活，师雅惠相继出手的这两部专著，既是她在学术上孜孜不倦、逐步历练、终有所获的大好收成，也是她对自己的治学个性和研究路径的一种坚持，我对她坚强的治学意志和所取得的学术提升而感到由衷之高兴。

师雅惠的这部《正声初起：早期桐城派作家研究》，对早期桐城派作家进行了较为综合而系统的研究，大体上属于文学群体和流派研究。首先，她的这一项研究工作，在一定程度上具有开辟和补缺的学术之功，对于这些在以往的文学史研究与桐城派研究中不太受重视，仅仅偶尔被提到或简单地叙述一下，因此一直处于文学史书写之外和桐城派研究边缘，而缺乏关注、缺乏研究的早期桐城派作家以及他们的文章功业，多有发掘与察见，于桐城文派研究，实有拓展、细化、深化之学术价值与意义。其次，她的这一研究，在理路和方法上，并非单单拘囿于文学这一层面，而是扩展视野于史地、文献学、社会思潮等方面，力求通过场域化、语境化的还原来对研究对象做出深入、准确的理解与阐述。再次，她的研究和撰述态度是朴实的、谨严的，以史带论，有几分史料说几分话，是实实在在地考察和叙写早期桐城派的几个重要作家的文学活动情况及其文章的流布状况与特点等，对于所论到的每一个桐城派早期重要作家或者桐城派早期重要文学活动、文学现象等，都是切口小，入之深，从而有效地避免了过于追求建构而张皇其事，夸言其功，因此她对桐城派早期作家的研究，学术上的总体风格是稳健的、务实的，在文论史与文学史融通方面，在使文献学有效地回归文论史研究方面，也提供了比较成功的个案。当然，也不是说该著就已经完美无瑕了，比如对于桐城派早期作家研究中的点与面的结合，思想史层面的深化阐释等方面，还留有一些缺憾，有待全面系统地加以整合，这些可能正是今后她进一步展开拓展性研究的着力点所在。我本人没有对桐城派进行过专门的研究，是桐城派研究之外行，所以以上关于师雅惠的这本早期桐城派作家研究的专著之所言，仅仅是浅表之谈，而更好的关于该著之优长与不足之评，有待于桐城派研究专家来评说。

这部书稿系经由我介绍给中国社会科学出版社的，有幸得到中国社会科学出版社文学艺术与新闻传播出版中心主任郭晓鸿女士和责编慈明亮先生的肯定并纳入出版计划，在此谨对他们表示谢忱。

最后，祝愿师雅惠再接再厉，在今后的古代文论研究中，在桐城派研究中，取得更加丰硕的学术成果！

是为序。

己亥年二月十五春分日于京西北寓所

# 目 录

前言 "桐城派早期作家群"的界定与本书研究思路 ……… （1）

第一章 康熙朝的士风与桐城派早期作家心态 ……………… （1）
    第一节 康熙朝文教政策简述 ………………………… （1）
    第二节 康熙前期的士风：以桐城派前期作家在太学的
           活动为中心 ………………………………… （11）
    第三节 《南山集》案始末 …………………………… （38）

第二章 桐城派早期诸家的明季史事书写 ………………… （70）
    第一节 桐城派早期作家"当代史"写作的思想背景 ……… （71）
    第二节 明清正统更替时间与明亡原因之阐释：桐城
           早期诸家的史观 …………………………… （74）
    第三节 史著之"义法"：桐城早期诸家的史法 …… （82）

第三章 以古文为时文：桐城派早期作家的时文改良 ……… （93）
    第一节 "古调"与"时格"：明万历以来时文取法
           古文的诸种形态 …………………………… （94）
    第二节 文人与文章的独立性：桐城早期诸家时文
           改革的基本立场 …………………………… （100）
    第三节 表现性情："以古文为时文"的具体操作
           方法之一 …………………………………… （110）

第四节　文成法立："以古文为时文"的具体操作
　　　　　　方法之二 …………………………………………（116）

**第四章　客路山川：早期桐城派作家的行记和游记** …………（126）
　　第一节　从"优游"到"漂泊"：晚明到清初文人的"游"
　　　　　　观与文学表达 ……………………………………（126）
　　第二节　"我辈是游民"：早期桐城派作家游记中的
　　　　　　人事之思 …………………………………………（133）
　　第三节　以我观物："义法"理论与游记创作 …………（138）

**第五章　情与礼之间：桐城派早期作家的"节妇传"
　　　　　"烈妇传"写作** ……………………………………（146）
　　第一节　明清时代政府及民间对"节烈"的提倡 ………（146）
　　第二节　教化与美俗：桐城派早期作家"节妇传"
　　　　　　"烈妇传"的基本写作立场 ……………………（151）
　　第三节　"礼"的内在冲突与"情""礼"之矛盾：
　　　　　　桐城派早期作家"节妇传""烈妇传"中
　　　　　　对礼教的反思 ……………………………………（157）
　　第四节　家常语与"褒贬自见"：桐城派早期作家
　　　　　　"节妇传""烈妇传"的写作特点 ………………（169）

**第六章　方舟的八股文创作** ……………………………………（177）
　　第一节　"范希文作秀才时"：方舟生平及学问取向 …（178）
　　第二节　志士之文：兼论方舟对明末金、黄二家文的
　　　　　　继承 …………………………………………………（185）
　　第三节　虚神与逸气：方舟时文的"辞采" ……………（194）

**第七章　王源的文章取向及其文学史意义** ……………………（201）
　　第一节　文为世用与传豪侠 ………………………………（201）
　　第二节　至性与忠孝 ………………………………………（205）
　　第三节　"取法乎上"：王源的古文技术论 ……………（210）

## 第八章　豪杰之人与豪杰之文：朱书论 (216)
### 第一节　朱书生平简述 (216)
### 第二节　朱书之交游 (223)
### 第三节　朱书之文章 (237)

## 第九章　盛世哀歌：刘岩的诗文创作 (262)
### 第一节　从"狂生"到"寒虫"：刘岩的生平与心态转变 (263)
### 第二节　至情与质朴：刘岩诗歌简论 (282)
### 第三节　灵心·气势·韵味：刘岩的文论与文章创作 (296)

## 第十章　《古文约选》与方苞的"义法"说 (308)
### 第一节　《古文约选》中的文体论 (309)
### 第二节　古文之"气象"与"境界" (314)
### 第三节　一义相贯与纵横分合：文章之基本法度 (319)
### 第四节　"义法"说的内涵与价值 (322)

## 第十一章　何焯的文章批评与文学观念 (327)
### 第一节　吴中名士，都门"朝隐"——何焯生平及交游考述 (327)
### 第二节　作为选家的何焯 (352)
### 第三节　何焯的古文批评——以《义门读书记》中的韩文批评为例 (376)

## 参考文献 (391)

## 后记 (407)

# 前　言
## "桐城派早期作家群"的界定与本书研究思路

乾隆四十二年五月十五日，为桐城文士刘大櫆七十寿辰。时任扬州梅花书院山长的姚鼐寄来寿序，对刘大櫆的道德文章成就表示祝贺。序中认为，桐城在南朝梁、陈时，曾有过"释氏兴"，释氏衰歇后，当有"儒士兴"。又借友人程晋芳、周永年之口，叙述了桐城当代文章之盛："前有方侍郎，后有刘先生，天下文章，其出于桐城乎！"① 姚鼐在此，以乡里为纽带，塑造了一个"桐城文统"，并提到自己少时曾"学文于先生"，隐然以接续此文统为己任。此后，"桐城派"一称才正式出现于文坛。关于姚鼐建立桐城派的背景、动机与经过，王达敏先生《姚鼐与桐城文派》一书有精彩论述，认为姚鼐揭起"文章"之旗，是要与当日士人圈中所流行的考据之学相抗衡；姚鼐之学，实承自叔父姚范，而姚范对方苞之文、之学颇有微词，因此，姚鼐以方苞为桐城派的开山人物，其"策略"意义大于真心的推崇。但方苞之学、之文，除了号召同乡后进外，是否就与乾嘉以来的桐城派无甚关系？此言似也不能成立。以方苞文论的核心"义法"为例，虽然姚鼐认为方苞之"义法"，只得古人文章之"一端"，而未得其"大处、远处、疏淡处及华丽非常处"②，但方苞的"义法"，有多种层面，除具体行文之法外，还有"法随义起"、随心所欲的一

---

① 姚鼐：《刘海峰先生八十寿序》，《惜抱轩诗文集》卷八，上海古籍出版社1992年版，第114页。
② 姚鼐：《与陈硕士》，《惜抱轩尺牍》卷五，安徽大学出版社2014年版，第75页。

面，晚清邵懿辰即认为"义法"可以涵盖刘大櫆之"音节"说与姚鼐之"神韵"说："夫方氏以义法言文，此本史公语，而渊源《大易》之所谓'有物''有序'者，亦即孔子所谓'辞达'，而曾子所谓'远鄙倍'也，凡韩、欧以下论文之旨皆统焉……音节神韵，独不在法之内乎？"① 近代学者方孝岳也有类似的看法："不知惜抱所谓'远淡非常'者，究竟是什么？文章里面的'远淡非常'，必定有所以'远淡非常'的道理，岂可舍义法而捕风捉影地去求吗？"② 认为"义法"与桐城派后期所倡之"神理气味"，并不矛盾。此外，桐城派后期作家，大多科第显盛，又多有主讲书院的经历，而无论是求取科名，还是教授士子功课，都要求有时文功底。古文的具体行文之法，在很大程度上对时文写作也具有指导意义，因此，源自方苞的"义法"说，在桐城文章的推广方面，贡献不容否定。总之，将方苞作为桐城派初祖，不仅符合姚鼐的"言语策略"，也符合文学史实际。

自晚清以来，将戴名世作为桐城派先驱人物的看法，也不断涌现，如梁启超《中国近三百年学术史》谈及戴名世史学时，认为"他本是一位古文家，桐城派古文，实应推他为开山之祖"。③ 当代学者魏际昌、周中明等在他们关于桐城派的论著中，亦将桐城派之传承统绪上溯至戴名世。④ 这种看法，有一定合理性，戴名世较方苞年长十三岁，进入京城文化圈的时间，也早于方苞。方舟、方苞兄弟之时文，最初即是借戴名世的揄扬，才得到文坛前辈韩菼的赏识。虽然戴名世在罹文字狱身死之后的很长一段时间内，文稿被禁绝，姓名亦埋没不彰，但作为方苞早年关系最为密切的友人，戴名世对方苞为人、为文各方面的影响均不容忽视。此外，与戴名世同时，且与方氏兄弟关系密切者，还有朱书等人。如果将戴名世作为桐城派的一员，那么

---

① 邵懿辰：《复方存之书一》，《半岩庐遗文》卷上，《清代诗文集汇编》第635册，上海古籍出版社2010年版，第264页下。
② 方孝岳：《中国文学批评 中国散文概论》，生活·读书·新知三联书店2007年版，第282页。
③ 梁启超：《中国近三百年学术史》，东方出版社2004年版，第198页。
④ 魏际昌：《桐城古文学派小史》，河北教育出版社1988年版，第1—19页；周中明：《桐城派研究》，辽宁大学出版社1999年版，第38—85页。

对朱书等人亦应如是观。《朱书集》的校点者之一石钟扬先生就认为朱书在早期桐城派发展史上有"不可抹杀的贡献"[①]。但从创作实际来看，戴、朱的文章，较之方苞，更为潇洒豪迈，不拘小节，呈现出由明代文章到清代文章的过渡时期的"芜杂"特色，与后世桐城派的讲究"义法""雅洁"不尽相同。因此，方苞之前，桐城文章的统绪应如何排列、如何描述，仍是一个值得商榷的问题。

如果说，任何一种文学思想的产生、文学团体的兴盛，都建立在具体的文学史背景之上，都可以看做是对其所处时代之文坛状况乃至思想文化状况的回应，那么，对桐城派的兴起的研究与描述，也应将目光放到更深远的历史背景中。章太炎曾认为桐城义法，近似于"佛家之四分律"，其主要功用，在于"催伏磨外"；桐城派兴起的历史，即是晚明以来的文坛由芜杂复归"雅正"的历史："明末猥杂佻侻之文，雾塞一世，方氏起而廓清之，自是以后，异喙已息，可以不言流派矣。"[②] 章氏处于清末民初文体大变革的时代，有感于"明末之风复作"，故对桐城派的兴起有此贴切的想象。而文学、思想风气的转化代谢，是渐进的、缓慢的，非一蹴而就、瞬间翻覆；其中固然需要大力气者，但也需要群体的呼应与支持。从现存文献来看，方苞及其"义法"的流行于天下，亦有着一个从"潜流"到"主流"[③]，不断传播扩散，并不断调整自身的过程。纵观现有关于桐城派的研究，在论述桐城派前期历史时，一般只关注戴名世、方苞的创作理论，对其创作实践及文学思想的变化，以及他们在清前期文章领域"规矩重立"过程中的位置与作为，注意得远远不够。2004 年由中华书局出版的法籍学者戴廷杰所著《戴名世年谱》，在一定程度上打破了这一

---

① 石钟扬：《朱书集·前言》，《朱书集》，黄山书社1994年版，第1页。
② 章太炎：《菿汉微言》，《章太炎全集·菿汉微言、菿汉昌言、菿汉雅言札记、刘子政左氏说、太史公古文尚书说等》，上海人民出版社2015年版，第65页。
③ "潜流"与"主流"的关系，参考了王汎森的说法，王汎森认为："历史是由很多股力量竞争或竞合前进的，一个时期并非只有一个调子，而且像一首交响曲，有很多调子同时在前行……我们书写历史，往往只着重当时的主调，而忽略了它还有一些副调、潜流，跟着主调同时并进、互相竞合、互相影响，像一束向前无限延伸的'纤维丛'。"见王汎森《执拗的低音：一些历史思考方式的反思》，生活·读书·新知三联书店2014年版，第60页。

局面。这部近百万字的著作,以戴名世一生行事为纲,贯穿起了顺治、康熙两朝与戴名世有交往或文字交集的士人之生平,书中所涉及人物达九百九十一人,其中有详细小传者五百余人。较之传统的作家年谱,此谱内容丰富,气魄宏大,将戴名世的文学活动放置在康熙年间政坛、文坛的大背景上去看待,使得戴名世及其友人关于文章的思考不再是概念化的条目,而是具有了历史的"在场性"。此书的问世,为早期桐城派研究的推进,提供了重要的资料参考和方法启示。惜限于"年谱"的体例,书中对一些"关键人物"和"节点事件",没有给出更进一步的提炼、论述。本书则希望在《戴名世年谱》的基础上,对桐城派早期文学活动进行考索和描绘。

通过对相关文献的梳理,我们发现,从康熙二十五年戴名世、朱书等拔贡入国子监开始,到康熙五十年《南山集》案发,这二十多年间,文坛上曾有一个以戴名世、方苞为核心的士人团体,这一团体的主要成员,包括戴名世、方舟、方苞、朱书、刘齐、刘辉祖、刘捷、汪份、刘岩、刘永祯、何焯、王源等。他们或是在立身、为学方面志趣相投,或是文章旨趣相近,因此能同声相应、同气相求,终身保持着密切的联系。他们中的大多数人,以"狂生"著称于康熙二十六、二十七年前后的京城士林;康熙三十年以后,陆续登两榜,进入仕途,之后又大多卷入戴名世《南山集》案,命运随之发生转折,其思想、文风也随之发生改变。这些人中,除王源外,均出生、成长于安庆以下的长江沿岸地区,其中戴名世、方舟、方苞、朱书、刘辉祖、刘捷均为江南安庆府籍人士。籍贯的相近、志向的趋同、经历的重叠、交谊的深厚,使得这一批士人具有了被视为一个"群体"的资格。为论述的方便,我们把它称为"早期桐城派作家群"。

对文学群体或曰"流派"的研究,是古典文学研究中常见的选题。严迪昌先生曾对"流派"的要素做过归纳,认为:"一个流派的形成,必须首先得拥有一面旗帜,即领袖式的足以能凝聚团结起同辈和后进的有权威性的大作家,在他周围形成一个可观的有影响的作家群体。他们在艺术情趣、审美倾向以至理论主张上应有大致相同或近似的追求,这种追求和实践又总是集中反映在他们编纂的总集和选本之中。"① 按这一定义来衡量，戴名世、方苞等人，生前虽未有开宗立派的自觉，但他们的创作和批评实践，却已隐然具备了"流派"的一些特点。本书的写作，即试图对《南山集》案发之前的"桐城派早期作家群"的文章观念与创作实践，以及《南山集》案这一政治事件对诸人心态与创作风格的影响进行分析描述。通过这一工作，梳理桐城派在康熙年间的活动细节与发展轨迹，进而探讨桐城派在康熙间文坛上的位置与贡献。

清末民初学者刘咸炘在《治史绪论》中曾言："史本纪事，而其要在察势观风……事实实而风气虚，政事、人才皆在风中。"②认为"疏通知远，即察势观风也"③，"风"有大小，"风之小者，止一事"，"风之大者，兼众事"。④按刘咸炘的说法，史家关于名物、制度等的实证研究，必须辅以子、集部的研读，方能"虚"、"实"兼顾，触摸到历史的真实生命；对即时特征的探索，必须与长时段的眼光结合起来，方能"出"、"入"由己，研判出历史的真正趋势。我们认为，文学史作为广义史学中的一个门类，"察势观风"的方法，同样适用于文学史的研究与写作。一种文学样貌的形成，既有文辞内部沿袭与变革的因素，又有文辞外部的"政风""时风""土风""士风"的影响，而文辞内部的沿袭与变革，也会形成或大或小、或显或隐的"风"与"势"。一部好的文学史，应是对一时代"文风"之起伏变化，以及"文风"中所显现的"世风"的清晰、扎实的描述。而"文学流派"可以说是"文风"与"士风"最为鲜明的人事载体，因此，对"文学流派史"的描绘，更应遵循"察势观风"的思路。本书第一章论述康熙朝士风在桐城派早期作家身上的体现，第二、三、四、五章从文体的角度入手，论述桐城派早期作家共有的一些文章观念，即是在这一指导思想下进行的尝试。第六章到第十一章，采用个案研究的方式，对方苞及"桐城派早期作家群"中的五位尚未受

---

① 严迪昌：《清词史》，江苏古籍出版社1990年版，第4页。
② 刘咸炘：《治史绪论》，《推十书（增补全本）》己辑，上海科学技术文献出版社2009年版，第238页。
③ 同上书，第241页。
④ 同上。

到学界重视的作家进行论述，在结构安排上，也尽量兼顾"行谊"与"文辞"两方面，展现处于"青萍之末"阶段的、体现在具体个体中的"风"。限于学力，这一尝试尚有许多缺陷之处，敬请各位读者方家不吝批评指正。

# 第一章
# 康熙朝的士风与桐城派早期作家心态

在康熙朝的文学史、文化史上，桐城派早期作家是富有代表性的一群人物。他们大多出生在顺治末到康熙初年，在康熙二三十年间开始在文坛上小有名气，在康熙四十年前后登两榜，进入仕途，其后命运又因为《南山集》案而发生了转折。他们的处世心态与文章风格，与康熙朝的文教政策、政坛风气有着密切的联系。本章即欲以康熙二十年的太学及《南山集》案为中心，对桐城派早期作家文学活动的政治、文化背景作一描述，并对《南山集》案前后诸人的心态转变进行分析、说明。

## 第一节　康熙朝文教政策简述

清廷入关以后，十分重视文教在巩固统治方面的作用。顺治帝一方面注重向中原固有的文化学习，推行"崇儒重道"的国策；另一方面，严厉压制晚明以来汉族士林中讲帮派、争朋党的风气。顺治帝熟练地运用了科举这一笼络、驯服士人的制度，入关伊始，即听从汉人曹溶之建议，于顺治二年恢复科举。数科之后，又利用科举整肃士林风气，顺治十四年蔓延全国多个省份的科场案，即是此种整肃手段之一例。

康熙作为一代雄主，其文教政策在父辈的基础上，又呈现出新的特点。康熙一朝，清廷统治渐趋稳定，政治上，随着康熙元年南明永历帝被杀、康熙二十年三藩的平定、康熙二十三年台湾郑氏政权的覆灭，新朝完成了天下一统之业。经济上，重视水利建设，鼓励垦荒，经济得到了稳步恢复。与政治的稳定、经济的增长相适应，康熙在文教上推行崇儒重道、稽古右文的政策，力图营造"文治昌明"的盛世图景，以收安定人心之效。其主要举措有：

一、尊崇理学。康熙帝尊崇儒学，而尤其重视宋儒。康熙五十一年二月，曾谕大学士等讨论朱子之名位，并言："朕以为孔孟之后，有裨斯文者，朱子之功，最为弘钜。"[①] 此年朱子在孔庙大成殿的位置，由明末的位于七十子之下，上升至大成殿东序"十一哲"之列。又，康熙五十二年，由熊赐履、李光地等主持纂辑的《朱子全书》辑成，康熙在御制序中，称颂朱子是"集大成而继绪千百年绝传之学，开愚蒙而立亿万世一定之规"，认为朱子文字，"全是天地之正气，宇宙之大道。朕读其书、察其理，非此不能知天人相与之奥，非此不能治万邦于衽席，非此不能仁心仁政施于天下，非此不能外内为一家。读书五十载，只认得朱子一生所作何事"[②]。这可以说是康熙一生读书的心得之言。

康熙对朱子的推崇，带有"帝王"特色，首先是重实行而非道理思辨。康熙一朝，重视理学之臣，然而所重者在"实行"。康熙曾多次训诫臣下何为"真理学"，如康熙二十二年对张玉书言："日用常行，无非此理。自有理学名目，彼此辨论，朕见言行不相符者甚多。终日讲理学，而所行之事，全与其言悖谬。岂可谓之理学？若口虽不讲，而行事皆与道理吻合，此即真理学也。"[③] 康熙二十三年谕大学士："凡所贵道学者，必在身体力行，见诸实事，非徒托诸空言。"[④] 康熙四十三年谕讲官等："君子先行后言……若但以空言而讲道学，

---

[①] 《清圣祖实录》卷二百四十九，康熙五十一年二月丁巳，《清实录》第6册，中华书局1985年版，第466页下。
[②] 《朱子全书》御制序，《御定朱子全书》卷首，《景印文渊阁四库全书》第702册，台湾商务印书馆1986年版，第2页上—2页下。
[③] 《清圣祖实录》卷一百十二，康熙二十二年十月辛酉，《清实录》第5册，中华书局1985年版，第157页下—158页上。
[④] 《清圣祖实录》卷一百十五，康熙二十三年六月丁巳，《清实录》第5册，中华书局1985年版，第202页下。

断乎不可。"① 在康熙重实行之理学思想的影响下，康熙后期，身居庙堂的朱子学学者们如李光地、汤斌等，提出了一种融合了"性""理""心"，以程朱为主、陆王为辅的新型朱子学，将落脚点放在人伦实践上，为理学伦理的"经世"、日常生活化提供了学理上的依据。②

其次是以"治统"与"道统"合一。余英时曾提出，宋学之意义，在于"治统"与"道统"之分，③但与此同时，宋儒特别是朱熹，又强调皇帝应"正身以作民之准则"的"皇极"义。康熙继承发扬了朱熹的"皇极"思想，力图使自己成为以"君"兼"师"的人物，康熙十六年御制《日讲四书解义》序中言："朕惟天生圣贤，作君作师，万世道统之传，即万世治统之所系也。"④ 可见康熙在弱冠之年，即已有"治统""道统"合一的理想。康熙二十八年，康熙在御制《孔子赞并序》中提出学问"行道"与"明道"之别："尧舜禹汤文武，达而在上，兼君师之寄，行道之圣人也。孔子不得位，穷而在下，秉删述之权，明道之圣人也。"⑤ 作为"行道"者，康熙隐然希望自己也成为与尧舜禹汤等三代之主一样的"君师"。他反对臣子以"道统"自任，一个重要的原因即在于他认为自己才是真正的"道统"所在。对此心理，邓国光的《康熙与乾隆的"皇极"汉宋义的抉择及其实践》中，曾有丰富的例证。⑥ 而康熙自身学问行事，一定程度上也符合"皇极"的标准，其"治统"与"道统"合一的身份，得到了当时朝野士子的普遍认同。

---

① 《清圣祖实录》卷二百十六，康熙四十三年六月丁酉，《清实录》第6册，中华书局1985年版，第190页下。
② 此处参考了林国标的论述，见林国标《清初朱子学研究——对一种经世理学的解读》，湖南人民出版社2004年版，第227—260页。
③ 余英时：《中国知识人之史的考察》，广西师范大学出版社2004年版，第22—23页。
④ 《日讲四书解义》御制序，《日讲四书解义》卷首，《景印文渊阁四库全书》第208册，台湾商务印书馆1986年版，第1页下。
⑤ 爱新觉罗·玄烨：《至圣先师孔子赞并序》，《御制文集》卷二十五，《清代诗文集汇编》第191册，上海古籍出版社2010年版，第321页下。
⑥ 邓国光：《康熙与乾隆的"皇极"汉宋义的抉择及其实践》，彭林编《清代经学与文化》，北京大学出版社2005年版，第101—155页。

再次是积极推进理学纲常伦理在基层社会的传播。康熙九年十一月，颁布《圣谕十六条》，令"通行晓谕八旗并直隶各省府州县乡村人等，切实遵行"。① 此后又将其颁布学宫，每月朔、望宣讲。② 此《圣谕十六条》，即"敦孝弟以重人伦、笃宗族以昭雍穆、和乡党以息争讼、重农桑以足衣食、尚节俭以惜财用、隆学校以端士习、黜异端以崇正学、讲法律以儆愚顽、明礼让以厚风俗、务本业以定民志、训子弟以禁非为、息诬告以全善良、诫匿逃以免株连、完钱粮以省催科、联保甲以弭盗贼、解雠忿以重身命"十六条行为规则，以通俗、易于记诵的形式，向民众宣传尊君、孝亲、安分守己等观念。此外，在顺治朝的基础上，放宽了节孝之人受表彰的限制，大力推行对孝子、节妇的表彰。③ 通过此种种手段，巩固了理学的意识形态地位，将民众之思想纳入较为有序的轨道之中。

二、由政府主持，组织人力编纂多部书籍。康熙朝御定、御制之书籍，计有三十余种，具体情况如下：

（1）《周易折中》，李光地等编纂，以朱熹《周易本义》为基准，"上律河洛之本末，下及众儒之考定，与通经之不可易者，折中而取之"。④ 始于康熙五十二年，康熙五十四年春完成。

（2）《钦定诸经汇纂》，包括《钦定春秋传说汇纂》三十八卷，王琰等纂，康熙三十八年完成；《钦定诗经传说汇纂》二十卷，王鸿绪等纂，雍正五年刊成；《钦定书经传说汇纂》二十四卷，王顼龄等纂，雍正八年完成。

（3）《日讲四书五经解义》，包括《日讲四书解义》二十六卷，康熙十六年御定；《日讲易经解义》十八卷，康熙二十二年御定；《日讲书经解义》十三卷，康熙十九年御定；《日讲礼记解义》，康熙

---

① 《清圣祖实录》卷三十四，康熙九年十一月己卯，《清实录》第4册，中华书局1985年版，第466页下。

② 素尔讷等纂修，霍有明、郭海文校注：《钦定学政全书校注》卷二，武汉大学出版社2009年版，第8页。

③ 参见《大清会典则例》卷七十一"风教"条，《景印文渊阁四库全书》第622册，台湾商务印书馆1986年版，第348页上—349页上。

④ 《周易折中》御制序，李光地纂，刘大均整理《周易折中》卷首，巴蜀书社2008年版，正文第1页。

御定,乾隆初年整理成书;《日讲春秋解义》,康熙时经筵讲稿,雍正时编次成书。

(4)《日讲通鉴解义》,未刊。康熙《御制文二集》收有《日讲通鉴解义序》,言明此书亦是经筵讲义之汇编:"令儒臣仿胡安国之体,法《春秋》之义,撰次为文,依日进讲,寒暑无间,积岁月而成编。"①

(5)《历代纪事年表》,龚士炯、王之枢等编纂,康熙五十四年成书,共一百卷。

(6)《皇舆表》,喇沙里、揆叙等编纂,为地理著作,十六卷,"一仿史表,以地系代,详书郡县沿革,不及山川风土"。② 始修于康熙十八年,康熙四十三年又经揆叙等增修。

(7)《子史精华》,允禄、吴襄等编纂,始于康熙六十年,雍正五年成书。采子、史部及少量经、集部书籍中的名言隽句汇编而成,分三十类,子目二百八十种。

(8)《性理精义》,李光地等编纂,康熙五十四年成书。此书在明代胡广所编《性理大全》基础上加以增删,更为详密。

(9)《朱子全书》,李光地等编纂,始于康熙五十二年,康熙五十三年书成刊行。此书将朱熹语录、文集之精华以类排比,共六十六卷,分为学、大学、论语、孟子、中庸、易、尚书、诗、春秋、礼、乐、性理、理气、鬼神、道统、诸子、历代、治道、诗文、字学、医学等门类。

(10)《月令辑要》,李光地等编纂。康熙五十四年成书。为时令之书,在明冯应京、戴任《月令广义》之基础上增补而成。

(11)《康熙字典》,陈廷敬、张玉书等编纂,始于康熙四十九年三月,康熙五十五年成书。收字四万七千零三十五个,是1915年《中华大字典》出版之前收字最多的字书。

(12)《音韵阐微》,允禄、允礼、李光地、王兰生、徐元梦等

---

① 爱新觉罗·玄烨:《御制文第二集》卷三十一,《清代诗文集汇编》第192册,上海古籍出版社2010年版,第381页上。
② 揆叙等:《皇舆表》卷首《凡例》,清康熙内府刊本。

纂，始于康熙五十四年，雍正四年成书。为韵书，收汉字一万六千余字，分隶于平水韵一百六零韵部，每字先释音后释义。

（13）《古文渊鉴》，康熙御选、徐乾学等编注，康熙二十四年成书。《四库提要》言其"所录上起《春秋左传》，下迄于宋，用真德秀《文章正宗》例，而睿鉴精深，别裁至当，不同德秀之拘迂；名物训诂，各有笺释，用李善注《文选》例，而考证明确，详略得宜，不同善之烦碎；每篇各有评点，用楼昉《古文标注》例，而批导窾要，阐发精微，不同昉之简略；备载前人评语，用王霆震《古文集成》例，而蒐罗赅备，去取谨严，不同霆震之芜杂；诸臣附论，各列其名，用五臣注《文选》例，而夙承圣训，语见根源，不同五臣之疏陋"。①

（14）《历代赋汇》，陈元龙编，康熙四十五年成书。为晚周到明末赋之总集，分正集三十类、外集八类，收文三千八百四十三篇，逸句一百六十七篇。

（15）《全唐诗》，曹寅主持，参与者有彭定求、沈三曾、杨中讷、潘从律、汪士鋐、徐树本、车鼎晋、汪绎、查嗣瑮、俞梅等。始于康熙四十四年五月，康熙四十五年十月成书。为唐诗总集，收诗四万八千九百余首，作者二千二百余人。

（16）《四朝诗》，张豫章等编，康熙四十八年成书。为宋、金、元、明四朝诗之总集。计有宋诗七十八卷，作者八百八十二人；金诗二十五卷，作者三百二十一人；元诗八十一卷，作者一千一百九十七人；明诗一百二十八卷，作者三千四百人。

（17）《全金诗》，郭元釪编，康熙五十年成书。为金代诗歌总集，共七十四卷，收诗五千五百四十四首，作者三百五十八人，在元好问《中州集》基础上又有大量订补。

（18）《佩文斋咏物诗选》，张玉书等编，康熙四十五年成书。为上古至明代咏物诗之汇编，共六十四册，四百八十六卷。

（19）《佩文斋题画诗》，陈邦彦等编，康熙四十六年成书。为题

---

① 永瑢等：《四库全书总目·御选古文渊鉴》，《四库全书总目》卷一百九十，中华书局1965年版，第1725页上。

画诗之汇编，收诗八千九百六十二首，分为三十门。

（20）《历代诗余》，沈辰垣等编，康熙四十六年成书。为历代词之总集，所录自唐至明词九千余首，一千五百四十调，为一百卷。又词人姓氏十卷、词话十卷。

（21）《词谱》，陈廷敬、王奕清等编，康熙五十四年成书。收录唐至元词、曲调八百二十首调，二千三百六体。

（22）《渊鉴类函》，张英、王士祯、王惔等编，康熙四十九年成书。类书，共四百五十卷，所载内容为《太平御览》之倍。

（23）《佩文韵府》，张玉书、陈廷敬、李光地等编，始于康熙四十三年，康熙五十年成书类书，共四百四十四卷，收单字一万余字。按韵母排列单字，每字先标音训，下按"韵藻""增"之类目收尾字与标目字相同之词，又附"对事""摘句"于后。

（24）《骈字类编》，允禄、允礼、张廷玉、蒋廷锡等编，始于康熙五十八年，雍正四年成书类书，共二百四十卷，"义取骈字"，收字一千二百余，不标音训，"与《佩文韵府》一齐尾字，一齐首字，互为经纬，相辅而行"。①

（25）《分类字锦》，何焯、陈鹏年等编，始于康熙四十四年，康熙四十七年成书。类书。

（26）《佩文斋书画谱》，王原祁、孙岳颁、宋骏业、吴暻、王铨等编，始于康熙四十四年，康熙四十七年成书。为书画资料汇编，共一百卷。

（27）《广群芳谱》，汪灏等编，康熙四十七年成书。为农事资料汇编，在明人王象晋《群芳谱》基础上增删而成，共一百卷，分天时、谷、桑麻、蔬、菜、花卉、果、木、竹、卉、药等十一种谱。

（28）《御批资治通鉴纲目》，宋荦等编，始于康熙四十六年，康熙四十九年成书。

（29）《古今图书集成》，陈梦雷等编，始于康熙四十年，雍正六年成书。类书，共一万卷，目录四十卷，一亿六千万字，分六汇编、

---

① 永瑢等：《四库全书总目·御定骈字类编》，《四库全书总目》卷一百三十六，中华书局1965年版，第1157页中。

三十二典、六千余部，按天、地、人、物、事次序展开。

从以上所列可以看出，康熙朝御纂之书，既包括"性理"之书，也涉及"注疏"之学，以及音韵、文字、地理、历法、诗赋、书画等极为丰富、广阔的学术领域。这些书籍的编纂，大多经历了较长的时间，有些甚至到雍正时期才最终完成。通过修书，安置了一批文士，使得他们学有所用，本书所要论述的戴名世、朱书、何焯、方苞等人，便都参与过官方牵头组织的修书工作。此外，还通过对具体"知识"的倡扬，在一定程度上扭转了明末士林尚意气、好"空谈"的弊病，为乾嘉朴学之风的兴起做了铺垫。

三、在对待士人的态度上，以安抚笼络为主。特别是在康熙前期，为配合天下初定的政治需要，采取了一系列措施来彰显新朝之开明，其中最重要的举措是康熙十八年特科的开设与随后的《明史》馆开馆。

康熙十七年正月，康熙谕吏部，令群臣推荐文学之士，设特科以选用人才："自古一代之兴，必有博学鸿儒，振起文运，阐发经史，润色词章，以备顾问著作之选。朕万几余暇，游心文翰，思得博学之士，用资典学。我朝定鼎以来，崇儒重道，培养人材，四海之广，岂无奇才硕彦，学问渊通、文藻瑰丽，可以追踪前哲者？凡有学行兼优、文词卓越之人，不论已仕未仕，令在京三品以上，及科道官员，在外督抚布按，各举所知。朕将亲试录用。其余内外各官，果有真知灼见，内开送吏部，外开报督抚，代为题荐。务令虚公延访，得真才，副朕求贤右文之意。"① 次年二月十七日，在京城开博学宏词科，据秦瀛《己未词科录》，此次特科考试，应试者一百五十四人，其中，取中五十人，特授内阁中书七人，与试未用九十七人。除此外，各地官员所荐者中，尚有丁忧未与试者十四人，"患病催不到"者十七人，"辞不就"者十二人，"后期未试"者二人与"举不及期者"一人。② 这一百九十九人，囊括了当日在野及朝廷中下层文官中的

---

① 《清圣祖实录》卷七十一，康熙十七年正月乙未，《清实录》第4册，中华书局1985年版，第910页上。

② 秦瀛：《己未词科录》，清嘉庆刻本。

"文学老儒"，如所取中的李因笃、陈维崧、朱彝尊、汪琬、潘耒、施闰章、徐釚、尤侗、毛奇龄、曹禾、严绳孙，特授内阁中书的邓汉仪、孙枝蔚、傅山、杜越，患病未到的黄宗羲、魏禧、王弘撰，丁忧未与试的陆陇其、惠周惕，与试未用的阎若璩，坚辞不就的顾炎武、徐夜、万斯同、费密等人，均在清代学术、文学史上享有盛名。

康熙此次特科的开设，正值三藩之乱将要平定之际，其目的在以文教巩固武功，所谓"网罗遗贤，与天下士共天位，消海内漠视新朝之意，取士民之秀杰者以作兴之"。[①] 从士林反应来看，确实也收到了预期的效果。从下层士子的角度看，此科为人所津津乐道者，乃"四布衣"李因笃、朱彝尊、潘耒、严绳孙的登第。实则此科取中的五十人中，有二十三人已有清朝进士功名，四人已有清朝举人功名，六人为清朝拔贡，十二人为清朝诸生，只有李、朱、潘、严与冯勖五人应试时尚未取得任何清朝功名。占比只有十分之一的"布衣"能够成为五十获隽者中的代表人物，固然因文人好以整数称某一群体，如乾隆开《四库》馆时亦有"四布衣"之称，[②] 但更主要的原因，在于"四布衣"在文坛的崇高声望及其草野身份，其获隽符合了民众对"皇恩浩荡"与"一步登天"的想象。"四布衣"此后的仕途并不辉煌，李因笃未受职即归，其他三位也于康熙二十三年或被降级，或主动辞归，但这并未影响"四布衣"当日之荣遇对当时及后世文人的吸引力。从缙绅世家的角度看，此科取中的五十人中，有不少人是前明高级官员后代，如徐嘉炎为明兵部尚书徐必达之曾孙，朱彝尊为明大学士朱国祚之曾孙，米汉雯为明太仆米万钟之孙，范必英为明提学参议范允临之子，崔如岳为明陕西巡抚崔应麒之曾孙，方象瑛为明大学士方逢年之孙，黎骞为明浙江提学副使黎元宽之从孙，严绳孙为明刑部尚书严一鹏之孙。还有不少人为世家子弟，如王顼龄为御史王广心之子、康熙间工部尚书王鸿绪之兄，陈维崧为"明末四公子"之一的陈贞慧之子，曹宜溥为侍读曹本荣之子，等等。孟森认为，

---

① 孟森：《明清史讲义》，中华书局1981年版，第424页。
② 乾隆朝《四库全书》馆中的"四布衣"为邵晋涵、余集、周永年、戴震。见昭梿著，何英芳点校《啸亭杂录》卷十，中华书局1980年版，第326页。

"圣祖之笼络初定,亦正愿收各地之人望,以缙绅子弟为先,所谓巨室之所慕,一国慕之者也",① 对世家子弟的收录,有效地收服了各地文化领袖之心。又,所取中五十人中,江南籍者二十一人,浙江籍者十三人,共占录取总数的将近百分之七十。江浙为人文渊薮,民间反清复明思潮也最盛,这一录取结果,亦可看出康熙"揽心"之求。另外,从遗民的角度看,此科有不少著名遗民改变了先前的反清态度,积极应征,如毛奇龄、朱彝尊;又有遗民起初消极应试,后却倾倒于朝廷,如严绳孙答不终卷而被录取,因此终身感念"圣恩";又有不少遗民虽坚守气节,拒不应试,但其中不少人对新朝的态度,却从此发生转变。孟森曾以傅山为例,赞叹清廷能对拒不应试者待之以礼,示以优容,而遗老们亦不与清朝彻底决裂,此为"上下各尽其道"之典范。② 今人孔定芳在《明遗民与"博学鸿儒科"》一文中,亦曾详细列举了"原来抱有对立情绪的遗民士人"顾炎武、黄宗羲、李颙、傅山、王弘撰、张尔岐、费密、孙枝蔚在此次制科后反清立场的松动。③ 有感于新朝"干戈载戢,文教放兴"④ 的崭新局面,许多遗民开始回避甚至放弃了"复明"的信仰,这不能不说是康熙遗民政策、士人政策的胜利。

康熙十八年十一月,《明史》馆正式开馆,此前博学鸿儒科所录用者,均被派入《明史》馆修史。孔定芳认为,这一安排,一方面为遗民怀恋故国的情绪提供了一个宣泄的出口,一个"堂而皇之"的话语平台;另一方面,由政府出面组织修纂前代史,也彰显了新朝政权的正统性、合法性,可谓一箭双雕,用心良苦。⑤《明史》的修纂,进一步拉近了异族政权与汉族士人的距离。黄宗羲弟子万斯同怀着"纂成一代之史,可籍手以报先朝"⑥ 之志,以布衣入京主持修史

---

① 孟森:《己未词科录外录》,《明清史论著集刊》,中华书局2006年版,第497页。
② 同上书,第490页。
③ 孔定芳:《明遗民与"博学鸿儒科"》,《浙江学刊》2006年第2期。
④ 黄宗羲:《乡贤呈词》,《黄宗羲全集》第11册,浙江古籍出版社2012年版,第29页。
⑤ 孔定芳:《论清圣祖的遗民策略——以"博学鸿儒科"为考察中心》,《江苏社会科学》2006年第1期。
⑥ 杨天啓:《万季野先生墓志铭》,万斯同《石园文集》卷首,《清代诗文集汇编》第161册,上海古籍出版社2010年版,第457页下。

工作；顾炎武等人致书史馆，请求史书中收入其先人事迹。这种种事例，均可说明修史一事，在"攻心""揽心"的方面亦有出色效果。

在征召"博学鸿儒"与修《明史》的过程中，康熙帝本人展现出了一代雄主的开明态度与胸怀。除上文所提及的对制科考试中未完卷者的宽容，对拒绝征召者待之以礼之外，在关涉种族的问题上亦宽大为怀，如施闰章试律诗中，有"清彝"二字，"嫌触忌讳"，[①] 阅卷官不敢录取，经保和殿大学士李霨担保而留置录卷中，而康熙亦未对此提出异议。孟森认为"当日写卷必为'清'、'夷'二字，故触忌耳"。[②] 并认为，康熙这种处理，与乾隆朝因"夷狄"字样屡兴大狱的做法绝不相同，即与其统治后期，赵申乔纠参戴名世以媚上，而戴名世竟以文字之过遭戮杀的情形亦有极大差异。[③] 康熙朝之所以被后人视为"盛世"，这种文教上的"法律之宽""爱贤之笃"[④]，是一个重要原因。

康熙二十一年，桐城县学生戴名世在给友人的信中，言及修史之事，有"近日方宽文字之禁"[⑤] 的判断。这一判断，虽然不免天真，但也并非全无根据。戴名世的青年时期，正是清廷改变定鼎初期的民族政策，向汉族士人展现善意的时期。戴名世和他的友人们，正是在这一政治大背景下走向文坛中心。

## 第二节　康熙前期的士风：以桐城派前期作家在太学的活动为中心

康熙一朝的士风，可以说处于由"乱"到"治"的过渡时期。所谓"风"，如晚清龚自珍所言，是一种"万状而无状，万形而无

---

[①] 施闰章：《试鸿博后家书十四通》其二，《施愚山集（四）》补遗一，黄山书社1993年版，第124页。
[②] 孟森：《己未词科录外录》，《明清史论著集刊》，中华书局2006年版，第505页。
[③] 同上。
[④] 陈康祺：《郎潜纪闻二笔》卷十六"康熙朝试鸿博之宽"条，《郎潜纪闻初笔二笔三笔》，中华书局1984年版，第622页。
[⑤] 戴名世：《与余生书》，《戴名世集》卷一、中华书局1986年版，第2页。

形"①，确然存在而又难以言说的东西。尝试言之，可以认为，"士风"是某个特定时代、某个特定群体士林中存在的一种或几种较为相似的精神气质，这种精神气质，体现在士子的生活、学术、文章等方方面面。大致来说，这一时期的士子，在政治立场上，怀着故国之思的遗老们纷纷离世，尚在世间者，也逐渐放弃了"复国"的念头，甚至开始颂美新朝的统治。而这些遗老们的后代，以及生长在新朝的普通士子们，为实现自己的功名理想，几乎无一例外地走上了科举之路，尽入统治者之彀中。在处世态度上，不少士人还保持着明人清高好气的性情，这种性情，直至康熙晚期《南山集》案之后，才渐渐消退。在学术取向上，与官方对经世理学的提倡相呼应，这一时期的士子们也大都好议论、好讲经世学问，特别是礼学、舆地之学。对前朝历史的书写，也是这一时期官方与民间的共同关注点。这与乾嘉时期士人轻议论、重实证，以朴学为高的风气不同。以下即拟从以桐城派早期作家们在太学时期的生活为主要考察对象，对桐城派早期诸家青年时代的精神状态作一描述。

## 一 李振裕视学江南与康熙二十四、二十五年江南拔贡考试

康熙二十六年，戴名世、何焯、朱书等人拔贡入太学，这可以说是桐城派早期作家在主流文坛的第一次集体亮相。此处先略用笔墨来对"拔贡"制度稍作解释。明清时期，读书人的进身之阶，除参加科考外，举贡、成为"国学生"，亦是重要的一途。明代的贡生，有岁贡、恩贡、纳贡、副贡、选贡等。清廷举贡制度，大体沿自明代，有岁贡、恩贡、例贡、副贡、优贡、拔贡六种名目。其中，纳贡为捐纳，不属"正途"。其余五贡中，岁贡主要靠年资获得；恩贡不常有；副贡为乡试副榜，与正式举人相比不免逊色许多。拔贡、优贡则靠真才实学考取，质量最高。但优贡人数较少，且出路不及拔贡，因此，拔贡在六种举贡方式中，最为人看重。一般认为，拔贡之制，始于明弘治年间，清顺治元年，即下诏拔贡，名额为每府学二名，州、

---

① 龚自珍：《释风》，《龚自珍全集》第 1 辑，中华书局 1959 年版，第 128 页。

## 第一章 康熙朝的士风与桐城派早期作家心态

县学一名。清初之拔贡,十二年举行一次。康熙三十六年到康熙六十一年,曾停止两科。雍正五年,改为六年一次,乾隆七年,又改为十二年一次,"永著为例"。① 拔贡制度的优长,前人多有论及,雍正帝即曾言感叹岁贡生"内多年力衰迈之人",因此"欲得人才,必须选拔"。② 晚清陈澧《推广拔贡议》中亦认为,拔贡由一省学政负责考录,学政对生员才学、品行较为了解,且每县拔一人,如取者文行庸劣,则难以服士子之心,因此,拔贡考试虽不"糊名易书",但却能选取出真正的文行兼备之人。乡会试虽"糊名易书",关防甚严,但防范愈严,作弊愈多,且考官对考生平素的学行并不了解,因此结果带有偶然性。因此陈澧呼吁应"推广拔贡"。③ 今人邸永君在其《清代的拔贡》一文中亦指出:"拔贡制度的实质,是通过学校而非乡会试,为生员提供新的入仕途径……拔贡制度不拘廪生资格,生员皆可应试,且参照平时成绩与表现,考试形式公开,较之其他途径更具公平竞争性质……无论中式与否,都不影响继续沿科目之途进取,应属有清一代选举制度中最为公正、完善之方式。"④ 戴名世及其友人,即是拔贡制度的受益者。

康熙二十三年十二月,时任翰林院侍讲的李振裕被任命为江南学政。李振裕,字维饶,祖籍江西吉水。其父李元鼎,字吉甫,号梅公,明天启二年进士,崇祯十七年升任光禄寺少卿。入清后历官太仆少卿、太常寺卿、兵部右侍郎、兵部左侍郎。顺治十年二月后落职侨居宝应。李振裕出生于崇祯十五年,顺治十七年举江西乡试,康熙九年成进士,与徐乾学、赵申乔等为进士同年。康熙二十四年到任江南学政,二十六年擢内阁学士兼礼部侍郎,康熙三十年授工部尚书。康熙四十八年致仕,同年七月卒,年六十八。李振裕为官可称循吏,又

---

① 关于清代贡举制度,参见马镛《中国教育制度通史》第5卷,山东教育出版社2000年版,第62—69页;郝鹏《清代国子监制度研究》,黑龙江人民出版社2008年版,第50—78页。

② 雍正五年十二月乙酉上谕,《清世宗实录》卷六十四,《清实录》第7册,中华书局1985年版,第979页上。

③ 陈澧:《推广拔贡议》,《东塾集》卷二,《清代诗文集汇编》第637册,上海古籍出版社2010年版,第184页下—185页上。

④ 邸永君:《清代的拔贡》,《清史研究》1997年第1期。

雅好文学，与钱谦益、吴兆骞等当代名士均有唱酬。在江南学政任上，李振裕以正文体为务，自言："初受事，即以月课督诸生，取其文句，搜字索甲乙而殿最之，以微示吾意之所尚。诸生咸踊跃自奋，喁喁焉知所趋向。及岁试江宁、镇江、广德，则有志者尽捐其宿习而归于大雅之林，推而放之苏松诸郡，无不尽然。又推而放之上江诸郡，亦无不尽然。而文章风气，由是其一变。然予之意在先破其拘挛疲苶之习而后齐之以轨范，故所取之文，周规折矩者不少，而泛驾之才，亦往往杂出于其中。予虑其肆而未醇也，岁试毕，复为条约以饬之，而士皆知有正始之音，敛才以归于法，摄气而凝于神，而文章风气，至是又一变。"① 明季时文派别杂乱，向宋儒文辞学习者有之，以释道之思想、子部之语词入文者亦有之，② 故李振裕要以"轨范"来教导士子。这一"敛才以归于法"的做法，收到了良好效果，康熙二十六年李振裕卸任学政之际，江南名宿钱澄之曾作《送江南督学李醒斋太史特简内阁学士宗伯还朝序》，称赞李氏三年来在整肃文风、士风方面的成就：

  公为名臣子，家世好学，扢扬风雅，江南之士震其名久矣。闻公至，莫不争自濯磨，思尽弃其俗学，益取法于古，以几得当于公。盖未下车时，风声所暨，士习已早为之一新。往时学使者，犹督抚大臣属吏也，公以簪笔侍从之臣，特承简任，其事权甚重，体统森严，而公一切以宽厚从事，简易疏阔，与士子讲德论艺，蔼然父兄之训其子弟。为士者，不惟忘其位之尊，亦且忘其名之盛。诗曰："岂弟君子，遐不作人。"若公者，可谓岂弟矣。江南人急进取，务虚名，尚奔竞，习使然也。又其为文也善变，视上之所好，辄改易以趋，文体不正，而士习从之。公之取士也，惟以文为据，其为公卿之子欤？为寒畯之子欤？其素所知名者欤？亦未尝知名欤？皆一无容心于其间，惟文足收斯收之

---

① 李振裕：《试牍汇征录序》，《白石山房稿》卷十四，《清代诗文集汇编》第159册，上海古籍出版社2010年版，第209页上—209页下。
② 详见本书第三章第一节。

矣。而其取文也，未尝立一格以绳人也，亦未尝标新立异，以求甚远于今人之文也。要之不离乎大雅者近是。是故公视学三年，凡士子揣摩之智、夤缘之私，俱无所可用。其失者既知其术之不效，而得者亦自知以文得之，而转悔其所为之徒劳也。于是士风正，而文体亦由是正焉。①

此序虽有夸谀成分，但以钱澄之在清初文坛的影响力，能得到他这样的评价，从一个侧面说明了李振裕在江南的确受到了士林的尊重。

李振裕此次视学江南，还担负着考选贡生的任务。康熙二十四年，礼部议准"直省各学，于见考一二等生员内，遴选文艺精醇、品行端方者，府学二名，州县学各一名，准为拔贡，入监读书"②。这是继康熙十一年之后，康熙帝临朝以来所举行的第二次拔贡考试。康熙二十四、二十五年，李振裕先后按临江南各府，考试诸生，"甄拔士之尤者一百三十三人贡于京师"③。此一百三十三人名单，据《（乾隆）江南通志》卷一百三十六"选贡"条所录，依次为：

吴暻，太仓州学；刘齐，无锡县学；袁铣，兴化县学；王贻燕，镇江府学；徐如玉，苏州府学；刘枝桂，江浦县学，改名岩；何焯，崇明县学；张尚瑗，吴江县学；顾諟，山阳县学；詹日怀，宣城县学；姜遴，华亭县学；王原，青浦县学；俞纯滋，江宁府学；张昺，金山卫学；邵璇，常州府学；朱书，宿松县学；吴愈，淮安府学；王汝骧，金坛县学；俞化鹏，凤阳府学；周拱潞，昆山县学；陈志，和州学；方城，祁门县学；史伸，扬州府学；夏澍，广德州学；齐弘，庐州府学；王式丹，宝应县

---

① 钱澄之：《送江南督学李醒斋太史特简内阁学士宗伯还朝序》，《田间文集》卷十七，黄山书社1998年版，第319—320页。
② 《钦定大清会典则例》卷六十九，《景印文渊阁四库全书》第622册，台湾商务印书馆1986年版，第287页上。
③ 李振裕：《陈生遗稿序》，《白石山房稿》卷十四，《清代诗文集汇编》第159册，上海古籍出版社2010年版，第210页上。

学；徐扬，池州府学；郑礼耕，歙县学；朱午思，当涂县学；宋恭贻，盐城县学；吴霖起，全椒县学；蒋瑛，苏州府学；王杰，高淳县学；杨兹，六安州学；张映葵，长洲县学；朱廷策，沛县学；龚士稚，合肥县学；姜彦振，丹阳县学；方岳，江宁县学；宁世锡，颍州学；戴坦，泰兴县学；袁綖，六合县学；王峄，天长县学；蔡璜，宿迁县学；刘郇，霍邱县学；唐岩，宁国府学；徐念祖，青阳县学；白宝，武进县学；刘允正（即刘永祯），淮安府学；费坤，溧阳县学；顾一泓，吴县学；程邦宰，怀宁县学；保玉躬，扬州府学；吕泰，建平县学；张躬美，临淮县学；陈岱，仪征县学；翁谦吉，松江府学；郭鹤龄，江都县学；宋宜，庐州府学；谭文昭，旌德县学；归梁，嘉定县学；李如旭，芜湖县学；许垄，松江府学；李蕴，句容县学；朱彧，靖江县学；何菏，丹徒县学；吴骝，安庆府学；汪国祺，休宁县学；徐逢年，建德县学；任拔世，舒城县学；李曙，娄县学；姜褒，贵池县学；吴楷世，沭阳县学；徐恪，江阴县学；蔡锡祺，繁昌县学；周可登，黟县学；司徒珍，溧水县学；李嶟瑞，泗州学；唐缮，含山县学；陈世杲，通州学；程师恭，安庆府学；徐千之，潜山县学；唐鸿举，徽州府学；刘炽，虹县学；胡廷凤，徽州府学；蒋运昌，常州府学；王时中，上元县学；许抢，如皋县学；张鸿图，清河县学；凌休美，定远县学；邵佐，砀山县学；曹泰祯，太平府学；王应文，东流县学；聂玉镛，五河县学；杜履祥，泰州学；俞麟征，上海县学；任观，宜兴县学；王世荣，太和县学；孙廷标，常熟县学；胡廷玑，绩溪县学；汤德伟，太平县学；马世槭，太湖县学；武遴琰，来安县学；沈佶，巢县学；朱锟，凤阳县学；蒋尔庸，镇江府学；胡绍旦，滁州学；赵崇玺，泾县学；沈祚，无为州学；黄锦，宁国府学；李嵘瑞，盱眙县学；陈憙曌，庐江县学；汪敞，婺源县学；黄可绩，宁国县学；顾畏暑，寿州学；汪澜，望江县学；吴世烈，高邮州学；钱美生，铜陵县学；曹恂，颍上县学；朱昭，安东县学；宋广，怀远县学；甘士琦，太平府学；史纲，海门乡学；刘志向，霍山县学；郭正宗，江宁府学；秦雍，南陵县学；苏曙，石埭县学；周易,邠州学;冯绍虞,池州府学;任青铨,凤阳府学;蒋旭,亳州学;梁逢,吉丰县学。①

这份名单中,包括了桐城派早期作家群的大多数成员,如刘齐、刘岩、何焯、朱书、戴名世、徐念祖、刘永祯等,此外还有不少日后文坛、政坛的重要人物,如王原,为康熙二十七年戊辰科进士,曾助徐乾学修《大清一统志》;王汝骧,为康熙间著名时文家;王式丹,为康熙四十二年癸未科状元;吴霖起,为乾隆间著名小说家吴敬梓之父;吴骝,为明河南布政使吴一介之裔孙,与张英为姻亲。这些人与戴名世等亦都有交游。风云际会,这群年轻的士子们,以此为契机,得以进入京师这一政坛、文坛名流汇集之地,他们的人生,也由此发生了重大的转折。

## 二 国子监生活之一:课业与诸生之间的交往

康熙二十五年年末二十六年年初,江南拔贡生们陆续到京,入读国子监。在此之前,诸人的交游,大多限于亲戚及本乡人士之间,如戴名世在乡间时,曾从曾祖父戴震、祖父戴宁、从祖父戴应旂、祖父友人潘江、姑父姚文鳌问学,交游之人则有姑父左云凤、乡人齐方起、齐方越、刘辉祖等。朱书少年时由父亲朱光陛口授《四书》,刘岩少时则与江浦陈所学、颜天表、左文相等人交往。方苞幼时,曾受到父执辈钱澄之、杜浚、杜岕等人的教诲,并由兄长方舟教授诗古文。超越地域的交游,主要是在考试之时,如戴名世与朱书于康熙二十三年在南京参加江南乡试时相识定交;② 朱书与方苞父子于康熙二十五年在安庆参加拔贡考试时相识定交。③ 除此之外,各地士子之间,很少有往来的机会。在这种情况下,诸人的知识范围和思想水平,一方面受到周围环境的限制,另一方面,也使得他们的为学、为人都具有与"世俗"不尽相同的特点。如他们

---

① 戴名世亦于此年由桐城县学考得贡。此名单为一百三十二人,原刻本第三十一名吴霖起之下空缺一位,即应为戴名世。
② 参见本书第八章第二节。
③ 同上。

中的大多数人，在学问上是从古文而非时文入手的，因此日后从事时文写作时，更注重法度与古文底蕴，反对趋时；作为一乡之俊杰，他们又多有睥睨凡俗的傲气与建功立业的理想，戴名世曾如此描述自己少年时与"里中秀出之士凡二十人"的交往："当是时，意气甚豪也，顾傲睨自喜，视天下事不足为。"① 朱书亦有类似的回忆："方是时，余及岩、有执皆未入学校，意气方盛，视天下事无足为。"② 李振裕在康熙二十五年所刻江南诸生文选《试牍汇征录序》中，曾谈到"通都大邑之士"与"僻壤之士"在人品、文风上的区别："通都大邑之士，闻见较广，而锢于揣摩之说，竞工声调，不能脱去町畦；其产于僻壤者，既乏师承，又无典籍，虽有挺出之姿，亦不能底于渊雅。"③ 从诸人的文章、行事来看，这些新入京的士子们，虽不是全部来自"僻壤"，但在不事"揣摩"的坚定、孤高性情上，却大都具有"僻壤"之人的特点。

京师风物，与江南大不相同，康熙三十年入国子监读书的方苞，在《送宋潜虚南归序》中曾有一段生动的"京师印象谈"："京师地隆寒，多风沙，郊关近所，无池塘林麓之观，人畜骈阗，粪壤交衢肆。羁客远人来此游邦，与其风俗不相谐委，居无所适，游无所娱，尘事嚣然，无所发其志气。又可怪者，佻巧谀佞浮嚣之徒至此则大得所欲，贤人君子鲜不召谤取怨、抑塞颠顿而无以容，故论者常谓非仕宦商贾不宜淹久于此。"④ 但京城不仅只有自然与人事的"风尘"，它还意味着更宽广的眼界，更多的同道："潜伏山林深奥之中，所见闻不越乡井，虽连州比郡数百里间，风声气烈相闻者，思与游处往还，亦不可得；而京师帝者之都，四海九州人士之所会，无用舟车仆赁之资，水涉山驱之苦，而得以尽交天下之贤杰，此又其可乐者也。"⑤ 经由"群居相切磋"而得到道德、学问上的进步，是诸人在京城最

---

① 戴名世：《齐天霞稿序》，《戴名世集》卷三，中华书局1986年版，第73页。
② 朱书：《傅处士传》，《朱书集》卷八，黄山书社2014年版，第166页。
③ 李振裕：《试牍汇征录序》，《白石山房稿》卷十四，《清代诗文集汇编》第159册，上海古籍出版社2010年版，第209页下。
④ 方苞：《送宋潜虚南归序》，《方望溪遗集》，黄山书社1990年版，第80页。
⑤ 同上。

重要的收获。

国子监的课业，顺治元年，曾定国子监条规："朔、望日，祭酒、司业率属员诸生拜谒圣庙，行释菜礼。后升堂书书。祭酒、司业及六堂讲《四书》《性理》《通鉴》，博士讲《五经》。诸生听讲后，习读讲章，有未能通晓者，即请本堂助教等官讲解，或质问祭酒、司业，毋得惮烦蓄疑。其上书、覆背诸课，一句而遍，月三行之。又（日）课楷书六百字以上，必端楷有体，有不到或倩代及潦草者皆罚。"①"讲书"方法，之后又有变动，据道光年间所辑《钦定国子监则例》，"讲书"包括《四书》与诸经，每月初旬由助教讲授，每月十五日后学录、学正讲授，五日一次。讲书之后三日，还要由诸生"掣签复讲"。②考查方式，乾隆间所纂《钦定国子监志》载为每月有一"大课"，月中旬由监事大臣、祭酒、司业轮课，考题为四书文一篇，五言八韵诗一首，间试之以经文、经解、策论。分别等第，各有奖惩。又有两次"堂课"，上旬由助教分课，既望由学正、学录分课，题目如大课。三月不应大课、堂课者除名。又有出勤之要求，每日须赴值日官公所画到，月休假三日。③《钦定国子监则例》中所载月课时间为每月初一、初三、十八日出题，内容包括四书义、试帖诗、策、论等。④可见国子监中所学内容，不出科举所要求之范围，考试内容，也与乡会试大体一致。这对于在入学前即多以教馆、选文为生，并在本地有一定文名的拔贡生们来说，并非难事。因此，课业之外，他们得以有大量的时间进行访友、会文等活动，彼此间建立了深厚的友谊。

如戴名世与萧正模。萧正模，字端木，号深谷，福建将乐人，康熙二十五年拔贡。康熙四十六年，张伯行担任福建巡抚，延士纂修朱

---

① 梁国治等：《钦定国子监志》卷三十六，《景印文渊阁四库全书》第600册，台湾商务印书馆1986年版，第425页上—425页下。
② 汪廷珍等：《钦定国子监则例》卷三十四，文海出版社1989年版，第790页。
③ 梁国治等：《国子监志》卷三十六，《景印文渊阁四库全书》第600册，台湾商务印书馆1986年版，第424页下—425页上。
④ 汪廷珍等：《钦定国子监则例》卷三十四，文海出版社1989年版，第790—791页。

子书，曾聘其为总编。科场不利，以诸生终。有《后知堂文集》四十卷。① 萧、戴二人同年贡入国子监，不久萧正模即因家事返回故里，② 但在这短短的时间内，二人已建立起深厚的友谊。戴名世在为萧氏父亲所做寿序中谈到二人的交往："今年春，余遇萧君端木氏于客舍……端木氏有道之士也，与余交最善。余二人浮沉燕市，燕市人莫能知之。"③ 又在《送萧端木序》中言："闽人萧端木，从余乡人处识余，亦以乡人视余，莫知余也。而萧君同县人为我言，萧君好古博雅君子也，余因出余文一编视萧君，萧君大奇之，以为异世人，非天下所有也。余深愧萧君言。自是萧君与余往来甚数，余益得以悉萧君之为人与其文章。盖余平居为文，不好雕饰，第以为率其自然而行其所无事，文如是止矣。尝按秦、汉以来诸家之旨皆如是，余好之，萧君之向往适与余同，则萧君之奇余也而岂徒哉。"④ 萧端木亦在分别后给戴名世的信中回忆道："正模向者来京师，思得尽交天下豪杰。比至，则无所谓豪杰也，有名士而已矣。名士即不敢望杜子美、韩昌黎，正使神情疏旷，稍异世人，如所谓痛饮酒读《离骚》者，亦可无多求矣。而今则庸妄无似，诗取调四声，文取八股具而已。一日见足下于逆旅，夷然旷远，心窃异之，已乃得所为诗文，大气空引，绝不类近时名士所为。再读再称善，亟为书语吾乡知己者，曰：'正模七千里之行，以交此子为不虚也。'正模岂私于足下哉？向往之同，而文字有神合也。"⑤ 从此数段引文中可看出，萧、戴二人在文章方面取向相同，均不好"时调"而好"古文"；在性情方面也颇相似，

---

① 钱林：《文献征存录》卷六"萧正模"条，清咸丰八年有嘉树轩刻本。刘声木《桐城文学渊源考》中言萧正模为顺治间拔贡，师事朱仕琇，两事皆误。朱、萧二人虽均为闽人，但朱仕琇生于康熙五十四年，主要文学活动发生在乾隆年间，为萧正模的晚辈，萧正模不可能师事朱氏。刘声木所言，见其所著《桐城文学渊源考 桐城文学撰述考》，黄山书社1989年版，第73页。
② 据萧正模《上金先生书》，萧氏到京半载后，因家里小儿亡故，担心父母悲忧，决计南归。萧正模：《上金先生书》，《后知堂文集》卷三十，《清代诗文集汇编》第187册，上海古籍出版社2010年版，第219页上、下。
③ 戴名世：《萧翁寿序》，《戴名世集》卷五，中华书局1986年版，第143页。
④ 戴名世：《送萧端木序》，《戴名世集》卷五，中华书局1986年版，第135页。
⑤ 萧正模：《与戴田有书》，《后知堂文集》卷三十，《清代诗文集汇编》第187册，上海古籍出版社2010年版，第217页上—217页下。

均兀傲不群,落落难合。萧正模曾建议戴名世在古文写作方面,应于"奔轶之余,加之沉着,发露之后,济以深浑"①,这一建议,实能切中戴氏的弊病。而萧氏诗文,亦是"滔滔自运","少蕴藉之致",②病处正与戴名世相同。萧氏返乡后,二人未再聚首,但仍有书信来往。康熙三十二年,戴名世应当年福建乡试主考孙勷邀请,入闽参与文事,此科萧正模应考而落榜。之后,萧正模曾写信与戴名世说:"自戊辰得先生书,慰问殷勤,勉以千秋大业,甚真甚厚,而道里辽远,未及报书。每从坊刻见先生文,辄然深喜,如有所获。今秋意先生尚有事场屋,不谓岭海中乃巧邀先生车驾也……夫售不售亦何足计? 顾弟与先生生平向往之同,而自承教以来,日夜切劘,方期有当于古,以不负知己之望,而风会相左,好尚顿殊,使二十年壮志摧残于老大之年。顾视朋侪先后贵显,而弟与先生别来七载,仍然不得志之人,其于天下通经学古之士何劝焉……弟归里半月,乃知先生正在会城,见弟落榜,惋然深惜,为当事极称之,又于里中中式者问行止,欲以一见为幸,弟顾何足当先生之眷念如此?"③据此,戴名世曾于康熙二十七年(戊辰)致书于萧正模,萧当时未答复,直到康熙三十二年,才写此复信。此复书,一方面是发泄落榜后的抑郁不平之气,另一方面,又对戴名世的知己之情表示感谢。言语出之肺腑,可见二人交情之深。萧正模一生功名限于诸生,戴名世于康熙四十八年以近花甲之龄成会元、榜眼,两年之后即罹文字狱,二人命运,孰幸孰不幸,实难判定。

又如戴名世与白君琳。白君琳,字蓝生,山西保德州人,与戴名世同年贡入国子监。戴名世《与白蓝生书》曰:"前日一见白君,即知白君非常人也。而白君具言往时见仆文章,其向往之者且八九年,相见莫由,既相见则欢甚,以为平生之快……余昔闻之,三晋河山之

---

① 萧正模:《与某书》,《后知堂文集》卷三十,《清代诗文集汇编》第187册,上海古籍出版社2010年版,第217页下。戴廷杰认为此收信人"某"亦当是戴名世。见[法]戴廷杰《戴名世年谱》,中华书局2004年版,第265页。
② 钱林:《文献征存录》卷六"萧正模"条,清咸丰八年有嘉树轩刻本。
③ 萧正模:《与戴田有书》,《后知堂文集》卷三十,《清代诗文集汇编》第187册,上海古籍出版社2010年版,第216下—217页上。

间,其人类多瑰玮慷慨。今保德有白君,蔚州又有李君兄弟,而皆与余同贡于太学。闻声相思,倾盖如故,余实有幸焉。"① 可知白氏对戴氏感慕已久。进入国子监读书,为二人现实中的会面创造了机会。戴名世在此信中,向友人陈述了自己在文章方面的志向,痛批世俗人所看重的时文,牢骚愤诽,毫无掩饰。又,戴名世此信中所言蔚州李君兄弟,即李晖吉、李喧亨,二人出身世家,少时为蔚州同乡、康熙朝著名理学家魏象枢所看重。康熙二十五年同贡于国子监,喧亨康熙三十二年中进士,晖吉功名止于诸生。虽然此数人日后浮沉异势,但青年时代的这段"闻声相思、倾盖如故"的同学情谊,数百载之后仍令人神往。

　　本书所要论述的"桐城派早期作家"中的大部分人物,亦在国子监得以认识并相知。如戴名世、朱书、刘岩等,因文章而互相推重。方苞《朱字绿墓表》言:"是岁,字绿以选贡入太学,海内知名士皆聚于京师,以风华相标置……时语古文推宋潜虚,语时文推刘无垢。字绿见所业,遂归,读书杜溪。"② 戴名世《杜溪稿序》亦言:"余之学古文也先于字绿,而字绿之为古文,余实劝之。"③ 戴名世与朱书于康熙二十三年在南京乡试场上相识,二人同年贡入国子监后,日夕相处,在文章写作上应有进一步的切磋。以古文为众人所推的戴名世,可能即是在此时规劝朱书将精力转向古文。

　　又如被时人认为是"名选家"的戴名世、汪份、何焯三人,④ 亦为同年贡生。戴名世于康熙二十八年所作《与何屺瞻书》中,曾简述三人的交往始末:"往时仆家居,于时文选本中见足下名,然第以吴中名士视足下,未知足下也。及与足下先后至燕山,往来一再唔,始奇足下。亡何,足下别去,仆惘然自失,而汪君武曹为余称足下之

---

① 戴名世:《与白蓝生书》,《戴名世集》卷一,中华书局1986年版,第17—18页。
② 方苞:《朱字绿墓表》,《方苞集》卷十二,上海古籍出版社2008年版,第345页。
③ 戴名世:《杜溪稿序》,《戴名世集》卷三,中华书局1986年版,第57页。
④ 萧奭《永宪录》:"康熙朝,江南负文名操时文选政者,宜兴储欣同人,最有法度。桐城戴名世田有,颇尚清高。长洲汪份武曹与士玉,同时竞爽,皆取裁于何焯屺瞻。焯精于考据,严于文律,而所自作多不传。"见萧奭著,朱南铣点校《永宪录》卷四,中华书局1959年版,第279页。

贤甚具。"① 三人均是意气激昂之人，被世人视为刻薄，彼此之间却互相推重，戴名世言："仆好交游，孳孳求之，唯恐不及。然其于当世之故不无感慨忿怼，而其辞类有稍稍过当者。世且以仆为骂人，仆岂真好骂人哉，而世遂争骂仆以为快。不骂仆者，足下与武曹而已，而世亦以足下与武曹为好骂人。"② 在时文评选问题上，三人均推崇"先辈法度"，反对以迅速得中为目的、以揣摩考场风气为主要方法的文章"俗学"，表现出了与世俗对抗的极大魄力。他们关于时文的意见，将在本书第十一章第一节具体展开。

又如戴名世、徐念祖、刘齐、方苞数人，以古人行谊相期许，戴名世《徐贻孙遗稿序》言："当丙寅、丁卯之间，余与贻孙先后贡于太学。太学诸生与余最善者莫如言洁，贻孙则仅识面而已。而贻孙最善方灵皋，灵皋与余同县，最亲爱者也。贻孙介灵皋以交于余，而灵皋介余以交于言洁。此数人者，持论断断，务以古人相砥砺，一时太学诸生皆称此数人为'狂士'。"③ 方、戴二人虽有姻亲关系，但据方苞《送宋潜虚南归序》，二人相识，却是在康熙三十年方苞入国子监读书以后。④ 此时戴名世已从国子监肄业，考取了八旗官学教习。方苞在京城，又与何焯、汪份交好。⑤ 诸人不仅在文事上互相讨论，如戴名世《自订时文全集序》中所言"灵皋年少于余，而经术湛深，每有所得，必以告余，余往往多类推而得之。言洁好言波澜意度，而武曹精于法律，余之文多折衷于此三人者而后存"，⑥ 更广泛讨论经史学问，并在立身行事上互相鼓舞，以不媚权贵为高，如方苞所记："始徐尚书执权，藉以收召天下士，天下士争凑之，惟齐与其友数人

---

① 戴名世：《与何屺瞻书》，《戴名世集》卷一，中华书局1986年版，第18页。
② 同上书，第18—19页。
③ 戴名世：《徐贻孙遗稿序》，《戴名世集》卷三，中华书局1986年版，第55页。
④ 方苞《送宋潜虚南归序》："潜虚与余生同乡，志同趋，以余客游四方，相慕闻而不得见者且十年余，而于京师得之。"《方望溪遗集》，黄山书社1990年版，第81页。戴名世之母方氏，为桐城桂林方氏中一房方旭之女，方苞则属桐城桂林方氏中六房。
⑤ 方苞：《汪武曹墓表》，《方苞集》卷十二，上海古籍出版社2008年版，第346页。
⑥ 戴名世：《自订时文全集序》，《戴名世集》卷四，中华书局1986年版，第118页。

执节不移。久之,此数人为清议之所从出",① 在京城形成了一种不可忽视的言论力量。

## 三 国子监生活之二:"旅食京华"

除同学之间的交往之外,太学生们还多与朝中达官贵人有所来往。清代入国子监读书的外地学生,在雍正九年国子监对面的学生宿舍"南学"建立之后,可以作为"内班"学生,住校读书。而戴名世这一批拔贡生们入学之时,"南学"尚未建立,就现有资料看,他们应该是散居在外的。不少人在朝中官员家为客,如戴名世刚入京时,即受翰林学士、兵部侍郎张英之邀,到张英家课子弟。② 后又客于内阁学士、礼部侍郎李振裕家。张英为桐城人,与戴名世为同乡。张家、戴家有多重姻亲关系,戴名世父亲戴硕与张英又是少年时代的友人,二人同受知于学政蓝润,同在顺治十一年进学。因此,请戴名世到家任教,可以看作是同乡前辈对后辈的一种照应。又如刘岩入京后,曾在徐乾学家教馆。徐乾学在康熙前期可谓士林教主,以汲引后进为己任,刘岩在徐家任教,是徐氏"爱才"的表现,也是他笼络士子的一种手段。又如萧正模入京后,曾在翰林院检讨金德嘉家教馆。③ 朱书入京后曾在鸿胪寺卿伊图喀家授徒。④ 对这些士子们来说,在官员家为客,一方面能够接触到京城士林中的有名人物,另一方面,教导子弟,有时也代主人作文,可以得些收入,补贴生活及家用。清代国子监直到乾隆二年孙嘉淦奏议后,学生才有膏火费,此前

---

① 方苞:《四君子传》,《方苞集》卷八,上海古籍出版社 2008 年版,第 218—219 页。

② 张英《戴氏宗谱序》:"岁丁卯,贡诸生入太学,孔曼长公田有至京师,以才名冠江南,京师贵公巨卿,无不礼敬田有。余以乡戚故,延至家课子弟廷璐等。"《张英全书》下册附录,安徽大学出版社 2013 年版,第 340 页。

③ 萧正模《上金先生书》:"正模去年以选贡入京师……念循格为仕进,既久不能待,而试期且近,姑就此以授徒。幸逢先生当代伟人,尊贤下士,名滥于国中,正模从同里人得见,特蒙赏识,辱列之师席,礼遇有加。正模自是得贤主人,又得朝夕读未见书,不复前者暂依资斧之计矣。"《后知堂文集》卷三十,《清代诗文集汇编》187 册,上海古籍出版社 2010 年版,第 219 页下。

④ 朱书:《王说曰诗云一节》文后自记,《朱书集》卷十四,黄山书社 2014 年版,第 422 页。

并无此项补助,而诸人此时大多要负担家庭之用,如戴名世自言此次入京动机是"以死丧债负相迫,适督学使者贡余于太学,遂不得已而为远役"①,又如刘岩出生普通农家,身为长子,下有五位弟妹,全家居住在"邱隘嚣尘,墙穿而瓦陋"②的四五楹房屋内,刘岩入京后,积攒教书所得,才为家人在江浦县城购置了数十楹房屋。③因此,"朝扣富儿门,暮随肥马尘"的生活,是这些太学生们不得已的选择。

从现有资料来看,这些新入京的士子们,一方面要寻求贵人的汲引帮助,另一方面又对官场中的柔媚习气嗤之以鼻,在与贵人的交往中尽力保持着自身的尊严与原则,常常流露出"狂生"之态。如戴名世在张英家时,同年贡吴骦亦为客,戴氏《忧庵集》中曾记述三人同处的一个片段:"岁丁卯,余入京师,主一翰林家。翰林一姻亲与余同贡太学者也,亦主其家。一日翰林自外归,卧余榻上曰:'今日骑不良,又行路太多,四体惫甚。'其姻亲适坐其旁,乃为按摩全身,且捶其腿,良久不辍。翰林忽呼余:问曰:'世间为恶之人,以何等为最?'余曰:'媚人者恶,无与伦矣。'翰林曰:'不然。媚人者因好媚者致之,是则好媚者为恶之最。'其人捶之手渐缓,乃曰:'当今之世,何人不好媚,亦何人不媚人?'余曰:'吾非好媚人者。'翰林曰:'吾非好人媚人者。'其人敛手退。"④戴名世之讽刺可谓大胆,幸而张英性情与戴名世相近,未酿成祸事。在李振裕家时,戴名世便以不依附豪奴而得罪主人,其《燕市杂录》言:"余尝客一显者家,其奴仆特用事,主人每从之,问宾客贤否,彼自以其喜怒为毁誉,主人辄信不疑。于是同舍生知其权在奴仆也,深相结交,馈遗财物不绝,岁时伏腊及生辰为寿,与之揖让酬酢,或至跪拜。久之乃相与不根之言,表里谮余,余遂以得罪去。"⑤

---

① 戴名世:《北行日记序》,《戴名世集》卷十一,中华书局1986年版,第291页。
② 刘岩:《匪莪堂文集》卷一《匪莪堂记》,《清代诗文集汇编》第198册,上海古籍出版社2010年版,第71页上。
③ 同上。
④ 戴名世:《忧庵集》第六五条,《戴名世遗文集》,中华书局2002年版,第105页。
⑤ 戴名世:《燕市杂录》,《南山文外编》清钞本,转引自[法]戴廷杰《戴名世年谱》,中华书局2004年版,第207页。

又如刘齐，方苞《四君子传》言："康熙丙寅，（刘齐）以选贡入太学。方是时，昆山徐尚书乾学方以收召后进为己任，而为祭酒司业者多出其门。海内之士有为尚书所可者，其名辄重于太学。有为太学所推者，则举京兆，进于礼部，犹历阶而升，鲜有不至者。惟齐与其友三数人，闭门修业，孤立行己意，踬而不悔。"① 康熙二十八年徐乾学罢归后，又有大僚欲充当士林教主，愿招致刘齐于门下，刘齐亦"谢不往"。② 此后刘齐亦为自己的清高付出了代价，康熙三十一年，任八旗官学教习期满的国子监肄业生参加吏部选拔，大部分得知县，而刘齐仅得州同。此时有人劝他捐纳教官之职，为刘齐拒绝。在写给友人的书信中，刘齐表明了自己坚守"不求人"之气节的决心："仆今日孤踪客游，又不能自办其赀，非奔走求人不可。然仆若肯奔走求人，则利有大于是者，当早为之，必不至以一贡生就试于吏部。即试吏部时肯奔走求人，则同试之士，尚有略识之无、未通文理者，皆早得县令去，又何至以纳粟之事溷及长者！古人有云：予惟不食嗟来之食，以至于此也。业已至此矣，又忽自改其生平，摇尾向人求助，则颠倒已甚，此亦理势之易明者。且既已求助于人而后得官，则一身行止，动有所制，稍欲自行其意，辄疑于负恩，是所谓长为人役。仆故不忍出于此也。"③ 可见刘齐所最看重的品格，是精神的独立自主。为此，他宁可放弃"长为人役"的仕宦之路。

又如何焯、汪份，据方苞《汪武曹墓表》："康熙丁卯、戊辰间，吴中以文学知名者，君与常熟陶元淳子师，同邑何焯屺瞻，皆与余游。当是时，昆山徐司寇、常熟翁司成，方收召后进，其所善，名称立起，举甲乙科第如持券然。三君皆吴人，素游其门，而自矜持，不求亲昵。子师成进士，名盖其曹，不与馆选；君及屺瞻屡踬于举场。天下士益以此重之。其后屺瞻交绝于二家，而徐尤甚，至辩讼于大

---

① 方苞：《四君子传》，《方苞集》卷八，上海古籍出版社 2008 年版，第 218 页。
② 同上。此"大僚"，戴廷杰考证为赵士麟，参见［法］戴廷杰《戴名世年谱》，中华书局 2004 年版，第 248 页。
③ 刘齐：《答邵经农书》，周有壬辑《梁溪文钞》卷五十，《无锡文库》第四辑《梁溪文钞》第 2 册，凤凰出版社 2011 年版，第 137 页下。

府。子师与翁亦忤。"① 丁卯、戊辰为康熙二十六、二十七年，其时徐乾学、翁叔元均以延揽士子闻名。三人与徐、翁有乡人之谊，却能不为权势所动，实属难得。

又如刘岩，康熙二十七年，孝庄皇太后宾天，康熙欲执三年丧，为诸大臣所止，时国子监祭酒以国子监生五百人的名义上书劝阻，并许以荣利，将刘岩冠其首。刘岩得知此事后，抗辩于午门，又作《太学生伏阙上书论》一篇，公开表示自己对祭酒此举的不齿。② 此亦是"狂生"之一例。

以上诸人的狂傲，固是少年人的常态，但亦反映出这一时期士风的激昂。康熙三十年以后，诸人陆续离开京城，太学中狂傲之风，也渐归于消歇，如方苞所言："（此后）太学生虽有洁己自好者，而气概不足动人，清议遂由是消委云。"③

## 四 国子监生活之三：时文之外的学问及与京城前辈学者的交往

（一）史学

史学在清初知识界极为兴盛，特别是对刚刚过去的明代历史的记录、书写，更是得到了官方和民间士人的一致重视。桐城派早期作家们对明史大多深感兴趣，在国子监读书期间，研读史著、撰写史文，成为他们的学术活动的重要组成部分。

戴名世在入国子监读书前，即对明末史事有浓厚兴趣，后成为"致祸之文"的《与余生书》，便作于此一时期。④ 其中感叹南明史事之渐趋湮没，表达了自己意欲收拾遗编、勒成一书的志向："近日方宽文字之禁，而天下所以避忌讳者万端，其或菰芦山泽之间，有厘厘志其梗概，所谓存什一于千百，而其书未出，又无好事者为之掇拾，流传不久，而已荡为清风，化为冷灰。至于老将退卒，故家旧臣，遗

---

① 方苞：《汪武曹墓表》，《方苞集》卷十二，上海古籍出版社2008年版，第346—347页。关于何焯与翁、徐交恶事，参见韦胤宗《何焯与〈通志堂经解〉之关系及清人对何焯之评价》（《古籍研究》2013年卷）一文。
② 参见本书第九章第一节。
③ 方苞：《四君子传》，《方苞集》卷八，上海古籍出版社2008年版，第219页。
④ [法]戴廷杰《戴名世年谱》中，将《与余生书》写作时间系于康熙二十二年。参见《戴名世年谱》，中华书局2004年版，第105—107页。

民父老,相继澌尽,而文献无征,凋残零落,使一时成败得失,与夫孤忠效死,乱贼误国,流离播迁之情状,无以示于后世,岂不可叹也哉……鄙人无状,窃有志焉。"①此后不久,戴名世便已开始了明末史传的写作,如康熙二十三年,曾为明遗民曹维周、沈寿民,明末抗击流贼而死之李逢亨,清初拒不薙发,绝食身死之杨维岳作传,又根据乡人方孝标之《滇黔纪闻》,为南明人物薛大观、杨畏知、刘廷杰、王运开、王运宏、陈士庆作传。在《与余生书》中,戴名世谈到自己在史学写作方面的遗憾有二,一是"身所与士大夫接甚少",二是"足迹未尝至四方,以故见闻颇寡"。②而入国子监读书,则可以有效弥补这两方面的缺失。在国子监读书及肄业后任八旗官学教习的时间里,戴名世听闻到不少近世人物的事迹,并付诸笔墨。如他曾为明末清初人物光时亨、张胆、李月桂、李节妇等人作传,其中张氏与二李传,是代主人周金然而作,③《书光给谏轶事》一篇,则是自觉的"网罗旧闻"的历史写作。

光时亨为明末桐城人,崇祯七年进士,曾任四川荣昌知县,后征入京,历任兵、刑科给事中。李自成军逼近京师,有议迁都者,光氏力主不可。甲申城破,潜行南还。弘光元年四月初九日,为阮大铖、马士英以"从逆"罪名处死。明末清初大多数史家,均将其叙述为"降臣",如东村八十一老人《明季甲乙汇编》卷四、冯梦龙《甲申纪事》卷二、江左樵子《樵史演义》卷六、谈迁《国榷》卷一百、张岱《石匮书后集》卷二十一、查继佐《罪惟录》卷十二下、邵长蘅《武进三忠合传》④、陈鼎《东林列传》卷九、彭孙贻《平寇志》卷九、《流寇志》卷九中,均记述李自成军破城时,光时亨与御史王章同巡城上,光氏降贼,而王章不降被杀。曾亲历甲申之变的钱𫓧在《甲申传信录》卷五"槐国衣冠"中,列出了大顺朝各部官员名录,其中光时亨职务为"兵谏议",其略曰:"光时亨,南直桐城人,甲戌进士,原官兵科给事中。巡视东直门,首降。十九日闯即召见,面

---

① 戴名世:《与余生书》,《戴名世集》卷一,中华书局1986年版,第2页。
② 同上书,第3页。
③ [法]戴廷杰:《戴名世年谱》,中华书局版2004年版,第238—244页。
④ 邵长蘅:《武进三忠合传》,《邵子湘全集》青门簏稿卷十五,清康熙刻本。

加奖谕,以原官视事。时亨寄书其子,有云:'诸葛兄弟,分仕三国。伍员父子,亦事两朝。我已受恩大顺,汝等可改姓走遁,仍当勉力诗书,以无负南朝科第。'"① 顾炎武《明季实录》中,亦载光氏曾为伪谏议。② 晚清徐鼒所著《小腆纪传》,亦言光氏"城陷,首迎降贼",并采录了光氏受伪职后寄子书。③ 按,光氏被杀,罪名有二,一为"从逆",一为"阻迁"。甲申年六月初十日,马士英上"为请申大逆之诛以泄神人之愤事"疏,开首即从党社事入手,提出:"闯贼入都之日,死忠者寥寥,降贼者强半。侍从之班,清华之选,素号正人君子之流,皆稽首贼廷。"④ 以下依次列举光时亨、龚鼎孳、周钟等亲近东林之人的"从逆"之罪,其中光氏罪名为"力阻南迁之议,而身先迎贼"。⑤ 同年十二月,弘光朝刑部尚书解学龙上"从逆六等案",列出投降李自成之诸臣姓名与惩处方案,其中光时亨名列二等,拟处斩。⑥ 阮、马杀光氏,固然是以"从逆"为名,行派别打击之实,但被卷入派别斗争,并不能就证明光氏名节无污,《桐城耆旧传》之《光给事传》中记载唐王时光氏子光廷瑞曾上血书为父辩冤,给事中方士亮亦为光氏辩护,理由是:"执政以阻南迁为名,盖别无可文致。使时亨有臣闯实事,则一六等案杀之有余,何必借刃阻迁哉。以阻迁杀时亨,则时亨之无伪仕明甚。"⑦ 并言当日隆武朝大臣黄道周见此疏后,曾为光氏平反昭雪,并赠其子官职。但此辩护理由,实为牵强,"借刃阻迁",正是为了加重"六等案"的分量,确保将光氏置于死地。因此,若据现有文献,光氏确曾降于大顺政权。

---

① 钱𫆏:《甲申传信录》卷五,上海书店1982年印行,第87页。
② 顾炎武:《明季实录》卷三,《顾炎武全集》第4册,上海古籍出版社2012年版,第148页。
③ 徐鼒:《小腆纪传》卷十九,清光绪金陵刻本。
④ 马士英此疏,见计六奇撰、任道斌、魏得良点校《明季南略》卷二,中华书局1984年版,第126页。
⑤ 计六奇撰,任道斌、魏得良点校:《明季南略》卷二,中华书局1984年版,第126页。
⑥ 黄宗羲:《弘光实录钞》,《黄宗羲全集》第2册,浙江古籍出版社1986年版,第78页。又见顾炎武《明季实录》卷二,《顾炎武全集》第4册,上海古籍出版社2012年版,第133页。
⑦ 马其昶:《桐城耆旧传》卷五,黄山书社1990年版,第185页。

清初著名史家万斯同所著《明史》亦言光氏"长跪乞降"[①]，即应是对比各家说法的结果。但是，"降贼"行为背后的心理活动，如是否主动迎降、投降之后是否有反悔、挣扎，种种曲折，却非"降贼""从逆"等冷冰冰的文字所能言尽，且文献记载，大多亦出于听闻而非亲见，不一定全为事实，如光氏子曾上书辩冤，说明其子坚信父亲是清白的，那么《甲申传信录》中所载光氏寄子书，其真实性便值得怀疑。又如光氏是如何为弘光朝所擒获的，诸家均言之不详。戴名世在京师，遇到一位光时亨旧日仆人："康熙丁卯，余入京师，有役事我于舍馆，京师所谓长班者也，年八十余矣。"[②] 康熙丁卯，为康熙二十六年，正是戴名世在国子监读书时期。戴氏《书光给谏轶事》一篇，[③]关于光氏在崇祯十七年京师城破时的事迹便得自于此位老仆所述。此文提供了可以"证野史之诬"的几个细节，一是"城陷，时亨与御史王章巡城，章为贼杀，时亨堕陴折左股，匍匐入尼庵，夜半自经，尼救之不死"。二是"寻为贼踪迹得之，过御河，与御史金铉同投河，铉死而时亨为人所救"，而救人者，即为舍馆中服侍戴名世的这位光氏老仆。三是光氏南还途中，至宿迁，梦到一豕作人言，要求光氏速遁去，果于是日为刘泽清部下所执，而刘氏此举则是奉阮大铖旨意。阮大铖将光氏与周钟、武愫同日杀之，故野史多以时亨为降贼，而无人为其辩冤。通过这几个细节，读者可以知晓，首先，光氏初心并不欲降贼，只是未能及时殉国，以致身名俱丧。其次，光氏并没有像龚鼎孳等历仕三朝的官员一样，在清军进京后身事新朝，而是选择了"南还"，说明他最终是心向汉家王室的，最起码是意欲作遗民而不出。这一情形，较符合历史实际。几年后，戴名世又将这一推断写入《弘光朝伪东宫伪后及党祸纪略》中："及大兵已至仪、扬间……弃前兵科给事中光时亨于市，时亨有清望，以阻南迁下狱，至

---

[①] 万斯同：《明史》卷三百八十二，上海古籍出版社2008年影印本，第8册，第79页下。
[②] 戴名世：《书光给谏轶事》，《戴名世集》卷七，中华书局1986年版，第195页。
[③] 同上书，第193—195页。

是与从贼周钟、武愫同杀以辱之。"① 康熙间修《安庆府志》、光绪间修《安徽通志》中光时亨传，即采用戴名世此说，言："京师陷，时亨南归，马士英谓其阻南迁，杀之。"② 清末民初马其昶所著《桐城耆旧传》光时亨传，关于光氏晚节，亦采用戴名世说法。③

国子监肄业后，戴名世补八旗官学教习，在作教习期间，康熙二十九年，又完成了他一生中最重要也最出色的历史著作《孑遗录》。这部糅合了编年体与纪事本末体，以日期为经、事件为纬的著作，以短短万余字，记述了明末桐城一邑被兵始末，并且以此为中心，旁及全国军政大势，"上自文武大臣，贤不肖用舍，庙算得失，下逮匹妇节烈，一介士之才，莫不触绪引类，错综联贯，以著其详"。④ 此文虽是在王雯耀《全桐纪略》基础上删改而成，⑤ 但对原材料的重新编排、组织，却可见出戴名世的史才，梁启超即曾极力赏叹此文的"史家技术之能"。⑥ 关于《孑遗录》的文章组织法，本书第二章将予以详论，此处从略。

到京城后，戴名世还得以与全国范围内的众多有志于明史之人相结识。如刘献廷，戴名世《送刘继庄还洞庭序》言："继庄尤留心于史事，购求天下之书，凡金匮石室之藏以及稗官碑志、野老遗民之所记载，共数千卷，将欲归老洞庭而著书以终焉。"⑦ 又言："继庄有友曰王昆绳及余二人，约偕诣洞庭，读其所著书，而继庄家无担石之储，无以供客，余二人之行皆不果，而继庄先携其书以归。"⑧ 继庄为刘献廷字。据刘献廷挚友王源《刘处士墓表》，刘氏先世为吴人，曾祖为明朝太医，遂家于大兴。刘氏顺治五年生于大兴，年十九，携

---

① 戴名世：《弘光朝伪东宫伪后及党祸纪略》，《戴名世集》卷十三，中华书局1986年版，第371—372页。
② 见《（康熙）安庆府志》卷十五，清康熙六十年刻本；《（光绪）重修安徽通志》卷一百七十九，清光绪四年刻本。
③ 马其昶：《桐城耆旧传》卷五，黄山书社1990年版，第185页。
④ 《孑遗录·王源序》，《戴名世集》（附录），中华书局1986年版，第454页。
⑤ 参见谢国桢《增订晚明史籍考》卷七，华东师范大学出版社2011年版，第309页。
⑥ 梁启超：《书籍跋·戴南山孑遗录》，《饮冰室全集》第9册，北京出版社1999年版，第5271页。
⑦ 戴名世：《戴名世集》卷五，中华书局1986年版，第136页。
⑧ 同上书，第137页。

家而南。康熙二十六年，曾受徐氏兄弟修史之邀，入京馆于徐家。徐乾学落职南归，刘氏亦归南，以康熙三十四年卒于吴。刘氏为康熙朝前期之通儒，"于礼乐、象纬、医药、书数、法律、农桑、火攻器制，傍通博考，浩浩无涯涘"①，又留心前朝史事，全祖望《刘继庄传》中言其与万斯同在徐乾学家，"各以馆脯所入，钞史馆秘书，连薨接架"；刘氏南归后，曾邀万斯同南下"共成所欲著之书"，而终不果。② 其所欲著之书，很有可能是"成一家言"的明史著作。刘献廷身世多隐晦处，全祖望言"其人踪迹非寻常游士所阅历，故似有所讳而不令人知"③。又今人向达《记刘继庄》认为刘氏《广阳杂记》"于明季遗民逸士，表彰甚力"，其友人中又有抗清义士"张斐文之流"，因此怀疑刘氏与清初主张复国的明代遗民，有着较深的联系。④ 此说虽是猜想，但刘献廷对明季气节坚贞之士，的确怀有同情、敬佩之心，这也是清初有志于明史者的普遍心理。戴名世对南明"孤忠义士"的表彰、记录背后，亦有此种同情敬佩之心。刘氏于康熙二十六年至京，二十九年南归，故戴、刘二人的相识，正值戴名世入国子监读书期间。二人同对明史有兴趣，其交往中，当有这方面的切磋。刘献廷、万斯同同为徐家高客，且万斯同对刘献廷极为佩服，戴名世同万斯同在康熙三十年至四十年期间，多有交往，其最初相识之时间、经过，史无所征，或许也在戴氏初入监读书之时。

又如朱彝尊、卓尔堪。戴名世《忧庵集》中记述，自己曾于康熙四十六年十月，在扬州朱彝尊寓舍见到卓尔堪，卓尔堪携崇祯皇帝画像一轴相示，言此画像原为史可法所藏。卓氏叔父为史可法部下，顺治二年，扬州城破，此画为卓氏叔父携出。卓氏并述叔父所见城破日情状，言史可法"于城破日，骑马出城，渡河而殁"。⑤ 戴将此说法

---

① 王源：《刘处士墓表》，《居业堂文集》卷六，清道光十一年读雪山房刻本。
② 全祖望：《刘继庄传》，《全祖望集汇校集注·鲒埼亭集》卷二十八，上海古籍出版社2000年版，第527页。
③ 同上。
④ 觉明：《记刘继庄　介绍王勤堉纂刘继庄先生年谱初稿》，《图书季刊》1935年第2卷第4期，第233页。觉明为向达字。
⑤ 戴名世：《忧庵集》第一百〇一条，《戴名世遗文集》，中华书局2002年版，第117页。

与史可法部下史德威及清军征南将领所言相比照，认为当日围城，兵民尽死，史可法不可能一人出城，此说不足信。卓尔堪为清初著名遗民，辑有《遗民诗》，亦是有志于故国文献之人。能将家传之珍贵旧物相示，说明卓氏及主人朱彝尊，对戴名世的史学志向均十分清楚。戴、卓此次相聚，是通过朱彝尊的介绍。据杨谦《朱竹垞先生年谱》，朱彝尊康熙十八年博学鸿词科中式后，曾典江南乡试，后于康熙二十一年夏携眷入京，此后到康熙三十一年三月罢官离京，十年间未曾离开京师。① 因此戴名世入监读书与做官学教习之时，朱氏亦在京。戴名世与朱彝尊的相识，或许即在此时。朱氏虽身事新朝，但旧友中多遗民，他对有志于明史的后学戴名世加以注意，亦是情理中事。

史学方面，值得一提的还有方苞与万斯同的交往。康熙十八年，万斯同受《明史》监修官徐元文之邀，入京居于徐家，以布衣参与《明史》之修。康熙二十九年徐元文、徐乾学兄弟南归后，万氏仍留在京城，实际主持《明史》纂修工作，直到康熙四十一年离世。方苞于康熙三十年入国子监读书，此后几年，又来往于京城与京畿之涿州，以教馆为生。在此期间，得以与万氏相识，即方苞《万季野墓表》所云："士之游学京师者，争相从（万氏）问古仪法，月再三会，录所闻共讲肄。独余不与，而季野独降齿德与余交。"② 方苞当日以古文写作有声于京城文坛，曾得到姜宸英等前辈"吾辈当让之出一头地"的称赞，③ 而万斯同则直言不讳地对方苞提出应超越"文章"层面，将学问理想放到更为根本的"道"上去的忠告，方苞日后感念说："吾辍文章之学而求经义至此始。"④ 康熙三十五年，方苞离京南还，万斯同邀方苞同宿两晚，向方苞传授了自己修《明史》的心得。首先是鉴别史料之法。万斯同认为，近代史迹，文献众多，意见纷纭，因此史书写作中，"事信"尤难："盖俗之偷久矣；好恶

---

① 杨谦：《朱竹垞先生年谱》，清刻曝书亭集诗注本。
② 方苞：《万季野墓表》，《方苞集》卷十二，上海古籍出版社2008年版，第332页。
③ 全祖望：《前侍郎桐城方公神道碑铭》，《全祖望集汇校集注·鲒埼亭集》卷十七，上海古籍出版社2000年版，第309页。
④ 方苞：《万季野墓表》，《方苞集》卷十二，上海古籍出版社2008年版，第332页。

因心,而毁誉随之,一室之事,言者三人,而其传各异矣。况数百年之久乎?故言语可曲附而成,事迹可凿空而构;其传而播之者,未必皆直道之行也;其闻而书之者,未必有裁别之识也。非论其世,知其人,而具见其表里,则吾以为信,而人受其枉者多矣。"①万氏的意见是,考辨史实,当以《实录》为指归,地方、私家史乘为辅助,并说自己的《明史》草稿,已经对史实做了一番初步的筛选,完成了"事信"的工作:"吾所取者有可损,而所不取者必非其事与言之真而不可益也。"②他所期待于方苞的,是"言文",也即文字方面的修饰润色:"子诚欲以古文为事,则愿一意于斯,就吾所述,约以义法,而经纬其文。"③万斯同对方苞所说的另一个心得,是良史必出于一人之手,官修之书难成良史:"昔迁固才既杰出,又承父学,故事信而言文。其后专家之书,才虽不逮,犹未至如官修者之杂乱也。譬如入人之室,始而周其堂寝匽湢焉,继而知其蓄产礼俗焉,久之其男女少长性质刚柔轻重贤愚无不习察,然后可制其家之事也。官修之史仓卒而成于众人,不暇择其材之宜与事之习,是犹招市人而与谋室中之事耳。"④万氏欲将《明史》草稿修饰工作托与方苞一人,就是为避免产生"众人分操割裂"⑤的官修史书之弊病。这两方面的心得,非常精彩,是万斯同一生读史、治史的经验之谈。方苞日后虽没有得到万氏的遗稿,未能完成万氏所托付的重任,但万斯同的一番话,却引起了方苞对历史著作之"义法"的兴趣与探寻。《方苞集》后所附《文目编年》,将方苞关于"义法"的大部分笔记的写作时间均归入"年三十至五十"期间,也即在这次与万氏的长谈之后,是有一定道理的。

(二) 经济之学

经史之外,有关民生实际的学问也是康熙前期知识界的显学。此时一辈好讲制度、兵事的遗老们如顾炎武、黄宗羲、魏禧等,已步入

---

① 方苞:《万季野墓表》,《方苞集》卷十二,上海古籍出版社2008年版,第333页。
② 同上。
③ 同上。
④ 同上书,第334页。
⑤ 同上。

人生的风烛残年，并在康熙二十年前后纷纷下世。但他们所提倡的经世学风，仍有他们的学生弟子在发扬光大，如万斯同为黄宗羲弟子、王源为魏禧弟子。且这些学生后辈，也已成为当日民间知识界的重要人物。此外，此时在新朝担任官职的"官方学者"们，因职责所需，也热衷于涉及具体事务的"经世学问"。桐城派早期作家们在国子监读书期间，也感知到了这一时代思想风潮，并与其中一些重要人物有所交接。

如戴名世与陈潢的交往。戴名世在为陈潢所作墓表中言："初君与余订交京师，余羁穷潦倒，得君提携者为多。"① 陈潢，字天一，号省斋，钱塘人，崇祯十年生。少时学为八股，后弃去，从舅氏仲固存学习"古今成败、民生休戚，及地利兵法、象纬农桑诸书"。② 康熙十年，游学京师，适逢靳辅升任安徽巡抚，访求得之，宾主相得，遂入皖幕。三藩之变起，皖地为江南门户，车骑络绎，陈潢为献驿站改革之法，使得每岁节省财力百余万。康熙十六年，靳辅出任总督河务，所用治河之术，尽出陈潢。康熙二十七年，靳辅遭于成龙、郭琇等人弹劾落职，陈潢亦于此年八月病卒于京师。康熙三十一年靳辅复起后，曾上《义友竭忠疏》称述陈潢治河功绩，认为陈潢在治河中有在清水潭以上筑堤并创设减水坝、在清水潭中筑堤、在甘罗城运口改进大平坝以避河水、在骆马湖运口约束运河之水以避河水内灌、创挑中河等五大功。③ 靳辅、陈潢之治河法，虽一时受到批评，但却被事实证明是有效的。其后于成龙任河督，也沿用了二人的治理方法。康熙二十六年，戴名世初入京师，以文章为翰林院编修周金然所赏识，周氏与陈潢"素友善"④，故戴名世因周氏而得交陈潢。康熙三十一年，戴名世应陈潢嗣子陈良枢之请，为陈潢撰墓表。此《墓表》

---

① 戴名世：《赞理河务佥事陈君墓表》，《戴名世集》卷九，中华书局1986年版，第260页。
② 周金然：《皇清钦授赞理河务佥事道衔省斋陈君墓表》，《砺岩续文部二集》卷六，《清代诗文集汇编》第126册，上海古籍出版社2010年版，第611页下—612页上。
③ 靳辅：《义友竭忠疏》，《文襄奏疏》卷八，《景印文渊阁四库全书》第430册，台湾商务印书馆1986年版，第701页上—704页下。
④ 周金然：《皇清钦授赞理河务佥事道衔省斋陈君墓表》，《砺岩续文部二集》卷六，《清代诗文集汇编》第126册，上海古籍出版社2010年版，第612页上。

详述了陈潢以径治河之上流、筑堤于清水潭、令运河远黄就淮、于河北岸凿中河等治河功绩，以及陈潢关于西北水利的设想，所创设的测水法、土方法等测量河水速度、容积的方法，条理清楚，叙述明晰，较周金然同题墓表所述，更为具体、详明。此文不仅体现了戴名世剪裁史料、遣词造句的文字功力，而且也从侧面反映了戴氏对陈潢经世学问的熟悉和了解。文中对陈潢困于人言、才未能尽用的命运寄予了深深同情，认为："天生之才难矣……及其生之也，则又多废弃不得有所施设。而有所施设者，往往又穷于名位之无以自见。而或有所附托以成功名，其间又或功已垂成而败，以不能竟其用。呜呼，此可为太息流涕者也！"① 这一悲叹，既是戴名世对友人命运的感慨，又可谓是在冥冥中为自己日后的人生做了预言。

又如戴名世、方苞与王源、李塨的交往。王源为明锦衣卫王世德之子，少时随父隐于江苏宝应，曾从阎尔梅、魏禧等人问学。康熙二十七年后至京师，康熙三十二年举顺天乡试。王源好讲经济之学，在京时与刘继庄日相讨论，其后结识李塨，心折于李塨之师颜元"三物、三事"之学，并在康熙四十二年，以五十六岁之龄拜入颜元门下，成为颜李学派之一员。据方苞《送宋潜虚南归序》，王源在康熙十年、十一年"往来江淮"时，即与方苞相识。方苞之父与胜国遗民多有来往，二人应是通过共同的遗民友人结识。方苞入京后，戴名世、方苞、王源三人，成为至交。方苞曾深情回忆此段交往："余从事朋游间，颇得数人，其倜傥自负，而不肯苟同于流俗者，则或庵王生、潜虚宋生……余性鄙钝，每见时辈稠人广坐中，工于笑貌语言，辄俯首噎气，及就二君子，证向古今，或风雨之夕，饮酒歌呼，慷慨相属，若不知其身之贱贫羁旅辗轲而不合于时者。"② 此后，康熙四十二年，王源又介绍颜元弟子李塨与方苞相识。③ 方苞、李塨日后过从亦甚密，二人易子而教，方苞因南山集案入旗后，二人还曾商量互

---

① 戴名世：《赞理河务金事陈君墓表》，《戴名世集》卷九，中华书局1986年版，第256页。
② 方苞：《送宋潜虚南归序》，《方望溪遗集》，黄山书社1990年版，第80—81页。
③ 冯辰、刘调赞撰，陈祖武点校：《李塨年谱》，中华书局1988年版，第91页。

换田宅之事。① 方苞对经世学的兴趣，受到李塨的很大影响，虽然颜李学派直接孔孟、否定程朱的学术谱系，与方苞"学行继程朱之后"的志向不符，因此方、李二人在对程朱的评价上分歧颇大，但二人在经世致用的学术宗趣上，仍有许多相似之处。而在方、李的最初交往中，王源起到了极为重要的沟通作用。这一点，李塨弟子所作《李塨年谱》并未言明。方苞在晚年所作《四君子传》中，曾称王源为道义之交。从国子监开始，数人围绕"经世"的共同志向而产生的这份友谊，的确是清前期学术界的一段佳话。

## 五 太学肄业之后

清初制度，贡生学习期满，可考取八旗官学教习，教习任职满三年，可授邑令。桐城派早期作家中，戴名世、朱书、刘齐、刘永祯等在国子监肄业后均曾考中教习。康熙三十一年，戴名世三年教习期满，考授县令。刘齐、刘永祯因"耻干谒"，仅得州同。② 刘齐出都南归，于康熙三十五年病逝。朱书则于康熙二十七年丁忧归乡，康熙三十一年考取教习，康熙三十四年考授县令。

据现有史料来看，贡生考授县令，只是名阶而非实际职位。只有少数人如王汝骧等出任县令，③ 大多数人在他们中进士入仕前，仍频繁往来于京师与家乡之间，继续参加顺天乡试，并与京师士大夫交处。又有不少人有短暂的游幕经历，如戴名世、朱书、刘齐、刘岩曾于康熙二十七年同入山东学政任塾幕，在幕一年，于康熙二十八年六

---

① 方苞《李伯子哀辞》："李习仁，字长人，吾友恕谷长子也。戊戌春，余命子道章就学于恕谷……今年春，恕谷归自江南，率习仁过余，俾受业。"《方苞集》卷十六，第460页。换田事，见《李塨年谱》康熙五十九年六十二岁条："时先生欲南迁，而灵皋为戴田有事入旗，将北居，因以其南方田宅赠先生。先生即以北方田宅易之。故先生将往江南相宅。灵皋寄字与其侄，付先生带回。"冯辰、刘调赞：《李塨年谱》，中华书局1988年版，第174页。

② 方苞《长宁县令刘君墓志铭》："辛未、壬申间，余初至京师。士友争传：太学生教习考满，有耻干谒而黜于吏部者，曰二刘君，一无锡刘言洁，一君之兄紫函也。"《方苞集·集外文》卷七，上海古籍出版社2008年版，第735页。

③ 王汝骧出任县令，许多友人对其表示惋惜，戴名世《送王云衢之任新津序》言："王君以太学循资当为县令，得蜀之新津以去。笑之者固非矣，惜之者又岂为知王君者哉。"《戴名世集》卷五，中华书局1986年版，第148页。

月回京。戴名世又曾于康熙三十二年入闽，襄助友人孙勷典闽省乡试。又于康熙三十九年入浙江学政姜橚幕，在幕一年。朱书则于康熙三十一年至三十三年游于陕西驿传道副使张霖幕。在此期间，他们继续着他们的学术事业，如戴名世曾于康熙三十五年结识礼部尚书、一代时文作手韩菼，韩菼亦因之了解到戴名世、方舟、方苞等江淮新进士子的文章，并为之大力揄扬。① 又如康熙三十五年，戴名世、王源等曾多次参与万斯同主导的"经济会"，与当日京城讲究"经世学"的名士们交往讨论。② 这些活动某种程度上也可以看作是他们国子监学业的延续。

康熙三十、四十年代，康熙二十五年这一批拔贡生们纷纷考取进士，进入仕途。释褐之后，非复青衿，诸人的生活、心态均发生了或多或少的转变。而对桐城派早期作家们而言，最大的转变来自"《南山集》案"。

## 第三节 《南山集》案始末

戴名世《南山集》案，是继庄廷鑨《明史》案之后康熙朝又一大文字狱，牵连名士众多，对士林影响极大，而与本书所论对象"桐城派早期作家"的关系尤深。此一劫难，不仅使这一群体中绝大多数成员的人生轨迹发生了巨大变化，而且从根本上改变了他们为人、为文的信条。关于《南山集》案之经过、成因与影响，古今学者多有论述。如乾隆间全祖望有《江浙两大狱记》，但此文未引证史料，较为简略。清末无名氏《记方戴两家书案》增入赵申乔奏折与刑部题本、康熙谕旨，对此案作了详细描述，但其中某些论断，未尽客观。当代法国学者戴廷杰所作《戴名世年谱》，于此案前后细节，考证最为详确。此外，又有王树民《〈南山集〉案的透视》（《江淮论坛》1986年第3期），刘跃进《扑朔迷离的〈南山集〉案》（《炎黄春秋》1993年第4期），严迪昌《从〈南山集〉到〈虬峰集〉——文字狱

---

① 参见［法］戴廷杰《戴名世年谱》，中华书局2004年版，第365—367页。
② 同上书，第382—384页。

案与清代文学生态举证》(《文学遗产》2001年第5期),关爱和《〈南山集〉案与清代士人的心路历程——以戴名世、方苞为例》(《史学月刊》2003年第12期),张兵、张毓洲《〈南山集〉案与桐城戴氏家族的衰落》(《文史哲》2009年第3期),张毓洲《〈南山集〉案与方苞人生及心态的变化》(《齐鲁学刊》2010年第6期)等文,从不同角度对此案的成因与影响提出了富有价值的意见。《南山集》案经此数家阐发,似已剩义无多,但《南山集》案与当日政坛之关系,极为复杂微妙,正如雍正登基后亲口对方苞所言"汝昔得罪,中有隐情",而"先帝未悉汝情",[①]也即此案之内情,连康熙都不甚清楚。因此,此案之前因后果,仍有进一步梳理、探讨的必要。以下即拟在前人基础上,分三方面进行论述。

## 一 官方档案记载中的《南山集》案

《南山集》案,始于康熙四十九年十月十二日赵申乔上疏,历经二年余,于康熙五十二年二月初六日定谳。据现有文献,此案从发起到审结的大致经过如下。

(一)康熙五十年十月十二日,左都御史赵申乔参奏翰林院编修戴名世,言戴名世"妄窃文名,恃才放荡,前为诸生时私刻文集,肆口游谈,倒置是非,语多狂悖,逞一时之私见,为不经之乱道……识者嗤为妄人,士林责其乖谬……似此狂诞之徒,岂容滥厕清华",并言自己参奏戴名世,是将"以为狂妄不谨之戒,而人心咸知悚惕矣"。[②]

(二)康熙五十年十二月十八日,刑部上《南山集》案初审题本。[③] 题本中录戴名世等供词,并初步为各人定罪、拟定刑罚。戴名世初拟罪责、刑罚为:"查戴名世书内欲将本朝年号削除,写入永历年号等大逆之语。依律,大逆凌迟处死,祖父、子孙、兄弟及同居之

---

① 方苞:《圣训恭记》,《方苞集》卷十八,上海古籍出版社2008年版,第517页。
② 《清代文字狱档(增订本)》补辑《戴名世〈南山集〉案》,上海书店出版社2011年版,第952页。
③ 《清代文字狱档(增订本)》,上海书店出版社2011年版,第953—956页。以下所录《南山集》案初审题本内容均依此。

人不分异姓,及伯叔父、兄弟之子不限籍之同异,十六岁以上不论笃疾、废疾皆斩;其十五岁以下男及母女、妻妾、姊妹、若子之妻妾,给付功臣之家为奴,财产入官。据此,戴名世依律凌迟处死,家产入官。安徽巡抚解来戴名世之弟戴平世,依律斩决。其祖父、子孙、兄弟及同居之人不分异姓,及伯叔父、兄弟之子不限籍之同异,十六岁以上不论笃疾、废疾,俱查拿送部,依律立斩。戴名世之母女、妻妾、姊妹、子女之妻妾,十五岁以下子孙,伯叔父、兄弟之子,亦俱依律给付功臣为奴。"

方孝标及方氏族人初拟罪责、刑罚为:"方孝标身受国恩,已为翰林,因犯罪发遣宁古塔,蒙宽宥释,归顺吴逆为伪官,迨其投诚,又蒙洪恩免罪,不改悖逆之心,尊崇弘光、隆武、永历年号,书记刊刻遗留,大逆已极。方孝标依大逆律凌迟,今已身死,咨行该巡抚剉碎其尸,财产入官。方孝标之子方登峰,安徽巡抚解来方孝标之子方云旅、孙方世樵,照律皆斩立决。方孝标子孙、兄弟及同居之人不分异性,及伯叔父、兄弟之子不限籍之同异,十六岁以上不论笃疾、废疾,俱查出送部,依律斩决。方孝标之女、妻妾、姊妹、若子之妻妾,十五岁以下子孙,伯叔父、兄弟之子,查出给付功臣之家为奴……方孝标族人干连大逆之罪,依律发遣宁古塔,着交江宁、安徽巡抚,桐城、江宁两县,所有方孝标族人不论已未服尽,逐一严查,有职衔者革退,除已嫁出之女外,一并发遣黑龙江、宁古塔将军处,酌情拨与乌喇、宁古塔、伯都讷等处安插。"

为《南山集》作序的汪灏、方苞,出资刊刻《南山集》的方正玉、尤云鹗初拟罪责、刑罚为:"应将伊等照诽谤朝廷律,汪灏、方苞应绞立决,方正玉、尤云鹗闻捕自行投首,依律减二等,徒三年,惟因伊等与戴名世同伙行事,将伊等妻子一并发往宁古塔。"

与戴名世有较多文字交往的刘岩之初拟罪责、刑罚为:"以知大逆之情不报,依律革职,佥妻流三千里,至配处仗百折四十板。"

《南山集》内所涉及韩菼、赵士麟、刘灏、王英谋、汪份等三十七人,初审结果为:"经查俱系讨论诗文,并无悖乱言语,无庸议。"王源、朱书病故,初审结果为"无庸议"。《南山集》中六封有"大逆之言"的书信所涉及的余湛、许登逢、刘齐、刘献廷、钟山、柱钟，因未查拿到案，故未拟定对其的刑罚。

康熙五十一年正月二十二日，刑部以《南山集》案题本请旨，得旨曰："此事著问九卿具奏。案内方姓人，俱系恶乱之辈。方光琛投顺吴三桂，曾为伪相。方孝标亦曾为吴三桂大吏。伊等族人，不可留本处也。"①

（三）康熙五十一年四月四日，刑部等衙门再以戴名世等一案请旨。上谕曰："案内拟绞之汪灏，在内廷纂修年久，已经革职，著从宽免死。但令家口入旗。方登峄之父，曾为吴逆伪学士，吴三桂之叛，系伊从中怂恿。伪朱三太子一案，亦有其名。今又犯法妄行。方氏族人，若仍留在本处，则为乱阶矣。将伊等或入八旗，或即正法、始为允当。此事所关甚大，本交内阁收贮，另行启奏。"②

（四）从康熙五十年年底到康熙五十二年年初，诸涉案人员在刑部狱度过了一年多时间。对诸人来说，两年余的缧绁生活，是一次脱胎换骨的生命经历。狱中所见的种种，使得他们较为深入地理解、认识到了丹铅笔墨、诗酒唱酬之外的另外一个世界，即方苞出狱后在《狱中杂记》中所写的一个老吏弄法、大盗与狱卒表里为奸、疾疫交作的"人间地狱"。从诸人现存狱中诗作来看，在突如其来的人生变故面前，他们共同的感受是惊疑、愤懑，如方登峄《述怀》诗："我生及祸枢，忧患忽然得。愀愀一室中，风雨鸣贯鋉。眈眈狱吏尊，陵厉到琐屑。婉颜对童仆，触语防皆裂。背灼六月暄，衣揾三冬雪。夜雀等哀猿，寒膏半明灭。魂飞汤火深，悠然念古哲。身世昧蓍龟，虫鱼堕缧绁。闻鬼鬼为邻，呼天天雨血。"③ "虫鱼堕缧绁"、"呼天天雨血"，可见方氏对自己因父辈文字而卷入祸事的命运，感到极为痛心又无能为力。又如戴名世狱中曾有《遥和友人谯集醉后之作八首》④，

---

① 《清圣祖实录》卷二百四十九，康熙五十一年正月丙午，《清实录》第6册，中华书局1985年版，第465页上—465页下。

② 《清圣祖实录》卷二百五十，康熙五十一年四月壬戌，《清实录》第6册，中华书局1985年版，第473页下。

③ 方登峄：《述怀》，方登峄等《述本堂诗集 宁古塔纪略》，黑龙江大学出版社2014年版，第81页。

④ 此八首诗，收入上海图书馆藏萧穆编《潜虚先生文集补遗》，转引自［法］戴廷杰《戴名世年谱》，中华书局2004年版，第919—920页。

第六首言:"何曾一饭恩常负,岂料衰年祸乃迁?无力能填精卫海,有言空问屈平天。桂焚势及琼林尽,云起偏遮皓月圆。一夕忽成千古恨,厉阶谁实始丹铅?"中间两联,以近乎直白的方式叙说了自己内心的不平,在他看来,这一案件中,自己是被冤屈的,而受冤的原因,是小人用事,"云起偏遮皓月圆"。基于这种认识,戴名世仍有对"皇恩"的企盼,如《遥和友人讌集醉后之作八首》第三首:"长系年余身向在,尧仁千古仰宽容。"第八首:"忽觉韶光成往事,可能宽政得新霑。"幻想着有朝一日能够云开雾散,恢复自由之身。

(五)康熙五十二年二月初六日,大学士温达等以刑部等衙门审拟戴名世私造《南山集》,照大逆例凌迟一案请旨。上谕曰:"戴名世从宽免凌迟,著即处斩。方登峰、方云旅、方世樵,俱从宽免死,并伊妻子,充发黑龙江。此案内干连人犯,俱从宽免治罪,著入旗。"① 次日,刑部奉旨,依次对各人施以刑罚。戴名世于二月初十日就刑,方孝标嫡子方云旅、方登峰,嫡孙方世庄、方式康、方世樵、方式济及其家人徙边,方孝标侄子、侄孙及其家人隶旗籍。戴名世叔父戴硒、弟戴平世,以及此案所涉之方苞、汪灏、方正玉、刘岩、许登逢及其家人隶旗籍。

(六)康熙六十一年十一月十三日,清圣祖崩逝。十一月二十日,世宗即皇帝位,颁布恩诏,以族人罪犯牵连入旗者,赦归原籍。雍正元年三月三日,刑部以《南山集》所涉及诸入旗罪人应援恩诏,免罪释放回籍一事请旨,得旨"依议"。②《南山集》案到此终于告一段落。

## 二 《南山集》案的政治背景

《南山集》案由"不谨"之文字引发,主要案犯均为士林名流,因此史家一般将其定性为"文字狱"。但是,此案与一般的文字之祸又有所不同。为了更好地了解《南山集》案发生的背景,现将《南

---

① 《清圣祖实录》卷二百五十三,康熙五十二年二月乙卯,《清实录》第6册,中华书局1985年版,第506页上。
② 《清代文字狱档》(增订本),上海书店出版社2011年版,第959页。

山集》案发前后，与《南山集》案有关的重要政治事件列举如下。

（一）储位之争

康熙诸皇子对储位的争夺，是康熙朝中后期政坛上一件大事。诸子培植党羽之举，在康熙三十年以后已露端倪。除太子外，诸皇子中，皇八子、皇四子、皇十四子，也都是皇位的有力竞争者。康熙四十二年五月，索额图以"结党妄行、议论国事"的罪名被拘禁，不久即死于幽禁之所。① 五年以后，康熙四十七年九月，康熙才向臣下宣告索额图得罪的真实原因，是拥护太子图谋皇位："从前索额图助伊潜谋大事，朕悉知其情，将索额图处死。"② 康熙四十七年九月，太子之图谋再次被发觉，于是康熙有首次废太子之举。但与此同时，又严厉斥责了希图取太子而代之的皇长子、皇八子，并将图谋杀害太子的皇长子革爵幽禁。康熙四十八年正月，令诸大臣保举可立为太子者。康熙本意乃复立太子，但公开推举的结果，是诸臣均同意皇八子为储。由此，康熙对拥护皇八子的国戚佟国维，大臣马齐、揆叙、王鸿绪等进行了不同程度的训诫、惩罚。③ 康熙四十八年三月，太子复立。然而，复立以后的太子并不安分，康熙五十年十月，鄂善、耿额、齐世武、悟礼等因与太子"援结朋党"而被锁拿。次年四月，康熙再次打击太子一党的托合齐、齐世武等。托合齐以结党会饮、贪污不法两项罪名下狱，被判凌迟，后死于狱中。齐世武亦被拟处绞刑。康熙五十一年九月，康熙帝宣布再废太子，并回绝了臣下早日立储的请求，决心不再轻提立储之事。诸皇子的储位之争，进入了另一个暗流涌动的阶段。

（二）一念和尚、大岚山贼与"朱三太子"

康熙在对臣下谈及《南山集》案时，曾言方孝标与"伪朱三太子"一案有牵连。按一念和尚案、大岚山贼案与朱三太子案，是康熙四十六、四十七年间的几件"谋反"大案。一念和尚与"大岚山贼"

---

① 赵尔巽等：《清史稿》卷二百六十九，中华书局1977年版，第9991页。
② 《清圣祖实录》卷二百三十四，康熙四十七年九月丁丑，《清实录》第6册，中华书局1985年版，第336页下。
③ 《清圣祖实录》卷二百三十六，康熙四十八年正月癸巳、甲午，《清实录》第6册，中华书局1985年版，第358页上—361页上。

聚众起事,均打着故明皇室的旗号,而"朱三太子"则确为崇祯之子。此三案的集中出现,从一个侧面说明清廷此时虽已完成国土的统一,但在收拾人心方面,尚有不得力处。三案的具体情形,前人多有考述,现结合当日档案史料,择其要者叙述如下。

一念和尚,据邓之诚《骨董琐记》引邓祥麟《挽一念和尚并序》,其人为明末清初金陵人,世承指挥使。崇祯十七年后出家为僧,后长期居于湖南新宁放生阁,于康熙九年圆寂,年七十五。一念性情"豪侠旷达",又能诗,交游甚广。邓之诚认为"其人必有过人之才,好为人假以号召"①,也即康熙四十六年"一念和尚"案,乃是"借名"。从一念曾为皇帝近臣,国变后又坚守遗民气节的行为来看,此人忠于故明,或许暗中亦有谋划复国之举。后人借其名号起事,也在情理之中。康熙四十六年十一月二十六日,苏州城北门外有大批民众,"红布裹头,竖旗聚集,声言欲入州城劫库",② 后四散逃去。为官兵所获者,供出背后主事者为"一念和尚",通过"给劄"即委派官职的方式来聚集力量。康熙四十七年六月,"一念和尚"被拿到案。③ 案件交由正在浙江审理"大岚山贼"案的户部侍郎穆丹一并处置。康熙四十七年七月二十四日,九卿议覆,"散布伪劄"的"一念和尚"等三人应即凌迟处死,容留"一念和尚"的陈赓元等流放宁古塔,康熙从之。④ 四十八年正月,"一念和尚"手下"擅称大明天德年号,妄题诗句,摇惑人心"的朱永祚被凌迟处死。⑤

"大岚山贼"活动的时间,要早于"一念和尚"。大岚山在浙江

---

① 邓之诚:《骨董琐记全编》(新校本),人民出版社2012年版,第708页。
② 李煦:《苏州织造李煦奏为太仓一念和尚聚众起事折》,中国第一历史档案馆编《康熙朝汉文朱批奏折汇编》第一册,档案出版社1984年版,第779页。
③ 李煦:《苏州织造李煦奏报一念和尚已获解浙并雨水米价折》,中国第一历史档案馆编《康熙朝汉文朱批奏折汇编》第2册,档案出版社1984年版,第101页。又见曹寅《江宁织造曹寅奏报拿获一念和尚折》,中国第一历史档案馆编《康熙朝汉文朱批奏折汇编》第2册,档案出版社1984年版,第95页。
④ 《清圣祖实录》卷二百三十三,康熙四十七年七月戊戌,《清实录》第6册,中华书局1985年版,第332页下。
⑤ 《清圣祖实录》卷二百三十六,康熙四十八年正月丁酉,《清实录》第6册,中华书局1985年版,第362页上—362页下。

宁波、余姚之交界处，"地处深山险要，而山顶平广"，① 从东晋时起即常为民众起义的据点。顺治初，有王翊领导的抗清武装在此驻扎，直至顺治八年方被镇压。顺治十三年，又有龚万里在此聚众起义，反抗政府。康熙四十年左右，宁波人叶伯玉等又谋起事，叶氏于康熙四十六年在江宁被官府拿获。② 康熙四十七年正月，浙江巡抚王然疏报，有"大岚山贼"在嵊县、慈溪、上虞一带活动，官兵斩杀四人，捕获十五人。③ 次月，王然又报，续获"大岚山贼"周天祥、朱飞虎、张念一、张念二等。④ 康熙派户部侍郎穆丹会同浙江巡抚审理此案。据曹寅康熙四十七年闰三月二十日密奏，⑤ 张念一、张念二等号称奉"朱三太子"起事，实则并不认识"朱三太子"，不过"借端煽惑，恐吓愚民"。但张念一同党叶伯玉，则与朱三太子之次子相熟。曹寅此奏又称，张念一、张念二虽奉故明旗号，但与"一念和尚"并无关系，两派人乃各自起事。康熙四十七年闰三月，叶伯玉所认识的"朱三太子"在山东拿获。同年六月，九卿两次商议对"大岚山贼"及"朱三太子"的处罚，⑥ 最后得旨，在浙江起事的董春园、张念一、张念二等七人凌迟处死，另二十一人立斩，其余流放宁古塔。在江苏起事的钱保等四人凌迟处死，另四十七人立斩，其余流放宁古塔。化名为王士元的"朱三太子"亦需"带至京城，问明正法"。⑦ 同年十月，"朱三太子"及其子孙均被斩决。

牵连进"大岚山贼"一案的"朱三太子"，尽管清廷最后认定为

---

① 储焕灿：《大岚山》，《余姚文史资料》第3辑，余姚市政协文史资料研究委员会1987年出版，第84页。
② 曹寅：《江宁织造曹寅奏呈浙江朱三太子一念和尚案审事略》，中国第一历史档案馆编《康熙朝汉文朱批奏折汇编》第一册，档案出版社1984年版，第911—912页。
③ 《清圣祖实录》卷二百三十二，康熙四十七年正月庚午，《清实录》第6册，中华书局1985年版，第318页上。
④ 《清圣祖实录》卷二百三十二，康熙四十七年二月壬辰，《清实录》第6册，中华书局1985年版，第319页下。
⑤ 曹寅：《江宁织造曹寅奏呈浙江朱三太子一念和尚案审事略》，中国第一历史档案馆编《康熙朝汉文朱批奏折汇编》第一册，档案出版社1984年版，第911—912页。
⑥ 《清圣祖实录》卷二百三十三，康熙四十七年六月丁巳、乙丑，《清实录》第6册，中华书局1985年版，第328页上—328页下。
⑦ 《清圣祖实录》卷二百三十三，康熙四十七年六月乙丑，《清实录》第6册，中华书局1985年版，第328页下。

假冒，但后世史家大多认为是真正的崇祯之子。民国初年孟森《明烈皇殉国后纪》，①曾以当日山东巡抚审理此案之奏折，以及此案中与"朱三太子"相识，案发后被流放宁古塔的康熙间举人李明远所作《张先生传》为基础，对此案进行过详细考证，认为康熙四十七年清廷所杀者乃崇祯第四子。结论确凿，迄今学界未有争议。孟森认为，"朱三太子"实为"康熙间人思明裔之一种公名"，②从康熙十二年起，民间即不断有打着"朱三太子"旗号起事之人，因其时崇祯太子已被杀，崇祯二子又在明亡前去世，"三太子"乃崇祯诸子中最年长者。又按孟森所考，崇祯之子，在甲申城破时尚存于人间者有太子、三子、四子。其中第四子，也即此案中的"朱三太子"，名朱慈焕，生于崇祯六年，甲戌城破时为李自成部下所掳，辗转逃至江南，曾剃发出家，后又还俗。因要掩饰身份，无法置办田产，只能四处漂泊，以教馆为生。在江南时化名王士元，在山东时则化名张潜斋。其人并无政治野心，但亦未能做到十分谨慎，其第二子娶叶伯玉之女，而叶氏与张念一等为同党，因此身份最终被识破。孟森认为，康熙令太监辨认，以此认定朱慈焕是"假冒"的说法，只是掩饰之辞，朱慈焕离开皇宫时不过十一岁，此时已经七十六岁，六十五年过去，即令是当日亲近之人，也难以辨识。实际上，康熙正是因为确信朱氏是真正的明室后裔，才将之杀害。

康熙三十八年南巡时，曾谕令臣下访求明室裔孙，"俾其世守祀事"。③但十年之后，当真正的明室后裔现身时，却对其采取了斩草除根的决绝手段。我们认为，这一前后矛盾，正可以见出康熙对民间反清之力量，仍无绝对压制的把握。姚念慈在论及此事时提出，明皇子被杀害，或与康熙朝太子之废立有关。康熙在第一次废太子后，才下定决心杀朱慈焕，是有感于明祚不绝，因此欲以此决绝手段"挽回

---

① 此文收入孟森《明清史论著集刊》，中华书局2006年版，第18—68页。
② 孟森：《明烈皇殉国后纪》，《明清史论著集刊》，中华书局2006年版，第52页。
③ 《清圣祖实录》卷一百九十三，康熙三十八年四月壬子，《清实录》第5册，中华书局1985年版，第1042页下。

天意"。① 然而，康熙朝太子复立后又复废，杀前朝皇子并未能拯救本朝太子的命运。

（三）张伯行、噶礼互参案

与《南山集》案同时进行者，还有江苏巡抚张伯行与江南江西总督噶礼互参一案。共事之大员互相攻讦，在当日并不罕见，张伯行、噶礼互参，大致来说，亦属同僚间的矛盾，但因双方一为汉人，一为满人，张伯行又与江南士人多有交往，因此，这一事件似乎又与一般的同僚争斗有所不同。据《清实录》，其具体经过如下：康熙四十八年十一月，上任不久的江南江西总督的噶礼疏参江苏布政使宜思恭贪婪。康熙命户部尚书张鹏翮等审理此案，并将宜思恭革职，江苏巡抚于准解任，福建巡抚张伯行调补为江苏巡抚，苏州知府陈鹏年署理布政司事。康熙四十九年正月，噶礼又请审追宜思恭任内亏空四十六万一千两。同年五月，张鹏翮审明宜思恭确有勒索贪污等事，宜思恭拟绞监候，并追比其亏空。原任江苏巡抚于准革职。同年闰七月，张伯行、陈鹏年议定藩库亏空赔补办法，请噶礼会题，在噶礼未回应的情况下上题本，过后发现噶礼并未画题。于是张伯行上疏自陈请罪。康熙认为这是两人不和的表现，并表明了自己不会袒护任何一方的态度。同年八月，张伯行以老病求罢，康熙慰留之。十一月，张鹏翮奏江南亏空案进展情况，直言此项亏空，因"挪作公用"。康熙亦知是南巡之过。康熙五十一年正月，张伯行上疏参噶礼在康熙五十年江南乡试中贿卖举人。噶礼随后亦上疏劾张伯行七款罪行，其中包括专以著书、卖书为务，在配合刑部提审《南山集》案犯时掩护友人方苞等。同年二月，张伯行上疏自辩。二人均被解任，仍命张鹏翮往审此案。同年五月，宜思恭叩阍控告噶礼"需索银两，以至亏空"。同年六月，张鹏翮等拟定对张伯行、噶礼的处理办法，拟将张伯行革职，噶礼留任。康熙不从此议，令大学士九卿重议。同年十月，吏部议覆，仍拟将张伯行革职，而噶礼免议。康熙令再议。吏部再奏，拟将二人均革职。康熙

---

① 姚念慈：《康熙盛世与帝王心术：评"自古得天下之正莫如我朝"》，生活·读书·新知三联书店2015年版，第133页。

谕令张伯行留任,而噶礼革职。

在此一案件处理过程中,康熙对张伯行、噶礼二人多次发表评价,认为张伯行"居官清正,天下之人无不尽知,允称廉吏,但才不如守",噶礼"才具有余,办事敏练,而性喜生事,并未闻有清正之名"。① 又认为二人相参,"皆起于私隙,听信人言所致,诚为可耻"。② 但康熙最终选择了维护清官张伯行:"噶礼办事历练,至其操守,朕不能信。若无张伯行、则江南地方、必受其朘削一半矣。"③康熙这一决定,一方面表示自己作为天下之主,视满汉为一体,并不偏祖满人,另一方面则表明了对清廉官员爱惜保全的态度。这一做法,也得到了江南士人的欢迎。

关于噶礼之结局,《清史稿》噶礼本传记载康熙五十三年,噶礼之母状告噶礼图谋弑母,其妻亦忤逆不孝等事,罪状核实后,噶礼被令自尽,其妻亦令从死。而据《清实录》,康熙五十五年五月初二日,康熙斥责嵩祝对皇命迁延推诿,有一段话颇耐人寻味:"伊自谓能自守之人,乃趋奉二阿哥,隐匿得麟逃走之事,与噶礼结亲,自守者果如是乎?且索额图、噶礼,朕皆诛之,嵩祝岂更甚于索额图、噶礼,朕不能诛之乎?抑畏伊镶蓝旗之党乎?"④ 二阿哥即已废之皇太子,索额图为太子一党。嵩祝为镶蓝旗人,与在储位之争中拥立皇八子的"舅舅佟国维"同属一旗。按康熙此言,"与噶礼结亲"与"趋奉二阿哥"之间颇有关系,又将噶礼之死定位为"诛",与"犯上"的索额图相提并论,可见噶礼之死,尚有更隐秘、不足为外人道的原因。

(四)顺天、江南及福建科场案

康熙五十年辛卯科乡试,顺天、江南、福建均有弊案发生。据《清实录》,此三案具体情形如下:

---

① 《清圣祖实录》卷二百五十一,康熙五十一年十月乙卯,《清实录》第6册,中华书局1985年版,第488页下。
② 同上书,第489页上。
③ 《清圣祖实录》卷二百五十一,康熙五十一年十月丙辰,《清实录》第6册,中华书局1985年版,第489页上—489页下。
④ 《清圣祖实录》卷二百六十八,康熙五十五年五月辛酉,《清实录》第6册,中华书局1985年版,第633页上。

康熙五十年九月二十日，辛卯科顺天乡试主考官、左都御史赵申乔上疏，自陈此科所取中第一名举人查为仁，所书卷面籍贯"大兴"与底册"宛平"不符，榜发后又未到顺天府说明情弊，请刑部查究实情。查为仁随即逃逸，次年方被逮，与其父查日昌同下刑部狱。康熙五十二年二月初七日，刑部拟定查为仁案处理结果，查为仁卷乃请人做成后传递进场，查日昌主谋其事，拟斩监候；查为仁虽非主谋，但与其父通同一气，且案发后逃逸，拟绞监候。书役龚大业为其传递文章，拟绞监候；举人邵坡代其作文，拟革去举人，杖徒；监察御史常泰、李宏文失察，拟罚俸一年。康熙从之。除查为仁外，此科举人、原步兵统领托合齐之家人周三之子周启，亦有作弊情事。据刑部所奏，周启之弊发生在试卷誊录环节，后被人告发。周启之父在案发后，贿嘱狱吏将首告灭口，因此性质更为严重。康熙五十二年二月二十六日，刑部会议周启案，周启之父已论斩，周启本人及说事通贿之谈汝龙、高岳，受赃之誊录所书吏何亮公，受卷所书吏钱灿如，均拟绞监候。代周启作文之王廷铨拟杖徒。受卷所官、唐县知县李嶙瑞降一级，罚俸一年。监试御史杨笃生、陈勋、阿尔赛、石芳柱各罚俸一年。康熙认为周三、周启，以微贱之身紊乱科举大典，情罪可恶，应加重处罚。谕令周三、周启俱着处斩，李嶙瑞、杨笃生、阿迩赛、石芳柱、陈勋等相关官员俱革职。鉴于辛卯科顺天乡试弊病极多，康熙下旨在畅春园亲自复试此科举人，并汰革五名复试不合格者。

康熙五十年十月甲子，辛卯科江南乡试主考左必蕃上疏称，乡试撤闱后，舆论哗传，新举人中，句容县知县王曰俞所荐之吴泌，及山阳县知县方名所荐之程光奎，皆为"不通文理之人"，其中情弊不明，请求彻查。之后江苏巡抚张伯行也奏报，康熙五十年九月二十四日，苏州有数百士子"抬拥财神，直入学门口，称科场不公，务求申详"。① 康熙五十一年六月二十九日，主审此案之张鹏翮奏言审理结果，贿买举人之吴泌、程光奎拟绞监候，收受贿赂之副主考赵晋，同考官王曰俞、方名拟革职充军，主考左必蕃拟革职。康熙认为此一审

---

① 张伯行：《题报抬财神疏》，《正谊堂续集》卷一，清乾隆刻本。

理殊为草草，令张廷枢、穆和伦再审。康熙五十二年正月二十六日，九卿议覆，副主考赵晋"擅通关节、大干法纪"，应依顺治十四年丁酉江南乡试例，改斩立决。呈荐吴泌试卷之同考官王曰俞、呈荐程光奎试卷之同考官方名，改斩立决。吴泌贿赂俞继祖等在赵晋、吴泌间传话，均拟绞监候。程光奎在贡院预先埋藏文字，入场后抄写，又与考官交通，拟绞监候。此外，此科又有倩人代笔中式之徐宗轼，及夹带文字中式之席珝，均革去功名，并枷责。主考左必蕃虽未参与弊案，但一科中出现四件弊案，"失于觉察"，应革职。[①] 这一判罚，得到了康熙的认可。

康熙五十二年正月二十六日，在议覆江南科场案的同一天，九卿又议辛卯科福建科场贿通案，将通关节之同考官吴肇中拟斩立决，贿赂考官之新举人王汤三、说事通贿之林英拟绞监候，此科正、副主考考官革职。[②]

文风最盛的南闱、天子脚下的北闱同时出现弊案，此一情形令人联想到顺治十四年蔓延南北的科场案。顺治十四年科场案，牵连众多，手段严厉，既有肃清科场风气的用意，又收到了打击汉族文人的客观效果。五十年后，清廷统治已较顺治十四年时稳定得多，因此，处理手段也较当年柔和。尽管如此，仍有不少文人卷入这一风波。如江南科场案发生后，康熙以左必蕃、赵晋事询问李光地，李光地密奏言此次科场中，编修杨绪与赵晋"实相表里"。[③] 康熙五十年十一月二十八日，康熙问大臣杨绪为人，大学士等奏曰"杨绪为人甚不端"。康熙又令诸臣检举翰林中行止不端之人，得钱名世、王式丹、贾国维、贾兆凤四人。于是杨、钱、王、二贾均遭革职。[④] 此数人中，王式丹、钱名世与获罪之江南副主考赵晋为康熙四十二年会试同年，王式丹为状元，赵晋为榜眼，钱名世为探花。贾国维为康熙四十五年

---

① 《清圣祖实录》卷二百五十三，康熙五十二年正月甲辰，《清实录》第6册，中华书局1985年版，第503页下—504页上。
② 同上书，第504页上。
③ 李清植：《文贞公年谱》卷下康熙四十九年十二月条，李光地《榕村全书》第10册，福建人民出版社2013年版，第85页。
④ 《清圣祖实录》卷二百四十八，康熙五十年十一月癸丑，《清实录》第6册，中华书局1985年版，第462页上。

会试探花，贾兆凤为康熙三十八年顺天乡试解元。加上此时因《南山集》案下在刑部狱中的康熙四十八年会试榜眼戴名世、康熙三十八年江南乡试解元方苞，此一情形，如戴廷杰在《戴名世年谱》中所言，是"巍科名士，沉浮风涛"①，对于士林的震慑，是不言而喻的。

### 三 《南山集》案之成因

#### （一）戴名世六篇获罪之文

《南山集》案中，戴名世罪名的拟定，有一个从"狂"到"悖"的过程。赵申乔参疏中认为《南山集》"肆口游谈，倒置是非，语多狂悖，逞一时之私见，为不经之乱道"，虽已出现"狂悖"一语，但赵氏的指摘，重点尚在"狂"的一面。"私见""乱道"，不过是文人的口头放肆，属于个人品行的范畴。两月后，刑部上戴名世《南山集》案初审题本，则明确指出《南山集》内"与名余生之余湛、名徐一石之徐登峰、名刘岩杰之刘启、名济中之刘宪廷、僧人钟善、柱钟等六人书内，均有大逆之言"。② "大逆"即反抗朝廷，较之"狂"，性质要严重得多。戴名世被拟处凌迟极刑，后"蒙恩"论斩，均是按"逆"的罪名来量刑的。

那么，戴名世是否有"悖逆"思想呢？刘跃进老师曾以戴名世《忧庵集》为主要文献依据，认为戴名世的政治立场是暧昧不明的："戴名世生活在清初顺、康时代。他出生时，清室定鼎中原已经十年，他并没有经历过国破家亡的惨痛。因此，从思想上来说，他不像明末遗老那样对清初满族统治者抱有不共戴天的仇恨。但这并不意味着他已心安理得地接受满族统治这个事实。终其一生，我们发现，他始终对清初统治者抱着一种若即若离的矛盾态度。"③ 这一看法，基本符合史实。在此，我们还可以从刑部论列的六篇"大逆"之文来进行补充说明。

---

① ［法］戴廷杰：《戴名世年谱》，中华书局 2004 年版，第 860 页。
② 《清代文字狱档》（增订本），上海书店出版社 2011 年版，第 956 页。此六人之名，为满语音译，实际应为余湛、许登逢（字亦士）、刘齐（字言洁）、刘献廷（字君贤，继庄）、钟山、朱翁。
③ 刘跃进：《扑朔迷离的〈南山集〉案》，《炎黄春秋》1993 年第 4 期。

六篇"大逆"之文,按内容,可以分为三类。第一类是《与余生书》,① 论及明史写作问题。《戴名世年谱》将此文系于康熙二十二年,其时戴名世尚为桐城乡间一秀才。此文干犯时忌者,在于将南明诸帝王纳入明史谱系。关于戴名世的明末历史写作立场问题,本书第二章将有专门论述,此处仅对此一封信作分析。戴氏写作明末史的活动,几乎贯穿他的一生,而《与余生书》中"弘光之帝南京,隆武之帝闽越,永历之帝西粤、帝滇黔,地方数千里,首尾十七八年,揆以《春秋》之义,岂遽不如昭烈之在蜀、帝昺之在崖州,而其事渐以灭没"一句,可以说是他的明末史写作的基本立场之一。"《春秋》之义",也即"大一统"义。《春秋》中之"王大一统"虽与后世史家之"正统"含义有别,但其中所蕴藏的尊王、攘夷之义,却为后世"正统"说提供了最重要的思想支持。到赵宋之世,在中原王朝被多个少数民族政权环伺的背景下,"正统"问题成为士人普遍关注的问题,欧阳修、章望之、苏轼、朱熹等人均曾对各朝代是否"正统"进行过解释与讨论,其立场也随各人所处时代政治局势的不同,而有"尊王"与"攘夷"的不同侧重。元人以少数民族入主中原,政府在修史时主张宋、辽、金三代统绪并立,以此淡化汉族政权的影响力。明代,汉人政权重新实现疆域大一统,故史家论"正统",重在申说"夷夏之防",如方孝孺提出,为夷狄入主中国的朝代作史时,应承认其国号,但制诏、号令、崩殂薨卒之称等,"皆不得与中国之正统比"。② 丘濬《世史正纲》更直言:"华必统乎夷,夷决不可干中国之统。"③ 清入主中原后,"正统"再次成为前朝史阐释中的焦点问题。顺治二年,从礼部奏,将辽太祖、金太祖、金世宗、元太祖及辽、金、元开国功臣入帝王庙享祀,也即承认"夷狄"亦为正统。一些民间学者如王夫之,此时则放弃了对正统的讨论,以此来表示对异族政权的不满。另有不少遗民或站在遗民立场上的史家,往往借蜀汉、南宋问题发挥己意,在前代史的书写上为汉族政权争取正统。如魏禧认为,历来可称正统的朝代,只有"唐、虞、夏、

---

① 戴名世:《与余生书》,《戴名世集》卷一,中华书局1986年版,第2—3页。
② 方孝孺:《后正统论》,《逊志斋集》卷二,宁波出版社1996年版,第58页。
③ 丘濬:《世史正纲·作者序》,《四库全书存目丛书》史部第6册,齐鲁书社1996年版,第153页下—154页上。

商、周、西汉、东汉、蜀汉、东晋、唐、南宋"。① 蜀汉、东晋、南宋，均为偏安之朝，而三朝开国皇帝昭烈帝、晋元帝、宋高宗，均为中原皇室之血胤。关于南宋亡年，魏禧则认为"崖山之舟一日未覆，不可不书宋"。② 魏氏这一意见，与他的遗民立场相符合，暗含着对同处偏安、统治者同为中原皇室后裔的南明王朝之正统性的肯定。又如黄宗羲弟子邵廷采，在晋、宋正统问题上赞同魏禧，认为东晋、南宋皆是正统所在；在宋、元统绪交替问题上，也认可崖山舟覆为元统之始的说法。③ 因此，在当日语境下，戴名世此信中虽未明确提出南明的正统性问题，但以"昭烈之在蜀，帝昺之在崖州"比拟南明弘光、隆武、永历三朝，所流露出的对南明政权的尊重、肯定之意，是不言而喻的。乾隆间萧奭《永宪录》即认为，《与余生书》"以明亡僭号三藩，比诸汉昭烈在蜀，宋二王航海，至康熙癸卯而后统归于我朝"是"妄为正统之论"。④ 今人严迪昌说戴名世此信中所透露出的搜求南明史料的行动，"有妄存汉家统绪之正的忌讳，又与新朝力谋遗忘若干史事之企图相悖"，⑤ 实际上，戴名世的做法，与官方态度并不完全"相悖"，戴名世写此文时，《明史》馆已开馆，不少汉族臣子如汤斌等，已对明末史事的保存、南明诸帝的书法发表过公开、积极的意见。但私人毕竟不等同于官方，官方可对修史原则进行讨论，私人进行则为"出其位"；加上"通行隐喻"的使用，便导致了"反抗朝廷"的嫌疑。

除在统绪问题上的大胆言论外，戴名世实事求是的著史态度，也是他"犯忌"的原因之一。孟森在论及清初"伪太子"案时，曾对戴名世的史著有过评价。顺治初年，崇祯朝太子现身北京，为崇祯周皇后之父、明嘉定伯周奎出卖，最后以"太子为伪"定案并杀之。孟森认为此太子必真，并引戴名世《弘光朝伪东宫伪后及党祸纪略》一文中"（朝臣）或言其真，或言其伪，谓为真者皆死"的记述，感

---

① 魏禧：《正统论上》，《魏叔子文集·外篇》卷一，中华书局2003年版，第37页。
② 魏禧：《正统论中》，《魏叔子文集·外篇》卷一，中华书局2003年版，第39页。
③ 邵廷采：《正统论三》，《思复堂文集》卷八，浙江古籍出版社1987年版，第341—343页。
④ 萧奭：《永宪录》卷一，中华书局1959年版，第69页。
⑤ 严迪昌：《从〈南山集〉到〈虬峰集〉——文字狱案与清代文学生态举证》，《文学遗产》2001年第5期。

慨"戴南山之见杀,惟以所叙清初事太切实,不稍回护"。① 言真者皆死,自不得不认为真,也即诸老臣对"太子为伪"的表态,实是被迫。戴名世此一判断,干净利落,展现了史学家分析、总结史料的高超能力,但却触到了统治者的痛处:清廷打着"为明廷报仇"的旗号入关,但却对明室子孙赶尽杀绝,岂非表里不一、不仁不义?从这个意义上说,正是戴名世极高的史才与史识,从根本上注定了他悲剧的命运。

此外,陈衍《石遗室诗话》中,言戴名世获罪之因,"或曰以《孑遗录》命名得罪也;或曰即为《南山》之名取义雄狐,刺内乱故也"。② 此两种说法亦均涉及戴名世的史家身份。"孑遗"一词,出自《诗·大雅·云汉》:"周余黎民,靡有孑遗。"但此诗中,"靡有孑遗"的原因乃天灾而非人祸;而《孑遗录》所记人民流离情状,主要是由明末"流寇"引起的,故戴名世用此语,并不一定有对清廷的影射与讽刺之意。"雄狐"出自《诗·齐风·南山》:"南山崔崔,雄狐绥绥。"《诗小序》言此诗乃刺齐襄公"鸟兽之行,淫乎其妹"。顺治初年,有关"太后下嫁"的传说一度在民间流行,文人亦有形诸文字者,最著名如张煌言之"春官昨进新仪注,大礼恭逢太后婚"。③ 但此传说并不可信,孟森《清初三大疑案考实》已有明断之辨。④ 戴名世入京已在康熙二十五年后,作为讲求辨析史料要"综其终始,核其本末,旁参互证"⑤ 的严肃史家,戴名世不大可能将无根之传说当作信史。《南山集》之命名,乃因戴名世家居南山冈之故,"南山"隐射说,当为后人附会。

戴名世第二类"获罪之文",是有关科举制度的言论,包括《送许亦士序》⑥《赠刘言洁序》⑦ 两篇。戴名世是康熙朝著名的选家,在他

---

① 孟森:《明烈皇帝殉国后记》,《明清史论著集刊》,中华书局2006年版,第33页。
② 陈衍:《石遗室诗话》卷十一,人民文学出版社2004年版,第177页。
③ 张煌言:《建夷宫词》,《张忠烈公集》卷十一,清傅氏钞本。
④ 孟森:《清初三大疑案考实·太后下嫁考实》,《明清史论著集刊》,中华书局2006年版,第437—444页。
⑤ 戴名世:《史论》,《戴名世集》卷十四,中华书局1986年版,第404页。
⑥ 戴名世:《送许亦士序》,《戴名世集》卷五,中华书局1986年版,第132—133页。
⑦ 戴名世:《赠刘言洁序》,《戴名世集》卷五,中华书局1986年版,第137—138页。

中进士之前很长一段时间里，评点时文是他重要的衣食来源。但与此同时，他又对时文之学表现出深深的厌恶与不屑。戴氏及其友人对时文的态度，本书第三章将予以详论。此两封信中，戴氏表达了自己对当日科场之文的不满，认为时文本意在弘扬宋儒之学，但却以功名为号召，与宋儒学问之精神相悖；又经晚明良知之学的渗透，连字面上的宋儒之学也不能保，所以，今日之时文，适成圣人之学的障碍。清人文集中多有对八股时文的嘲讽语，戴氏对八股文的批评，充其量不过是文人对文事的意见，尚不到干犯时忌的程度。问题的症结，在于两文中流露出的对官方教化的轻视，具体来说，即《送许亦士序》中"大道沦散，士不知学，而一二腐儒小生，区区抱独守残，沦落于穷岩断壑之中"，与《赠刘言洁序》中"讲章时文不息则圣人之道不著，有王者起，必扫除而更张之无疑也"数句。王者不出，要靠几位"穷岩断壑"中的学者承担起表彰六经、发明大道的重任，这一表述，将置统治者于何地？明末艾南英等选家，亦是要以草野之士而操文章之柄，但乱世与治世，国家的控制力不同，对"草野"的容忍度也不同。清廷曾于顺治九年、康熙九年、雍正元年多次禁止坊间私刻时文，并于乾隆元年推出官方选本《钦定四书文》，广颁天下学宫。雍正、乾隆年间，皇帝还曾多次对科场文风颁发谕旨。[①] 种种举动，均意在宣示朝廷在文风导向方面的权威。因此，戴名世这两封信中传达出的孤高自傲之情，显然不合时宜。

戴名世"获罪之文"中的第三类，是感叹不遇、标榜对社会中心的疏离的，包括《送刘继庄还洞庭序》[②]《送释钟山序》[③]《朱翁诗序》[④] 三篇。此三篇文字的赠予对象，均为内有美质而不为世所知之人。刘献廷有读书、著书之志，却"衣食不遑给"。浮屠钟山"负义气，工方术"，强于多数儒者，却只能寄身方外。朱翁有诗才，却落

---

① 素尔讷等：《钦定学政全书校注》卷六，武汉大学出版社2009年版，第26—28页。
② 戴名世：《送刘继庄还洞庭序》，《戴名世集》卷五，中华书局1986年版，第136—137页。
③ 戴名世：《送释钟山序》，《戴名世集》卷五，中华书局1986年版，第133—134页。
④ 戴名世：《朱翁诗序》，《戴名世集》卷二，中华书局1986年版，第28页。

拓京城,潦倒终身。这三人形象中,又均有戴名世自己的身影在,戴氏亦是浮沉于俗世而无所遇合,如此三人一般。《送刘继庄还洞庭序》与《朱翁诗序》中均提到"行歌燕市","行歌燕市"典出《史记·刺客列传》:"荆轲既至燕,爱燕之狗屠及善击筑者高渐离。荆轲嗜酒,日与狗屠及高渐离饮于燕市,酒酣以往,高渐离击筑,荆轲和而歌于市中,相乐也,已而相泣,旁若无人者。"① 荆轲、狗屠、高渐离,均为隐者,但他们并非不问世事的逸民,而是具有热肠的侠客。杜甫《奉赠韦左丞丈二十二韵》中亦有"致君尧舜上,再使风俗淳。此意竟萧条,行歌非隐沦"② 之句,同样表达的是作者用世的热忱。戴名世一再赞颂诸位友人的归隐之举,同时又详述他们的才华与遭遇,实际上透露出的是对朝廷选士之法的不屑。既然朝廷辜负了士子的热心,那么,"为鸿飞之冥冥"也便是不错的选择。但这种对社会中心的疏离,却为盛世所不容——"盛世无隐者"。疏离即意味着精神的自主、不守法度,意味着不稳定因素,这正是统治者所不容许的。此三篇序被认为"大逆",原因即应在此。

综上,戴名世六篇"大逆"之文,虽非有明确的"大逆"语,但却显然与朝廷所希冀的正确、正常思想有明显背离。戴氏对自身才华的高度自信,由此而带来的对官方的藐视,是其获罪的根本原因。"狂"与"悖"之间,本来距离就不甚宽广。戴氏虽未有明显的"悖"之行为,但却实在有"狂"之表现,那么,只要稍加罗织,便可以说成是"悖"了。

(二) 方家何以得罪最重

从前文所引资料来看,赵申乔参疏中并未提及方孝标。而刑部题本中,特别突出了方孝标"尊崇弘光、隆武、永历年号,书记刊刻遗留,大逆已极"的罪责。康熙两次旨意,也均对方孝标及其族人表达了严重不满。康熙的这一意见,影响到了最后审判结果,此一案,方氏家族受到严厉处罚,方孝标开馆戮尸,方孝标嫡系子孙中,方云

---

① 司马迁:《史记》卷八十六,中华书局1959年版,第2528页。
② 杜甫:《奉赠韦左丞丈二十二韵》,《杜诗详注》卷一,中华书局1979年版,第74—75页。

旅、方登峄、方世庄、方世康、方世樵、方式济均流放宁古塔，余者入旗为奴，相比之下，主犯戴名世家人受罚则要轻，现有记载中，只有叔父戴珂、弟戴平世两家隶旗籍，余人似乎均逃过此劫。

对于方氏家族获罪的原因，前人有不同说法。第一种意见以全祖望《江浙两大狱记》为代表，认为方孝标《钝斋文集》《滇黔纪闻》中"极多悖逆语"。① 对此观点，今人石钟扬、郭春萍《〈钝斋文集〉与〈南山集〉案》一文有详细辨析，认为方孝标《滇黔纪闻》"其基本立场与观点都在为清廷唱赞歌"，② 其中使用"永历"年号，不过是为了纪事，"并无特殊感情色彩"，清廷以方氏书为"悖逆"，是"全然不顾文之实情与人之真情"。③ 这一判断基本符合《滇黔纪闻》的实际。单从文字的倾向性来看，此书可视为"颂圣"之作，被判为"悖逆"实属冤枉。

第二种意见则以《桐城方戴两家书案》与《桐城桂林方氏家谱》中相关记载为代表。《桂林方氏家谱》之《方孝标传》及《桐城方戴两家书案》中言方氏族人罪特重，乃因康熙将"方学士"误认为吴三桂伪相方光琛之子"方学诗"，并因此误以为皖南人方光琛为桐城桂林方氏族人之缘故。《桂林方氏家谱》之《方登峄传》在此说法的基础上，进一步提出方氏受祸，出于戴名世的构陷："嗣戴名世索金于王父不遂，而学士公又以官名误作人名，戴乃伺隙构陷王父，遂以本生受祸。"④我们认为，首先，康熙谕旨中，"方拱辰出仕永历，为其宰相，及吴三桂叛时，又从顺吴三桂，为其宰相"之说虽误，但"方孝标亦曾为吴三桂大吏"则无误。案方孝标，名玄成，以字行。其父方拱乾，为崇祯元年进士，入清后官弘文院学士、侍讲、少詹事。孝标生于明万历四十五年，清顺治六年举进士，顺治十五年牵连入五弟方章钺科场案，与父亲、诸弟流放宁古塔，康熙元年以修京师

---

① 全祖望：《江浙两大狱记》，《全祖望集汇校集注·鲒埼亭集外编》卷二十二，上海古籍出版社2000年版，第1169页。

② 石钟扬、郭春萍：《〈钝斋文集〉与〈南山集〉案》，方孝标《方孝标文集》，黄山书社2007年版，第480页。

③ 同上书，第481页。

④ 方传理：《桐城桂林方氏家谱》卷五十二，清光绪六年刻本。

城门赎归。归后弃官隐居。康熙九年，受吴三桂之招入滇，不久离去。之后康熙十二年十一月，吴三桂杀云南巡抚，起兵造反，方孝标适在南方，又卷入这次风波。刑部初审题本中录方孝标之子方登峄供词云："（父）十一年二月赴黔后未归，任吴三桂的伪翰林承值官，十七年于宝庆军前归附。"① 言方孝标直至康熙十七年方归诚朝廷。《桐城方戴两家书案》称方孝标并未出任吴三桂手下官职，不过是被迫拘留，细节颇富传奇性，但却是"论心不论迹"之语。方孝标出任伪官，方登峄供词已明确承认，无论是否出于自愿，均为事实。其次，戴名世构陷之说，更为想象之词。戴名世供词中明言"方学士即方孝标"，刑部初次题本中，也说明方孝标"已为翰林，因犯罪发谴宁古塔，蒙宽宥释，归顺吴逆为伪官，迨其投诚，又蒙洪恩免罪"。即使康熙在看满文题本时，将"方学士"误认为同音之"方学诗"，但题本上其他内容具在，发谴宁古塔与归顺吴三桂为伪官，是方孝标而非方学诗之事，因此并不可能将两人混淆。

在这里需要补充说明的是，方孝标与吴三桂之间的关系，并非泛泛。今存方孝标《钝斋诗选》中有《上祝平西亲王一百韵》，题目下注"庚戌年作"，庚戌为康熙九年，此年适逢吴三桂花甲之岁，此诗正是祝寿之作。诗中先赞颂吴三桂之功业，铺叙寿宴的风光，之后笔锋一转，谈到自己与吴三桂的渊源：

> 何处来苍髯，居然列碧珰？通家曾忝窃，犹子愧趋跄。往事陈奚敢，微衷述不妨。先人前代末，怀庙讲筵旁。独立排簧鼓，深心保栋梁。泛经陵谷变，久隔鸿雁将。放逐悲萍梗，生还乏稻粱。全家同鸟散，生事类蚕蟗。娱老惟黎耜，教儿祇缥缃。顾予承世业，丕显奚心臧。涉难羞无补，干人岂自遑。似鱼真赭尾，学蟹未成筐。棠棣歌声苦，南陔血泪浪。远蒙乖语问，更感寄书望。谊实云霄比，恩将沧海量。②

---

① 《清代文字狱档》（增订本），上海书店出版社 2011 年版，第 954 页。
② 方孝标：《上祝平西亲王一百韵》，《钝斋诗选》卷二十，《清代诗文集汇编》第 63 册，上海古籍出版社 2010 年版，第 398 页上—398 页下。

此段中，"先人"指方孝标之父方拱乾，崇祯时曾任翰林院少詹事兼侍读学士。"独立排簧鼓，深心保栋梁"，当指方拱乾在崇祯时期对吴三桂一家的保护、支持。吴三桂出身于武官世家，父亲吴襄、舅舅祖大寿均为明末辽东守军将领，吴三桂亦于崇祯十一年擢任宁远总兵。明末文官对武将掣肘严重，所谓"台谏诸臣，不问难易，不顾死生，专以求全责备"。① 从方孝标此诗来看，吴家父子当日曾遭遇廷臣的为难，而方拱乾曾挺身而出，在众口"簧鼓"中曲加回护。方、吴两家关系，可能因此密切起来，这也是方孝标对吴三桂称"通家""犹子"的资本。此段后半，言明自己此行是因为从关外放回后生计艰难，故要来"干人"，请求吴三桂予以照顾。此时方拱乾虽已于康熙六年去世，但"远蒙乖语问，更感寄书望"一句，见出吴三桂对恩人一家，并未忘怀。虽然方孝标不久就赋诗远去，但两代交情，于此历历可见。吴三桂善于利用关系，其"伪相"方光琛，为明末辽东巡抚、兵部尚书方一藻之子，吴三桂于崇祯十二年升任宁远总兵，方一藻出力颇多，因此方光琛与吴三桂，同方孝标与吴三桂一样，都有"通家之好"。康熙误记方孝标家人曾出任吴三桂宰相，或因于此。

事实上，方氏家族获罪的根本原因，并不在于方孝标《滇黔纪闻》里有无"悖逆"之语，甚至也不在于方孝标是否曾在吴三桂手下任职，而在于清廷最高统治者对江南官宦世家、文化世家发自内心的恐惧与怀疑。方孝标属桐城桂林方氏中六房，而桂林方氏为江南望族，从明初"靖难之变"时忠于故主、不屈投江的方法开始，累世均有出仕者。晚明时期，方氏功名更盛，万历、天启、崇祯三朝，共出了方大镇、方大铉、方大任、方大美、方孔炤、方拱乾、方以智七名进士。清初桂林方氏中一房的方文回顾家史，说是"十世国恩蒙者重"，② 并非虚语。也因此，方家与明朝有着极为密切的关系，入清以后，即便是方拱乾、方孝标父子这样的衷心拥护新朝者，尚有与明

---

① 此为卢象升语，见张廷玉等撰《明史》卷二百六十一，中华书局1974年版，第6761页。
② 方文：《水崖哭明圃子留》，《方嵞山诗集·嵞山集》卷八，黄山书社2010年版，第318页。

之"贰臣"、清之"逆贼"吴三桂的人情来往；更何况方家还有方以智等"不识时务"的人物。方以智属桂林方氏中一房，崇祯十三年举进士，曾在崇祯、永历两朝任职。顺治七年，清军攻陷永历朝廷所在地桂林，方以智在乱中逃出，披剃为僧。康熙十年又卷入官府大案，在押送广西途中，自沉于江西万安惶恐滩。余英时认为方以智最后所犯案件，当与谋反有关，① 台湾作家高阳则推测是与吴三桂叛乱有关。② 方以智之子中德、中通、中履，亦均未出仕新朝，以布衣终身。又有中六房方授，参加抗清义军，二十七岁牺牲。因此，在很长一段时期内，清廷并不能对方家人交付全部的信任。如顺治十四年科场案，起因于有人举报新举人方章钺交通主考方犹，而方章钺为方拱乾第五子。有学者即认为这是政敌针对方拱乾进行的打击。而清廷也顺水推舟，最后以正副主考及十六位同考官一齐被杀，八位举人及家人徙边的雷霆手段，对包括方家在内的江南士人进行了警告。严迪昌《清诗史》中论及桂林方氏诗人时曾指出："甲乙以后，毋论方氏族裔归附与否，在相当长一段时期里均深遭疑忌，案狱频起。"③ 这种"疑忌"，即是《南山集》案更深层的背景，一种先在的"家族原罪"。康熙所言"案内方家人，俱系恶乱之辈"，虽有误解，但也未必没有康熙内心的真实感想在内。虽然方家在《南山集》案后仍仕宦不绝，如方苞曾任礼部侍郎，方拱乾五世孙方观承、方观承之子方维甸、侄方受畴更有"一门三总督"的荣耀，但联系本节第二部分来看，《南山集》案发之时，清廷统治尚未完全稳固，朝廷内外仍有不少不稳定因素，因此，对江南士族的控制乃至镇压，仍是十分重要的任务。方家恰逢其时，便再一次充当了"以儆效尤"的对象。

（三）赵申乔其人

今中华书局本《戴名世集》附录中有清末民初人周贞亮关于《南山集》案的一段议论，认为戴名世得祸，起于赵申乔的挟私报怨："《南山集》中有《与赵少宰书》一首，即与赵恭毅一书，此书

---

① 余英时：《方以智晚节考》（增订版），生活·读书·新知三联书店2004年版，第194—200页。
② 高阳：《明末四公子》，华夏出版社2004年版，第49—67页。
③ 严迪昌：《清诗史》，浙江古籍出版社2002年版，第185页。

为田有先生为诸生时作。据老辈相传，戴为诸生，以古文负当世重名，赵极推崇之，刻集请为作序，戴诺之，未及为而出京，赵不及待，乃自作一文，用戴名刊出。戴知其事大诟病，致书请削去其文。以一诸生，恃才而干冒公卿如此，其狂可想，其以此开罪赵氏亦可知矣。其后戴以会试名列榜首，既负重名，士林咸以状头属之，及殿试揭晓，乃为赵子熊诏所得，而戴抑居第二。熊诏才名远不及戴，当时颇有谓赵以贿得之者，其事甚祕，赵恐人发其事，乃特疏参戴，藉以报私怨，而箝制人口。疏中声明'臣与名世素无嫌怨'等语，其实嫌怨甚深，特饰此语以掩其迹耳。但赵在当时负抗直名，颇有名臣之目，其特疏参戴，只云'祈敕部严加议处'，并非有意死之。迨诸臣议罪竟坐大逆，处以极刑，则迥非赵氏初意，即赵亦自悔其多事矣。"① 王树民的《曲折发展的〈南山集〉案及其余波》一文继承了这一"报私怨"的看法，认为："（赵申乔）在参疏中特别表明'臣与名世素无嫌怨'，这正如特别标明'此地无银三百两'、'邻居王二不曾偷'的拙劣表演一样，说明他上奏疏时内心的空虚。"② 案，周贞亮所言戴名世、赵申乔因作序事交恶不确。戴廷杰《戴名世年谱》将《与赵少宰书》系于康熙三十六年，将寄书对象考证为时任刑部左侍郎的赵少麟。赵少麟于康熙二十六年由江苏巡抚任上调回京城，康熙二十九年任刑部右侍郎，转左侍郎，在此任上直至康熙三十八年卒。其在京任官期间，正是戴名世一批太学生刚刚在京城士林显露头角之时。赵士麟好与文人交接，方苞《四君子传》言康熙二十七年徐乾学罢归后，京师无主持风雅者，一时公卿纷纷欲起而代之，"某为少宰，自谓起荒陬至大僚，尤欲擅风雅之誉"。③ 此"少宰"即为赵士麟。与戴名世同年入贡的刘齐，此时曾受到赵氏的笼络，刘齐对赵氏此举十分反感，因而受到报复，在教习期满、选拔县令时落选。

---

① 无名氏：《记桐城方戴两家书案·附注》，《戴名世集》（附录），中华书局1986年版，第484页。

② 王树民：《曲折发展的〈南山集〉案及其余波》，安徽省社会科学院文学研究所、安庆师范学院中文系、淮北煤炭师范学院中文系编《桐城派研究论文选》，黄山书社1986年版，第197页。

③ 方苞：《四君子传》，《方苞集》卷八，上海古籍出版社2008年版，第218页。

戴名世在国子监中素有名望，赵士麟很可能也对戴名世有所耳闻。此后康熙三十五年，戴名世在京城赵吉士家为西宾，赵士麟多次造访赵吉士寄园，因此与戴名世相熟。作序之请，即应缘于此段交情。虽然戴名世在《与赵少宰书》中对赵士麟的做法表示不满，但康熙四十年，戴名世作为浙江学政姜橚的幕僚来至杭州，亲身感受到赵士麟担任浙江巡抚时的政绩，却曾衷心赞叹其"廉吏能为"，并言"赵公后官至吏部左侍郎，与余善"。[1] 可见二人并未因作序事交恶。而赵申乔虽亦曾在刑部供职，但只做到员外郎，并未担任过"少宰"即刑部侍郎。故"赵少宰"非赵申乔。又，赵申乔康熙三十三年自刑部员外郎任上退职家居，至康熙四十年方被起用为浙江布政使，这期间，不太可能与身在京城的国子监生戴名世发生交集。因此从《与赵少宰书》的写作时间上，也可证明此信与赵申乔无关。周贞亮所言"老辈相传"，或因二赵均曾为刑部官员，而戴名世的友人又曾与赵士麟有过冲突，故有此讹传。

赵申乔疏参戴名世，是否有为儿子赵熊诏作掩护之意，因未能找到相关文献依据，难以判定。从现有资料来看，赵申乔不失为一位能臣。赵申乔于康熙九年中进士，之后做过河南商丘知县、刑部主事、刑部员外郎。康熙四十年，退职家居的赵申乔被重新起用，授浙江布政使，次年升浙江巡抚，寻即转偏沅巡抚。偏沅地区为苗族等少数民族聚居区，历来号称难治，赵申乔在偏沅巡抚任上八年，平定红苗叛乱，招抚苗民，治绩卓越。康熙四十九年迁都察院左都御史，康熙五十二年升任户部尚书，五十八年七月病卒于任上。翻检康熙朝《实录》与《起居注》，可以看到，自康熙四十一年后，赵申乔之名便经常出现在康熙谕令中，康熙对赵申乔的评价，主要有以下几点：一、清廉。康熙四十年十月谕群臣："赵申乔居官甚清，所有家人仅十三人，并无幕客办事，皆躬亲。火耗分厘不取。其陛辞奏云：到任不做好官，请置重典。今观其居官若此，能践其言矣。"[2] 此后康熙又曾

---

[1] 戴名世：《忧庵集》第八四条，《戴名世遗文集》，中华书局2002年版，第111页。
[2] 《清圣祖实录》卷二百零六，康熙四十年十月壬戌，《清实录》第6册，中华书局1985年版，第95页上。

多次向臣下赞扬赵申乔的清廉,并将赵与张伯行、萧永藻、富宁安、张鹏翮、施世纶、殷泰等并列,认为"此数人皆清官"。① 康熙五十九年赵申乔病故后,再次评价赵氏"操守清廉,始终一辙"。② 二、敢于任事。赵申乔为康熙所看重,更多在于其任事的勇气。如在赵申乔离开偏沅巡抚任后七年,康熙历数本朝勇武之将,还充满赞叹地提起赵氏当年的作为:"赵申乔前在偏沅,征红苗,挺身前进。新满洲令其在后,以避鸟枪,伊云:'即有不测,我后人尚可得荫袭,与我身在何异?'赵申乔并不娴军旅,但立定主意,便无畏怯。"③ 三、性情褊浅,好受词讼。康熙多次在诸大臣面前批评赵申乔偏激、多事,如:"赵申乔居官诚清,但性喜多事。"④"及(赵申乔)任(浙江)巡抚,好受词讼。"⑤"彭鹏、赵申乔行事偏执,惟务沽名,所以事皆背谬。"⑥"赵申乔居官固清,但性多疑。"⑦"(赵申乔)任湖南巡抚,大小官员,无不被参。岂一省之内,无一好官耶?"⑧ 这些评价,虽多数有"整风"之用意,不免夸大其词,但也可从中看出赵氏并非和平之人。四、非风雅中人。赵氏虽是两榜出身,但辞章并非其长项。康熙五十二年,康熙曾批评赵申乔在担任康熙五十年顺治乡试主考时衡文不当,"虽无交通贿赂之弊,而所中之卷不佳。且有少年稚

---

① 《清圣祖实录》卷二百五十一,康熙五十一年十月丙辰,《清实录》第6册,中华书局1985年版,第489页下。
② 《清圣祖实录》卷二百八十七,康熙五十九年四月戊午,《清实录》第6册,中华书局1985年版,第801页下。
③ 《清圣祖实录》卷二百七十四,康熙五十六年十月丙午,《清实录》第6册,中华书局1985年版,第691页下。
④ 《清圣祖实录》卷二百十一,康熙四十二年二月丁酉,《清实录》第6册,中华书局1985年版,第144页上。
⑤ 《清圣祖实录》卷二百十一,康熙四十二年三月辛酉,《清实录》第6册,中华书局1985年版,第146页上。
⑥ 《清圣祖实录》卷二百十二,康熙四十二年四月戊戌,《清实录》第6册,中华书局1985年版,第150页下。
⑦ 《清圣祖实录》卷二百五十四,康熙五十二年四月甲寅,《清实录》第6册,中华书局1985年版,第516页下。
⑧ 《清圣祖实录》卷二百四十五,康熙五十年三月庚寅,《清实录》第6册,中华书局1985年版,第433页下。

子侥幸入觳。"① 综合这四点,可以认为,赵氏的长处在于清廉操守与处理地方政务,在商丘知县、浙江巡抚、偏沅巡抚任上,政绩都很突出。但赵氏急躁、多疑的性情,并不适合以纠察为主要职责的都御史一职。在辞章、学问上的平庸,也使他对文人的行事规则与所处环境并不了解。赵氏于康熙五十年年初莅任都察院副都御使,在任期内,虽也积极上疏,但大多被康熙直接驳回。他参疏《南山集》,很大程度上不过是一种寻求政绩的举动。从赵氏此后的官运来看,康熙对赵氏发起此案的行为,并未称赞,也未表示明显的反感,因此赵氏此一举动,可谓"无功无过"。但抛开"实际效用"不论,就个人品德而言,赵申乔康熙四十年被起用为浙江布政使,出于李光地的推荐,而李光地是戴名世会试座师,赵氏参疏戴名世,实为不顾同门之谊的无情无义之举。即便赵申乔的原意并非置戴名世于死地,他的奏疏,客观上成为朝廷整治江南文人的借口,直接导致了包括戴名世在内的一批士子命运的改变,却是赵氏所无法否认的。

(四)《南山集》案与"旧东宫"

乾隆十七年成书的萧奭《永宪录》中,康熙六十一年十二月有"赦戴名世、方苞等族属出旗"一条,对《南山集》案的经过进行了简单叙述,言《南山集》为"旧东宫摘其语进之,申乔遂起此狱"。② 此案之发,是否有"旧东宫"的因素,此条之外尚未见其他证据,但从现有资料中,却可推知赵、戴二人,在对太子的态度上,确有差别。

戴名世于康熙四十八年三月中进士,四月点庶吉士,进入翰林院学习。此时太子刚刚复立,皇八子势力则被康熙强力抑制,持续近十年的储位之争已进入了最后的阶段。作为新进士子,戴名世不太可能直接卷入诸皇子之间的争斗。但是,不少戴名世所尊敬的师长,当日均与皇太子集团较为疏离,这应当在一定程度上影响到了戴名世对皇太子的观感。如与戴名世有通家之好,后官至文华殿大学士,长期担

---

① 《清圣祖实录》卷二百五十四,康熙五十二年四月甲寅,《清实录》第6册,中华书局1985年版,第517页上。
② 萧奭:《永宪录》卷一,中华书局1959年版,第69页。

任太子之师的张英,在康熙四十一年二月身体尚康健、皇帝恩眷也未衰时告老归乡,其时戴名世曾有《送张敦复相国诗予告归里》诗相送,诗中有言:"洪涛履忠信,浮云视名利。息心任其真,当轴奚所累?"① 张英告归时,距索额图等太子一党的图谋被康熙发觉只有数月,从"当轴奚所累"之语中,可以推知,张英或是觉察到事机之微,不愿参与到太子谋权的行动中,故飘然远隐以避祸。戴名世既对张英坚守"忠信"、鄙弃"名利"的行为表示赞叹,那么对太子一党的不满态度也便是昭然可见的了。清末陈衍认为戴氏得罪,在于送别张英诗"所言亦太无顾忌",② 实则张英所不屑者,并非皇帝之恩,而应别有所指。又如康熙四十八年六月,戴名世会试座师、刑部尚书张廷枢,亦受到皇太子一党托合齐、齐世武的排挤而被革职。在康熙重新意识到太子仍有结党之举后,康熙五十一年四月,托合齐、齐世武以受贿罪收监,张廷枢旋被召还。戴名世在张廷枢罢职的感想虽已不可知,但师弟之谊所关,这一事件,当是加深了戴名世对太子一党的反感。

赵申乔对太子的态度,与戴名世不同。康熙五十一年十月,太子复废,康熙决意不再立太子。次年二月,时任左都御史的赵申乔陈奏"皇太子为国本、应行册立"。③ 为此,康熙召集群臣,重申"立皇太子事,未可轻定"④,将赵申乔奏折发还。赵申乔在奏折中并未明言该立哪位皇子为太子,因此,相比第一次废太子后,请求复立太子而受到革职处分的劳之辨的遭遇,赵申乔此次上本,并未对自身产生什么影响。但是,赵申乔之子赵凤诏,与旧太子之间却有线索可寻。康熙五十四年十月,时任太原知府的赵凤诏贪赃案发,康熙十分恼怒,向臣下谈起赵凤诏与噶礼之事:"朕曩巡狩至龙泉关,驻跸之日,曾面询赵凤诏噶礼居官何如。赵凤诏奏称噶礼为山西第一清廉官。朕以

---

① 戴名世诗,见陈衍《石遗室诗话》卷十一,人民文学出版社2004年版,第177页。
② 陈衍:《石遗室诗话》卷十一,人民文学出版社2004年版,第177页。
③ 《清圣祖实录》卷二百五十三,康熙五十二年二月庚戌,《清实录》第6册,中华书局1985年版,第504页上。
④ 同上书,第505页上。

赵凤诏乃赵申乔之子，断不欺朕。因擢噶礼为江南总督。"① 噶礼于康熙三十八年出任山西巡抚，康熙四十八年四月升任户部左侍郎，同年七月升任江南江西总督。赵凤诏为康熙二十七年进士，曾任山西沁水县令，康熙四十一年由山西临汾县令超擢为太原知府。噶礼在山西任上，贪名甚盛，如康熙四十二年十二月，四川道监察御史刘若萧曾疏参噶礼贪婪，太原知府赵凤诏为噶礼心腹，专用酷刑以济贪壑，但经噶礼复奏，竟至无罪。康熙四十五年，又有治下平遥民郭明奇向京城巡城御史袁桥陈诉噶礼贪赃、庇护贪墨官员之事，但此事亦对噶礼无甚影响，而以袁桥革职告终。② 本节第二部分曾谈到噶礼与皇太子党的联结，赵凤诏在康熙面前颠倒黑白，为噶礼回护，政治上情好如此，即令噶礼未曾拉拢赵凤诏加入太子集团，赵凤诏的政治立场也应在太子集团一边。此外，康熙五十五年，康熙曾借祈雨之事斥责嵩祝，将其与索额图、噶礼相提并论，言其"趋奉二阿哥"，又言其"平日但务趋奉李光地、赵申乔"。③ 李光地在康熙第一次废太子后，支持太子复立，④ 康熙在这种语境下提起赵申乔，可知赵申乔对旧东宫的态度，至少是缓和、不反感的。因此，《永宪录》中所录"旧东宫"与赵申乔相往来的传言，或许并不是空穴来风。

## 四 《南山集》案的影响

《南山集》案起于偶然，最终酿成大狱，成为统治者对士林进行整肃、威慑的一个绝佳机会。其可见的影响，至少有以下几点：

（一）强化了最高统治者的威权。康熙在处理《南山集》时，采

---

① 《清圣祖实录》卷二百六十五，康熙五十四年十月丁亥，《清实录》第6册，中华书局1985年版，第609页下。
② 赵尔巽等：《清史稿》卷二百七十八，中华书局1977年版，第10104—10105页。又见《清圣祖实录》卷二百三十二，康熙四十七年二月辛卯，《清实录》第6册，中华书局1985年版，第319页下。
③ 《清圣祖实录》卷二百六十八，康熙五十五年五月辛酉，《清实录》第6册，中华书局1985年版，第632页下—633页上。
④ 李清植：《文贞公年谱》卷下康熙五十一年八月条，李光地《榕村全书》第10册，福建人民出版社2013年版，第89页。陈祖武《论李光地的历史地位》（《清史研究》1993年第2期）一文中亦对此有所论述。

取了恩威并施的手段。在案发初期，康熙并未干涉具体办案工作，刑部初上题本中，所拟刑罚颇重，戴氏、方氏两家子弟均被拟处极刑。但定谳之时，康熙则展示出仁慈的一面，除戴名世外，其余诸人的死刑均被宽免，流徙人数也大大减少，主犯戴名世的族人只有两家徙边。与康熙二年四辅臣秉政时所兴庄廷鑨《明史》狱，死者七十余人，徙边七百余家的悲惨情形相较，已算是"从轻"的发落。此外，康熙对涉案的文人的态度，也是宽严相济的。对与明朝关系较深的方孝标一族，惩处严重，对案内其他文人，则处罚较轻。康熙五十一年四月，在此案尚未结案时，即特旨赦免此案内与戴名世有书信往来的原翰林修撰汪灏出狱。不久，另一位涉案的翰林院编修刘岩亦被提前赦免出狱。为《南山集》案作序、收版而被下狱的方苞，则在康熙五十二年二月此案结案后，经由李光地推荐，以白衣而得主知，于同年八月入直蒙养斋，成为皇帝近臣，此后更历三朝恩宠，于乾隆七年以礼部侍郎致仕。这些被赦免，甚至因祸得福的经历，使得他们以及他们的友人对皇帝产生了极度的感激和敬畏。如查慎行在听闻汪灏出狱后，喜赋《闻汪紫沧同年出狱》诗，中有句云："累朝岂少文章祸，圣主终全侍从臣。"[①] 在听闻刘岩受召赴热河避暑山庄后，又赋《送同年刘大山应召赴行在》诗，中有句云："且喜南冠不到头，复趋螭殿侍宸旒。恩威天大殊难测，去住孤身可自由。"[②] "圣主"既有雷霆之怒，又有救人之恩，所谓"恩威天大殊难测"，正是康熙所希望的自身在臣子心目中的形象。又如方苞《两朝圣恩恭记》，详细记录了康熙、雍正两位皇帝对自己的"温语"，一再表示自己以罪余之身，得此恩宠，不胜"惊怖感动"。[③] 方苞在这篇文章中表达的感情，无疑是真诚的。在打压士人的同时又得到士人的尊崇，康熙可谓将"帝王之术"运用到了炉火纯青的地步。

（二）压制了"狂士"精神。严迪昌在《从〈南山集〉到〈虬

---

① 查慎行：《闻汪紫沧同年出狱》，《敬业堂诗集》卷四十，四部丛刊景清康熙本。
② 查慎行：《送同年刘大山应召赴行在》，《敬业堂诗集》卷四十一，四部丛刊景清康熙本。
③ 方苞：《两朝圣恩恭记》，《方苞集》卷十八，上海古籍出版社2008年版，第516页。

峰集〉——文字狱案与清代文学生态举证》一文中认为,桐城文学,原本有由钱澄之及方以智父子开创的批判性传统,戴名世《南山集》中对世态、文风的尖锐批评,正是对这一传统的继承。但这一传统在《南山集》案后被中断了,因为《南山集》案后的作者,已无复有独立的人格:"按批判性必悖背趋从、依附性,凡思想识见不能自持,人格独立之个性不能自守,焉得言批判理念?"①的确如此。戴名世因"肆口游谈"而被参,这一遭遇,足以告诫还生存于世的那些昔日"狂生"。戴名世友人杨宾在晚年悼友诗中,认为戴名世的悲剧,有其自身性格的原因:"人生天地间,进退贵有识。苟非当进时,退亦生荆棘。嗟彼梦梦者,进退无一则。出言既不逊,胡为受羁勒?悲哉七尺躯,弃捐在顷刻。一编纵千秋,终古有惭德!"②"出言既不逊,胡为受羁勒"一句,令人想起明人袁中道《李温陵传》结尾的"三不愿学":"若好刚使气,快意恩仇,意所不可,动笔之书,不愿学者一矣;既已离仕而隐,即宜遁迹入山,而乃徘徊人世,祸逐名起,不愿学者二矣;急乘缓戒,细行不修,任情适口,鸾刀狼藉,不愿学者三矣。"③李贽与戴名世的生活经历、得祸原因固有不同,但在不能适应人世之污浊,却又对世事怀抱着极大的热情,"好刚使气""任情适口"这一点上,却是相同的。狂生李贽不能见容于明廷,戴名世所处时代,朝廷控制力较晚明更强,因此,在其得到"狂生"之名后,被打压便是必然的命运了。杨宾作为明臣之后,尚且感叹戴名世的不合时宜,他人对戴名世之死的观感可想而知。

(三)促成了文章写作中的"自我压抑"。"自我压抑"一词,是王汎森在《权力的毛细管作用:清代的学术、思想与心态》一书中提出的术语,指在朝廷文字审查制度之下,作者、读者、出版从业者,在文字产生、流播的不同阶段,以不同的方式体现出的、自觉的

---

① 严迪昌:《从〈南山集〉到〈虬峰集〉——文字狱案与清代文学生态举证》,《文学遗产》2001年第5期。
② 杨宾:《亡友·戴褐夫》,《杨宾集·晞发堂诗集》卷七,浙江古籍出版社2012年版,第82页。
③ 袁中道:《李温陵传》,《珂雪斋集》卷十七,上海古籍出版社1989年版,第725页。

"生存努力"。①《南山集》案之后，桐城派作家在写作时也有意地采取了"自我压抑"的策略。如方苞在《南山集》案后所写作的明清之际人物传记，在一些敏感时间、事件上，常常采取"语焉而不详"、有意略过的写法。之后桐城派作家更是主动放弃了长篇纪事之文的写作，直至又一轮朝代改易，民国初年，桐城派作家马其昶、姚永朴、姚永概等入《清史》馆修史，桐城文章才再次与史学紧密联系起来。史学写作外，在游记写作、时文评点等领域，我们亦可看到方苞等幸存者们的"自我压抑"。关于此，以下相关章节将会有进一步论述。

---

① 王汎森：《权力的毛细管作用——清代文献中"自我压抑"的现象》，《权力的毛细管作用：清代的学术、思想与心态》，联经出版事业公司2013年版，第393—500页。

# 第二章
# 桐城派早期诸家的明季史事书写

在中国古典学术中，史学和文学常常呈现出一种互相交融的态势。孟子有言："《诗》亡然后《春秋》作。"① 认为史学继文学而起。② 章学诚则宣称："子史衰而文集之体盛，著作衰而辞章之学兴……史学不专家，而文集有传记。"③ 认为传志之文源出于史学。在学术细分后的时代，史家在"事信"之外还须讲究"言文"，而文人的创作既可以被史家视为史料，不少文学作品本身又是一种对历史的有意记录。史家和文章家的界限由此变得模糊起来。本书所要讨论的桐城派早期作家，就是这样一些具有"史家"与"文家"双重身份的人物。如戴名世曾多次表达自己对"先朝文献"的兴趣与撰著史书的志向，并最终因作史而罹文字狱；方苞虽未完成万斯同所嘱托的润色、改写明史草稿之事，但却对史法有着精深的研究。朱书亦是"熟于有明遗事，抵掌论述，不遗名地"。④ 本章即拟从他们的历史写作入手，来观察桐城派文章的早期面貌，并借此一窥清初史学与文学之间的分合关系。

---

① 焦循：《孟子正义》卷十六，中华书局2015年版，第617页。
② 参见蒙文通《中国史学史》，上海人民出版社2006年版，第9—11页。
③ 章学诚：《文史通义·诗教上》，《文史通义校注》，中华书局1994年版，第61页。
④ 方苞：《朱字绿墓表》，《方苞集》卷十二，上海古籍出版社2008年版，第346页。

# 第一节　桐城派早期作家"当代史"写作的思想背景

　　桐城派早期诸家的历史写作，集中在明史特别是明季史事上。这一兴趣点的产生，与清初史学的兴盛、皖北沿江一带的历史文化特点，以及诸人自身的学问志向均有关系。

　　明清鼎革之后，无论是私家史学，还是官方史学，都得到蓬勃的发展。私家野史方面，据阚红柳《清初私家修史研究——以史家群体为研究对象》一书的统计，顺治、康熙两朝著有私人史著的史家，共有218人。而这些史著大部分都是对明清之际史事的记录。如阚红柳所言，"清初学术界，研究当代史已成为一种学术风气"。① 而在朝廷方面，顺治二年五月始诏修《明史》，此后不断下诏征求民间遗书，以备《明史》纂修。康熙十八年三月，博学鸿词科开科，取中者五十人俱任命为《明史》纂修官。同年五月，任命徐元文为《明史》监修官，叶方蔼、张玉书为《明史》总裁官，十一月，《明史》馆正式开馆，《明史》的纂修进入实质性阶段。此后，史馆人员虽屡有变动，但在几个核心人物如徐乾学、徐元文、万斯同、王鸿绪等的主持下，《明史》纂修工作得以持续进行。雍正元年，王鸿绪进呈在万斯同《明史稿》基础上修订完成的《明史》310卷。在此稿基础上，又经修改，雍正十三年十二月，张廷玉等进呈《明史》336卷，此即乾隆四年所刊刻的殿本《明史》。可以看出，在这近百年的修史历程中，康熙一朝是最主要、完成工作最多的时期。

　　朝野两方面对修史的重视，直接影响到戴、方等人的学术兴趣。康熙二十二年，戴名世致信门人余湛，即提到官修《明史》在取材上的不能完备："前日翰林院购遗书于各州郡，书稍稍集，但自神宗晚节，事涉边疆者，民间汰去不以上，而史官所指名以购者，其外颇更有潜德幽光，稗官碑志，纪载出于史馆之所不及知者，皆不得以

---

① 阚红柳：《清初私家修史研究——以史家群体为研究对象》，人民出版社2008年版，第27页。

上,则亦无以成一代之全史。"① 因此他立志独撰一书:"终明之世,三百年无史……鄙人无状,窃有志焉。"② 此后康熙二十五年,戴氏以拔贡入京,得以广其见闻,并有机会与有志于史事的师友如刘献廷、朱彝尊、卓尔堪等交流讨论,终于有所创获。康熙三十九年,戴名世致信友人刘岩,谈到自己"二十年来,蒐求遗编,讨论掌故,胸中觉有百万书,怪怪奇奇,滔滔汩汩,欲触喉而出",③ 自得之情,溢于言表。

方苞的学术转向,则与康熙十八年后以布衣总领修史事的万斯同密切相关。方苞少时,虽有父兄教授经史、古文,但其兴趣主要在"辞章"方面。康熙三十年,方苞入太学,获交于万氏。万氏对方苞的古文才华颇为欣赏,但又提醒他,古文之外尚有学问。据方苞回忆,自己"辍古文之学而求经义自此始"。④ 康熙三十五年,方苞将要离京南下之际,万氏又以史事相托:"子诚欲以古文为事,则愿一意于斯,就吾所述,约以义法,而经纬其文,他日书成,记其后曰:'此四明万氏所草创也。'"⑤ 此后方苞虽未直接从事史书写作,但却开始潜心探索前代经史著作在文字安排上的奥妙。苏惇元所辑《方苞年谱》所附《文目编年》,将方苞所作诸篇关于《尚书》《周官》《仪礼》及《史记》的笔记系于康熙三十五年之后,是有一定道理的。除单篇笔记外,方苞晚年还曾应弟子之请,将读史心得整理成《春秋通论》《左传义法举要》等著作。

朱书亦就修《明史》事与万斯同有过讨论。据朱书《与万季野书》,康熙三十三年左右,朱书曾在徐秉义家宴上得见万斯同,其时万氏曾向朱书询问明末宿松籍锦衣卫指挥金星耀的事迹。朱书以此为契机,写成《明中丞金丽阳先生传》一文,以备史馆采择。又感于金忠士、金星耀父子事迹之灭没不彰,而作《告同郡征纂皖江文献书》,向安庆府六邑之士征集乡先贤之行状、事略、传记、谱牒、碑

---

① 戴名世:《与余生书》,《戴名世集》卷一,中华书局1986年版,第3页。
② 同上书,第2页。
③ 戴名世:《与刘大山书》,《戴名世集》卷一,中华书局1986年版,第11页。
④ 方苞:《万季野墓表》,《方苞集》卷十二,上海古籍出版社2008年版,第332页。
⑤ 同上书,第333页。

铭之文。此《书》中指出，皖人"惟元以后至今为甚盛"，尤其是"三百年来，忠孝、事业、文学、讽议之迹显闻天下不一"。① 按"三百年"的时段推算，可知朱书所征集的重点，是明代皖人的事迹。因此可以说，朱书这一征集乡邦文献的举动，由官方《明史》修纂直接促成，是民间学者对官方修史工作的有意补充。

时代学术风气之外，诸人自小浸润于其中的地理文化环境，对他们的史学兴趣和史学观点的形成也有重要影响。戴名世、方苞祖籍桐城，朱书祖籍宿松。桐城、宿松明清两代均属安庆府。安庆"阳溃而阴岳，左吴而右楚"，② 自古以来即为兵家必争之地。桐城地处安庆府中部，在明末曾先后遭农民军、明官军、清军数次蹂躏。宿松地处安庆西北，与属于大别山脉的英山、霍山邻近。明末清初，英、霍山区曾有农民军及官绅在此结寨防守。顺治初年，诸寨"多为明守，不肯下"③。顺治五年，江西总兵金声桓降明，英山、霍山、潜山、太湖、桐城诸寨亦予以响应，"拥众如故，遥奉明制"。④ 直到顺治七年，方被清军次第剿平，而英山三尖寨寨主、义军骨干张福寰尚"独守山寨十余年"。⑤ 戴名世、朱书分别出生于顺治十年、顺治十一年，二人少年时期当听到过不少亲历战乱者对旧闻的讲述。这为他们日后从事历史写作提供了宝贵材料。戴名世记述明清之际桐城战事的《孑遗录》，即是"从诸父老问"的结果。⑥ 朱书亦著有记述四十八寨始末的《皖寨纪事》，保存了许多不见于正史及地方志的史料。具体到个人家世，戴、方、朱三人的父辈师友中，不乏深怀故国之思者，如戴名世曾祖戴震，为明诸生，"国变痛哭，薙发服僧衣，入龙眠山中不出"。⑦ 朱书之父朱光陛"遭变后，氍巾深衣历十余年一易"，⑧ 以

---

① 朱书：《告同郡征纂皖江文献书》，《朱书集》卷六，黄山书社1994年版，第104页。
② 朱书：《皖寨纪事》，《朱书集》卷十，黄山书社1994年版，第186页。
③ 同上书，第187页。
④ 同上书，第188页。
⑤ 同上书，第190页。
⑥ 戴名世：《孑遗录自序》，《戴名世集》卷十二，中华书局1986年版，第309页。
⑦ 戴名世：《先君序略》，《戴名世集》卷六，中华书局1986年版，第174页。
⑧ 朱书：《先考仲藻府君事略》，《朱书集》卷八，黄山书社1994年版，第168页。

遗民自处。方苞之父方仲舒，以布衣终身，而好与诸遗民交游，方苞幼时，曾亲接著名遗民钱澄之、杜濬、杜岕之声欬，① 对他们的生平志节有感性的认识。戴、方、朱三人虽均出仕新朝，政治立场与父辈不同，但他们笔下对于明帝国覆亡的痛惜叹惋，对易代之际忠义之士的赞颂，不能不说有父辈的影响在。

　　桐城早期诸家对史学的爱好，还与他们经世致用的学问宗旨有关。戴名世说自己与友人编选时文，最终目的是发明"圣人之道"，保存"先王之法"。② 方苞虽尊崇程朱，但对阳明学者如鹿善继、孙奇逢、汤斌等人的志节事功亦称赞不已。③ 朱书亦是"以经世之学，自负其议论"。④ 而作为文人，著史是他们实现经世抱负的最便捷途径。历史书写不同于单纯感物抒情的文学创作，对制度因革、成败缘由的描述与探讨，需要广博的、关于世务的知识。戴名世在《史论》中说："圣人之经纶天下而不患其或敝者，惟有史以维之也。"⑤ 即表达了对"史学经世"的郑重认识。这是桐城早期诸家从事历史写作的又一重思想背景。

## 第二节　明清正统更替时间与明亡原因之阐释：桐城早期诸家的史观

　　今存戴、方、朱三人文集中，关于明季历史的记录主要有纪事文与传记文两种体裁。戴名世《崇祯癸未榆林城守纪略》《崇祯甲申保定城守纪略》《弘光乙酉扬州城守纪略》《弘光朝伪东宫伪后及党祸纪略》《孑遗录》，朱书《皖寨纪事》，均近于史部纪事本末体，而三

---

　　① 方苞《田间先生墓表》："先君子闲居，每好言诸前辈志节之盛以示苞兄弟，然所及见，惟先生及黄冈二杜公耳。"《方苞集》卷十二，上海古籍出版社2008年版，第337页。
　　② 戴名世：《汪武曹稿序》，《戴名世集》卷四，中华书局1986年版，第100页。
　　③ 方苞：《重建阳明祠堂序》，《方苞集》卷十四，上海古籍出版社2008年版，第411—412页。
　　④ 方苞：《兄百川墓志铭》，《方苞集》卷十七，上海古籍出版社2008年版，第496页。
　　⑤ 戴名世：《史论》，《戴名世集》卷十四，中华书局1986年版，第403页。

人文集中关于明末清初人物的单篇碑传,则可视为宽泛意义上的史部传记。这些文字所体现的史观,主要集中在对明清正统问题的判断,与对明朝覆亡原因的阐释上。

明清正统的交替,也即明祚到底结束于何时?是清初明史写作中一个极为敏感的原则性问题,直接关系到史著中纪年应如何书写、南明诸帝是否应入本纪、崇祯十七年三月之后抗清之士是否应入传等具体的行文法则。谢国桢《晚明史籍考》中所录顺治及康熙初年私人修撰的"通记"类著作中,出自遗民之手的大多认为崇祯十七年后明祚仍存,如查继佐《罪惟录》为弘光帝作纪,又附书鲁王、两唐王、桂王、韩王于后;张岱《石匮书后集》认为崇祯身死社稷,为"失国之正",因此"崇祯甲申三月,便是明亡",① 但又在崇祯帝、后及太子本纪、二子世家之后,列传之前,安排了"明末五王世家",记载福王、唐王、桂王、鲁王及楚王的事迹。谈迁《国榷》、张怡《玉光剑气》等著作,也都将明事记述到甲申之后。而出自新朝官员的如傅维鳞《明书》,则将明亡时间定于崇祯十七年。在朝廷《明史》馆内部,主持修史的汉人官员多主张在承认清朝统治的同时,肯定甲申之后明藩王政权的客观存在。如康熙二十三年,由徐元文、徐乾学兄弟共同起草的《修史条议》,建议"庄烈愍皇帝纪后,宜照《宋史·瀛国公纪》后二王附见之例,以福、唐、鲁、桂四王附入,以不泯一时事迹,且见本朝创业之隆也"。② 王鸿绪在其《史例议》中也提出:"《明史》甲申以后,纪年当何从?余曰:此事大非后生小子所敢定也。无已,则从《宋史》。"③ 南宋德祐二年,宋恭帝赵㬎降元,元封其为瀛国公。之后宋臣先后拥立宋度宗庶子赵昰、赵昺为帝。《宋史》于《度宗本纪》后设《瀛国公本纪》,附载二王于后,赵昺死,方书"宋遂亡"。赵㬎降元后誓死抗元的文天祥、陆秀夫、张世杰、谢枋得诸人,《宋史》均为立传。徐、王二《议》都建议仿此前例,将南明诸帝附于崇祯本纪之末,并且适当保存甲申以

---

① 张岱:《石匮书后集》,中华书局1959年版,第49页。
② 徐乾学:《修史条议》,《憺园文集》卷十四,《清代诗文集汇编》第124册,上海古籍出版社2010年版,第432页上。
③ 王鸿绪:《史例议上》,刘承干编《明史例案》卷二,民国嘉业堂刊本。

后忠于明室、尽节而死者的事迹。汤、徐、王均为清廷高官,他们参与史事,并没有万斯同那种存亡继绝、"藉手以报先朝"① 的悲苦深意,但作为汉人,以"汉人作汉人传"②,在内心深处的民族意识和史家责任感的驱使下,他们还是试图在清廷意旨与历史实际之间求取平衡,努力为明末君臣争取叙事空间。但他们的建议,最终并未被采纳。尽管清廷对南明政权的态度在统治稳定后有所改变,③ 但乾隆四年所刊殿本《明史》,以及乾隆四十七年写入《四库全书》的改定本《明史》,依然将崇祯下葬作为明朝下限,南明福王、唐王、桂王、鲁王只列入诸王传,于其建号时称"伪"。

在明清断限与易代之际纪年书写问题上,戴名世的立场与对故明抱有同情态度的史家较为接近。其《与余生书》言:"昔者宋之亡也,区区海岛一隅如弹丸黑子,不踰时而又已灭亡,而史犹得以备书其事。今以弘光之帝南京,隆武之帝闽越,永历之帝两粤,帝滇黔,地方数千里,首尾十七八年,揆以《春秋》之义,岂遽不如昭烈之在蜀,帝昺之在崖州,而其事渐以灭没。"④ 认为应遵《宋史》之例,将南明诸藩王政权纳入《明史》的记录范围。在具体写作中,戴名世大多时候采取了"据事纪时"的方法,即依照实际控制权来决定纪年、称谓。如《崇祯癸未榆林城守纪略》中,崇祯十六年后即用顺治纪年,因崇祯十六年十二月,榆林城被李自成军攻破,之后政令已不由明室出。《画网巾先生传》开头,亦书"顺治二年",⑤ 表明此文是站在新朝士子的立场上对忠于故国之人予以表彰。《弘光乙酉扬州城守纪略》《弘光朝伪东宫伪后及党祸纪略》专记弘光朝事,则在崇祯十七年后用弘光纪年,在行文中涉及福王时,称"上""帝"

---

① 杨无咎:《万季野先生墓志铭》,万斯同《石园文集》卷首,《清代诗文集汇编》第 161 册,第 457 页下。
② 顾炎武:《与公肃甥书》,《顾亭林诗文集·亭林文集》卷三,中华书局 1959 年版,第 55 页。
③ 如乾隆三十一年谕史馆,以福王立于南京比之宋南渡,以唐、桂诸王比之宋帝昺、帝昺。乾隆四十年,又谕令改正《通鉴辑览》中书法,以福王被执为明亡,并增添唐、桂二王事迹。
④ 戴名世:《与余生书》,《戴名世集》卷一,中华书局 1986 年版,第 2 页。
⑤ 戴名世:《画网巾先生传》,《戴名世集》卷六,中华书局 1986 年版,第 168 页。

"天子"。记录桐城一县战事的《孑遗录》,纪事至甲申之后一年,于崇祯十七年后纪年只书干支,不书顺治或弘光年号。因当日桐城县令虽仍由明中央政府委派,但纵横于县境、决定一县民众生死者,乃各路军阀、乱兵,明廷控制力在此时已极为微弱。文末又书:"大清兵至南京,圣安帝遁。"① 仍称福王为"帝",隐含地表述了此时南方地区多数地域仍处于明室控制之下的事实。但用带有贬斥义,通常用于敌军、夷狄、失节之臣的"遁"字,而不用"狩"等天子专用之讳语来记述弘光的弃都逃亡,又暗含对弘光的批评之意。但也有些篇目未遵循上述原则,如《杨维岳传》于杨维岳不食殉国死后书曰:"是岁弘光元年七月二十九日也。"② 此时弘光政权已亡,如此书写,当是一种表达赞颂之情的文学性修辞。

朱书在康熙四十一年中进士前,民族主义思想较为浓厚,他对于明代断限的看法,较之戴名世更为大胆无忌。其《癸壬录》,述明季史事,始于万历元年癸酉,终于康熙元年、永历十八年壬寅,并于《自序》中明确表示:"明祀绝于壬寅。"③ 以永历十八年,永历帝被俘杀为明亡。又其《灵谷寺树记》,记述南京灵谷寺一株曾受朱元璋封赏的古树,文中感慨道:"庙社既墟,而后天地之间,惟海上一隅,以赐玉终奉故朔,垂三十七年,今亦已矣。"④ 直以康熙二十二年,奉明朝正朔的台湾郑氏政权覆亡为明亡。文末则书"庚辰三月烈皇帝讳日",庚辰为康熙三十九年,但此处并不书康熙年号。类似的书法还有《先考仲藻府君事略》,文末曰:"府君生万历三十六年八月十一日申时,至乙卯十二月二十日戌时卒。"⑤ 乙卯为康熙十四年,朱书父亲以明遗民自处,故此处只书干支,不书清朝年号,以符合传主平生志节。

---

① 戴名世:《孑遗录》,《戴名世集》卷十二,中华书局1986年版,第328页。
② 戴名世:《杨维岳传》,《戴名世集》卷六,中华书局1986年版,第161页。
③ 《癸壬录》原文已逸,仅存朱书自序,收入《杜溪文稿》康熙刊本卷二。《杜溪文稿》初刊于康熙三十九年,在后出刊本中,此序均被删去。此处转引自[法]戴廷杰《戴名世年谱》卷八,中华书局2004年版,第490页。
④ 朱书:《灵谷寺树记》,朱书等《灵谷纪游稿》,《古学汇刊》第6册,广陵书社2006年版,第3662页。
⑤ 朱书:《先考仲藻府君事略》,《朱书集》卷八,黄山书社1994年版,第170页。

方苞在明清正统问题上,似乎并没有戴、朱二人的矛盾与犹豫。这一方面是由于他小戴、朱十余岁,对新朝统治更具认同感;另一方面则是因为他在记述明清之际人物事迹时,对敏感时间、事件往往采取有意略过的笔法。后一点,我们将在本章第三节予以详述。

对明朝覆亡原因的理解,是明季史事书写中又一重根本性史观。其中,对明末党争的评价,可以说是各家争论的焦点。东林一派史家如黄宗羲、钱澄之等,强调君子小人之辨的积极意义,认为明亡于"君子尽去,而小人独存"。① 另外一派偏重实际效用的史家,则认为两党之争,对国事并无益处,如夏允彝《幸存录》,对明季朋党相争深致不满,认为无论君子、小人,都未能担当起挽救危亡的重任:"东林之持论甚高,而于筹饷制寇,卒无实着;攻东林者自谓孤立任怨,然未尝为朝廷振一法纪,徒以枝刻胜耳。此特可谓之聚怨哉。无济国事,殆同之矣。"② 在朝廷《明史》馆内部,同样存在两派意见。万斯同作为黄宗羲弟子,在党争问题上的态度同于乃师:"凡魏忠贤余党龃龉东林、复社诸君子者,虽有小善,必摘发其心术,使不能掩大恶。"③ 另外一派如朱彝尊,则认为应当以历史人物的"立朝行己之初终本末"作为评判的依据。④ 朱彝尊曾祖朱国祚万历时任礼部尚书,在东宫的册立上曾起过重要作用,但因为名不列东林党籍,所以东林派史家文秉在其记述万历至崇祯朝史事的《先拨志始》中,对朱国祚在册立事上的贡献只字不提。有感于祖辈的遭遇,朱彝尊要求作史者"不可先存门户于胸中,而以同异分邪正不肖也"。⑤ 由于黄宗羲在当时及后世享有较高的学术声望,万斯同又是《明史》草创阶段的主要统稿人,因此东林派史家关于明末党争的意见,在清代以

---

① 黄宗羲:《汰存录》,《黄宗羲全集》第 1 册,浙江古籍出版社 1985 年版,第 328 页。
② 夏允彝:《幸存录》,收入王秀楚等《中国近代内乱外祸历史故事丛书·扬州十日记》,广文书局有限公司 1977 年版,第 20 页。
③ 方苞:《书杨维斗先生传后》,《方苞集》卷五,上海古籍出版社 2008 年版,第 120 页。
④ 朱彝尊:《史馆上总裁第六书》,《曝书亭全集·曝书亭集》卷三十二,吉林文史出版社 2009 年版,第 392 页。
⑤ 同上。

来的知识界几乎成为定论。但这一派史家以流品定是非的史观，使得他们的历史著述常常带有"创作"的性质，对史家的实录精神造成了相当大的损害。当代学者顾诚在其《南明史》中，即通过大量原始资料的比勘，特别是借助清方档案的记载，指出了东林派史家的许多有意歪曲甚至捏造事实之处。① 谢国桢对东林党人的"清议"十分钦佩，但也承认他们的史著具有成见，"虽以黄王之贤，犹尚不免，其他则更可知"。②

章学诚曾言："能具史识者，必知史德。"③ 所谓"史德"，即"气贵于平""情贵于正"。④ 以此标准来看，戴名世的史德远在黄宗羲之上。其《孑遗录》《弘光乙酉扬州城守纪略》，对倾向于东林的史可法治军、理政的勤勉有细致的描写，同时对史氏在协调大局上的左支右绌、无能为力，以及东林群体中的一些败类如怂恿左良玉进攻南都的黄澍等的无知与无耻，也都予以记录。其《孑遗录自序》，认为门户之争、中朝官员对地方官及武将的牵制，是政府终不敌"流贼"的主要原因："中朝以门户相争，而操持阃外之事，使任事者辗转彷徨而无所用其力，直至于国亡君死而后已焉。此其罪甚于盗贼万万。"⑤ 又《弘光朝伪东宫伪后及党祸纪略》，认为弘光朝实际上是"党祸以趣之亡"⑥："南渡立国一年，仅终党祸之局。东林、复社多以风节自持，然议论高而事功疏，好名沽直，激成大祸。"⑦ 此篇《纪略》，对东林派史家在一些关键事件和人物上的说法，并不盲从，如弘光帝在黄宗羲笔下，是一个极为昏庸无能的人，所谓"今古为君

---

① 参见顾诚《南明史》，光明日报出版社2011年版，第54、115—122、203、218、236—237、361—362、472页。
② 谢国桢：《增订晚明史籍考》，华东师范大学出版社2011年版，第5页。
③ 章学诚：《文史通义·史德》，《文史通义校注》卷三，中华书局1994年版，第219页。
④ 同上书，第220页。
⑤ 戴名世：《孑遗录自序》，《戴名世集》卷十二，中华书局1986年版，第309页。
⑥ 戴名世：《弘光朝伪东宫伪后及党祸纪略》，《戴名世集》卷十三，中华书局1986年版，第363页。
⑦ 同上书，第374页。

者，昏至弘光而极"①，戴氏此文却收入了弘光一些颇有见识的言论，如他在"群臣日上疏相诋諆"之时，下诏制止内斗，又在杨维垣等打着为弘光祖母郑贵妃报仇的旗号，意欲为万历时"三案"翻案时，表态说："朕为天子，岂记匹夫夙嫌，曾得罪皇祖妣、皇考者，自今俱勿问。文武诸臣复举往事污奏章者治罪。"②都不失为能从大局出发的清醒之见。又，关于伪后一案，黄宗羲、钱澄之等均认为童氏为真后，而弘光则是假冒的福王世子。戴名世则认为童氏之事，真伪不能定，黄、钱"身罹党祸"，他们关于弘光身份的说法，不免"怨怼而失于实"③。顾诚《南明史》肯定了戴名世这一判断，并用大量证据证明，弘光帝的身份无可怀疑，黄、钱等人之所以要把弘光描述成是马士英找来的冒牌货，主要是因为当日东林党人意欲以桂蕃而不是福蕃继统，在迎立福蕃时又被马士英抢占了头功。④戴名世在谈到史料的辨别时曾说："《书》曰：'三人占，则从二人之言。'吾以为二人而正也，则吾从二人之言，二人而不正也，则吾仍从一人之言，即其人皆正也，而其言亦未可尽从，夫亦惟论其世而已矣。"⑤他在明末党争及其相关问题上的持平之论，即体现了这种唯其是而不唯其人的态度。

朱书在明末党争问题上，亦偏重以实际事功论得失，对文士们热衷在口头上争是非的举动颇不以为然，如其《明中丞金丽阳先生传》文末赞曰："有明三百年，言官受祸最酷……然国之败亡，言官实与有责焉。自两党角立之后，内阁六部不能自主一事，听之言官，言官又自相溃讧。其后，孙传庭宁出关以死，不肯复对狱吏。陈永福辈甘弃守汴之功，投身逆闯，不亦悲乎！"⑥认为言官对任事之人的苛责，加速了明朝的败亡。在《游冯公少墟园亭记》中，朱书更明确地对

---

① 黄宗羲：《汰存录》，《黄宗羲全集》第 1 册，浙江古籍出版社 1985 年版，第 336 页。
② 戴名世：《弘光朝伪东宫伪后及党祸纪略》，《戴名世集》卷十三，中华书局 1986 年版，第 372 页。
③ 同上书，第 374 页。
④ 顾诚：《南明史》，光明日报出版社 2011 年版，第 115—122 页。
⑤ 戴名世：《史论》，《戴名世集》卷十四，中华书局 1986 年版，第 404 页。
⑥ 朱书：《明中丞金丽阳先生传》，《朱书集》卷八，黄山书社 1994 年版，第 160 页。

东林诸君子"在位讲学"提出批评，指出他们在处理实际事务上的目光短浅："熊经略廷弼之死，南皋（邹元标）、少墟（冯从吾）皆与定其狱。为天下得人者当如是乎？"并认为诸君子以讲学立门户，不过是一种置个人意气于国事之上的自私行为："讲学之名立，则附会者多，苟不得附，则忌之者众。内不必皆君子，外不能使人安于为小人，则门户分。门户分，则其事也急于疆场，重于国是。争者未息喙而国已亡矣。"① 因此他在历史写作中，既表彰东林党人，如《海运策》一诗，赞颂抗清斗争失败后英勇就义的明水师将领、东林党人沈廷扬之气节："奈何田横徒，岛上命空尽……骈首甘藁街，孤负胥潮愤。"② 将沈氏比作古代忠臣田横、伍子胥。同时也不埋没东林反对派的事迹，如《明中丞金丽阳先生传》，记载万历年间金忠士奉命巡按浙江时，曾上疏为徽州、宁国两府百姓求免税契银，"疏上，又移书阁臣沈一贯。一贯亦是忠士言，事遂得寝"。③ 沈一贯是浙党领袖、万历年间东林党的头号政敌，但朱书对他的爱民之举，亦予以肯定。

与戴、朱二人不同，方苞关于明末党争的看法，接近于东林一派史家。在《书杨维斗先生传后》中，方苞对万斯同《明史》草稿中进君子、斥小人的做法表示肯定，认为"凡所谓清议者，皆忠于君利于民之言也。而忠于君利于民之言，未有不害于小人之私计者……凡群小所指为诽谤以陷忠良者，乃黄帝之明堂，唐尧之衢室，有虞氏之旌，夏后氏之鼓，殷汤之总街，周武之灵台，所侧席以求之，虚中以听之，舍己以从之者也。汉、唐、宋、明舍二三谊主而外，乱政凉德，奸人败类，无世无之；惟祸延于清议，诛及于清流，则其亡也忽焉"。④ 这几乎是黄宗羲"君子小人无两立之理"⑤"天、崇两朝，不

---

① 朱书：《游冯公少墟园亭记》，《朱书集》卷七，黄山书社1994年版，第139页。
② 朱书：《天津咏古·海运策》，《朱书集》卷三，黄山书社1994年版，第52页。
③ 朱书：《明中丞金丽阳先生传》，《朱书集》卷八，黄山书社1994年版，第155页。
④ 方苞：《方苞集》卷五《书杨维斗先生传后》，上海古籍出版社2008年版，第120—121页。
⑤ 黄宗羲：《汰存录》，《黄宗羲全集》第1册，浙江古籍出版社1985年版，第328页。

用东林以致败"① 说法的翻版。类似的意见还有《书卢象晋传后》,感慨崇祯"以聪明刚毅之君,独蔽惑于娼嫉之臣"②;《跋黄石公手札》,认为明末忠良志士效忠无路的主要原因,在于"娼嫉之臣,相继而居腹心之地",致使人主阴受其转移。③ 但方苞这种"流品论"史观,在现实指向上与黄宗羲等人有所不同。黄宗羲作为复社成员,偏袒东林的主要目的,是为自己所属的政治派别争取历史解释的主动权;方苞作为新朝士子,对东林的推崇,主要出发点则是辅助风教。在《书杨维斗先生传后》中,方苞为万斯同辩护说:"自古善人以气类相感召,未有若复社之盛。小人诬善之辞,亦未有若魏党之可骇诧者。而易代以后,犹有谓先生为已甚者。人心之陷溺,此君臣朋友之道盖几乎息矣。"④ 可见他看重的是东林在"君臣朋友之道"上的道德榜样作用。对一些气节丧失的东林人物如钱谦益,方苞则表现出鲜明的厌恶之情,认为"其文秽恶藏于骨髓,一如其人。有或效之,终不可涤濯"。⑤ 这与黄宗羲在《思旧录》《八哀诗》中对钱氏的温情评论是不同的。今人陈永明认为,在清朝统治逐渐巩固之后,南明史的书写开始"朝着'去政治化'的方向逐步发展,并尝试以传统儒家道德诠释,取代过往带有强烈政治隐喻的历史观点,作为人们回顾这段改朝换代历史的叙事角度"。⑥ 方苞论及东林人物时的现实考量,正可以与这一观点相印证。

## 第三节　史著之"义法":桐城早期诸家的史法

桐城文章在行文上以讲究"义法"著称,而"义法"本是史著

---

① 黄宗羲:《汰存录》,《黄宗羲全集》第1册,浙江古籍出版社1985年版,第329—330页。
② 方苞:《书卢象晋传后》,《方苞集》卷五,上海古籍出版社2008年版,第120页。
③ 方苞:《跋黄石公手札》,《方苞集》卷五,上海古籍出版社2008年版,第133页。
④ 方苞:《书杨维斗先生传后》,《方苞集》卷五,上海古籍出版社2008年版,第122页。
⑤ 方苞:《汪武曹墓表》,《方苞集》卷十二,上海古籍出版社2008年版,第347页。
⑥ 陈永明:《从"为故国存信史"到"为万世植纲常":清初的南明史书写》,《清代前期的政治认同与历史书写》,上海古籍出版社2011年版,第123页。

的做法。"义法"一词,最早见于《史记·十二诸侯年表》:"约其辞文,去其繁重,以制义法。"① 其源头则可上溯至《春秋》。据司马迁的记载,孔子作《春秋》,是感于"载之空言,不如见之于行事之深切著明也",② 因此《春秋》不仅是对史实的记录,而且是可以"当一王之法"③ 的"道义"之书。司马迁作《史记》,亦是要通过"整齐其世传"④ 而"成一家之言"。⑤ 这一史学传统,曾一度式微,但在中唐之后随着古文的兴盛而得到延续。韩愈《顺宗实录》《平淮西碑》,以及北宋初宋祁、欧阳修等用古文写就的《新唐书》《新五代史》,改变了以抄录史料、整齐旧事为主的旧式史书作法,而注重通过对史料的选择、提炼,来表达作史者的见解。⑥ 方苞的"义法"理论,即是对这一史学写作传统的总结概括:"《春秋》之制义法,自太史公发之,而后深于文者亦具焉。"⑦ 按方苞的说法,"义法"以"言有物""言有序"为核心标准,既包括通贯全书、"于其言之杂乱无章者寓焉"⑧ 的史著笔法,又包括较为浅显的单篇文章之法。用"义法"的标准来衡量戴、朱、方三人的历史写作,可以认为,三人的文章,都能做到洁净有法度,但在法度的运用上又各有特色。

戴名世曾有写史应如"大匠之为巨室""良将之用众"的比喻,⑨他的史著,亦展示出高超的组织史料的才能。梁启超曾称赞其《孑遗录》能"以桐城一县被贼始末为骨干,而晚明流寇全部形势,乃至

---

① 司马迁:《史记·十二诸侯年表》,《史记》卷十四,中华书局1959年版,第509页。
② 司马迁:《史记·太史公自序》,《史记》卷一百三十,中华书局1959年版,第3297页。
③ 同上书,第3299页。
④ 同上书,第3299—3300页。
⑤ 司马迁:《报任少卿书》,萧统编,李善注《文选》卷四十一,上海古籍出版社1986年版,第1865页。
⑥ 此处参考了蒙文通《中国史学史》(上海人民出版社2006年版)第69—74页,及[日]内藤湖南《中国史学史》(马彪译,上海古籍出版社2008年版)第142、150—159页相关论述。
⑦ 方苞:《又书货殖传后》,《方苞集》卷三,上海古籍出版社2008年版,第58页。
⑧ 同上书,第59页。
⑨ 戴名世:《史论》,《戴名世集》卷十四,中华书局1986年版,第405页。

明之所以亡者具见焉,而又未尝离桐而有枝溢之辞,可谓史家技术之能"。① 杜维运也说戴氏"于文章有天才,善于组织,最能驾驭资料而镕冶之"。② 戴氏史著的章法,接近于方苞"义法"中"于其言之杂乱无章者寓焉"的精微变化的层面,其中最主要的有以下三种。

一、确立历史的空间坐标。首先是选取关键地域作为写作的切入点。如《崇祯癸未榆林城守纪略》《崇祯甲申保定城守纪略》《弘光乙酉扬州城守纪略》,分别记录榆林、保定、扬州事,此三地在明季政治版图中均有重要意义:榆林与"流贼"所兴起的延安府相接,此处人心向背可见出朝廷教化之成败;保定为拱卫京师之重镇;扬州在弘光朝为史可法督师驻地,江南、江北安危皆系于此一地之存亡。因此戴氏虽未能实现写作《明史》的心愿,我们却依然能从这几篇文字中见出他对当日天下大势的把握。赵翼曾评价吴伟业歌行"所咏多有关于时事之大者"是"善于取题",③ 这一评价亦可移之于戴氏诸篇《纪略》。其次是将纵向的时间叙述与横向的空间叙述相结合,增强了历史的"现场感"。如《孑遗录》开篇即叙述桐城四境所接壤之地,以及境内山川形势,下文十余年之攻守战事即在此一空间中展开。又如《崇祯癸未榆林城守纪略》,篇首叙述西北边境行政区划与地理形势,以见出榆林战略地位的重要,以及此地"尚雄武而多将才"的民风的由来。④《崇祯甲申保定城守战略》,篇首叙述明末畿辅行政建置,"总督二,巡抚九","十三节镇",以此暗寓明季军政的腐败,虽有重重护卫却毫无效用,"贼至辄望风溃",并凸显保定军民在一片降旗中"坚守不下,死义甚烈"的难能可贵。⑤ 梁启超谈"史迹之论次",认为"作史如作画,必先设构背景",⑥ 戴名世可谓

---

① 梁启超:《书籍跋·戴南山孑遗录》,《饮冰室全集》第 9 册,北京出版社 1999 年版,第 5271 页。
② 杜维运:《清代史学与史家》,东大图书公司 1984 年版,第 208 页。
③ 赵翼:《瓯北诗话校注》卷九,人民文学出版社 2013 年版,第 366 页。
④ 戴名世:《崇祯癸未榆林城守纪略》,《戴名世集》卷十三,中华书局 1986 年版,第 336 页。
⑤ 戴名世:《崇祯甲申保定城守纪略》,《戴名世集》卷十三,中华书局 1986 年版,第 344 页。
⑥ 梁启超:《中国历史研究法》,东方出版社 1996 年版,第 125 页。

善设构背景者。

二、在纪事中传写人物形象。《孑遗录》及诸篇《纪略》都以纪事为主，但在事件的叙述中，又插入许多对涉事人物性情的叙写。以《孑遗录》为例，崇祯九年正月一段，记述了一位为掩护乡邻，诱贼远去，"以吾一人死而易若等生"的老妪，以及一位拒绝为贼修桥，"余一人生，岂众人遂当死耶？"甘愿被杀的民间男子事迹，[1] 见出在辗转濒死之际的民众，仍存义烈之性；崇祯十六年十二月一段，记述张献忠与黄得功战场相见时的一段对话："将军追及之，献忠呼曰：'黄将军，何相扼也！吾为将军取公侯，留献忠勿杀，不亦可乎？'得功曰：'吾第欲得汝头耳，何公侯为也！'"[2] 通过张献忠之语，揭出当日"贼"与"官"互相勾结、互相依赖乃一种普遍的心理和行为，而黄得功的回答，则可见这位"威名震于贼中"的将军的忠贞正直。黄得功在弘光朝为拥兵自重江北四镇将领之一，后世史家对他的评价贬多于褒，此处则为读者展示了历史的另一个侧面。又如崇祯八年五月一段，总述史可法治军的辛劳情状，其中"军行不具帷幕，当天寒讨贼，夜坐草间，与一卒背相倚假寐，须臾，霜满甲胄，往往成冰，欠伸起，冰霜有声戛戛然"[3] 一句，成为关于史可法形象的经典描述。又如崇祯十二年一段，记述抚军郑二阳的昏庸无耻，大敌当前，却"以其所著阴德书出示士民，而戒民间勿捕伤禽鸟"，将退兵之计托付于冥冥之天；敌退之后，方出兵进山，掠夺民寨，且大言："兵之出征，犹诸生赴试也。兵入山叩堡寨，犹诸生之赴试投逆旅主人也。"[4] 有统帅如此，真乃国家败亡之征兆。这种种人物形象的加入，丰富了历史的细节，使得史著不再是军报资料的汇集，而是包含人间鲜活万象的画卷。

三、凸显历史的节点与脉络。如《孑遗录》中崇祯十二年到崇祯十四年一段，围绕"抚贼"一事展开，太湖兵备道杨卓然早有招抚计划，几经周折后双方达成口头协议，两军停战，杨氏入京面奏天

---

[1] 戴名世：《孑遗录》，《戴名世集》卷十二，中华书局1986年版，第314页。
[2] 同上书，第325页。
[3] 同上书，第313页。
[4] 同上书，第318页。

子,请求朝命。而朝中公卿对此犹豫不决,桐城民众则认为可趁此机会将贼兵一举歼灭,贼兵亦觉察政府诚意不足,意图再次发起攻袭。在此千头万绪交汇之时,戴氏写道:"乃觉祸方烈,廷臣日以门户相争,漫不以贼为意。"① 于是一个可以决定战局走向的机会,被轻易放弃了。由此又引出停战协议破裂之后,桐标营张宝山袭贼而死,言官又借此劾黄得功擅杀部将张宝山等一连串事件。从而通过此一事,串起前后诸事,并且借此反映出当日言官之成事不足、败事有余,作者的"微旨"即寄寓其中。又如《弘光乙酉扬州城守纪略》,此篇主要叙述史可法督师四镇之始末,兼及弘光一朝军政大端。文中不断对史可法的处境进行概述与评论,如崇祯十七年十一月,"史公奏请,皆多所牵掣,兵饷亦不以时发,南北东西不遑奔命,国事已不可为矣"。② 对部下李日芳"当以生气出之"的劝导,史可法"笑而不答",观星象之后,又"怆然不乐"。③ 弘光元年四月,扬州告急,"史公檄召各镇兵来援,皆观望不进。"④ 史可法负有统领四镇之责,他履责的顺利与否,直接决定着南明抗清形势的好坏。而通过上述提示,读者不待终篇,已能体会其困境,预知弘光政权的败亡。与李日芳对话一事,成书于康熙年间的温睿临《南疆逸史》之《史可法传》亦采入,但温氏《史可法传》是将其放置在传末,作为传主"逸事"来写,表现的是史可法个人的品德;戴氏《纪略》则将其放置在事件的进行中,使得此事不单关乎史氏个人形象的塑造,而且具有提示下文的情节性作用。这一差别,固然有文体的原因,但作者史才的高下,亦可从中见出一斑。

朱书现存史著中,《皖寨纪事》偏于事实的记录,在文采方面略有欠缺。其传记文字,则能从一人事迹中见出一时一地之风气。他曾叹赏友人梁份关于晚明人物的传记,能在个别人物的行事中"曲尽天

---

① 戴名世:《孑遗录》,《戴名世集》卷十二,中华书局1986年版,第319页。
② 戴名世:《弘光乙酉扬州城守纪略》,《戴名世集》卷十三,中华书局1986年版,第353页。
③ 同上。
④ 同上书,第356页。

下情事",①而他自己的人物传,也有意追求此种效果。如《明中丞金丽阳先生传》,金忠士文才武略兼备,朱书于其武事方面,选取镇守榆林为重点,兼及万历间西北边境防守情况;文事方面,则重点录其关于"天灾告警,莫测其祸,汹汹之势,所在思乱"情势的奏疏②,而此疏所言,正是当日国家病症所在。又如《送梅勿庵游武夷序》,此文名为送序,实为记人,文中由"吾江南上游文献,盖推桐城方氏,宣城梅氏"一句,③牵绾起方以智、方中通父子与梅士昌、梅文鼎父子两家,通过对两家家学与处世风格的对照描写,见出明清之际皖北士风、学风的多样面貌,最终归结到"三百年文治遗泽"的更为深远的历史背景上来。这些都体现出作者把握历史的全局性眼光。

相较于戴名世、朱书史著的宏阔文风,方苞的碑传文,篇幅均较短小,而以用笔的简省、文意的深微为主要特征。关于历史写作应取"繁"还是取"简",历代史家并未有统一意见。大致来说,重"义"之表达者多偏好"简"。《春秋》行文可谓至简,杜预《左传集解序》解释其原因是"制作之文,所以章往考来,情见乎辞。言高则旨远,辞约则义微"。④孔颖达疏言:"圣人之情,见乎文辞。若使发语卑杂,则情趣琐近;立意高简,则旨意远大。章句烦多,则事情易显;文辞约少,则义趣微略。"⑤也即"文约"是"旨远"的必然要求。与之相对,重"事"之记录者则不避"繁"。《左传》文繁于《春秋》,杜预解释这是由于"身为国史,躬览载籍,必广记而备言之……将令学者原始要终,寻其枝叶,究其所穷"。⑥《左传》以事解经,故不惮枝叶之烦琐。后世史家中,刘知几赞扬"简""晦"之

---

① 梁份《耿廷策张朝纲传》后附朱书评语,《怀葛堂文集》卷七,《清代诗文集汇编》第158册,上海古籍出版社2010年版,第107页下。
② 朱书:《明中丞金丽阳先生传》,《朱书集》卷八,黄山书社1994年版,第155—156页。
③ 朱书:《送梅勿庵游武夷序》,《朱书集》卷五,黄山书社1994年版,第95页。
④ 杜预:《左传集解序》,《十三经注疏》,中华书局1980年版,第1709页上。
⑤ 同上。
⑥ 同上书,第1705页中。

义,但又说:"必量世事之厚薄,限篇第以多少,理则不然。"① 欧阳修力倡"简",他与宋祁等合撰的《新唐书》,"其事则增于前,其文则省于旧";② 单篇碑传文字,亦有意追求"文简而意深"的风格。③ 徐乾学《修史条议》,提出本纪的写作,应在繁简中取折中:"《新唐书》文求其省,固失之略,宋、元《史》事求其备,亦失之繁。斟酌乎二者之间,务使详略适宜,始为尽善。"④ 万斯同草创《明史》,则务于浩博,"非不知简之为贵也,吾恐后之人务博而不知所裁,故先为之极,使知吾所取者有可损,而所不取者必非其事与言之真而不可益也"。⑤ 认为在修史的准备阶段,资料长编的撰著往往不能"简"。可见,在"撰录多备"⑥、文献足征的年代,史著的文风标准,不能一概而论。修史的不同阶段,不同的史著体裁,对"繁""简"的要求也不尽相同。方苞属于拥护"简"的一派,这与他把史著视作是最后之成文,而非"史料"有关,亦与他对史家职责及处境的理解有关。

从现存方苞为明清之际人物所作传记中,我们能够较明显地体会出作者在"义"的选取上偏重个人道德,与"法"的运用上尚"简"的倾向。如《孙征君传》,为清初北方大儒孙奇逢之传记。将此《传》与康熙初年魏裔介所作《孙钟元征君传》⑦对读,可以看到,在取材上,魏《传》中所述甘于贫苦、拒绝阉党笼络、向大府进言、晚年天伦之福等事,方《传》均未采入,只重点记述其在天启年间挺身相救东林"五君子",以及后半生入山讲学事。在同一史实的记

---

① 刘知几撰,浦起龙释:《史通通释》卷九,上海古籍出版社1978年版,第265—266页。
② 曾公亮:《进唐书表》,欧阳修、宋祁《新唐书》附录,中华书局1975年版,第6472页。
③ 欧阳修:《论尹师鲁墓志》,《欧阳修诗文集校笺·外集》卷二十三,上海古籍出版社2009年版,第1918页。
④ 徐乾学:《修史条议》,《憺园文集》卷十四,《清代诗文集汇编》第124册,上海古籍出版社2010年版,第429页下。
⑤ 方苞:《万季野墓表》,《方苞集》卷十二,上海古籍出版社2008年版,第333页。
⑥ 刘知几撰,浦起龙释:《史通校释》卷九,上海古籍出版社1978年版,第264页。
⑦ 魏裔介:《孙钟元征君传》,《兼济堂文集》卷八,《清代诗文集汇编》第56册,上海古籍出版社2010年版,第457页上—458页下。

录上,魏《传》详述了孙氏为"五君子"奔走的经过,方《传》只用"倾身为之"① 一句来表述;魏《传》中所记述孙氏历次辞却征聘事,方《传》亦是一笔带过。方苞曾受孙奇逢曾孙孙用桢的委托,删定孙奇逢年谱。据苏惇元《文目编年》,此《传》与《孙征君年谱序》作于同年。可知方苞写作此《传》时,对孙氏生平细节已十分熟悉,故《传》中事迹之取舍,有其深意在。方苞在传文末尾之"赞"中,对孙氏平生学问大旨进行了揭示:"先兄百川闻之夏峰之学者,征君尝语人曰:'吾始自分与杨、左诸贤同命,及涉乱离,可以犯死者数矣,而终无恙,是以学者贵知命而不惑也。'"② 孙奇逢一生行事,侠义与淡泊兼而有之,而方苞独看重其历经世乱而能保全身家的"知命不惑"之学。联系此文写作时间来看,方苞作此文之前二年,刚从戴名世《南山集》案中蒙皇恩得脱。脱身后的方苞,认为追慕文字虚名,是自己遭此灾祸的主要原因。因此,孙奇逢韬光养晦、"处隐就闲"的立身法则,便受到方苞的格外推崇。此《传》重点在突出孙氏与政治的疏离,与此无关者一切删汰,正是为了强调此"知命"之义。方苞论述前史作法,曾有"常事不书"之说:"《春秋》之义,常事不书……盖不可胜书,故一裁以常事不书之义,而非略也。"③《孙征君传》对史料的剪裁,正是遵循了"常事不书"的原则。

又如《田间先生墓表》,墓主钱澄之甲申后曾参与吴江反清义军,后曾在隆武朝廷任延平府推官,又在永历朝廷任礼部主事,考授翰林院庶吉士、知制诰。顺治七年十一月,清军攻陷桂林,永历帝由梧州逃往南宁。钱氏于此时脱离朝廷,于顺治八年年末辗转回到桐城故乡。这段在钱氏一生中至为重要的经历,《墓表》却只用"及归自闽中"④ 五字带过。全祖望对这一省略颇感遗憾,认为方苞可能是未见

---

① 方苞:《孙征君传》,《方苞集》卷八,上海古籍出版社2008年版,第213页。
② 同上书,第214页。
③ 方苞:《书汉书霍光传后》,《方苞集》卷二,上海古籍出版社2008年版,第62页。
④ 方苞:《田间先生墓表》,《方苞集》卷十二,上海古籍出版社2008年版,第337页。

到钱氏记述南明史事的《所知录》。①但从《墓表》中所写钱氏与方家父子的密切交往，"先生游吴、越，必维舟江干，招余兄弟晤语，连夕乃去"②的情况来看，方苞不可能对钱氏任职南明之事一无所知。此文作于乾隆二年十二月，二十多年前，戴名世因直书南明年号而被认为"悖逆"、处以极刑的教训应犹在心，而这二十多年里，又接连有吕留良、屈大均等著名文人因文字"悖逆"而遭祸。从戴名世案中蒙赦得脱的方苞，已深知"祸之闭在不失言"③的道理。因此，剔除钱氏的故国之思与民族节操，突出其早年参加复社时的"君子"立场与晚年的学问成就，应是方苞的有意为之，只有这样处理，才能保全作者，并确保这篇文章能够流播于世。这可以说是方苞"常事不书"原则的另一种运用。

方苞谈《史记》作法，认为《礼书》《乐书》《封禅书》《儒林列传》诸篇，均隐含着作者的言外之意。在方苞记述明遗民事迹的文字中，亦常有这种"言近而旨远"之辞，如《白云先生传》，传主张怡，崇祯末为锦衣卫，甲申三月后曾"与未死诸公哭大行于承天门下"，④后隐于南京栖霞山，是清初遗民中一位颇具传奇色彩的人物。方苞此《传》，对张怡早年经历，以及南归后的隐居生活，均以极平淡冷静的口气出之，但又写道，张怡不许世人为其著述抄录副本，自言"已市二瓮，下棺则并藏焉"。⑤张怡的多种著作，今日尚存人间，并没有被带入坟墓，但这一表述，却传达出这位当年的崇祯近侍，在君死国亡后的深哀剧痛。晚清人袁承业在为明遗民季大来所作传中，记述季氏晚年把著作藏在密封的铁函里："其殆郑所南《心史》，张瑶星《经说》之类欤？"⑥可见方苞此处的"微旨"，当日读者自不难

---

① 全祖望：《题田间先生墓表后》，《全祖望集汇校集注·鲒埼亭集外编》卷三十，上海古籍出版社2000年版，第1362页。
② 方苞：《田间先生墓表》，《方苞集》卷十二，上海古籍出版社2008年版，第337页。
③ 方苞：《三山林湛传》，《方苞集》卷八，上海古籍出版社2008年版，第223页。
④ 张怡：《白云道者自述》，南京图书馆藏清钞本。
⑤ 方苞：《白云先生传》，《方苞集》卷八，上海古籍出版社2008年版，第215页。
⑥ 袁承业：《明孝廉季大来先生传》，闵尔昌编《碑传集补》卷三十五，民国十二年刊本。

领会。又如《季瑞臣墓表》，季氏为明季诸生，一生无甚大功业，此文主要记述其治家之事。文末突然插入季氏与一位友人的来往："杨先生鹿园，金陵奇士也，于时人概不快意，独与先生为寂寞交。先生寡言语，终日温温，独时与杨先生扶杖矫首郊野，则巨饮纵谈大乐，或乐未毕而继之以哀。"① 杨鹿园，名大郁，字炯伯，清初隐于南京，卓尔堪《遗民诗》收其诗十一首，中有"莫问蒙头点白霜，只看世事等黄粱"② 之句。季、杨二人能成为不避哀乐的"寂寞交"，当是有同样的故国之思、兴亡之感的缘故。方苞此处看似闲笔，实际上写出了季氏不为人知的情怀，用意颇深。钱穆认为方苞的文笔"很可做小品"③，这类充满"言外之意"的对故国人物的描写，正是方苞全部创作中最近于小品、最富情韵的部分。

综上所述，桐城早期作家的明季史事书写，在史"义"和史"法"上均呈现出两种不同的面貌。在"义"的方面，戴名世、朱书更具有民族主义思想，对具体人事的评论更倾向于从现实结果出发，以实际事功为衡量标准。而方苞对牵涉到朝代更替的敏感问题，往往采取有意规避的态度；在品评历史人物时则注重其个人品行，强调史著的教化作用。在"法"的方面，戴、朱二人史著，呈现出包罗万象的宏阔气势，难以用一定的文法来阐释；方苞的传记文字，尚"简"尚"晦"，旨意深远，较有法度，同时也不免有气促不畅之病。

在早期桐城派作家中，方苞享年最久，名位最高，其"义法"说，成为后世桐城派文章理论的基础。而从本章论述中，我们可以看到，方苞理想中的"义法"，以前代史学名著为基准，本是作史之法，但其本人的史传创作，却是有关天下兴亡之"大义"少，有关个人存身之"小义"多；浑融包举之处少，细节描摹之处多，并未能体现"义法"的全体面目。这一特点，与方苞本人的学术倾向有关，也与其生命历程以及随之而来的心态变化有关。学术倾向方面，

---

① 方苞：《季瑞臣墓表》，《方苞集》卷十二，上海古籍出版社2008年版，第332页。
② 杨大郁：《清明前四日同季水徒侯子山澹心静夫过聚霄道院至清凉山看花竟日》，卓尔堪编《遗民诗》卷十五，华东师范大学出版社2013年版，第774页。
③ 钱穆：《中国文学讲演集》，巴蜀书社1987年版，第61页。

方苞自青年时代便有治经之志向，晚年自言"平生精力所竭，惟在别择先儒经义"，①而于三《礼》、《春秋》、《诗》尤用力。这几部经典，《礼》以礼文寓礼意，《春秋》以事寄寓圣人之判断，《诗》亦讲究"比兴"，也即均有"言高旨远"的特点。方苞以"简""晦"见长的文字，某种程度上可以说是受儒家经典文风熏染的结果。精神心态方面，以康熙五十年戴名世《南山集》案为分界线，方苞的人生轨迹与处世信念都发生了较大的转变。经此磨折后的方苞，一方面，对世间苦难有了更深入的了解，写出了《狱中杂记》这样"准确有力"②的文字；另一方面，则拜服于满族朝廷的威权，最典型例子如《两朝圣恩恭记》《圣训恭记》中对自己以罪余之身，得蒙天子"温语"，不胜"惊怖感动"③之心情的真诚抒写。此外，如上文所述，还时时对自己以往在写作中徒慕虚名、不自持重的态度加以检讨。体现在文章创作上，便是有意的"自我压抑"。方苞对长篇史著之体的放弃，对言外之意的追求，对敏感事件、人物的有意略过，均可以看作其史学写作中"自我压抑"④的表现。可以说，从戴名世、朱书到方苞史传文风的转变，是一个史学告退、辞章兴起的过程，也是清前期文人在特定时代文化背景下，对文章之"义"与"法"进行选择的结果。经过有意无意的筛选，早期桐城派史著中的宏大之义与纵横驳杂之法被过滤掉了，思想与文辞上的洁净、规范，遂成为后世桐城文章的主要特征。

---

① 方苞：《与陈占咸》之八，《方苞集·集外文》卷十，上海古籍出版社2008年版，第800页。
② 章培恒、骆玉明主编：《中国文学史》（下卷），复旦大学出版社2004年版，第440页。
③ 方苞：《两朝圣恩恭记》，《方苞集》卷十八，上海古籍出版社2008年版，第516页。
④ 参见本书第一章第三节所述。

## 第三章

## 以古文为时文：桐城派早期作家的时文改良

谈论桐城派的文学活动与文章理念，"时文"是一个绕不过的话题。桐城文家大多身兼古文作者与时文作者两种角色，这两种角色的互相影响、互相渗透，在他们的文章理论和实际创作中，都有所体现。一直以来，学者对此问题的关注，集中在对桐城派到底是"以古文为时文"还是"以时文为古文"的分辨上。[1] 我们认为，后人之所以要分辨桐城文章中是"古文"占先还是"时文"占先，主要是因为此一问题从根本上关涉对桐城派文学成就的评价。在传统的文章价值体系中，古文上通经、史、子，可以传世不朽，品格高尚，而时文只是"一时之文"，其目的在于求取功名，在义理的发挥和行文方面受限颇多，其品格为治经史及古文者所不屑，因此，如若桐城派行文阑入太多"时文境界"，则其文章价值便要大打折扣。事实上，抨击方苞"以时文为古文"的钱大昕，正是要借助对方苞的批评，来宣

---

[1] 其代表性意见有两种，一种如钱大昕所言："金坛王若霖尝言灵皋以古文为时文，却以时文为古文，论者以为深中望溪之病。"（钱大昕：《跋方望溪文》，《潜研堂集》卷三十一，上海古籍出版社1989年版，第565页）认为就方苞的创作而言，时文对其古文的影响，大于古文对其时文的影响。另一种如近人钱仲联所言："古文影响时文，所以提高时文的水准；时文影响古文，则是降低古文的品格……二者的循环影响，却在于古文影响时文的一面。"（钱仲联：《桐城派古文与时文的关系问题》，《梦苕庵清代文学论集》，齐鲁书社1983年版，第78页）他认为在桐城派的整个创作活动中，用古文来提升时文的品格，是主要的方面。

扬一种新的"学者之文"的观念。① 而20世纪以来不少学者对桐城派"以古文为时文"做法的肯定,一方面是由于研究者眼中"文"的范围越来越宽泛,时文作为"文章"的特质在某种程度上被承认;另一方面,在"五四"文学革命对"桐城谬种"的激烈批判之后,学界开始重新审视桐城文章作为古典散文收官之作的文学价值,因此对他们的各类文学活动都予以关注,并寻求其积极意义。在我们看来,探讨桐城派作家关于时文的看法,首先要做的,是直视桐城古文家同时亦是"时文家"的史实,将其时文活动纳入桐城派文学活动的全局来看待,这样才能避免先入为主的拔高或贬低的论述,发现其时文活动中的"文学"因素。本章即试图通过对早期桐城作家群体时文观念的梳理,揭出他们时文创作与时文批评中蕴含的文学价值和意义,借此对现有桐城派文学成就的评价进行一些补充说明。

## 第一节 "古调"与"时格":明万历以来时文取法古文的诸种形态

"时文"之称,最早见于北宋,其内涵主要有二,一是科场之文,二是与可传诸后世的"古文"相对的世俗一时所好之文。宋人所说的"时文",常兼有这两个方面的含义。如欧阳修在《记旧本韩文后》中,说自己少年时,"天下学者杨、刘之作,号为'时文',取科第、擅名声,以夸荣当世"。② 又在《与荆南乐秀才书》中提到自己为了仕进养亲,亦曾作过此类"时文":"皆穿蠹经传,移此俪彼,以为浮薄,唯恐不悦于时人,非有卓然自立之言如古人者。"③ 宋初取士,进士科试诗、赋、论、策,故欧阳修所说的"时文",形制上以偶俪为尚。其后神宗熙宁四年,科试罢诗赋为经义,士人所说

---

① 参见刘奕《乾嘉汉学家古文观念与实践之探析》,《清代文学研究辑刊》第一辑,人民文学出版社2008年版。
② 欧阳修:《记旧本韩文后》,《欧阳修诗文集校笺》外集卷二十三,上海古籍出版社2009年版,第1927页。
③ 欧阳修:《与荆南乐秀才书》,《欧阳修诗文集校笺》卷四十七,上海古籍出版社2009年版,第1174页。

的"时文",转而指散行议论之体,如宋末进士刘将孙曾说:"自韩退之创为古文之名,而后之谈文者,必以经赋论策为时文,碑铭叙题赞箴颂为古文。"① 形制虽然有变,但"时文"的功利目的,以及与"古文"的高下之别,依然存在。周必大曾劝勉后进在从事科举的同时不忘著述,认为二者在德性器识的层面具有一致性,"岂以古文时文为间哉",② 即从一个侧面反映出当日士子在"时文"与"古文"之间的挣扎与考量。经义试士之法,为后世所继承,元仁宗延佑年间,恢复科举,以《四书》《五经》义试士;明洪武十七年,定科举程式,乡、会试三场分别试《四书》《五经》义以及论、策;清代科考,基本沿袭明制。又,科场评卷,三场最重首场,首场则最重三篇《四书》文,③ 因此明清人所说的"时文",一般指题目出自《四书》《五经》,义遵朱注,"代古人语气为之,体用排偶"的八股文。④ 与前代类似,"时文"在明清人的叙述中,亦被认为是与"古文"对立的卑俗之文,在时文出现弊病之时,士人们也多从古文中寻找挽救的方法,"以古文为时文",即是对此类维挽途径的总称。

时文向古文学习,自有"时文"之时即已开始。陆游《老学庵笔记》记载:"国初尚《文选》,当时文人专意此书……方其盛时,士子至为之语曰:《文选》烂,秀才半。建炎以来,尚苏氏文章,学者翕然从之,而蜀士尤盛。亦有语曰:苏文熟,吃羊肉;苏文生,吃菜羹。"⑤ 可见有宋一代,"古文"一直是科举文体的重要取法对象,

---

① 刘将孙:《书曾同父文后》,《养吾斋集》卷二十五,《景印文渊阁四库全书》第1199册,台湾商务印书馆1986年版,第242页上。

② 周必大:《与王才臣子俊》,《文忠集》卷一百八十六,《景印文渊阁四库全书》第1149册,台湾商务印书馆1986年版,第89页上。

③ 三场只重首场之风气,在明万历初年即已形成,据《明神宗实录》卷五十六,万历四年十二月,礼科给事中李戴等所上条陈中,即有"尔来士子专务初场"之语。明末项煜《谈文随笔》中,明言场中阅文,"所重惟在前三义,尤重在首篇"(转引自龚笃清《明代八股文史探》,湖南人民出版社2005年版,第533页)。直到晚清,科举只重初场,仍是普遍的现象,晚清小说《二十年目睹之怪现状》第四十三回中,即曾描述当时乡试阅卷,中与不中,全看首场:"可笑这第三场的卷子,十本有九本是空策,只因头场的八股荐了,这个就是空策,也只得荐在里面。"(吴趼人:《二十年目睹之怪现状》,人民文学出版社1959年版,第335页)

④ 张廷玉等:《明史》卷七十,中华书局1974年版,第1693页。

⑤ 陆游:《老学庵笔记》卷八,中华书局1979年版,第100页。

并且随着"时文"体式的变化,士子所研习的"古文"也有不同。①明代的"以古文为时文",则经历了前后两个兴盛期,第一个时期是在正德、嘉靖年间,以归有光、唐顺之、茅坤等唐宋派文人为代表。这一阶段的"以古文为时文",主要出于八股文体由"质"向"文"发展的内在需求。明初八股,质朴简重,文律未细。至成化、弘治年间,经由王鏊、钱福等人的创作,规矩渐备,不再是对朱注的简单复述,而是"以情纬物,以文披质",②具有了"文章"的美感。在此基础上,归、唐等人将古文家的手眼代入时文,他们的时文创作,能"融液经史,使题之义蕴显隐曲畅"③,而又气格浑厚,不为尖新巧思之语,向被视为"以古文为时文"的典范。第二个时期则是在万历之后,尤以天启、崇祯年间的金声、黄淳耀、陈际泰等为代表。

"以古文为时文"在万历之后的再次兴起,与隆庆、万历年间时文在义理阐释与行文风格两方面的新变有关。义理方面,以隆庆二年会试程文阑入王学为始,时文文义须遵从朱熹《章句》及官修《大全》的规定渐为人所忽视。艾南英论述这一变化说:"嘉、隆以前,姚江之书,虽盛行于世,而士子举业尚谨守程朱,无敢以禅窜圣者。……自兴化(即李春芳,扬州兴化人)、华亭(即徐阶,松江华亭人)两执政尊王氏学,于是隆庆戊辰《论语》程义首开宗门,意端兆于此矣。"④隆庆二年会试,主考官李春芳、殷士儋均倾心王学,其时内阁首辅徐阶亦尊崇阳明。此科《论语》题为《子曰由诲汝知之乎 一节》,其程文破云:"圣人教贤以真知,在不昧其心而已。""不昧其心",也即王学"致良知"之意。顾炎武则认为这一破题,

---

① 今人祝尚书在其《论宋代时文的"以古文为法"》[《四川大学学报》(哲学社会科学版)2007年第4期]一文中,详论了南宋孝宗之后欧、苏文章对科举文体的影响,并认为这一发端于北宋唐庚而盛行于南宋淳熙年间的"以古文为法"的实践,是明清时期"以古文为时文"的先声。

② 何焯:《两浙训士条约》,《义门先生集》卷十,清道光三十年姑苏刻本。

③ 方苞:《钦定四书文凡例》,方苞编《钦定四书文》,《景印义渊阁四库全书》第1451册,台湾商务印书馆1986年版,第3页下。

④ 艾南英:《历科四书程墨选序》,《天佣子集》卷一,艺文印书馆1980年版,第143页。

是"明以《庄子》之言入之文字",① 开释、老之言入时文之端。此后科场之文,说理竞尚新奇,如万历三十年礼部尚书冯琦疏中所言:"始犹附诸子以立帜,今且尊二氏以操戈。背弃孔、孟,非毁程、朱,惟南华、西竺之语是宗是竞。以实为空,以空为实;以名教为桎梏,以纪纲为赘疣;以放言高论为神奇,以荡轶规矩、扫灭是非廉耻为广大。取佛书言心言性略相近者窜入圣言,取圣经有'空'字、'无'字者强同于禅教。"② 时文中朱学的正统地位,受到严重威胁。在文辞方面,以万历十四年会试主考王锡爵喜好"新奇"之文为始,时文写作逐渐出现"文胜于质"的局面。万历十四年丙戌科二甲一名袁宗道,其文被何焯评为"峭峻"③;万历十七年己丑科探花陶望龄,以奇矫之文为世所称;万历二十年壬辰科二甲三名吴默,作文"苦心孤诣""深入骨理"④,万历二十三年乙未科榜眼汤宾尹、万历二十九年辛丑科二甲一名许獬,文章均以"机法"著称。在此种风气影响之下,士子作文多致力于文法的翻空出奇,而置圣贤义理的体认于不顾。吕留良说自万历二十三年乙未科之后,"杜撰恶俗之调,影响之理,剽弄之法,曰圆熟,曰机锋,皆自古文章之所无。村竖学究喜其浅陋,不必读书稽古,遂传为时文正宗",⑤ 正是对此种状况的描述。此外,受禅理入时文的影响,这一时期时文的文辞也极为驳杂不醇,赵南星即批评万历间时文"杂一切禅家炼土之邪说、谣俗之俚语、吏胥之文奏,与《坟》《典》《丘》《索》,并入篇章"。⑥ 这种义理和文辞两方面的乱象,在当时即已引起朝廷的重视,据《神宗实录》,万历年间,礼部关于科场之文应"纯雅合式""平正通达"的申饬,即

---

① 顾炎武著,黄汝成集释:《日知录集释》卷十八,上海古籍出版社2006年版,第1057页。
② 转引自顾炎武著,黄汝成集释《日知录集释》卷十八,上海古籍出版社2006年版,第1059页。
③ 何焯:《两浙训士条约》,《义门先生集》卷十,清道光三十年姑苏刻本。
④ 王步青:《塾课小题分编序》之"论精诣",《已山先生别集》卷三,清乾隆敦复堂刻本。
⑤ 吕留良:《东皋遗选前集论文一则》,《吕晚村先生文集》卷五,清雍正三年吕氏天盖楼刻本。
⑥ 赵南星:《吕辅季制义序》,《赵忠毅公诗文集》卷七,明崇祯十一年刻本。

有十余次之多，①但其成效并不理想。崇祯六年，凌义渠上《正文体疏》，其中认为当日时文，多"纵横险轧之言""危苦酸伤之词""妖浮纤眇之音""欺己欺人之语"，②仍远离平和质朴的文章正轨。在"庙堂之上不能转移廓清"③的情势下，天启、崇祯年间，一些民间士人开始谋求以一己之力维挽风气。这些人中，最具代表性的是复社二张兄弟与江西豫章社艾南英、陈继泰等人。而他们所采取的救弊之方，正与正、嘉前辈相似，即"以古文为时文"。

复社、几社与艾南英之间的纷争，是晚明文学史上的一桩著名公案，其间是非曲直，前人已多有探讨，此处不再详述。我们所要强调的是，双方争论的焦点，只是学什么样的"古"的问题，而对"通经学古"的大前提，诸人并无异议。张、陈均以秦汉古文为文章正宗，故其论时文，亦要求从秦汉文入手，"日取《五经》摹而书之，左右周接，无非钜人之名，大雅之字，趋而之善也疾焉"。④艾氏则认为欲习得秦汉文之气韵，须从唐宋文入手，于唐宋文家中，又特别推崇寓法于平淡质朴之中的宋人文字。论及时文时，亦要求士子"刊除枝叶"，⑤"以朴为高，以淡为老"，⑥写作平实、简劲之文。因此可以说，这两派的分歧，只能算是"以古文为时文"阵营内部的矛盾，是一批有志于正文体的士人，在时文文体灭裂、文辞"俚秽"的时代问题面前，所产生的路线冲突。

张、艾等人关于时文取法古文的意见，因其文社领袖的身份，在当时获得了广泛的传播，特别是艾南英对成弘、正嘉之间"其旨确、其词雅驯"⑦的先辈文体的倡导，随着其《今文定》《今文待》及诸多墨卷、房书选本的刊行，一定程度上对时文矩度的重建起到了积极

---

① 参见吴柏森等编《明实录类纂·文教科技卷》，武汉出版社1992年版，第296、299、302、309、320、324、333页。
② 凌义渠：《正文体疏》，《凌义渠奏牍》卷二，明崇祯刻本。
③ 何焯：《两浙训士条约》，《义门先生集》卷十，清道光三十年姑苏刻本。
④ 张溥：《房稿表经序》，《七录斋诗文合集》文集存稿卷五，伟文图书出版社1977年影印本，第1034页。
⑤ 艾南英：《王承周制义序》，《天佣子集》卷三，艺文印书馆1980年版，第369页。
⑥ 艾南英：《金正希稿序》，《天佣子集》卷三，艺文印书馆1980年版，第331页。
⑦ 艾南英：《今文定序篇下》，《天佣子集》卷一，艺文印书馆1980年版，第93页。

作用。艾南英即曾说《文定》《文待》刊行七年后，士子作文，"一禀程朱"，且开始学习"宋元及国初以来作者之意"与"秦唐汉宋文章相沿之法"，文坛气象为之一变。① 然而艾氏恢复成、弘时期浑朴之文的理想，却并未实现。如他所极力称赏的"朴淡"的金声文，在后人眼中，却是"骛八极，游万仞，使题之表里皆精神所发越也"，② 走的仍是奇矫一派说理曲畅刻露的路子。又如他的豫章社同仁陈继泰之文，亦被后人描述为"抉其髓而去其肤，摹其神而尽其变"，"纵横排荡，时轶出先辈之法之外"。③ 艾南英自己也意识到了这一点，在《四家合作摘谬序》中，坦言豫章四家文之辞，"亦有乐其纤诡灵俊，偶一为之者"，④ 并不能做到完全的浑朴。又在《再与周介生论文书》中，不无忧虑地谈到当日学陈际泰时文的人，只对陈文中的"俊诡"之词感兴趣，而对其浑古高朴处茫然不知，如此发展下去，恐"文气之卑，乃自吾辈始之"。⑤ 可见启桢之时的"以古文为时文"，与归、唐等人的"以古文为时文"，在创作中所收到的效果并不一致。清人汪缙论述这两种"以古文为时文"的区别时说："归、茅性于古文者也，其于古文之学，又皆问津于司马、韩、欧，得其气体，以是为时文，其文自极于古，非有意为古文也。金、陈之文，前无古人，后无来者，独往而已，自与古会，亦非有意为古文也。"⑥ "自极于古"，则用力痕迹少，文章气格浑厚；"独往而已"，则自我之表见、刻镂之匠心明显，文章能酣畅淋漓、动人心目，但不免"气薄"。这种区别的产生，有内外多种原因：从文辞自身的发展规律看，由文返质、由华返朴，毕竟难矣；从思想背景看，强调人的主观能动性的王学的兴盛，使得士子敢于一空依傍，自作新词；从时

---

① 艾南英：《增补今文定今文待序》，《天佣子集》卷一，艺文印书馆1980年版，第137—140页。
② 何焯：《两浙训士条约》，《义门先生集》卷十，清道光三十年姑苏刻本。
③ 戴名世：《陈大士稿序》，《戴名世集》卷四，中华书局1986年版，第104页。
④ 艾南英：《四家合作摘谬序》，《天佣子集》卷三，艺文印书馆1980年版，第347页。
⑤ 艾南英：《再与周介生论文书》，《天佣子集》卷五，艺文印书馆1980年版，第514页。
⑥ 汪缙：《合订唐诸两先生时文叙》，《汪子文录》卷二，清道光三年张朽刻本。

代政治氛围看,衰世之时,文章自有许多"长譬曲讽、广引连类之词"与"忧谗畏讥、愤时悯世之旨",① 这些丰富激烈的内容,是平实朴淡的文字所难以涵括的。总之,尽管启、桢年间的时文改良者们希望回复"先正之体",但终明之世,"先正之体"并未恢复。时文写作应往何处去,时文应在哪些方面向古文取法,依然是后来的时文作者们需要花费心力思考的问题。

## 第二节　文人与文章的独立性：桐城早期诸家时文改革的基本立场

与晚明"以古文为时文"的诸家以文章统绪为关注焦点不同,桐城派早期诸家所面临的最大问题,是弥漫整个时文界的"俗学"风气。在他们对当日时文界的描述中,常可见到"世俗""俗学"的字眼。如戴名世《左尚子制义序》中提到,自己在甫接触时文之时,就感受到"俗学"的威胁:"方余与未生诵法忠毅之时,两人年甫二十,伤俗学之日非,追前贤之遗绪,盱衡抵掌,自谓举世莫当。"②在《归熙甫稿序》中,认为时下时文界之"俗学"远甚前朝:"吾尝读震川答示同人诸书,往往以俗学败坏世道人才为恨。夫震川时之所谓俗学,吾不得而知之矣,度不至于今日之甚也。使震川生于今之时,见今之文,其为太息痛恨,当何如者哉?"③又如方苞在《与韩慕庐学士书》中,如此称赞韩菼时文的功绩:"阁下以大雅之业,划刮俗学,振起吴会之间。"④王源在《示及门书》中,也认为清初时文文坛上"俗学大行"。⑤

"俗学"是清初著述中出现频率极高的词汇,大致说来,在明清

---

① 此为张溥《诵其诗读其书不知其人可乎是以论其世也》一文中语,转引自孔庆茂《八股文史》,凤凰出版社2008年版,第261页。
② 戴名世:《左尚子制义序》,《戴名世集》卷四,中华书局1986年版,第112页。
③ 戴名世:《归熙甫稿序》,收入上海图书馆藏萧穆编《潜虚先生文集补遗》,转引自[法]戴廷杰《戴名世年谱》,中华书局2004年版,第53页。
④ 方苞:《与韩慕庐学士书》,《方苞集·集外文》卷五,上海古籍出版社2008年版,第671页。
⑤ 王源:《示及门书》,《居业堂文集》卷八,清道光十一年读雪山房刻本。

人的话语系统中,"俗学"大致有以下几种含义:一是与纯正儒家义理相对的"异端"之说。如李塨认为:"圣学践形以尽性……今儒堕形以明性……一实一虚,一有用一无用,一为正学一陷异端,不可不辨也。"① 二是与"通经学古"的扎实学风相对的无根游谈之学。如钱谦益认为:"经学之熄也,降而为经义;道学之偷也,流而为俗学。胥天下不知穷经学古,而宴行擿埴,以狂瞽相师。"② 三是与"义"相对的功利之学。如陈真晟认为:"夫学一也,岂有道俗之分?所以分者,在乎心而已矣。故志乎义则道心也,志乎利则俗心也。以道心而为俗学,则俗学即道学;以利心而为道学,则道学即俗学。只在义利之间而已矣。"③ 在文章领域,"俗学"有与"文章正脉"相对的"歧途"的含义,如钱谦益曾以王世贞、李攀龙之说为俗学:"仆狂易愚鲁,少而失学,一困于程文帖括之拘牵,一误于王李俗学之沿袭。"④ 又有缺乏个人主体性、缺乏个人思考的含义,如黄宗羲认为:"学浅意短,伸纸摇笔,定有庸众人思路共集之处"的世俗文章,"唯深湛之思、贯穿之学而后可以去之。"⑤ 桐城早期诸家所说的时文领域的"俗学",与上述诸条皆有部分重合,具体来说,体现为以下几点。

一是时文写作目的的功利性。方苞说:"夫时文者,科举之士所用以牟荣利者也。"⑥ 戴名世也认为:"今夫士之从事于场屋,不以得失撄其念者,自非上智不能,其余大抵皆欲得当于考官也。"⑦ 以

---

① 戴望:《颜氏学记》卷七"瑞生问圣学俗学之分"条,《颜氏学记》,中华书局1958年版,第193页。
② 钱谦益:《新刻十三经注疏序》,《牧斋初学集》卷二十八,上海古籍出版社1985年版,第851页。
③ 陈真晟:《论学书》,转引自黄宗羲《明儒学案》卷四十六,中华书局1985年版,第1091页。
④ 钱谦益:《答杜苍略论文书》,《牧斋有学集》卷三十八,上海古籍出版社1996年版,第1306页。
⑤ 黄宗羲:《留别海昌同学序》,《黄宗羲全集》第10册,浙江古籍出版社2005年版,第646页。
⑥ 方苞:《储礼执文稿序》,《方苞集》卷四,上海古籍出版社2008年版,第96页。
⑦ 戴名世:《孙苢山制义序》,收入上海图书馆藏萧穆编《潜虚先生文集补遗》,转引自[法]戴廷杰《戴名世年谱》,中华书局2004年版,第372页。

"得中"为写作的目的，于是时文完全成为追名逐利之工具，时文作为"文章"的特质和尊严则无人顾及。这一点，可以说是时文文风败坏的根源。

二是时文作者的空疏不学。戴名世谈到，在利欲驱使之下，当日时文作者们只知揣摩科场风气，对时文写作所需要的义理和文辞修养则不屑一顾："六经者文章之本也，周、秦、汉、唐、宋以来，作者多有，而其源流指归未有不一者也。时文之徒曰：'吾无所事乎此也。'"① 如此辗转相循，时文庸腐之局面，只能是愈演愈烈，"屡救而不能振"。② 方苞也认为，文章之士，须潜心于"《诗》《书》六艺"，切究于"三才万物之理"，于性命道理有所自得，发为文章，才能"充实光辉"。而有明以来，士子将大量时间精力花费在时文上，于古学则不能深入，因此下笔作文，"不能自树立也宜矣"。③

三是时文写作中作者个性的泯没。戴名世曾多次批评当日时文的"雷同"："今夫时文之弊，在于拘牵常格，雷同相从。"④"余尝病天下之从事于制举之文，而未尝见有卓然自立、能读书者之出于其间。"⑤ 而造成"雷同"的主要原因，是时文作者无坚定的见解与独立的人格。戴名世《忧庵集》中曾记述，当日时文有一种"为吉祥冠冕之辞，不必与题相切"的颂圣套子，本不合文理，因时文乃代言体，而"以百世之前之圣贤，预颂百世之后帝王之功德"的情况，是不存在的。但因近日考官欣赏此种体式，"会试往往以此为定元魁之格"，众人便纷纷从而学之。这种"趋同"，在戴氏看来，正是时文作者"丧失其所以为心"、失却自主判断力的结果。⑥

四是衡文标准的混乱。戴名世谈到近世文坛，连"庸""陋"的标准都不复存在："不必师有所授也，不必朋友有所讲习也，曾无一

---

① 戴名世：《赠刘言洁序》，《戴名世集》卷五，中华书局1986年版，第137页。
② 戴名世：《小学论选序》，《戴名世集》卷四，中华书局1986年版，第91页。
③ 方苞：《赠淳安方文辀序》，《方苞集》卷七，上海古籍出版社2008年版，第190—191页。
④ 戴名世：《归熙甫稿序》，收入上海图书馆藏萧穆编《潜虚先生文集补遗》，转引自〔法〕戴廷杰《戴名世年谱》，中华书局2004年版，第53页。
⑤ 戴名世：《李潮进稿序》，《戴名世集》卷四，中华书局1986年版，第105页。
⑥ 戴名世：《忧庵集》，《戴名世遗文集》，中华书局2002年版，第106页。

第三章　以古文为时文：桐城派早期作家的时文改良

日而用力于其事，富者饱食而嬉，贫者枵腹而游，盖其厌恶于举业也实甚矣。及其卒然而应有司之试，聊且为之，问其可以自信者而无有也，书之于纸而献之于有司，得可也，失可也，而有司者亦聊且而去取，聊且而次第之，以应故事、塞功令而已。其所试之文，工可也，拙可也，其得与失，士不知其故，有司亦不知其故也。求如向者之用力于至陋而取必于有司者，并不可得。"① 戴名世认为，这种写作及去取毫无定准，一切付之天命的做法，反映出的是自上而下对时文的失望与不屑。更严峻的问题是，面对此一颓风，竟无人去谋求维挽，长此以往，时文"如之何而不废也"！②

对于时文，桐城早期诸家的态度是矛盾的。一方面，他们并非纯粹的时文家，写作时文以求取功名，并不是他们的初心。如戴名世自幼留心前朝史籍，"欲闭户著书，以自见于后世"，但二十岁以后，"家贫无以养亲，不得已开门授徒，而诸生非科举之文不学，于是始从事于制义"。③ 方舟少时喜好兵学，读书能观其大旨，而"不乐为章句文字之业"。十四岁后，目睹家中贫寒情状，自叹"吾向所学，无所施用"，于是学作时文，以求获得"课蒙童"的资格。④ 方苞幼承父兄之教，治经、古文之学，但十四五岁之后，亦由于"家累渐迫"，而走上了教馆、作时文的道路。⑤ 王源少年时曾从魏禧学古文，于文辞之事眼光极高，"自谓左丘明、太史公、韩退之外，无肯北面者"。四十岁之后，始因"家贫亲老"，出而就有司试，举顺天乡试第四名。⑥ 汪份为古文家汪琬之从侄，"古文辞深得司马、欧阳家法"，从事时文写作，亦是"抑郁不得志"的无奈之举。⑦ 这种"非其所习，强而为之"⑧的不愉快的经历，使得他们多不愿提及自己在

---

①　戴名世：《顾希才稿序》，《南山文集外编》清钞本，转引自［法］戴廷杰《戴名世年谱》卷十，第681—682页。
②　同上书，第682页。
③　戴名世：《意园制义自序》，《戴名世集》卷四，第123页。
④　方苞：《兄百川墓志铭》，《方苞集》卷十七，第496页。
⑤　方苞：《与韩慕庐学士书》，《方苞集·集外文》卷五，第671页。
⑥　方苞：《四君子传》，《方苞集》卷八，第217页。
⑦　戴名世：《汪武曹稿序》，《戴名世集》卷四，第100—101页。
⑧　方苞：《与韩慕庐学士书》，《方苞集·集外文》卷五，第671页。

时文方面的成就,如戴名世说自己的时文"虽颇为世所称许,而曾无得于己,亦无用于世",① 方舟"自课试之外未尝为时文",② 方苞亦常欲舍弃时文之业,"以一其耳目心思于幼所治古文之学"。③ 而另一方面,出于生存的需要以及对文事的责任感,他们又未能完全放弃时文,而是选择了"在当时体制内采取改良的办法"。④ 这种改良,也就是为后人议论纷纷的"以古文为时文"。

桐城诸人的"以古文为时文"的改良,涉及人与文的多个层面。在人心的层面,他们提倡时文作者不慕荣利的独立品格。如戴名世倡言,时文之外尚有学问与功名:"夫读书之有成者,不必其得当于制科,虽以布衣诸生,萧然蓬户,而功名固已莫大乎是焉,则亦视乎其学之远且大者而已矣。"⑤ 不以世俗功名为意,则作文时"必不肯卤莽灭裂以从事,而得失之数不以介于心"。⑥ 这是写作理想时文的基础。在学问的层面,他们努力发掘时文中"古学"的因素,将时文提升为圣贤学问体系中的一环,如戴名世认为,时文和古文同为明道之文:"今夫科举之业,其所推衍者,圣人之言,其所论著发明者,圣人之道,是则文章之事,莫大于此。"⑦ 则时文同古文一样,可以具有崇高的功用和品格。在词章的层面,他们认为古文之法可用于时文:"夫所谓时文者,以其体而言之,则各有一时之所尚者,而非谓其文之必不可以古之法为之也。"⑧ 可以看出,这三个层面的改良,都指向对时文写作中功利因素的剥离,与"文章"因素的发掘。这一点,可以说是桐城诸家时文改革的基本立场。

对文人、文章之独立性的坚持,在桐城诸人的时文写作与评论中均得到体现。作为写作者,他们用实践来表达了自己对世俗的抗争与

---

① 戴名世:《自订时文全集序》,《戴名世集》卷四,中华书局1986年版,第118页。
② 方苞:《刻百川先生遗文书后》,《方苞集·集外文》卷四,第631页。
③ 方苞:《与韩慕庐学士书》,《方苞集·集外文》卷五,第672页。
④ 钱竞、王飙:《中国20世纪文艺学学术史》第1部,上海文艺出版社2001年版,第29页。
⑤ 戴名世:《蔡瞻岷文集序》,《戴名世集》,中华书局1986年版,第79页。
⑥ 戴名世:《李潮进稿序》,《戴名世集》,中华书局1986年版,第105页。
⑦ 戴名世:《汪安公制义序》,转引自[法]戴廷杰《戴名世年谱》卷五,第229页。
⑧ 戴名世:《甲戌房书序》,《戴名世集》卷四,中华书局1986年版,第88页。

第三章 以古文为时文：桐城派早期作家的时文改良 105

对"不时之文"的追求。诸人的科场之路，大多与其文名不相称。早在康熙十一、十二年，诸人甫接触时文时，即依托"古人之文"，站到了世俗文章的对立面。刘捷回忆说："方壬子、癸丑间，海内溺于时文之学，而骛骛自强不肯仿效者，独吾乡人为多。吾兄北固与戴子褐夫辈，发愤于故里，而余与百川兄弟，淹滞金陵，穷愁无聊，刻意相勖以古人之文，一时时文之士，讪侮百出。"① 康熙十二年，在清代时文史上是一个重要的年份，此年江南解元韩菼以会试、殿试均为第一的成绩"三元及第"。韩菼之文，"雄骏古雅"，被公认为是"以古文为时文"的典范。韩菼的中式，一定程度上反映出居上位者改革文风的意愿，但在远离京城的江淮乡间，"古人之文"仍是惊世骇俗之物，戴名世"以其平日所窥探于经史及诸子者，条融贯释，自辟一径以行"的时文，虽被潘江等师长赞为"文章风气之所系，其在韩公伯仲间乎"，但并不为世俗所理解，戴名世的父亲即曾忧虑儿子写作此种"举世不为"的文字，终将"不免于困"。② 此后康熙二十五年，戴名世、朱书、汪份、何焯、刘岩、刘齐等以江南拔贡生的身份入读国子监。康熙三十年，方苞亦入读国子监。此时诸人已在时文界崭露头角，当日国子监中，"语古文推宋潜虚，语时文推刘无垢"，③ 而戴氏入京后认识的友人萧正模则认为戴名世时文造诣远超古文。④ 之后，戴名世、方舟、方苞分别于康熙三十六年、康熙三十四年、康熙三十八年刊刻自己的时文集，并受到时任礼部尚书的时文大家韩菼的推重。韩菼在《戴田有文序》中，认为戴名世之文，"视一第如以瓦注"，⑤ 又在《方百川文序》中，极力推崇方氏兄弟的时文，认为方苞文乃"近世无有"，方舟文则是"镕液经史，纵横贯串

---

① 刘捷：《方百川遗文序》，转引自［法］戴廷杰《戴名世年谱》，中华书局2004年版，第43页。
② 戴名世：《自订时文全集序》，《戴名世集》卷四，中华书局1986年版，第118页。
③ 方苞：《朱字绿墓表》，《方苞集》卷十二，上海古籍出版社2008年版，第345页。
④ 萧正模：《与某书》，《后知堂文集》卷三十，《清代诗文集汇编》第187册，上海古籍出版社2010年版，第217页下。
⑤ 韩菼：《戴田有文序》，《有怀堂文稿》卷四，清康熙刻本。《南山集》案后，传世《有怀堂文稿》多删去此篇，此处转引自［法］戴廷杰《戴名世年谱》，中华书局2004年版，第402页。

而造微入细，无一字不归于谨"。① 而戴名世、方苞分别于康熙四十四年、康熙三十八年中举，康熙四十八年、康熙四十五年方得以中进士。戴、方友人中，汪份、朱书、刘捷、何焯中举时间分别为康熙三十八年、康熙四十一年、康熙五十年，康熙四十一年，都在其入贡太学、小有文名十余年后。他们困顿科场的一个重要原因，是文字的不趋时，如韩菼在方苞会试落第后的赠诗所言："春衫底泥萎萎色，只欠新来时世妆。"②

作为评论者，诸人则试图在官方衡文标准之外另立一"天下"的标准。清初尽管严禁坊刻，仅康熙一朝，就曾于康熙九年、康熙三十二年、康熙四十三年三次颁布禁止私人刻文的条令，③ 但这些禁令并未得到很好的执行。④ 桐城早期诸家中，戴名世、汪份、何焯便均是当时的著名选家。⑤ 从戴名世集中所收录的多篇时文选本序中，我们可以看到，戴名世对于选家之权力有充满自信的论述，如《壬午墨卷序》："文章之是非有定乎哉？何以场屋之中得者未必是，而失者未必皆非也。文章之是非无定乎哉？何以得之者而天下卒不以为是，失

---

① 韩菼：《方百川文序》，《有怀堂文稿》卷五，《清代诗文集汇编》第147册，上海古籍出版社2010年版，第117页下。
② 韩菼：《方灵皋解元落第二首》，《有怀堂诗稿》卷五，《清代诗文集汇编》第147册，上海古籍出版社2010年版，第49页上。
③ 据清代《钦定科场条例》，康熙九年议准，"嗣后每年乡会试卷，礼部选其文字中程者刊刻成帙，颁行天下，一应坊间私刻，严行禁止。"又于康熙三十一年、康熙三十三年，颁布关于礼部刻文的具体规定。雍正元年，覆准乡会试墨卷及举人、进士之窗稿等，均需礼部选定后发刻，"倘有私刻，该地方官严查禁止。"英汇等纂：《钦定科场条例》卷四十六，文海出版社1989年版，第3265—3266页。
④ 据戴名世自述，当日选家仍有多种获得窗稿与墨卷的途径：一是主司亲授。《己卯科乡试墨卷序》言："岁己卯秋，当乡举之期，凡得当于场屋之文，余皆次第观览，而江南、浙江则主司亲授余全卷。"（《戴名世集》卷四，中华书局1986年版，第96页）二是士子寄送。《甲戌房书小题文选序》言："会今年南宫试士，得隽者先后邮至其平居所作制义，不啻数千首。"（《戴名世集》卷四，中华书局1986年版，第90页）《己卯行书小题序》言："己卯秋，各省士子之获售于场屋者，多以行卷授余，为之点定行世。"（《戴名世集》卷四，中华书局1986年版，第109页）三是书贾提供。《庚辰小题文选序》言："今年……书贾以房书之选邮寄属余点定若干篇。"（《戴名世集》卷四，中华书局1986年版，第115页）又《己卯科乡试墨卷序》言："（此科）山东、江西亦有全卷流布，至于顺天以及他省所见，或三之一，或五之一，最少则十之一。"（《戴名世集》卷四，中华书局1986年版，第96页）此类流布于世的墨卷，极有可能为书贾所收集，供选家编选。
⑤ 详见本书第一章第二节、第十一章第一节所述。

之者天下卒不以为非也、嗟乎！有定者在天下，而无定者则在主司也……夫士从事于制举之文，每三年而一试，其获隽者，宜其文之无不工也；其不工者，宜其为主司者之所斥而不录也。然而撤棘之后，其墨卷次第入于选家之手，选家不一其人，辄无不精慎以从事，丹铅甲乙，分别黑白，曰某也工，某也不工。其议论断断，足以补主司之所未及，是亦不可谓无关于文教。"①认为在"天下"标准的建立中，选家是极重要的力量。

明末清初文社纷起，选家在文风的转变上有极大的号召力，也由此产生了诸家意气相争、"矜尚标榜"②之弊。戴氏对此亦有清醒的认识，在《送汪武曹序》中，他曾对当日选家鱼龙混杂的情状进行了辛辣讽刺："国家以制科取天下之士，而举业之文，皆有选本行世，则多吴中之士为之，号曰选家，以此知名当世。于是竖儒小生，皆得登坛坫，据皋比，开口说书，执笔校文。……四方书贾，买船赁车，重茧而至，捆载而归，天下无有才人志士能辨别其是非，子父朋友，交口教授，遂至流荡而不可反。盖名士之祸，其烈如此。"③可见戴氏所希望做的，并非一般播弄风气的选家，而是可以辨别是非、真正有益于文章发展的人。

在《九科大题文序》中，戴名世描画了自己心目中的选家传承谱系，自万历壬辰间"制义之有选本"以来，首有功者当推艾南英："余考艾氏之时，文妖叠起，而诸选家为之扬波助澜，以故文体日益趋于衰坏。艾氏乃不顾时忌，昌言正论，崇雅黜浮，而承学有志之士闻艾氏之风而兴起者，比肩接踵。"艾氏之后，又有吕留良："近日吕氏之书盛行于天下不减艾氏，其为学者分别邪正，讲求指归，由俗儒之讲章而推而溯之，至于程朱之所论著，由制义而上之，至于古文之波澜意度，虽不能一一尽与古人比合，而摧陷廓清，实有与艾氏相为颃颉者。"而戴名世自己则隐然以艾、吕之继承者自期："余为编

---

① 戴名世：《壬午墨卷序》，《戴名世集》卷四，中华书局1986年版，第115页。
② 徐世溥：《同人合编序》，黄宗羲编《明文海》卷三百十三，中华书局1987年影印清涵芬楼钞本，第3230页。
③ 戴名世：《送汪武曹序》，收入上海图书馆藏萧穆编《潜虚先生文集补遗》，转引自[法]戴廷杰《戴名世年谱》，中华书局2004年版，第152页。

次是集，以补吕氏之所未及，亦使读者可以考数十年来文章之盛衰得失，而艾、吕两家之绪言，犹可于此书得之也。"①

戴名世将吕留良视为艾南英的继承者，或不符合历史事实，因在吕氏眼中，艾南英不过是一介文士："论文亦止论文之法耳，后来之说愈精，总不离文法，最上一关却无道及者。"②但抛开"文""质"之间的倾向差异，在对"正学"的态度与对风气中心的有意远离上，艾、吕、戴三人确实有一脉相承之处。首先，三人均是程朱义理的坚决维护者，艾南英在时文评选中，秉持"非孔孟程朱不道"③的标准；吕留良则直以时文作为恢复程朱之学的手段。④戴名世亦是程朱义理的坚决维护者。戴名世曾与友人编《四书朱子大全集》，此书不同于为人所诟病的"高头讲章"，而正是有感于"举业兴而文章亡，讲章兴而理学亡"的现实弊病而作。戴名世学生程崟在为此书所作序中转述戴氏的意见说，朱子所注《四书》，虽为八股之义理基础，地位崇高，但当日做八股者，对朱子著作多不能"遍观而尽识"，因此在阐发朱学义理时，"往往失其本真，或至攘臂裂眦而与之抗"。⑤故戴名世要编辑一书，使得读者通过此一卷，"了然而尽见朱子之全旨"，从而"维理学之衰，使举业家不至误于所从，而文章于是乎亦兴"。⑥这一思路，与吕留良"借讲章之途径，正儒学之趋向"⑦类似。戴氏此书，广采朱子《文集》《语类》《或问》《精义》《中庸辑

---

① 戴名世：《九科大题文序》，《戴名世集》卷四，中华书局1986年版，第101—102页。
② 吕留良：《与戴枫仲书》，《吕晚村先生文集》卷一，清雍正三年吕氏天盖楼刻本。此信中，吕留良认为艾南英之成就，主要在文字方面："文品老而益尊，浔得古人皮毛落尽之妙"但"所少者理境不精耳"，因此"无有至味出其中，未免外强中干"，未达制义文之极境。
③ 艾南英：《今文定序篇下》，《天佣子集》卷一，艺文印书馆1980年版，第93页。艾南英的学术取向，可参考钟西辉《"张艾之争"与明末文学演变》，西南大学2009年硕士论文。
④ 参见钱穆《吕晚村学述》，《中国学术思想史论丛》第八册，九州出版社2011年版，第203—220页。
⑤ 程崟：《四书朱子大全序》，戴名世、程逢仪辑《四书朱子大全》，《四库禁毁书丛刊》经部第9册，北京出版社1998年版，第5页上。
⑥ 同上。
⑦ 钱穆：《吕晚村学述》，《中国学术思想史论丛》第八册，九州出版社2011年版，第213页。

略》《或问小注》等著作中关于《四书》义理之论述,而"一以《章句》、《集注》断之,存其已定而去其未定,存其详而去其略,存其精确而去其讹舛重复者,存其一二而去其余"。① 虽然以后代经学学者的眼光来看,这种只采朱熹著作,他人之说一概弗载的做法,失之过狭,但较之于只关注朱熹《集注》的一般时文家,戴名世此举已具有了某种文献学的意识,眼界和心胸都要高明得多。

其次,艾、吕、戴三人均曾在时文界有广泛影响,但又都愤世嫉俗、落落寡合,对风气中心有一种主动的疏离。艾南英多次强调为文者要"矫俗自立",② 反对时人对豫章派的盲目追随。吕留良亦常以荒野之人自居,拒不作意见领袖:"某之论文亦只如此,未尝期其书之必行世,世之从吾言也。适与时论相凑,谓其功足变风气,为近日选家之胜,此某之所深耻而痛恨者也。但使举世噪骂,取以覆瓿黏壁,锢其流传信从,如苏氏乌台案、朱门伪学禁,莫不拒绝远避,而有人焉,独以为不可不业此,此则某之论文果有功而其不止于文者,亦骎骎尽出矣。"③ 希望后来者继承他独立特靡的精神。戴名世的论文文字中,也常有一种山巅水涯的寂寞之感,如《金正希稿序》:"天下不知有先生之文,亦不知有先生之人,而独一渺然小生,拾其遗文于破簏故纸之间,诵之于空山寂寞之内,其亦可叹也。"④《方灵皋稿序》:"余移家金陵,与灵皋互相师资,荒江墟市,寂寞相对。"⑤《与王云涛书》:"足下登贤书,入燕京,而鄙人归自秦淮,沉冥寂寞,所谓时文亦不复为人所识。"⑥ 对时人的赞誉,也保持着清醒:"余草茅书生,文章之事无有责焉,而四方之士顾欲余有所选录以为

---

① 戴名世、程逢仪:《四书朱子大全凡例》,《四书朱子大全》,《四库禁毁书丛刊》经部第9册,北京出版社1998年版,第6页上。
② 艾南英:《重刻罗文肃公集序》,《天佣子集》卷四,艺文印书馆1980年版,第444页。
③ 吕留良:《答柯寓匏曹彝士书》,《吕晚村先生文集》卷四,清雍正三年吕氏天盖楼刻本。
④ 戴名世:《金正希稿序》,《戴名世集》卷四,中华书局1986年版,第103页。
⑤ 戴名世:《方灵皋稿序》,《戴名世集》卷三,中华书局1986年版,第54页。
⑥ 戴名世:《与王云涛书》,《戴名世集》卷一,中华书局1986年版,第16页。

定论。呜呼！余论之不可为定也，余自知之矣。"① 这一"边缘人"的自我定位，既有才华不为世所识的不甘，又是一种主动的选择，如戴氏所言："今夫有志君子之所为也，必不苟焉以同于众人，众人之所趋未有不在于鄙倍，而其所好未有不在于臭败者也。"② 远离风气中心，才易于保持为人与为文的独立性。

最后，我们也需看到，与艾南英、吕留良相较，戴名世的时文评选，更多只是一种"文章事业"。艾南英曾说自己《今文定》《今文待》的编选，是为了"存一代之文"③；吕留良晚年立志"收拾有明三百年之文为《知言集》"④，亦隐然有以文存史之意。⑤ 而戴名世虽曾编选《有明小题文选》与《九科大题文选》等时文总集，但其目的，只在于给世人提供写作参考，希望士子们"悉屏去世俗之文，一意讽诵研穷于此书，则人人皆顾、陆也"⑥，并无沉重的史家意识在内。又，在对时文义理的阐发上，戴名世的关注点，也不在于朱学、王学之辨，今戴氏文集中所收多篇时文选本序，着力辨析的主要是"古文之法"。这种对"文事"的侧重，固然使得戴氏的意见缺少一些厚度与深度，但又能使他从时文的政治与学理背景中跳脱出来，专一精细地展开对文章本身的探讨。

## 第三节　表现性情："以古文为时文"的具体操作方法之一

清乾嘉间学者焦循曾指出，作为"文章"之一体，时文在表意

---

① 戴名世：《庚辰会试墨卷序》，《戴名世集》卷四，中华书局1986年版，第98页。
② 戴名世：《己卯科乡试墨卷序》，《戴名世集》卷四，中华书局1986年版，第95页。
③ 艾南英：《再与周介生论文书》，《天佣子集》卷三，艺文印书馆1980年版，第367—368页。
④ 吕留良：《与某书》，《吕晚村先生文集》卷二，清雍正三年吕氏天盖楼刻本。
⑤ 吕留良晚年多次和友人提及编选有明一代之文的心愿，参见《吕晚村先生文集》卷一《与施愚山书》《与钱湘灵书》，卷二《与某书》，卷三《与董方白书》诸篇，清雍正三年吕氏天盖楼刻本。
⑥ 戴名世：《有明历朝小题文选序》，《戴名世集》卷四，中华书局1986年版，第100页。

方面有先天不足之处："诸子之说根于己，时文之意根于题。"①"古文以意，时文以形，舍意而论形则无古文，舍形而讲意则无时文。二者不可以互通。"②而桐城诸家的"以古文为时文"，则试图打通时文与古文在表意上的差异，赋予时文以言志抒怀的功能，通过此来落实时文写作中的作者个性。

在康熙四十一年代友人姜櫛所作的《浙江试牍删本序》中，戴名世提出，时文亦应有"性灵"："今夫文章者出于性灵之所为，此心此理，天下之所同也。而何以应试之士，自十百而千万，操笔为文，卒不得所为性灵焉？"③"性灵"本是晚明崇奉王学的文人所提出的概念，指写作者本真、活泼的生命感受。在义理方面受到严格限制的时文，如何可以有"性灵"？或者说，可以表达何种"性灵"？戴氏此序并未做明确回答。但翻检戴氏及其友人的论述，可以看到，在谈论时文时，他们极为强调文辞与作者情怀的关系，如戴名世认为"人之心之明暗、善恶、厚薄，其著之于辞者，皆不能掩，是故观其文可以知其人焉"，并列举了当日数位时文作者性格与文风间的联系以为佐证。④方苞亦认为作者人格与文辞品格间存在对应关系："自明以四书文设科，用此发名者凡数十家，其文之平奇浅深，厚薄强弱，多与其人性行规模相类，或以浮华炫耀一时，而行则污邪者，亦就其文可辨，而久之亦必销委焉。"⑤时文乃解经之文，儒家之经典阐释传统中，本有"同情之理解"的要求，如孟子的"尚友古人"与朱子以虚己之心体悟圣贤之理的读书法。时文摹拟圣贤口气，较之一般解经著作，更需要与圣贤精神的亲切往来，归有光教导弟子作时文要"以吾心之理而会书之意，以书之旨而证吾心之理"⑥，即是此意。桐城诸家对作者品行的要求，其中隐藏的一个逻辑也是：有希圣希贤之品

---

① 焦循：《时文说一》，《雕菰集》卷十，清道光岭南节署刻本。
② 焦循：《时文说二》，《雕菰集》卷十，清道光岭南节署刻本。
③ 戴名世：《浙江试牍删本序》，收入上海图书馆藏萧穆编《潜虚先生文集补遗》，转引自［法］戴廷杰《戴名世年谱》，中华书局2004年版，第543页。
④ 戴名世：《忧庵集》第160条，《戴名世遗文集》，中华书局2002年版，第137页。
⑤ 方苞：《杨黄在时文序》，《方苞集》卷四，上海古籍出版社2008年版，第100页。
⑥ 归有光：《山舍示学者》，《震川先生集》卷七，上海古籍出版社1981年版，第151页。

格,对圣贤口吻的模拟才能发自内心,才能"修辞立其诚"。在这个意义上,时文便可以表现作者之"性灵"。

在用时文表现作者性情这一点上,桐城早期诸家中成就最高者,当属方苞之胞兄方舟。方舟曾言自己作时文,只求"自知":"凡吾为文,非求悦于今之人也。吾有得于天地万物之理,古圣人贤人之心,吾自知而已。"① 因此,方舟之文,能最大限度地摆脱中正平稳的科场风气,抒发其为学为人的真实见解。

现存方舟时文中,最动人者,为摹写夫子心事之诸篇。夫子之世,夫子不得行其所学,方舟平生留意经世之学,"以万物之不被其功泽为忧",② 然亦无机缘实施,因此其文凡涉及圣人心事,便极为深情绵邈。如《道不行,乘桴浮于海》一文中、后比云:

> 视其上则无国而不乱,视其下则无人而不矜,长与之共处于域中,非目见其人,即耳闻其事,跼蹐者自顾岂有穷期耶?
> 视其国则皆有可以清明之理,视其民则皆有可以仁寿之形,第恝然坐观于局外而于此焉,蒿目于彼焉,怆心栖皇者,岂能越于人境耶?
> 夫事之无可奈何者,徒转以自苦无为也。而情之不能自决者,非以计断之不可也。
> 使吾身而犹在人群之中,虽百虑其无成,终接时而心动,僽然将以终身。
> 使吾身而已在遐荒之外,则怀忧而莫致,虽欲拯而无从,此中亦庶几少释。③

朱熹《集注》于此题,引程子语:"浮海之叹,伤天下之无贤君也。"此文则并不限于感叹无贤君赏识,而是着力描绘夫子对不可挽

---

① 《自知集》刘捷序中所录方舟自述,刘捷《自知集序》,转引自[法]戴廷杰《戴名世年谱》,中华书局2004年版,第308页。
② 方苞:《与慕庐先生书》,《方苞集·集外文》卷五,上海古籍出版社2008年版,第674页。
③ 方舟著,方观承辑评:《方百川先生经义》上册,清乾隆刻本。

回之时势与身处此时势中之民众的悲悯。夫子逃世之想,看似超脱,实则惨极伤极,方舟将此一层款曲,揭示得十分细腻。又如《甚矣吾衰矣,久矣吾不复梦见周公》一文,摹写夫子对平生所追慕之人的不舍之情,其中、后比云:

> 觉之所习,梦亦同趋,梦也者,我与公情相依而犹有望者也。今已绝望乎!忆曩者当梦而乐,梦觉而疑,亦徒幻想耳,奈何哉一寝寐之音尘且缺然耶?
> 
> 方其梦也,不知其梦也,不知其梦梦见者,公与我神相接而不之拒者也,今乃拒我乎?忆曩者未见若相迎,既见若相诉,亦几荒诞矣,奈何哉所熟识之形影,竟邈然耶?
> 
> 去日苦多,来日苦少,百年必蔽之身,惊心迟暮者,既无计使之淹留,
> 
> 而明王不作,天下莫宗,平生所慕之人,寄形梦幻者,并无从追其仿佛,吾衰其甚乎![1]

此题《集注》言是夫子"自叹其衰之甚也",属于"虚神"题。此文以迂回之笔,将夫子对前贤的倾慕敬爱,以及无力行道的不甘与无奈,委婉写来,如泣如诉,颇有欧阳修史论感慨淋漓之风调。

方舟时文中,不时有借题发挥之讽世、骂世语,如《邦无道,富且贵焉,耻也》中对无道之世以苟且手段获取富贵之人"不可言德义,并不可言时命","不可言建树,并不可言显荣"[2]的批评,以及《滔滔者天下皆是也,而谁以易之》一文,对"以夫人自视,若天下决不可无是人,而天下又绝无所需于是人","自易者言之,若天下不可一日不易,而天下又若本无待于斯人之易"[3]的混沌时世的刻画,均极为沉痛。然而对此不完满之人世,方舟终抱持温醇之态度,如《子路宿于石门章》中两大比:

---

[1] 方舟著,方观承辑评:《方百川先生经义》上册,清乾隆刻本。
[2] 同上。
[3] 同上。

  盖其心知世不可为，不能以身之察察，受物之汶汶，而又未尝不顾滔滔者，而心恻也。以己之不复能忍，而愈知吾子所为之难，故一旦与吾徒邂逅风尘，而不禁于局外发伤心之语，盖其声销而志无穷矣。

  抑其心知世不可为，度不能以幽人之贞，逮三代之英，而又未尝不愿斯世有斯人也。以己之绝意于斯，而愈望吾子为之之切，故不能自隐其平生之心迹，而殷然以一言志相属之诚，盖其自计审而其忧世愈深矣。①

与《集注》取胡安国语，认为晨门"以是讥孔子"的意见不同，方舟此处着力抉发晨门与夫子心事的相通处，晨门虽隐，但不能忘情世事，亦欣见世上有"知其不可而为之"之人。此种体察，正源自方舟心中所有，如檀吉甫所评："悃款如知己，亦缘百川夙抱忧世心肠，不觉体贴到此。"②

方舟之外，就我们所能见到的文献而言，桐城早期诸家的时文文风大多能肖其性情。方苞为人不偕于俗，"目视若电，正言厉色"，③其文亦深刻峭劲，有耿介绝俗之风调，如《子曰岁寒章》中对松柏风骨的描述："人世何知，受知之分，惟吾自决耳。吾急欲人知而人竟知矣，吾不欲受人不足轻重之知，而人亦不知矣，而亦非终不知也。其藏德深者，其收名也远，旦暮之间，嚣然自炫，虽不为一时所困，亦必无千古之荣也。"④ 松柏不争"雨润而日暄"之时，不为"朝华而夕秀"者所动，无论世人知与不知，其坚贞之质均无毁无伤。这种阐释，较之朱注对"士穷见节义，世乱识忠臣"的强调，更深入一层，也更恬然自得，合于松柏高洁的身份。又如《子曰作者七人矣》中对俗世之中怀才抱德之人处境的体贴："道之敝也，举世不谋而同俗，奸欺苟简，以为中庸而爱之。有贤者出焉，举事而皆以

---

  ① 方舟著，方观承辑评：《方百川先生经义》上册，清乾隆刻本。
  ② 梁章钜：《制义丛话》卷十，《制义丛话　试律丛话》，上海书店出版社2001年版，第176页。
  ③ 马其昶：《方望溪先生传》，《桐城耆旧传》卷七，黄山书社1990年版，第307页。
  ④ 方苞：《桐城方氏时文全稿·抗希堂稿》，清光绪十四年会友书局刊本。

为不便，发言而皆以为不祥，于以执其手足，燋然不能终日，而洁身高蹈以自完者，遂不约而同趋矣。乱之成也，彼苍异事而同心，仁义中正，必有物焉以败之。一贤者立焉，其上皆将执狐疑之心，其下皆能奋谗慝之口，使之观其气象，凛乎不可久留，而惑时抚事以思避者，亦异人而同辙矣。"① 方苞虽有"尧舜君民之志"，然而在众人眼中，却是持论过高过苛，所谓"强聒令人厌"。② 此处极写浊世中贤者立身之艰难，可视为作者夫子自道语。又如朱书，虽是"辞气不类世俗人"③ 的高士，然而性情豪放，方苞记述其与朋友交游，可以"酣嬉终日，解衣盘薄"。④ 因此其文亦平实通脱，较少凌厉之气，如《子使漆雕开仕》中二小比："吾夫子忧世之切，虽莫宗而犹欲大行其道，即为兆而亦且小试其端，此意固在仕也。吾夫子乐天之深，虽王天下而不与存，即遁世不见知而亦不悔，此其意又并不关仕也。"⑤ 写夫子在出处问题上平和安详的心态，与二方兄弟笔下常见的凄怨之音不同。上述诸例，虽在唱叹委婉、"寄情遥深"的方面，不及方舟，但都能以明畅之笔抒发个人心得，不为雷同之语，可称得上是源自"性灵"之文。

乾隆元年，时任礼部右侍郎、翰林院教习庶吉士的方苞奉敕编选《钦定四书文》，全书于乾隆四年选迄。在这部御定时文选本中，我们可以看到，虽然经历了文字狱的斧钺之威，方苞仍尽可能地表达了对生气淋漓的文字的同情与敬佩。此书选明文 27 卷 486 篇，其中，被后人视作"驳杂"的启、桢文所占篇幅最多，共 9 卷 211 篇。在金声《德行一节》文后，针对有关此文"义实浮浅，以拟诸贤，非伦也"的评价，方苞反驳说："不知《史记》之文，显悖于道者多矣，而呜咽淋漓，至今不废也。……夫程子《易传》，切中经义者无几，张子《正蒙》与程朱之说即多不合，但以持之有故，言之成理，故

---

① 方苞：《桐城方氏时文全稿·抗希堂稿》，清光绪十四年会友书局刊本。
② 全祖望：《前侍郎桐城方公神道碑铭》，《全祖望集汇校集注·鲒埼亭集》卷十七，上海古籍出版社 2000 年版，第 310 页。
③ 方苞：《朱字绿墓表》，《方苞集》卷十二，上海古籍出版社 2008 年版，第 345 页。
④ 同上书，第 346 页。
⑤ 朱书：《子使漆雕开仕》，《朱书集》卷十一，黄山书社 1994 年版，第 293 页。

并垂于世。金陈之时文岂有异于是乎！"① 金声此文，慨叹诸贤追随理想之贞，描述其不为富贵所动，不为威势所屈之心志，在明末清初世变背景下尤为切中人心。方苞认为对待此等直抒胸臆的文字，可以不顾说理须细腻妥帖的科场文字的要求，甚至可以允许其不遵朱注。又如评夏允彝《微子去之章》说："几社之文，多务怪奇，矜藻思……惟陈、夏二稿，时有清古雄直、永不刊灭之作，良由至性所郁，精光不能自掩。"② 此文用"三扇格"，连环往复，极力摹写乱世忠臣"知其无济，而不忍不去，不忍不奴，不忍不死，乃所以为仁耳"的悲壮情怀，可视作夏氏心事之自道。方苞所看重的，亦是文辞作者忠于故国、死而不悔的性情。类似的对作者"质性"的抉发，在归有光《有安社稷臣者一节》、黄淳耀《见义不为无勇也》、陈子龙《君子疾没世而名不称也》等文的评语中亦可见出。不过，在肯定作者"襟抱"的同时，《钦定四书文》加重了对"沉酣古籍"的强调，全书所收文最多者，依次为陈际泰、归有光、金声，分别为58篇、34篇与31篇。而陈、归之文皆以学养深厚、思理细致见长。用学问来冲淡性情，使性情归于"大雅"，终究是这部官方选本的根本思路。艾尔曼认为《钦定四书文》使"八股格成为一种融科举考试与文人趣味于一体的体裁"③，但实际上，《钦定四书文》的贡献，恰在于对明末清初八股文中狂放恣意的"文人趣味"的抑制与规范，个人性情太显露如章金牧之文，以及太过逞才如尤侗之文，这一类并不符合统治者口味的"文人趣味"，是被《钦定四书文》排斥在外的。

## 第四节　文成法立："以古文为时文"的具体操作方法之二

在具体的修辞技术上，桐城早期诸人改良时文的办法，是"以古

---

① 金声《德行 一节》方苞评语，方苞编选《钦定四书文·启桢文》卷四，《景印文渊阁四库全书》第1451册，台湾商务印书馆1986年版，第386页下。
② 夏允彝《微子去之章》方苞评语，方苞编选《钦定四书文·启桢文》卷五，《景印文渊阁四库全书》第1451册，台湾商务印书馆1986年版，第438页上。
③ [美]本杰明·艾尔曼：《经典释传与明清经义》，《经学·科举·文化史：艾尔曼自选集》，中华书局2010年版，第226页。

文之法为时文"。这一做法，并不是要用古文之法全面否定时文之法，而是要追求两者在"活法"或文章境界层面的会通。

戴名世、方苞等人对"时文之法"，并不一概否定，他们所反对的，只是"陋矣谬悠而不通于理，腐烂而不适于用"①的世俗时文之法，而并不反对功令所规定的时文规制，以及经前辈诸家锻炼成熟的诸种描摹题旨之法。戴名世说："今之经义，则代圣人贤人之语气而为之摹拟，其语脉之承接于题之上下文义，皆各有所避忌，盖其法律极严以密，一毫发之有差，则遂至于猖狂凌犯，断筋绝脉，而其去题也远矣。"②承认时文写作必须遵循特定的形制要求。方苞在《钦定四书文》中，亦极为赞赏时文作者对"题绪""题位"的把握，认为这种"循题"之文，虽不能动人眼目，却是时文正脉："选义按部，考辞就班，为科举之学者，以此为步趋，去先正法程犹未远也。"③对于一些逞才者以散体入时文的做法，方苞并不赞成："排偶中未尝不可以运奇，未尝不可用古，特流于散乱，则有乖八股之体制耳。"④可见方苞对时文固有体制，不仅熟悉，而且尊重。

遵守时文规制，与"以古文之法为时文"是否矛盾？这一问题，涉及对诸人所说的"古文之法"的理解。戴名世、方苞在文章学上的主要贡献，除了将前代文法理论归纳为"义"与"法"两个层面外，还在于他们对文法中"死法"与"活法"的通脱认识。从戴名世、方苞所认可的古文统绪来看，戴名世说："古之辞，《左》《国》、庄、屈、马、班，以及唐宋大家之为之者也。"⑤方苞《古文约选》虽只选汉人及唐宋八家文，但全书《序例》明言，《古文约选》只是古文入门教本，若要"追流溯源"，则"三《传》、《国语》、《国

---

① 戴名世：《甲戌房书序》，《戴名世集》卷四，中华书局1986年版，第88页。
② 戴名世：《小学论选序》，《戴名世集》卷四，中华书局1986年版，第91页。
③ 张瑷《颜渊季路侍 一章》一文方苞评语，方苞编选《钦定四书文·本朝文》卷三，《景印文渊阁四库全书》第1451册，台湾商务印书馆1986年版，第652页下。
④ 蒋德埈《泰伯其可谓至德也已矣 一节》一文原评，方苞编选《钦定四书文·本朝文》卷四，《景印文渊阁四库全书》第1451册，台湾商务印书馆1986年版，676页下。
⑤ 戴名世：《己卯行书小题序》，《戴名世集》卷四，中华书局1986年版，第109页。

策》、《史记》，为古文正宗"。①  明末人王余佑曾言，周秦文与汉唐以后文，文法有别，《左》《国》诸书，"多侨语、态语、不了语、映带语"，一如云山雾罩，难以言其法度，而《史》《汉》及韩、苏诸家，以及历代奏议，则是"明白昌大，痛快言之，条分缕析，不留遗义"②，学者可探寻其思致脉络。因此，对此两种不同文字的兼宗，可以表明戴、方对"古文之法"的"可说"与"不可说"两个层面均不偏废的态度。从他们对古文文法的具体论述来看，戴名世一方面编选《唐宋八大家文选》，要让士子知晓其中所选诸篇的"起伏呼应、联络宾主、抑扬离合、伸缩之法"，③ 另一方面又强调文章写作的最高境界，是"运用之妙成乎一心，变化之机莫可窥测"④ 的从心所欲而不逾矩的状态。方苞的文法理论，主要见于《左传义法举要》《史记评点》《古文约选》诸著。在《左传义法举要》中，方苞既对"两两相映""隐括""以虚为实""以实为虚"等具体笔法进行了逐字逐句的讲解，又告诫读者应从整体着眼，感受文辞的"千岩万壑，风云变现，不可端倪"⑤ 处。其《史记评点》，既讨论"侧入逆叙""夹叙""牵连以书""虚实之法"等具体章法，又强调"纵横如意"⑥、"义法所当然"⑦。因此可以说，戴、方等人"古文之法"的特色，并不仅仅体现为对"义""法"等文章构成要素的提炼，而且还体现为对"法度"的灵活通脱的阐释。对初学者、中才之人，须讲明"死法"，使其下笔时不至荒谬；而对已有一定基础者，以及天

---

① 方苞：《古文约选序例》，《方苞集·集外文》卷四，上海古籍出版社2008年版，第613页。
② 王余佑：《与诸子论古文书札》，《五公山人集》卷十二，华东师范大学出版社2011年版，第268页。
③ 戴名世：《唐宋八大家文选序》，《戴名世集》卷三，中华书局1986年版，第64页。
④ 戴名世：《史论》，《戴名世集》卷十四，中华书局1986年版，第405页。
⑤ 方苞：《鄢陵之战》总批，王兆符、程崟传述《左传义法举要》，抗希堂十六种丛书本。
⑥ 方苞：《高祖本纪》评语，归有光、方苞《归方评点史记》，扫叶山房民国二十五年刊本。
⑦ 方苞：《吴王濞列传》评语，归有光、方苞《归方评点史记》，扫叶山房民国二十五年刊本。

才之人，则要提醒他们注意"活法"，以及"活法"背后的作者立意与胸怀。

与对古文之法的理解类似，在现存桐城早期诸家谈论时文作法的文字中，我们可以看到，他们一方面强调时文写作的具体技术，如戴名世、刘岩都曾编选小题文集。小题文之题，皆割裂经文而成，"题意难明，题情难得，纤佻琐碎，粘上连下，拘牵甚多"。① 这类题目，虽被王夫之批评为不能阐发大义、推广事理，"斯不足以传一世"，② 但因其在写法上限制极多，对士子熟练掌握时文法度最有裨益。因此戴名世建议士子在时文写作的初始阶段，多作小题文，"惟久而熟焉于小题，而大题已举之矣"。③ 刘岩也认为，小题文可以开作者混沌之心，使其"披豁呈露"，下笔为文，则能变化多端，引人入胜。④ 此外，桐城早期诸家的时文创作，在法度掌握方面也都十分出色，如戴名世之文被认为是"神变不测"⑤，方苞之文被认为擅长将题意"进剥数层""作数层洗发"⑥，均说明他们能够熟练运用各种方法，对题旨进行多角度多层面的阐述。

另一方面，在注重具体行文之法的同时，诸人又好谈论"文气"与"文境"，意欲用古文的浑厚来提升因讲求机法而变得支离破碎的时文气格。如戴名世多次谈到"自然成文"："今夫文之为道，虽其辞章格制各有不同，而其旨非有二也，第在率其自然而行其所无事，此自左、庄、马、班以来，诸家之旨未之有异也，何独于制举之文而弃之。"⑦ 又标举苏轼语来印证自己的观点："夫文章

---

① 龚笃清：《明代八股文史探》，湖南人民出版社2005年版，第104页。
② 王夫之：《夕堂永日绪论外编》，王夫之著，戴鸿森笺注《姜斋诗话笺注》卷二，人民文学出版社1981年版，第234页。
③ 戴名世：《甲戌房书小题文序》，《戴名世集》卷四，中华书局1986年版，第90页。
④ 刘岩：《小题立诚集序》，《匪莪堂文集》卷二，《清代诗文集汇编》第198册，上海古籍出版社2010年版，第82页上。
⑤ 萧正模：《与某书》，《后知堂文集》卷三十，《清代诗文集汇编》第187册，上海古籍出版社2010年版，第217页下。
⑥ 分别见《桐城方氏时文全稿·抗希堂稿》中《子曰语之一节》刘捷评语与《质直而好三句》方舟评语，清光绪十四年会友书局刊本。
⑦ 戴名世：《李潮进稿序》，《戴名世集》卷四，中华书局1986年版，第105页。

之事，千变万化，眉山苏氏之所谓如行云流水，初无定质，其驰骋排荡，离合变灭，有不自知其所以然者。既成，视之，则章法井然，血脉贯通，回环一气，不得指某处为首，某处为项，某处为腹，某处为腰，某处为股也。而方其作之时，亦未尝预立一格，曰此为首，此为项，此为腹，此为腰，此为股也。"① 他曾描述自己作文的情景说："每一题入手，静坐屏气，默诵章句者往复数十过，用以寻讨其意思神理脉络之所在，其于《集注》亦如之。于是喉吻之际略费经营，振笔而书，不加点窜。"② 这正是"率其自然而行其无所事"的状态。又如方苞在《钦定四书文》中，大力表彰流畅、浑整之文，如评王鳌《桃应问曰章》："化累叙问答之板局而以大气包举。"③ 评归有光《多闻阙疑 二节》："显白透亮，而灝气顿折，使人忘题绪之堆垛。"④ 评唐顺之《牛山之木尝美矣 二节》："依题立格，裁对处融炼自然，有行云流水之趣。"⑤ 诸评均从文章整体气息着眼。方苞自己的时文，亦被认为能在"镵刻已用全力"之时，保持整体上的"气度渊然"。⑥ 又如王源在《示及门书》中指出，在严格的程式中创造浑融的境界，是第一流时文家的能事："夜光之珠照车前后十二乘，而其体不过径寸。舞剑器者千夫环射不能入，而其步法止于数武。神龙变化风雨，霾天晦日，驱山汨海，而其潜也不过尺寸之间。此王、瞿、归、邓、黄、陶诸先辈所以岿然为此道宗匠，而非群儿所得议者也。"⑦ 刘岩也认为，时文作手，必先将天地

---

① 戴名世：《小学论选序》，《戴名世集》卷四，中华书局1986年版，第91—92页。
② 戴名世：《意园制义自序》，《戴名世集》卷四，中华书局1986年版，第123页。
③ 方苞编选：《钦定四书文·化治文》卷六，《景印文渊阁四库全书》第1451册，台湾商务印书馆1986年版，第67页上。
④ 方苞编选：《钦定四书文·正嘉文》卷二，《景印文渊阁四库全书》第1451册，台湾商务印书馆1986年版，第90页下。
⑤ 方苞编选：《钦定四书文·正嘉文》卷六，《景印文渊阁四库全书》第1451册，台湾商务印书馆1986年版，第185页下。
⑥ 见《桐城方氏时文全稿·抗希堂稿》中《可与立未可与权》韩菼评语，清光绪十四年会友书局刊本。
⑦ 王源：《示及门书》，《居业堂文集》卷八，清道光十一年读雪山房刻本。

万物之理了然于胸，发而为文，则能"行乎其所不得不行，止乎其所不得不止，而法于是乎生"。① 这种不拘泥于具体轨辙的"法"，正是戴、方等人所推崇的，能够营造出自然流畅之文境的"活法"。

对时文整体气息的关注，明代正、嘉之时即已出现，如茅坤在专门论述时文作法的《论文四则》中特别列出"布势"一条，认为"势者，一篇呼吸之概也"，"得其势则相题、言情如风之掣云，泉之出峡，苏文忠所谓行乎其所不得不行，止乎其所不得不止是也"。② 此"势"也即桐城诸家所说的"文气"。但归、茅等人并没有说清楚时文规制与文章自然之"势"之间的关系。规范严格的八股时文，如何能做到"行云流水"呢？戴名世的解决办法是将时文之法分为"御题之法"与"行文之法"两种。"御题之法"，是"法之有定者"，即对题旨的领悟，须"不使一毫发之有失"；而"行文之法"，则是"法之无定者"，即作者可以根据题旨，自由安排文章结构："向背往来，起伏呼应，顿挫跌宕，非有意而为之，所谓文成而法立者。"③ 这样的文章，便可以最大限度地摆脱时文固有规制的束缚，而具有古文的"行云流水"之感。在《丁丑房书序》中，戴名世对当日时文文坛上"铺叙"与"凌驾"两派之争发表意见说，文章写作不应有文法上的预设："立一格而后为文，其文不足言矣。"他指出，近时的"铺叙"法，不过"循题位置，寻讨声口，兢兢不敢失尺寸"，只是不学无文者掩饰空疏的借口；但反对此种"铺叙"，并不是说为文一定要采用"相题之要而提挈之"的"凌驾"法。文章的叙述结构，应据题意而定，"扼题之要而尽题之趣，极题之变，反复洞悉乎题之理"，而不为旧有的文法套路所束缚。④ 在代浙江学政姜橚所作的《教条》中，他重申这一

---

① 刘岩：《增删房书立诚集序》，《匪莪堂文集》卷二，《清代诗文集汇编》第198册，上海古籍出版社2010年版，第82页下。

② 茅坤：《论文四则》，收入《游艺塾文规》，《游艺塾文规正续编·续文规》卷二，武汉大学出版社2009年版，第186页。

③ 戴名世：《己卯行书小题序》，《戴名世集》卷四，中华书局1986年版，第109页。

④ 参见戴名世《丁丑房书序》，《戴名世集》卷四，中华书局1986年版，第93—94页。

看法，提出"切"字作为时文法度运用的总则："法者，无定而有定者也。数句题之文而可用之于单句，不切也；一节题之文而可用之于二节，不切也。挈其纲领，扼其要害，而法得矣，而题切矣。大凡一章之书，各有精神意思之所在，或在本题，或在上下文，要当左顾右盼，千转万变，不离乎宗，而骨节通灵，血脉贯注，所谓牵一发而身为之动也。不然而不得其脉络之所在，与题之精神意思不相融洽，虽就题之正面，发挥铺排，而于题不切也。"① "切"，即依题立法之意，与方苞古文"义法"理论中的"法以义起"十分类似。方苞在《钦定四书文》中，同样强调"法以义起""文成法立"，如评唐顺之《此之谓絜矩之道 合下十六节》："法由义起，气以神行，有指与物化而不以心稽之乐……循题腠理，随手自成剪裁。后人好讲串插之法者，此其药石也。"② 又如评瞿景淳《天子一位 六节》："以义制法，文成而法立，整练中有苍浑之气，稿中所罕见者。"③ 瞿景淳是明代时文机法派的代表人物，方苞对瞿氏文章整体评价并不高，认为其"殊不远时文家数"④，此处特别表彰其"以义制法"的篇目，亦可以见出方苞对不顾文意、一味讲求法度之做法的贬斥。总之，在戴、方看来，"法以义起"，不仅是古文写作的高境界，也是好的时文必须遵循的原则，文法的运用，必须建立在真切理解题意的基础上，为题意的表达服务，惟其如此，时文才不再是拼凑字词、不知所云的文字游戏，而是可以发挥圣贤精神意趣、具有内在气韵的"文章"。

如果将是否产生过一批优秀作品、出现过一批代表性作家、树立起一种有影响的文学理念，作为文学运动成功与否的评判标准，那

---

① 戴名世：《浙江教条》，收入上海图书馆藏萧穆编《潜虚先生文集补遗》，转引自［法］戴廷杰《戴名世年谱》，中华书局2004年版，第477—478页。
② 方苞编选：《钦定四书文·正嘉文》卷一，《景印文渊阁四库全书》第1451册，台湾商务印书馆1986年版，第79页下—80页上。
③ 方苞编选：《钦定四书文·正嘉文》卷六，《景印文渊阁四库全书》第1451册，台湾商务印书馆1986年版，第180页上。
④ 瞿景淳《武王不泄迩》方苞评语，方苞编选《钦定四书文·正嘉文》卷六，《景印文渊阁四库全书》第1451册，台湾商务印书馆1986年版，第177页上。

第三章 以古文为时文：桐城派早期作家的时文改良 123

么，桐城早期诸家"以古文为时文"的时文改良，在一定意义上获得了成功。首先，如前所述，戴名世、方舟、方苞等人的时文，在其身前即已获得极高声望。虽然由于《南山集》案的影响，戴名世、朱书、刘岩等涉案之人的时文，逐渐湮没不彰，但在这场文字狱中侥幸逃脱的方苞，以及他早逝的兄长方舟，终清之世，都被推为"以古文为时文"的代表作家。二方富含文学意味的时文，不仅受到桐城派内部人士的称赞，如吴敏树于时文"独高明之震川归氏及我朝方舟百川，以为超绝，真得古人文章之意"①，曾国藩认为方苞能得"八股文之雄厚"②；而且得到桐城派之外的文人的褒扬，如翁方纲谈到江南文人时说："桐城两方子，喻彼马与指。时文即古文，使我心翘跂。"③ 梁章钜认为："（灵皋）时文则纯以古文之法行之，故集中篇篇可读。"④ 彭蕴章也认为："以古文为时文者，在明有黄陶庵，在我朝有方望溪，矫然拔俗，不逐时趋然，皆能荣世而传世。"⑤ 可见二方时文在提升时文品格、挖掘时文的"文章"潜能方面，确有其重要贡献。

在文章理念上，桐城早期诸家所倡扬的"时文乃古文之一体"，也在一定程度上得到了朝野各界的认同。在官方层面，方苞以义理之"清真"与文辞之"古雅"为选文标准的《钦定四书文》，被定为官方教本，颁布天下学宫，其权威性被一次次提及、确认。⑥ 在民间，《钦定四书文》亦被有识之士视为时文范本。如汪缙记述幼年时，塾师曾将《钦定四书文》作为"文章好样"推荐给自己。⑦ 姚鼐主讲敬

---

① 吴敏树：《记钞本震川文后》，《吴敏树集·柈湖文录》卷四，岳麓书社2012年版，第375页。
② 曾国藩：《读书录》集部"望溪文集"条，《曾国藩全集·读书录》，岳麓书社1989年版，第368页。
③ 翁方纲：《次东墅纪梦韵叙述江南当代人文之盛用志鄙怀》，《复初斋外集·诗》卷十三，民国嘉业堂丛书本。
④ 梁章钜：《退庵随笔》卷十九，江苏广陵古籍刻印社1997年版，第502页。
⑤ 彭蕴章：《退密斋制义序》，《归朴龛丛稿》续编卷三，清同治刻本。
⑥ 参见安东强《〈钦定四书文〉编纂的立意及反响》，《中山大学学报》（社会科学版）2012年第1期。
⑦ 汪缙：《方先生文录叙》，《汪子文录》卷二，清道光三年张杓刻本。

敷书院时，也将《钦定四书文》作为时文教读的范本。① 戴名世、方苞之后，文坛上的"时文古文一体论"仍不绝如缕，如吴玉纶认为，在"有物有序"方面，"古文与时文异源同流"②；张文虎认为"志古人之志以为时文，即亦何异于时古文词"③；俞樾在"废时文"的时代呼声中，仍充满感情地说："以古文为时文，其时文必佳矣。"④ 这些意见，某种意义上都可以视为桐城早期诸家"以古文为时文"的回声。

　　站在古文家的立场上看，桐城早期诸家的时文改良，对他们的古文事业来说，是一把双刃剑，既有积极的意义，也有消极的影响。积极的方面，首先在于诸人"以古文为时文"理念在创作中的成功实践，以及他们在此理念指导下编纂的诸种时文选本的流布，提高了他们在士人中的知名度，对他们古文理论的传播不无裨益。其次，对时文取法古文的具体方法的探究，促进了他们对古文文体性质及具体修辞技术的深入思考，有助于他们古文理论的形成与完善。消极的方面，除方苞所说的时文写作耗费心力，使得时文、古文"不能两而精"⑤之外，主要在于浸淫于时文规制太久后，做古文时笔法亦不能完全放开。比如八股文说理时反复拖沓、"声势呷嚱"⑥的习气，在戴名世、方苞的古文特别是论说文中就时常可见。但桐城文章特别是方苞文"少妙远之趣"⑦的缺陷，却不能完全归因于时文的影响。桐城文祖述唐宋八家，方苞文受韩愈影响尤大，而按章学诚的看法，韩文"宗经而不宗史"，八家中其他各家又"莫不步趋韩子"，因此八家文多属"辞命之学"，与史家"比事属辞"的"叙事之文"终有隔

---

① 参见《姚惜抱先生年谱》乾隆四十五年条，清同治七年桐城姚濬昌刻本。
② 吴玉纶：《试谕一则》，《香亭文稿》卷十二，清乾隆六十年滋德堂刻本。
③ 张文虎：《妙香斋集序》，《舒艺室杂著》乙编卷上，清光绪刻本。
④ 俞樾：《孙卯庵试帖诗序》，《春在堂杂文》六编卷九，清光绪二十五年刻春在堂全书本。
⑤ 方苞：《书归震川文集后》，《方苞集》卷五，上海古籍出版社2008年版，第118页。
⑥ 刘咸炘著，黄曙辉编校：《刘咸炘学术论集·文学讲义编》，广西师范大学出版社2007年版，第169页。
⑦ 吴德旋：《初月楼古文绪论》，人民文学出版社1998年版，第30页。

膜。① 方苞文字太过注重义理之纯粹与行文之谨严,这正是辞命之文的特点。要想从根本上改变这种"不能大"的文风,需要革除的文章习气,除时文外,恐怕还有"叙次有法"的八家文。桐城派在晚清的自我蜕变,便是遵循了这一思路。

---

① 章学诚:《与汪龙庄书》,《文史通义·外篇》卷三,民国嘉业堂章氏遗书本。

# 第四章

# 客路山川：早期桐城派作家的行记和游记

离家远游，似乎是中国古代文人一种普遍的生活方式。离家的目的有多种，或为谋生，或为仕宦，或为访友、问学，或为寻幽探胜。家园虽好，但在大多数时候，它并不能给士子提供足够的生存保障，以及精神远举的助推力。在这种情况下，远游便成为士人生命中不可少之事。龚鹏程在《游的精神文化史论》中认为，中国传统社会，是"由安居业农者和不安居不业农者所共同组成"的居与游互动的社会，[①]按照这一思路，"士"可以说是这个社会中最具有"游"之精神的阶层。山川的奇奥与行路的艰险，扩展了士人的生命体验，也为他们的文学创作提供了灵感和素材。本章即试图对以戴名世、方苞为代表的桐城派前期作家的行记与游记作一探讨。这两种类型的文体，不仅体现了桐城文章"雅洁"的风貌，而且反映出康熙"盛世"年间普通文人的种种心态，对我们了解桐城派早期历史颇有助益。

## 第一节 从"优游"到"漂泊"：晚明到清初文人的"游"观与文学表达

晚明文人，特别是东南地区文人，有好游的风气。[②] 在万历以后

---

[①] 龚鹏程：《游的精神文化史论》，河北教育出版社2001年版，第53页。
[②] 参见魏向东《晚明旅游地理研究（1567—1644）——以江南地区为中心》，天津古籍出版社2011年版，第43页。

第四章　客路山川：早期桐城派作家的行记和游记　127

涌现出的大量游记作品及与"游"相关的表述中，我们可以看到，许多文人是为"游"而"游"的，"游"作为一种艺术化的生活方式，其本身价值得到了充分的发掘和空前的重视。如万历前期人王士性，借任职各地的机会，遍游除福建之外的两京十二省，自言："余此委蜕于大冶乎何惜？遇佳山川则游……吾视天地间一切造化之变，人情物理，悲喜顺逆之遭，无不于吾游寄焉。当其意得，形骸可忘，吾我尽丧，吾亦不知何者为玩物，吾亦不知何者为采真。"[1] 远游对他来说，既有观察民情世风的经世意义，如其记录各地山川、物产、民风的《广志绎》，即是在平生游历见闻基础上写成；又有远避俗世、安顿心灵的审美价值，他曾对友人说自己是"红尘衣袖，青山肾肠，匪殉鸡肋、止逐膻臭者也"[2]，认为山水可使人摆脱名缰利锁的牵绊，达到心灵的超脱境界。又如公安派袁氏兄弟，亦皆醉心于山水，推崇"游"的生活，袁宏道认为"溺于山水"与"溺于酒""溺于书""溺于禅"一样，都是一种通人达士的生存方式，其中乐趣，非溺于妻子、溺于富贵的世俗人所能理解。[3] 他曾表达过与王士性类似的"与其死于床笫，孰若死于一片冷石"[4]的态度，去世前不久，还意欲"于青溪、紫盖间结室以老"。[5] 袁宏道的弟弟袁中道，在万历三十六年后即过着半游半居家的生活，以舟为家，时常在荆州、岳州一带漫游。中道对游之方法、游之价值多有论述，其《游居柿录》开篇，认为远游有涤荡俗肠、静心读书以及访问师友、切磋学问三种益处。稍晚于袁氏兄弟的竟陵派文人亦好游，钟惺认为"山水者，有

---

[1]　王士性：《五岳游草自序》，《五岳游草　广志绎》，中华书局2006年版，第24—25页。
[2]　王士性：《与长卿》，《王士性地理书三种》，上海古籍出版社1993年版，第593页。
[3]　袁宏道：《游苏门山百泉记》，《袁宏道集笺校》卷五十一，上海古籍出版社2008年版，第1484页。
[4]　袁宏道：《开先寺至黄岩寺观瀑记》，《袁宏道集笺校》卷三十七，上海古籍出版社2008年版，第1145页。
[5]　袁中道：《游居柿录》，《珂雪斋集·游居柿录》卷五，上海古籍出版社1989年版，第1207页。

待而名胜者也"①，山水须借助事、诗、文，才能成为名胜，而诗、文显然是文人的能事。王思任也认为天地生人，原有令其发现山水的用意，若守着儿女闺阁而不敢远游，便是辜负了此种用意："不几负天地之生，而羞山川之好耶？"②其《姚永言游笥序》，通过模拟文人与山灵的对话，不无得意地表示，文人虽需实地"昵就"山水，但另一方面，却可以虚摄山水之魂魄于笔下："我一见子，即挟子而行，当剞子之貌，摘子之神，夺子之趣，贩鬻于好事卧游之辈。"③如此，文人便不再是被动地接受山水陶冶的角色，而是具有搜剔、凸显山水精神之能力的价值创造者。

"游"的艺术化、日常生活化，对文学创作的影响，除了游记、山水记数量的大幅增加外，④还表现为游记写法的开拓与创新。首先是细节的丰富与层次感的增加。许多文人强调"游"要深入细致，要有舒缓的节奏与专一投入的心态，"不论迟速远近，庶几遇好山水，好友朋，可以久淹其间，极登涉盘桓之趣"，⑤在登临中讲究穷蒐遍讨，并且伴以各种富有文化内涵的举动，如访碑、赏字画、题壁、构建亭台、聚会清谈等。因此这一时期的游记，较之唐宋时期的同体裁文章，篇幅更长，对山水的描写更为细致，对游者的情感和社会化活动的记述也更多。最典型者如袁中道的日记体游记《游居柿录》，全文共十三卷，十余万言，记述了作者从万历三十六年十月到万历四十六年十一月十年间的"游居"生活，既写山水，也写山水中人，恍若一幅水边林下的文人行乐长卷。其次是对山水精神的体会、捕捉。这一时期的文人，在描写山水时，往往不满足于对山水外在形貌的描绘，而是力求写出山水的精神意趣，如竟陵派的游记，常被认为造语尖新，林纾《春觉斋论文》中即批评谭元春游记中多"矜情作态"

---

① 钟惺：《蜀中名胜记序》，《隐秀轩集》卷一六，上海古籍出版社1992年版，第243页。
② 王思任：《游唤序》，《王季重集》，浙江古籍出版社2012年版，第21页。
③ 王思任：《姚永言游笥序》，《王季重集》，浙江古籍出版社2012年版，第66页。
④ 参见周振鹤《从明人文集看晚明旅游风气及其与地理学的关系》，《复旦学报》（社会科学版）2005年第1期。
⑤ 袁中道：《游居柿录》，《珂雪斋集·游居柿录》卷一，上海古籍出版社1989年版，第1105页。

"张皇"之处。① 但从另一个角度看,这些刻意"陌生化"、故作矜张的句式,正是作者追摹山水内在性格的一种尝试。以《春觉斋论文》所摘句为例,谭元春《游南岳记》中,说"香炉、狮子、南台诸峰,皆莫能自立",② 峰峦险峻,给人以岌岌若倒之感,"莫能自立",则把这种危险感、压迫感写成是山峰固有的气质。《再游乌龙潭记》中,写风雨雷电中的乌龙潭,"苍茫历乱,已尽为潭所有,亦或即为潭所生",③ 乌龙潭被作者视为有生命的物事,奇幻的雷电与波光,不过是它生命力的表达。这样的例子,我们还可以举出谭元春《游玄岳记》中"琼台峰落落有天地间意"④,"桃花开我立处,松古于门外"⑤,"两重山接魂弄色于喧霁之中"⑥;钟惺《中岩记》中"诸峰映带,时让时争,时违时应,时拒时迎"⑦,《岱记》中"窒穷,亭之,声光相乱,水木莫敢任"⑧ 等等,皆意在凸显景物本身的意趣。再次是重视记录人与自然的精神交流。与唐宋游记相较,晚明文人不仅在游记中记录自己在一时一地的感受,而且还在抽象层面上对人与山水相往来的方式进行总结、思考。如谭元春《游玄岳记》中曾讨论各感官在游览中的作用与缺憾:"心在水声者常失足,视在水声者常失听,心、视、听俱在水声者常失山。"⑨ 王思任《观泰山记》中,提出"观"之法,认为泰山"不可以游赏,而可以观。善观者,观其气而已矣"。⑩ 晚明人还常视山水为文章,用评点文章的思路去体味山水。如谭元春《游玄岳记》:"觉山壑升降中,数千万条皆有厝

---

① 林纾:《春觉斋论文》,人民文学出版社1959年版,第100—101页。
② 谭元春:《游南岳记》,《谭元春集》卷二十,上海古籍出版社1998年版,第553页。
③ 谭元春:《再游乌龙潭记》,《谭元春集》卷二十,上海古籍出版社1998年版,第558页。
④ 谭元春:《游玄岳记》,《谭元春集》卷二十,上海古籍出版社1998年版,第550页。
⑤ 同上。
⑥ 同上书,第547页。
⑦ 钟惺:《中岩记》,《隐秀轩集》卷二十,上海古籍出版社1992年版,第325页。
⑧ 钟惺:《岱记》,《隐秀轩集》卷二十,上海古籍出版社1992年版,第337页。
⑨ 谭元春:《游玄岳记》,《谭元春集》卷二十,上海古籍出版社1998年版,第551页。
⑩ 王思任:《观泰山记》,《王季重集》,浙江古籍出版社2012年版,第163页。

置条理……每至将有结构处，尤警人思。"① 王思任《游唤·天台》末段对天台山水的点评："吾游天台，盖操一日之文衡矣……略用放榜例，品题甲乙。"② 以下用科场文章之常见评语如"胎骨清高、气象华贵""正正堂堂""能品""神品""旷世逸才"等，分别高下，共取十五处景致入榜。江山可助文思，而文人也最擅发现山水之美。优游于山水中的晚明文人，与山水可谓互为知己。

甲申、乙酉间的家国丧乱，击碎了文人们山水清音的幻梦。山川依旧，人事已改，顺治年间及康熙初年，许多文人的离家出游，不再是一种轻松愉悦、修心体道的审美活动，而是承载着家国责任的悲壮、无奈之举。著名的例子如昆山人顾炎武，自顺治二年清兵渡江后，即年年出游江浙一带，顺治十四年后，又渡江北游，足迹遍及山东、河南、山西、陕西、北直隶、京师。直至康熙二十一年在山西曲沃去世，终身未返故乡。顾炎武的北游，最直接的原因是避仇。顺治七年，顾氏即遭怨家构陷，顺治十四年，终因与叶方恒的田地纠纷，力不胜讼，决定远行避之。而更深层原因，则如王炜所言："身负沉痛，思大揭其亲之志于天下。"③ 顾炎武的母亲在顺治二年昆山、常熟城破后绝食而死，遗命顾炎武勿事二姓。顾氏北游，遍历关塞，考察形势，结交豪杰，实有谋求恢复的政治抱负在。关于此，当时及后世学者多有论述，此处不再展开。值得注意的是，对顾氏而言，"游"还是一种表达"不合作"态度的方式，特别是在清廷统治日渐稳定之后，顾氏"游"的象征意味愈发明显。顾氏自言"频年足迹所至，无三月之淹……一年之中，半宿旅店"，④ 虽在山东、山西、陕西，均有固定的居所、田庄，但却从不在一地作长时间停留。其原因，可从顾氏晚年写给弟子潘耒的一封信中窥得一二，此信中说："此时情事，不得不以逆旅为家，而燕

---

① 谭元春：《游玄岳记》，《谭元春集》卷二十，上海古籍出版社1998年版，第547页。
② 王思任：《游唤·天台》，《王季重集》，浙江古籍出版社2012年版，第124页。
③ 全祖望《亭林先生神道表》中所引述王炜语，《全祖望集汇校集注·鲒埼亭集》卷十二，上海古籍出版社2000年版，第232页。
④ 顾炎武：《与潘次耕》，《顾亭林诗文集·亭林文集》卷六，中华书局1959年版，第140页。

中亦逆旅之一……若块处关中，必为当局所招致而受其笼络，又岂能全其志哉！"① 以逆旅为家，庶几可以避免与官府的交接，以及因盛名而带来的种种不必要的应酬，从而保持清白的节操。王弘撰评价顾炎武是"不合于时，以游为隐"，② 即是此意。又如广东番禺人屈大均，早年曾从陈邦彦起义抗清，后赴永历朝廷任职。归乡后，于顺治十五年北上，出山海关，游历今东北地区，又流连于山东、江浙一带，所至之处，遍交豪杰，乃有所为而游。顺治十六年郑成功入长江，屈氏参与联络事。长江之役失败后，又于康熙四年出游陕西、山西，三年后方返回故里。此次西北之游，据后世学者考证，亦有联络同志、布置反清力量之意。③ 又如江苏沛县人阎尔梅，甲申后坚持抗清，往来山东、河南，联络义军。顺治九年事发，被逮下狱，后变姓名脱逃，历游楚、蜀、秦、晋等地。康熙元年返沛，次年再次出游，直至康熙十二年，"见大势已去，知不可为"，④ 才回乡定居。又如江西宁都人魏禧，明亡之后不入城市，以遗民自居，四十以后，出游江淮、吴越，"思益交天下非常之人，闻有隐逸士，不惮千里造访"，⑤ 而他所造访的隐逸之士如徐枋等，都是遗民同志。邓之诚认为顾炎武、阎尔梅、魏禧的出游，"各不相谋，皆有所待"，⑥ 都具有遗民间秘密联络的用意，不为无见。又如山西阳曲人傅山，曾于顺治十六年南游，到过南京、海州（今连云港）。傅氏此次出游，一般认为是与郑成功长江之役有关。此后顾氏又曾出游河南、山东、关中。以上这一类出游，具有鲜明的功利目的，体现在游记创作中，即是内容上重视经世志向的抒写与语言的平实直接。如为多种游记文学史所提到的顾炎武《五台山记》，

---

① 顾炎武：《与潘次耕》，《顾亭林诗文集·亭林文集》卷四，中华书局1959年版，第79页。
② 王弘撰：《山志》，转引自黄珅等编《顾炎武年谱（外七种）》，上海古籍出版社2012年版，第206页。
③ 邬庆时：《屈大均年谱》，广东人民出版社2006年版，第109、125页。
④ 赵尔巽等：《清史稿》卷五百，中华书局1977年版，第13821页。
⑤ 邵长蘅：《侯方域魏禧传》，《邵子湘全集·青门賸稿》卷六，清康熙刻本。
⑥ 邓之诚：《清诗纪事初编》卷一"阎尔梅"条，上海古籍出版社2012年版，第90页。

作者站在儒家立场上发声,前半段考证五台山各峰之地理位置,后半段考证五台山佛寺历史,其目的在于解构五台山"佛国"的神圣感,兼述治理佛教之法。全文是典型的举例加论证的论文写法,重在意见的清晰表达,几乎不见对自然景物的摹写。又如屈大均的长篇游记《宗周游记》《自代东入京记》《自代北入京记》,对路途中的关塞、近代战事遗迹,着墨尤多,文风亦平实自然,不复有晚明游记中那种新奇、夸张的笔法。此外,亡国的创痛与坚守道义的悲慨,使得这一类遗民文人的纪游文字拥有了与前人不同的视角和情感深度,如屈大均《恭谒孝陵记》,遗民史学家谈迁的《思陵记》《游西山记》,均对明代帝王遗迹、遗事进行了深情记述,这在晚明游记中是很少见到的。

康熙年间,随着清廷统治的稳定,以及遗老们的日渐凋零,文人的出游目的、出游心态又有所变化。谋生、求利禄,成为尚未入仕的下层文人出游的主要目的。除例行的赶考之外,许多文人还应聘成为各级官员的幕僚,由此展开他们的行旅生涯。① 这一类出游,较之遗民们充满政治意味的游历,少了几分庄严,但同样是一种功利性极强的、非审美的行为。伤行役之苦与抒怀乡之情,这两种古来行役诗赋的主题,在这一类游者的笔下再次成为主调。如康熙五年,浙江秀水人朱彝尊在山西左布政使王显祚幕下所作的《游晋祠记》,即主要抒写由北方山水引发的对江南故园的忆念:"故乡山水之胜,若或睹之。盖予之为客久矣……向之所谓山水之胜者,适足以增其忧愁怫郁悲愤无聊之思已焉。"② 又如本文所要论述的桐城派前期作家戴名世、方苞,在中进士之前皆有过外出教馆及北上游学的经历,感叹世路艰险,抒发怀才不遇之感,表达归乡的愿望,是他们这一时期关于行旅的记述中反复出现的内容。这种漂泊、彷徨的心态,甚至延续到了他们入仕之后的创作中。

---

① 参见尚小明《学人游幕与清代学术》,社会科学文献出版社1999年版,第15—18页。
② 朱彝尊:《游晋祠记》,《曝书亭全集·曝书亭集》卷六十七,吉林文史出版社2009年版,第660页。

## 第二节 "我辈是游民":早期桐城派作家游记中的人事之思

戴名世为桐城人,但其一生中大部分时间,都在外为衣食奔波。康熙十二年始,即常年在桐城附近的庐江、舒城等地教馆。康熙二十五年考取拔贡,此年冬北上入都。在国子监肄业后,先做过八旗官学的教习,又曾入山东学政任塾、浙江学政姜橚幕,其间数次南北往返,直至康熙四十八年才中进士,授编修,过上了较为安定的生活。可惜好景不长,一年多后,即因文字得祸,成为《南山集》案的主犯,在康熙五十一年受刑下世。戴名世自言一生"遍历江淮、徐泗、燕赵、齐鲁、闽越之境,凡数万里,每行辄有日纪"。[①] 这些日记后多散失,今所存者只有记录康熙三十四年六月到七月,从南京到北京行程的《乙亥北行日纪》,康熙四十五年四月至五月,从北京到苏州行程的《丙戌南还日纪》,以及记述康熙三十九年、康熙四十年两次应浙江学政之聘,随其视学浙江各地之旅程的《庚辰浙行日纪》《辛巳浙行日纪》。

李德辉在《论中国古行记的基本特征》《论汉唐两宋行记的渊源流变》等文中认为,行记与游记,均为纪游的文体,但两者又有区别。游记偏静态,主要记述一时一地的游踪,而行记则是对时空跨度较大、有较明确目的的"行游"见闻的记述。[②] 按这一理解,戴名世的《北行日纪》《南还日纪》《浙行日纪》,均可归入"行记"一体。戴名世诸篇纪行文字,在符合行记一般规制,即按日记载途程、宿处的同时,又具有戴氏个人的特色。

首先是内容上的厚今薄古与重人轻物。此数篇《日纪》,主要着墨于现实见闻,虽也有对前代古迹的记录,但通常是一笔带过,不做进一步的考索、辨正。在记述现实时,又侧重社会人事,纯粹的景物

---

[①] 戴名世:《北行日纪序》,《戴名世集》卷十一,中华书局1986年版,第291页。
[②] 参见李德辉《论中国古行记的基本特征》,《宁夏大学学报》(人文社会科学版)2003年第5期;李德辉《论汉唐两宋行记的渊源流变》,《中华文史论丛》2010年第3期。

描写较少。《日纪》所述见闻,主要有两类,一是出行的种种困苦。特别是《北行日纪》与《南还日纪》,为我们提供了康熙年间普通士子出行的真实详细的资料。戴名世一生中曾四次北上入京,又三次南还,《北行日纪》与《南还日纪》分别记述的是第二次入京和第三次南还之旅。与仕宦者出游可借助驿传资源、有专人接待不同,戴名世这两次长途旅行时,身份都是没有官职的寒士,旅费、仆役、舟车皆须自己备办,因此对行路的艰辛,深有体会。这些艰难包括:(一)气候的迫人。长途旅行,以春季为宜,即顾炎武所言:"夏暑秋潦冬寒,并不利于行路。"[1] 而普通人出于旅费、现实事务等考虑,并不能一定赶在春季出门,戴名世两次出行,便都不在春季。而冬夏行路,各有不便,《北行日纪序》中对此有一总述:"其行以暑也,鸡未鸣即起,及早凉行数十里。日渐当午,则热气薰蒸,喘息皆欲绝……陆行当严寒,手足皆僵如痿痹,冰结于髭须,冷气彻骨。抵暮,以厚直买束薪烧之,良久乃得暖气,肌肤渐生,寝才安,而圉人已趣之起矣。"[2] 暑天行路,往往会碰到雷雨,如《北行日纪》六月十四日:"乃于三更起行,行四五里,见西北云起,少倾,布满空中,雷电交作,大雨如注,仓卒披雨具,然衣已沾湿。行至总铺,雨愈甚,遍叩逆旅主人门皆不应,圉人于昏黑中寻得一草棚,相与暂避其下。雨止则天已明矣。"[3] 暑热天气还容易致病,如《北行日纪》记六月十六日,即"患腹胀,不能食",十七日"热甚,既抵逆旅,饮水数升",致使晚上"腹胀愈甚,不能成寐"。[4](二)异乡风俗的难以适应。南北气候、生活习惯、人情等的不同,是江南士子到北方后首先要面对的问题。气候上,令戴名世感受最深的是北方的多尘沙:"车马所践踏,尘土扬起扑面,目不能开,日晡,小饮,食于旅店,食中皆杂尘土,不能择也。"[5] 生活习惯上,南人住宿方式与北人不

---

[1] 顾炎武:《与原一公肃两甥》,《顾亭林诗文集·蒋山佣残稿》卷三,中华书局1959年版,第214页。
[2] 戴名世:《北行日纪序》,《戴名世集》卷十一,中华书局1986年版,第292页。
[3] 戴名世:《乙亥北行日纪》,《戴名世集》卷十一,中华书局1986年版,第295页。
[4] 同上书,第295—296页。
[5] 戴名世:《北行日纪序》,《戴名世集》卷十一,中华书局1986年版,第292页。

同:"西北方无床,以土为炕,壁虱之所聚处,嘬人肌肤,遂成疮疣。"① 且南人不惯骑乘,因此在行陆路时便显得狼狈:"虽持辔甚谨,犹时时遭颠仆,行淖中尤危险,往往泥涂被体,衣被尽湿。"② 地理环境的陌生,令戴名世对北方土人也无甚好感,《日纪》中不仅数次记录北人的游手好闲、不事生产,不如江南力田民风之美,而且就是客店供应,北人也比南人要苛刻:"逆旅主人与执鞭者表里为奸,每于常直外多索钱……此在北方为甚,一勺之浆,一杯之酒,非数倍其价,不可得也。"③ (三)仆役欺主、店家欺客,且二者往往互相勾结牟利。如《北行日纪》记六月十六日宿店经历:"屋舍湫隘,墙壁崩颓,门户皆不具。圉人与逆旅主人有故,固欲宿此,余不可,主人曰:'此不过一宿耳,何必求安。'余然之。"勉强居住一夜,第二天上路时,主人又"苛索钱不已"。④ 舟行则要与船家周旋,《北行日纪序》言:"舟子尤多桀黠,时时劳之以酒食乃喜。"⑤ (四)关津之勒索。《北行日纪序》记载水路关卡,不仅数量多,而且关吏凶恶:"衣被皆开视,势如虎狼。舟中人皆震恐,虽无丝毫之匿,亦必稍稍赂之乃去。"⑥《北行日纪》七月二日记载京师卢沟桥及彰义门榷使亦是如此:"执途人横索金钱,稍不称意,虽襆被俱欲取其税……途人恐濡滞,甘出金钱以给之,惟徒行者得免。"⑦ 这种额外的勒索,似乎已成常例,无人管束。(五)盗贼出没。康熙一朝,号称盛世,然而据戴名世所记,当日道路并不宁静:"西北有响马贼,御人于途,怀重赀者恒惴惴不保性命。东南则多窃盗,乘夜为暴,亦或杀人。"⑧《南还日纪》中,即详细记录了遭遇"老爪"之事。"老爪"是当日一类强盗的名号,"大抵皆畿南河北人为之。佯具行李为商贾,或为仕宦状,与行道者同行且同宿,渐亲密,辄诱人于鸡未鸣时起行,其

---

① 戴名世:《北行日纪序》,《戴名世集》卷十一,中华书局1986年版,第292页。
② 同上。
③ 同上。
④ 戴名世:《乙亥北行日纪》,《戴名世集》卷十一,中华书局1986年版,第295页。
⑤ 戴名世:《北行日纪序》,《戴名世集》卷十一,中华书局1986年版,第292页。
⑥ 同上。
⑦ 戴名世:《乙亥北行日纪》,《戴名世集》卷十一,中华书局1986年版,第297页。
⑧ 戴名世:《北行日纪序》,《戴名世集》卷十一,中华书局1986年版,第292页。

党已于前途二三里许掘坎待之。至其地，则皆缢杀而埋之，不留一人，劫其装去，毫无踪迹"。① 戴名世四月十五日出都时，即觉车夫有异状，十八日宿定州清风店，发觉车夫、店家言语，颇多矛盾，且车夫又于此地带二人来，于是留心防备。二十二日宿邢台，天未三更，门外便有人约车夫在前相会，车夫随即催促上路，戴名世坚卧不起。二十八日，车夫放弃大路而走小路，戴名世"密语二仆，此可虞也，各执利器备之"。但因前日多雨，道路泥泞，欲速反而迂回，得一日无事。此夜车夫辞去，"余乃免于警备"。② 这将近半月防范"老爪"的经历，跌宕起伏，读来令人心惊。总之，天气恶劣、人情鬼蜮，使得远行真成畏途。

　　描述行路艰险外，诸篇《日纪》还记载了不少各地民生细节，并借此发表了作者关于社会治理的意见。戴名世熟于明季史事，对明朝的覆亡原因有深入的了解，因此在观察外部世界时，也带有史学家通观全局的眼光，善于体会眼前细事与天下形势的关系。如《北行日纪》七月初一日，在描述任丘至京师的北方平原洪水泛滥，道路为之阻断的情形后，紧接着回忆起前明天启年间左光斗任屯田御史时兴修北方水利的善政，两相对照，对现时水利的荒败深表痛心。又如《南还日纪》四月十六日，描述路途中所见的游手好闲的男子，"道旁往往有游手枕块而卧，至市集处，卧者尤多，风起，车马所践尘蔽体，皆寐不醒"。戴名世认为："天下有事，起为盗贼，死填沟壑者，皆是物也。"③《北行日纪》七月初二日，在记述京师权关者的横行后，提出此种压榨行人、横行霸道的行为并非小事，治国者不可轻忽："不知天下之故皆起于不足介意者也。"④ 这些记述都体现出戴名世浓厚的经世志趣。

　　诸篇《日纪》中，亦有对自然景物的描写，如《北行日纪》六月十四日记述云气："仰观云气甚佳，或如人，或如狮象，或如山，如怪石，如树，倏忽万状。余尝谓看云宜夕阳，宜雨后，不知日出时

---

① 戴名世：《丙戌南还日纪》，《戴名世集》卷十一，中华书局1986年版，第304页。
② 同上书，第303—306页。
③ 同上书，第304页。
④ 戴名世：《乙亥北行日纪》，《戴名世集》卷十一，中华书局1986年版，第297页。

第四章　客路山川：早期桐城派作家的行记和游记　　137

看云亦佳也。"以及荷池："薄暮独步城外，是时隍中荷花盛开，凉风微动，香气袭人，徘徊久之，乃抵逆旅主人宿。"① 均清新隽永。但这类描写在戴名世全部《日纪》中所占篇幅并不多。大多数时候，戴名世关注的都是社会性的内容，即使是面对自然景观，也往往先考虑其社会功用。以对树木的描写为例，戴名世好讲种树之术，《日纪》中亦有多处关于树木的记载，如《南还日纪》四月二十四日："过磁州，柳荫夹道，数十里不绝。盖北人不好种植，而南人官于北者多种柳，取其易生也。"② 五月初六日："（周家口）道中见居人颇勤于地利，夹道植桃，凡数十里不绝，实且熟，累累然垂树上，弥望无际。"③《庚辰浙行日纪》述湖州菱湖之景："菱满湖中，人家约数千，岸上皆桑树。盖东南蚕桑之盛莫过于湖州，而此地烟水茫茫，兼收菱芡之利，其风景甚可乐也。"④ 在这几例中，树木均未被视为单纯的自然景观，而是具有实际功用的事物。这种重"人"而轻"物"的视角，可以说是戴名世经世志趣的另一种表现。

　　在叙述风格上，与六朝、两宋行记的重考辨、较为客观平实不同，戴名世《日纪》一个鲜明的特点是抒情色彩浓厚，注重抒写作者由客观见闻而引发的主观感受。如《北行日纪》六月初十日记过一农家，见其家男女主人各供其职，"儿女啼笑，鸡犬鸣吠"，于是联想到自己卖文为生、四处漂泊的辛苦，"顾而慕之，以为此一家之中，有万物得所之意，自恨不如远甚"。⑤ 同篇六月十一日，记过滁州朱龙桥，此地为明末卢象升、祖宽等人与李自成交战处，戴名世到此，不由得意气勃发，"慨然有驰驱当世之志"。⑥ 但几天之后，六月十七、十八日，当他因腹胀连日寝食不安时，便又觉得心灰意懒："忆余于己巳六月，与无锡刘言洁自济南入燕，言洁体肥畏热，而羡余之能耐劳苦寒暑。距今仅六年，而余行役颇觉委顿，蹉跎荏苒，精

---

① 戴名世：《乙亥北行日纪》，《戴名世集》卷十一，中华书局1986年版，第295页。
② 戴名世：《丙戌南还日纪》，《戴名世集》卷十一，中华书局1986年版，第305页。
③ 同上书，第307页。
④ 戴名世：《庚辰浙行日纪》，《戴名世集》卷十一，中华书局1986年版，第298页。
⑤ 戴名世：《乙亥北行日纪》，《戴名世集》卷十一，中华书局1986年版，第294页。
⑥ 同上书，第295页。

力向衰,安能复驰驱当世?抚髀扼腕,不禁喟焉而三叹。"① 又如《庚辰浙行日纪》五月十八日,记载因暑热,在路边树荫下小憩,因此想到自己"年近五旬,而无数亩之田可以托其身,经岁傭书客游,闭门著书之志将恐不得遂,为之慨然泣下"。② 戴名世对自己的学问文章有颇高期许,但却一直蹉跎于科场,不能一展抱负,因此常有悲怨无奈之感。远行途中的颠沛不适,更加重了这一感受。北宋词人柳永曾有"归云一去无踪迹,何处是前期"③ 之句,戴名世则用散文的形式,表达了这一羁旅伤怀的主题。

## 第三节　以我观物:"义法"理论与游记创作

在魏晋以来的文学传统中,"山水"往往具有与"俗世"相对的文化品格。山水被认为是超脱于世俗功利的所在,可以引发游居于其中者超旷的生命感受。唐宋山水游记中,对这种由山水引发的审美的、渊静的体道境界多有描绘,如《永州八记》之《钴鉧潭西小丘记》:"枕席而卧,则清泠之状与目谋,瀯瀯之声与耳谋,悠然而虚者与神谋,渊然而静者与心谋。"④《至小丘西小石潭记》:"坐潭上,四面竹树环合,寂寥无人,凄神寒骨,悄怆幽邃。"⑤ 又如苏轼《赤壁赋》:"逝者如斯,而未尝往也;盈虚者如彼,而卒莫消长也。将其自变者观之,则天地曾不能以一瞬;自其不变者观之,则物与我皆无尽也。"⑥ 均可说是继承了魏晋时期藉山水自然体悟玄理、以山水对抗现实人生的思维方式。晚明山水游记中,对人与自然精神互动的描写更为丰富,但随着这一时期"游"的日常生活化以及"游"本身价值被肯定,在许多游记作者那里,"山水"与"俗世"的界限并

---

① 戴名世:《乙亥北行日纪》,《戴名世集》卷十一,中华书局1986年版,第296页。
② 戴名世:《庚辰浙行日纪》,《戴名世集》卷十一,中华书局1986年版,第297页。
③ 柳永:《少年游·长安古道》,《柳永集》,岳麓书社2003年版,第10页。
④ 柳宗元:《钴鉧潭西小丘记》,《柳河东集》卷二十九,上海古籍出版社2008年版,第472—473页。
⑤ 柳宗元:《至小丘西小石潭记》,《柳河东集》卷二十九,上海古籍出版社2008年版,第473页。
⑥ 苏轼:《赤壁赋》,《苏轼文集》卷一,中华书局1986年版,第6页。

不明显,甚至山水即是人间,他们在描摹山水时,也更多是要表达一种高雅美妙的生活态度,而不刻意凸显"山水"与"俗世"的对立。戴名世、方苞的游记,在"山水"与"俗世"问题的处理上,更接近传统的做法,即回到"山水—俗世"的框架中,"俗世"再次成为他们观赏山水时的潜在参照系。这可以说是戴、方游记与晚明山水小品最大的差别。

戴、方游记以"俗世"为参照的一个较明显的表现,是在叙写景物的同时,表达对俗世的厌弃,以及对归隐山水的渴慕。如戴名世《河墅记》,河墅为潘江在桐城龙眠山中的别业,此文在记述别业周围环境后,不无欣羡地表示:"此羁穷之人,遁世举远之士,所以优游而自乐者也。"文末又说:"小子怀遁世之思久矣,方浮沉世俗之中,未克遂意,过先生之墅而有慕焉。"① 据戴廷杰《戴名世年谱》,此文作于康熙二十一年戴氏三十岁时。戴氏于康熙十八年补县学生,此时在舒城教馆为生。如果说此文中戴氏的"怀遁世之思"还是书生的故作姿态,那么康熙四十年所作《雁荡记》,则反映了作者历经世事后较为真实的心境。《雁荡记》末段,在描述自己望见雁荡诸峰,"怀抱顿仙"的感受后,沉痛写道:"呜呼,余怀遁世之思久矣,辗转未遂,至是垂暮无成,万念歇绝。他日人见有衣草衣,履芒鞋,拾橡煨芋而老于此间者,必余也夫,必余也夫!"② 此时戴氏正作为浙江学政姜橚的幕客,随姜氏在浙江各地视学,年华渐逝,老大无成,山水便成为他心目中躲避无奈人间的理想处所。较之戴名世的"性好山水"③,方苞与山水的接触似乎不多,但同样表现出对山水清气的敏锐感知。如康熙三十三年在涿州教馆时与友人信:"所居左山右城,岗峦盘纡,草树蓊翳,四望无居人;鸟鸣风生,飒然如坐万山之中,平生所乐,不意于羁旅得之。"④ 康熙五十七年所作《游

---

① 戴名世:《河墅记》,《戴名世集》卷十,中华书局1986年版,第280页。
② 戴名世:《雁荡记》,《戴名世集》卷十,中华书局1986年版,第276页。
③ 戴名世:《游大龙湫记》《数峰亭记》《龙鼻泉记》,《戴名世集》卷十,中华书局1986年版,第278、283、277页。
④ 方苞:《与刘言洁书》,《方苞集·集外文》卷五,上海古籍出版社2008年版,第668页。

潭柘记》:"林泉清淑之气,旷然与人心相得。"① 雍正二年所作《再至浮山记》追忆少时读书浮山的感受:"每天气澄清,步山下,岩影倒入方池;及月初出,坐华严寺门庑,望最高峰之出木末者,心融神释,莫可名状。"② 然而因生活所迫,更因不能放下入世、经世的愿望,山水对他来说,终究只是一个遥远、虚幻的栖息地。在《游潭柘记》末段,方苞即表达了这种在山水与俗世之间矛盾不已的心情:"昔庄周自述所学,谓与天地精神往来。余困于尘劳,忽睹兹山之与吾神者善也,殆恍然于周所云者。余生山水之乡,昔之日,谁为羁绁者?乃自牵于俗,以桎梏其身心,而负此时物,悔岂可追耶?……余老矣,自顾数奇,岂敢复妄意于此?"③ 写作此文之前五年,方苞蒙皇恩免治《南山集》牵连之罪,此时以白衣供职蒙养斋。俗世虽可憎,但身为罪人,劫后余生,又受知遇,自应尽心王事,不宜再"妄意"于山水。这种矛盾、无奈的心情,是"山水之思"的另一种表现,在盛世的士人群体中,或许更为普遍、更具代表性。

"俗世"参照的第二个表现,是对"义理"表达的重视。以"俗世"为背景来看待山水,山水便不再是单纯的自然景物,而是能够触发游人思考的媒介。唐宋古文家的山水游记,多发议论,一方面是因为古文运动的义理学背景,古文家一般具有"文以明道"的自觉追求;另一方面,也与他们观察自然时的俗世参照有关。之后的晚明山水小品,专注于自然本身的审美价值,对"义理"采取回避甚至厌弃的态度。戴、方则有意向唐宋古文学习,致力于"义理"的回归。二人游记中,由自然景观及其所附着的历史事件而联想到的人世之"义",主要包括以下几个方面:

(一)物理循环、兴亡如梦。如戴名世《西园记》,先记明孝陵及其旁坟墓、碑碣的颓败,再将明魏国公徐达之西园的易主与园中六朝松的独存两相对照,借此表达"凡治乱兴亡之故,盖有难言者"④

---

① 方苞:《游潭柘记》,《方苞集》卷十四,上海古籍出版社2008年版,第422页。
② 方苞:《再至浮山记》,《方苞集》卷十四,上海古籍出版社2008年版,第423页。
③ 方苞:《游潭柘记》,《方苞集》卷十四,上海古籍出版社2008年版,第422—423页。
④ 戴名世:《西园记》,《戴名世集》卷十,中华书局1986年版,第267页。

的感想。又其《兔儿山记》，先描述兔儿山现时的破败，又想象其在前朝每逢重阳，则皇帝驾临，置酒设宴的盛况，感叹其"异时虽公卿莫能至，而今则游人羁客皆得以游览徘徊而无所忌"的命运沉浮，最后得出结论："盖物理之循环往复有固然者。"① 自然山水是人世沧桑的见证，如唐人诗所咏："人事有代谢，往来成古今。江山多胜迹，我辈复登临。"② 戴氏这两篇文字所要表达的，亦是一种在永恒山水面前涌起的关于人世历史的虚无感。

（二）人世多变、聚散难期。如方苞《游丰台记》，在记述一次朋友间的欢会后，笔锋一转，感叹此游之难得："诸君子仕隐游学各异趋，而次第来会于此，多者数年，少亦历岁移时，岂非事之难期而可幸者乎？……计明年花时滞留于此者，惟余独耳。岂惟余之衰疾羁孤，此乐难再；即诸君子踪迹乖分，栖托异向，虽山川景物什百于斯，而耆艾故人，天涯群聚、欢然握手如兹游者，恐亦未可多遘也。"③ 此文作于康熙五十七年。前此一年，方苞曾作《四君子传》，历数平生知交，已凋零十分之七，而包括自己在内的幸存者，又皆困穷。因此，风景不殊、良友难逢之叹，也包含着作者对自身处境的无奈和哀伤。又其作于雍正元年的《封氏园观古松记》，在记述一日聚会中种种突发状况后，亦感叹说："以一日之游，而天时人事不可期必如此，况人之生，遭遇万变，能各得其意之所祈向邪？"④ "天时人事不可期必"，从这一表述中，我们可以看到晚年方苞的内心中，除抗心希古、锐意求道之外，还有消极甚至惶恐不安的另一面。

（三）"不遇"与"养晦"。柳宗元《永州八记》之《钴鉧潭西小丘记》结尾"贺兹丘之遭"一段，以山水的显晦来比拟人的处境，清初人林云铭评此段是"借题感慨，全说在自己身上……读者当于言

---

① 戴名世：《兔儿山记》，《戴名世集》卷十，中华书局1986年版，第268页。
② 孟浩然：《与诸子登岘山》，《孟浩然诗集笺注》卷二，天津古籍出版社1989年版，第186页。
③ 方苞：《游丰台记》，《方苞集》卷十四，上海古籍出版社2008年版，第421—422页。
④ 方苞：《封氏园观古松记》，《方苞集》卷十四，上海古籍出版社2008年版，第429页。

外求之"。① 戴、方山水游记中，亦有数篇抒发类似感想者。如戴名世《游浮山记》，感叹浮山风景奇丽，却因远离城市，不为人知："以远且僻而其奇终不得售焉，其售者又止如此，岂非其地使然哉！"② 又其《石门冲记》，亦对此一段山水"在于荒山僻壤，亘数千百年来无有识其奇者"③ 的遭遇表示惋惜。据《戴名世年谱》，这两篇文章分别作于康熙二十年、康熙二十一年，戴名世困处淮北乡间之时。因此戴氏要借山水之不遇，抒发自身才华不为世所知的抑郁之感。而同样是面对幽僻山水，方苞的体会却与戴名世相反，如其雍正二年所作《再至浮山记》中，赞叹无名山水"能常保其清淑之气，而无游者猝至之患"，④ 又乾隆八年所作《游雁荡记》中，亦对雁荡山"所处僻远，富贵有力者无因而至，即至亦不能久留、搆架鸠工以自标揭，所以终不辱于愚僧俗士之剥凿也"⑤ 的自完之道表示欣赏。这种见解，与方苞经历文字狱后，深感盛名之危险、"养晦"之可贵的心态有关。可见随着作者心境的不同，山水之"义"也在改变。晚清人有"以我观物，故物皆著我之色彩"⑥ 之说，戴、方此类游记，亦可谓是"有我"之作。

（四）圣贤学问之道。方苞《记寻大龙湫瀑布》，由对风景的搜求，联想到士人求学之路："嗟乎！先王之道之榛芜久矣，众皆以远迹为难，而不知苟有识道者为之先，实近且易也。孔、孟、程、朱皆困于众厮舆，而时君不寤，岂不惜哉？夫舆者之斑即暴于过客，不能谴呵而创惩之也，而怀怒蓄怨至此；况小人毒正，侧目于君子之道以为不利于其私者哉？此严光、管宁之俦，所以匿迹销声而不敢以身试也。"⑦ 舆夫畏远，不愿入山之深处，还对指路的老僧表示不满。这

---

① 柳宗元《钴鉧潭西小丘记》林云铭评语，转引自姚鼐编选，吴孟复、蒋立甫主编《古文辞类纂评注·杂记类》，安徽教育出版社2004年版，第1652页。
② 戴名世：《游浮山记》，《戴名世集》卷十，中华书局1986年版，第265页。
③ 戴名世：《石门冲记》，《戴名世集》卷十，中华书局1986年版，第266页。
④ 方苞：《再至浮山记》，《方苞集》卷十四，上海古籍出版社2008年版，第424页。
⑤ 方苞：《游雁荡记》，《方苞集》卷十四，上海古籍出版社2008年版，第428页。
⑥ 王国维著，滕咸惠校注：《人间词话新注》（修订本），齐鲁书社1986年版，第36页。
⑦ 方苞：《记寻大龙湫瀑布》，《方苞集》卷十四，上海古籍出版社2008年版，第426页。

正类似于小人千方百计阻挠君子，令其不得接近先王之道。又方苞《游雁荡记》末段，对儒家山水"比德"说进行发挥，认为雁荡"岩深壁削"，能使游者"严恭静正之心不觉其自动"，进而领会"圣贤成己成物之道"。① 借登山临水来谈治学，宋代游记中多有先例，如苏轼《石钟山记》、王安石《游褒禅山记》。方苞在学问上倾慕宋儒，文辞上亦以唐宋文为榜样，此类论述学问之道的游记，正是宋人的嫡传。

对人世之"义"的看重，还使得戴、方大多数游记，在章法和语言上都呈现出简洁、含蓄的特点。晚明人山水游记，多长篇，或成系列，以细致描摹、穷形尽相为能事。戴、方游记则因重点不在山水本身，故很少作长卷式的描绘，而是多截取片段之景，余者点到即止，或留一虚幻语，不作实写。如戴名世《唐西浦记》，记述西山唐西浦之梅溪，而以"常寻其去径，去径复隘如来径，数里不能穷"②作结。《游西山记》只写龙湫、来青轩二处，其余则以"进而深焉，其幽窅奇怪不知当何如也"③一句带过。《游浮山记》更是只记了一个舟中远望浮山的印象，一段"过而未能游"的遗憾，欲以"先为记之如此"的方式，表明自己终将优游于此的决心。④方苞《游丰台记》《记寻大龙湫瀑布》，亦是断片而非全景。这种材料处理方法，类似于山水画中的"留白"，给读者以余韵不尽之感。此外，戴、方游记中，山水的描摹与义理的抒发常常结合在一起，甚至山水描写只是义理抒发的缘由。这便避免了"为山水而山水"、缺乏主观情感之弊，使文章具有了"物色尽而情有余"的特点。清初古文体系下的批评家看重游记的"寓意"，如何焯认为柳宗元《始得西山宴游记》"中多寓言，不惟写物之工"⑤，林云铭认为"叙山川之胜与见闻之奇，且得尽所游之乐"，是游记的常调，但若只如此写，"有何意味！"只有

---

① 方苞：《游雁荡记》，《方苞集》卷十四，上海古籍出版社2008年版，第428页。
② 戴名世：《唐西浦记》，《戴名世集》卷十，中华书局1986年版，第265页。
③ 戴名世：《游西山记》，《戴名世集》卷十，中华书局1986年版，第269页。
④ 戴名世：《游浮山记》，《戴名世集》卷十，中华书局1986年版，第265—266页。
⑤ 转引自姚鼐编选，吴孟复、蒋立甫主编《古文辞类纂评注·杂记类》，安徽教育出版社2004年版，第1647页。

在观物基础上"发出一番大议论",文章才称得上精彩。[①] 戴、方则在创作上呼应了评点家们的倡议。在此意义上,可以说,重"义理"、讲"言外之意",已是新的文学时代的大势所趋。

本章对戴名世、方苞等桐城派早期作家行记、游记创作的探讨,有助于我们进一步理解以下问题:

一、桐城文章并非"颂圣"的文学。戴名世、方苞的大多数作品,反映的是寒士、穷士的心态,而非雍容大雅的盛世和平之音。桐城文章向"清真雅正"靠拢,是在《南山集》案之后,很大程度上是一种被迫的选择。

二、桐城文章的"义"与儒家之道的关系。"义法"是方苞文论的核心,然而何为"义"?在方苞的理论叙述中,儒家义理是"义"最重要的部分:"若古文则本经术而依于事物之理,非中有所得不可以为伪。"[②] 方苞对古文作者的"经术"修养要求颇高,认为唐宋八家中,柳、欧、苏氏父子于儒家经典皆未能通达,因此其文章在"义"的方面都有欠缺。[③] 但从方苞自身创作实践来看,"义"所包含内容又十分广泛,涉及人情物理的方方面面,并非纯粹的"儒家之道"才可称为"义"。我们认为,这种文意上对儒家义理的溢出,正是桐城文章的生命力所在;桐城"义法",并不仅仅是前人"文以明道"说的翻版,更是一种对文学、文章本身结构的阐释。

三、桐城文章的传承统绪。一般认为,桐城文章远尊《史记》,近承唐宋八家。从本章论述中可以看出,他们的游记创作,在辞、义并重的基本理念和具体章法上,也都有意向八家学习。重"义"的理念,在戴、方之后的桐城派代表作家如刘大櫆、姚鼐那里得到继承,刘、姚游记,亦有较多的主观情感在内,不少篇目中抒写了由山水引发的人事之思,如刘大櫆《游大慧寺记》中对士人独立人格的提倡,《游万柳堂记》中对富贵浮云的感悟,《游晋祠记》《游三游洞

---

[①] 王安石《游褒禅山记》林云铭评语,转引自姚鼐编选,吴孟复、蒋立甫主编《古文辞类纂评注·杂记类》,安徽教育出版社2004年版,第1790页。

[②] 方苞:《答申居谦书》,《方苞集》卷六,上海古籍出版社2008年版,第164页。

[③] 同上书,第164—165页。

记》中对自身生命微贱的哀伤,姚鼐《观披雪瀑记》中对世事无定、人事难期的慨叹,《游双溪记》中对自身处境的怨望等。虽然上述作者的创作中,也有一些只简述地名、方位,有意向秦汉文如《山经》《禹贡》等学习的"高古"之作,如戴名世《雁荡记》的前半部分、刘大櫆《游浮山记》等,但八家文仍是他们摹仿的主要对象,人间情思与自然风景的结合,以"情"统"物",依然可以说是桐城派游记的特色。

# 第五章

# 情与礼之间：桐城派早期作家的"节妇传""烈妇传"写作

明清时期，以"三纲五常"为主要内容的家庭伦理观大为流行，节烈妇女较之前代大量增加。清人文集中的"节妇传""烈妇传"所在多有，桐城派早期作家文集中，亦有着为数颇多的"节妇传""烈妇传"。在这一系列传记中，桐城派作家们一方面站在理学伦理的立场上，对女子的节烈行为表示赞赏与肯定；另一方面又常常表现出对这些女性的苦难命运的同情。这种"情"与"礼"之间的挣扎与思考，使得他们的不少文字，生动温暖，富有人性的光辉。本章即以戴名世、方苞、朱书、刘岩等人文集中的"节妇传""烈妇传"为研究对象，试图通过对这一类文字的研读，探讨桐城派早期作家的妇女观，并从此侧面，发掘早期桐城派所提倡的文章"义法"的具体内涵。

关于明清古文家的节烈妇女传，学界通常只将其作为社会史的史料来看待，少有从文学角度出发来研究其写作特色的论著。本章的写作借鉴了史学界、社会学界学者的已有研究成果，试图从社会学的角度，来探讨此类文章的文"义"；另外还将从文章写作的角度，对此类文章的文学价值做出说明。

## 第一节 明清时代政府及民间对"节烈"的提倡

一般认为，中国历史上男尊女卑、男主女从的性别制度，肇始于周，确立于汉，进一步整合于魏晋隋唐，而重建于宋。宋代理学家们试图从"家规""家法"入手而重建社会秩序，女子的主内、守节等道德在他们眼中，不仅具有个人道德层面的意义，而且具有更为深远的稳定社会秩序的意义。① 明清两代，程朱理学成为主流意识形态，女性"贞节"的观念也得到了政府与民间两方面的大力提倡，这一点，可以看作是桐城派作家节妇传、烈妇传写作的主要思想背景。

从制度层面来看，明代之前，历代政府并没有明确的表彰节烈的法律条文。明政府则首次将"节妇"的表彰纳入国家典礼。据《大明会典》礼部"旌表"条，明洪武元年，太祖诏令："凡孝子顺孙，义夫节妇，志行卓异者，有司正官举名，监察御史、按察司体覆转达上司，旌表门闾。"又令"凡民间寡妇，三十以前，夫亡守制，五十以后，不改节者，旌表门闾，免除本家差役。"此诏令，使得"节妇"不仅具有了道德上的荣誉，而且可以给家族带来实际的利益。终明之朝，朝廷曾多次对节妇旌表制度进行补充、完善。如正德六年，令为"近年山西等处不受贼诬贞烈妇女"颁发殡葬费，并建"贞烈碑"以存永久。成化十三年，奏准不许为"文武官进士举人生员吏典命妇"中的"孝顺节义"之人陈请表彰，但嘉靖二年，又对此进行修改，将不予旌表的范围缩小到已经"竖坊表宅"的进士举人及已经受诰敕封的命妇，其余"生员吏典"及其家人中的孝顺节义者，仍予旌表。此年又奏准，已病故之节妇，只要事迹经过敷实，仍予旌表。又，嘉靖三年，令赐"孝子六十以上者，节妇八十以上者"绢帛米肉。嘉靖四十二年，议准命妇守节者，虽不予旌表，但有司仍要"以礼存问，仍加周恤"。隆庆三年，奏准旌表节妇之高寿者。② 从这些条目中可以看出，对"节妇""烈妇"的表彰，是与对"孝子顺孙"的推崇联系在一起的。这一制度，符合或曰体现了宋代理学家"由家到国"的社会秩序建设的思想。此外，虽然旌表制度中有"义夫"一条，然而从实际旌表的状况来看，却是"义夫"少而"节妇"

---

① 参见邓小南《"内外"之际与"秩序"格局：宋代妇女》一文，收入杜芳琴、王政主编《中国历史中的妇女与性别》，天津人民出版社2004年版，第254—304页。
② 以上均引自《大明会典》"旌表"条，《大明会典》卷七十九礼部三十七，明万历内府刻本。

多。"节义"的道德律条，主要是加在女子的身上。

　　清代虽由少数民族主政，但在礼教的执行方面，却极为严格彻底，"达到了汉人也望尘莫及的地步"。① 各代皇帝，都十分重视对贞节妇女的表彰。顺治元年七月，礼部议覆顺天督学御史曹溶条议，其中即有"褒扬节孝""恤其子孙、旌其门闾"的建议。摄政睿亲王多尔衮从之。② 此条建议，虽主要是针对易代之际"誓节死难之臣"而言，但也开启了清廷入主中原后整肃人伦、重建社会秩序之端。顺治元年十月初一日，顺治帝即皇帝位，同月初十日，颁即位诏于天下，其中亦有"所在孝子顺孙、义夫节妇，有司细加咨访，确具事实，申该巡按御史详核奏闻，以凭建坊旌表"的条目。③ 大体说来，清代可予旌表的节妇的标准，初依明代"三十以前，夫亡守制，五十以后，不改节者"可旌、身故亦可旌、命妇不旌之例，后又有所放宽，如雍正元年，诏令"节妇年逾四十而身故，计其守节已逾十五载以上，亦应酌量旌奖"。④ 此外，清代官方对"烈女"的认定也更加细致，除"夫亡从死"在禁止之列，不予旌表外，其他各类"烈女"都可得到旌表，据《大清会典则例》"礼部仪制清吏司"下所列"旌表"例⑤，康熙十一年，议准"强奸不从，以致身死之烈妇，照节妇例旌表，地方官给银三十两，听本家建坊"。康熙五十二年，覆准"民间贞女，未婚闻讣，矢志守节，绝食自尽，照例旌表"。康熙五十四年，覆准"有孀妇抚子守志，因亲属逼嫁投缳"者，照贞女例予以旌表。乾隆二年，议准"道姑虽不在兵民妇女之列，而御暴全贞，实为贞烈，应照例旌表"。乾隆七年，议准"童养之妻，尚未成婚，而能以

---

① 定宜庄：《清代妇女与两性关系》，杜芳琴、王政主编《中国历史中的妇女与性别》，天津人民出版社2004年版，第352页。
② 《清世祖实录》卷六，顺治元年七月己丑，《清实录》第3册，中华书局1985年版，第66页上—66页下。
③ 《清世祖实录》卷九，顺治元年十月甲子，《清实录》第3册，中华书局1985年版，第95页下。
④ 《清世宗实录》卷一百五十五，雍正十三年闰四月戊寅，《清实录》第8册，第893页上—893页下。
⑤ 本段以下所引均出自《大清会典则例》卷七十一"礼部仪制清吏司"下"风教"条。

礼自持，坚据夫之和奸，因而致死，应予旌表，令建坊于烈女父母之门"。"夫亡从死"者，虽原则上不予旌表，但亦有例外，如雍正十三年，就曾因"数年以来，各省奏请旌表烈妇者尚少"，而特旨恩准旌表"殉夫尽节烈妇烈女"十数人。

制度保障之外，明清两代，关于"贞节"的"女教"也十分发达。政府方面，明永乐帝徐皇后曾作《内训》，其中虽无明确的"守节"要求，但却多次赞扬女子的"贞德"，所谓"贞女纯德，可配京室"，① 认为女子"体柔顺，率贞洁，服三从之训，谨内外之别，勉之敬之，终始惟一，由是可以修家政，可以和上下，可以睦姻戚，而动无不协矣"。② 从"三从"出发，"守贞""守节"也便是很自然的事了。清代则出现了更为规范、详尽的官方"女教"读本，即顺治十三年，奉皇太后旨意，由大学士傅以渐领衔编成的《御定内则衍义》。此书"蒐辑古来（女子）嘉言美行，统成一编"③，由顺治帝亲自作序，序中说明此书与前代《后妃纪》《内范》《家训》等书的不同处，是"原本《内则》而发明之"，"一本经旨而推衍之"，④ 因此是"尊经立教"，最为正统。又说此书之编纂，是为了教化天下女子，"感发其性情，渐摩乎理义"，并通过对女子的教化，达到对整个社会风气的改造，"广教化而美风俗，宫闱之嘉言懿行，直与邦国之大经大法并垂不朽"。⑤ 全书共十六卷，分为"八道"，即"孝之道""敬之道""教之道""礼之道""让之道""慈之道""学之道"，每"道"下列经史中所载各代女子的相应事迹，中间穿插简要的评论。其中，"礼之道"占全书近半篇幅，"礼之道"中，又以"守贞""殉节"内容为最多，分别占两卷（卷七、卷八）和四卷

---

① 仁孝文皇后撰：《内训·德性章第一》，《丛书集成初编》第990册，中华书局1991年版，第2页。
② 仁孝文皇后撰：《内训·谨行章第四》，《丛书集成初编》第990册，中华书局1991年版，第6页。
③ 《御定内则衍义》前载顺治十三年八月壬寅上谕，傅以渐等编《御定内则衍义》，《景印文渊阁四库全书》第719册，台湾商务印书馆1986年版，第347页下。
④ 爱新觉罗·福临：《御定内则衍义序》，傅以渐等编《御定内则衍义》，《景印文渊阁四库全书》第719册，台湾商务印书馆1986年版，第348页上。
⑤ 同上书，第348页下。

（卷九、卷十、卷十一、卷十二）篇幅，总结归纳出了二十余种"守贞"之例，与四十余种"殉节"之例，以教导女性如何在复杂的社会生活中遵守"经教"与进行"权变"。女子在何种状况下应守贞、在何种状况下应尽节，以及守贞、尽节的具体途径，至此都有了官方的权威说明。

在民间，亦有许多热心教化的儒家士子在进行"女教"的普及工作。如晚明人编纂有所谓"女四书"，此四书者，包括汉代班昭所著《女诫》，托名唐宋若莘、宋若昭所著《女论语》，明徐皇后所著《内训》与晚明刘氏所作《女范捷录》。四书中所训，涵盖了女子容貌、言行举止、德行等多种方面的要求。《女诫》与《内训》没有专门的"贞节"部分，《女论语》则有"守节"一章："古来贤妇，九烈三贞。名标青史，传到如今……夫妻结发，义重千金。若有不幸，中路先倾。三年重服，守志坚心。保持家业，整顿坟茔。殷勤训子，存殁光荣。"① 而成书最晚的《女范捷录》中，则专设"贞烈"一篇，对"贞烈"内涵与必要性进行说明："忠臣不事两国，烈女不更二夫。故一与之醮，终身不移。男可重婚，女无再适。是故艰难苦节谓之贞，慷慨捐生谓之烈。"② 并列举历代贞烈女子，赞扬其行为是"贞心贯乎日月，烈志塞乎两仪，正气凛于丈夫，节操播乎青史"。③ "女四书"问世后，成为晚明至清代上至上层社会，下至庶民百姓的各阶层女子中最为流行的女教读本，④ "贞节"的观念，也随着"女四书"

---

① 宋若莘、宋若昭：《女论语》，《女子四书读本》卷下，扫叶山房清光绪三十二年刊本，第13—14页。按唐代女子"守节"的观念并不流行，此节或为后人所加。

② 刘氏（王节妇）撰，王相订注：《女范捷录》，《女子四书读本》卷下，扫叶山房清光绪三十二年刊本，第21页。

③ 同上书，第23页。

④ 如万历间传奇《牡丹亭》第五出"延师"中，杜宝言杜丽娘"男、女《四书》，他都成诵了"。见汤显祖《牡丹亭》，人民文学出版社1963年版，第21页。又如清初屈大均《示女明珠》："小本家传《女四书》，可能笺注若华如？"见《翁山诗外》卷十四，清康熙刻凌凤翔补修本。又如乾隆间小说《红楼梦》第四回："故生了李氏时，便不十分令其读书，只不过将些《女四书》《列女传》《贤媛集》等三四种书，使他认得几个字，记得前朝这几个贤女便罢了。"见曹雪芹《红楼梦》，人民文学出版社1982年版，第55页。又如晚清陈虬《女婴堂议》中，亦建议将"《千字文》《百家姓》《蒙求》《女四书》《毛诗》《幼学须知》等类"作为女婴堂的教学读物。见陈虬《治平通议》蛰庐文略卷八，清光绪十九年瓯雅堂刻本。

的流行而得到广泛的传播。在朝廷与民间的合力提倡下，清代节烈妇女数量远胜前代。成书于康熙末年的《古今图书集成》中有"闺媛典"一门，载清开国以来节妇9482人，烈妇2841人。此时距清代开国不到八十年，而这两项数字均已超过明代三百年总数的三分之一。[①] 此尚是官方统计的数字，因各种原因无力申请旌表者，亦当不在少数。

## 第二节 教化与美俗：桐城派早期作家"节妇传""烈妇传"的基本写作立场

以节烈女子作为文章叙述的对象，是明代中后期才开始大量出现的。唐宋古文家文集中，虽有不少为女子而作的墓志、墓表，但并未出现以"节妇传""烈妇传""贞女传""烈女传"为题的作品。到明代，随着社会思想中对"节烈"的认可，以及大量节妇、烈妇的出现，古文家们也开始把目光转向这些命运艰辛的女子。如嘉靖年间著名古文家归有光文集中，以"节妇"为题的传记、墓碣、墓表等有六篇，以"烈妇"为题的有三篇，又有围绕"张贞女"所作文四篇。这些关于贞烈女子的文字，大都被他视为得意之笔，如他自言《陶节妇传》的写作，"秉笔更似啮冰雪也"；[②] 又说《张贞女死事》一文，"仆自以为必可传者"。[③] 此外，王世贞、李攀龙、钱谦益等明后期文坛领袖的文集中，均有多篇"节妇传""烈妇传"。即使是"性灵"的提倡者如公安派袁宏道，其文集中亦有《王氏两节妇传》、《题郑节妇传后》等赞颂女子之"节"的篇章。进入清代，全社会对"节烈"的提倡较之前代更甚，女子守节、尽节的行为更多，这便为桐城派早期作家的"节烈书写"提供了素材。粗略统计，今所见戴

---

[①] 此统计数字，来自董家遵《历代节烈妇女的统计》一文，收入鲍家麟编《中国妇女史论集》，牧童出版社1977年版，第111—117页。

[②] 归有光：《与王子敬书》，《震川先生集》卷八，上海古籍出版社1981年版，第172页。

[③] 归有光：《与李浩卿书》，《震川先生集》卷七，上海古籍出版社1981年版，第144页。

名世《戴名世集》中，有节妇传六篇，烈妇传十三篇；方苞《方苞集》《方望溪遗集》中，有节妇、贞女传十一篇，烈妇传九篇；王源《居业堂文集》中，有烈妇传三篇，节妇传四篇；刘岩《匪莪堂文集》中，有烈妇传两篇。这一数字，只是就专传而言，除此之外，他们笔下男性传记的附传里，亦有不少节烈女子的身影。[1] 因此可以说，节妇传、烈妇传的写作，是桐城派早期作家古文写作实践的重要组成部分。

作为传记文，桐城派早期作家的节妇传、烈妇传，在写作主旨上继承了传统历史写作宣扬"教化"的考虑。从"教化""美俗"的宗旨出发，桐城派诸家对于女子贞节的行为，持完全肯定的态度。诸人所传的节烈女子，有夫亡抚孤持家者，有夫亡从死者，也有未嫁守贞、未嫁尽节者。这些类型的女子，有些不符合政府旌表规则（如夫亡从死），有些行为则在知识界有争议（如室女守贞），但在戴名世、方苞等人笔下，上述四种类型的女子，都被予以肯定。烈女如戴名世《袁烈妇传》[2]，记述徐氏归袁家后，"死丧疾病相继无宁岁"，徐氏先后服侍舅、姑之病，舅、姑去世后，又服侍丈夫之病。丈夫病重，"誓以偕死"，其后果然在料理完丈夫丧事之后，自刺而死。戴名世认为这是得"妻道之正"。贞女如方苞《秦仲高墓表》[3]，记高氏女许嫁秦氏之子，后秦氏子死，高氏不顾父母劝阻而归秦氏，"代夫承重奉祖姑"。高氏父亲死后，家族中无可依之人，生活困窘，后积劳成瘵而死。方苞认为高氏之死，合于德义，是人生之"大福"。

与宋代理学家强调女子之德与整体社会道德的联系相类似，桐城派诸人对女子"贞节"的称颂，亦是从整体世风、人心的角度着眼的。在桐城派诸人看来，对"贞节"女子的书写、表扬，不仅可以为女子提供立身榜样，而且可以对包括男子在内的整个社会群体起到激励作用。晚明以来社会的主流观念，是将"贞女"与"义士"并

---

[1] 如王源《居业堂文集》中，将"节义男子"与"节烈女子"合传的例子颇多，详见本书第七章。

[2] 戴名世：《袁烈妇传》，《戴名世集》卷八，中华书局1986年版，第224—225页。

[3] 方苞：《秦仲高墓表》，《方苞集》卷十三，上海古籍出版社2008年版，第379—380页。

第五章　情与礼之间：桐城派早期作家的"节妇传""烈妇传"写作　　153

提，所谓"忠臣不事两国，烈女不更二夫"。① 桐城派诸人的节烈写作，接受了这种"贞女—义士"的思维模式，在具体叙述中，又有两种不同的表现。其一是肯定"贞女"具有与"义士"相等同的生命价值。如戴名世《詹烈妇传》，记述安徽桐城王氏，十七岁嫁詹大功，二年后其夫病故，王氏躲过家人的防备，自刎而死。戴名世赞曰："吾县在明时号为礼义之邦，沿至于今，而故家遗风多不复存矣。独闺帷之中，犹有曩时之风烈。"②"故家遗风"需要靠女子来支撑、绵延，可见节烈女子的生命价值，等同于讲"礼义"之男子。又如方苞《庐江宋氏二节妇传》中，记述宋嵩南家两位节妇，其中一位为相国李天馥之女孙、编修李丹壑之女，未嫁夫亡，先在父母家为夫守节，十四年后归于夫家。方苞在文末评论说："文定（李天馥谥）薨，丹壑中道脆促，家人还河南，子姓衰微，名字无闻于士大夫者。而五十年后，乃有贞女为祖考光。"③ 亦是认为女子之"节"，与男子之名声一样，具有光辉门户的价值。又如戴名世《吴烈妇传》④，记述钱塘诸生吴锡之妻戴氏，夫亡之后，先是"触柱流血，拔须发几尽"，又"自经者再"，均为家人所救，又"吞金指环数枚"，亦不死，又"绝食七日"，"密取金簪断为数段，复碎玻璃镜，杂吞之"，辛苦万状，终于"肝胆破裂，吐碧水斗余而死"，死后埋葬在西湖边上。文末评论道："西湖之滨，岳少保、于尚书之墓在焉，烈妇一弱女子，巍然鼎峙其间，岂不贤乎哉。"⑤ 把殉夫烈女，与岳飞、于谦等前代忠义之臣相比并，将女子之"节义"，看得极为崇高。

　　桐城派诸人"贞女—义士"思维模式的另外一个表现，是以贞烈女子与懦弱无行之男子相对照，以女子节义的可敬来彰显男子不义的可耻。桐城派作家多对明末清初史事感兴趣，戴名世、方苞集中，有多篇关于这一时期的节烈女子的记述。乱世之中，女子的命运较男子

---

① 刘氏（王节妇）撰，王相订注：《女范捷录》，《女子四书读本》卷下，扫叶山房清光绪三十二年刊本，第21页。
② 戴名世：《詹烈妇传》，《戴名世集》卷八，中华书局1986年版，第229页。
③ 方苞：《庐江宋氏二节妇传》，《方苞集》卷八，上海古籍出版社2008年版，第228页。
④ 戴名世：《吴烈妇传》，《戴名世集》卷八，中华书局1986年版，第237—238页。
⑤ 同上书，第238页。

更为脆弱，然而恰恰是手无寸铁的女子中，涌现出许多节烈之人，而那些高居庙堂的男子，却往往为了身家性命而做出种种不忠不义之事。这种对照，令当日许多有良知者深表感慨，如刘宗周就曾说："世道之降也，聚麀不出禽兽，而出于衣冠；须眉不生于男子，而生于妇人。独幸有一二妇人，撑持世界耳。"① 桐城派作家们也多次表达此种感想。如戴名世《徐节妇传》，记述山东郯城太学生徐廷鉴之妻杜氏守节之事迹，崇祯十五年，"关外之兵"围郯城，徐家兄弟均守城死，杜氏本欲殉节，"顾其两子皆幼，而其兄弟之遗孤数人或且二三岁"，于是"断发毁容，复理其家旧业，诸孤携持保抱。及长，教之从师授学，皆有成，为县诸生"②，以四十六年苦节，使得夫家家业复振。戴名世对此评论道：

> 徐氏之祸，可不谓烈哉。微烈妇，徐氏不祀矣。当是时，天下兵起，往往千里之间皆成墟莽，覆宗灭祀者何可胜数。虽有数百年故国威灵，震薄海外，而一旦九庙隳，子孙夷，彼公侯将相，跨州连郡，曾未闻有一如节妇者，抱三尺之孤，挽一线之绪，而使之复兴，岂不悲哉！③

乱世之中，夫主亡故，杜氏以一弱女子，能抚养孤儿，延续夫家祭祀；而当此国家灭亡，君主宗庙倾颓之际，满朝"公侯将相"，却无一人有胆识、有能力使得国家复兴。这一对比，既是对杜氏的赞颂，亦饱含对当日噙齿戴发之男子的批评。戴名世类似的意见，又见于《郭烈妇传》，此文记述山东日照诸生郭翰妻郑氏夫死殉节事，以及莱阳谭氏、孙生妻妾殉节事，并评曰："海岱之间，自明时多公卿贵人，冠盖相望，及易代之际，左公萝石而外，卖国叛主者多矣，而女子以节烈著者颇时时不绝也，岂不异哉。"④

---

① 刘宗周：《与赵景毅按台》，《刘宗周全集·文编》卷三，浙江古籍出版社 2007 年版，第 425 页。
② 戴名世：《徐节妇传》，《戴名世集》卷八，中华书局 1986 年版，第 219 页。
③ 同上书，第 220 页。
④ 戴名世：《郭烈妇传》，《戴名世集》卷八，中华书局 1986 年版，第 223—224 页。

第五章　情与礼之间：桐城派早期作家的"节妇传""烈妇传"写作　　155

又如方苞《王彦孝妻金氏墓碣》，记述休宁王彦孝妻金氏，生子六月而寡，当时正值清初，休宁、歙县一带颇不宁静，而王家三兄弟，只有王彦孝有子。金氏与伯、叔商议，令伯兄守休宁，小叔则护送自己及孺子到相对安定的江都，由此躲过了安徽南部一带的战乱，保存了夫家的血脉。方苞对金氏的见识、决断十分钦佩："夫择地权时以定其身家，男子所不易也，而金氏以妇人任之。且决计于干戈扰攘之间，动乎险中而得亨贞，岂独其志节足为女子之准的哉！"① 亦是将女子与男子作对比，暗含"男子不若女子"之意。

"以女子愧杀男子"的模式，也见于桐城派诸家对太平年代节烈女子的记述。如王源《周节女传》，记述钱塘未嫁守节之周氏女子，附及云南阿迷州陈氏女、陕西富平王氏女未嫁殉节事，并感叹本朝守节、尽节处女数量之多："岂廉耻灭绝，男子覥焉不复知有名节，物极必反，故钟于女子而远胜前代若是乎？"② 又方苞《尹太夫人李氏墓志铭》中，记尹会一之母李氏，嫁七年而守寡，之后上奉舅姑父母、下抚孤儿，其子入仕后，又为其子治民理政出谋划策，以节俭治家，所积之金帛，则用来"救水火之灾，给师旅，立营仓，置举本以恤卒伍；建礼祠，修桥梁津渡，施济穷民"。③ 方苞认为其志行要超过许多"士"："古称女士，谓女子而有士行也。不为一身之谋，而有天下之虑，今之士实抱此志者几人哉？而太夫人，则志与事皆有焉。"④

此外，桐城派诸人对女子"节义"的赞颂，还往往与"慈孝""识见"等品质相联系。首先，在大节面前，节烈女子们一般都是性情刚正，敢于决断，而日常生活中，则又有着女子的"顺"德。如戴名世《王烈妇传》中之王烈妇，殉夫之时"从容如平时"，平日性

---

① 方苞：《王彦孝妻金氏墓碣》，《方苞集》卷十三，上海古籍出版社2008年版，第405页。
② 王源：《周节女传》，《居业堂文集》卷五，清道光十一年读雪山房刻本。
③ 方苞：《尹太夫人李氏墓志铭》，《方苞集》卷十一，上海古籍出版社2008年版，第317页。
④ 同上书，第318页。

情则是"慧而婉";①《袁烈妇传》中,袁烈妇徐氏自刺殉节,"血淋漓满地",②极为骇人心魄,而平素"柔婉逡巡如愚"③;《朱烈女传》中,朱氏女事母极孝,"母素病骨痛,每疾发,烈女为抚摩忘倦,夜以继日,痛止乃已"。④《节孝唐孺人传》中,唐孺人张氏守节四十四年,性情极为严正,"生平无笑容,一门之内伯叔子侄未尝闻其声音",但"事舅姑仁孝纯笃,数十年无间"。⑤"刚正"与"柔顺",看似相反,却在这些节烈女子身上得到了统一,这一方面有真实生活为基础,另一方面也反映了桐城派诸人对"理想女性"的想象,即"柔顺"亦是女子道德的重要组成部分,女子如不"柔顺",即算不得完人。

其次,这些节烈女子,特别是"节妇",往往具有过人的才干。《女范捷录》之"才德篇"言:"德以达才,才以成德。"⑥"才"是德行得以实现的手段,对女子来说,无论是保全清白,还是撑持家庭,抚养孤儿,都需要有足够的勇气、决断与智慧。桐城派作家们对这一点有着清楚的认识。如戴名世《仪真四贞烈合传》⑦中,记述了明末"流贼"扰乱仪真时涌现出的数位有胆略有手段的烈妇,其中,补伞妇被贼兵挟持,先是诓贼背负自己,后在过独木桥时,"至横木上,妇大呼,奋身一跃,与贼俱堕水中","久之遂俱没";木工妇先佯随贼兵行,至运河侧,"抱其子赴水死";井中妇匿井中,被二贼兵发现后,先诓一贼兵下井扶己出,又乘其井上之贼兵不备,将其挤入井中,"井故狭,二贼颠倒井中,妇因取井旁石并土击而填之",终于杀死二贼兵并逃脱。戴名世在文末赞中,除歌颂她们"一行卒志兮,复何畏乎强豪"的勇气与志节外,又称赞了她们"弄群贼若婴

---

① 戴名世:《王烈妇传》,《戴名世集》卷八,中华书局1986年版,第221页。
② 戴名世:《袁烈妇传》,《戴名世集》卷八,中华书局1986年版,第224页。
③ 同上书,第225页。
④ 戴名世:《朱烈女传》,《戴名世集》卷八,中华书局1986年版,第230页。
⑤ 戴名世:《节孝唐孺人传》,《戴名世集》卷八,中华书局1986年版,第233页。
⑥ 刘氏(王节妇)撰,王相订注:《女范捷录》,《女子四书读本》卷下,第33页。
⑦ 戴名世:《仪真四贞烈合传》,《戴名世集》卷八,中华书局1986年版,第226—228页。

儿兮，更快心于寸磔之市朝"的智慧。① 又如上文所引方苞《王彦孝妻金氏墓碣》，赞扬金氏在乱世中"择地权时以定身家"②的识见；又其《二贞妇传》③，记述方氏在其夫"自鬻"为仆后，即"誓不与同寝处"，以此"生绝其夫"的方式，得以守身兼庇其子；任氏则在丈夫死后，不仅将遗腹女子抚养成人，而且抚育丈夫之弟妹四人长大，尽到了"承夫之义"，方苞认为二女的做法，既守"正"，又能得其"权"："皆遭事之变而曲得其时义，虽圣贤处此，其道亦无以加焉者也。"④ 这些例子都可说明，桐城诸家对女子经济之"才"，是持赞颂态度的。

## 第三节 "礼"的内在冲突与"情""礼"之矛盾：桐城派早期作家"节妇传""烈妇传"中对礼教的反思

从上文所述桐城派诸家"节妇传""烈妇传"的基本写作立场来看，桐城派诸家可谓是典型的理学伦理道德的拥护者。然而，在"教化"的宗旨之外，诸人作为古文家，他们的"节烈写作"又在一定程度上继承了前代史家"秉笔直书"的传统，对许多"贞烈"事迹的具体过程进行了如实的记录。从"实录"精神出发，他们的不少"节妇传""烈妇传"，向后世读者展现了"贞节"作为理学伦理的一部分，与理学伦理中的其他部分，以及基本的人情之间的冲突。桐城派诸家对这些矛盾冲突，并未一概否认，而是有着自己相对独立的思考。以下分三方面论述之。

其一，是现实生活中"贞节"与"父为子纲""夫为妻纲"的矛盾。"三纲五常"作为儒家礼法的最根本理念，孕育于先秦，明确提

---

① 戴名世：《仪真四贞烈合传》，《戴名世集》卷八，中华书局1986年版，第228页。
② 方苞：《王彦孝妻金氏墓碣》，《方苞集》卷十三，上海古籍出版社2008年版，第405页。
③ 方苞：《二贞妇传》，《方苞集》卷八，上海古籍出版社2008年版，第230—231页。
④ 同上书，第230页。

出于两汉，而在宋以后成为国家法律的精神内核。① "三纲"中，"君为臣纲"体现的是"国"之观念，居三纲之首，"父为子纲""夫为妻纲"体现的是"家"之规则，居三纲之后。女子"贞节"的观念，主要是由"夫为妻纲"衍生出来的，"贞节"的行为，有利于维护以"父"为首的大家庭的秩序。但在现实中，女子守贞尽节的努力，有时反而会与父、夫发生冲突。桐城派作家们注意到并记录了此种现象，如戴名世《周烈妇传》，②记述康熙年间，薙发匠周二之妻吕氏，其夫病将死时已有娠，便与夫相约，若生男，则守节抚孤，若生女，则从夫死。周二死后，吕氏父母商议将女再嫁："婿死费不赀，无以偿之，又女年方少，无所依，盍嫁之，得聘帛以偿所费，且不无赢余以自活，不亦可乎。"吕氏"涕泣顿首于父母之前，自明己志"，父母却依然"遍属媒氏，为求婿甚急"。吕氏此时娠已六七月，"度不

---

① 《论语》中言："君君，臣臣，父父，子子"，《中庸》中言："君臣也，父子也，夫妇也，昆弟也，朋友之交也，五者天下之达道也。"《礼记》中则有"七制""十义""十伦"之说。在此基础上，孟子提出了"父子有亲、君臣有义、夫妇有别、长幼有叙、朋友有信"的五种基本"人伦"。荀子调整了孟子"五伦"的次序，认为"君臣、父子、兄弟、夫妇，始则终，终则始，与天地同理，与万世同久，夫是之谓大本"，将"君臣"关系放置到家庭伦理之前。韩非子进一步从"五伦"中提取出君、父、夫三伦，认为"臣事君，子事父，妻事夫，三者顺则天下治，三者逆则天下乱。此天下之常道也，明王贤臣而弗易也"。西汉大儒董仲舒将儒、法家之"三伦"与阴阳天命思想相结合，提出"三纲"说："仁义制度之数，尽取于天。天为君而覆露之，地为臣而持载之；阳为夫而生之，阴为妇而助之，春为父而生之，夏为子而养之。王道之三纲，可求于天。"又提出"五常"："夫仁、谊、礼、智、信五常之道，王者所当修饬也。"到东汉章帝时，班固等所作《白虎通德论》，将"三纲"写入了这部具有国家宪法性质的著作，《白虎通德论·三纲六纪》言："三纲者，何谓也？谓君臣、父子、夫妇也。六纪者，谓诸父、兄弟、族人、诸舅、师长、朋友也。""三纲"作为国家统治之基础律令，由此得到了确立。之后，魏晋隋唐时期，"三纲五常"，特别是"夫为妻纲"的观念，在国家法律和社会观念中，并未得到彻底的贯彻。宋代理学家们有感于"三纲五常之道绝"，大力提倡"三纲五常"，一方面，将"三纲五常"义理化，也即认为"三纲"与仁、义、礼、智、信等道德是"天理"；另一方面，又积极推进"三纲五常"的日常化，将其视为人们日常行为的最高准则。明清之时，理学成为国家意识形态，以"三纲五常"为基础的理学伦理，不仅成为社会主流道德观念，而且贯彻到了国家法律的制定之中。关于"三纲五常"在社会观念与国家律法中的发展，可参考徐公喜、万红《宋明理学"三纲五常"向"四德五伦"结构性转变》（《上饶师范学院学报》2012年第5期），刘学智《"三纲五常"的历史地位及其作用》（《孔子研究》2011年第2期）及梁治平《"礼法"探原》（《清华法学》2015年第1期）。

② 戴名世：《周烈妇传》，《戴名世集》卷八，中华书局1986年版，第218页。

第五章　情与礼之间：桐城派早期作家的"节妇传""烈妇传"写作　159

能脱"，情急之下，用周二所遗之薙头刀自刎而死。此传中，若按"夫为妻纲"，则吕氏应守节或殉节，若按"父为子纲"，则吕氏须听父母之命。明清法律虽均保护妇女守志的权利，但"父母主嫁"的情况却是例外。洪武年间颁布的《大明律》中有"其夫丧服满，愿守志，非女之祖父母父母而强嫁之者，杖八十。期亲强嫁者，减二等。妇人不坐，追归前夫之家，听从守志"①的条例，也即"父母命改嫁"，法律无从置喙。清代法律大体沿袭明代，《户律》中对他人逼嫁的处理方法是："孀妇自愿守志，而母家、夫家抢夺强嫁者，各按服制，照律加三等治罪……如孀妇不甘失节因而自尽者，照威逼例充发。"②《刑律》"威逼人致死"中，对逼嫁致死的处理方法是："凡妇人，夫亡愿守志，别无主婚之人，若有用强求娶，逼受聘财，因而致死者，依律问罪，追给埋葬银两，发边卫充军。"③但此例只适用于"别无主婚之人"的情况，若父母在，则父母当然可以为女儿主婚。因此，父母令女儿改嫁，只要不是"强逼"，便无罪；即使他人强逼，致孀妇殉节死，最严重的的处罚也不过是"近边充军"。④顺治年间修成的《御定内则衍义》之"殉节"部分，即记载了前代十一例女子因长辈逼迫改嫁而自杀事，但给出的建议只是"女无再醮之义。然父母或怜其少稚，或悯其孤贫，以慈爱之心为从权之举，非若强暴相凌势豪强聘也。使借口父母之命，择偶而适，亦可解嘲于当世，释憾于重泉……诸妇宁死勿二，考其行事持论，然后知孝亲者当以正，爱女者亦当以正耳"。⑤在这段"御定"的评论中，"父"对"子"的权威、"子"对"父"的顺从，被放置在了妻对夫的"节

---

① 刘维谦等撰：《大明律》卷六《户律》"婚姻"下"居丧嫁娶"条，日本景明洪武刊本。
② 《大清律例》卷十《户律》"婚姻"下"居丧嫁娶"条例，法律出版社1998年版，第207页。
③ 《大清律例》卷二十六《刑律》"人命"下"威逼人致死"条例，法律出版社1998年版，第441页。
④ 清顺治四年，颁行《大清律集解附例》，后又经多次修订。本书所引《大清律例》，为乾隆五年定本。桐城派作家们笔下的节妇、烈妇，大多生活在明末至康熙年间，因此明清法律的基本原则，在她们身上是适用的。
⑤ 傅以渐等编：《御定内则衍义》卷十一，《景印文渊阁四库全书》第719册，台湾商务印书馆1986年版，第500页上。

义"之前,"爱女者亦当以正",在"父为子纲"面前,也只能是"建议"而已。《周烈妇传》中,吕氏被逼致死,不过换来了"有司具其状于巡抚,巡抚上书请旌之,诏如例建表设坊于县门"①的虚名,并没有人追究其父母的责任。戴名世在此传中,直述其事,开篇言吕氏父母"冥顽无知识",又对吕氏自尽前不得不舍弃腹中胎儿的痛苦言语进行了详细记录,全篇虽未对此事发表直接评论,但作者对吕氏父母的不满,对烈妇的同情,已包含在"实录"之中。

戴名世《仪真四贞烈传》中,记述了女子之"贞"与父权冲突的另一种情况。明末黄得功军驻仪真时,黄氏之父贪图兵将钱财,将女儿匆匆许配某兵卒。黄氏在婚期临近时自缢。戴名世在文中引用了仪真县学生高配天的评价:"为此女者,亦良难矣。欲逆父则不孝,欲从父则失身匪人,欲正告父知父终不可悟,欲断于未纳采之前则父之贪尚未餍,欲先以己意告人则恐不得遂厥志。若贞女者,可谓正而有礼,智而守义矣。"②黄氏父亲名为嫁女,实则卖女,欲守"贞"则必须违背"孝"。黄氏在表面上未与父亲发生冲突,却用行动拒绝了父命,以死完"贞"。这种做法,戴名世认为是合乎礼法的。又戴名世《朱烈女传》,记述朱氏未嫁尽节之事,朱氏事母极孝,殉节前曾"泣谓母曰:'儿苟亡,谁为侍母疾者'",③但最终还是选择了殉节。戴名世在文末赞中说:"呜呼!彼女子之不知有夫者,乌在其为慈孝哉。"④认可朱氏将"节"放置在"孝"前的做法。这两例,或许可以看作是戴氏对"贞节"与"父为子纲"之间矛盾的解决意见,即为实现"贞节",可以不顾"父"之纲。

除了来自"父"的阻力外,有时"贞节"还会遭遇来自"夫"一方的破坏。如戴名世《西河妇茌山女合传》中,记康熙年间,萧山西河里一妇人所嫁之夫好饮酒,妇便以十指供夫饮,"夫饮必醉,醉辄怒骂其妇,而妇无怨言"。十余年后,夫为偿酒债,竟将妇卖予

---

① 戴名世:《周烈妇传》,《戴名世集》卷八,中华书局1986年版,第218页。
② 戴名世:《仪真四贞烈传》,《戴名世集》卷八,中华书局1986年版,第227—228页。
③ 戴名世:《朱烈女传》,《戴名世集》卷八,中华书局1986年版,第230页。
④ 同上书,第231页。

别家。妇"藏刃怀中",在接亲花轿上自刎而死。[1] 方苞《二贞妇传》中,记自己在涿州教馆,主人家仆妇方氏,本良家子,被夫卖作奴婢,方氏"自其夫自鬻,即誓不与同寝处,而夫死,疏食终其身"。[2] 此两《传》中,夫均对其妻无情义,且并不在乎妻子的贞节。而两位妻子则以不同的方式保持了自己的贞节。明清法律中均有禁止"典卖妻女"之条,清律中规定"凡将妻妾受财,典雇与人为妻妾者,本夫杖八十,典雇女者,父杖六十,归女不坐"[3],然而在上述两《传》中,夫卖妻,均未承担责任。可见"夫为妻纲",在实际生活中,更多时候只体现为单向性的"妻"对"夫"的"义"。西河妇因官长之昏庸,并未得旌表,戴名世在文末以曲笔对此表达了不满;方氏受到了主人家的敬重,方苞认为其能"遭事之变而曲得其时义"。[4] 两文作者,在对所记述的女子表示赞扬的同时,又都承认她们处境的困难,对她们的遭遇表示同情。

刘岩《冬青女传》则是一个夫家明确拒绝"贞节"的例子。陈冬青许嫁黄氏,未嫁而黄氏病死。黄氏病重时,陈女请往归,为黄氏兄所阻,黄氏卒后及下葬前,陈女两次请往,黄兄又弗许。黄氏葬后,陈女坚请归,归后自缢死。其兄竟视陈女为不祥,"大以为秽虐也,急除之,以桃茢舆之而归"。[5] 刘岩在文末赞颂陈女"过情"殉节之举,并评价黄兄为"愼",也即不明事理。可见刘岩对黄家的行为是不满的。这便触及"夫为妻纲"与"贞节"之间的矛盾,"贞节"本为女子对"夫"之义,然而当"贞"与对夫的"顺德"发生矛盾时,应如何抉择呢?桐城派作家们提出了问题,但却没有给出明确的答案,诚如方苞所言,处此矛盾境地,要"曲得其时义",是圣贤也难以办到的,一介弱女子,往往在舍弃生命后,仍不为世人所理

---

[1] 戴名世:《西河妇茌山女合传》《戴名世集》卷八,中华书局1986年版,第234页。
[2] 方苞:《二贞妇传》,《方苞集》卷八,上海古籍出版社2008年版,第230页。
[3] 《大清律例》卷十《户律》"婚姻"下"典雇妻女",法律出版社1998年版,第205页。
[4] 方苞:《二贞妇传》,《方苞集》卷八,上海古籍出版社2008年版,第230页。
[5] 刘岩:《冬青女传》,《匪莪堂文集》卷四,《清代诗文集汇编》第198册,上海古籍出版社2010年版,第91页下。

解，如此"贞节"，代价未免太大了。

其二是"贞节"与严分尊卑的社会制度之间的矛盾。在明清国家制度与社会观念中，"贞节"并不是对天下所有女子的要求。按明清两代的旌表制度，除命妇有守节之义务外，"兵民"之妇可自愿守节，也可自愿再嫁，如守节到一定年限，可得到表彰；而"兵民"之外的三教九流之人，并无"守节"之义务。又，奴婢在身份上属于主人，奴婢中的女子，面对主人的侵犯，几无"贞节"的可能。因此，便出现了许多礼法的"盲区"。方苞便曾为两位贞节婢女作传。《书万烈妇某氏事》[①]中，主母之婢女万氏早寡，守节二十年，后其主人因事当与妻一起谪戍，主母请求万氏代替自己。万氏认为"非礼"，在主人的一再要求下，不得已答应与主父共戍，但要求"陆行必异车，水行必异舟，逆旅必异室。抵戍之日，吾有以自处矣"。行至中途，主父调戏万氏，要求"共寝处"。万氏拒绝了主父的要求，"越日，夜中自经死"。按清代法律，调戏妇女致其羞愤自尽，可予杖流。但主人调戏婢女致死，却无法追究主人的责任。方苞在文末表明自己对此事的态度，认为主父的行为是"大恶"，并为万氏辩护，认为万氏在出行之初，"抵戍之日，吾有以自处矣"的言论，已经怀着必死之心，不得已中途自尽，也是"盖自信其泥而不滓者也"，并非旁人所认为的"不谨于初"。又《西邻愍烈女》[②]中，记述"余西邻某家婢"，主父在外行贾，主母在家与人私通，烈女数谏，主母不听，反与其奸夫谋"并污之"，遭拒后，又与其奸夫将烈女杀死，沉尸塘中，报官曰"有寒女自沉，莫知其谁何"。其后杀人事露，官府对案时，主母"言婢出恶言詈其母，怒而鞭之，夜自经"，此时烈女之尸已被焚弃，死无对证，按律例，"主父主母以罪杖仆婢致死，无抵法"，因此主母并未受到责罚。对此，方苞十分愤慨地写道："三季以后，民抗弊以巧法，吏昏瞑以决事，贞良者枉死

---

[①] 方苞：《书万烈妇某氏事》，《方苞集》卷九，上海古籍出版社2008年版，第242—243页。

[②] 方苞：《西邻愍烈女》，《方苞集》卷九，上海古籍出版社2008年版，第243—244页。

而无告,淫者安利而无殃,求其所以然而不得也。"① 这一冤案的形成,一是方苞所言之"刁民"与"昏官"的共同作用,另外,归根结底,不平等的等级制度也是重要原因。方苞虽对此感到无奈,"求其所以然而不得也",② 但却用自己的文章,表彰了两位地位卑贱的烈女,为她们伸张了正义。

事实上,戴名世、方苞等人,在讨论"贞节"时,是将"贞节"道德放置在"尊卑等级"之上的。他们笔下的贞烈女子,既有出自高门大户或书香门第之闺秀,③ 又有不少身份低贱之人,④ 但无论出身何种阶层,作者都对她们给予了同样的称颂。出身下层的女子,因其"知礼"的难得,甚至得到了更多的称赞。如戴名世《吴江两节妇传》⑤ 中,吴江农家许氏姊妹,长姊之夫在清军南下时参加抗清义军,"荷戈为小卒",战败不屈死,幼妹之夫往侦姊夫之存亡,被执后,因不服从薙发之令,亦被杀。姊拒绝了兄长迎归母家的邀请,妹则拒绝了舅姑"再适"的提议,奉养舅姑并为其送终。之后姊妹二人相依而居,种田自给,"各处一室,各奉其夫之主而祀之"。戴名世在文末"赞"中写道:"吾尝读《顺治实录》,知大兵之初入关也,淄川人孙之獬即上表归诚,且言其家妇女俱已效国装。之獬在明时官列于九卿,而江淮之间,一介之士,里巷之氓,以不肯效国装死者,头颅僵仆,相望于道,而不悔也。呜呼,彼孙氏之妇女,视许氏之二女何如哉!"⑥ 也即草野小民、贫寒农妇,在道义上,远超出庙堂高

---

① 方苞:《西邻愍烈女》,《方苞集》卷九,上海古籍出版社2008年版,第244页。
② 同上。
③ 如戴名世《李节妇传》中之李氏,为明朝驻辽东将领、宁远伯李成梁之孙女;《成烈妇传》中之陈氏为世家女;《李烈妇传》中之孙氏,为清初大儒孙奇逢之曾孙女;《徐节妇传》、《节孝唐孺人传》中,传主均为诸生之女;方苞《庐江二节妇传》中之方氏,为方苞之长女;李氏,为清武英殿大学士李天馥孙女,翰林院编修李孚青之女。
④ 如戴名世《周烈妇传》中之吕氏,父为"舆人";《朱烈女传》中之朱烈女,"家贫困";《仪真四贞烈合传》中,补伞妇、木工妻、黄氏均出身微贱;《吴江两节妇传》中,许氏姐妹为农家女。方苞《高节妇传》中之段氏,《二贞妇传》中之方氏、任氏,均为平民,《书万烈妇某氏事》、《西邻愍烈女》中之传主,则为婢女。
⑤ 戴名世:《吴江两节妇传》,《戴名世集》卷八,中华书局1986年版,第225—226页。
⑥ 同上书,第226页。

官、贵族妇女。如王源所言，"人之贵贱，存乎义不义，所生固无论也"，① 以道德而非出身论人，这在"凡入乡贤，必贵人之父也；举节孝，必富人之母也"② 的势利社会中，是难能可贵的思想。

其三是在"未嫁守贞"与"夫死殉节"问题上"情"与"礼"的矛盾。

首先是"未嫁守贞"。清代法律有"若已定婚未及成亲，而男、女或有身故者，不追财礼"③ 之例，也即女子许嫁后，未及成亲而夫死，便仍可再嫁，并没有守节的义务。《御定内则衍义》"礼之道"之"守贞"部分，亦载有两例"未嫁守贞"之例，编著者评论曰："'聘则为妻奔为妾'，古礼昭然，则聘之所及，即为妻之始也。方待嫁在室，而其夫或远游不归，或夭寿而亡，于此另字人，亦不议其短长，以其尚为女子也。若室女守贞……其异甚矣，虽不足为天下式，亦贞女之道也。"④ 也即承认未嫁守贞合乎"贞"道，但又认为，此举甚"异"，太过艰难，故不必作为普通大众的教条。而对于能做到此"异"行的女子，政府是持肯定态度的，《大清会典则例》卷七十一中，便记载了康熙五十一年、康熙五十四年、雍正四年政府对"未嫁守贞"之女的旌表之举。在知识界，"未嫁守贞"问题，清代以前已有人论及，最著名者如归有光《贞女论》，认为依据古礼，女子未及亲迎、告庙，即是未成婚，那么，未婚守贞，便是不合礼的行为。⑤ 清乾隆年间，亦有许多学者如陈兆仑、汪中等继承了归氏的思路，从经学、礼学的角度论证了"未嫁守贞"的荒谬。⑥ 桐城派作家们在此

---

① 王源：《吴烈女传》，《居业堂文集》卷五，清道光十一年读雪山房刻本。
② 方苞：《金陵近支二节妇传》，《方苞集》卷八，上海古籍出版社2008年版，第227页。
③ 《大清律例》卷十《户律》"婚姻"下"男女婚姻"条例，法律出版社1998年版，第204页。
④ 傅以渐等编：《御定内则衍义》卷八，《景印文渊阁四库全书》第719册，台湾商务印书馆1986年版，第456页下—457页上。
⑤ 归有光：《贞女论》，《震川先生集》卷三，上海古籍出版社1981年版，第58—59页。
⑥ 陈兆仑有《广贞女论》，收入《紫竹山房诗文集·文集》卷六，《四库未收书辑刊》第9辑第25册，北京出版社2000年版，第298页上—299页上。汪中有《女子许嫁而婿死从死及守志议》，收入《述学校笺》内篇一，中华书局2014年版，第92—102页。

第五章　情与礼之间：桐城派早期作家的"节妇传""烈妇传"写作　165

问题上，采取了较为折中的态度，一方面肯定贞女守节、尽节之行为，如戴名世《朱烈女传》中，赞颂汪氏、朱氏未嫁而为其夫死，是"知有夫"的义行。① 刘岩《贞女论辨》，对归有光的《贞女论》进行了批驳，认为"蔑礼悖经，莫若斯论之甚者"。② 另一方面又承认此举"甚高难行"。③ 戴名世《戴节妇传》，记述江宁汪氏许嫁戴氏，未嫁而夫死，汪氏随父母去戴家吊丧，"比其父母还，而节妇遂不肯行也……遂老于戴氏"。④ 此文"赞"中，戴名世较为详细地阐述了自己对此事的意见：

> 女子未嫁而为其夫死且守者，礼之所未载也。昔者圣人之制礼也，酌乎人情之中，而不责人以甚高难行之事、夫甚高难行之事，苟有人焉，出而为之，则凡所为酌乎人情之中者而或有踰越，益无以自比于人数矣。是则女子未嫁而为其夫死且守者，虽不合于礼之文，而要为不失乎礼之意者也。⑤

这段话中，首先承认未嫁守节、殉节，"礼之所未载"，"不合于礼之文"。但是，又认为此举具有高尚的道德价值，认为如果有人做到这种"甚高难行"之事，会对整个社会起到表率的作用，愧杀那些连"中行"都达不到的人。刘岩在《冬青女传》中，针对冬青女未嫁殉节之举，也发表了类似的观点："非谓女有夫死者，必责女以死也，然世教之衰也，女之见金夫，不有其躬者何可胜数。则与其不及情，毋宁过情。"⑥ 女子未嫁殉夫，固是"过情"之事，但能起到警顽立懦的作用，因此值得肯定。方苞《康烈女传》，记述康氏未嫁时，听闻丈夫死讯，立志为夫守节。父兄"大骇，斥之曰：'女乃狂邪！凡女称

---

① 戴名世：《朱烈女传》，《戴名世集》卷八，中华书局1986年版，第231页。
② 刘岩：《贞女论辨》，《匪莪堂文集》卷一，《清代诗文集汇编》第198册，上海古籍出版社2010年版，第67页上。
③ 戴名世：《戴节妇传》，《戴名世集》卷八，中华书局1986年版，第221页。
④ 同上书，第220页。
⑤ 同上书，第220页—221页。
⑥ 刘岩：《冬青女传》，《匪莪堂文集》卷四，《清代诗文集汇编》第198册，上海古籍出版社2010年版，第91页下。

皆古事，岂今人所为'"，① 康氏心知守节不可能，便从容自尽。方苞在评论此事时，虽然承认"未嫁死夫，于礼为非"在义理上的正确性，但是又说："虽然，中庸不可能。世之不贼于德者几何哉？以孔氏之道衡之，女其今之狂狷也欤！"② 完全合乎"中庸"，在现实中是很难做到的。以"中庸"为借口，很容易形成康氏父兄的想法，即以"守礼"为迂腐不合时。那么，与其"不及"，毋宁"过"。这是一种道德严格主义，但在人心偷苟的时代，却有积极的现实意义。

其次是"夫死殉节"问题。夫死后，作为"未亡人"，若要实践对夫之"义"，可以守节，也可以殉夫从死。但"殉节"涉及人命，太过残忍，因此康熙二十七年，发布上谕，严禁"殉节"之行为："夫亡从死，前已屡行禁止。近见京城及各省从死者尚多，人命关系重大，死亡亦属堪怜。修短听其自然，岂可妄捐躯体。况轻生从死，事属不经，若复加褒扬，恐益多摧折。嗣后夫殁从死旌表之例应停止。自王妃以下，及小民妇人，从死永行严禁。"③ 但在民间，"殉节"之妇仍极多，如雍正十三年，曾重开旌表殉节者之例，"数日之内，题奏殉夫尽节烈妇烈女，多至十数人"。④ 桐城派作家们在此问题上的意见，与对"室女守贞"的态度相类似，即以"从死"为过情但可贵之举。如戴名世《成烈妇传》中，认为成烈妇之从夫死，是"事有不合乎中庸而为君子之所取者"⑤；方苞《完颜保及其妻官尔佳氏墓表》中，认为官尔佳氏从夫死，是"取义过于中"，"然以人情之习于偷苟，不可谓非有志者矣"。⑥

在歌颂"贞节"行为的同时，桐城派作家们的记述，还深入到了"名节"背后，女子在道德与实际生活中的艰难处境。捐生不易，但

---

① 方苞：《康烈女传》，《方苞集·集外文》卷八，上海古籍出版社2008年版，第761页。
② 同上。
③ 《大清会典则例》卷七十一礼部"仪制清吏司""风教"条，《景印文渊阁四库全书》第622册，台湾商务印书馆1986年版，第348页下。
④ 同上书，第353页上。
⑤ 戴名世：《成烈妇传》，《戴名世集》卷八，中华书局1986年版，第237页。
⑥ 方苞：《完颜保及妻官尔佳氏墓表》，《方苞集》卷十三，上海古籍出版社2008年版，第381页。

第五章　情与礼之间：桐城派早期作家的"节妇传""烈妇传"写作　　167

活下去则要面对更多不可知的苦难，因此，对丧夫的女子来说，"从死"似乎是最好的选择。戴名世《李烈妇传》中，曾记述孙奇逢之曾孙女在殉夫前，与其姻亲仇先生的一段对话。仇先生以"妇人之义不可缺一者，曰节，曰孝，曰慈。今元焕死，而汝上有舅姑，下有子女各一，其责皆在汝，奈何殉硁硁之节，而昧孝慈之义乎"为理由，认为烈妇不应抛弃父母子女；孙氏认为"先生所言良是"，但又言："此三者兼之为难，吾惟择其一而为之可耳。"① 社会对女子的要求，既有对死去丈夫的"节义"，又有对父母、子女的责任，而要两者兼顾，成为"完人"，即使是孙氏这样出身名门，且与舅姑关系和睦的人，都感到为难。又方苞《完颜保及妻官尔佳氏墓表》中，亦记述官尔佳氏殉夫前，家人以"汝有子，义不当然"阻止，官尔佳氏答言："吾非不知此。顾吾年少，倘异日，中有不自得者。不若早自决，于吾心为安。"② 在守节的漫长岁月中，极有可能遇到来自外界，甚至是自己内心的阻力，因此，为完名节，最好的方式是就此"尽节"。方苞在此文末言："造物者必使至于斯，其又可诘邪？"③ 为了名节，女子需要付出极其残酷的代价，这使得方苞亦感到于心不忍。从这一诘问中，可以看出，在他心目中，道德固然重要，但"人情"亦占有一席之地。

此外，桐城派作家们不仅注意到了贞洁问题上"人情"与"礼法"的矛盾性，还注意到了二者的一致性。在当日主流观念中，女子守节、尽节，首先体现的是"义"而非"情"，如《御定内则衍义》中评价殉夫诸妇："夫人之相与，情与义而已。情之昵者有时而间，义之笃者无时而离。诸妇之相随不舍，岂徒伉俪之爱哉。义之所至，而情至焉，是可嘉尔。"④ 认为当"义"统领"情"时，"情"才会持久、无间。桐城派作家们大多数时候也认为"义"是促使节烈女

---

① 戴名世：《李烈妇传》，《戴名世集》卷八，中华书局1986年版，第231—232页。
② 方苞：《完颜保及妻官尔佳氏墓表》，《方苞集》卷十三，上海古籍出版社2008年版，第381页。
③ 同上。
④ 傅以渐等编：《御定内则衍义》卷十一，《景印文渊阁四库全书》第719册，台湾商务印书馆1986年版，第501页上。

子们守节、尽节的主要因素，如方苞《光节妇传》中，光氏妻冯氏与其夫生前感情淡薄，"虽为夫妇，视之漠然"，[1] 但是光氏死后，冯氏却立志守节，方苞对此举持赞颂态度。至于前文所述那些丈夫对妻子不"义"，妻子却仍坚守对丈夫之"义"的例子，妻子之行为，更是完全出于"义"。但有一些篇目里也涉及了"情"的因素，如前引方苞《完颜保及妻官尔佳氏墓表》一文中，官尔佳殉节的理由，是为了"心安"，[2] "心安"可以说是一种"道德情感"。当日节烈女子们的举动，固然有环境所逼迫的一面，但不可否认的是，其中也有一部分人是出于对"节义"教条的遵信。戴名世、方苞又曾多次写到烈女们赴死前的"从容"。此种"从容"，与"心安"类似，都是类似于宗教信仰般的纯洁神圣情感的外在表现。

刘岩《王氏女传》与《书王氏女子事》，则讨论了一个"情过于礼"的例子，康熙年间亳州王氏女，从小许配同乡李殿机为妻。后李父犯法死，李母没入旗，给象房为奴。李殿机随母入象房，后卖身为奴仆，执贱役。王、李两家不通音问二十余年。王氏女长成后，父死，叔父命其改嫁。王氏立志守贞，又从家逃出，至京师，历尽艰辛，终于寻得夫婿。在赞叹王氏女"守义"的同时，刘岩又敏锐地感到了此举的不合礼处："妇人不百里而奔丧，昼不游于庭，夜行则以火……（王氏女）以一弱女子驰驱数千里之外，则又与妇人之礼异焉。"[3] 万里寻夫，此乃义之至、情之至，而这种由"义"而来的深刻的"情"，却可能造成对依托于"中庸之道"的"礼"的破坏，出现"女子之自献其身者，反有说焉，以自掩其淫佚而徇于欲"的情况。这可谓是蕴含在"情"与"礼"之一致性中的矛盾性。在桐城派早期作家群中，刘岩对女子守贞问题的态度相对保守，但从此文中可以看出，他对人情的观察体会，亦是很深入的。

---

[1] 方苞：《光节妇传》，《方苞集》卷八，上海古籍出版社2008年版，第229页。
[2] 方苞：《完颜保及妻官尔佳氏墓表》，《方苞集》卷十三，上海古籍出版社2008年版，第381页。
[3] 刘岩：《书王氏女子事》，《匪莪堂文集》卷四，《清代诗文集汇编》第198册，上海古籍出版社2010年版，第98页上。

## 第四节　家常语与"褒贬自见"：桐城派早期作家"节妇传""烈妇传"的写作特点

　　桐城派作家们的"节烈写作"，主要使用的文体是"传"，亦有少量为亲友家族中之节妇、烈妇所作的"墓志铭""墓表""墓碣"。"传"之体，源自上古记史著作《尚书》《春秋》，司马迁作《史记》，首创正史"纪传"之体。其后唐宋古文家又在史传的基础上，发展出家传、单篇人物传等规模较小的传体文。在传统文章学中，"传"的基本功用，是"纪载事迹以传于后世"，[①] 其写作的基本要求有二，一是纪实，即《文心雕龙》所言之"文非泛论，按实而书"[②]；二是条贯，即《文心雕龙》所言之"寻繁领杂之术，务信弃奇之要，明白头迄之序，品酌事例之条"。[③] 唐宋之后，古文讲究文之"义"，因此传体文的写作，在"条贯"之外又强调依据文义安排素材，也即"体要"。"墓志铭""墓表""墓碣"等，虽在功用、行文详略方面与"传"体文有些许差别，但"按实而书"与"条贯"的写作要求，此数种体裁均有相通之处。桐城派作家们的"节妇传""烈妇传"及节烈妇女的墓志铭，在写法上大体遵循了唐宋以来古文家的规范，在某些方面又有自己的特色，具体来说，有以下两点值得注意：

　　一、在宣扬"奇节"的同时，注重描写传主作为普通人的、富有人情味的一面。如本章第二节所述，桐城派作家们写作此类文字，有着浓重的"教化"考虑，所记人物事迹，又类似于圣徒行为，为人世间所"甚难行者"，因此，文章很容易成为道德的传声筒，流于千篇一律。事实上，桐城派作家所作的这些文章中，确有一些模式相同、言语简略者。但在不少篇目中，特别是当传主为作者较为熟悉或亲近之人时，作者又能将自己的情感带入文中，运用对话、细节等手法，对人物及其所处环境进行充分的、立体的描绘，使得人物形象真

---

[①] 徐师曾：《文体明辨序说》，人民文学出版社1962年版，第153页。
[②] 刘勰：《文心雕龙·史传》，陆侃如、牟世金译注《文心雕龙译注》，齐鲁书社1995年版，第248页。
[③] 同上书，第250页。

实丰满。用细节、对话来表现人物,《史记》中即多有,明代归有光则将此法运用到极佳。桐城派早期作家虽对归氏的评价不一,①但在这一点上,却可谓继承了归氏的能事。

如戴名世《朱烈女传》,开篇先记述了朱烈女平素生活中的两个细节,其一为:"烈女有从侄曰道新,多藏书。烈女好取传中所载忠孝节义事视之。一日刺绣牖下,忽点首沉吟,母笑曰:'儿吟诗耶?'曰:'非也。偶忆书中语,服其论之笃也。'"②"忽点首沉吟",是典型的"义理入人心脾"的情状,为下文的"奇行"做铺垫,见出烈女的"奇行"并非突兀。其二为:"母素病骨痛,每疾发,烈女为抚摩忘倦,夜以继日,痛止乃已。一日忽泣谓母曰:'儿苟亡,谁为母侍疾者?'"③"抚摩忘倦,夜以继日","泣谓母",是温婉柔顺的女儿形象。这一温柔性情,在之后的"殉节"场景中仍得以延续,当未来夫婿的死讯传来,父亲欲瞒着女儿前往吊孝,不料女儿已经听到了父母的耳语,于是"烈女谓母曰:'今日寒甚,需火。'母入房作火。又以他事教其兄出门去。乃施膏沐为容,衣新衣,嫂笑谓之曰:'姑赴谁家宴耶?'烈女曰:'雨雪匝旬,今且晴,聊一检点,嫂乃相戏耶?'嫂亦往厨下为炊。"④于是朱氏趁此无人注意之机会,自缢身死。这段临死之前与母、与嫂的诀别话语,仍是井井有条,温柔有礼。除却最后的"奇行",文章以大半篇幅为读者展现出了烈女"可亲"的一面,让读者自然地生出对烈女的怜爱与同情。

又如方苞《沈氏姑生圹铭》,记述自己的六姑,继室于沈氏,婚后五年而夫死,夫家无依靠,独携自己所生女儿与前室所生之子而

---

① 桐城派早期作家中,戴名世称赞归有光"独得其(《史记》)之神于百世之下"(戴名世:《书归震川文集后》,《戴名世集》卷十五,中华书局1986年版,第419页),方苞则认为归有光之文"于所谓有序者,盖庶几矣,而有物者,则寡焉"(方苞:《书归震川文集后》,《方苞集》卷五,上海古籍出版社2008年版,第117页)。但方苞也承认归有光描写身边人物的文章,能得《史记》余韵:"至事关天属,其尤善者,不俟修饰,而情辞并得,使览者恻然有隐,其气韵盖得之子长。"(方苞:《书归震川文集后》,《方苞集》卷五,上海古籍出版社2008年版,第117页)
② 戴名世:《朱烈女传》,《戴名世集》卷八,中华书局1986年版,第230页。
③ 同上。
④ 同上。

居。其子将冠又死，遂依女儿女婿。这是一个遭遇了种种苦难的孀妇的一生，但这样的事迹，在当日成千上万名"节妇"中并不鲜见。如只限于这样平淡的论述，则文章难以动人。方苞的处理方式是在文章中加入了一段细节描写：

> 先君子于诸姑贫者，月有饩，而姑未尝言贫，被服必洁以完……姑老矣，偶袒内襦，补缀无间罨搙者，因泫然曰："此未足言也。吾始寡，沈氏以为赘疣。居荒园，日夕撷野蔬，聚落叶而炊之。每阴雨，则持二孤以泣。时汝祖老，汝父贫多累，故不敢告，以重父兄忧。至于今，于吾为宽矣。"①

夫家人以寡妇为累赘，"居荒园，日夕撷野蔬，聚落叶而炊之"，活画出了一幅悲凉凄惨的孤儿寡母图。而"补缀无间罨搙"的内衣，与外在被服"洁与完"的对比，又描绘出了一位自尊、要强，体贴长兄的女子形象。通过这几处细节，使读者真切地感到了"节妇"守节的不易。

又如方苞《高节妇传》，记宛平平民高位之妻段氏，年十七即守寡，娘家长兄以其为累，逼其再嫁，段氏便迁居城市通衢贫人所居板屋中，为市人缝纫，以此维生。无力使儿子就学，两儿均从事杂役。到得孙辈，终于有读书者，并有一孙得中进士。高节妇一家遂由贫民成为贵盛之家。其孙所卜新居，即在当日段氏所僦板屋处。此文虽叙写真实事迹，但因实事即充满传奇色彩，因此文势跌宕起伏，有如小说。其中段氏新寡一段，笔法冷峻，言简意深：

> 丧期毕，（兄）数喻以更嫁。节妇曰："吾不识兄意何居？吾非难死也，无如二子何？"其兄曰："我正无如二子何也。我力食，能长为妹赡二甥乎？"节妇曰："易耳。自今日，即无累兄。但望毋羞我贫，暇则频过我，使人知我尚有兄足矣。"方是时，

---

① 方苞：《沈氏姑生圹铭》，《方苞集》卷十七，上海古籍出版社2008年版，第495页。

节妇嫁时物，仅余一箱，直二千，取置门外，索半直，立售，即日移居小市板屋中。①

段氏最初之言，见出其对兄长充满信任，并没有想到兄长令其再嫁，不是因为自己没有"尽节"，在道德上没有做到极致，而是因为不愿负担自己和儿子的生活。在听到兄长的直言相告后，她的态度变得异常冷静。先是果断答应"无累兄"，并立刻付诸行动，显示出了极为刚强的性格；又要求兄长"暇则频过我"，这既是独身妇人维持安全与做人之体面的要求，又体现出段氏的仁厚之心。短短几句话背后，蕴藏了段氏艰难的心理变更，也描绘出了世间的人情冷暖。有此一段描写，文末的"始节妇所僦板屋，在珠市西，及孙贵，卜居正当其地，家僮数十，出入呼拥，节妇时指示子孙姻党"②一句，才更有戏剧效果，令人觉得扬眉吐气。

二是"褒贬自见"。"褒贬自见"，是《春秋》写作之法。孔子作《春秋》，意欲通过对历史事件的记述，寄托自己的政治理想，自言"我欲载之空言，不如见之行事深切著明也"。③孟子谈到《春秋》时也说："其事则齐桓晋文，其文则史。孔子曰：'其义则丘窃取之矣。'"④《春秋》之体，兼经与史，孔子"笔则笔，削则削"，固然要说明"义"，但"事"的取舍、排列、表达，却是第一步的工作。皮锡瑞认为"借事明义，是一部《春秋》大旨"，⑤"借事明义"，即有"义"在"事"中之含义。《春秋》之后，"据事直书而褒贬自见"，成为史家作史的重要原则。如司马迁作《史记》，以"究天人之际，通古今之变，成一家之言"⑥为宗旨，其基本手段则是"述故

---

① 方苞：《高节妇传》，《方苞集》卷八，上海古籍出版社2008年版，第232页。
② 同上书，第233页。
③ 司马迁《史记·太史公自序》："子曰：'我欲载之空言，不如见之于行事之深切著明也。'"
④ 焦循：《孟子正义》卷十六，中华书局2015年版，第619页。
⑤ 皮锡瑞：《经学通论》卷四，中华书局1954年版，第21页。
⑥ 司马迁：《报任少卿书》，萧统编，李善注《文选》卷四十一，上海古籍出版社1986年版，第1865页。

事,整齐其世传"①,即在对旧有史料的排纂中见出己义。唐代古文运动领袖韩愈亦提出:"凡史氏褒贬大法,《春秋》已备之矣。后之作者,在据事迹实录,则善恶自见。"②"实录"的思想,在史料保存手段越来越发达的后代,尤显重要,《建炎以来系年要录》中,曾记载绍兴七年五月二十八日张浚与宋高宗的一番对话,张浚认为,当日史官在《实录》的修纂过程中,掺杂了太多的个人好恶,难以服众:"绍圣以旧史不公,故再修,而蔡下不公又甚。每持一己褒贬之语以骋其爱憎。今若不极天下之公,则后人将又不信"。宋高宗亦认为"实录但当录其实而褒贬自见,若附以爱憎之语,岂谓之实录"。③"但当录其实而褒贬自见",虽是就《实录》之体而言,但在其他体裁的史书写作中,亦有适用性。方苞初入京时,万斯同曾对方苞谈起自己的《明史》草稿,虽然有繁芜之嫌,但却已经过最基本的"裁定",是可以信任的"实录"。方苞的古文"义法",很大程度上是从《春秋》《史记》继承而来,其叙事文之"法",也主要是材料的剪裁、安排之法。

具体到本文所论桐城派作家所作节妇传、烈妇传中,我们可以看到,这些传体文,有一部分使用了"夹叙夹议"或"卒章显志"之法,明确地表达了作者的褒贬之义。这些议论之语,前文引述已多,此处不赘。另外还有一部分使用了"褒贬自见"的方式,即作者不作评述,而只是记述事实,通过材料的取舍、安排,使读者自己去体会作者的用意。

在戴名世所作十九篇节妇传、烈妇传中,《周烈妇传》《王烈妇传》《袁烈妇传》《朱烈女传》《李烈妇传》《节孝唐孺人传》《西河妇茬山女合传》《谢烈妇传》《汪节妇传》九篇,作者均未对所传人物进行直接的赞颂,而只是直书其节烈行为。十九篇传,均有

---

① 司马迁:《史记·太史公自序》,《史记》卷一百三十,中华书局1959年版,第3299—3300页。
② 韩愈:《答刘秀才论史书》,《韩昌黎文集》外集卷二,中国书店1991年版,第486页。
③ 李心传:《建炎以来系年要录》卷一百十一,《景印文渊阁四库全书》第326册,台湾商务印书馆1986年版,第515页下—516页上。

"赞",此九篇纯"实录"之传,亦有"赞"。史书中"赞"之体,主要功用是"约文以总录,颂体以论辞"①,即收束全文、表明功用,但又有正变之分。直接进行褒贬可以说是赞之"正"体;"举纪传所不及者",②可以说是赞之"变"体。如《史记》之"太史公曰",有一部分是对正文进行总括,阐明全篇之旨,属"赞"之正体;另外还有相当多的部分,是记述未收入正传的传主事迹,以作为对正文的补充,属"赞"之变体。戴名世此九篇"实录"文之"赞",可说是"赞"之变体,其中有一些是记述传主"节烈"之外的其他品行,如《王烈妇传》之"赞":

> 赞曰:舍人子及诸孙,多与余游,示余以烈妇行状。且曰:"烈妇性慧而婉,不苟言笑。其将死也,家人皆哭失声,而烈妇从容如平时。"呜呼!死生亦大矣,若烈妇之所为,岂偶然哉。③

此文正文详写烈妇尽节之经过,"赞"则涉及烈妇"慧而婉""严正""从容"的方面。而这些品质,正是烈妇之所以能为此"奇行"的原因。又如《袁烈妇传》之赞:"烈妇所以报袁者,事无不至矣,岂徒能慷慨自决者哉!其夫兄谓余友王云劬曰:'烈妇固柔婉逡巡如愚。'云劬喟然叹曰:'呜呼!妻道之正,此其尽之矣。'"④《朱烈女传》之赞:"烈女祖母守节五十年,家贫,不得旌。烈女时以为戚,尝以告其从侄道新曰:'吾望女登科第,无他,为祖母未旌耳。'道新每为人言其姑之慈孝类如此。呜呼!彼女子之不知有夫者,乌在其为孝慈哉。"⑤ 均是论述传主性情中的其他方面,为正文所记之"节烈"行为作补充说明。又有一些是论述传主之家世或社会环境,以凸显作者对传主节烈行为之社会意义、"教化"功用的理解。如

---

① 刘勰:《文心雕龙·颂赞》,陆侃如、牟世金译注《文心雕龙译注》,齐鲁书社1995年版,第175页。
② 袁黄《与项少溪书》:"《史记》以'太史公曰'发例,皆举纪传所不及者。"收入黄宗羲编《明文海》卷一百七十四,中华书局1987年版,第1743页下。
③ 戴名世:《王烈妇传》,《戴名世集》卷八,中华书局1986年版,第221页。
④ 戴名世:《袁烈妇传》,《戴名世集》卷八,中华书局1986年版,第225页。
⑤ 戴名世:《朱烈女传》,《戴名世集》卷八,中华书局1986年版,第230—231页。

第五章　情与礼之间：桐城派早期作家的"节妇传""烈妇传"写作　　175

《李烈妇传》之"赞"：

> 赞曰：李先生笃厚长者，为吾郡贰守，人皆称为清廉。尝以上官之檄来金陵，辄访余于客舍，相与饮酒论文。今年夏四月，复来金陵，为余言烈妇事如此，且请为之传。余考孙征君在天启中，周旋杨、左之难，名震一时，已而知天下将乱，征辟不出，讲学授徒以老。今闻其子孙皆贤，不堕其世。古人有言曰："培塿无松栢。"两家之有烈妇也，宜哉。①

李烈妇孙氏，为清初大儒孙奇逢之曾孙女，所嫁之李元焕，为安庆府知府李用楫之子。母家、夫家均为书香大族，戴名世认为正是这种家庭氛围，孕育出了烈妇刚烈高洁的品行。又如《西河妇茬山女合传》之"赞"：

> 赞曰：此二事，吾闻之萧山人毛季琏云，盖皆在康熙甲寅以后。比有好义者闻于官，请具状旌表。官方急催科，且黩货以事上官，怒曰："吾安能为此迂阔事。"县人皆笑之。居无何，官以贤良征入京，寻为大吏。②

县官以表彰节义为"迂腐"，却被上司认为是"贤良"，这在一个崇尚"节义"的社会里，可谓是极大的讽刺。戴名世于此并未多做评述，然而却令读者在这一可笑、可悲、可叹的现实中，体会到作者对此种毫无廉耻的官吏的愤怒，对两位出身贫家、连姓氏都没有留下的女子，以及"好义"之民众的敬佩与同情。

方苞所作节妇传中，使用"直述其事""褒贬自见"的典型篇目有《光节妇传》③。光御宠之妻冯氏，为方苞甥女。方苞此传，着重

---

① 戴名世：《李烈妇传》，《戴名世集》卷八，中华书局1986年版，第232页。
② 戴名世：《西河妇茬山女合传》，《戴名世集》卷八，中华书局1986年版，第234—235页。
③ 方苞：《光节妇传》，《方苞集》卷八，上海古籍出版社2008年版，第228—230页。

叙写的冯氏事迹有:一、光氏性情风流豪宕,而冯氏端庄寡言,二人"虽为夫妇,视之漠然"。然而在光氏客死都门之后,冯氏却立志守节,奉养舅姑,抚育孤儿。二、光氏家贫,为帮助冯氏经纪生活,方苞侄子方道希把女儿许配给冯氏之子。然而方苞这位侄孙女又复早夭,且没有留下子女。冯氏与儿媳"相怜如母子",彼此都得到安慰,但命运又一次让冯氏失去了亲人。三、冯氏少时,父亲出门在外,母亲卧病,幸有冯氏以长女的身份操持家务,"代母为老幼所依"。四、冯氏晚年,其父已去世,母亲的亲人里也只有舅父方苞在世,因此每见方苞,必因怀想起母亲而"悲啼不自胜"。五、冯氏晚年,得以节孝旌表,儿子亦学有所成,受到众人称赞。方苞文末自述写此传之缘由:"其兄公绍元以书来,列序其孝德懿行乎于门内者,皆妇顺之常,故略之。"① 可见文中此五事,是方苞特意挑选出的、能体现冯氏异于寻常女子的事迹。此五事中,第一件、第五件表现冯氏守节之"义",第二件说明冯氏一生所遭之苦,第三件、第四件表现冯氏孝顺、柔婉之性。贞节之行、遭逢艰苦、孝顺柔婉,即是方苞所认为的冯氏最重要的生命特点,也是本"传"的"义"之所在。方苞《庐江宋氏二节妇传》《高节妇传》中,也使用了这种"褒贬自见"的写法,未出现作者的议论,而作者的意见即寓于"事"之安排取舍中。这样的书写方式,较之"夹叙夹议",更能体现"温柔敦厚"的"谲谏"之意,且因人物传记的短小篇幅,"直书其事"并不会使读者觉得冗长,反而会给人以含蓄隽永、韵味悠远之感。

---

① 方苞:《光节妇传》,《方苞集》卷八,上海古籍出版社2008年版,第229页。

# 第六章

# 方舟的八股文创作

方苞之胞兄方舟,字百川,号锦帆,生于康熙四年,卒于康熙四十年,年仅三十七岁。方舟于诗、古文均有造诣,其时文尤为后世所称。本书第三章曾以方舟时文为例,来说明桐城早期作家"以古文为时文"的创作实践。鉴于时文写作在早期桐城派文学活动中的重要地位,我们可以将方舟视为早期桐城派的代表作家之一。此外,方舟与方苞,既为兄弟,又为师友,① 方苞的经学学问,最初即授自方舟:"童稚时,先君子口授经文,少长,先兄为讲注疏大全,择其是而辨其疑。"② 方苞成人后,外出谋生,每归家,亦"出所为诗歌、古文、诂经之言,相质先兄"。③ 在时文写作上,方苞少时曾"从先兄学为时文",④ 其时文理念亦受到方舟的深刻影响,后人论时文史,多将"二方"并称。⑤ 因此,探讨方舟的为学、为文观念,对厘清早

---

① 方苞《与慕庐先生书》:"先兄与苞,自六七岁时,即同卧起,课以章句,内有保母之恩,外兼师傅之义。"《方苞集·集外文》卷五,上海古籍出版社2008年版,第673页。

② 方苞:《与吕宗华书》,《方苞集》卷六,上海古籍出版社2008年版,第159页。

③ 方苞:《刻百川先生遗文书后》,《方苞集·集外文》卷四,上海古籍出版社2008年版,第631页。

④ 方苞:《褚礼执文稿序》,《方苞集》卷四,上海古籍出版社2008年版,第95页。

⑤ 如梁章钜《制义丛话》卷十:"檀吉甫曰:'自韩宗伯后而二方兴……而百川早卒,望溪晚遇。'"(《制义丛话 试律丛话》,上海书店出版社2001年版,第175页)同书卷二十一,梁章钜自言倾慕方苞,并录己作《由也好勇过我二句》郑光策批语:"此等文字,理精气醇,于桐城二方甚有得力处。"(《制义丛话 试律丛话》,上海书店出版社2001年版,第405页)此外,清人又多将方舟、方苞与康熙间另一时文名家方楘如(字文輈,浙江淳安人,康熙四十五年进士,曾官丰润知县。与方苞亦有交往,雍正八年博学鸿词科,方苞所荐八人中,即有方楘如)并称为"三方"。

期桐城派的文章创作、学问授受情况,不无裨益。

## 第一节 "范希文作秀才时":方舟生平及学问取向

方舟一生,功名止于诸生,然其学问文章,却是诸生中所罕有。晚清何椿龄说其文章"发声喟息,实怛然有忧天下之心,而题目与之称,经生若此,犹想见范希文做秀才时"。① "范希文做秀才",不仅可以说是方舟时文的境界,也可以说是方舟为人、为学的境界。

据方苞《台拱岗墓碣》,方舟、方苞兄弟,自幼由父亲方仲舒亲自课读,"五岁课章句,稍长治经书古文",② 并未学为时文。康熙十四年,方家由六合迁金陵(今江苏南京),来往方家者,有黄冈杜濬、杜岕兄弟,及乡人王裕成、陈先生。方舟时年十一岁,每逢客至,则与九岁的弟弟方苞一起"奉盘匜侍酒"③。二杜是清初著名的遗民诗人,性情虽异,杜濬"孤特"④ 而杜岕冲和,但在国变后却均不出仕,是不慕荣利的真正隐者。方苞祖父方帜与杜岕交好,因此方苞之父方仲舒及方舟、方苞兄弟得以时常追随杜氏,"寻花莳,玩景光,藉草而坐,相视而嬉,冲然若有以自得"。⑤ 方舟成年后,"性恬淡,不慕富贵",向往"读书之暇,与此数(友)人者,挈榼而往,尽醉而归"的境界,⑥ 颇有曾点之风范,当与其少年时同前辈隐逸之人的交接不无关系。

又据方苞《兄百川墓志铭》及其他回忆文字的记述,方舟自幼便显示出一种文士少有的"倜傥"之气,其志向并不在寻常行墨之间。

---

① 何椿龄之语,见梁章钜《制义丛话》卷十,《制义丛话 试律丛话》,上海书店出版社 2001 年版,第 175 页。
② 方苞:《台拱岗墓碣》,《方苞集》卷十七,上海古籍出版社 2008 年版,第 491 页。
③ 方苞:《记梦》,《方苞集》卷十八,上海古籍出版社 2008 年版,第 523 页。
④ 方苞《杜苍略先生墓志铭》中,言杜岕之兄杜濬"峻廉隅,孤特自遂,遇名贵人,必以气折之;于众人,未尝接语言"。《方苞集》卷十,上海古籍出版社 2008 年版,第 250 页。
⑤ 方苞:《杜苍略先生墓志铭》,《方苞集》卷十,上海古籍出版社 2008 年版,第 250 页。
⑥ 戴名世:《方舟传》,《戴名世集》卷七,中华书局 1986 年版,第 203 页。

他在八九岁时读《左传》《史记》，便对其中有关用兵、征战的记述尤感兴趣，不仅"集录，置袷衣中"，而且还曾"之大泽中，召群儿，布勒左右为阵"，进行实际操演。① 十四五岁时，学已有所成，"尽通六经、诸史及百家之书"，② 于经学尤有心得，友人戴名世称其"每诵经书，辄得其疑义，寻端竟委，开通奥，皆前人所未尝云"。③ 但却不愿轻易著述，认为"世士苟有论述，以欺并世愚无知人特易耳，求其精气之久而不亡，晖光之日新而不晦蚀，非所受之异而积终身之力以尽其才，未可以苟冀也"。④ 十七岁时，感于家贫亲老，决定学作时文，以求一秀才第，为教馆、谋生之资。次年进学，"遂以制举之文名天下"，⑤ 然而除应岁、科试外，"未尝为时文"⑥。所为诗歌、古文，亦不轻易示人。方苞每有著述，归家示于兄长，方舟亦不喜，曾批评方苞："古之为言者，道充于中而不可以已也。汝今自觉不能已乎？"⑦ 认为著书立说，必须在心中实有所得之后，曾计划"更以数年经纪衣食，使诸事略定，然后结庐川岩，以二十年图之，或可自择其有能所立否耳"。⑧ 只不过这一愿望，终随其早逝化为泡影。临终前，方舟将自己平生所著四册诗、古文亲手焚毁。今所存世的方舟文章，便只有六十余篇时文，以致后人仅将方舟视为时文作家。实则岂止时文，即便是时文之外的古文，亦是方舟所不措意者。

方舟为人，严谨、诚笃，有君子气象。对长辈极孝顺，能"先意承志"，方仲舒曾言："吾体未痛，二子已觉之，吾心未动，二子已

---

① 方苞：《兄百川墓志铭》，《方苞集》卷十四，上海古籍出版社 2008 年版，第 495—496 页。
② 戴名世：《方舟传》，《戴名世集》卷七，中华书局 1986 年版，第 203 页。
③ 同上。
④ 方苞：《与慕庐先生书》，《方苞集·集外文》卷五，上海古籍出版社 2008 年版，第 674 页。
⑤ 方苞：《兄百川墓志铭》，《方苞集》卷十七，上海古籍出版社 2008 年版，第 496 页。
⑥ 方苞：《刻百川先生遗文书后》，《方苞集·集外文》卷四，上海古籍出版社 2008 年版，第 631 页。
⑦ 同上。
⑧ 方苞：《与慕庐先生书》，《方苞集·集外文》卷五，上海古籍出版社 2008 年版，第 674 页。

知之。"① 对兄弟极友爱，三弟方林早夭后，方舟曾与二弟方苞约定"吾弟兄三人，当共一丘，不得以妻祔"。② 其临终时，斥去妻子，惟方苞在侧。又遵守古礼，与兄弟同财。③ 因此李塨在为方舟所作墓表中赞其为"孝友江乡之望"。④

在为学方面，按方苞的说法，方舟对自身学问的期许极高，"以万物之不被其功泽为忧"⑤。方舟虽未留下经济方面的专门著述，但从其时文中，我们仍可窥见其经世才略，如《邦有道贫且贱焉耻也》前两比："道莫大于定民志，而定民志莫大于登明而选公；道莫急于兴庶事，而兴庶事莫急于选贤而位能。"⑥ 又《苟有用我者 一节》中二比："苟有用我者，而吾得相其机宜，先其大无道者而易置之，以返其积势之偏，至于期月而人心固已肃然也，由是而三年则中外上下，油然各得其分而不自知矣。度其缓急，取其尤患苦者而更张之，以求合先王之意，至于期月而举目固已犁然也，由是而三年则大纲小纪依然不异于初，而无所缺矣。"⑦ 均可见方舟对政事基础与施政步骤的明断见解。

清初文人多好谈经世，但不少人只是追随风潮，"纸上谈兵"，彭士望自述易堂诸子"言行文章，上及爻象、兵、农、礼、乐、学道、经世之务，罔不遍及，其于学无常师，亦罕所卒业"⑧，可以看作是

---

① 戴名世：《方舟传》，《戴名世集》卷七，中华书局1986年版，第203页。
② 方苞：《己亥四月示道希兄弟》，《方苞集》卷十七，上海古籍出版社2008年版，第482页。又见《己酉四月又示道希》，《方苞集》卷十七，上海古籍出版社2008年版，第488页。
③ 参见方苞《甲辰示道希兄弟》，《方苞集》卷十七，上海古籍出版社2008年版，第484页。
④ 《（乾隆）江南通志》方舟传："北平李塨表其墓曰：'孝友江乡之望，文章海内之师。'"《（乾隆）江南通志》卷一百六十七，《景印文渊阁四库全书》第511册，台湾商务印书馆1986年版，第803页下—804页上。此《墓表》，未收入《恕谷后集》。
⑤ 方苞：《与慕庐先生书》，《方苞集·集外文》卷五，上海古籍出版社2008年版，第674页。
⑥ 方舟：《邦有道贫且贱焉耻也》，《方百川先生经义·论语卷》，清乾隆间方观承刊本，第25页。
⑦ 方舟：《苟有用我者 一节》，《方百川先生经义·论语卷》，清乾隆间方观承刊本，第39页。
⑧ 彭士望：《翠微峰易堂记》，彭玉雯辑《彭躬庵文钞》卷五，清道光丁酉刊本。

一部分视"经世之学"为"清玩之具"的士子的共同写照。对于此种"空谈"之学，方舟颇不以为然。二方友人中，不乏好谈"经世"者，方苞回忆说："江西梁质人，宿松朱字绿，以经世之学自负，其议论证向经史横从穿贯，闻者莫不屈服，而兄常默默。退而发其覆，鲜不窒碍者。苞谓兄盍譬晓之，曰：'诸君子口谈最贤，非以忧天下也。'"① 梁份、朱书二人皆究心西北舆地之学，分别作有《西陲今略》与《游历记》，并非只能"口谈"之人，然方舟犹认为其学问不能落到实处。在《归与归与 一节》一文中，方舟谈到立身与学问之道："以彼游心于广大，而以偏曲之学为不足为，所见非不卓，然吾独虑其择焉而不精，语焉而不详也。夫纤悉之或遗，则所为广大者已有缺矣。使能反其浩渺无穷之志，而益致其精，将可语于吾道之全，而惜乎其见不及此也。以彼抗志之高深，而以众人之行为不足尚，立身各有本末，而吾独虑其过高而难执，穷大而失居也。夫平近之未践，则所为高深者已无其本矣。使能抑其嚣然自得之志，而务由其实，将可进于三代之英，而惜乎其犹有所蔽也。"② 此处借夫子之口，对空有"浩渺无穷""嚣然自得"之志，而不务细节、不践平易的"狂简"之士的批评，正可为现实生活中方舟对"口谈"学问的不认同作一注脚。

以经世、实用为尚，体现在文章观念上，即是对"真"文的看重。方苞在《储礼执文稿序》中，曾详细记述了方舟对时文写作的看法：

> 昔余从先兄百川学为时文，训之曰："儒者之学，其施于世者，求以济用，而文非所尚也。时文尤术之浅者，而既已为之，则其道亦不可苟焉。今之人亦知理之有所宗矣，乃杂述先儒之陈言而无所阐也；亦知辞之尚于古矣，乃规摹古人之形貌而非其真也。理正而皆心得，辞古而必己出，兼是二者，昔人所难，而今

---

① 方苞：《兄百川墓志铭》，《方苞集》卷十七，上海古籍出版社 2008 年版，第 496 页。
② 方舟：《归与归与 一节》，《方百川先生经义·论语卷》，清乾隆间方观承刊本，第 14—15 页。

之所当置力也。"①

方舟这一看法，兼顾了时文的"理"与"辞"两方面，而特别强调"理"和"辞"的真诚、自得。因为重"理"、重"辞"，乃老生常谈，但真正将前人义理、文辞融贯于心，发为自"我"之文，却少有人能做到。此后方苞在《钦定四书文》的编选中，亦秉持"清真古雅"的评文标准，"文之清真者，惟其理之'是'而已"，"文之古雅者，惟其辞之'是'而已"。② 一般认为，这是对朝廷一再申说的考场文字应"清真雅正"的观点的呼应，但《钦定四书文》中，对重在阐发作者志意的启、桢文章评价尤高，可见方苞所说的"清真古雅"，亦有对兄长时文观念的继承。

从"实际"出发，在性理问题上，方舟与桐城派大多作家恪守程朱的学术宗趣也有不同。现存方舟时文中的"理题"文，对朱注并不是一味遵从。如知行问题，方舟有《子曰道之 一节》一文③，此题出自《中庸》："子曰：'道之不行也，我知之矣，知者过之，愚者不及也；道之不明也，我知之矣，贤者过之，不肖者不及也。人莫不饮食也，鲜能知味也。'"朱熹《集注》云："知者知之过，既以道为不足行；愚者不及知，又不知所以行，此道之所以常不行也。贤者行之过，既以道为不足知；不肖者不及行，又不求所以知，此道之所以常不明也。"此解释对知、行采取中和、兼顾的态度，但二者孰轻孰重，以及为何要"兼顾"，朱熹说得并不精细。方舟则对朱注不甚清楚处进行辨析，起二比言："且天下之事，必知之而后行，未有不知而能行者也……天下之理，必行之而后益明，不行将渐就于不明也。"认为知在行之前，又必须有行做呼应。中二大比进一步对此进行阐发："故观道之所以行，而其不行也，我知之矣。是知者之过也。彼诚不识中庸者所以立人道之极，虽有大知，终身行之而不能尽也，而以为

---

① 方苞：《储礼执文稿序》，《方苞集》卷四，上海古籍出版社2008年版，第95页。
② 方苞：《进四书义选表》，《方苞集·集外文》卷二，上海古籍出版社2008年版，第581页。
③ 方舟：《子曰道之 一节》，《方百川先生经义·中庸卷》，清乾隆间方观承刊本，第6—8页。

是循循者众人之所为也。夫境必深入之而后能测其浅深，今于道曾未尝实历焉，而徒以其虚而无凭之知，立乎其外以远慕焉，无惑乎其心益荡，而以道为不足行也……观道之所以明，而其不明也，我知之矣，是贤者之过也。彼诚不识中庸者所以尽万物之理，虽有大贤，极其所知而犹有憾也，而以为区区者何足为我难。夫事必深知而后能辨其难易，今于道曾未尝悉心焉，而徒以其浮而不实之行，傲睨万物以自高焉，无惑乎其气益昏，而以道为不足明也。""知""行"在道德心性养成过程中的地位，是朱、王学的一个根本分歧，朱熹认为为学须先"格物"致知，而王阳明则强调从本心出发的"良知"。方舟此处既认为行须有"深知"作保证，同时又强调"实历""境必深入之而后能测其浅深"，这与王阳明"路歧之险夷必待身亲履历而后知，岂有不待身亲履历而已先知路歧之险夷者邪"[①] 的说法，在观点、修辞上均十分类似。

又如性情问题，方舟有《乃若其情章》一文[②]，此文题出《孟子·告子上》，为孟子对公都子关于性是"无善无不善"还是"有善有不善"的疑问所作的回答。当日有告子言性"无善无不善"，又有人认为性可以为善，亦可以为不善。孟子答言："乃若其情，则可以为善矣，乃所谓善也。若夫为不善，非才之罪也。恻隐之心，人皆有之；羞恶之心，人皆有之；恭敬之心，人皆有之；是非之心，人皆有之。恻隐之心，仁也；羞恶之心，义也；恭敬之心，礼也；是非之心，智也。仁义礼智，非由外铄我也，我固有之也，弗思耳矣。故曰：'求则得之，舍则失之。'或相倍蓰而无算者，不能尽其才者也。"此段答语，是孟子关于"性"的重要言论，后代理学家释性理，多由此发挥。朱熹《集注》将此段中之"情"解释为"性之动"，认为"人之情，本但可以为善而不可以为恶，则性之本善可知矣"；将"才"解释为"人之能"，认为"人有是性，则有是才，性既善则才亦善。人之为不善，乃物欲陷溺而然，非其才之罪也"。又

---

[①] 王守仁：《答顾东桥书》，《王阳明全集》卷二，上海古籍出版社 2014 年版，第 47 页。

[②] 方舟：《乃若其情章》，《方百川先生经义·孟子卷》，清乾隆间方观承刊本，第 27—29 页。

解释"四端"为"四者之心人所固有,但人自不思而求之耳,所以善恶相去之远,由不思不求而不能扩充以尽其才也"。此种解释,意在阐明"情"与"才"皆可为善的原因,但按此说法,"情"与"才"只是"可以"为善,而不是"必然"为善,于孟子之"性善"仍有隔膜。现代学者牟宗三即直言不讳地指出,朱熹的疏解,难以自洽,反不如陆象山"且如情、性、心、才,都只是一般物事,言偶不同耳"[①] 能斩断葛藤,贯通血脉,合于孟子之本意。牟氏认为,孟子此处所言之"情",乃性之"情实",而非自然之人情;所言之"才",乃性之"良能",而非自然之能力。[②] 此说固然有明显的王学立场,但亦切中了朱熹未能分清"情"与"才"的自然属性与应然属性之病。方舟此文,在"才"的问题上,提出才有"尽不尽"的分别,起二比中言:"情之所之,而才即应焉,情之所极,而才即充焉,不善之人,所以决性命之情而为古今之大恶者,亦其才之所能达也。岂用之于善而反有所不能达哉。天以才资人善,而人自以资其不善,而乃以才为罪乎。"认为"才"之"尽"者即为善,不"尽"者即为不善。此一句,似与朱子将"才"看作较为中立的、工具性的质素相似,但接下来中二比却说:"虽先王之教,亦有多方于其义类者,然因其固有而求之,而不责之于非类,所以顺其天资之才也。君子之学,亦有增益其知能,然因其固有而恢之,虽极其能事,而非有溢于性分之外也。""才"乃"天资之才",是"性分"中所有事,此与陆象山之说已有相通处。在"情"的问题上,则强调"情"在不同阶段的不同性质,起二比中言:"盖凡变于后而滋曼者,非情也,其最初而出之甚顺者,则无不善矣。牵于物而污秽者非情也,其无故而有动于中者,则无不善矣。""最初之情""无故之情",类似于《中庸》所言喜怒哀乐"将发未发"时的状态,而此刻的人心,即与义理本体融合无间的心体。可见方舟此种解释,虽仍站在朱学立场,

---

[①] 陆九渊:《象山先生语录》,《陆象山全集》卷三十五,中国书店1992年版,第288页。

[②] 参见牟宗三《心体与性体》第二册第一章附识"象山少说性以及其关于孟子与告子论性处之态度",《牟宗三先生全集》第6册,联经出版事业有限公司2003年版,第197—209页。

未能明言"情"与"性"之同一性，但较朱熹只以"情"为"性之动"的说法，要深细许多。方舟友人张彝叹认为此文可与"《原道》《原性》相抗"①，此固由于方舟擅长"观于人伦日用之间""求之古之闻见之际"②，但其对前代理学家客观、无偏颇的吸收学习，亦是重要的原因。

## 第二节　志士之文：兼论方舟对明末金、黄二家文的继承

方舟时文，在清代影响极大，"自其同时，以逮没后二百余年，天下学子皆诵习之"③。其原因，前人认为是"言既易知，感人又易入"④，也即能以通畅明白之辞，抒写真挚深厚之情。而后一方面，尤为方舟时文所擅长。

方舟对时文应抒写作者情志，有着理论上的自觉。戴名世曾追记方舟论文语："昔者余亡友方百川氏之论文也，曰：'文之为道，须有魂焉以行乎其中，文而无魂焉，不可作也。'"并推阐其意说："凡有形者谓之魄，无形者谓之魂。有魄而无魂者，则天下之物皆僵且腐，而无复有所为物矣。今夫文之为道，行墨字句其魄也，而所谓魂也者，出之而不觉，视之而无迹者也。人亦有言曰：'魂亦出歌，气亦欲舞。'此二言者，以之形容文章之妙，斯已极矣。"⑤方舟所说的"无形"之"魂"，可理解为音声字句之外的作者情感。时文在意义发挥、文辞形制上，均有严格规范，与能自由抒发志意的古文，似是泾渭分明。乾嘉间著名学者焦循就认为："古文以意，时文以形。舍

---

① 方舟《乃若其情章》张彝叹评语，《方百川先生经义·孟子卷》，清乾隆间方观承刊本，第29页。
② 方舟《或困而知之》一文中语，《方百川先生经义·中庸卷》，清乾隆间方观承刊本，第15页。
③ 马其昶：《桐城耆旧传》卷八，黄山书社1990年版，第302页。
④ 此为《制义丛话》中所引檀吉甫对方舟文的评语，见梁章钜《制义丛话》卷十，《制义丛话　试律丛话》，上海书店出版社2001年版，第176页。
⑤ 戴名世：《程偕柳稿序》，《戴名世集》卷三，中华书局1986年版，第71页。

意而论形,则无古文;舍形而讲意,则无时文。故二者不可以相通。"① 但时文又是"代圣人立言",若作者心志与前代圣贤相通,则亦可借圣贤之口,写自己的感想。方舟的时文,即在此意义上,跨越了焦循所说的时文、古文之界限,不少描摹圣贤心境的篇章,情真意切,使人感到字里行间"魂亦出歌,气亦欲舞",有活泼泼的作者志意在。

如前文所述,方舟有忧天下之心,却未能一展才华,而孔孟亦"不遇"。因此,方舟论及圣人"难行其志"的境遇,往往能感同身受。如《滔滔者天下皆是也而谁以易之》②,此题目出自《论语·微子第十八》,是长沮、桀溺两位隐者劝说孔子归隐的话。孔子回答说:"天下有道,丘不与易也。"朱注解释此句云:"天下若已平治,则我无用变易之。正为天下无道,故欲以道易之耳。"认为圣人有不忘天下之心。此文中二比,论述圣人与其所处人世的关系:

> 使天下不忍斯世之沦胥而思振之,则生一易之之人,何难更生一与易之人,而今天下庶见者谁哉!以夫人自视,若天下决不可无是人,而天下又绝无所需于是人,虽复师以语其弟子,弟子以诵于其师,而滔滔者自若也。
>
> 使人不忍时俗之波流,而思挽之,则必真知其有不可不易之道,而后能用此易之之人,而今天下觉悟者谁哉!自易者言之,若天下不可一日不易,而天下又若本无待于斯人之易,虽日就不知己之人,为不入耳之言,而滔滔者自若也。

圣人虽有救世之自我期许,无奈天下人无视圣人之努力。后两比则论述圣人缘何不为世人接纳:

> 天下之事,必为人之所乐而后争为同趋,至于举世同趋,而其乐之也甚矣。夫滔滔之便于天下,为何如者?而欲取其甚便之

---

① 焦循:《时文说二》,《雕菰集》卷十,清道光岭南节署刻本。
② 方舟:《方百川先生经义·论语卷》,清乾隆间方观承刊本,第63—64页。

情而拂焉。人以子为随流扬波之人，而子障而回之，其孰不惊而思避也哉。

天下之事，必或有异之者而后知其非是，至于举世无异，而其就之也安矣。夫今之天下，谁复疑其滔滔者？而欲取不疑之事而更焉。人方以为顺流恬波之时，而或汩而乱之，何怪其狂而不信也哉！

举世滔滔，人人皆适应、欢喜此浊世，无变易之思，因此夫子"不独今之汲汲皇皇无所得而穷于世也，即或授之政焉，或托之国焉，而吾知其终不与易也"，语气貌似通达，实有无限失望在。朱注强调圣人"变易"之志，方舟此文，则重点描绘圣人行"志"的无奈与艰难，情感基调更为深沉、伤感。这类文字，还有本书第三章第三节所引《道不行乘槎浮于海》《甚矣吾衰矣久矣吾不复梦见周公》等，此处从略。

方舟天性中，有一种对俗世的疏离感。方苞回忆说，方舟在日间治事之暇，好"与友朋徜徉郊原墟莽间"，夜则"诵书，或危坐达旦，不寐，叩其所以，不答也"。[1] 因此其时文中，常体现出对世事的冷静洞察与深刻忧虑，如《邦无道富且贵焉耻也》前两比，叙述乱世政治秩序的混乱："富贵之来，在君子为德义之所宜，即众人亦时命之所致，而无道之世不然也，不可言德义，并不可言时命，而常以心计经营而得之，盖至一朝富贵而所为自卑自屈者，其况已不胜言矣。富贵之后，在君子欲因时以立事，即众人亦欲养尊以处优，而无道之世不能也，不可言建树，并不可言显荣，而道在百端隐忍以居之，盖至一朝富贵而所为相凌相制者，其困且从此始也。"[2] 又如《夫天未欲平治天下也 一节》中二小比，描画天下庸碌士子之情状："偷合取容，以为一身一家之计者有矣，其能任万物之忧而不私其利者谁乎？立事程功，以为一国一时之计者有矣，其能用仁义之道而胥

---

[1] 方苞：《刻百川先生遗文书后》，《方苞集·集外文》卷四，上海古籍出版社2008年版，第631页。

[2] 方舟：《方百川先生经义·论语卷》，清乾隆间方观承刊本，第27—28页。

匡以生者谁乎?"① 然而,"以万物不被其功泽为忧"的志向,又使得他无法对世事漠然置之。方舟的热肠,在他多篇论述"隐者"的时文中有充分体现。如《仪封人请见章》中二比:

> 从来数穷理极,天亦悔祸之烈,而不坚执以自终。故宇内之昏乱,至无可增加,庸夫丧气,而有识者方延颈以俟太平,以为过此将有冀也。此循环之理,振古如兹,而今岂异欤?
> 
> 从来倾否济屯,天必适会其时,而后生人以相应,属知觉于天民,以声其聋瞶,端倪未露,而旁观者或一见而卜天心,以为此必非异人任也。其付受之机,若合符节,而岂有惑欤?②

按朱注,封人是"贤而隐于下位者"。方舟此处借这位"吏隐"者之口,明确表达了对"天生圣人"的信心。又如《子路宿于石门章》中二比:

> 盖其心知世不可为,不能以身之察察受物之汶汶,而又未尝不顾滔滔者而心恻也。以己之不复能忍,而愈知吾子所为之难,故一旦与吾徒邂逅风尘,而不禁于局外发伤心之语,盖其声销而志无穷矣。
> 
> 抑其心知世不可为,度不能以幽人之贞逮三代之英,而又未尝不愿斯世有斯人也。以己之绝意于斯,而愈望吾子为之之切,故不能自隐其平生之心迹,而殷然以一言志相属之诚,盖其自计审而其忧世愈深矣。③

此题中的"晨门",是"贤人隐于报关者"。与"封人"类似,"晨门"虽不愿涉足俗世,但内心深处却又难舍兼济之志。方舟此文,着力刻画这位隐者对世事的希冀:"未尝不顾滔滔者而心恻"

---

① 方舟:《方百川先生经义·孟子卷》,清乾隆间方观承刊本,第18页。
② 方舟:《方百川先生经义·论语卷》,清乾隆间方观承刊本,第5—6页。
③ 同上书,第47—48页。

"未尝不愿斯世有斯人",因此能对"明知不可为而为之"、悲壮地坚持着理想的夫子,深表同情。又《邦有道,贫且贱焉,耻也》一文,① 起讲即言:

> 且贫贱者,流俗之所羞也。乃不程其实,而漫以为不足羞,则士皆苟焉自饰,不务治其业以赴功,而国事将无所赖。故明贫贱之当耻者,所以励士节也。

后二大比言:

> 斯耻也,不独绌死岩野者当之也,即一曲之士,守下位而终身无过者,亦与有焉。即身际斯时之大有可为,何独不能成理乎万物也。与人共事一廷,而道不足以自伸,止以备奔走策驭之数,耻孰甚焉!
>
> 不独漫无短长者任之也,即幽贞之士,蓄道德而深藏不市者,亦有与焉。盖非众君子忧勤于廊庙,彼独何能自安于泉石也。与人共称贤者,乃赖其庇以自逸,而为可有可无之人,独非耻乎?

若以贫贱为藏拙、混世之借口,则"国事将无所赖"。"盖非众君子忧勤于廊庙,彼独何能自安于泉石",入世者建立功业,是隐士得以安于隐的保障。此文可看作方舟"入世"心声的最明确表达。明初刘基曾有《贾性之市隐斋记》一文,论及"隐者"的不同类型如"隐之狂""隐之矫"等,他反对"惊世骇俗而有害于道"的伪隐者,认为真正的隐者,是"隐居以求其志"的:"贤者遭时之不然,或辟世,或辟地,或耕或渔,或居山林,或处城市,或抱关而击柝,无所不可,而其志则不以是有易焉。"② 这种不慕荣利,而始终葆有济世之初心的隐者,我们不妨将其称之为"隐而儒"。方舟的心态,

---

① 方舟:《方百川先生经义·论语卷》,清乾隆间方观承刊本,第25—26页。
② 刘基:《贾性之市隐斋记》,《诚意伯文集》卷六,四部丛刊景明本。

即接近于此种"隐而儒"者,其论述"隐者"之文之所以精彩,正因其能借时文自抒"隐居以求其志"的怀抱。

以时文抒发志意,并非方舟的首创。在八股文史上,明代天启、崇祯年间,以艾南英、金声、黄淳耀、陈际泰等为代表的"以古文为时文"的文人,其时文即"有感而发,借经义以道世事,凡胸中所欲言者,皆就题以发挥之"①。这类文字中最著名者,如据传是为刺钱谦益而作的黄淳耀《见义不为无勇也》②,三、四比言:"居平私忧窃叹,以究当世之利病,事至则循循然去之,曰将有待也,逮所待者既致矣,则又自诬前日之议论以为狂愚,此其力尚足仗哉?夙昔引绳批根,以刺他人之去就,身临则缩缩然处之,曰期有济也,致所济者罔闻也,则又反訾乎贤豪之树立,以为矫激,此其气尚可鼓哉?"此数句所述情状,与钱谦益明末的意气风发,明亡时的痛骨锥心与降清时的低眉俯首等作态,何其相似。而接下来两比:"怯懦出于性生,则虽学问经术本异庸流,而举平日之所知所能,尽以佐其浮沉之具,畏葸积于阅历,则醇谨老成不无可取,而因此日之以前一前一却,遂以酿夫篡弑之阶。"直揭明清鼎革之际以钱氏为代表的一批首鼠两端、有始无终之人的根本弱点。又如金声《德行 一节》③中二比:"道大莫能容,所欲杀者夫子,而于诸贤无忌也。设诸贤非从夫子游,挟其言语、德行、政事、文学,以博取人间富若贵,与一切功名才望,固自易易,何困厄若斯也,而诸贤不愿也。圣人无厄地,所自信者天命,而人心则不敢必也。设诸贤但以从夫子之故,奉其德行、言语、政事、文学,以投凶暴之一烬,而师弟朋友无一存者,固事势之常,亦无可如何也,而诸贤不惧也。"这一段对不为富贵所动,不为威势所屈的孔门弟子的描述,也适用于明末以扶危救倾为己任的士人。金、黄均是易代之际舍生取义、大节不苟的人物,他们的时文,可以说是"言者心之声"。

---

① 龚笃清:《八股文鉴赏》,岳麓书社 2006 年版,第 68 页。
② 黄淳耀:《见义不为无勇也》,方苞编选《钦定四书文·启祯文》卷二,《景印文渊阁四库全书》第 1451 册,台湾商务印书馆 1986 年版,第 345 页下—346 页上。
③ 金声:《德行 一节》,方苞编选《钦定四书文·启祯文》卷四,《景印文渊阁四库全书》第 1451 册,台湾商务印书馆 1986 年版,第 385 页下—386 页上。

对于明末这类"借经义以道世事"的文字，清人有两种不同的评价。一种意见认为其发挥太过，不是时文正格，如李光地认为："文字肯切实说事理，不要求奇求高，都有根据，天下便太平。明末如金、陈、黄陶庵、黄石斋，俱高才绝学，而其文求其近情理者甚少……到底文字不好。"① 李光地身为理学名臣，其时文义理醇熟而文辞朴质，属于"理家"一派。他对于金、黄等人"奇""高"的批评，主要是就这些人在义理阐发方面浓厚的个人色彩以及随之而来的文气的凌厉不平而言。另一种意见，则是对这种用时文抒发情感的做法给予高度肯定。早期桐城派诸家，便大多持此观点。如戴名世认为金声时文"独往独来，吐弃一切，非卑论侪俗者之所能晓"，并特别赞赏金氏文章"激昂豪宕之气时见于行墨之中"的特点②。方苞在乾隆初年奉旨编选的《钦定四书文》中，亦认为"金黄二家之文，言及世道人心，便能使读者义理之心勃然而生，是知言者心之声，不可以为伪也"。③ 又指出："制科之文，至隆、万之季，真气索然矣。故金、陈诸家，聚经史之精英，穷事物之情变，而一于四书文发之，义皆心得，言必已出，乃八股中不可不开之洞壑也……夫程子《易传》切中经义者无几，张子《正蒙》与程朱之说即多不合，但以持之有故，言之成理，故并垂于世。金、陈之时文岂有异于是乎！"④ 认为此类情意激切的文字，不仅能振起人心，起到教化民众的作用，而且"义皆心得，言必已出"，真气勃勃，单就文章艺术而言，也达到了很高的水平。方苞时文，师事其兄，此种观点，虽不一定是来自方舟的直接指授，但方舟的意见，应与此相差不远。

方舟对金、黄等人在时文中抒写志意的继承，还可以用方舟时文接受史上的两个有趣现象来证明。其一是后世喜好方舟时文者，于明代多喜好金声文。如相国张英之子张廷璆自言："余于前辈制义，独

---

① 李光地：《榕村续语录》卷十九，《榕村语录　榕村续语录》，中华书局1995年版，第875页。
② 戴名世：《金正希稿序》，《戴名世集》卷四，中华书局1986年版，第103页。
③ 黄淳耀《见义不为无勇也》评语，方苞编选《钦定四书文·启祯文》卷二，《景印文渊阁四库全书》第1451册，台湾商务印书馆1986年版，第346页上—346页下。
④ 金声《德行一节》评语，方苞编选《钦定四书文·启祯文》卷四，《景印文渊阁四库全书》第1451册，台湾商务印书馆1986年版，第386页下。

嗜金嘉鱼文。后方百川《自知集》出，读而爱之，兼嗜百川文。"①嘉、道间人张维屏自言于前人制义，"惟爱五家，五家者，金正希、方百川、方望溪、陈句山、管韫山也"。②乾隆间人汪缙回忆自己少时读《钦定四书文》，"会心尤远者，于明则金先生子骏，于国朝方先生百川也"，③并明确提出，金、方二家文的共同点，在于皆为"有志之言也"④。其二是喜爱方舟文者，多为讲"性灵"之人，如郑燮对方舟时文即十分推服："愚谓本朝文章，当以方百川制艺为第一，侯朝宗古文次之。其他歌诗辞赋，扯东补西，拖张拽李，皆拾古人之唾余，不能贯串，以无真气故也。百川时文精粹湛深，抽心苗，发奥旨，绘物态，状人情，千回百折而卒造乎浅近。朝宗古文标新领异，指画目前，绝不受古人羁泄，然语不遒，气不深，终让百川一席。"⑤"真气"，即深厚的生命体验在文辞中的流露，有此"真气"为底蕴，文章才能"语遒""气深"，令人回味不已。又说："忆予幼时，行匣中惟徐天池《四声猿》、方百川制艺二种，读之数十年，未能得力，亦不撒手，相与终焉而已。"⑥将方舟与徐渭并提，当是从二人文字中共有的对俗世的疏离与对自我的抒发这两点着眼。郑氏本人作文，亦重个性、喜好"生辣""古兴""离奇""淡远"等与世俗喜好的甜软熟烂相对立的风格，故能对方舟充满"真气"的文字别有会心。又如龚自珍《题方百川遗文》诗："狼藉丹黄窃自哀，高吟肺腑走风雷。不容明月沈天去，却有江涛动地来。"⑦这位崇尚"童心"的诗人，亦是敏锐地感受到了方舟时文中所蕴含的勃勃生气。汪缙曾将制义文分为"儒生、志士"二家，⑧方舟之文，虽在阐扬经旨方面亦有

---

① 张廷璐：《聊存草自序》，《张思斋示孙编》卷三，清刻本。
② 张维屏：《松轩随笔》，转引自张维屏《国朝诗人征略二编》卷三十九"管世铭"条，清道光二十二年刻本。
③ 汪缙：《方先生文录叙》，《汪子文录》卷二，清道光三年刻本。
④ 同上。
⑤ 郑燮：《潍县署中与舍弟第五书》，《郑板桥集》，中华书局1962年版，第23—24页。
⑥ 同上书，第24页。
⑦ 龚自珍：《三别好诗·题方百川遗文》，《龚自珍全集》第九辑，中华书局1959年版，第466页。
⑧ 汪缙：《韩先生文录叙》，《汪子文录》卷二。

出色成绩,具有"儒生之文"的某些特点,但在"言志"的真诚坦率上,却可以说,与金声之文同属"志士之文"的阵营。

最后,也需看到,方舟"言志"的时文,虽是继承了晚明金、黄等人以时文谈世事、抒情怀的传统,但较之启、祯文章,又多了一些平和雍容的风调。如同样是说明君子爱名以"实",明末陈子龙《君子疾没世而名不称焉》,着重刻画君子建功立业的紧迫心情:"人之贵乎荣名者,贵其有益生之乐也;君子之贵荣名者,贵其有不死之业也。死而无闻,则其死可悲矣;死而可悲,则其生更可悲矣。是以君子抗节砥行,惟恐不及耳。人之以为没世之名者,是我身后之计也;君子以为没世之名者,是我大生之事也。死而无闻,则其死不及忧矣。死不及忧,则其生大可忧矣。是以君子趋事赴功,惟日不足耳。人但见君子之为人也,誉之而不喜,毁之而不惧,以为君子之忘名也如此,而不知有所其不忘也。不大言以欺人,不奇行以骇俗,以为君子之远名也如此,而不知有所甚不远也。"[①] 方舟《齐景公有马千驷》一文,则突出描绘君子不为外界得失所动的坚贞态度:"放怀今古之间,人之富贵贫贱于其中者,特须臾之顷耳。不独景公之豪盛而丰饶不能长留以自恣,即夷齐槁饿,亦会有穷期也。快之须臾而已与有生同敝矣。忍之须臾而乃与日月争光矣。君子所以不暇为众人之嗜好者,诚见乎其大,诚忧乎其远也。生人不朽之故,与所遭富贵贫贱之适,然亦曾不相涉耳。不独景公之湮没而无传,非千驷足以相累,即首阳高节,亦岂以饿显也。无可留于千驷之外者,而千驷羞颜矣。有不没于饿之中者,而饿亦千古矣。君子所以汲汲于后世之人言者,非喜乎其名,乃重乎其实也。"[②] 两文相较,不难看出,陈文语气急促,凌厉逼人,而方舟文则和缓,低回、不疾不徐。这与两位作者所处时代及个人性情有关,陈子龙为国舍身,乃慷慨豪侠之士,而方舟则生活在承平年代,是淡泊温雅之君子。何椿龄评价方舟文具有"气脉演逸灏瀁,直接欧阳,而超轶之神,又若碧云卷舒,漫空无迹,非可以

---

[①] 陈子龙:《君子疾没世而名不称焉》,方苞编选《钦定四书文·启祯文》卷五,《景印文渊阁四库全书》第1451册,台湾商务印书馆1986年版,第420页上。

[②] 方舟:《齐景公有马千驷》,《方百川先生经义·论语卷》,清乾隆间方观承刊本,第51—52页。

凄寒概之"①，即是看到了方舟时文中指事切情之"志士"因素之外的、舂容雅正的"儒士"因素。

## 第三节 虚神与逸气：方舟时文的"辞采"

"志士之文"外，方舟时文的另一个特点是富有"辞采"，可称之为"文人之文"。

时文以固定的文辞形式论述圣贤义理，既是"经义"，又是"文章"。这一文体的先天特性，决定了它的发展，必会有"义理"与"辞章"两个不同的方向。明成化之前，时文不过敷陈朱注，文字结构亦较为简单。正德、嘉靖年间，出现了以王鏊、唐顺之等为代表的一批时文大家，他们在时文史上的贡献，主要在于确立了较为完善的文章体制。但形制的完备，也为后人开了讲究文字技法的先河，清初陈之遴认为"制义之坏，始于守溪"②，虽言之过当，但就时文文体发展的整个过程来看，却不无道理。不过，此时文章，大多仍以说理平实、文辞质朴取胜。时文的写作技巧的日益丰富，是在万历之后，如清初人徐越所言："嘉靖以前，文以实胜。隆、万以后，文以虚胜。嘉靖文转处皆折，隆万始圆……嘉靖文妙处皆生，隆、万始熟。"③"虚"，即是由论述结构的巧妙、文辞的生动别致等造成的一种流动、迷离的文章境界，这样的文章，无疑"辞章"的因素占了上风。不少人因此对万历文体之变痛心疾首，希望恢复正嘉之时平实正大的文风。④ 然而，"踵其事而增华"⑤，是一切文体发展的客观规律，既然

---

① 梁章钜：《制义丛话》卷十，《制义丛话 试律丛话》，上海书店出版社2001年版，第175页。

② 王步青《题程墨所见集一》："钱吉士谓明文以天顺前为极盛，至成弘而衰。朱太复、陈素庵至谓制义之坏，始于守溪。"王步青《已山先生别集》卷二，清乾隆敦复堂刻本。俞长城《先正程墨初集小引》中亦言："陈素庵曰：制义之坏，始于守溪。"《俞宁世文集》卷四，清康熙刻本。素庵，为陈之遴之号。

③ 转引自梁章钜《制义丛话》卷六，《制义丛话 试律丛话》，上海书店出版社2001年版，第87页。徐越，字山琢，号存庵，江苏山阳人，顺治九年进士，官至监察御史。

④ 如本书第三章第一节所引赵南星、吕留良对万历间时文文辞风格的批评。

⑤ 萧统：《文选序》，萧统编，李善注《文选》第1册，上海古籍出版社1986年版，第1页。

是"辞章",那么,文字技巧的愈来愈繁复,文风的愈来愈"圆""熟",便是不可避免的趋势。此外,对"义理"体认的加深,也必然会使得文章章法更加复杂,文字表述更加多样。明季"以古文为时文"的时文改革者如艾南英等,虽提倡恢复时文中"道"的因素,弥补当日时文在"义理"上的缺失,但也不得不顺应潮流,顾及时文"法"与"辞"的方面。艾氏及江西四家的文章,也大多仍是以"辞"取胜。[①]

方舟经学湛深,其时文被后人誉为能"字字抉经之心"[②]。但"义理"之外,方舟时文,更长于"辞采"。孔庆茂在《八股文史》中论及清初八股文时,认为康熙年间的八股文坛,存在以陆陇其、李光地为代表的"理学派",和包括宜兴储氏、金坛王氏、桐城方氏几家在内的"词章派",并认为"桐城派长于写情,于辞章尤精"[③]。此言甚是。晚明以"辞"取胜的时文家,其"辞"之胜处,各有不同,有以叙述层次安排的巧妙胜,所谓"机法"派多如此;有以论理之细微、描摹之生动胜,汤显祖、钟惺、谭元春、王思任、刘侗等小品文家的时文,多有此特色。方舟时文在"辞采"方面继承了汤、钟等人,以描摹"虚神"见长。在章法上,则不追求精巧新奇,大多是依题意铺陈,文气纡徐宛转。

具体来说,方舟时文中的"虚神",可分为"人情"与"物态"两种。"人情"方面,如上节所述,方舟是将时文作为"言志之文"来看待的,而其本人又有高远的志向与淡泊的品格,因此,其文章最擅描写圣贤心情。这方面的例子,除本书第三章所举之《道不行,乘桴浮于海》《苟有用我者一节》及《甚矣吾衰矣,久矣吾不复梦见周公》等篇外,还有《子曰噫》《从我于陈蔡者,皆不及门也》等。

---

[①] 吕留良曾指出艾氏时文,"于(文之)古今体格之变,无所不知……所少者理境不精耳"。见艾南英《学而时习章》吕留良评语,艾南英著,吕留良评点《艾千子先生全稿》卷一,伟文图书出版社1977年版,第91页。

[②] 方观承:《方百川先生经义序》,《方百川先生经义》卷首,清乾隆间方观承刊本。

[③] 孔庆茂:《八股文史》,凤凰出版社2008年版,第314页。

《子曰噫》一文①，题目出自《论语·子路第十三》。子贡向孔子请教"今之从政者何如"，孔子回答道："噫！斗筲之人，何足算也。"朱注认为孔子之"噫"，是因为"子贡之问每下，故夫子以是警之"。方舟此文除后二比论述"警之"之义外，大部分篇幅均在描摹孔子"若有难于为答者"的神情。起二比云："盖其意中甚不欲闻斯言也，而既已闻之，而莫可拒也。而蹙然不能为怀焉；其意中亦不欲言其实也，而既已叩之，而将有言也，而愀然不能为讳焉。"中二比论述"难答"之原因，在于孔子对从政者的深深失望。最后二小比对"噫"之态作总结："盖其品不假踌躇而定，故应念而即形于声；其感积于夙昔而深，故未言而已伤其气。"夫子失望已深，故言之而气结，通过对此种哀痛场景的刻画，凸显出了夫子心忧天下的形象。张彝叹说此文"取境至难至险"，②左未生说此文"兴象"自然天成，"非可强构"，③两评都注意到了此文在描摹"神情"、塑造"情境"方面的长处。

《从我于陈蔡者皆不及门也》一文，题目出自《论语·先进》，是孔子怀念昔日患难相从的弟子们时说的话。朱注阐释为"孔子思之"。此文中、后二比：

　　方二三子之周旋于历聘也，以为世苟宗予，则三代之英，可与旦暮跂之。其一时意气之盛，可谓壮哉！乃今者非惟存亡之感，使人慨然于天道之无知，而其他各从所务者，亦皆无复大行之望矣。

　　及予与二三子之崎岖于多难也，以为天未厌予，则旷野之悲，可与二三子弦歌释之，其一时相倚之情，如一昔焉。乃今者不惟聚散之戚，使人怆然于继见之难期，而九原之不可作也，长逝者私恨无穷矣。

---

① 方舟：《方百川先生经义·论语卷》，清乾隆间方观承刊本，第43—44页。
② 方舟《子曰噫》张彝叹评语，方舟《方百川先生经义·论语卷》，清乾隆间方观承刊本，第44页。
③ 方舟《子曰噫》左未生评语，方舟《方百川先生经义·论语卷》，清乾隆间方观承刊本，第44页。

虽世变多故，亦知终不免于乖分，而竟无一人之在吾侧，则吾念不及此者也。

　　情随事迁，在平时亦忽焉而不觉，乃一旦触目而惊于心，益自觉漠然无所向也。

　　虽散者或可复聚，而死者不可复生，非惟无与共其安乐，亦且不得同其寂寞，此予所以区区不能置也。①

"思故人"，是圣人同于"凡人"的情感，此数句，将此"思之"之情回环宛转，缓缓道来，"非惟无与共其安乐，亦且不得同其寂寞"，写出了一位终身不遇的老者对知己后辈的感激、珍视与追念，平缓之中有无限伤痛。

圣贤之外，方舟还擅长描述俗世普通人的心理情态，如《此四者天下之穷民而无告者》一文，②此题出自《孟子·梁惠王下》，"四者"乃鳏、寡、孤、独四类人。朱注于此言："不幸而有鳏寡孤独之人，无父母妻子之养，则尤宜怜恤。"方舟此文，前二比叙述"穷"者"告人"的目的："凡人之穷而思告者，非徒以自言其情也，亦欲彼闻而急吾病焉。若非其亲暱，而言之谆谆，听之藐藐，则益难乎其为情矣。凡人之穷而有告者，非必其实有所济也，而亦足以须臾解吾忧焉。若举目凄其而言之无所，听之无人，真不知何以能自处也。"第五、六比辨析"可告者"之难得："岂无朋友婚媾之相怜，然纵有恤其外而无能恤其内，要不过相视以黯然而已。岂无叔伯兄弟之足恃，然大者或不旷，而细者难尽闻，亦自有不言而神伤者矣。"可见方舟对世情的老到，对人情微妙处的精准体贴。而这种体贴，又是建立在"恕"德的基础上，充满温情与仁心的。又如《父母在不远游游必有方》中二比对父辈与子辈情感互动过程的描绘："念自有生以来，出入顾复，无日不系父母之忧，至于能游之时，而父母之心可少释矣，而复以远游者，重其山河雨雪之悲，是长使其心僛然如不终日也。念方稚昧之时，怨啼邰勃，昏然有不知逮事父母之乐，至于能游

---

① 方舟：《方百川先生经义·论语卷》，清乾隆间方观承刊本，第33—34页。
② 方舟：《方百川先生经义·孟子卷》，清乾隆间方观承刊本，第1—2页。

之时，而子之心亦少得以自尽矣。而复以远游者，缺其晨昏定省之事，是长使其身泛然而为途人也。"① 方舟长年漂泊在外，对游子之情当深有体会，因此此两比并不仅仅是对远游的批判，在描述"父母"爱儿之心的同时，也写出了游子矛盾、歉然的心境，故亦是入情入理，感人至深。

"物态"方面，典型例子如《色斯举矣章》文中对"雉"的描画。此文题出《论语·乡党第十》："色斯举矣，翔而后集，曰：'山梁雌雉，时哉！时哉！'子路拱之，三嗅而作。"朱注认为此句是借鸟之"知时"来说明"人之见几而作，审择所处，亦当如此"，但又说此句上下"应有阙文"，因此意义不甚朗。此题方舟作有两篇，其中一篇论"时"之义，中间几对短句，对雌雉之"智"进行了饶有趣味的描画："彼其色之未见，不以无故而自惊；色之既见，不以须臾而自逸；未翔之先，不惮廻翔以相瞩；既集之后，依然作息之自如者，盖与时推移，不凝滞于境者也。"② 后二比则设身处地，对雌雉的处境作一体贴："嗟乎！此雌雉也，何为而于山梁也？其避人之色，而姑求息于此者乎？抑翔视所集之地，以为若无山梁者，而将久托之乎？夫山梁之中，不能无人，即不能无色，则雉亦不可以终集，而山梁亦不可以久留也。"③ 凭空生出一段想象，却又切乎人情物理，发人深思。

"虚神"题外，方舟的"理题"文，也能做到文气活泼流动，如《或困而知之》一篇中二大比：

> 观于人伦日用之间，其浅且易者，尽人而知之者也。至于事当其变，义处其精，以椎鲁者当之，有茫然不识所从者矣。而要终不可知也。使深且难者而不能知，则浅且易者亦不能知矣。未尝困耳。果能中以自迫，而于彼不可，于此不可，崎岖不安久之，而其安者出矣，而知之矣。

---

① 方舟：《方百川先生经义·论语卷》，清乾隆间方观承刊本，第8页。
② 同上书，第31—32页。
③ 同上书，第32页。

求之古今闻见之际，其肤且末者，夫人而可知者也。至于或繁而艰，或肆而隐，以寡昧者遇之，有智穷于所欲见者矣。而亦非终不可知也。使赜而奥者而不能知，则肤与末者亦不能知矣。未尝困耳。果能苦其心而攻之不达，置之不能，群疑并兴之后，而其信焉者出矣，而知之矣。①

此段中，对求知过程中由"浅且易""肤且末"渐入"深且难""赜而奥"的步骤，以及求知者从"崎岖不安""群疑并兴"到"安"与"信"的精神状态的描述，细致而贴切，数百载下，读来仍令人有会心之感。

又如《诗云鸢飞戾天鱼跃于渊言其上下察也》一篇之起比与中二小比：

苍然者其天耶？澄然者其渊耶？乘气而游者，其鸢与鱼耶？孰主张是，孰纲维是？鸢其能自飞耶？鱼其能自跃耶？抑天能飞之而渊能跃之耶？孰运动是，孰推行是？

莫高匪天，而鸢戾焉，是即道之察于上者也。莫潜匪渊，而鱼跃焉，是即道之察于下者也。②

此文主体部分，设两大比，对"道在居室与道在空虚者无以异""道之潜而不可窥，与其显而不可掩者非有二"进行论述，最后归结到对诗人只关注"物象意趣之可娱"，而未能深究其中之道体的批评上来。而上引开头数句，对表现"道体"的"物象意趣"的描画与提问，宛转悠远，能迅速唤起读者兴趣，使得说理部分的引入十分自然，也使全文无生涩呆板之态。康熙间时文大家韩菼认为方舟文"镕液经史，纵横贯串而造微入细，无一字不归于谨"，又说："余谓百川之文故佳，然有所以佳者，在诸君子书簏中耳。"③ 方舟"理题"

---

① 方舟：《方百川先生经义·中庸卷》，清乾隆间方观承刊本，第15—16页。
② 同上书，第9页。
③ 韩菼：《方百川文序》，《有怀堂文稿》卷五，《清代诗文集汇编》第147册，上海古籍出版社2010年版，第118页上。

文的曲折细致，最能当得起韩菼此评。韩菼推崇朱子之文，曾言："今之能文者，自谓别于训诂，夫训诂何易及也。其征事也博，其立言也简，有笔者无以加焉。朱子语录多杂方言，及其作文，即小小题叙，皆有程法。"① 韩菼时文，唱叹委婉，即与对朱子训诂之法的吸取有关。方舟阐发经旨的文字，可谓能继承韩菼之风。

---

① 韩菼：《历科房书选序》，《有怀堂文稿》卷五，《清代诗文集汇编》第147册，上海古籍出版社2010年版，第113页下。

# 第七章

# 王源的文章取向及其文学史意义

从诸家纷出,"各行其是,没有正宗",[①] 到讲究"义法"的桐城派一统天下,清前期古文经历了一个由驳杂到"雅洁"的发展过程。在参与此一转变过程的诸文家中,王源是值得我们注意的一位。王源的文章创作成就,在其生前即已得到承认,方苞曾言"或庵为近代古文第一手"[②],李塨认为近世古文,当推"侯朝宗、王昆绳、毛河右"三人。[③] 廖燕则认为古文自"叔子先生后,惟王昆绳一人"。[④] 王源的文学观念,如带有豪侠趣味的文章经世论、对文章作者"至性"与"忠孝"的强调、对奇正相兼的文风的提倡等,也都具有鲜明的文风转变时期的特色,有其独特的文学史价值。

## 第一节 文为世用与传豪侠

康熙四十二年,五十六岁的王源经由李塨介绍,拜入颜元门下,此时距其卒岁仅七年。王源此次投师所展现出的魄力与勇气,以及师生相会时"虞夏高歌人未老,无边风雨正黄昏"[⑤] 的场景,是清代学

---

[①] 郭预衡:《中国散文史》下册,上海古籍出版社1999年版,第337页。
[②] 王源《示及门书》后附方苞评语,王源《居业堂文集》卷八,清道光十一年读雪山房刻本。
[③] 李塨:《阎户部诗集序》,《恕谷后集》卷二,《清代诗文集汇编》第203册,上海古籍出版社2010年版,第24页上。
[④] 王源:《廖处士墓志铭》,《居业堂文集》卷十七,清道光十一年读雪山房刻本。
[⑤] 李塨撰,王源订,陈祖武点校:《颜元年谱》,中华书局1992年版,第100页。

术史上颇具传奇意味的一幕。而王源与提倡"实学""习行"的颜李学的投契,有他毕生的经世志趣作为基础。在《与毛河右书》中,王源说自己长期以来"窃恨圣人之道久不明行于后世,又不得其门而入……独从事于经济文章,期有用于世"①,又在《与方灵皋书》中,坦言自己的"夙志"是"欲以忠孝廉节为本,而以经济文章立门户,上之北面武乡而希其万一,下则与陈同甫并驱而争先"。② 这两封信,均写于王源晚年确立"宗颜李"的学问大旨之后,可以视为王源对自身学术经历的回顾与总结。以能够出入战阵、指挥若定的诸葛亮、陈亮为榜样,可知王源从来不甘心做只会咬文嚼字的纯粹文人。

在王源"文章"与"经济"并存的学问格局中,一方面,较之于"经济","文章"只是末事:"豪杰之士,其方寸经营常在天下,务为有用之学,不肯以词章博物分其志。"③ 对于沉迷虚文之人,王源持严厉的批评态度:"诗至今日,可谓极盛。风气所尚,作者殆遍天下,以至戎马之夫,荷疆场重任,亦沾沾以吟咏为能事,收召文墨浮浪之士为名高,而经济之学懵然不讲,致堕功丧名,身死而祸天下,是即直追《三百》如陶、杜,奇逸如青莲,亦无足贵。"④ 不讲"经济之学"的文辞,并无多大价值,甚至有"身死而祸天下"之害。这样的沉痛语气,包含着浓重的"明末记忆"。王源出生于顺治五年,本人虽未经历亡国创痛,但王氏从明成祖时即为内卫世家,崇祯时,其父王世德承袭锦衣卫世职,目睹国势日坏,欲上疏言天下之弊而不果。⑤ 王源《先府君行实》中记录了父亲关于"天下四大弊"的言论,四弊中首要之弊即"戡乱保邦,须经济才,科名以虚文取之,所取非所用"。⑥ 父辈议论,耳濡目染,故王源亦看重士人的经世才略过于文辞,认为:"丈夫事业方大,区区文字何足为短长。"⑦ 另一方面,王源又承认"文章"在传承"经济之学"方面的作用。

---

① 王源:《与毛河右书》,《居业堂文集》卷八,清道光十一年读雪山房刻本。
② 王源:《与方灵皋书》,《居业堂文集》卷八,清道光十一年读雪山房刻本。
③ 王源:《周生诗序》,《居业堂文集》卷八,清道光十一年读雪山房刻本。
④ 同上。
⑤ 王源:《先府君行实》,《居业堂文集》卷十八,清道光十一年读雪山房刻本。
⑥ 同上。
⑦ 王源:《周生诗序》,《居业堂文集》卷八,清道光十一年读雪山房刻本。

王源所交往的友人，大多喜好实用之学，如"负经世学"的魏禧、梁份，"抱天人之略"的刘献廷、李塨等，然而这些人的经济才略，均未能得到充分发挥。因此王源常有这样的感叹："天生魁伟英异之才，似不为无意，乃往往屈折抑塞，不使稍吐其胸中之奇，消磨老死于穷巷之中，泯泯然姓名不闻于天下。"① "天下魁奇非常杰士，激烈消磨于患难，穷饿老死者何可胜数。"② 也正因如此，文章著述"藏之名山，传之后人"的功用便尤为重要："士不得志于时而著之文章以为法，于天下后世胡可少也。"③ 有一种文字，毕竟不可废。观《居业堂文集》中所收文集序跋，可知王源所推崇的文字，是"天地日月风雷之情状，帝王治天下大经大法莫不即"④ 的磅礴充实的文章，与建立在"阅历深矣""所及者广矣""得诸见闻者多矣"之基础上，足以"别是非、阐幽隐、维世运"的学者之文。⑤ 此种文章，有经世抱负、经世学问在内，虽未能直接付诸施行，但与专注于轻愁闲趣的文人之文相比，自有高下之别。

清初文人多重视文章的社会效用，王源也有"道非文不载，事非文不传"，文章应"使人得之如药之可以疗病，如麻丝谷粟可以温可以饱，如水沃焦而火可御寒也"的说法。⑥ 但与正统儒者的"文以载道"说相比，王源的文章实用论带有更多的"豪侠"意味。这一消息，在王源自己的文章创作中有鲜明的传达。

王源的父执辈魏禧曾称赞王源之文"可施于用者十而五"⑦，这种具有强烈实用性的文字，首推他的论兵文章。王源自言"酷喜谈兵，讲究伯王大略"，⑧ "独喜谈兵，考形势"，⑨ "生平为文，论兵者

---

① 王源：《洪去芜文集序》，《居业堂文集》卷十三，清道光十一年读雪山房刻本。
② 王源：《张采舒诗序》，《居业堂文集》卷十四，清道光十一年读雪山房刻本。
③ 王源：《洪去芜文集序》，《居业堂文集》卷十三，清道光十一年读雪山房刻本。
④ 同上。
⑤ 王源：《梁质人文集序》，《居业堂文集》卷十三，清道光十一年读雪山房刻本。
⑥ 王源：《复陆紫宸书》，《居业堂文集》卷六，清道光十一年读雪山房刻本。
⑦ 魏禧：《信芳斋文叙》，《魏叔子文集》卷八，中华书局2003年版，第419页。
⑧ 王源：《与李中孚先生书》，《居业堂文集》卷七，清道光十一年读雪山房刻本。
⑨ 王源：《与王吏部书》，《居业堂文集》卷六，清道光十一年读雪山房刻本。

居多"。① 这一类论兵之文,主要有《兵法要略》这样的理论、战例相结合的综合性著作,《权论》《将论》《战论》这样的单篇兵法理论文章,以及《居业堂文集》卷十、卷十一所收诸篇兵家人物论。此种经济之学,与当日渐趋平静的时势并不相合,王源即曾言:"古今有致治之才,有戡乱之才,二者恒不得兼……当承平无事,戡乱之才多无用;而盗贼外侮非常之变作,又或非致治者所能办。"② 兵家之学主要是"戡乱"之学,因此王源虽对自身的"经济"学问颇具信心,但也只能将其付诸纸墨,王源友人曾评价其文说:"昆绳兵法最精,每遇谈兵文字,辄尔焕发,此真本领所在也。"③ 这些气象"焕发"的文字,是王源追求文章经世的成果,虽然对于一个有抱负有才略的人来说,这一对其文字的佳评,不免令人徒生无奈之感。

  论兵文字之外,王源文集中能表达他的经世理想的,还有关于豪侠人物的传记。如《隐侠传》,记述了一位姓名、里籍均不为人知的侠客,此位侠客,有"杀王公贵人于崇闱秘室若蚁子,千百万军中取上将头无难"的胆略技艺,有挺身救人的勇气,与面对官府时的傲然气概,其所作所为,在正邪之间,在正统儒家看来自是"犯禁"之人,但王源并不掩饰自己对其豪迈行为的欣赏,认为此种人有用世之价值,有为其立传之必要:"天之生斯人也,其谓之何?奇才不见用,而流于侠,侠而隐,悲矣。苟不为之传,抑又悲也。传隐侠,志其悲尔。"④ 又如王源曾为"燕赵之士之持高节抱经世大略,负绝学,不愧通儒而名不出乡里者"⑤ 王余佑、颜元、李明性作传,这几位学者,学术宗趣各不相同,但在王源笔下,给人印象最深的却是他们共有的"尚武"风神:王余佑少年时与父兄树义旗讨贼,晚年仍能"须戟张,蹲身一跃丈许,驰马弯弓矢无虚发,观者莫不震栗色动";⑥ 颜元与大侠李子青"月下饮酣",比试刀法,"折竹为刀舞,

---

① 王源:《复陆紫宸书》,《居业堂文集》卷六,清道光十一年读雪山房刻本。
② 王源:《与王吏部书》,《居业堂文集》卷六,清道光十一年读雪山房刻本。
③ 王源:《与王吏部书》后附冯文子评语,《居业堂文集》卷六,清道光十一年读雪山房刻本。
④ 王源:《隐侠传》,《居业堂文集》卷五,清道光十一年读雪山房刻本。
⑤ 王源:《李孝悫先生传》,《居业堂文集》卷四,清道光十一年读雪山房刻本。
⑥ 王源:《五公山人传》,《居业堂文集》卷四,清道光十一年读雪山房刻本。

相击数合,中子青腕,子青大惊";① 李明性之"好射","目光箕张,审固无虚发"。② 这些细节,均是王源所要表现的传主"命世才"的部分,均带有"侠"的色彩。"侠"之才略,在纯粹儒者看来,属于"杂霸"一路,对侠客行为的倾慕和描述,若以王源好友方苞的"义法"来衡量,只是不"雅洁"的"小说语"。王源承认自己经济之学的"不纯粹",在《史阁部遗文序》中,王源对史可法缺乏"权变"表示遗憾,同时坦言:"公学术之醇,真有正谊明道守死不移者,如源之谋,未免近于杂伯计功利者之事。"③ 但从他的论兵之文与豪侠传记中,我们不难看出他对这种杂霸之气、这种豪士"焕发"笔调的肯定与传扬。因此可以说,王源的经世学问与经世文章,是属于"乱世"而非"治世"的,是"狂者"而非"狷者"的。方苞也讲"君子之为学也,将以成身而备天下国家之用也"④,但由"成身"而"治国平天下",已是恂恂儒者的修学之法,而非慷慨文士的逸兴遄飞了。

## 第二节 至性与忠孝

王源曾多次强调作者内在情感之于文辞的作用,称赞"以真性情为诗,不徒以清词丽句为工"⑤"淋漓凄惋,各随其情之所感"⑥的作品,但王源所推举的"情",并非晚明公安派的"独抒性灵"、竟陵派的"幽情单绪"一类侧重于个人自由表达的轻灵性情,而是严肃的有关家国的伦理情感,即他所说的"至性"。

王源对文人"至性"的呼吁,同样受到其父辈的影响。王源之父王世德明亡后曾整理自己供职内廷时的所见所闻,撰成《崇祯实录》一书,并在自序中指出,此书乃有感于当时文人对崇祯帝的不实议论

---

① 王源:《颜习斋先生传》,《居业堂文集》卷四,清道光十一年读雪山房刻本。
② 王源:《李孝悫先生传》,《居业堂文集》卷四,清道光十一年读雪山房刻本。
③ 王源:《史阁部遗文序》,《居业堂文集》卷十二,清道光十一年读雪山房刻本。
④ 方苞:《送钟励暇宁亲宿迁序》,《方苞集》卷七,上海古籍出版社2008年版,第194页。
⑤ 王源:《蒋度臣诗序》,《居业堂文集》卷十四,清道光十一年读雪山房刻本。
⑥ 王源:《张梓庵诗序》,《居业堂文集》卷十四,清道光十一年读雪山房刻本。

而作:"从来死国之烈,未有过于烈皇;亡国之痛,未有痛于烈皇者也。乃一二失身不肖丧心之徒,自知难免天下清议,肆为诽谤……举亡国之咎归之君,冀宽己与同类误国之罪,转相告语,且笔之书而传于世,臣用是切齿腐心,痛烈皇诬蔑……故录所见闻……庶流言邪说有以折其诬,而后之修明史者有所考据焉。"① 明亡之因,不是本书所要讨论的对象,但作为曾"日帅旗尉四百,午门守卫,夜宿禁中,凡天子御殿、御门召对,悬金牌侍立纠仪"②的崇祯近侍,王世德此种对君王的爱护是非常自然的情感,而易代之际某些文人背叛君父,缺乏志节,也是王世德、王源父子当日所亲见的情形。王源对此类仰仗笔墨、文过饰非之文人,同样极为不齿:"人才之衰,率由门户,门户之祸,率起文人……有用之才排之惟恐不力,误国惟恐不至,君父危亡非所恤,社稷丘墟非所计,乃著为文章,盛其羽翼,播之四方,传之后日,以至国亡君死,身为乱贼而大声疾呼,盛毁其君亲以自明其无罪,又或逃之空门,支离悠谬以为高,是皆乡里小儿所羞称,而世犹或推而奉之,曰:'某先生文人也。'见其子孙,不啻忠臣孝子之后,而其子孙亦腼焉自负,曰:'我文人之后,是亦文人也。'"③ 此段议论直指当时某些身历两朝、富有盛名的文人,认为其不仅无才略,而且无公心、无廉耻。在《李苍存诗集序》中,王源说自己曾与李苍存"典衣试酒","醉则笑骂近代诗人为今所宗为百世之师者,相为谐谑",④ 此"百世之师",即当指叛国辱身的清初诗坛领袖钱谦益之流。鉴于此种"穿窬而为于陵仲子之言以欺人"⑤ 的情形大行于世的状况,王源提出"至性者文之本"⑥的说法,意欲重建文人与文章之性情。

王源《居业堂文集》中关于"至性"的论述,可归纳为以下两个方面:

---

① 王源:《先府君行实》,《居业堂文集》卷十八,清道光十一年读雪山房刻本。
② 王源:《家大人八十征言启》,《居业堂文集》卷八,清道光十一年读雪山房刻本。
③ 王源:《复陆紫宸书》,《居业堂文集》卷六,清道光十一年读雪山房刻本。
④ 王源:《李苍存诗集序》,《居业堂文集》卷十四,清道光十一年读雪山房刻本。
⑤ 同上。
⑥ 王源:《遂初堂集序》,《居业堂文集》卷十三,清道光十一年读雪山房刻本。

一、作为"文之本"的"至性",其基本内容为"忠孝"。在为任塾所作《遂初堂集序》中,王源认为:"至性者文之本,无忠孝为之本而以文名,皆妄也。"① 此序中写到,任氏在左良玉叛军占皖时,于叛军中"直前身蔽父,哀泣求代",终救父出,又"辗转剑槊锋镝,冒万死,履尸侧身入(舍),血淋漓遍体而后得母,复负以出",以一介文弱书生而有此舍生忘死之举,"非有至性,其孰能之"。并指出,建立在此"至性"基础上的任氏文章,能够"每于父子兄弟之间,缠绵呜咽,感人不能已",非当日性情虚伪之文可比。② 从现有资料可知,任塾清初曾任高官,③ 并非严格的"忠"于故国者,王源此序,乃就其"孝"立论。又《屈翁山诗集序》中,王源认为当日天下诗人众多,却都不明"诗之本与所以诗之故",而屈大均诗"原本忠孝","自写其性情际遇",因此能"直驾宋明诸作者上"。④ 此处亦将"忠孝"作为"诗之本"。屈大均为清初著名遗民,"身遭变乱不幸而秉夷齐之节",⑤ 其"性情境遇"中"忠"的成分更重。忠、孝在传统宗法社会中常为不可分之道德,孝于亲者,往往亦能爱惜身名,在国家大义前不致贪利忘义。王源所作《保定张氏兄弟合传》中,于京师陷后仍死守保定六日的张氏兄弟,危难之时决意集结乡兵、以身殉国之重要原因,便是为了不堕家声:"吾家自先将军,食禄至今五十年。父子兄弟受国厚恩,阖门以死报,分也。"⑥ 当国破家亡之日,最需要也最缺乏者即是忠臣孝子,此辈人性情光明刚正,足以挽救国势,维系人心。而忠孝性情,在王源看来,也正为新朝定鼎之初虚伪不实的文人人格、文章风格所缺乏,是他所欲建立的正大感人、可传不朽的诗文世界中最基本的情感质素。

---

① 王源:《遂初堂集序》,《居业堂文集》卷十三,清道光十一年读雪山房刻本。
② 同上。
③ 任塾(1621—1700),字克家,号改庵,安徽怀宁人。顺治十四年举于乡,康熙六年成进士,历任直隶三河县、河南磁州、礼部郎中、山东学政。康熙二十七年,王源之友戴名世、刘齐等人均曾入任塾幕,王源或通过戴、刘等人与任氏结交。
④ 王源:《屈翁山诗集序》,《居业堂文集》卷十四,清道光十一年读雪山房刻本。
⑤ 屈大均:《书逸民传后》,《翁山文钞》卷八,《清代诗文集汇编》第119册,上海古籍出版社2010年版,第100页上。
⑥ 王源:《保定张氏兄弟合传》,《居业堂文集》卷二,清道光十一年读雪山房刻本。

二、"至性"的表达，须有"元气"。在《复陆紫宸书》中，王源对陆楣"文以至性为骨，元气为辅，无至性，优人之啼笑，无元气，土木之衣冠"的意见表示赞同："何其言之实获我心也。"① 此信中又称赞陆楣所作华允承《年谱》："华凤超先生理学节义，久所仰慕，大作凛然有生气，真所谓至性为骨者。"② 无锡华允承，字汝立，号凤超，天启二年进士，为高攀龙受业弟子。崇祯间任兵部员外郎，曾上疏言当日"三大可惜、四大可忧"，抨击当日朝廷法律滋章、舞文凿断之术横行，致使吏治民生只看簿牒而不问实效，以及门户纷争，阁臣结党，致使矜矫之辈得势、有用之才难为用诸弊。明亡后隐居家乡，顺治五年因不肯薙发，被执至南京伏法。华氏一生，可谓无愧于"忠孝"二字。为这样一种沉重庄严的生命作传，其文字自是"凛然"。因此可以认为，王源所说的有"至性"的文章之"元气""凛然生气"，所指向的是一种刚健、慷慨的文字声势与精神。"至性"以"忠孝"为情感内核，而忠孝之情的传达方式，通常是严肃、郑重的，易代之际的"忠孝"表达，更是饱含着血与泪，甚至要付出生命的代价。因此"至性"之文，必也是悲慨淋漓，使人读后肃然悚然的，是秋之商调而非春之角声。较王源稍早的黄宗羲，曾认为有一种文章，出于"孤愤绝人，彷徨痛哭于山巅水涘之际"的作者笔下，可发为风雷，乃"天地之阳气"。③ 这一"阳气"概念，与王源之"元气"有相似处，都是易代之际满怀深忧巨痛的文人所偏爱、所希望达致的一种建立在深沉的家国情感之上的、庄重不轻佻、赤诚不浮滑，而又磅礴有力、"警世骇俗"的文风。

作为文人，王源其人其文，均可为其"至性"作注。王源出身于"忠孝"世家，其父王世德明亡时自杀未成，祝发为僧，后南下隐居江苏宝应，与梁以樟、阎尔梅、魏禧等遗民相往来。④ 王世德之妻魏

---

① 王源：《复陆紫宸书》，《居业堂文集》卷六，清道光十一年读雪山房刻本。
② 同上。
③ 黄宗羲：《缩斋文集序》，《黄梨洲文集》，中华书局1959年版，第337页。
④ 王源：《先府君行实》，《居业堂文集》卷十八，清道光十一年读雪山房刻本。

氏，当甲申京师城破之日，率家中妇女十九人投井死。[①] 这样一种悲壮的家世记忆，直接影响到王源性情的形成："父师皆以患难九死余生，萍聚他乡，晨夕歌哭，淋漓酣痛。予兄弟日侍左右，其习于感慨无聊不平，宜也。"[②] 王源幼时便不喜"伪道学"而发誓愿做"忠孝以事君亲，信义以交朋友，廉耻以励名节"的"真豪杰"，[③] 成人后自言"生平无他长，唯一'实'可以自许，不敢以一字之虚欺世"[④]。这种强烈的道德感与真诚慷慨的态度，正是王源所呼吁的"至性"的表现。王源的文章，亦是"孜孜表彰节烈"[⑤]，《居业堂文集》中收有多篇为明末殉国者所作的传记，传主涉及大臣、贵戚、太监、侍卫、有功名者、无功名者、家人妇女诸阶层。在梳理事件背后的政治大局的同时，王源将笔墨着重于对传主生命最后一刻的记录，不厌其烦地一一描述这些忠臣义民的"死法"："六缢始死"[⑥] "焚楼死"[⑦] "投井死"[⑧] "叱令举火，拔剑自刎死"[⑨] "相向自到"[⑩] "从容冠带缢中堂死"[⑪] "争踊身投火中死"[⑫] "巷战力竭、自刎死"[⑬] ……字里行间透露出来的惨烈气息，时隔三百年，仍叫人感到无可言说的压抑与沉重。这种强大的文字感染力，既来自当日的历史真实，也来自作者在选材、行文上有意为之，历史人物的"至性"与史家的"至性"相碰撞，于是产生了这样一种"至性"勃发的文字。在王源另外一

---

[①] 魏禧：《王氏三恭人传》，《魏叔子文集》卷十七，中华书局2003年版，第826—828页。
[②] 王源：《北省稿序》，《居业堂文集》卷十四，清道光十一年读雪山房刻本。
[③] 王源：《与李中孚先生书》，《居业堂文集》卷七，清道光十一年读雪山房刻本。
[④] 王源：《与程偕柳书》，《居业堂文集》卷七，清道光十一年读雪山房刻本。
[⑤] 王源《自书史阁部遗文序后》附陆冠周评语，《居业堂文集》卷二十，清道光十一年读雪山房刻本。
[⑥] 王源：《新乐侯传》，《居业堂文集》卷二，清道光十一年读雪山房刻本。
[⑦] 同上。
[⑧] 王源：《新乐侯传》《巩都尉传》《保定张氏兄弟合传》，《居业堂文集》卷二，清道光十一年读雪山房刻本。
[⑨] 王源：《巩都尉传》，《居业堂文集》卷二，清道光十一年读雪山房刻本。
[⑩] 王源：《李若连高文彩传》，《居业堂文集》卷二，清道光十一年读雪山房刻本。
[⑪] 同上。
[⑫] 王源：《司礼监高时明传》，《居业堂文集》卷二，清道光十一年读雪山房刻本。
[⑬] 同上。

些关于太平年代人物的记述中，每逢"至性"之场景行为，文字也总是格外生动，如《先兄汲公处士行略》中，写先兄王洁性至孝，母卒后"支离苦块年余，每夜半风惨惨，斜月照户，抚棺呜咽滂沱，或梦中号哭而起，庭乌哑哑惊绕，闻者哀之"[①]；《张采舒诗序》中，写自己与"义侠"张采舒相会，"各倾吐平生所怀，凡十昼夜，哭歌相杂也"[②]；《与程偕柳书》中写与同饮苏州书带园，谈论前朝二百年间事，"把酒慨然，既而骤雨，林寒庸昏，淹留久之"[③]。此种种细节，均可使人油然而兴、勃然而起。道光间人管绳莱评价王源文章是"以世家子弟，国变家毁，无所发泄，苍凉郁勃之气，一寓之于文"[④]，可谓知言。王源至性充溢、"苍凉郁勃"的文字，属于"国变家毁"、风雨苍黄的时代，其生命内涵，绝非同样标榜"真性情"的、柔和灵巧的晚明小品文所可比拟。

## 第三节 "取法乎上"：王源的古文技术论

清初文坛诸家，在古文"文统"的问题上，多数继承了明嘉靖以来归有光、唐顺之、茅坤等人推重唐宋文章的思路，对明前后七子"文必秦汉"说持批评态度。如黄宗羲认为李梦阳"文必秦汉"之说是"凭陵韩欧""窜居正统"，[⑤] 钱谦益亦抨击"傀、剽、奴"的"近代伪古文"，[⑥] 褒扬归有光"文从字顺"[⑦] 的文章。《清史稿·文苑传》所称"国初三家"中，侯方域早年喜爱六朝骈俪之文，入清后"大毁其向文，求所为韩、柳、苏、曾、王诸公以至于司马迁者，

---

① 王源：《先兄汲公处士行略》，《居业堂文集》卷十八，清道光十一年读雪山房刻本。
② 王源：《张采舒诗序》，《居业堂文集》卷十四，清道光十一年读雪山房刻本。
③ 王源：《与程偕柳书》，《居业堂文集》卷七，清道光十一年读雪山房刻本。
④ 管绳莱：《王昆绳家传》，王源《居业堂文集》卷首，清道光十一年读雪山房刻本。
⑤ 黄宗羲：《明文案序下》，《黄梨洲文集》，中华书局1959年版，第389页。
⑥ 钱谦益：《郑孔肩文集序》，《牧斋初学集》卷三十二，上海古籍出版社1985年版，第930页。
⑦ 钱谦益：《新刻震川先生文集序》，《牧斋有学集》卷十六，上海古籍出版社1996年版，第730页。

而肆力焉";① 魏禧"爱苏明允";② 汪琬文章,则"得力在欧、王之间"。③ 在这一片宗唐法宋的时代之声中,王源却呼吁要学习秦汉、"取法乎上"。在《与友人论侯朝宗文书》中,他说:

> 仆最爱朝宗文,有流水行云之致,而深不服其入门必由八家之说。语曰:"取法乎上,仅得乎中。"吾诚能取法先秦西汉,何患不与八家并驱争先?若但取法八家,不过寄八家篱下。而谓舍八家即无门可入,则当日八家为文,更何自入邪?④

此种"取法乎上"的观点,并非对"文必秦汉"说的简单重复。首先,王源并不否认从先秦到唐宋的古文发展历程,只是认为文章境界,有高下之别。在《复陆紫宸书》中王源对"文章之体"有过描述,认为文章"本于天,见于阴阳律度名物,托始于奇偶,而创于典谟,其后凿险于《殷盘》《周诰》,发皇于《诗》《礼》,练于《春秋》,跌宕于《论》《孟》,纵横变化于《考工》《左氏传》《公》《谷》《庄》《骚》《战国策》《韩非》诸子,汉以后宕逸雄肆于贾谊、鼂错、司马迁,约束于班固,而支分派别于唐宋韩、欧诸大家"。⑤ 可见王源承认韩愈、欧阳修是古文发展史上的重要人物。但细读此段议论,又可看出,王源的"古文统绪"范围广阔,不仅包括《左传》《史记》这些为唐宋古文家们所推崇的、性质为"奇"的散行文章,还包括"正而葩"的《诗》、"寓偶于散"的《汉书》这样的性质为"偶"的文章。因此王源的理想文风,也偏于驳杂浩荡一路:"兵家有奇正之术,正有定,奇无定,而以正为奇,以奇为正,则正亦无定。骏马超光绝影,山阪溪涧,腾踔如平地,踪迹终未能泯。神龙瞬息变灭,孰寻其踪迹所在乎?……盖文章不外用意与笔,意高则笔有建瓴之势,笔奇则莫测其意

---

① 徐作肃:《壮悔堂文集序》,侯方域《壮悔堂文集》卷首,《清代诗文集汇编》第62册,上海古籍出版社2010年版,第328页上。
② 曾灿:《魏叔子文集序》,魏禧《魏叔子文集》卷首,中华书局2003年版,第27页。
③ 魏禧:《答计甫草书》,《魏叔子文集》卷五,中华书局2003年版,第248页。
④ 王源:《与友人论侯朝宗文》,《居业堂文集》卷六,清道光十一年读雪山房刻本。
⑤ 王源:《复陆紫宸书》,《居业堂文集》卷六,清道光十一年读雪山房刻本。

所在，总之有卓绝不磨之识议，而乱峰横侧，烟云狼藉，斯为善矣。"①这种奇正相兼、如骏马腾踔、神龙隐现、风云变幻的文字，方是王源所认为的文章"善"境。高古凝练的先秦西汉之文，显然比讲究"文从字顺"与"言之长短与声之高下"相配合的唐宋文章，更接近此种"意高""笔奇"的境界。而在唐宋八家中，韩愈文章，尚有奇崛之风，宋代欧阳修、曾巩诸家，则走向宛折与浅淡。如此，就不难理解王源对宋文的批评："宋文靡弱，能正不能奇，能整不能乱，能肥不能瘦，校唐人已远不逮，何况先秦西汉。"②对清初文坛所推重的归有光，王源也颇为不屑，认为其文"肤庸"③，其原因亦应在于归文缺乏"奇"与"乱"的风格。

其次，王源认为，取法秦汉文，有其必要性，也并非无路可循。明代古文领域秦汉派的失败与唐宋派的成功，主要原因是唐宋文之法度，比秦汉文更明显、更易掌握："（文章）自唐宋而下，所谓抑扬开阖起伏照应之法，晋汉以上，绝无所闻，而韩、柳、欧、苏诸大儒设之。"④今人郭绍虞认为，秦汉派讲"法"，主要"于字句求之，于字面求之"，不免"求深而得浅，反落于剽窃模拟"，唐宋派则可以"于开阖顺逆求之，于经纬错综求之，由有定以进窥无定，于是可出新意于绳墨之余"，⑤亦是此意。从开阖顺逆之章法入手，比从字面、字句入手更容易掌握前代范文的脉络思路，更容易将自我意识"代入"前人格式，写出有"新意"的文章。但长期浸淫于"开阖顺逆"之法，也容易被法度所束缚，难以达致奇正相兼、随心所欲的文章化境。明归有光及清桐城派文章常被批评"阑入时文气息"，即与他们重视学习八家、步法不免拘谨有关。因此，王源认为"若但学习八家，不过寄八家篱下"⑥，只有上学秦汉，才能突破八家的樊篱。面对明秦汉派的失败记录，王源表示："朝宗曰：'先秦之文，如泰华

---

① 王源：《与友人论侯朝宗文》，《居业堂文集》卷六，清道光十一年读雪山房刻本。
② 同上。
③ 方苞：《书归震川文集后》，《方苞集》卷五，上海古籍出版社2008年版，第117页。
④ 罗万藻：《韩临之制艺序》，《此观堂集》卷一，清乾隆二十一年刻本。
⑤ 郭绍虞：《中国文学批评史》，上海古籍出版社1979年版，第354页。
⑥ 王源：《与友人论侯朝宗文》，《居业堂文集》卷六，清道光十一年读雪山房刻本。

三峰，直与天接，自非仙灵变化，而如李梦阳者，所谓蹶其趾者也.'夫泰华虽高，固非若天之不可阶而升。苟得其径，虽巉岩倾仄，逶迤窅篠，磨胸挖石，未始不可以穷幽造极，梦阳何足以语此。"① 认为李梦阳之辈的"文必秦汉"，并不是理想的"取法乎上"的路径。那么如何"得其径"？王源曾有"文章不外用意与笔"的看法，在与友人讨论时文写作时又曾提出："学古人者，学其用意也，用笔也，非学其词华与声调也。"② 只模拟"词华"与"声调"，正是前后七子学秦汉文而不成的原因。王源拈出"意"与"笔"作为新的学习角度，便是在吸取前人经验的基础上所提出的更为稳妥的见解。虽然从王源《与友人论史书》《左传评》等讨论古文技法的文字来看，王源对文章用"意"与用"笔"的说明，更偏重于"运用不测""变化生心"的层面，依照这种方法，能否学到秦汉文章的精髓，主要还得依仗学习者自身的悟性，但王源自己的文章创作，曾被廖燕评价为"汪洋无涯，变幻百出，直欲驾唐宋元明而上"③，此种文风，自非局限于八家章法者所能有，这在某种程度上，已证明了他的"取法乎上"的可行性。

与"取法乎上"相对应的，是王源对"文随世变"说的质疑。王源《与友人论史书》，对当时史传作者不讲"古人简而详"之法，一味奉"庸陋"的宋元史传为矩镬的行为进行了尖锐的批评：

> 世有言似中庸，实足误天下后世者，莫过文章随世代变迁之说。世风之变，固矣，顾变之者谁乎？人尔。变而下，人为之，变而上，人独不可为乎？……世人徒知仰近代鼻息，不肯卓然取法乎上，原非其才之罪，顾欲归咎世运。假令世运降，不复得古之才，愈降愈下，则宋元后更千数百年，文字且变为侏离，而六朝不必有范晔，唐宋不必有韩愈欧阳修矣。④

---

① 王源：《与友人论侯朝宗文》，《居业堂文集》卷六，清道光十一年读雪山房刻本。
② 王源：《与蒋湘帆书》，《居业堂文集》卷八，清道光十一年读雪山房刻本。
③ 王源：《廖处士墓志铭》，《居业堂文集》卷十七，清道光十一年读雪山房刻本。
④ 王源：《与友人论史书》，《居业堂文集》卷六，清道光十一年读雪山房刻本。

此信中王源认为，史家组织史料的基本准则如详略、类叙、追叙、互见以及"核实直书""褒贬自见"等，不应随时代的更替而改变，前代史家的优胜处如"兰台遗法""范之雅练，陈之简净，欧阳之拟龙门"等，也不能轻易以"文各有取，不必是古而非今也"而抹杀。"非我不欲为也，世也"的"文随世变"论，只可作为甘于肤弱者的借口，不当是有为之士的态度。"文随世变"，本是自《文心雕龙·时序》起即有的一种观念，在明后期反对前后七子复古主张的新的文学革命中，"文随世变"成为打破"摹古"之弊的重要理论依据。① 如袁宏道认为："代有升降，而法不相沿，各极其变，各穷其趣，所以为贵。"② 每个时代都有各自的特点，不能相替，因此各代文章都有存在的理由。这种对后来者价值的肯定，也体现在明代唐宋派文人的文字中，如潜心古人著称的归有光，即曾以"文章至宋元诸名家，其力足以追数千载之上"的议论，讥讽过当日"一二庸妄巨子"。③ 而王源认为宋元史传不及《史记》《汉书》，又认为八家文境界不及秦汉，此种"厚古薄今"的观点，自与"文随世变"说格格不入。世代越靠后，思想越细密，语辞越繁复，后代之文，不及前代文简洁有力，是不可避免的事实，而通俗与高古，繁复与浓缩，哪种是更高的境界，是见仁见智、直到今日也未有定论的问题，非本文所能讨论清楚。我们感兴趣的，是王源对"文学唐宋"的质疑，与晚明对"文随世变"的提倡二者之间的精神联系。王源与晚明提倡"文随世变"最力的袁宏道，都是阳明学说的拥护者。袁宏道与泰州王学的密切关系，学界已有论述，④ 而王源亦曾明确表示对阳明的钦佩。喜王学者多重视个人力量，袁宏道在七子学说风行之时，提倡"文随世变"，基于对个人性情的肯定："见从己出，不曾依傍半个古

---

① 参见王齐洲《"一代有一代之文学"——文学史观的现代意义》，《文艺研究》2002年第6期。
② 袁宏道：《叙小修诗》，《袁宏道集笺校》卷四，上海古籍出版社1981年版，第188页。
③ 归有光：《项思尧文集序》，《震川先生集》卷二，上海古籍出版社1981年版，第21页。
④ 参见陈寒鸣《袁宏道与泰州王学》，《齐鲁学刊》2010年第4期。

人，所以他顶天立地，今人虽讥诮得，却是废他不得。"① 此种观点，揭起"信手信口"之旗，是魄力极大之举。而王源对"文随世变"说的反感，对秦汉文的肯定，亦是逆时代潮流而动。在《与友人论史书》中，王源认为人既可以"变而下"，同样也可以"变而上"。② 在《刘雨峰诗集序》中又进一步说："人日变于下，乃其变也日趋于无所底，而君子之学则愈变而愈上……君子以其不变者持其变，持之力则矫之，矫之不已，其变不已，上乎。"③ 可见王源并不反对"变"本身，他所反对的，只是盲目随时的"变"。袁宏道曾说："法因于弊而成于过"，④ 有大力者，能与时代潮流中窥出弊端加以矫正。袁氏是晚明文坛的矫枉者，而王源亦可说是康熙间文坛有大力气的人。二人的观点不同，但都是站在自己时代之外的清醒者。只是，袁宏道的"矫枉"，之后成为一代新风气，而王源对宗法秦汉的提倡，只影响到李塨等少数人。⑤ 方苞与王源虽为道义之交，但方苞论文，标举法度，尚"简"尚"洁"，与王源不同。清浅有韵味的风格，日后得到朝野两方面的推崇，王源所希望的奇正相兼、大气磅礴的文章，终未能成气候。

---

① 袁宏道：《与张幼于》，《袁宏道集笺校》卷十一，上海古籍出版社1981年版，第502页。
② 王源：《与友人论史书》，《居业堂文集》卷六，清道光十一年读雪山房刻本。
③ 王源：《刘雨峰诗集序》，《居业堂文集》卷十四，清道光十一年读雪山房刻本。
④ 袁宏道：《雪涛阁集序》，《袁宏道集笺校》卷十八，上海古籍出版社1981年版，第710页。
⑤ 李塨《送黄宗夏南归为其尊翁六十寿序》后附编者语："此王昆绳先生改本也。先生初学八大家，昆绳过，会学，言当宗秦汉章法，订此。先生后谓唐宋不如秦汉，秦汉不如六经，于是文法一宗圣经，题曰《后集》。"《恕谷后集》卷一，《清代诗文集汇编》第203册，上海古籍出版社2010年版，第7页上。

# 第八章

# 豪杰之人与豪杰之文：朱书论

## 第一节 朱书生平简述

### 一 家世及少年时代

据朱书《先考仲藻府君事略》，宿松朱氏家族始祖朱相三，"奉诏自鄱阳瓦屑坝来宿松杨西坂"。① 明洪武年间，政府曾数次组织大规模的移民，其时大量来自江西及安徽各地的移民迁入宿松。② 朱相三一族的迁徙，即是此一时期官方移民的结果。朱书为朱相三的九世孙。朱书高祖名朱文鼎，曾祖朱左，字近松，祖朱朝宦，字肖松。文鼎一族，世代务农，"未尝业读书为士"。③

朱书之父朱光陛，生于明万历三十六年八月十一日，卒于清康熙十四年十二月二十日。朱光陛"幼好读书"，虽非天性颖悟之人，但却能做到"精细"，被岳丈称为"柴愚参鲁，其此子也耶"。④ 崇祯八年以后，江北农民义军蜂起，安庆府所辖各县，成为官兵与义军来回争夺的重要地域，正常的社会政治、生活秩序均受到极大干扰。朱光陛以读书为业，但此时地方官府已"止不试"，无法参加考试取得秀

---

① 朱书：《先考仲藻府君事略》，《朱书集》卷八，黄山书社1994年版，第167页。
② 参见曹树基《中国移民史 第五卷》第二章第三节"安庆府"部分，福建人民出版社1997年版，第62—65页。
③ 朱书：《先考仲藻府君事略》，《朱书集》卷八，黄山书社1994年版，第168页。
④ 同上。

才资格，又因"不能作苦"，无法力田，数次濒于死亡。① 顺治二年，清军渡江，平定江南，但时局仍不安稳。安庆府西北群山，与湖北、河南交界，为明末清初著名的"蕲黄四十八寨"反清武装所在地。宿松位于安庆西北部，民间抗清斗争亦如火如荼，所谓"邑人数奉闽粤命，致大师"。② 据朱书《皖寨纪事》，安庆地区诸寨的反清活动，在乙酉年后曾持续了六七年之久。朱光陛为避兵乱，于顺治三年离家，授徒太湖、潜山中，直至康熙十三年才回乡定居。归来家业荡然，却毫不为意，认为"吾子孙能读书即世业也"③。归乡二年后即卒。朱光陛的一生，可以说是乱世普通文人生命形态的一个缩影。在变幻莫测的时代风云之下，"读书"成为他们最大的奢望，也是最后的精神避风港。傅山在明亡后亦曾告诫子孙坚守读书之业："须知志即在读书中寻之，不失为门庭萧瑟之风流也。"④ 朱光陛与傅山，虽学术成就、历史地位相差甚巨，但以"读书"为人生归宿的心愿却是相同的。

朱书于顺治十一年生于潜山敢山冲，为朱光陛第三子。朱光陛对朱书的影响，兼及"行"与"文"两方面。"行"的方面，朱光陛自国变后，"氀巾深衣历十余年一易，胸中尝有以自乐"，⑤ 头巾、深衣，乃汉族服饰。朱光陛未曾取得明朝功名，对故国故君并无守节的责任，他的这一举动，至多只能算作"自愿隐逸"⑥。我们虽不能就此说他对明政权有深刻的怀恋，但至少可以肯定，他对外族入主中原，颇不以为然。朱书入仕前政治立场较为暧昧，又对明末历史颇感兴趣，⑦ 应是受到父亲的影响。"文"的方面，朱光陛亲自教导朱书

---

① 朱书：《先考仲藻府君事略》，《朱书集》卷八，黄山书社1994年版，第168页。
② 同上。
③ 同上。
④ 傅山：《家训·仕训》，《陈批霜红龛集》卷二十五，山西古籍出版社2007年版，第681页。
⑤ 朱书：《先考仲藻府君事略》，《朱书集》卷八，黄山书社1994年版，第168页。
⑥ 牟复礼曾将元亡后不仕者分为"强制隐逸"与"自愿隐逸"两类，陈永明在其对明清易代之际人物的研究中使用了这一术语，详见其论文《明人与清人：明清易代下之身分认同》，收入《清代前期的政治认同与历史书写》，上海古籍出版社2011年版，第93页。
⑦ 方苞《朱字绿墓表》中，言朱书"尤熟于有明遗事"。见《方苞集》卷十二，上海古籍出版社2008年版，第346页。

读书:"书五岁即抱置膝上,口授四书。夜围炉,辄以筋画灰作字,使识形声。稍长,教以古今世变,忠孝诸大节,博习诗、古文辞。顾屏干禄之学,不使进。"① 朱书学作时文,"皆十五后窃为之也"。② 这一"从古文入时文"的文章路径,与戴名世、方苞等人类似,对其一生学问旨趣与时文风格的形成,均有重要影响。

康熙十三年,朱书随父迁回宿松杜溪,与沈氏成婚。此年至康熙十八年,朱书授徒于宿松严家邑。康熙十八年夏,朱书以府试、院试第一的成绩进学,其文受到江南学政刘果的赞赏。五年后,朱书在南京结识戴名世,戴氏亦是刘果取中之秀才。朱书从戴氏口中知道刘果对自己的称颂,十分感动,赋诗以纪之,其中有"我闻此语不自持,惝恍江边信反疑。雕虫区区何足数,驽骀乃受九方知"③ 之句。进学之年,朱书以积存馆金初置田宅,定居杜溪,家居教子侄。此年至康熙二十五年末因选贡入都,朱书未作远行。这一段时间,朱书主要交游者为同县傅岩、傅有执、胡鸣凤、王式昭、曹锡光、王式金等。诸人以品行相砥砺,相约"毋亏伦,毋行不义,毋作诸不肖",并于每岁五月初五日,集于其中一人之家,"考德纠过",互相质正。④ 明末清初士人中流行"修身"之会,⑤ 朱书与其友人的"考德纠过"亦类于此。

## 二 太学及壮游时期

康熙二十四、二十五年,江南学政李振裕考试江南各府学生,共拔取一百三十三人贡入国子监,朱书亦名列其中。朱书初入都时,"囊中只有白金五两",⑥ 不得不在当日鸿胪寺卿伊图喀家授徒。清初

---

① 朱书:《先考仲藻府君事略》,《朱书集》卷八,黄山书社1994年版,第168页。
② 同上。
③ 朱书:《旧县遇桐城宋潜虚述学宪刘木斋先生相知之意感作》,《朱书集》卷二,黄山书社1994年版,第21页。
④ 朱书:《傅处士传》,《朱书集》卷八,黄山书社1994年版,第167页。
⑤ 参见王汎森《明末清初的人谱与省过会》,《权力的毛细管作用:清代的学术、思想与心态》,联经出版事业公司2013年版,第227—272页。
⑥ 朱书《王说曰诗云一节》文后自记,《朱书集》卷十四,黄山书社1994年版,第422页。

制度，贡生学习期满，可考取八旗官学教习，教习任职满三年，可授邑令。朱书于康熙三十一年补官学教习，康熙三十四年补县令，但并未实际受职。自康熙二十六年至康熙四十一年举顺天乡试，此十余年中，朱书来往大江南北，或入幕，或单纯地游历。其间主要经历如下。

康熙二十六年到康熙三十一年，往来京城、山东、宿松。戴名世《齐讴集自序》："戊辰、己巳之间，自燕逾济，游于渤海之滨，遍历齐、鲁之境，同游者数人……数人者为无锡刘齐、武进白宝、宿松朱书、溧阳史祺生、常熟翁振翼、华亭毕大生、山阴胡赓昌。"[1] 其间，康熙二十七年，因赴母丧，曾自燕地归乡。朱书《亡妻沈长君事略》："丁卯，老母病不省事……如是者一年。老母既丧，予自燕奔归。"[2]丁忧期满后，复到山东，方苞《朱字绿稿序》："壬申，余授徒京师，而字绿亦至自山东。"[3] 康熙三十一年，补授官学教习。朱书《回也闻一知十》文后自记："予以壬申补官学教习。"[4]

康熙三十二、三十三年，数往返于北京与秦晋之间。朱书《游历记·燕秦之道》："余癸酉、甲戌两岁中，数往返焉。"[5] 这段时间中，朱书曾客于陕西驿传道副使张霖幕。

康熙三十四年，沈氏卒，朱书归乡。朱书《亡妻沈长君事略》："辛未，予行补官学教习……越四年，予授职归，长君竟卒。"[6]

康熙三十五年，结庐于宿松县治东三十五里豆溪庄梨坞[7]。方苞《朱字绿文稿序》："丙子，闻字绿定居杜溪，而往就焉。字绿方筑室而未成。见余至，忻然曰：'吾幸有数椽之庇、百亩之殖，可以老于

---

[1] 戴名世：《戴名世集》卷二，中华书局1986年版，第25页。
[2] 朱书：《朱书集》卷八，黄山书社1994年版，第172页。
[3] 方苞：《方苞集·集外文》卷四，上海古籍出版社2008年版，第622页。
[4] 朱书《回也闻一知十》文后自记，《朱书集》卷十一，黄山书社1994年版，第296页。
[5] 朱书：《亡妻沈长君事略》，《朱书集》卷十，黄山书社1994年版，第208页。
[6] 朱书《亡妻沈长君事略》，《朱书集》卷八，黄山书社1994年版，第173页。
[7] 《宿松县志·地理志六》言："梨坞在治东三十五里豆溪庄，清康熙间内翰杜溪朱书宅。"见俞庆澜等撰《（民国）宿松县志》卷六，民国十年刊本。

是矣。'"① 朱书有《山居记》，记杜溪田宅风光："庐四围皆山。山上为松数千株，杂树间之。东之冈隆隆然独起，若不肯与众冈为伍者。道载其上，贯南北。由之以通冈下，为坞。坞多梨。春梨竞华，皤皤然如碧琉璃环吾屋……所居背天柱，面匡庐，烟岚昼收，前后在树杪，疑即几席。"②

康熙三十七、三十八年，授徒南京。方苞《朱字绿墓表》："丁丑、戊寅，归休于家，而字绿适授经金陵。"③

康熙三十八年，在福建。康熙三十八年底，自福建至浙江。

康熙四十年，在南京。方苞《朱字绿文稿序》："辛巳，字绿来白门，其所著书，已数十万言。"④

### 三　得中两榜之后

朱书于康熙四十一年举顺天乡试，次年中王式丹榜二甲第三十名进士，⑤改翰林院庶吉士。康熙四十三年，授编修之职。此后直至康熙四十六年去世，均在翰林院度过。朱书中进士时，已经是知天命之年，并不算早达。身份的变化，使得朱书的心境、政治立场，均较前有所不同。

在翰林院时期，朱书的主要工作是编纂《佩文韵府》。现存《朱书集》中，有《入殿纪事诗三十首》，第一首"诏下初闻内使催，抠衣趋向凤城来"句下自注："康熙四十三年十二月十五日，掌院学士传旨，命臣直武英殿，写《佩文韵府》。"⑥据《御制佩文韵府序》，康熙四十三年六月，康熙帝始与翰林诸臣讨论重修韵书之事。同年十月，"复命阁部大臣更加搜采以裒益之，既有原本、增本，又有内增、外增。将付剞劂矣，名曰《佩文韵府》"。十二月，"开局武英殿，集

---

① 方苞：《方苞集·集外文》卷四，上海古籍出版社2008年版，第622页。
② 朱书：《朱书集》卷七，黄山书社1994年版，第143页。
③ 方苞：《方苞集》卷十二，上海古籍出版社2008年版，第346页。
④ 方苞：《方苞集·集外文》卷四，上海古籍出版社2008年版，第622页。
⑤ 《朱书集》后附《朱氏家谱》言朱书为二甲第四十名进士，见《朱书集》，黄山书社1994年版，第513页。《明清进士题名碑录》则记录为二甲第三十名，见《明清进士题名碑录索引》，上海古籍出版社1980年版，第2675页。
⑥ 朱书：《朱书集》卷四，黄山书社1994年版，第70页。

翰林诸臣合并详勘，逐日进览，旋授梓人"，全书于康熙五十年十月修成，前后历时八年。对照此《序》，可知朱书是第一批入殿参与修《韵府》的人员，同时参与修书者还有朱书癸未科同年钱名世、查慎行、汪灏、廖庚谟、吴廷祯、何焯、宋至等。①

朱书入仕后，政治立场较之前有了些许改变。入仕之前，朱书对明王朝怀抱着温情，写有不少情绪鲜明的文字，如康熙三十九年三月十九日崇祯皇帝忌辰，曾与友人同吊明孝陵，并作《灵谷寺树记》，对孝陵附近灵谷寺中受过明太祖赏赐的"树王"，在易代之际"未尝改柯易叶"的形貌感叹不已，文末更直接识以"庚辰三月烈皇帝讳日"之语，其政治倾向显然可见。②又康熙二十八年所刊明遗民诗人方文诗集《涂山续集》卷末，有朱书所作《方涂山先生传》，以崇敬的态度，详尽记述了方文种种不忘故国的行为。③而入翰林院之后，朱书对明遗民的态度却发生了转变，如康熙四十二年所作《四明林不岩先生必达前崇祯癸未进士以行人祭告出都而国变矣奉母山居不应征召明年年且九十其同里万君授一以予辈又登今癸未第为征诗寿之因赋十二韵》，林必达为崇祯癸未科进士，入清后不应征召，以遗民终老。而朱书则是康熙癸未科进士，六十年间，地覆天翻，朱书在此诗的最后写道："顾念予生晚，追维望古遥。年深柯久烂，怒尽渐无潮。龙集欣同岁，鸿飞叹隔宵。"④新进士子与故国遗老，各有怀抱，在朱书看来，遗民对故国的怀恋，并不合时宜，终将随时间流逝而消散，也即"怒尽

---

① 查慎行《次答廖若村同年赠别原韵二首》："六人三载同书局，出入群联雁一行。"自注曰："武英殿编辑《韵府》，余与若村、吴山抡、宋山言、汪紫沧、钱亮功六人，皆癸未同年也。"《敬业堂诗集》卷四十一，四部丛刊景清康熙本。但今文渊阁四库全书本《佩文韵府》卷首修纂官名单无朱书、汪灏。《佩文韵府》刊行于康熙五十年，此前一年，也即康熙四十九年，戴名世《南山集》案发，汪灏、朱书因曾给《南山集》作序，牵连案中，朱书已故免议，汪灏九门合议论绞，康熙五十一年得恩旨，以曾效力书局，赦免出狱。查慎行为此有诗云："累朝岂少文章祸，圣主终全侍从臣。"（《敬业堂诗集》卷四十《闻汪紫沧同年出狱》，四部丛刊景清康熙本）《佩文韵府》刊行之时，《南山集》案正在审理中，故不著朱书、汪灏名。

② 朱书：《灵谷寺树记》，朱书等《灵谷纪游稿》，《古学汇刊》第6册，广陵书社2006年版，第3661—3662页。

③ 朱书：《方盦山先生传》，方文《方盦山诗集》，黄山书社2010年版，第892—893页。

④ 朱书：《朱书集》卷四，黄山书社1994年版，第68页。

渐无潮"。

康熙重视文教，朱书对此持赞赏的态度，所谓"圣朝讵有渴相如"。① 这或许是他作为文人，对清廷抱有好感的一个重要原因。在翰林院当值的数年间，朱书勤于公事，然而，名利场中的纷争，亦使朱书对政治怀有一种警惕的心理。如朱书初入翰林，即遇到翰林院前辈阎愉出任邑宰，阎氏名愉，字敬生，一字旷含，号菉园，康熙三十五年丙子科乡试山东解元，康熙三十九年庚辰科三甲第一百零九名进士，以翰林出为浙江长兴县令。虽然长兴地处江南富庶之乡，但如能留在部院，按清制，数年后即可升任本部长官，或外放省道官。因此，出任邑宰，不仅意味着将远离文墨清华之地，而且升迁之路也会更加迂回，并非好的前程。乾隆年间由翰林出为邑宰的诗人袁枚，就对命运的安排深感不满。而朱书在为阎氏所作送行诗《送阎菉园归里行自翰林出为邑宰》中，并不敢流露同情情绪，只是勉励友人"古者服官无内外""令宰尤为亲民官，先哲志欲见于此"，并劝解道："今逢神圣广乐育，恩威不测有深指……屈伸何一非殊恩，臣职惟当尽所以。"② 在这种"恩威不测"的氛围中，朱书有时也流露出疲倦的情绪，如任职翰林院期间所作之《东篱二首》，其二云："我混风尘中，不饮醉其恒。形醉须以酒，心醉酒无凭。亦如知琴人，琴弦上未曾。颓然卧大块，两忘升与沉。孰是五柳客，而不吾为朋。"③ "两忘升与沉"，安于所遇，不作非分之想，这是一种谨慎、无奈的态度。又此时所作《寄王秀才式昭》中，有"何事羁微禄，空离白社群"④之句，虽有故作姿态的成分在，但却不能说完全虚伪。方苞《朱字绿墓表》中，说朱书自陕西归乡后，本欲终老于杜溪，后却以"家贫多累"再度出山，"既遘疾，半岁中，四以书抵余，未尝不自恨也"。⑤ 这一记述，与"何事羁微禄"的自述相符，很可说明朱书为

---

① 朱书：《入殿纪事诗三十首》其二十一，《朱书集》卷四，黄山书社1994年版，第75页。
② 朱书：《朱书集》卷三，黄山书社1994年版，第47页。
③ 朱书：《朱书集》卷四，黄山书社1994年版，第65页。
④ 同上书，第68页。
⑤ 方苞：《方苞集》卷十二，黄山书社1994年版，第346页。

官时的心态。

朱书所"恨"为何?"恨"自己未能抵抗功名之诱惑,还是"恨"壮志之未酬?但无论如何,朱书还是幸运的,三年后,戴名世《南山集》案发,涉及朱书,因已身故,未予追究。道光十一年,朱书入祀宿松乡贤祠。①

## 第二节 朱书之交游

朱书一生奔走南北,与当日文坛、政坛的不少知名人物有来往。他的许多思想火花,保存在他与这些友人的往来议论中。现择要叙述如下。

### 一 江淮旧友及太学诸友

1. 戴名世

在朱书友人中,桐城戴名世是相交较早的一位。康熙二十三年,戴名世、朱书同至南京参加江南乡试,由此相识。康熙二十五年,二人又同被拔取为贡生,入国子监读书。康熙二十七、二十八年,二人同在山东学政任塾幕。康熙三十一年朱书补教习后,二人各自奔走,不复再见,康熙三十九年复遇于南京。②

朱、戴二人,于文章一道互相切磋,颇为相得。戴名世为朱书古文集《杜溪稿》作序,其中谈到"予之学古文也先于字绿,而字绿之为古文,予实劝之"。③ 又说"字绿尤爱慕余文特甚"。④ 二人在文章趣味上有相似处,戴名世以修史为志,"生平尤留意先朝文献",⑤ 朱书亦"熟于有明遗事,抵掌论述,不遗名地"。⑥ 在《杜溪稿序》

---

① 据《朱书集》后附石广均《朱杜溪先生集序》,《朱书集》,黄山书社1994年版,第518页。
② 详见戴名世《杜溪稿序》所述,《戴名世集》卷三,中华书局1986年版,第57页。
③ 戴名世:《杜溪稿序》,《戴名世集》卷三,中华书局1986年版,第56页。
④ 同上。
⑤ 戴名世:《与刘大山书》,《戴名世集》卷一,中华书局1986年版,第11页。
⑥ 方苞:《朱字绿墓表》,《方苞集》卷十二,上海古籍出版社2008年版,第346页。

中，戴名世记录了自己与朱书的一次谈话，提出了"百世之人"与"一世之人"的说法。所谓"百世之人"，即能洞察历史情境，"生于百世之后，而置身在百世之前";[1] "一世之人"，则是眼界狭窄，"止识目前之事而通一时之变"，甚至"生于一时而一时之事犹懵不能知"。[2] 显然，"百世之人"与"一世之人"的区别，是杰出史家与一般文章作者的区别。戴名世认为朱书可当得起"百世之人"之称："所谓百世之人已属之字绿。"[3]

康熙四十一年，戴名世《南山集》刊刻，朱书为作序。朱书卒后三年，《南山集》案发，朱书因此受到牵连，因已身故，免于追究。

2. 方苞

朱书与方苞相识于康熙二十五年，其时朱书三十三岁，方苞十九岁，二人同至安庆参加拔贡考试。[4] 在考场中，方苞屡次听到朱书的文名，于是在考试结束后，在父亲的带领下拜访朱书，见其"辞气果不类世俗人"，遂定交，"字绿父事先君子，而余兄事字绿"。[5] 这次考试，朱书被拔取为贡生，入都开始了新的人生旅程；而方苞未被录取，四年后的康熙三十年，才进入国子监。此后，康熙三十五年，方苞回乡，曾与朱书见面。[6] 康熙三十六、三十七年，方苞在南京家中，朱书此时亦在南京授徒为生，因此得以常相过从。

方苞之父方逸巢十分欣赏朱书，"先君子每不自适，辄曰：'为我召朱生。'"[7] 方苞本人对朱书亦极为推服，认为其"文章雄健"，[8] 又说："君以文喑呜叱咤雄一世，于吾行辈中，犹钜鹿之战，壁上诸侯无不惴恐者，殆将一战而霸矣！"[9] 朱书卒后，方苞为作《墓表》。

---

[1] 戴名世：《杜溪稿序》，《戴名世集》卷三，中华书局1986年版，第56页。
[2] 同上书，第57页。
[3] 同上。
[4] 方苞曾祖方象乾，明末由桐城迁至江宁府，方苞出生于南京，但仍以桐城籍应考。
[5] 方苞：《朱字绿墓表》，《方苞集》卷十二，上海古籍出版社2008年版，第345页。
[6] 方苞《朱字绿墓表》："岁丙子，余有事故乡，而字绿适客于皖。"《方苞集》卷十二，上海古籍出版社2008年版，第346页。
[7] 方苞：《朱字绿墓表》，《方苞集》卷十二，上海古籍出版社2008年版，第346页。
[8] 同上。
[9] 此为刘岩为朱书《杜溪稿》所作序中记述的方苞对朱书之"戏语"，见刘岩《朱杜溪稿序》，《朱书集》附录，黄山书社1994年版，第525页。

### 3. 龚缨、龚铎兄弟

龚氏兄弟之父龚魁，字君赐，其先为直隶大兴人，后迁于江西进贤。魁生于明天启二年，卒于清康熙三十四年，年七十二。性豪爽，鼎革后绝意仕进，以经商为主。晚年居金陵。卒后朱书为作《龚隐君传》。①

龚缨为龚魁第二子，字孝水，诸生。少长于金陵，与方舟、方苞兄弟交好。②康熙五十年举人。③成克巩曾孙、康熙间著名文人，成文昭少时，曾受学于龚缨。④雍正八年，议开博学鸿词科，方苞时任内阁学士兼礼部侍郎，以龚缨、佘华瑞、柯煜、方楘如四人荐，龚缨以病辞。⑤龚缨撰有《周象易义序》《读杜志忘》等。朱书应是通过方苞与龚缨结交。康熙三十九年，朱书文集《杜溪稿》刊刻，龚缨曾为之校雠文字。⑥朱书亦曾为龚缨《周象易义序》作序。⑦《朱书集》中，有《同龚孝水家履安弟闲步乌龙潭上》一诗。⑧

---

① 朱书：《龚隐君传》，《朱书集》卷八，黄山书社1994年版，第160—163页。
② 方苞《吴宥函墓表》："余家先世皖桐，曾大父迁金陵百有余年矣。自成童随先兄与朋齿游乐，其风尚坦夷，多修饰之君子。刘、张二子外，交近焉者：曰龚缨孝水……"《方苞集》卷十二，上海古籍出版社2008年版，357页。
③ 法式善《槐厅载笔》中，记载雍正八年博学鸿词科方苞所荐名单中，龚缨为"辛卯举人"。《槐厅载笔》卷八，清嘉庆刻本。
④ 汪师韩《征仕郎邠州直隶州判成君墓志铭》："康熙庚子，丁太孺人忧，时年十四，哀礼兼至。服阕，受业于江介龚孝水先生。"康熙庚子，为康熙五十九年，成氏生于康熙四十六年，此年十四岁。则成氏受业于龚氏在康熙六十一年。此文收入汪师韩《上湖诗文编》分类文编补钞卷下，清光绪十二年汪氏刻丛睦汪氏遗书本。
⑤ 方苞：《再送佘西麓南归序》，《方苞集》卷七，上海古籍出版社2008年版，第197页。法式善《槐厅载笔》卷八则载方苞荐五人，分别为浙江衢州府教授柯煜，辛丑进士、故江南江都县教谕吴锐，辛卯举人、贡生龚缨，副榜贡生刘大櫆，贡生佘华瑞。
⑥ 戴名世《杜溪稿序》："龚君孝水、朱君履安方校雠字绿文字。"《戴名世集》卷三，中华书局1986年版，第57页。
⑦ 朱书：《龚孝水周象易义序》，《朱书集》卷五，黄山书社1994年版，第85—86页。
⑧ 朱书：《朱书集》卷三，黄山书社1994年版，第47页。朱履安，名文鑢，字履安，江宁人，以文学知名于当时，方苞有《朱履安墓表》，《方苞集》卷十二，上海古籍出版社2008年版，第366页。

龚铎，字于路，康熙三十二年举顺天乡试，① 康熙三十三年甲戌科二甲第六名进士，改庶吉士，授编修。康熙四十八年曾任会试同考官，康熙五十一年任广西提督学院。亦与朱书友善。

## 二 秦游期间所交诸友

### 1. 王源

王源，字昆绳，大兴人，生于顺治四年，卒于康熙四十九年，年六十三。其父王世德，为明崇祯时锦衣卫使，国变后隐居高邮。王源少曾与父执辈梁以樟、阎尔梅游，后又曾从魏禧学古文。康熙二十六年，受徐乾学聘入京。中康熙三十二年顺天乡试举人。之后曾至陕西，入陕西张霖幕。五十以后，"为汗漫之游"，② 其间，康熙四十二年，经由李塨介绍，拜颜元为师。六十以后，在江南一带活动，客死于山阳（今江苏淮安）。据王源《与朱字绿书》，王源与朱书相识于"秦游"期间，在此之前，王源已经从友人戴名世那里听说过朱书。③ 朱书曾于康熙三十二至康熙三十四年间在陕西，二人相识即应在此时。其时朱、王二人同为张霖幕下。

朱、王二人，在性情的豪迈、文风的宏阔上十分相似，因此王源对朱书人品才华颇多称美之辞："源所重在品之真，肝肠洁白，才华其余耳。况吾子才华又迥出时辈者哉。"④ 他曾向张采舒称扬朱书："字绿肝膈冰雪莹皎，诗超然不凡。"⑤ 又曾给朱书诗集作序，序中认为朱书诗"识力甚伟"，读之使人"梦魂飞动"，"盖得昌黎之骨，而烹炼之工，直追颜谢。至序事之妙，尤卓然迥出流辈上"，在当日一片学宋风气，"取宋人糟粕为新奇"的诗坛上别具一格。⑥ 此一评价虽有溢美之嫌，但朱书之诗，气势雄壮，辞气流动，较之其他桐城派

---

① 龚铎少长于江宁，以大兴籍参加考试，鄂尔泰《词林典故》卷八、法式善《清秘述闻》卷十二、十四，赵宏恩《（乾隆）江南通志》卷一百二十四选举志，均载龚铎为大兴籍。
② 方苞：《四君子传》，《方苞集》卷八，上海古籍出版社2008年版，第217页。
③ 王源：《与朱字绿书》，《居业堂文集》卷七，清道光十一年读雪山房刻本。
④ 同上。
⑤ 王源：《与张生书》，《居业堂文集》卷七，清道光十一年读雪山房刻本。
⑥ 王源：《朱字绿诗序》，《居业堂文集》卷十四，清道光十一年读雪山房刻本。

早期作家如方苞在诗歌方面几乎毫无天分的表现，朱书的诗歌成就确实引人注目。此序中又说朱书古文"取法眉山，峥嵘有气势"①，这一评价，也较符合事实。

在学术思想上，朱、王二人分歧较大。王源"平生最服姚江，以为孟子之后一人"，②晚年又曾投到讲究"三物三事"的颜元门下。而朱书则坚守程朱门户。在看到朱书与李颙的论学书信后，王源曾致书朱书，提出当日程朱、陆王学者，应着眼于两派之"同"，以实行为重，而不应在概念上花费过多的功夫："吾子诚有志于圣贤之学，但当从事家庭朋友之间，砥名节，力行无伪，而读书讲学，从其性之所近，即不尊陆王而尊程朱，岂曰非贤。若与世波靡，亦翘焉以辟阳明为能事，窃恐言不顾行，作伪心劳，终不免小人之归耳。"③对于此信，朱书亦有长篇复信，其中对王源提倡"力行"，表示赞同："不能自力于伦物、利害、生死之交，则尊陆、王即贼陆、王，尊程、朱即贼程、朱，是言也，敢不拜命。"④但同时却仍坚持对阳明"无声无臭心之体"的批判，认为晚明王学左派的流行，于人心沦丧、国家倾颓，难辞其咎。

2. 梁份

梁份，字质人，南丰人，生于崇祯十四年。顺治末年，因家人逋税，系狱九年。康熙十二年，拜易堂彭士望为师，此后多次往来于南丰、宁都之间。康熙十九年春，从魏禧出游，并奉其为师。康熙二十一年至康熙二十七年，首次西行。康熙三十一年，再次入秦，居陕西观察张霖幕下，得以游榆林、河套、甘泉。并得张霖资助，遍历西秦，"自河州、西宁、庄浪、凉州、甘州、肃州，折而东南，至靖远、宁夏而止"。⑤并据数次西行游历见闻，作《西陲今略》。康熙三十四年离陕。康熙四十二年正月，与黄宗夏谒十三陵，并作《图说》。此

---

① 王源：《朱字绿诗序》，《居业堂文集》卷十四，清道光十一年读雪山房刻本。
② 王源：《与李中孚先生书》，《居业堂文集》卷七，清道光十一年读雪山房刻本。
③ 王源：《与朱字绿书》，《居业堂文集》卷七，清道光十一年读雪山房刻本。
④ 朱书：《答王昆绳书》，《朱书集》卷八，黄山书社1994年版，第103页。
⑤ 梁份：《与熊孝感书》，《怀葛堂文集》卷六，《清代诗文集汇编》第158册，上海古籍出版社2010年版，第83页下。

年八月南归。之后曾数次入京。康熙四十八年，再由江西北上入肃州。晚年数次往来湖北、江西，并曾于康熙六十年入闽。雍正七年卒，年八十九。梁份在政治立场上倾向故明，在学术宗旨上推崇经世致用之学，对西北地理尤有研究，李颙曾赞其为"天下之大有心人"。①

朱书在张霖幕中与梁份相识。康熙三十六、三十七年朱书在南京授徒时，梁份曾至南京，又经朱书介绍，结识方舟、方苞兄弟。方苞《兄百川墓志铭》："江西梁质人、宿松朱字绿以经世之学，自负其议论，证向经、史，横纵穿贯。闻者莫不屈服，而兄常默默。"②

朱、梁二人，均好讲史地之学，并将此种学问视作经世之途径。朱书曾作《梁质人西陲三书序》，其中谈到自己对守边的看法："王者苟能奋扬威武，则当收燉煌，守河外三城，复故疆土；不则闭关谢西域，毋疲中以事外。"认为明王朝正因为在扩张与自守之间徘徊不已，才使得边备渐驰，国家沦亡："始坏于西陲之彝，终沦于西陲之寇，外攘失策，内乃不安。"③梁份《怀葛堂文集》中亦载二通《与朱字绿书》，其一讲述自己谒天寿山明陵之经过，以及作《帝陵图说》之用意："份每念汉唐以来之山陵，其存者且仿佛疑似不可别，若湮灭于兔葵燕麦中者，又何可纪极。生则君临万方，死则抔土莫别，可不痛哉！唐珏之种冬青树，心亦良苦，然可百年纪，非悠远也。份之《图说》，不敢谫为创始。"④梁份以步丈量陵寝之方位，并以图纪之，这一举动，不仅具有舆地学的学术意义，而且寄托了怀恋故国的深心。梁份能将此份不合时宜、甚至有政治危险的苦心，如实以告朱书，可见二人相知之深。

今梁份《怀葛堂文集》中，载有朱书评语二十九则，从这些评语中可见出，朱书对梁份文章中的称赏，首先在"慷慨之气"，如评

---

① 李颙：《答梁质人》，《二曲集》卷十七，中华书局1996年版，第192页。
② 方苞：《方苞集》卷十七，上海古籍出版社2008年版，第496页。
③ 朱书：《朱书集》卷五，黄山书社1994年版，第81页。
④ 梁份：《与朱字绿书》，《怀葛堂文集》卷一，《清代诗文集汇编》158册，上海古籍出版社2010年版，第11页上。

《刘氏家藏墨苑序》:"一段淋漓慨叹,尤见精神飞动。"① 评《熊襄愍复边将手迹书后》:"文特慷慨淋漓,欲歌欲泣。"② 评《复伯兄青》:"掀髯慷慨,俯视人间泰华若蚁蛭培塿,何处更有埃壒扑人衣袂耶。"③ 以及"奇"与"动":如评《寄朱修龄》:"奇事奇文,令人不测首尾。"④ 评《答刘体元》:"是一幅西游图,将塞上塞外风景人物写得活现,自已传神,又写得变动,此吴道子手笔矣。"⑤ 而慷慨淋漓的作者主体精神,超出世俗之柔靡的奇变灵动的文势,正是"豪杰之文"的特征。二人之学问性情,均可称豪杰,故能在文章旨趣上亦有如此相近处。

3. 张坦、张壎、张垣兄弟

张氏兄弟之父,即朱书在陕西之幕主张霖。张霖字汝作,号鲁庵,先世为永平府抚宁县人。其父徙天津,以商起家,姜宸英为之作墓志铭。⑥ 霖生于顺治十三年。少承父业,家业大饶,建"一亩园"于京师阜成门外,建"问津园"于天津。性豪宕,所在广延名士。由岁贡授主事,康熙三十一年授陕西驿传道副使,康熙三十四年迁安徽提刑按察使,康熙三十七年迁福建布政使,康熙三十九年署福建巡抚,后落职家居。康熙五十二年卒,年五十八。有《遂闲堂稿》。朱书康熙三十二至三十四年曾在张霖幕中,或因此机缘与张家子弟结识。

张氏兄弟中,伯兄张坦,字逸峰,号青雨,康熙三十二年顺天乡试举人,官内阁中书。有《履阁诗集》《唤渔亭诗文集》。康熙四十

---

① 梁份《刘氏家藏墨苑序》朱书评语,《怀葛堂文集》卷六,《清代诗文集汇编》第158册,上海古籍出版社2010年版,第75页下。
② 梁份《熊襄愍复边将手迹书后》朱书评语,《怀葛堂文集》卷六,《清代诗文集汇编》第158册,上海古籍出版社2010年版,第85页下。
③ 梁份《复伯兄青》朱书评语,《怀葛堂文集》卷八,《清代诗文集汇编》第158册,上海古籍出版社2010年版,第117页上。
④ 梁份《寄朱修龄》朱书评语,《怀葛堂文集》卷八,《清代诗文集汇编》第158册,上海古籍出版社2010年版,第121页上。
⑤ 梁份《答刘体元》朱书评语,《怀葛堂文集》卷八,《清代诗文集汇编》第158册,上海古籍出版社2010年版,118页下。
⑥ 姜宸英:《赠工部营膳司主事张公墓志铭》,《湛园集》卷五,《景印文渊阁四库全书》第1323册,台湾商务印书馆1986年版,第786页下—787页下。

一年，为朱书刻时文稿一百三十五篇，并作《卮言》，给予朱书时文以高度评价，认为："字绿文或清如秋水一泓，或快如宝剑出匣，或秾郁工丽，或深邃幽远，或古峭崟峻，或平易雍容，真无所不有。而谈理之文，尤为国朝第一。"①

仲兄张壎，字声百，康熙三十二年与伯兄同举顺天乡试，后同官内阁。张霖在陕西任上时，壎往省亲，"自燕历晋至秦，二千四百里"，②一路作诗百余首，总名《秦游诗》，姜宸英、朱书、梁份均曾为其作序。姜序言其"所述古今事变，与夫名臣硕儒、隐逸诡怪之迹多矣。其辞气飘渺恍惚，若不可测"。③梁序言其人"志气勃发于胸中，若花之发蓓蕾，战士之鼓朝气"。④朱序言"声百之识，足以洞古今之变，流览关中，大而一代之兴亡，细而昆虫之变化，感慨淋漓，皆著于诗"，又说其诗风"温厚和平，有豳岐雅颂之音"。⑤又，康熙三十三年三月，张壎曾与朱书、方正玉⑥同游西安西郊冯从吾园亭，朱书归作《游冯公少墟园亭记》。⑦

季弟张垣，字星闲，少曾从梅文鼎问学。梅氏字之曰"星闲"，并为之作《张星闲字说》："室之有垣，以区中外室。而无垣则非室矣。故作室者必垣之。垣之者所以闲之也。不观垂象乎？二十八舍，以辰极帝座为尊，而皆有垣以卫之。王者法其义，以设禁卫，置周庐，建城郭焉。闲之道也。然则人受天地之中以生，而心为之君，亦吾身之辰极帝座也。所以卫之者，其可不周闲之者，其可不豫乎？"⑧朱书在南京授经期间，张垣曾向朱书问学。康熙三十九年三月十九

---

① 张坦：《卮言》，《朱书集》附录，黄山书社1994年版，第527页。
② 姜宸英：《张声百秦游诗序》，《湛园集》卷一，《景印文渊阁四库全书》第1323册，台湾商务印书馆1986年版，第620页下—621页上。
③ 同上书，第621页上。
④ 梁份：《秦游诗序》，《怀葛堂文集》卷五，《清代诗文集汇编》第158册，上海古籍出版社2010年版，第70页上。
⑤ 朱书：《张声百秦游诗序》，《朱书集》卷五，黄山书社1994年版，第78—79页。
⑥ 方正玉，字葆羽，号鹤州，桐城人。为方中德第三子，方以智之孙。善诗文，有《过山楼稿》《冰洁堂集》等。
⑦ 朱书：《游冯公少墟园亭记》，《朱书集》卷七，黄山书社1994年版，第138—139页。
⑧ 梅文鼎：《张星闲字说》，《绩学堂诗文钞》文钞卷二，清乾隆梅谷成刻本。

日，朱书、张垣、卓尔堪同谒孝陵，过灵谷寺，朱书作《灵谷纪游稿》记之。

4. 张犟

张犟，字采舒，苏州上沙人。[①] 生于顺治十四年，家贫力学，能诗文，笃于友朋。康熙二十年左右，友人有难，匿之，因坐流西安，义声震天下。张霖任陕西观察期间，与张霖幕下诸名士均有交游。康熙四十四年，至京师。次年南归，至蠡县，与李塨论乐。[②] 康熙四十六年卒于常山，年五十一。梁份为作《砖椁志铭》。[③] 王源有《张采舒诗序》，言其人"悛悛不胜衣，视常下，言语温温不踰圣人之矩"，其诗则"和平惋郁，有苏、李、陶靖节之遗"。[④]

朱书应在康熙三十二年入秦后与张犟相识。今《朱书集》中收有四封《答张采舒书札》，以及四封张氏来札。朱书曾将《游冯少墟园亭记》与《与中孚先生书》寄给张采舒求教，张采舒第一封来札，对此两文进行了评价。此后数札往来，主要围绕"意""性"等问题展开。张采舒的主要观点有：（一）应求朱子、阳明之同，阳明"有善有恶意之动"不得为非。[⑤]（二）性、心、情、意中，性为根本，性本无恶，情、意则有善有恶。[⑥]（三）理义之性，有善无恶，气质之性，有善有恶。为善去恶之法，在于"诚"。[⑦] 从这一点可见出，

---

[①] 梁份《张采舒砖椁志铭》言张为苏州上沙人，《怀葛堂文集》卷十一，《清代诗文集汇编》第158册，上海古籍出版社2010年版，第166页下。王源、钮琇亦言张氏为吴人，王源《黄复庵隐君六十序》："张采舒亦吴中义士，以友难系狱，与君定交缥缃间。"《居业堂文集》卷十六，清道光十一年读雪山房刻本。钮琇《与张采舒》："弟与长兄均家于吴。"《临野堂诗文集》尺牍卷四，清康熙刻本。《李塨年谱》记张氏生平，言为湖州人，见冯辰、刘调赞《李塨年谱》，中华书局1988年版，第120页。梁、朱与张为知交，故以二人之说为是。

[②] 冯辰、刘调赞：《李塨年谱》，中华书局1988年版，第117页。

[③] 梁份：《张采舒砖椁志铭》，《怀葛堂文集》卷十一，《清代诗文集汇编》158册，上海古籍出版社2010年版，第166页下—167页下。

[④] 王源：《张采舒诗序》，《居业堂文集》卷十四，清道光十一年读雪山房刻本。

[⑤] 张采舒：《张采舒第一札》，收入朱书《朱书集》卷六，黄山书社1994年版，第115页。

[⑥] 张采舒：《张采舒第三札》，收入朱书《朱书集》卷六，黄山书社1994年版，第121、122页。

[⑦] 张采舒：《张采舒第四札》，收入朱书《朱书集》卷六，黄山书社1994年版，第126、127页。

张氏虽有调和朱、王的意见，实际仍站在程朱立场上。朱书的主要观点则有：（一）阳明"有善有恶意之动"为非。（二）"意固有善有恶，恶意非其本然"，①"本然之动必是善"。②"'道心惟微'，本意之出于性者也；'人心惟危'，非本意而戾于性者也。"③（三）"几"有善恶，非"意一动而即有善有恶"。④可见朱书虽批判"阳明之妄"，实际却袭用阳明以"良知"贯穿性、气的方法，创造了一个纯然为善的"本意"的概念。二人此数札，便成为一场各说各话的、错位的讨论。从两方论证来看，张氏沿用的是程朱已有的思路，论证较为清晰，而朱书则试图将一元论的"本意"与二元论的"理、气"结合起来，逻辑不免混乱。

5. 李颙

李颙，字中孚，学者称二曲先生，陕西盩厔（今陕西省周至县）人，生于天启七年，卒于康熙四十四年，为明末清初著名学者。李颙之学，提倡躬行、"实修实证"，在认识论、方法论上均倾向于王学。据朱书《与李中孚先生书》言，朱书十八九岁时，即闻李颙之名，之后又与李颙长子李慎言同贡太学。⑤朱书入张霖幕后，李颙曾在致张霖书信中问及朱书。朱书因此作书向李颙请教，今《朱书集》中，收入《与李中孚先生书》《再与李中孚先生书》，及李颙答书一封。李颙《二曲集》中亦收入此封《答朱字绿书》。

朱书在《与李中孚先生书》中，对李颙《学髓图》中"浑沦一

---

① 朱书：《答张采舒来札二》，《朱书集》卷六，黄山书社1994年版，第116页。
② 朱书：《答张采舒来札》，《朱书集》卷六，黄山书社1994年版，第114页。
③ 朱书：《答张采舒来札二》，《朱书集》卷六，黄山书社1994年版，第116—117页。
④ 同上。
⑤ 朱书《与李中孚先生书》："又长公伯敏与书皆选拔贡成均同舍，宜执子侄礼。"见《朱书集》卷六，黄山书社1994年版，第106页。李颙复书中亦言："小儿前者归，称述风标，极为声百得友喜。"此复书收入《朱书集》卷六，黄山书社1994年版，第109页，又见李颙《二曲集》卷十八，中华书局1996年版，第216页。然全祖望《二曲先生窆石文》言："子二：慎言、慎行。慎言虽以门户故，出补诸生，终未尝与科举之役，其后陕学选拔，贡之太学，亦不赴。兄弟皆能守其父之志。"见《全祖望集汇校集注·鲒埼亭集》卷十二，上海古籍出版社2000年版，第238页。则朱书并未与李慎言同学，两人相见，或在朱书游西安张霖幕时。

圈"与"善恶两歧"说提出质疑。李颙在《学髓图》中，用"浑沦一圈"表示人的"一点灵原"，在此一圈下，随"念起"而分出理、欲两端。按李颙的解释，此"一点灵原"，"无少无壮，无老无死，塞天地，贯古今，无须臾之或息"，① 是"万年之真面目"，②"《六经》之'经后世'，经此也；《大学》之'致知'，致此也；《中庸》之'慎独'，慎此也；《论语》之'时学习'，学习乎此也；《孟子》之'必有事'，有事乎此也。以至濂溪之'立极'、程门之'识仁'、朱之'主敬穷理'、陆之'先立乎其大'、阳明之良、甘泉之认，无非恢复乎此也"。③ 而达到此"灵原"的方法是"静"，也即"欲理两忘，纤念不起"，④"不学不虑，无思无为"。⑤ 朱书对此说的质疑，一是反对"有善有恶性之动"，认为"善始终如此，安得与恶为对"，二是反对"无善无恶心之体"："镜本明也，暗则尘弊之也。曰无明无暗镜之体，有明有暗镜之动，其可乎？水本下也，逆行则激也。曰无下无逆水之体，有下有逆水之动，其可乎？且既无善无恶矣，又安得知善知恶之良知哉？"⑥ 并认为"有意为善，即已非善"之说不妥，"人情荒惰，复以淡漠自然之说异之，其何以济？"⑦ 李颙在回书中，针对朱书的质疑，对"无善无恶"进行了解释："《孟子》道性善，而《鱼我所欲章》则指为本心。心体即本心也，本心者道心之谓也。此却是道心即善性也，但异其名称耳。"⑧ 也即"心体即至善"。至于"无意"之要求，乃是"苦心救弊之言"，非"谓善不可以立意"。⑨ 朱书收到回信后，认为此解释是"支吾迁就"，但因梁份劝说"不宜与争"⑩，遂回书表示敬服："细绎旨趣，真觉鹅湖、鹿洞合为一家，

---

① 李颙：《学髓图》，《二曲集》卷二，中华书局1996年版，第18页。
② 同上书，第21页。
③ 同上书，第21—22页。
④ 同上书，第19页。
⑤ 同上。
⑥ 朱书：《与李中孚先生书》，《朱书集》卷六，黄山书社1994年版，第107页。
⑦ 同上书，第108页。
⑧ 李颙：《答朱字绿书》，《二曲集》卷十八，中华书局1996年版，第217页。
⑨ 同上书，第218页。
⑩ 朱书：《答张采舒来札》，《朱书集》卷六，黄山书社1994年版，第114页。

新建、东林本无歧旨。古今善调停者，岂有过于先生哉！"①又称颂李颙的"反身之学"为不可及，表示此后要从事"反身之学"，不再执着于"性命之微"的辨析。实际上，朱书并不服气，于是有上文所述与张采舒的讨论。

从李、朱二人各自的论述来看，李颙以"一点灵原"为世界之本体，以"无思无虑"为达到此本体的手段，类似于阳明的"无善无恶"。其"心体即至善"的说法，可说是对"无善无恶"的进一步说明。而将念分善、恶的做法，又与程朱一派理学家相似。朱书对李颙"浑沦一圈"的反对，是出于对阳明"无善无恶"之说的不满，也即李颙复书中所言"门下之疑不佞《学髓》，非苟然也，疑阳明也"②。而朱书对阳明的疑问，更多是出于本能，而没有十分明确的思路。他对"无意"之方法论的批评，类似于晚明强调"功夫"的王学修正派。而对于"无善无恶"的本体论的批评，在逻辑上并不能站住脚，"镜之体"与"水之体"，并不能等同于人之"良知"。从朱书与张采舒的往来信札看，朱书虽强调自己反阳明的立场，却又提出了一个纯善的"本意"作为"性"与"意"之间的过渡。这一贯通性、气的"本意"，与阳明的一元论十分类似。因此，朱、李二人的讨论，亦是错位的，没有触及彼此意见的实质。

### 三 中举及入仕后所交往诸人

1. 宋至

宋至，字山言，商丘人，为名臣、名诗人宋荦之子。生于顺治十三年，康熙三十八年顺天乡试举人，康熙四十二年癸未科二甲第三十九名进士，改庶吉士，授翰林院编修。康熙五十年贵州乡试主考。康熙五十一年督学浙江。康熙五十三年丁父忧，假满未出，雍正三年卒于家。曾学诗于王士禛。有《纬萧草堂诗》，汪琬为之作序，称其"笔墨闳肆，往往清丽雄伟，备兼众体，间出新意，愈奇而愈高古。

---

① 朱书：《再与中孚先生》，《朱书集》卷六，黄山书社1994年版，第113页。
② 李颙：《答朱字绿书》，《二曲集》卷十八，中华书局1996年版，第217页。

至于联句之作，用韵妥帖，使事变化，尤类牧仲先生"。① 卒后方苞为作《宋山言墓表》。宋至身为贵胄公子，却性情恬淡，"居处被服，不异寒素。惟朋友聚会，觞咏相接，则弥日不倦"。② 未中举前，与韩菼子韩祖语同为吴中文坛盟主。他这样文雅潇洒的性情，自与朱书相投。

朱书与宋至同年举进士，同改庶吉士，又同入武英殿修书。朱书《入殿纪事诗三十首》第二首有句："连袂初登偕宋玉"，自注："是日与同年庶吉士臣宋至同被命。"③《朱书集》中又有《七十遗老歌送宋二至觐省吴门》，据宋荦自撰《漫堂年谱》，康熙四十四年十月二十六日，时任江苏巡抚的宋荦因年老体衰，上折乞休。同年十一月五日，康熙命宋至随同御医及苏州织造李煦之家人一同南下省亲。④ 朱书此诗，即应作于此时。

宋至曾作《朱字绿赞》，其中说朱书之文，"光怪陆离，则扬子之波涛汹涌，鱼龙出没也。若清新迥逸，沧漪涟洄，又澄江如练矣。其高古勃郁，则泰山之万壑千峰，苍松翠柏也。若采色班烂，花鸟殊状，又春山如笑矣"。其人则是"为善不伐，积德不施，抱义戴仁，敦诗说礼，忠孝一本乎天性，举止无惭于圣贤，真斯道之干城，吾儒之柱石也"。⑤ 虽为溢美之词，但亦可见出二人交情。

2. 王士禛

朱书与清康熙年间诗坛领袖王士禛亦有交往。王士禛《分甘余话》卷四"朱书作御书堂记"条，收录了朱书所作《御书带经堂记》与《御书信古斋记》两文，文前识云："余门人朱书字绿，宿松人，攻苦力学，独为古文。癸未登第，改翰林庶吉士，未授职卒。常

---

① 宋至《纬萧草堂诗》卷首"汪琬序"，《清代诗文集汇编》第 198 册，上海古籍出版社 2010 年版，第 107 页下—108 页上。
② 王士俊：《(雍正)河南通志》卷五十八，《景印文渊阁四库全书》第 537 册，台湾商务印书馆 1986 年版，第 443 页下。
③ 朱书：《朱书集》卷四，黄山书社 1994 年版，第 71 页。
④ 宋荦：《漫堂年谱》，清宋氏温堂钞本。
⑤ 《(续修)朱氏家谱》，宿松杨西坂民国二十年刊本卷首《山图》第 50 页，转引自潘宏编著《百世杜溪》，黄山书社 2012 年版，第 209 页。

（尝）为余作《御书堂记》二篇，录之以存其人，今文士中，不易得也。"① 按王士禛《渔洋山人自撰年谱》，御赐"带经堂"匾额，在康熙三十九年六月二十八日；② 御赐"信古斋"匾额，在康熙四十一年四月六日。③ 朱书于康熙四十一年举顺天乡试，次年中进士。王士禛于康熙四十三年九月罢职回乡，康熙五十年卒于家，《分甘余话》即写于罢官家居时期。此两篇文应作于朱书登两榜后至王士禛罢官之前这段时间。王氏非朱书乡、会试老师，但因王氏当日在文坛的影响力，朱书入京后以弟子礼相见，亦是情理中事，王氏称朱书为"门人"，或由于此。

　　朱书这两篇文章，虽是为前辈师长所作，且是阐发"御书"之含义，不免有恭敬赞颂之语，但又均有劝诫之意，体现出朱书的胆识与锐气。首先看《御书带经堂记》。"带经"的典故源自西汉儿宽，儿宽少时家贫，"时行赁作，带经而锄，休息辄读诵"。④ 儿宽不仅学问湛深，曾使得张汤"向学"，且能学以致用，曾为"奏谳掾"，以书义决狱。且其为官心地仁厚，"劝农业，缓刑罚，理狱讼，卑体下士，务在于得人心；择用仁厚士，推情与下，不求名声"。⑤ 但在担任御史大夫一职后，却久无建言，辜负了众人的期待。王士禛诗文在当日声名颇盛，且其在都察院左都御史与刑部尚书任上，均以宽仁为主，这些都与儿宽有相似处。朱书此文，即对王的"文章衣被天下"以及振兴经教、"见诸实事"予以称赞。之后，笔调一转，提出"经之用"的问题："以宽生平力学，不过采儒术、文封禅、邀明堂，一觞而止。经之用，顾若是与？孔子之圣，摄相三月，断断焉不能使鲁为东周，仅与其徒退而讲遗经于洙泗之滨，传之其人而已。于宽又何责焉？方宽之为御史大夫也，委曲迁就，以从人主之好，位盛贵极。倘回思穮蓘之余，岂不曰吾今者御史大夫之尊，殆不若乡者都养赁作，

---

① 王士禛：《分甘余话》卷四，中华书局1989年版，第80页。
② 王士禛：《渔洋山人自撰年谱》卷下，《王士禛年谱》，中华书局1992年版，第52页。
③ 同上书，第55页。
④ 班固：《汉书》卷五十八，中华书局1962年版，第2628页。
⑤ 同上书，第2630页。

得以优游一卷之书之为乐哉！"① 圣贤经典，或者说，儒术、儒生，在现实社会中，到底有何功用？是能"礼耕义种，为天下治人情之田"，有切实的影响，还是只能聊以自慰，"能稼而不能穑，藏之名山，待其人乎"？② 这一问题，涉及士子的人生、学术旨趣，朱书在此并没有给出明确答案。然而，如儿宽晚年，"委曲迁就"以取贵盛的做法，显然为朱书所反对。王士禛此时正当"贵盛"之期，朱书敢于向他提出这样一个根本性的问题，是需要一定勇气的。

《御书信古斋记》中，朱书在赞颂王氏的学问事功后，同样对"信古"之难与"信古"之道发表了自己的见解："夫有所宜于古，必有所戾于今。自秦以降，以秦为师，自元以降，又以元为师，未尝不称说唐虞，颂美商周。及究其行事，在上者，不但井田、封建，邈若海上神山，即元鼎、贞观、庆历诸遗事，亦谁以为可复者？在下者，不但邹鲁之道，不可再振，即濂洛关闽之学，又谁不以为迂阔而不近人情者？古道之沦胥，固其所也，然返世于古，势有甚难。若自为古人，则在我而已。"③ 这一段议论对世人的批评亦十分大胆。朱书敏锐地指出，"复古"只不过是后世人的门面话，历来统治者均称美三代，实际上却是以秦、元为师。朱书在文化立场上，是真诚的"信古"者，此文中，他亦以"信古"期待王氏，认为世势虽难以改变，但个人却可以"自为古人"。

## 第三节  朱书之文章

### 一  古文

朱书生前，曾于康熙三十九年刊行《杜溪古文稿》。朱书卒后因涉《南山集》案，乾隆年间，其后人惧祸，将《杜溪稿》原版毁损。道光年间，方东树曾订朱书集为十卷，但未刊行。道光五年，宿松人汪桂月得朱书《游历记·燕秦之道》一卷，并刊行之。道光三十年，

---

① 朱书：《御书带经堂记》，王士禛《分甘余话》卷四，中华书局1989年版，第81页。
② 同上。
③ 同上书，第82页。

宿松石广均在方东树校本基础上刊行清贻馆本《朱杜溪先生集》。此后又有光绪十九年宿松黄修祁所刊荫六山庄本，在清贻馆本基础上，删去部分诗赋，补入《游历记存》。安徽黄山书社1994年曾出版以清贻馆本为底本之点校本《朱书集》，收入赋7篇、颂2篇、诗106篇、序11篇，书9篇，记11篇，传6篇，论、辩、跋、杂著12篇，以及时文140篇。

朱书论学以经世致用自期，其文章亦内蕴深厚，不为空言。方东树序朱书文集，认为其文"皆经世析理之言，高峻曲畅，气韵温厚，得法雄深，无一语为时人所能措。如《与李二曲辩学书》《记阙里志后》，理明辞确，有裨人心世教；《记徐司马三征事》，金中丞、吕沃洲等《传》，表潜阐幽，足补史传之不备。其他杂文，记言、书事，皆关典故，无虚词泛语"。[①] 萧穆亦称赞朱书文章"用意深远""不为苟作"。[②]

朱书现存古文中，最有特色者为史传与游记。其史传文，本书第二章已有讨论，此处重点论述游记文。

游记是朱书古文创作中成就最高的文体之一。方东树《朱字绿先生文集序》言："先生平日所最措意者，有《游历记》数十卷。"[③] 朱书康熙三十九年所作《游历记自序》言："予生平好游，今天下疆域凡十五区，予足迹所到已三之二。于是仿桑钦郦道元以道里为经，以见闻为注，作《游历记》若干卷，曰两畿，曰燕秦，曰燕梁，曰秦楚，曰闽豫章入燕，曰闽浙入扬州，曰江行。"[④] 惜朱书身后，文章散佚甚多，到道光年间，《游历记》仅存《燕秦之道》一篇。虽非完璧，但从此一篇2万4余字的长文中，我们仍可窥见朱书在史地、军事方面的学养识见，以及雄浑奔放的文章风格。

清初知识界，不少人有远游的经历。他们的远游，起因、目的虽

---

① 方东树：《朱字绿先生文集序》，《考槃集文录》卷三，《清代诗文集汇编》第507册，上海古籍出版社2010年版，第167页上—167页下。
② 萧穆：《跋杜溪文集》，《敬孚类稿》卷七，清光绪三十三年刻本。
③ 方东树：《朱字绿先生文集序》，《考槃集文录》卷三，《清代诗文集汇编》第507册，上海古籍出版社2010年版，第167页下。
④ 朱书：《朱书集》卷五，黄山书社1994年版，第92页。

有差异，但在旅途中，大多数人的关注点，都不仅仅是自然景物之美，而更多的是山水之后的人文历史。最典型者如顾炎武出游时，"所至之地，以二骡二马载书，过边塞亭障，呼老兵卒询曲折，有与平日所闻不合，即发书对勘"。[1] 朱书之游，亦是带有实地考察性质的学人之游，而非一般文人的游山玩水。《游历记自序》言："凡游必囊笔砚楮墨，命一童子负之以随，所至见奇石、山水、碑碣，即下马记录。或大雪摩挲，手为之僵，或暴赤日中，汗淋漓如雨下，不少辍。人往往环聚而笑，甚或为犬所狂啮，所不顾也。又喜登陟，遇悬崖峭壁，必登其巅，亦可谓有游癖矣。"[2]《游历记》即是通过这样的方式写成的一部"旅行笔记"。

在文章体制上，《游历记》采用了类似于《水经注》的纲目结构，以所经之道里、地点为纲，下注对此一地点之历史沿革、风物人情的考辨、记录。据《燕秦之道》开篇所言，当日从北京到陕西，有三条主要道路："由大名抵河南叩函关，南道也；由井陉渡蒲坂叩潼关，中道也；由居庸循塞上达榆林，北道也。"[3] 朱书在康熙三十二、三十三年间数次往返，都走的是中道。此一道"凡二千三百八十里，经三十一城"[4]。但与《水经注》主要关注地理沿革不同，《游历记》所关注的，除地理外，还有各地的历史、风土。又，《水经注》作于南北朝分裂时期，作者限于"南北阻隔"的政治局面，所述之地多未亲身经历。而《游历记》则作于天下大定、四海一家的太平之时，所述皆作者亲历。因此，论文体属性，《水经注》更接近于"地志"，而《游历记》则可以说是"游踪、游感"俱备的典型的游记兼行记。

按道里、日期记录的长篇行记，在宋时已成熟，代表作有陆游《入蜀记》等。晚明时又出现了不少不记道里，只记时间、地点的日记体游记如袁中道《游居柿录》等。朱书的《燕秦之道》，因为是在多次旅行的基础上写就的，所以没有具体的日期，与一般的行记、日

---

[1] 赵尔巽等：《清史稿》卷四百八十一，中华书局1977年版，第13166—13167页。
[2] 朱书：《朱书集》卷五，黄山书社1994年版，第92页。
[3] 朱书：《游历记·燕秦之道》，《朱书集》卷十，黄山书社1994年版，第208页。
[4] 同上书，第262页。

记逐日记载不同。

在具体内容上,《燕秦之道》的独特之处,主要有以下几点:

一、注重对军事、政治要地之历史的考辨。一般文人行记如陆游《入蜀记》等,亦多有对地名的考辨,但关注点多在与文人、诗文有关的地名。而朱书则对沿途军事要地表现出特别的关注。《燕秦之道》中,着重论述的军政要地有多处,其中真定、固关、函谷关、潼关四处,笔墨尤为详尽。如"真定府"条:

> 真定,楚封张耳常山王于此,入汉为恒山国,盖即赵之东垣邑也。汉高十一年,上击东垣,下之,更命为真定。颜杲卿以之抗安禄山也,后为成德军。王庭凑拒命,韩愈奉诏宣谕,复驰诏,止愈毋径入。愈径至贼营,责以大义,庭凑听命,苏轼所谓"勇夺三军之帅"也。自幽州始乱,安禄山及子庆绪,历史思明、朝义、李怀仙、朱希彩(泚滔)、刘怦(济总)、张宏靖、朱克融、李载义、杨志诚、史元忠、张仲武(直方)、张允绅(简会)、张公素、李茂勋(可举)、李全忠、匡威、匡俦、刘仁恭(守光),凡二十有八人,而灭于晋,是为卢龙军镇。冀自李宝臣(维岳)、王武俊(士真)、承宗、承元、庭凑、元达、绍鼎、绍懿、景崇镕,凡十有二人,而灭于梁,是谓成德军。卢龙军有州九:幽、蓟、营、平、涿、莫、檀、妫、瀛。成德军有州六:恒、定、易、赵、深、冀。盖燕、赵亡,而匈奴之祸极于两汉;两镇亡,而契丹、金、元之祸迄于宋。以一国一镇之力,捍外而有余,以天下之力,卫内而不足,是可慨也。宋真定为河北西路治,明末真定设巡抚。崇祯十一年,大清兵南下,督臣卢象升,宜兴人也,御于保定,转战至真定。巡抚张其中绝其粮饷,军中五日无粮。城门闭,使者转呼东南二门,自未至申,城上乃传云:"有银无伞,奈何?"十二月,以饿卒战于南宫之贾庄。夜三鼓,大清兵合围,犹力战,自辰至午,力竭而殁。大清兵乘胜南下山东,破济南、登、莱。[1]

---

[1] 朱书:《游历记·燕秦之道》,《朱书集》卷十,黄山书社1994年版,第221—222页。

第八章　豪杰之人与豪杰之文：朱书论　　241

真定为北方重镇，北宋宋祁《上仁宗论河北根本在镇定》曾言："天下根本在河北，河北根本在镇定。"① 朱书此段，先对汉至宋这一时段内真定驻军的变化进行概述，得出真定战守与天下形势的关系，并发表感叹："以一国一镇之力，捍外而有余，以天下之力，卫内而不足，是可慨也。"② 最后详述明末卢象升守真定城之事，说明真定在近世的战略地位。

又如对潼关之历史的论述：

> 潼关北临大河，南据高山，为城扼之，东西二门。驻城者，武自副将至千总，文则有潼商道、有郡丞司关榷、有卫所驿司军民，固雄关也。关西宏敞，所谓"驿路西连汉畤平"；关东险隘，所谓"河山北枕秦关险"也。出关即阌乡地，长冈邃谷，桃林古塞直连秦、函矣。地可守，不可战。故唐哥舒翰、明孙传庭皆以出关而败也。王氏曰：自崤山以西潼津以南，通称函谷，名潼关。自汉建安十六年，曹操破马超，潼关始名史册。然《过秦论》谓始皇"斩华为城，因河为池"，则关宜始置于秦矣。考《唐史》，潼关有南、北二关城，隋炀帝各置都尉守之，谓为都尉南城、都尉北城。唐天授二年，益移关向北，近河为路。开元十二年，以华州岳祠南为通衢，旧入关而西，路在岳祠北也。魏杨侃谓长孙稚曰："昔魏武与韩遂、马超据潼关相拒，遂、超之才非魏武敌也，然而胜负久不决者，扼其险要故也。"唐广明初黄巢乱，以张承范守潼关。关左有谷，平日禁人往来，以榷征税，所谓禁坑也。贼至仓促，官军忘守。时汝将军齐克让以军万人屯关外，力战，饥甚而溃；贼遂从谷入。谷中灌木寿藤茂密如织，一夕践为坦途。明日，贼急攻潼关。关外有天堑，贼驱民千余人入其中，掘土填之；须臾即平，引兵而度；夜纵火，焚关楼俱尽。承范方分兵守禁坑，而贼已入矣。韩遂、张承范同一守也，

---

① 宋祁：《上仁宗论河北根本在镇定》，赵汝愚编《诸臣奏议》卷一百二十六，宋淳祐刻元明递修本。

② 朱书：《游历记·燕秦之道》，《朱书集》卷十，黄山书社1994年版，第222页。

而败不败悬殊也。明崇祯八年，流贼由山中间道入南原，潼关道李华然坐堂皇治他事，猝闻贼至陶家庄，去关仅五里，恇怯不能御。傅永淳《疏》曰：流贼入秦，有由阌乡马店深入南山，往西南奔雒南者；有由内乡浙川奔商南者，不必由潼关而后入秦也。然则潼关之守难矣！十一年十月，总督洪承畴、孙传庭大破贼于潼关原。李自成以十八骑走，寻督兵入援，贼得不死。是又未尝不可战也。①

此一段依然是先据前代史书，对潼关地理位置以及在此发生的著名战事进行概述。其中杨侃与长孙稚关于潼关天险的对话，最早见于《魏书·杨侃传》："侃白稚曰：'昔魏武与韩遂、马超挟关为垒，胜负之理久而无决，岂才雄相类、算略抗行？当以河山险阻，难用智力。'"②《资治通鉴》梁大通二年引用了此段对话，并改写为："左丞杨侃谓稚曰：'昔魏武与韩遂、马超据潼关相拒，遂、超之才，非魏武敌也，然而胜负久不决者，扼其险要故也。'"③ 此后南宋袁枢《通鉴纪事本末》卷二十二袭用此语。④ 朱书此处亦照抄《资治通鉴》。张承范潼关失守一段，改写自《通鉴纪事本末》卷三十七广明元年十二月条，从"关左有谷"起，到"一夕践为坦途"，则袭用《通鉴记事本末》原文。⑤ 之后对前代史事发表总结性议论："韩遂、张承范同一守也，而败不败悬殊也。"最后以明末官军与李自成军在潼关交战事作为收尾，说明潼关的当代军事意义。

以上诸例对军事地理的关注，可以说是朱书"以经世自负"的学问宗旨在文章中的反映。清初不少有志恢复之士，均留意山川战守形势，如前述朱书友人梁份，其《西陲今略》，即着重考察边关军卫之情况。又如屈大均《宗周游记》《自代东入京记》《自代北入京记》，

---

① 朱书：《游历记·燕秦之道》，《朱书集》卷十，黄山书社1994年版，第251—252页。
② 魏收：《魏书》卷五十八，中华书局1974年版，第1282页。
③ 司马光：《资治通鉴》卷一百五十二"梁纪八"，中华书局1956年版，第4821页。
④ 袁枢：《通鉴纪事本末》卷二十二，中华书局1964年版，第1926页。
⑤ 参见袁枢《通鉴纪事本末》卷三十七，中华书局1964年版，第3418—3419页。

亦详细描述了多处关隘的地理信息。朱书政治立场与梁、屈二人不尽相同，因此，他对军事要地的关注，并没有太多政治深意，更多的是个人学问兴趣使然。此外，作为文人，朱书的表达又与纯粹的地理学著作不同。将上述对"潼关"的记载与康熙年间著名历史地理著作，顾祖禹《读史方舆纪要》中"潼关"条相较，可以看出，首先，顾氏的考证，较朱书更为细致，所列材料更为丰富，但其所引材料只到明初，对发生在潼关的当代战事则没有记录。其次，顾氏行文，是纯粹客观的学者语气，即在罗列材料后，直接得出考证结论。而朱书文中则加入了作者对历史事实的点评，更富个人情感。这一不同，既缘于写作过程中"实地亲历"与"闭于一室"① 的差异，也反映了"学者之文"与"文人之文"的文风之别。

二是有不少关于时事的记述。与一般的文人行记相类，《燕秦之道》中有不少对古代史实的辨析，如认为孟姜女哭长城全为"傅会"，② 介子推自焚，因而有寒食禁烟之令，"其事尤谬"，③ 等等。但更为可贵的是，文中对不少明清之际的"当代史实"也作了记载和评论。如上述所引"真定府"下，对崇祯十一年明清军队在真定府城外的交战、"潼关"下，对崇祯八年、崇祯十一年官军与李自成农民军在潼关的遭遇战的记述。类似的例子还有"平阳府"下对李建泰事迹的记述：

> 客有言：李建泰被杀于平阳，有大风发屋之异者。建泰，曲沃人，世为显族，有爵位谥号者不绝。建泰美髭须，望之如神仙，崇祯时为首辅。杨武陵既死，帝临朝而叹。建泰念，斥家财可纾国难，请督师。帝御正阳门，行推毂礼。既行，闻晋陷，计无所出。且闻贼从居庸来，乃南出保定，一遇贼即迎降。保定城守严，建泰诈之入城，竟被屠。建泰遂为贼相，贼败再降，又为相。被赐绰楔曰"三朝元老"悬于门，始告归。戊子，大同总兵

---

① 魏禧《方舆纪要叙》中，言顾祖禹"闭户宛溪，足不出吴会"。《魏叔子文集·集外篇》卷八，中华书局2003年版，第409页。
② 朱书：《游历记·燕秦之道》，《朱书集》卷十，黄山书社1994年版，第242页。
③ 同上书，第232页。

姜瓖兵起,其家劫之使应。已而奔溃,窜太平,自陈于大帅,白不反状。帅受之,闭于平阳舍中,请而杀之。①

李建泰为明天启五年进士,崇祯末年任礼部右侍郎、东阁大学士,崇祯十七年正月,加兵部尚书衔,代皇帝出征,却贪生怕死,先降李自成,后降清,其人其行,为当时士人所不齿。其生平,《明史》有传,清初多种笔记也有记述,但朱书此段文字中,所记李之相貌、被赐"三朝元老"匾,及应姜瓖起兵等具体细节,却是正史及其他笔记中所没有的。蒲松龄《聊斋志异》中有"三朝元老"一篇:"某中堂,故明相也,曾降流寇,世论非之。老归林下,享堂落成,数人直宿其中,天明,见堂上一匾云:'三朝元老',一联云:'一二三四五六七,孝弟忠信礼义廉。'"② 明清之际,类似的"三朝元老"不少,李建泰、金之俊、陈名夏等均是。而史籍中有关"三朝元老"匾额的确实记载,仅见于朱书此文。③

又如"保定府"条下,记述了明末李自成军攻克保定的情形。崇祯十七年三月,李自成军曾与保定守军相持二十余日,在攻克京师五日后方攻下保定。此一战中,保定本地官员、乡绅、守军宁死不屈,死伤惨烈;又有李建泰之辈,军溃入保定,意图与农民军讲和,最后其亲军与李自成军内外呼应,导致保定城破。其间种种情事,可歌、可叹、可传。朱书友人中,戴名世作有《崇祯甲申保定城守纪略》,王源作有《保定张氏兄弟合传》,均是对此段历史的记述。朱书此段记载,较戴、王两文要简略许多,但却揭出了李建泰在保定城陷中的作用,将整段历史的脉络梳理得更为清楚。又将当地祭祀此役死难者的"忠烈祠"中文职、武职、义民、妇女数量进行了记录,可作为戴、王二文的补充。此外,对保定同知邵宗元怒斥李建泰的一番话,此段中记述为:"宗元一江北老贡生耳,然不忍背主苟活。阁部名科甲,受任将相,纵不自爱惜,独不记出师时皇帝亲祖正阳门,以武

---

① 朱书:《游历记·燕秦之道》,《朱书集》卷十,黄山书社1994年版,第240页。
② 蒲松龄:《聊斋志异》卷八,中华书局2009年版,第337—338页。
③ 邓之诚《骨董三记》卷六中,即以朱书此文为依据,认为蒲松龄此条,融合了李建泰、金之俊的形象。《骨董琐记全编》(新校本),人民出版社2012年版,第667页。

侯、晋公相期待耶!"① 戴名世《纪略》中则记为:"宗元江南一老贡生,下吏薄禄,尚不肯背面事贼,阁下以宰相专征,不图报万一,乃为人趣降,独不念皇帝亲祖正阳门,君臣相别时乎?"② 对比这两段话,朱书所记显然更口语化、更生动。又,邵宗元为徐州砀山人,③非戴名世所述"江南"人,朱书言"江北"无误。

又如"保定府"条下对清初八旗圈地情形的记述:

> 畿内明设皇庄,今设八旗军屯。军屯东路及于河间,西路及于保定。初以絙环之,所至即归八旗。居民世业田园、屋庐、坟墓皆不得而有也,稍健者反贳为佃而纳税秸焉。顷得于抚军成龙,稍伸纪法,小民略获登丘墓云。④

满洲旗人圈地,因涉及民族矛盾,在清初是十分敏感的话题,朱书作此客观记述,需要有极大的勇气。

三是对各地风土人情的描述。如"广宁门"条下:

> 由门以西,春夏多积水泥淖,小石垒垒,人马足着之颠滑。秋冬晴爽,即灰沙猎猎,风中不能眴。或用纱罩眼,比里许,面积尘如抟土,人不能识矣。⑤

方苞在《送宋潜虚南归序》中亦提到京师"多风沙"⑥。朱书此段描写,笔调似柳宗元《永州八记》,文字简净,所述景象则呼之欲出。

又如"清风店"条下:

---

① 朱书:《游历记·燕秦之道》,《朱书集》卷十,黄山书社1994年版,217—218页。
② 戴名世:《崇祯甲申保定城守纪略》,《戴名世集》卷十三,中华书局1986年版,第345页。
③ 据陈鼎所撰《东林列传》卷十《邵宗元传》,《景印文渊阁四库全书》第458册,台湾商务印书馆1986年版,第294页上—294页下。
④ 朱书:《游历记·燕秦之道》,《朱书集》卷十,黄山书社1994年版,第218页。
⑤ 同上书,第209页。
⑥ 方苞:《送宋潜虚南归序》,《方望溪遗集》,黄山书社1990年版,第80页。

> 清风店道植榆柳，阴映日月，如行华阴道上。①

戴名世《丙戌南还日记》中，曾记载直隶磁州风景："柳阴夹道，数十里不绝。"② 清风店属保定府，在磁州北六百余里，而亦有恍如江南之处。对朱书、戴名世这些南方士子来说，在北方忽见故乡风景，确是一件"可喜可愕"之事。此处寥寥数笔，而清雅之景与欣喜之情毕现。

又如平定州西"黑沙岭"条下：

> 岭东张氏园亭……堂后甃瓴甋为楼三层，置火道，煴煤其下，火气直周上，穷冬和暖如春。楼前对冈上松数株，葱翠可爱。淮北、齐、赵、燕境松绝少。《周礼·职方》曰："并州其利松柏。"予行并州道上，只平定稍稍有松，西则间见于安邑之郊，是难云利矣。③

此条记述了当日晋人用煤取暖的细节，并将所见的物产情况与经典所载相比对。但朱书此处结论似有误。《燕郊之道》中，朱书在古"并州"、今山西境内的经行路线为榆次—徐沟—平遥—祁县—灵石，也即山西中部偏东的地区，此一地区多为平原而无高山，亦少见松柏。而在山西中部偏西的地区，如今属吕梁市的诸县山区，即多松柏。笔者为山西人，读此不免有故乡之思，故作此校正。

又如对不同地区民众生活状态的记述，"新兴店"条下：

> 新兴店滨河，在石碛间结茅覆屋，编苇为壁；居人在店后土窟中。晓集店，为过客执爨进饼饵则皆用妇人。④

---

① 朱书：《游历记·燕秦之道》，《朱书集》卷十，黄山书社1994年版，第219页。
② 戴名世：《丙戌南还日记》，《戴名世集》卷十一，中华书局1986年版，第305页。
③ 朱书：《游历记·燕秦之道》，《朱书集》卷十，黄山书社1994年版，第227页。
④ 同上书，第228页。

以及文末总叙部分：

> 燕、涿民居，或方而长，或圆而锐。平定、寿阳民居，或无村落，皆营窟，惟镇、驿则构栋宇。王胡以西，民居遇山为穴，遇原为堡；或堡山巅，或穴谷中。潼关以西，民居皆无覆瓦，或为半屋，命之曰厦。燕、秦之民田皆在平原，寿阳至蒲坂民田则上极山巅，下穷水澳。燕、晋之谷皆黍、稷、麦，秦错植秝秋。燕妇无裳，青裤；晋妇无裳，红裤；秦妇有裳，白裤，秦衣冠多白也。燕妇高冠，少者高髻；晋妇小冠，抹额卑髻；秦妇华冠、高髻。①

此两段中，记述燕、秦、晋三地民居、田地、服饰之情况，语言清晰明断，无一多余修饰语。这种笔法，类似于《仪礼》诸篇及后世韩愈《画记》等文，因此我们从中不仅可以感知到朱书文字的现实关注，而且可以体会到文字背后的作者学问修养。

## 二　时文

桐城派早期作家均擅时文，朱书亦是如此。与戴名世、方苞等人类似，朱书亦是先学古文，后学时文。朱书的父亲少时只教他"博习诗、古文辞"，朱书学为时文，"皆十有五后窃为之也"。② 今《朱书集》里收录有《南人有言曰》一篇，自注曰："岁壬子，予年十九，从先大人侨寓潜山之罗庄。先大人家教，每屏时文不许读。而执友戴伟人先生佳伟，文行极为先大人所重，辄私授予以壬子乡墨。予得见北闱诸公卷，喜之，乃试作此，私视戴先生。先生大嗟赏之，谓先大人曰：'此子大器也，奈何不令做时文？'先大人笑不应。然予往往窃作时文，自此始。"③ 此后七年，朱书进学，又七年考取拔贡。之后又有数年以教馆为生。因此，时文写作对他来说，不过是功名的

---

① 朱书：《游历记·燕秦之道》，《朱书集》卷十，黄山书社1994年版，第263页。
② 朱书：《先考仲藻府君事略》，《朱书集》卷八，黄山书社1994年版，第168页。
③ 朱书：《南人有言曰》自记，《朱书集》卷十二，黄山书社1994年版，第340页。

"敲门砖",与谋生之手段。但长期写时文、教时文的过程,也促使朱书对时文一道进行深入思考,形成了自己独特的时文文风与时文观念。

在文体内涵上,朱书强调时文须有深厚的学问、人格内蕴。在康熙三十六年为友人刘岩所作《刘大山时文序》中,朱书对时文"有用"还是"无用"的问题发表了自己的看法:

> 时文本非所以用世,而非借时文,则所以用于世者无由见,然英雄潦倒其中,亦何悫也。天下之所以治安而不失其道者,必赖奇特磊落之人,内有以自淑其心性,而外讲于先王礼乐制度、师田学校、水利农桑、得失兴废之故,用以佑天子而仁寿吾民。然其人无由自见也,朝廷止循科举成法,取之以八股之时文。夫时文未尝不足以得人也,譬之火焉,壅之复之,而其光焰之外见必有不能掩者,深识之士一见而决之。然而人之取人也有明有不明,人之求取于人也有工有不工,由是时文之是非与取之之意,大半不相值。①

这段话要点有三:一、按朝廷成法,时文是英雄得以"自见"的主要途径,因此不能说无用。二、时文虽不等于内在心性与外在的经世学问,但心性与学问是优秀时文的基础,如"光焰之外见必有不能掩者"。三、通过时文得人,有赖于选拔者的"明"与考试者的"工",也即考官须有从文字中读出心性与学问的眼光,而考生须有表达自身心性与学问的文字功力。此序作于刘岩"五试于乡而始举,再试于礼部而再蹶"②之后,故序中要为友人抱不平,认为有司所取舍与文章的真实水平"大半不相值"。但这种对考官的质疑,是八股取士时代落第者一方常有的心理,与时文文体本身关系不大。此处值得我们注意的,是朱书对时文写作基础的意见。对作者心性与学问的强调,是古文家的路数,如方苞即多次强调时文

---

① 朱书:《刘大山时文序》,《朱书集》卷五,黄山书社1994年版,第89页。
② 同上。

作者的"心与质之奇"①,"(时)文之平奇浅深、厚薄强弱,多与其人性行规模相类"②。在这一意义上,朱书可以说是赞成"以古文为时文"的。

在具体的时文创作理念上,朱书则与戴名世、方舟、方苞有所不同。戴氏与方氏兄弟,更偏好"古文化"的时文,肯定时文中的作者个性与文采,肯定马、班、唐宋八家的古文传统对时文写作的正面影响,对明代启、桢时期文采烂然的时文也较为推崇。而朱书虽也认同时文写作中"根之茂者其实遂,膏之沃者其光晔"③的古文传统,但在文法上却坚守时文、古文的分界,对古文因素太过浓重的时文不以为然。朱书之子朱晓、朱曙所作《杜溪稿跋》中,曾复述父亲庭训:

> 家大人尝语愚兄弟曰:"制科之设,头场试经义,二场试论、表、判,三场试策。其立法初意甚善。盖经义只觇其经术,必深淳精粹、融会六经、洞晓先儒理奥,以不悖乎圣贤之旨,斯为入格,非欲其驰骋以为奇也。……今之论文者,不知立法之意元欲收纵横之才于后场,而辄妄起谬论,破坏经义。或近则借口庆、历师其佻巧,远则牵引班、马、八家埋伏照应之法,以论八股。不知文各有体,不可强而同也。作古文词无语气可体,无上下文可承接,又事理烦碎,不为埋伏照应,则散而无纪。今八股代圣贤之言,写圣贤之心,语气一差,去而千里。又其总挈有题、承、起讲,项有提比、虚比,腹有中比,尾有后比,位置一定,不可乖异。顾好怪异倒乱,抛弃正义,以为高脱……混策论之体于经义,而反以烂熟草率之经义为策论,宜乎其两失也。"④

---

① 方苞:《杨千木文稿序》,《方苞集·集外文》卷四,上海古籍出版社2008年版,第609页。
② 方苞:《杨黄在时文序》,《方苞集》卷四,上海古籍出版社2008年版,第100页。
③ 韩愈:《答李翊书》,《韩昌黎全集》卷十六,中国书店1991年版,第246页。
④ 朱晓、朱曙:《杜溪稿跋》,《朱书集》附录,黄山书社1994年版,第528—529页。

乾嘉间人焦循曾言,古文时文之区别,在于一以"意"为中心,一以"题"为中心。① 上述引文中,朱书的意见与焦循类似,即古文无题目之约束,故需讲"埋伏照应",而时文须依照题目之语气,且有固定之格式,并不需"借口庆、历""牵引班、马"。明隆庆、万历,是时文由"正格"到"变格"的阶段,涌现出不少不满足于"循题",而讲究"凌驾"的文家如汤宾尹、许獬等。"以古文为时文"的讲求,也兴起于此时。朱书则对将古文作法引入时文表示不满,明确表态"驰骋以为奇"非时文正格。

今《朱书集》中,收入朱书时文一百四十篇。从这些文章来看,朱书理论上对"时文正体"的维护,在其写作实践中,并未得到完全的贯彻。朱书友人张坦认为,朱书时文乃以"正体"为主,间有古文笔法:"间以恣肆滉漾之笔见之小题,若典制性命之文,一惟黜郑崇雅,羽翼六经,至诸子杂家不轻用也。"② 根据笔者的阅读体验,朱书时文大致有以下几方面的特点。

首先,与方舟、方苞等人类似,朱书的《论语》《孟子》题文,善于体贴语气,能以自身修为为基础,揣摩出千载之上的圣人心事。如《子闻之曰 一节》篇,题目出自《论语·八佾第三》"哀公问社于宰我"章:"哀公问社于宰我。宰我对曰:'夏后氏以松,殷人以柏,周人以栗,曰使民战栗。'子闻之,曰:'成事不说,遂事不谏,既往不咎。'"是一个典型的模拟虚神的文题。宰我之言不谨慎,所以孔子对其提出批评。朱注于此解释说:"孔子以宰我所对,非立社之本意,又启时君杀伐之心;而其言已出,不可复救,故历言此以深责之,欲使谨其后也。"关于"哀公问社"的本意,刘宝楠《论语正义》认为是哀公与宰我欲灭三桓的"隐语"。削弱三桓势力,扶持公室,亦是孔子所愿,但孔子认为此时时机还未到:"禄去公室,政在大夫,已非一朝一夕之故。哀公未知使臣当以礼,又未能用孔子,遽

---

① 焦循《时文说一》中认为:"时文之体,全视乎题……诸子之说根于己,时文之意根于题。"又其《时文说二》:"古文以意,时文以形。舍意而论形则无古文,舍形而论则无时文。故二者不可以相通。"两文均收入《雕菰集》卷十,清道光岭南节署刻本。

② 张坦(张逸峰):《卮言》,《朱书集》附录,黄山书社1994年版,第526页。

欲遏威泄忿，冀收已去之权，势必不能，故夫子言此以止之。"① 朱书此文，首先阐发朱注中"深责之，欲使谨其后"的含义，前两比言："君子议国家之事，恒郑重而不敢轻，非过也，一日之言，垂之数世，而共相传诵，则计之于早者为无弊矣。君子考制作之原，必精详而不敢苟，非迂也，一事之论，通之万事，而皆可施行，则筹之于先者为有德矣。"也即儒者需意识到自身责任之重，需谨言慎行。接下来重点描述孔子面对当日局势的无奈，后两比言：

> 势当莫可如何之会，虽豪杰之才，亦与庸众同归于无用。不明其势而喋喋焉以争之，虽亦"爱人以德"之怀乎，然而将何救也。凤昔论列古人，每叹指臣之偶非，惜无人为之救正。不谓隐忍不言之态，竟得之同堂师弟中也。余心抑用伤矣。
>
> 时当无可致力之余，虽亲厚之至，亦如疏远之不动其心。不观其时而谆谆焉以议之，虽亦过失相观之隐乎，然而将何益也。平日流览列国，每叹一言之隐祸，幸有人赖以挽回。不谓见可而止之情，乃行之函丈进退间也。我怀又已戚矣。②

此两比中对孔子在批评宰我时的"伤"与"戚"的描述，超越了朱注的界限。朱书在此认为，孔子虽对国事有所期待，但时势又不得不使他采取保守态度。在"不明其势而喋喋焉以争之""不观其时而谆谆焉以议之"与"隐忍不言"之间，他选择了后者。这种选择，与其说是"明哲保身"，不如说是心有不甘。因此，此文中的孔子，不再是高高在上的"责人"的圣人形象，更多的是内心充满矛盾的令人感佩、同情的普通英雄。

又如《子使漆雕开仕 一章》，题目出自《论语·公冶长第五》："子使漆雕开仕。对曰：'吾斯之未能信。'子说。"朱注曰："斯，指此理而言。信，谓真知其如此，而无毫发之疑也。开自言未能如此，未可以治人，故夫子说起笃志。"孔子志在天下，要求弟子出仕，但

---

① 刘宝楠：《论语正义》，中华书局1990年版，第123页。
② 朱书：《子闻之曰 一节》，《朱书集》卷十一，黄山书社1994年版，第282页。

又对自言尚未做好出仕准备的弟子表示赞赏。孔子之"道"的丰富层次，便在此"仕"与"不仕"间展现出来。朱书此文，对孔子这一微妙复杂的心理做了分析，前两比言：

> 吾夫子忧世之切，虽莫宗而犹欲大行其道，即为兆而亦且小试其端。此其意固在仕也。
>
> 吾夫子乐天之深，虽王天下而不与存，即遁世不见知而亦不悔。此其意又并不关仕也。①

因为所关心、所自信者在"道"，"仕"是为了行此道，"不仕"也是为了行此道，因此仕与不仕，均能从容面对。后两小比进一步总结此意：

> 夫信在于仕者，不与三代比烈，犹之未能信也。此夫子道易天下之量也。
>
> 信并不关仕者，不与天地相参，犹之未能信也。此夫子愤乐忘老之心也。②

"道"在外在的层面，是"道易天下""与三代比烈"，在内在的层面，是"与天地参""愤乐忘老"。圣人出处进退，并不存私心，而是处处以此"道"为落脚点。

朱书的气质，豪放刚强，在孔、孟二人中，更接近于孟子。因此他的不少《孟子》题文，写得极为酣畅淋漓，如《孟子曰求则得之一章》，此题出自《孟子·尽心上》："孟子曰：'求则得之，舍则失之，是求有益于得也，求在我者也。求之有道，得之有命，是求无益于得也，求在外者也。'"朱注在此引用赵岐的说法："言为仁由己，富贵在天，如不可求，从吾所好。"朱书此文，先在起讲部分描述了"仁义礼智之人不世出，而富贵利达之求接踵于天下"的现象，接下

---

① 朱书：《子使漆雕开仕 一章》，《朱书集》卷十一，黄山书社1994年版，第293页。
② 同上书，第294页。

来用两大比来论述此两种"求"的不同处：

> 庸讵知世有求则得之，如取而亦如携也。舍则失之，相弃而始相远也。求之而即得，不求而即不得。如是，是求之有益于得为何如，而要非他有所求也。性命之各正，人既不得行其予夺之权，德业之交修，天并不得擅其进退之事，盖惟求在我者然也。夫求在我，盖亦有兼在外而得者，然非求之力也。使舍在我者以求而又未必得矣，则何若求在我之必得矣。
>
> 至于求之则有道，稍知道者必不背道以求也，况乐道者乎！得之则有命，即在遵道者犹未能抗命以得也，况违道者乎！道不可以妄干，命不可以力强。如是，是求之无益于得为何如，而正非不工于求也。天不能尽人而予以福泽之器，故通者常少，而穷者常多；人不能自我而操爵禄之司，故拙者常得，而巧者常失，盖惟求在外者然也。夫求在外，盖亦有舍在我而得者，然更非求之力也。使取在我者而亦如是，求则所得更万万矣，又岂若在外之得不得皆不可知哉！①

德业、理义之求，是内心之求，主动性在我；爵禄之求，则是外在之求，其结果受制于命。两者虽有交叉，但都不是凭私心、私意而能得到的："夫求在我，盖亦有兼在外而得者，然非求之力也"，"夫求在外，盖亦有舍在我而得者，然更非求之力也。"与其求天命眷顾，不如求"在我之必得"；求之在我，其收获将不可限量，求之在外，其收获则难以预知。此两比中，连用短句，文气直泻而下，刻画出了孟子"其命在我"，立得住、把得牢的豪迈形象。接下来两比则进一步论述圣贤对"求"之得失的态度：

> 圣人精义入神，则命不足道，或禄以天下而不辞，或尊为天子而不与。在我者甚足，则在外之为来为去，俱付之以无心。

---

① 朱书：《孟子曰求则得之 一章》，《朱书集》卷十四，黄山书社1994年版，第490—491页。

贤人守义不屈，则以命制欲，得志则泽施一世而非过，不得志则道在一身而非歉。在外者甚轻，故在我之或屈或伸，一听之于所遇。①

圣贤以理义、德业为求的目标，外在功名利禄，只是他们实现理义、德业的手段，因此，他们能将外在之求与内在之求结合起来，对外在之求的得失看得极淡。此两比文气较前为舒缓，表现出了孟子"好辩"之外平和坚定的一面，也使得全文节奏得以平衡。

朱书时文的第二个特点，是析理细致。特别是涉及对学问境界、性质的描述时，往往能从各个角度反复剖析。如《温故而知新 一节》文中之前二比："果其优游涵泳于旧闻，不欲使学殖之荒落也，由是寻绎所至，而向所力索不能遘者，忽悠然相遭于无意之中。将见机之所引，在在皆创获焉。笃诚烛理于昔训，不欲使神智之废忘也。由是时敏所积，而向所倘恍不能举其似者，竟确然可据于有象之表。将见识之所通，往往皆为实理焉。"②从"旧闻""昔训"出发，经"寻绎"到"悠然相遭"，经"倘恍"到"确然"，清晰地描述了学习过程中不同阶段的精神状态，非有实际心得不足为此。又如《伯夷隘》中，对君子之"中道"的描述：

夫为夷必不能为惠，为惠必不能为夷。此两人者并世而同处，即各有所不由而后独成其是。

则不为夷乃可以为夷，不为惠乃可以为惠。学此两人者兼体而不累，必均有所不由而后不失其真。

是以君子履中而蹈和，其进退屈伸皆无一成之见，而总求全乎天则。故有时就所当就而不嫌其久，即有时去所当去而亦不嫌其速。

随时而顺应，其辞受取予皆有一定之权，而能独善其化裁。

---

① 朱书：《孟子曰求则得之 一章》，《朱书集》卷十四，黄山书社1994年版，第491页。

② 朱书：《温故而知新 一节》，《朱书集》卷十一，黄山书社1994年版，第273页。

故有时遁世无闷一无所就而非高，有时斯人吾与一无所去而非简。①

伯夷之"隘"，是狂者的表现，柳下惠之"不恭"，则是狷者的作为，二人均有所偏颇。此四比涉及"有所不由"与"兼体"，"去"与"就"，"久"与"速"等多种因素，将人世间各种情事进行组合排列，使得文章格局宏大，令人信服。

朱书的《中庸》《大学》题文，亦是以对实理的细致论述取胜，与方舟同类文字的灵动宛转不同。典型如《万物并育而不相害 一节》一文后二比对"物"与"道"之关系的论述：

> 无端而散为物之形，而所以形者，一形一理也。无端而显为道之象，而所以象者，一象一理也。此非有余，彼非不足，咸得于性命各正之中而何所用其攻取。则有小德之川流而不害不悖者，物与道自止其方焉。
> 
> 散为物之形，而所以形其形者，未尝形也。显为道之象，而所以象其象者，无其象也。动而无动，静而无静，自浑于乾道变化之始而何勿受其包涵，则有大德之敦化而并育并行者，物与道共归于极焉。②

朱注于此曰："天覆地载，万物并育于其间而不相害；四时日月，错行代明而不相悖。所以不害不悖者，小德之川流；所以并育并行者，大德之敦化。小德者，全体之分；大德者，万殊之本。川流者，如川之流，脉络分明而往不息也。敦化者，敦厚其化，根本盛大而出无穷也。此言天地之道。"朱书此两比，除敷衍朱注外，还加入了对"形"与"理"、"象"与"道"之间辩证关系的阐述，使得朱注所言之理更加显豁。

---

① 朱书：《伯夷隘》，《朱书集》卷十四，黄山书社1994年版，第436—437页。
② 朱书：《万物并育而不相害 一节》，《朱书集》卷十三，黄山书社1994年版，第409页。

又如《洋洋乎 一节》中之两大比:

> 是故博厚而不可极者,万物之所居也。即有大之至者,亦处万物之中而自为一物,未能合万物而为之危举矣。然而物何以作长,道之仁也,物何以敛藏,道之义也。盖有形者皆成其性,有性者皆出于命。故物之樊然于下也,滋息游散一若自无而有、自有而无者,皆任其长短大小之不齐而无所主宰于其间,而不知易则易知,简则易从,总一道之显设于类聚群分之内而不可易。是则万物不足以为大,道之大乃举夫万物而为之体焉,其发育万物也有然。
>
> 若夫高明而不可穷者,则万物之天之所际也。即有大之室者,不过与万物同处乎道之下,未能上及于天而与为同体矣。然而天何以有春夏,道之通也;天何以有秋冬,柔之复也。盖有象者皆由于气,有气者皆根于诚。故天之确然于上也,太虚无形一若刚柔相摩、阴阳相荡者,皆听其立本趣时之自至而无所纲维于其际。而不知以一而神、以两而化,总一道之藏用于一气五行之先而不可违。是则天不足以为大,道之大乃生乎天而立其命焉,其峻极于天也有然。①

"洋洋乎"是孔子对"鬼神"的形容,朱注于此引用《礼记·祭义》中"其气发扬于上,为昭明焄蒿凄怆。此百物之精也,神之着也"一语来进行阐释。对"鬼神"的理解,涉及理学中"理"与"气"等核心概念。程朱一派理学家认为,"鬼神"是圣人"设教"之辞,是天地生民以来"气"的显现,"为他是天地间妙用,祖考精神便是自家精神"。② 此"气"不断聚散,而"理"即依附凑泊于此"气"上。朱书此文,没有对此"气"的外在形象进行文学化的描述,而是着眼于对"气"之内涵的表述,因此不免枯燥,但却符合

---

① 朱书:《洋洋乎 一节》,《朱书集》卷十三,黄山书社1994年版,第404页。
② 谢良佐:《上蔡语录》卷一,《景印文渊阁四库全书》第698册,台湾商务印书馆1986年版,第574页下。

理学派时文家"黜郑崇雅,羽翼六经"的期待。

朱书时文的第三个特点,是善于描述情境,能将一些有"情节"的题目,加以发挥想象,敷衍出富含戏剧、小说因素的文字。如《见其二子焉至长幼之节》,题目出自《论语·微子》中著名的"荷蓧丈人"章,原题为:"见其二子焉。明日,子路行以告。子曰:'隐者也。'使子路反见之。至则行矣。子路曰:'不仕无义。长幼之节。'"原文本身带有叙事性因素,但此题属截断题,行文时要注意不犯上、连下。朱书此文,从"小节"与"大义"的关系入手,发表了许多精彩的言论,如起讲部分:"且人生乐事,半在家庭,而至人顾有所皇皇焉不暇谋聚首之欢者,何也?常人之家止一室,至人之家合四海。是故明于大义,要不得拘于小节也。"① 前二比后连接部分:"我文王、武王父作子述,竭其精神才力,始得奏清明焉。迄于今,食其泽不绝。凡尔丈人,父荷耕锄,子牵衣裾,皆朝廷之赐也。不然,彼叹仳离而伤中谷者,岂独为匪民也耶!"② 以及落下部分:"夫天下义为大,节次之。一日无义,将父不得有其子,长不得有其幼,坐视天下疏间亲、少凌长而不之救。"③ 此数句,论述天下之"义"大于个人之"节",均可说是透彻明朗,一针见血。但本文最有趣味之处,在于对子路与丈人一家相见情景的描述:

> 方其絷之维之,我有旨蓄,爰进君子,式食庶几。少焉有拜于阶下者,子路曰:"嘻!谁与?"丈人曰:"小人有子,见田野之人矣,未见邹鲁之士。敢见。"子路曰:"唯!不敢辞。年几何矣?"则对曰:"长者能负薪,幼者能辨菽麦矣。"……二子辞客,客亦就寝,倏焉明日矣。子路心念夫子,急去之。丈人分袂,或欲言否,二子临歧,或能饯否,俱不相及。④

---

① 朱书:《见其二子焉至长幼之节》,《朱书集》卷十二,黄山书社1994年版,第352页。
② 同上。
③ 同上书,第353页。
④ 同上书,第352页。

此段文字，将原文中"见其二子"四字敷衍成一篇宾主雍容相待的对话，丈人之言质朴，而子路之言，恭谨之中略带自得之意，符合子路"勇者"的身份。之后对二人分别情景的想象，也生动贴切，令人莞尔。

又如《楚王不悦》，题目出自《孟子·告子下》："宋牼将之楚，孟子遇于石丘。曰：'先生将何之？'曰：'吾闻秦楚构兵，我将见楚王说而罢之。楚王不悦，我将见秦王说而罢之，二王我将有所遇焉。'"孟子借此事阐述了"怀利事君"与"怀仁义事君"的问题。但此文题"楚王不悦"，只是宋牼对未来情势的一种想象，并未涉及义利之辨。因此朱书此文，也重在展示策士摇摆不定的心态。首先想象说得楚王罢兵之后的情景：

> 使楚王诚如是之悦也，吾知士卒投戈而相贺曰："吾属之得生全者，某先生之力也。"父老扶杖而往观焉曰："室家之得安宁者，某先生之功也。"即秦之人亦遥望而相庆曰："今日之得休息者，某先生之赐也。"①

以赋之法，排列出士卒、父老、敌方对自己的歌颂之辞，造成夸张的效果，同时暗示此种场景的虚幻性。接着想象若楚王未被说动的另一番景象：

> 设也楚王不自谅，而过恃夫潇湘云梦之众也，则彼将一战而帝楚，而安挽方盛之雄心？
> 楚王并不谅秦，而欲得夫胡骆代马之用也，则彼将一战而入秦，又谁折其方张之锐志？②

"潇湘云梦之众""一战而入秦"的描述，亦极有画面感。之后，进一步对当日列国间关系进行描述：

---

① 朱书：《楚王不悦》，《朱书集》卷十四，黄山书社1994年版，第485页。
② 同上。

第八章　豪杰之人与豪杰之文：朱书论　259

　　且楚素弱于秦者也。士马既陈于郊原，忽焉无故而中止，则反来秦人窥伺之心，而于势有所不便。

　　况宋又楚仇也。锐师方出乎鄢郢，忽焉相劝其班师，则或疑牼为反间之谋，而于情有所难信。①

在两大国对阵之时，一言而换取和平，虽在历史上有前例，但在秦之实力大于楚，楚与宋又是世仇的情况下，宋氏此举未免与时不合、太过自信。此两比对"以不便之势而行难信之情"的分析，十分精到。文末则想象宋氏在深思熟虑后改变主意，由楚入秦：

　　于是出方城，投函谷，彼得无置上座以待牼者。士君子不得于楚则秦而已矣，安能郁郁久居此哉！②

秦是讲"利"的国家，宋牼入秦，不符合孟子的期待，但却符合当日秦睥睨六国的情势。这一结尾，完全出于作者的发挥，但却与前文浑然一体。纵观全文，有具体的对话细节，有历史大背景的铺排，很大程度上可以看作是一篇出色的微型历史小说。

朱书时文的第四个特点是在句式上，善用短句、排比句，造成一种奔腾激荡的气势。如《敏而好学 三句》中二比：

　　后人即甚英奇，度非上哲矣。然而多其材以自封，则小慧足恃，亦且薄古圣人为不足师。故不学之弊，愚鲁者恒少，而聪颖者恒多也。圉既负姿特异，保无率臆而行乎？而汲汲然惟学是好。则前言往行，能志古道之未亡；博物洽闻，足传后儒以相待者，非他人，必圉矣。圉可谓勤学也已矣。

　　此身仅列陪贰，亦未及尊高矣。然而小其量以自域，则卑位甫登，亦且轻天下士为不如我。故不问之弊，挟贤固深，挟贵者

---

① 朱书：《楚王不悦》，《朱书集》卷十四，黄山书社1994年版，第485—486页。
② 同上书，第486页。

更甚也。围既职在浚明,得无简傲以处乎?而殷殷然善下不耻。则小大兼收,庶几文武之未坠;文献必考,似伤杞宋之无征者,非他人,必围矣。围可谓好问也已矣。①

"敏而好学,不耻下问",是孔子对孔文子的评价。朱熹《集注》认为:"凡人性敏者多不好学,位高者多耻下问。故谥法有以'勤学好问'为文者,盖亦人所难也。"朱书此两比,在文义上基本是对朱注中"人性敏者多不好学,位高者多耻下问"两句的敷衍,但在具体文句上,如"不学之弊,愚鲁者恒少,而聪颖者恒多也","不问之弊,挟贤固深,挟贵者更甚也",论述较原文更为透彻;又如"前言往行,能志古道之未亡;博物洽闻,足传后儒以相待者","小大兼收,庶几文武之未坠;文献必考,似伤杞宋之无征者",则是在单股中又有对股,读来铿锵有力,给人文气奔涌之感。类似的例子还有《于此有人焉 五句》后四比对守道之人的赞颂、《孟子曰禹稷颜回同道 三节》后两比对禹、稷、颜回殊途而同归的阐发、《君子不重一章》后两小比对"自修"的论述等。

除对股之中善用短句之外,朱书还往往在时文的"落下"部分使用连续短句,如《敏而好学 三句》之结尾:"凡今之人,不学而无术,专己而肆为,陈以诗书则目为迂愚,进以谠言则指为邪说,其谥曰'至愚''极鄙'而已耳,何足与于'文'之数哉!"②模拟孔子语气,对当世不学不问之人进行批评,笔调锋锐,毫不遮掩。此文后自记曰:"偶尔放笔,便至嚣动,甚矣,气之难静也!"③"嚣动"之感,既来自于内容上对世人的嘲讽,也有文字形式上连用短句造成的紧迫感。又如《子曰君子不器》结尾:"故夫君子仁义以为材质,学问以为琢磨,明师益友以为工师,古圣前贤以为规矩,则器也而进乎道矣。"④连用四个排比句,不仅涵盖了君子为学的各个方面,而且

---

① 朱书:《敏而好学 三句》,《朱书集》卷十一,黄山书社1994年版,第299页。
② 同上书,第300页。
③ 朱书《敏而好学 三句》文后自记,《朱书集》卷十一,黄山书社1994年版,第300页。
④ 朱书:《子曰君子不器》,《朱书集》卷十一,黄山书社1994年版,第275页。

在语调上形成一种绵密不断的效果，给人余韵悠长之感。

综上所述，朱书之古文，格局宏大，笔致简净，在平实的叙述下又暗含着丰富的个人情感，虽然这种情感的流露是含蓄、克制的。朱书之时文，理题文注重实理阐释、论述细腻，虚神题文则文采流动，韵味悠长。可以说，与朱书对自身"经世"角色的定位类似，他的文章风格，也介于"经世之文""豪侠之文"与"文人之文"之间。因此，朱书的文章，可以看作是从清初之驳杂到盛世之"雅洁"的文风转变过程中又一个具有过渡意义的例案。

# 第九章

# 盛世哀歌：刘岩的诗文创作

在桐城派早期作家中，相较于戴名世、方苞、何焯等人，刘岩在后世的声名并不突出。但是，对研究者而言，刘岩其人其文，却有两个特点值得特别关注。其一，是他从"江左狂生"到"避席畏闻文字狱"心态的转变。作为《南山集》案的涉案者兼幸存者，刘岩在入刑部狱及赦免放出后，"日课一诗以写忧"，[①] 留下了关于这段经历中文人心态变化的宝贵文字资料。这对于我们观察、重现桐城派早期作家，乃至康熙年间文人之心态，具有重要意义。其二，是刘岩不仅能文，而且能诗。现当代学人提出"桐城诗派"，[②] 认为桐城诗派之源头，可追溯到明末清初钱澄之、潘江，其后在姚鼐叔祖姚范手上得以正式开创，又由姚鼐及其弟子发扬光大于乾嘉及晚清。这一传承谱系中，康熙年间的桐城派作家是缺席的。而刘岩之诗，无论数量还是质量，都达到了相当的水平。刘氏虽非桐城人，但作为与戴名世、方苞关系密切的朋友，我们不妨将其视为广义的"桐城诗派"的代表人物。对其诗歌的研究，可以破除学界对早期桐城派作家"有文无诗"的看法。以下拟分三节，对刘岩的心态转变、诗论与诗歌创作、

---

[①] 思园藏书本刘岩《大山诗集》中，《哭家西谷侍御》一首题目下编者陈浏注："先生弟仲山谓先生辛卯后，日课一诗以写忧。"辛卯即康熙五十年，为《南山集》案发之年。刘岩：《大山诗集》第一卷（甲卷），《清代诗文集汇编》第198册，上海古籍出版社2010年版，第11页上。

[②] 钱锺书《谈艺录》四二条："桐城亦有诗派，其端自姚南菁发之。"《谈艺录》，中华书局1984年版，第145页。此后诸家关于"桐城诗派"的论述，多本钱氏而来。

文论与文章创作进行讨论。

## 第一节 从"狂生"到"寒虫":刘岩的生平与心态转变

刘岩,原名枝桂,字月丹,后改名岩,字大山、无垢,江苏江浦人,生于顺治十三年二月二十二日。据光绪刊本《匪莪堂文集》卷前引吴楷所辑《年谱》,刘岩先世因避乱,于元末由山东迁居江浦。又据刘岩《匪莪堂记》《乐孺堂记》中自述,刘家先世居江浦东葛城,务农为业。家素饶,至曾祖父时家道中落,迁移到浦口万峰门之外。刘家子嗣不丰,曾祖父、祖父、父亲三代单传,直到刘岩一辈,才有兄弟四人。刘岩出生时,祖父已去世二十余年,六岁时,母亲曹氏又去世,由父亲将其抚养成人。作为家中长子,刘岩被父亲寄予了振兴门闾的希望:"余父常惨然顾余曰:'吾幼而孤,汝生而早岁亡汝母,汝曾大父、汝大父皆朴诚而长厚,然门祚衰微无以振,其独能无望于汝乎!'余稍长,知读书,时诸弟妹五人皆幼,余侍余父居一室,方四五楹,湫隘嚣尘,墙穿而瓦陋,余挟册琅琅哦诵于其内,诸弟妹环左右而听之,余意殊欣然,不以为苦。"[①] 刘岩之父于康熙十六年去世,未能得见刘岩入贡国子监,成举人、进士等光耀门楣之事。刘岩入国子监后,曾以馆金在江浦金汤门内买屋数楹,扁其堂曰"匪莪堂",取《诗经·蓼莪》之诗意,以寄托对父亲的怀念。

江浦(今南京市浦口区)位于长江北岸,明代属应天府,清代属江苏省江宁府。刘岩所生长的浦口镇,离县治二十里。明清之江南,经济、文教发达,浦口虽经历了明末战乱,但在刘岩少时,已恢复了昔日的繁荣,"称巨镇,为市廛烟火所聚集",且"士之挟册而吟诵者,往往有奇材异质于其间"。[②] 家乡士人中,对刘岩产生过较大影

---

① 刘岩:《匪莪堂记》,《匪莪堂文集》卷一,《清代诗文集汇编》第198册,上海古籍出版社2010年版,第70页下—71页上。

② 刘岩:《赵秋莹左中玫两先生传》,《匪莪堂文集》卷三,《清代诗文集汇编》第198册,上海古籍出版社2010年版,第89页上、下。

响的有陈所学、颜天表、左文相等。

　　陈所学，字行之，号鸥沙，鸥沙应是取杜甫"翩翩何所似，天地一沙鸥"意。世为江浦人。① 明末诸生。好典籍，不屑帖括家言。明亡后"手裂其诸生巾，举巨椎椎碎其家具，命奴仆拆毁所居屋数十楹，尽以其栋榱瓦甓施道士为东岳殿，而遁迹于穷乡数十里地曰三汊河，编黄茅屋三间，居四十余年而卒"。② 颜天表，字弓甫，其先世明末时为横海卫指挥。天表为长子，当世袭指挥之职，却让予其弟而自为诸生。多技艺，性情潇洒不羁，"似魏晋间人"。③ 陈、颜二人，为诸生时即志趣相投，过从甚密。国变后，陈氏弃功名、毁家隐居，颜氏亦削发为僧，弃去城中居所，卜居距三汊河五里而近的高桥湾。二人每月必数相见，见则"欷歔各涕泣，已而操笔各为诗"。④ 颜氏善饮而陈氏不善饮，颜氏每每"袒臂纵饮淋漓"，陈氏则"怡然兼坐相对"。⑤ 颜氏六十余，一夕从陈氏处饮酒毕，醉而归，无病而卒。清初江南士子中，多有此类眷恋故国、心怀悲苦之人，陈、颜二人，行为虽不如戴名世笔下"一壶先生"怪异，但其遁世之苦心，却是一般相同。刘岩十六七岁时，曾至三汊河拜见陈鸥沙，留终日乃去，此时颜氏已故，未能得见。刘岩晚年为陈、颜二先生作传，犹对陈先生的"貌清癯，以礼自范"，以及"以蟹啖余，复与余谈诗"的蔼然长者形象怀念不已。⑥ 刘岩生长于新朝，或许不能完全理解二位先生的政治情感。但二人的坚定志节，以及清高孤傲的性情，却给刘岩留下了深刻印象，日后刘岩性格中"狂生"的一面，亦可说有来自此二位乡先贤的影响。

　　如果说陈、颜二人对刘岩的影响，更多是品行方面的感召，那么

---

① 清初又有舟山人陈所学，明末曾任中书舍人，顺治八年九月，舟山城破，陈氏阖户自焚死。事见查继佐《鲁春秋》，民国适园丛书刊查东山稿本；又查继佐《罪惟录》附纪卷十九，四部丛刊三编景手稿本。
② 刘岩：《陈鸥沙颜弓甫两先生传》，《匪莪堂文集》卷三，《清代诗文集汇编》第198册，上海古籍出版社2010年版，第88页下。
③ 同上书，第89页上。
④ 同上。
⑤ 同上。
⑥ 同上。

## 第九章 盛世哀歌：刘岩的诗文创作

左文相则可以说是直接改变了刘岩的人生道路。左氏字中枚，与赵人月同为浦口镇"诸生祭酒"，门下弟子众多。据刘岩《赵秋莹左中枚两先生传》文末自述，自己少时因家贫无书，十一二岁时即废学。一日左氏偶遇刘岩，与之对弈，惊叹于刘岩之棋艺，并劝之读书，言曰："吾兹一局未终，已知子之聪慧特绝矣。诚以此用之于读书，何书不可读，而奚以少年精力，徒费之于方罫之间为！且使子弈，纵能为国工，不过终身为一善弈之人而已！"① 刘岩即请拜左氏为师。之后左氏虽就聘入都，未能亲自教授刘岩，但此番教诲，使得刘岩重新回到读书之路，一年后，也即康熙十二年，十八岁的刘岩便以第一名入县学。

重拾学业后的刘岩，读书颇为勤苦，康熙十二年到康熙十四年，曾抱书数十卷读于江浦城西之西林寺二年余，"其时读书，固无间于寒暑也"。② 又据刘岩季弟回忆，刘岩"嗜学，昼夜不倦，家大人禁之，则窃油置床下，俟人静，复篝灯默诵，或未即成诵，即自跪以强记。夏夜畏蚊啮，置灯帷帐中以读，而帐顶焰处成墨。冬寒，火不继，设圆木足底，动踏之而歌，声若出金石焉"。③ 这一段时间的苦读，为刘岩之后的声名鹊起奠定了基础。康熙二十四年，李振裕视学江南，考选贡生，刘岩以第四名考取，与戴名世、何焯、刘齐、刘辉祖等同贡太学。当日太学诸生中，刘岩以时文见推，所谓"时文推刘无垢，古文推宋潜虚"。④ 入京后，刘岩曾在徐乾学家教馆，徐氏为当日士人领袖，权倾一时，刘岩一介寒士，能得徐家垂顾，其文名应是主要原因。

今所见光绪刊本《大山诗集》中，保存了不少刘岩初入京时的作品，从中可以看出，在薪桂米珠的京城，刘岩过着一种寒士的清苦生

---

① 刘岩：《赵秋莹左中玫两先生传》，《匪莪堂文集》卷三，《清代诗文集汇编》第198册，第89页下、90页上。

② 刘岩：《西林寺记》，《匪莪堂文集》卷一，《清代诗文集汇编》第198册，上海古籍出版社2010年版，第75页上。

③ 刘岩：《匪莪堂文集》后附"先生季弟仲山条举先生质行"，《清代诗文集汇编》第198册，上海古籍出版社2010年版，101页上。

④ 方苞：《朱字绿墓表》，《方苞集》卷十二，上海古籍出版社2008年版，第345页。

活，如《出郭》："日卧穷巷中，逼仄如瓮盎。"① 《寓斋》："乱书堆半床，浊酒盈一盏。"② 而相较于物质的清贫，精神上的"托身无所"，更使得他感到愁苦、愤懑。这种愁苦、愤懑，在诗中一方面表现为对故园的怀念，如《送人南归》："长安羁旅人，筋力苦消耗。徒以饥饿颜，遭人裘马傲。余客已三年，囊空净如扫。欲归倘得归，贫贱甘所好。"③ 另一方面，则表现为不向周遭环境妥协、不为名利降低人格的骨气。如《别王忍亭郎中》："我来京师闵穷巷，刺灭不肯干公卿。"④《酬水村》："人笑狂生狂，我叹鄙夫鄙。"⑤ 在《送王耘渠归金陵》一首长篇五古中，刘岩感慨友人的遭遇，也借此表明了自己的人生态度："种玉莫种白，种兰莫种香。物情妒美好，浊世多谤伤。自子来京师，余适同翱翔。共客尚书宅，礼义恒自将。子心余所知，群口胡相戕。请寻子罪端，受侮固所当。子才实桀骜，躯小心胆强。嫉恶性所秉，气烈肠亦刚。黑白自了了，牙颊喷风霜。论今杂嘲谑，怀古生悲凉。一涕复一笑，俗物空茫茫……子以肮脏骨，陡来名利场。一身万忿集，蜂虿交披猖。谓子罪可逭，改辙犹未妨。怙终子不变，谁恕狂生狂！青冥卒蹭蹬，长揖祭酒堂。挥手自兹去，雨雪霑衣裳。玉质本自洁，兰味本自芳。子今去山谷，物性固有常。"⑥ 王氏名汝骧，字云衢、耘渠、云旸，号墙东，金坛人，与刘岩同时拔贡入国子监，擅时文，编有《明文治》等。康熙四十五年，王氏以选贡出任四川新津县令，友人多惋惜之，亦有赞叹其不慕世俗名利者，如戴名世即写了一篇激愤不已的《赠王云衢之任新津序》，认为

---

① 刘岩：《出郭》，《大山诗集》第一卷（甲卷），《清代诗文集汇编》第198册，上海古籍出版社2010年版，第7页下。
② 刘岩：《寓斋》，《大山诗集》第一卷（甲卷），《清代诗文集汇编》第198册，上海古籍出版社2010年版，第8页下。
③ 刘岩：《送人南归》，《大山诗集》第一卷（甲卷），《清代诗文集汇编》第198册，上海古籍出版社2010年版，第7页上。
④ 刘岩：《别王忍亭郎中》，《大山诗集》第二卷（乙卷），《清代诗文集汇编》第198册，上海古籍出版社2010年版，第29页上。
⑤ 刘岩：《酬水村》，《大山诗集》第一卷（甲卷），《清代诗文集汇编》第198册，上海古籍出版社2010年版，第8页下。
⑥ 刘岩：《送王耘渠归金陵》，《大山诗集》第一卷（甲卷），《清代诗文集汇编》第198册，上海古籍出版社2010年版，第7页上—7页下。

王氏品格，如同"希世之物，特立之姿，尘垢之所不得而侵，哗嚣之所不得而乱"。① 王氏在新津六年，因不善逢迎上司，被罢归乡。从刘岩此诗来看，王氏是一位有血性、疾恶如仇的"狂生"。对此"狂生"，刘岩是充满敬意，并引为同道的。又有《记梦》，写晋代诗人陶渊明入梦的情景："踞床索瓶罍，似作盘礴概。继进数大瓮，捐杯以瓢代。胸如汤沃雪，稍有微醉态。自言平生时，快饮愿未逮……君饮求称心，死犹气百倍。使我尝深味，而我殊愦愦。得醉莫苟辞，君言真韦佩。"② 渊明饮酒，并不是一味求沉醉，而是怀着对世事的深忧，刘岩梦中渊明"气百倍"的"狂生"形象，何尝不是他对自身品格的期许。

使"狂生"刘岩名扬天下的，是康熙二十七年因太皇太后"三年之丧"引起的一场风波。康熙二十六年十二月二十五日，孝庄太皇太后去世。康熙帝悲痛异常，不顾帝王持服"以日易月"的传统，以及太皇太后"持服依世祖皇帝遗诏，以日易月，二十七日而除"的遗诏，决意持服二十七月，并做出了割辫、孝服用布、停灵逾年、除夕元旦守丧不回乾清宫、发引后不立即回宫等不符皇家丧仪的"逾情"之举。在这些举动中，受阻最大的是"守丧三年"。依《礼记·王制》，"三年之丧"，是天子以至庶人均需遵守之礼，所谓"三年之丧，自天子达"。但自汉文帝服丧采用"权制"，变三年之丧为短丧后，绝大多数皇帝服丧均采用短丧制，至唐代后期，天子丧期为二十七日，已成定制。作为"天下一人"，如何服丧，对皇帝来说，不仅是个人家礼，而且具有国家典礼的意义。如当代学者吴丽娱所言："权制无疑是从公义出发的制度，它的出现是为了减少或避免因皇帝个人凶事所造成的对国家公务的影响。"③ 但是，这种偏重于"公义"的制度，也不可避免地束缚了皇帝个人情感的抒发。康熙帝对祖母敬爱逾常，从个人情感出发，欲破除"权制"之成例；众朝臣则坚持

---

① 戴名世：《赠王云衢之任新津序》，《戴名世集》卷五，中华书局1986年版，第148页。
② 刘岩：《记梦》，《大山诗集》第一卷（甲卷），《清代诗文集汇编》第198册，上海古籍出版社2010年版，第9页上。
③ 吴丽娱：《关于中古皇帝丧服"权制"的再思考》，《中国史研究》2014年第4期。

皇帝应遵守服制成例。孝庄崩逝当日，康熙表示要"持服二十七月"时，诸王、大臣即奏请皇帝要"以礼节哀，易月至典，守而勿更"；①第三日，诸王、大臣等再次公同具疏，奏请皇上"恪遵遗诰，持服二十七日"。② 在康熙帝执意不允的情况下，康熙二十七年正月初二日，国子监奏上以刘枝桂（枝桂为刘岩原名）为首的太学生五百余人的题本，"呈请皇上节哀，循古服制，以日易月"。③ 正月初五日，诸王以下文武各官，复奏请"以日易月"。康熙终于同意："朕不得已，勉如所请。"④ 并于正月二十一日释服。在这场皇帝与群臣对峙的风波中，朝臣"欲使太学生上本而难其首"，⑤ 于是国子监祭酒以"此举若就，则博学宏词可得也"⑥ 许诺刘岩，并在刘岩不知情的情况下将其列于上书名单之首。之后，"诏下，将显擢大山，而大山不奉诏，争辩午门，声色俱厉，必欲得当而后止"。⑦ 但朝廷既已有成命，当朝官员又多支持祭酒，刘岩的抗辩自是无济于事。为表明自己的态度，刘岩作《太学生伏阙上书论》一文以告世人：

> 窃以为太学生伏阙上书，非古也。《记》曰："国有学，遂有序。党有庠，家有塾。"汉太常博士曰："教化之行，建首善自京师始。"盖自三代之盛，礼乐宣明，而其时之为士者，释奠释菜，游居讲习于学之中，将以蓄其材为公卿大夫之用，而至于朝廷之政事，则各有司存。士或越其职而冒言之，则必蒙

---

① 《清圣祖实录》卷一百三十二，康熙二十六年十二月己巳，《清实录》第五册，中华书局 1985 年版，第 426 页上。
② 《清圣祖实录》卷一百三十二，康熙二十六年十二月辛未，《清实录》第五册，中华书局 1985 年版，第 428 页下。
③ 《清圣祖实录》卷一百三十三，康熙二十七年正月丙子，《清实录》第五册，中华书局 1985 年版，第 433 页上。
④ 《清圣祖实录》卷一百三十三，康熙二十七年正月己卯，《清实录》第五册，中华书局 1985 年版，第 434 页上。
⑤ 吴楫：《刘大山先生传》，《匪莪堂文集》卷首，《清代诗文集汇编》第 198 册，上海古籍出版社 2010 年版，第 63 页下。
⑥ 同上。据法式善《陶庐杂录》卷二，其时国子监满洲祭酒为德布色，汉祭酒为曹禾。见法式善《陶庐杂录》，中华书局 1959 年版，第 44、47 页。
⑦ 吴楫：《刘大山先生传》，《清代诗文集汇编》第 198 册，上海古籍出版社 2010 年版，第 63 页下。

出位而谋之罪。迄乎汉宋之世，太学生率其群而以书上者乃数数见，史官必谨书之……夫自三公九卿以至一命之吏，而独至于太学生，其人无官守也，无言责也，又至卑且微者也。史官必谨书之者，盖由其时之公论，必大有所不伸，或大臣不能言，小臣不敢言，或大臣言、小臣言而坚不听，然后章甫缝掖之士，服先王之法服，执先王之法言，率其徒数千人之众以伏于阙下而力争之，其势盖出于人心之所不得已，而其事亦非盛世所宜闻，然犹可因此以见先王养士之遗，而礼仪教化之风犹不至于澌灭殆尽也。是以太学之言出，听不听必谨书之，凡以其所言者，先王之法也。

今三年丧，天地之常经，古今之通谊，自天子达于庶人，无贵贱一者也。自汉文帝遗诏，吏民三日皆释服，而儒者有小仁害大义之讥。晋武既除服，复疏素终三年，司马温公以为不世出之君，而目裴秀、傅元为庸陋。其后，魏孝文、宋孝宗皆致丧三年，可谓卓绝千古者矣。且宋世丧服之制，外廷虽已易月，宫中实服三年。而以日易月之论，实自应劭发之，世俗沿之，而不能变其悖于先王之法也明矣。今皇上天纵至孝，卓然有千古之志，诏欲行三年之丧，而司成司业乃率太学之士，谓三年之丧必不可行。吁！太学何地？司成何职？司业何官？太学生何人？伏阙上书何事？而愦愦行之，此真可为之流涕而太息也。夫先王之法之出于天理人心之公者，虽兴废有时，然虚存其义于天地之间，未尝非告朔饩羊蘩缨名器之意，而乃三年丧必不可行之论，竟发之于太学之中，则是一举而废毁彝伦也。一举而废毁彝伦，则是一举而废太学也。太学废，而天下之学校宜无不废矣。夫为天下人才之师表者，而于国家根本之所系如弁髦乎哉？

且夫上书者，将以匡时之阙也。假使主上有复古之志，而公卿大臣持汉唐之陋说，太学生仰承诏旨，引古谊以折之，而为此举也，此所谓匡其阙者也。今行三年丧，美也，非阙也。乃尼止其美，而反以为阙而匡之，此不责难于君，而谓吾君为不能，孟子之所谓贼也。

> 且凡咨大义，必属众心，即使义属当陈，亦必召诸生集议。今乃为首者不自知其名，为从者不预知其事，大司成诱之以小利，胁之以必从。夫强诸生之不欲而胁之，以师而欺其弟子，且不可不顾诸生之不从而上之，以臣而欺其君，可乎哉？欧阳公与高司谏书，谓其不复知人间羞耻事。今大司成固不自恤也，乃率五百有四人，而谓无一人有羞耻之心，呜呼，何其甚也！故吾举先王所以立学与不得已而上书之义，所以存太学也。此余之不得已也。①

此文中，刘岩表明了自己对皇帝行三年丧的支持，认为这是重视彝伦的"美举"。日后方苞也曾表达过类似看法。② 复古礼，在这些对儒家伦理怀有真诚信仰的年轻士子看来，是天经地义，值得提倡的。此外，抛开制度层面"权制"是否应实行的争论，刘岩此文更重要的是提出了"太学生之责"与"群体上书之义"的问题。首先，此文认为，太学生不应上书言事，即使上书，亦是"出于人心之所不得已，而其事亦非盛世所宜闻"。表面看，这与刘岩"狂生"的性格不符，然而从另一个角度来说，这正是"自重其言"的表现。其次，提出群体上书，必"召诸生集议"，取得众人同意，而不能以利诱、以势胁。以利益、势力为压制，是教官无羞耻；而为势利所屈服，是学生亦无羞耻。刘岩争辩于午门，拒绝上官的利诱，正是以实际行动表明了自己的羞耻之心与清白品格。此文出后，影响广泛，"士大夫争相传诵，仰之如泰山北斗"，③ 晚清人所编《续古文辞类纂》《清文汇》均将此文收录。

---

① 刘岩：《匪莪堂文集》卷一，《清代诗文集汇编》第198册，上海古籍出版社2010年版，第68页下—第70页上。

② 方苞于雍正十三年所作《丧礼议》中，条举《周官》《仪礼》《礼记》中的相关条文，为皇帝实行"三年之丧"提供参考，并批评汉以后古礼不行，"皇王丧纪，类皆随俗傅会，隐情失义，与《礼经》不应"。见《方苞集·集外文》卷三，上海古籍出版社2008年版，第583页—586页。

③ 吴楫：《刘大山先生传》，《匪莪堂文集》卷首，《清代诗文集汇编》第198册，上海古籍出版社2010年版，第64页上。

## 第九章　盛世哀歌：刘岩的诗文创作

太学学业完成后，刘岩仍留在京城。① 康熙三十二年，刘岩将"枝桂"之名改为"岩"，并以"刘岩"之名参加顺天乡试，中第二名举人。关于此次应考，吴楫所作《刘大山先生传》言："（作《太学生伏阙上书论》后）大山既不苟仕进，因绝意科名。相国张公素存叹曰：'有才如此，宁以布褐老乎？'于是劝以易名应试。大山之称今名，自此始。"② 张公素存，即张玉书，顺治十八年辛丑科进士，康熙二十九年授文华殿大学士兼户部尚书。刘岩此科乡试，主考官为翰林院侍读徐倬、编修彭殿文，同榜友人有王源、查慎行等。此次应试，可以说是刘岩性情转变的开始。昔日视气节重于功名的"狂生"，在生活的压力与功名心的驱动下，开始走上了与世俗妥协的道路。

康熙三十三年，刘岩春闱失意，由京城返乡，曾写下《甲戌落第出都六首》：

> 记得前年返故邱，冰凌十丈过卢沟。而今又向江南路，破帽依旧雪打头。
>
> 欲铸黄金计已疏，马蹄消息近何如。床头鸿宝今烧却，归去惟携种树书。
>
> 塞草才枯野火新，寒云如墨黑蹲蹲。短衣匹马冲风去，要看江南射虎人。
>
> 宵来一枕梦先还，烟树微茫月半弯。梦里不知河水恶，浮桥踏断瘦青环。
>
> 尖风烈烈雨浪浪，愁杀萧萧马上郎。一百八盘泥滑滑，磨盘山顶绕羊肠。
>
> 黄叶江村九月天，家书曾到说丰年。思量真个还乡好，饭稻

---

① 李光地《榕村续语录》卷十四："大山云：'郭华野参高淡人、王俨斋之日，予正馆健庵家。'"《榕村语录　榕村续语录》，中华书局1995年版，第741页。据《清圣祖实录》卷一百四十二，郭琇参高士奇、王鸿绪，在康熙二十八年九月。见《清实录》第5册，中华书局1985年版，第560页上—560页下。

② 吴楫：《刘大山先生传》，《匪莪堂文集》卷首，《清代诗文集汇编》第198册，上海古籍出版社2010年版，第64页上。

羹鱼不费钱。①

这六首绝句，中心意旨是"思归"。第二首、第三首所用语典，分别出自辛弃疾《鹧鸪天》："却将万字平戎策，换得东家种树书。"②以及杜甫《曲江三章》："自断此身须问天！杜曲幸有桑麻田。短衣匹马随李广，看射猛虎终残年。"③刘岩在这里，亦是表示要将济世的壮心、功名的希望抛却一边，转而回乡过"饭稻羹鱼"的安详生活了。但"真个还乡好"，不过是故作潇洒，第五首中，"泥滑滑"语带双关，宋人禽言诗中，常用百舌鸟的叫声"泥滑滑"来带出路途难行，如北宋梅尧臣《禽言诗》："泥滑滑，苦竹岗。雨潇潇，马上郎。马啼淩兢雨又急，此鸟为君应断肠。"④南宋末戴昺《五禽言》："泥滑滑，泥滑滑，客路迢迢雨不歇，我仆十步九步蹶，我马蹢躅如跛鳖。"⑤刘岩此处极写路之崎岖难行，令人想起李白之"欲渡黄河冰塞川，将登太行雪满山"。⑥从中不难体会到作者落第后的痛苦心情。

刘岩的科举之路，与桐城派早期作家群中的多数人一样，并不顺畅。在康熙三十三年、三十六年、三十九年三次会试失利后，康熙四十二年癸未科，刘岩终于得中二甲第四十四名进士，并选为庶吉士。此时刘岩已四十八岁。此科会试，主考官为熊赐履、陈廷敬、吴涵、许汝霖，状元为王式丹，同榜友人有查慎行、汪份、朱书等。刘岩散馆后改授编修。其间，康熙四十八年进士科考试，刘岩任同考官，戴名世于此科获隽，为一甲第二名。刘、戴二人自康熙二十五年相识于

---

① 刘岩：《甲戌落第出都六首》，《大山诗集》第7卷（庚卷），《清代诗文集汇编》第198册，上海古籍出版社2010年版，第60页下。
② 辛弃疾：《有客慨然谈功名，因追念少年时事戏作》，《稼轩词编年笺注》，上海古籍出版社1978年版，第393页。
③ 杜甫：《曲江三章》，《杜诗详注》卷二，中华书局1979年版，第139页。
④ 梅尧臣：《禽言四首·竹鸡》，《梅尧臣集编年校注》卷七，上海古籍出版社2006年版，第103页。
⑤ 戴昺：《东野农歌集》卷二，《景印文渊阁四库全书》第1178册，台湾商务印书馆1986年版，第689页下。
⑥ 李白：《行路难》，《李太白全集》卷三，中华书局1977年版，第189页。

太学，至此已相交二十余年，此次会试又有师生分缘，可称佳话。

刘岩为官勤谨，李光地《榕村续语录》言："田有、大山做官后，一味颓唐无精神，也不好。"① 刘岩的"颓唐无精神"，一方面应缘于公事的繁重，另一方面，也应与刘岩谨慎的性格有关。康熙四十九年六月，刘岩五十五岁初度，曾作诗曰："臣之少也不如人，何敢夸张日暮身。老马垂头惭问齿，枯鱼衔索痛思亲。无儿似续如悬缕，有女娇怜像阿银。百感茫茫颠种种，不堪光景过奔轮。"② 诗中呈现的是一个按部就班、安分守己的老人形象，早年的"狂生"意气已经消失殆尽了。

康熙五十年十月十二日，《南山集》案发。都察院左都御史赵申乔上疏参翰林院编修戴名世《南山集》中"肆口游谈，倒置是非，语多狂悖"。③ 随即，《南山集》中所涉及戴名世友人纷纷被逮下狱。因《南山集》中有《与刘大山书》及《刘大山稿序》，故刘岩亦被逮，在刑部狱中度过了一年左右时间，次年秋被赦出狱。康熙五十二年二月初七日，《南山集》案定谳，刘岩及妻吴氏隶汉军旗籍，仍供职翰林院。

如本书第一章所论，《南山集》案并非一桩简单的文字狱。在《南山集》案前后，还交织着北闱案、南闱案、张伯行与噶礼互参案，及废立太子等诸多政坛大事，此中各方的角力，与《南山集》案的起因、走向之间，存在着微妙的关系。但是，对士林而言，《南山集》案首先是一起以"整肃人心"为目的的文字案件。康熙在此案中，一方面对不少文学侍从之臣予以保全，如在此案未定谳之前，牵连入狱的翰林院编修汪灏、刘岩即被赦免出狱；另一方面，对此案主犯予以严惩，戴名世未逃死刑，方孝标后人被流放黑龙江，方苞、刘岩等涉案人员，虽免予刑罚，但仍被令入旗。这一处置，对一群曾

---

① 李光地：《榕村续语录》卷十六，《榕村语录　榕村续语录》，中华书局1995年版，第773页。

② 刘岩：《庚寅生日》，《大山诗集》第四卷（丁卷），《清代诗文集汇编》第198册，上海古籍出版社2010年版，第54页下。

③ 《清圣祖实录》卷二百四十八，康熙五十年十月丁卯，《清实录》第6册，中华书局1985年版，第455页下。

以"狂生"自命的人来说,有着巨大的震慑力。好友生命凋殒,自己亦无法再省视祖先丘墓,残酷的现实,使他们深切体会到了皇权的威力。从入刑部狱始,刘岩开始大量作诗,所谓"辛卯后,日课一诗以写忧"。① 这些诗构成了今天所见《大山诗集》的主体。这些诗中,反复出现的,是自怜自伤的情绪,如《哭家西谷侍御》四首其一:

> 我懼文字祸,不敢歌《大招》。君亡亦已矣,我苦生无聊。以我枯槁心,为汝病愁焦。以我破碎肠,凭汝尸号咷。魂兮若有觉,惨戚风刁刁。②

其二:

> 掉臂欲归去,依依常再思。始终恋明主,未忍旋山陂。朝朝采蘼芜,夜夜秉杼机。欲回君子心,宁惜手足胝。自怜赋命薄,敢道承恩迟。君心如海水,潮汐有还期。臣身如木叶,一落是终时。③

此诗所悼之西谷侍御,即刘灏,字陂千、若千,号西谷,陕西泾阳人。康熙二十三年陕西乡试举人,康熙二十七年进士。康熙三十九年由翰林院编修考选陕西道御史、长芦巡盐。同年丁忧,服除,授河南道御史。康熙四十四年罢斥,康熙"不忍弃诸其家,则留之典文翰"④,曾与诸翰林修《康熙字典》等书。康熙五十年,卷入《南山集》案,初审免罪。康熙五十一年卒于京,年五十一。刘灏少年科第,然一再颠仆,年寿不永,去世时京城士人多惋惜之。刘岩与刘灏

---

① 刘岩:《哭家西谷侍御》题目下陈浏注,《大山诗集》第一卷(甲卷),《清代诗文集汇编》第198册,上海古籍出版社2010年版,第11页上。

② 刘岩:《哭家西谷侍御》之一,《大山诗集》第一卷(甲卷),《清代诗文集汇编》第198册,上海古籍出版社2010年版,第11页上。

③ 刘岩:《哭家西谷侍御》之二,《大山诗集》第一卷(甲卷),《清代诗文集汇编》第198册,上海古籍出版社2010年版,第11页上。

④ 赵执信:《通议大夫前掌河南道监察御史泾阳刘君神道碑并铭》,《饴山文集》卷九,《清代诗文集汇编》第210册,上海古籍出版社2010年版,第414页下。

相交多年,"二纪聚京国,情若同胞亲",① 友人的多舛命运,自然引起了刘岩物伤其类之感:"我罹文字狱,不敢歌《大招》。"《大招》为屈原自悼之词,可见刘岩此诗是要借为友人招魂,表达对自身的哀叹。刘灏一生,徘徊官场,即使为主上所不喜,亦不忍归去,这种"朝朝采蘼芜,夜夜秉杼机。欲回君子心,宁惜手足胝"的宛转苦心,究竟值得不值得?反观刘岩自身,从绝意名场到更名就试,再由翰林院编修到狱中囚犯,这一历程,何尝不是"始终恋明主,未忍旋山陂"?虽是"自怜赋命薄",但等待他的,是否也是"一落是终时"的命运?诗中虽未敢明显表露出"怨望",但情绪低沉,可想见狱中刘岩的心灰意懒。

这一阶段诗作中,有不少表达了对人心的失望与恐惧,如《携手曲》:

岂知肩相拍,心已含锋芒。明日诏书下,不许辞辈行。珠帘上青苔,阶草萋以黄。长门与长信,一闭音渺茫。九疑峰可涉,三门波可航。冥冥方寸中,险阻安可量。②

《啗瓜吟》:

啗瓜莫啗蒂,蒂苦累瓜甘。结交莫结利,利尽交二三。食鱼莫食饱,饮泉莫饮贪。饮食欲别白,交情须细谙。③

《武溪深》:

武溪深,武溪犹未深。已办革裹尸,何用嗟溺沉。拜床及载

---

① 刘岩:《哭家西谷侍御》之四,《大山诗集》第一卷(甲卷),《清代诗文集汇编》第198册,上海古籍出版社2010年版,第11页上。
② 刘岩:《携手曲》,《大山诗集》第一卷(甲卷),《清代诗文集汇编》第198册,上海古籍出版社2010年版,第11页下。
③ 刘岩:《啗瓜吟》,《大山诗集》第一卷(甲卷),《清代诗文集汇编》第198册,上海古籍出版社2010年版,第11页下。

蓣，波澜涌千寻。入水不畏陷，所畏惟人心。①

《大山诗集》刊者陈浏在《武溪深》后评曰："当时必有陷先生者。"此"陷者"为何人，今已不可考，但刘岩少时的"狂生"之态，得罪官场中人，或有趁此机会落井下石者。《南山集》案三法司初审时，《南山集》中所涉及的三十余位文士"经查俱系讨论诗文，并无悖乱言语"②，得以免议，而刘岩与戴名世往来书信，亦只是讨论诗文，却被判杖流。《大山诗集》陈浏序中，言刘岩下狱，"或曰《太学生伏阙上书论》实召之也"③，联系刘岩上述感叹来看，这一传言未必无因。

世事险恶，人心难测，究其原因，在于名利之争。这一阶段诗作中，另一个反复出现的主题便是"悔近名"，如《遣眷属僦舟南归至静海阻冰复返》：

退飞鹢羽艰，逆上鱼鬐蹙。我生值坎坷，所遇多反覆。以兹安命屯，焉敢与时逐。瞿患摇心魂，归计遣骨肉。判袂孟冬初，含悽潞河曲……临渊已恐慌，履冰尤觳觫。本无行险心，实有妄动辱。乃知进是灾，亟以退为福。利涉孰如川，行道翻如蜀。人生数果奇，安问水与陆。返棹速回舟，钦哉慎所独。④

据"瞿患摇心魂，归计遣骨肉"句，此诗应作于《南山集》案初起之时。"本无行险心，实有妄动辱。乃知进是灾，亟以退为福"数句，极为沉痛，刘岩自更名入仕后，少年"狂态"已有所收敛，入翰林院后，更是勤于公事。然而，文坛之名、官场之位，无一不是

---

① 刘岩：《武溪深》，《大山诗集》第一卷（甲卷），《清代诗文集汇编》第198册，上海古籍出版社2010年版，第11页下—第12页上。
② 哈山等：《审拟戴名世〈南山集〉案题本》，《清代文字狱档（增订本）》，上海书店出版社2011年版，第956页。
③ 陈浏：《大山诗序》，《大山诗集》卷首，《清代诗文集汇编》第198册，上海古籍出版社2010年版，第2页上。
④ 刘岩：《遣眷属僦舟南归至静海阻冰复返》，《大山诗集》第一卷（甲卷），《清代诗文集汇编》第198册，上海古籍出版社2010年版，第11页下。

受辱之根源。此意在《杂感》组诗中说得更为明显。此组诗第二首言：

> 舌有镆铘锋，自吐自为祟。铓刃绕吾身，思之魂魄碎。《鹿葱诗》固非，《拊缶歌》亦恚。三寸物至柔，戕躯尔何锐。阮籍竟无言，终日昏昏醉。①

南朝沈约有《咏鹿葱》："野马不任骑，兔丝不任织。既非中野花，无堪麕麃食。"② 此诗曾为沈约带来大祸，唐佚名撰《灌畦暇语》载："沈约以佐命勋位冠梁朝，晚年诸进用事者忌其固位，取约所为《鹿葱诗》乘间以白武帝。帝意已不能堪，未几得道士赤章事，遂大发怒，约以忧死。"③《拊缶歌》则出自汉杨恽《报孙会宗书》，其中描绘自己由诸吏光禄勋免为庶人后的家居生活："妇，赵女也，雅善鼓瑟。奴婢歌者数人，酒后耳热，仰天拊缶而呼乌乌。其诗曰：'田彼南山，芜秽不治，种一顷豆，落而为萁。人生行乐耳，须富贵何时！'是日也，拂衣而喜，奋袖低卬，顿足起舞，诚淫荒无度，不知其不可也。"④ 其后杨恽受人诬陷，有人将此信呈上，"宣帝见而恶之"，⑤ 处杨恽以腰斩之刑。《鹿葱诗》《拊缶歌》，若从诗艺的角度看，是抒发真情的佳作，然而此种"怨望"的真情与书写真情的能力，适足以殒身丧命。"三寸物至柔，戕躯尔何锐"一句，亦可说是包含着血泪的刘岩对于自身人生的感慨。又第四首：

> 受蓁便受醢，有欲斯为灾。龙神良可叹，牺牛安足哀。祸害有潜窦，昧者茧茧来。势利纷攫挐，声光赫喧豗。东门犬踪绝，

---

① 刘岩：《杂感》第二首，《大山诗集》第一卷（甲卷），《清代诗文集汇编》第198册，上海古籍出版社2010年版，第17页下。

② 沈约撰，陈庆元校笺：《咏鹿葱》，《沈约集校笺》卷十，浙江古籍出版社1995年版，第429页。

③ 佚名：《灌畦暇语》，《丛书集成初编》第2838册，中华书局1991年版，第4页。

④ 班固：《汉书》卷六十六，中华书局1962年版，第2896页。

⑤ 同上书，第2898页。

华亭鹤音乖。及此心始悟,吁嗟安及哉。①

首句"受豢便受醯",即"赵孟之所贵,赵孟能贱之"之意。一入名利场,在得到名声、荣耀的同时,"祸害"也随之而来。而大多数人为势利之"声光"迷眩,沉浮其中,不知收手。最后四句用《史记·李斯列传》之典,表达了贫贱安稳比富贵风涛更可贵的观点。刘岩晚年诗句中,类似的诗句还有:

嗟哉患害来,有欲斯为祟。②
患来悔近名,老至忆幽屏。③
身为名所误,役役弃林丘……问尔营营日,何曾早掉头。④

与"悔近名"为一体两面的,是对"寂寞"的追求。刘岩晚年对道家导引之术颇感兴趣,曾有《与客谈导引之术》诗:"念此养生言,兼之蒙叟义。"⑤ 又《杂感》第一首:"惟寂与惟莫,所以全厥生。"⑥ 第五首:"多病知保生,履难悟求道。"⑦ 《庄子》中的"全身"之术,在于"身如槁木,心如死灰",不受外界引诱、打扰。可见刘岩在祸患面前,亦步历史上诸多儒家士子的后尘,转向了"求道",以道家寂寞无为的思想作为人生指南。

刘岩脱于狱后,曾扈从塞外。刘岩老友查慎行曾赋诗《送同年刘

---

① 刘岩:《杂感》第四首,《大山诗集》第一卷(甲卷),《清代诗文集汇编》第198册,上海古籍出版社2010年版,第17页下。
② 刘岩:《杂诗》第十首,《大山诗集》第一卷(甲卷),《清代诗文集汇编》第198册,上海古籍出版社2010年版,第12页下。
③ 刘岩:《与履安夜话》,《大山诗集》第一卷(甲卷),《清代诗文集汇编》第198册,上海古籍出版社2010年版,第18页上。
④ 刘岩:《移居》第十一首,《大山诗集》第三卷(丙卷),《清代诗文集汇编》第198册,上海古籍出版社2010年版,第39页下。
⑤ 刘岩:《与客谈导引之术》,《大山诗集》第一卷(甲卷),《清代诗文集汇编》第198册,上海古籍出版社2010年版,第17页上。
⑥ 刘岩:《杂感》第一首,《大山诗集》第一卷(甲卷),《清代诗文集汇编》第198册,上海古籍出版社2010年版,第17页下。
⑦ 刘岩:《杂感》第五首,《大山诗集》第一卷(甲卷),《清代诗文集汇编》第198册,上海古籍出版社2010年版,第17页下。

大山应召赴行在三首》为贺,其一为:"且喜南冠不到头,复趋幄殿侍宸旒。恩威天大殊难测,去住身孤可自由。沙涧草香知麝过,林蹊月黑见萤流。识途老马今闲放,历历从君话旧游。"其三为:"弱羽回翔又一时,铩禽来拂凤皇池。重回蓬岛游仙梦,别拟山庄应制诗。眼望青冥行得路,心忧白发见无期。临岐直是难为别,二十年来两故知。"① 然而,此日的刘岩,已不复再做"游仙梦"了,其作于晚年的《升天行》言:"上界官府多,人间聊复佳。淮南谪守厕,汝又何咨嗟。"② 祝穆《事文类聚》引《神仙记》:"淮南王安谒仙伯,坐起不恭。主者奏安不敬,谪守厕三年。"③ 仙界也依然有"潜窦"、有升沉,那么,不如在人间,过平淡安稳的日子。康熙五十一年秋,刘岩得子阿雷,作《阿雷生》言志:"晚岁迫蹉跎,绝续在呼吸。抚迹今欢欣,回思已危炭。"④ 又《寄李思存》之二:"我昔总角时,安意拾青紫。谁知迫网罗,识字忧患始。昨夜初生儿,亦已当暮齿。却如厉之人,唯恐其似己。愿觉栗与梨,莫好笔与纸。灾害倘俱无,愚鲁兹可喜。错写弄璋书,真堪贺吾子。"⑤ 经历了"绝续在呼吸"的险境之后,刘岩已如惊弓之鸟,对儿子的希望,也只是"愚鲁"以求自保了。

关于刘岩全家入旗后的生活,《大山诗集》中有《移居》二十一首⑥,对入旗后的居住环境、日常生活及心境作了生动的描述:

    家具手提将,瓶罂共筥筐。鸡栖惟上树,犬饿不过墙。薄雪

---

① 查慎行:《送同年刘大山应召赴行在三首》,《敬业堂诗集》卷四十一,四部丛刊景清康熙本。
② 刘岩:《升天行》,《大山诗集》第一卷(甲卷),《清代诗文集汇编》第198册,上海古籍出版社2010年版,第15页上。
③ 祝穆:《事文类聚》续集卷十"谪守厕"条,《景印文渊阁四库全书》第927册,台湾商务印书馆1986年版,第210页下。
④ 刘岩:《阿雷生》,《大山诗集》第一卷(甲卷),《清代诗文集汇编》第198册,上海古籍出版社2010年版,第15页下。
⑤ 刘岩:《寄李思存》之二,《大山诗集》第一卷(甲卷),《清代诗文集汇编》第198册,上海古籍出版社2010年版,第18页下。
⑥ 刘岩:《移居》,《大山诗集》第三卷(丙卷),《清代诗文集汇编》第198册,上海古籍出版社2010年版,第39页上—39页下。

天将冷,初冬夜欲长。酣歌下衫袖,自笑老郎当。(第三首)

残书兼落叶,历乱满匡床。牢落三间屋,萧条一瓦霜。委躯抛药裹,任运束著囊。渐觉心空洞,蜗牛壳自藏。(第四首)

一椽聊足蔽,风雨任飔摇。身已为浮梗,居宜似泛瓢。辟纑妻子瘦,织素女儿娇。灯下团圞影,相看慰寂寥。(第五首)

良友无由见,时凭纸一看。仆痴将信去,人懒报书难。老屋离城远,荒村近腊寒。多忧复多感,惟有自加餐。(第六首)

鸡豚来坐次,苔藓上衣痕。小巷逢今雨,来人不到门。模棱当世事,梦寐旧时恩。索莫将谁向,依依老树根。(第八首)

也思胜远役,欸段苦邅迍。束带趋公府,低头逐众人。古钗仪式旧,长髻岁时新。欲把蛾眉画,深惭虢与秦。(第九首)

肝肺含酸楚,非关病折磨。气纤餐易哽,人老泪无多。撑拄嗟门户,艰难痛《蓼莪》。三千乡国路,心碎大江沱。(第十四首)

莫说关情少,关情欲奈何。向人藏涕泗,强笑当滂沱。莲子伤心苦,蚕蛾缚茧多。也知来日短,料送此生过。(第十五首)

从上述引诗中可见,刘岩入旗后,居住在城郊之"荒村",屋舍湫隘,能听到道路上车马之声。此时刘岩的经济条件也较差,甚至曾"逋钱""乞粟",连基本的温饱都难以维系。《大山诗集》中收有《却人馈米》,又有《种菜》《锄菜》《浇菜》《鬻菜》《菹菜》诗,可知刘岩及家人此时还有过"躬耕"的经历。在精神上,刘岩压力也极大,尽管他已反复表达了"悔近名"的心意,但为了生存,仍不得不违心地"束带趋公府",随波逐流、与时俯仰。另外,旗人无故不得出京,入旗也即意味着终身不能返乡。当初学为文章,是为了显亲扬名,可最后也正因出众之文名而罹祸,无法再登祖先亲人之垅墓。这一切都使得他情绪低沉,"向人藏涕泗,强笑当滂沱"。

刘岩晚年,曾作《落花诗二十首》。这二十首七律,言辞浅近,并不蕴藉,然也正因如此,我们可以从其中较为清楚地看出作者的几重心绪。一是慨叹《南山集》案中的遭遇。如第三首:"几树欹斜水畔村,花花相对带愁痕。香微敢傍金炉气,根浅难邀羯鼓恩。开似贫家将嫁女，落似天畔未招魂。自开自落残阳里，吹尽春风总闭门。"①
第十二首："相怜为说换光阴，春到花开又满林。纵得新人矜故妇，难将妾貌感君心。分渠流水何曾合，入井遗环到底沉。恩断只当归命薄，不须哀怨白头吟。"② 康熙重文教，不少文人在康熙一朝受到君恩"异数"，刘岩自身亦是两榜进士、"天子门生"。但《南山集》一案，数十位知名文人受到牵连，友人戴名世伏法身死，方苞则与自己一样身入旗伍。君恩究竟不可恃。"恩断只当归命薄"，实是牢骚满腹、悲愤莫名。二是对此时处境的无奈。如第九首："绵绵愁绪了无期，百种伤心是此时。泥污尚防遭燕嘴，风飘还恐触虫丝。蛾眉未嫁曾名玉，蓬鬓经衰总见訾。岂但繁葩皆不淑，谷中蓷草亦仳离。"③ 此诗第二联，似乎指当日审案过程中，曾遭他人落井下石。"蓬鬓经衰总见訾"一句，即《移居》第九首中"低头逐众人"时的惭愧心情。最后一联，"蓷草"之典，出自《诗·王风·中谷有蓷》："中谷有蓷，暵其乾矣。有女仳离，嘅其叹矣。"此处"蓷草"应是刘岩自许，意即经此狂风暴雨，士林中无论高名之士，还是无名小辈，均皆震动。三是对昔日"近名"的悔恨。如第十一首"春光宁忍竟无情，自愧攒葩未老成。疾雨颠风虽莽苍，酣红糁白太轻盈。从来声臭为身累，才见繁华是败荫。算去终输秋柏实，蟠根地底晦精英。"④ "从来身臭为身累"，即恩宠为祸胎之意。四是自我排解、强作达观，如第七首："有酒须教饮几卮，有花须趁未开时。坐愁行叹知无益，醉舞酣歌且自怡。顾盼丰姿方绰约，须臾颜色便离披。人生但向花枝看，华屋山邱总若斯。"⑤ 晚明陈继儒为王路《花史左编》所作跋中，曾

---

① 刘岩：《落花诗》第三首，《大山诗集》第四卷（丁卷），《清代诗文集汇编》第198册，上海古籍出版社2010年版，第54页下。
② 刘岩：《落花诗》第十二首，《大山诗集》第四卷（丁卷），《清代诗文集汇编》第198册，上海古籍出版社2010年版，第55页上。
③ 刘岩：《落花诗》第九首，《大山诗集》第四卷（丁卷），《清代诗文集汇编》第198册，上海古籍出版社2010年版，第55页上。
④ 刘岩：《落花诗》第十一首，《大山诗集》第四卷（丁卷），《清代诗文集汇编》第198册，上海古籍出版社2010年版，第55页上。
⑤ 刘岩：《落花诗》第七首，《大山诗集》第四卷（丁卷），《清代诗文集汇编》第198册，上海古籍出版社2010年版，第54页下。

云："谛看花开花落，便与千万年兴亡盛衰之辙何异。"① 此诗最后一联，亦是表明兴亡成败，不过一瞬的旷达态度。又第二十首："花开花落似浮沤，一任东风不自由。落后真如云散彩，开时原是蜃为楼。荣枯竟至成空幻，歌哭从今总罢休。试向一枝枝上悟，何须齐物问庄周。"②"浮沤"是《楞严经》中对世间虚幻之相的著名比喻，如卷三述众人了知本心后，见"一切世间诸所有物，皆即菩提妙明元心……反观父母所生之身，犹彼十方虚空之中吹一微尘，若存若亡；如湛巨海流一浮沤，起灭无从"。③ 刘岩此诗中连用浮沤、云彩、海市蜃楼诸喻，来表示他对虚幻人生的观感。此时的刘岩，唯有道、释之理能排解他的忧烦了。

康熙五十五年六月二十二日，刘岩卒于京，年六十一岁。之后六年，雍正元年，刘岩妻女被赦归原籍。一代狂生就这样怀着黯淡的心情走完了他的人生。

## 第二节　至情与质朴：刘岩诗歌简论

### 一　"性情"与"不平鸣"：刘岩的诗论

在为友人成文昭《暮鸫诗集》所作序中，刘岩较为系统地阐述了自己对诗歌写作的看法，即诗之工，需要有书卷、性情、经历三方面的基础。其文曰：

> 诗根柢于性情而已矣。然有山川之奇气以助之则益胜。成君周卜，生大名，足迹几遍江南名胜之地，尝画《长江载书图》，渡黄河，经汉口，发岳阳楼，鼓枻三湘七泽间，游武昌，入彭蠡，望大孤、小孤，浩浩乎山川奇气，吞吐于胸，以此诗益豪而

---

① 陈继儒：《花史跋》，施蛰存编《晚明二十家小品》，上海书店出版社1984年版，第342页。
② 刘岩：《落花诗》第二十首，《大山诗集》第四卷（丁卷），《清代诗文集汇编》第198册，上海古籍出版社2010年版，第55页上—第55页下。
③《大佛顶如来密因修证了义诸菩萨万行首楞严经》卷三，《中华大藏经（汉文部分）》第23册，中华书局1987年版，第504页上。

第九章 盛世哀歌：刘岩的诗文创作

肆。然持是说以论诗，则谓凡樵牧而陟于山，舟楫而行于水者，其人皆能诗之人也，而可乎？曰：不可。或曰：周卜癖嗜书，自经史外，凡《山海》、《齐谐》、《桐君》、《老圃》、虫鱼鸟兽、诸子百家之书，所至必旁搜力购，挟之以游，水宿风餐，无不与书俱者。书益富，以此诗益工。然为诗而徒恃乎蓄书之多，则操卷轴而贾于市者，谓凡书肆中皆诗人，不可也。然则周卜之工于诗，吾无以测之。或曰：周卜之诗，取诸性情而有者也。渊乎其志，寂乎其容，若有心解神悟者。夫诗既根柢乎性情矣，又癖嗜书胸中，又与名山大川相吞吐，既根柢之，又滋灌之，又跌宕之，三者合，而诗之发于人，酿于书，与得助于山川也化矣。诗即欲不工，乌得而不工也？[①]

此序中所提及之成周卜，名文昭，字周卜，号过村。高祖成基命，崇祯时曾入阁为大学士。曾祖成克巩，为崇祯十六年进士，入清后曾任吏部尚书、户部尚书、国史院大学士、秘书院大学士等职，汤斌、张玉书等均出其门下。文昭少时曾随祖父在长沙，又曾至淮扬、苏州。后至京师，与诸名士酬唱。康熙四十四年，曾请朱彝尊、顾图河、朱书、刘岩、张大受、戴名世诸师友为其《暮鯱诗集》作序。朱彝尊序侧重于对成氏诗歌体式的论述，成氏诗集中多五古，朱彝尊认为这一体裁，较之律诗，能更好地"言志"。[②] 朱书认为成氏之诗，能秉"河北沉雄之气"，抒写性情，不趋时俗："不屑为咿呀柔媚，学儿女子态以娱悦当世之耳目，而音谐节协，固其性有之，非强而然。"[③] 戴名世则赞赏成氏诗能洗净铅华，"举凡骈俪之体，浓艳之辞，与夫一切烂然可喜、吉祥美善之语，世之人所震而好之者，成君一不以入其笔端"。[④] 刘岩对成氏诗的看法，在"言志"一点上，与朱彝尊、朱书相似，但对此一"性情"的构成因素，说得更为详细，

---

[①] 刘岩：《暮鯱诗序》，《匪莪堂文集》卷二，《清代诗文集汇编》第198册，上海古籍出版社2010年版，第81页上。
[②] 朱彝尊：《暮鯱诗序》，成文昭《暮鯱诗集》前附，清康熙刻增修本。
[③] 朱书：《暮鯱诗序》，成文昭《暮鯱诗集》前附，清康熙刻增修本。
[④] 戴名世：《成周卜诗序》，《戴名世集》卷二，中华书局1986年版，第40页。

认为成氏之诗,是"性情"与"书卷""江山"的有机结合。其中,性情为根本,书卷、江山为滋养、舒展性情之外在帮助,三者融而化之而成诗。

诗写"性情",曾是明末清初诗坛流行的思想,晚明公安、竟陵派作家,均提倡"性灵";清初经历鼎革之变的钱谦益、吴梅村等,反对公安、竟陵轻浅的性情,提倡与"世运""书卷"相结合的,更为深重、宏阔的性情。到康熙年间,风气有所变化,王士禛所提倡的取法王、孟、韦、柳的"神韵"诗成为诗坛主流。"神韵"主要是对诗歌清闲淡远的美学风格的评价,它也讲"性情",但只是安闲、超脱于世事的性情。成文昭曾拜王士禛为师,但其诗风却与乃师不尽同,其山川风物诗,格调沉雄,意境阔大;又因其仕途偃蹇,因此不少作品,造语峭刻,不免有寒苦之相。刘岩独看重成氏诗中的"性情",这一提法,与讲"神韵"的时代风气有所不同。

那么,刘岩所说的"性情",内涵为何?《暮觞诗序》中给出的答案是:"渊乎其志,寂乎其容,若有心解神悟者。""渊乎其志""寂乎其容",令人想到《庄子》中"忘我"的状态,此种性情,"和平"而不"激烈",是"温柔敦厚""雅正"的。此时刘岩供职翰苑,诗酒风流,心情恬淡,因此所论较为中正平和。作为儒士,刘岩心目中,的确有对"正声"的好感,即使是在《南山集》案后心境黯淡之时,还曾写下"《风》《骚》非怨诽,歌泣是温柔。名教千秋在,江河自古流。雕虫虽小技,功与《六经》侔"[1]的句子,试图在诗文创作中找到与"名教""《六经》"相等同的正面、永恒的价值。

然而,从刘岩现存诗作来看,他所认同的诗之"性情",却并非全然的"温柔敦厚"。现有《大山诗集》所收诗,大多为"通籍以前、被逮以后"之作,中间为官时期的作品很少,因此,《暮觞诗序》中所说的"渊寂"之情,在刘岩具体创作中较难找到对应的例证。我们能感受到的刘岩诗中之"性情",大多是与"渊寂"相反的

---

[1] 刘岩:《移居》第十二首,《大山诗集》第三卷(丙卷),《清代诗文集汇编》第198册,上海古籍出版社2010年版,第39页下。

第九章　盛世哀歌：刘岩的诗文创作　　**285**

"不平鸣"。如本章第一节所述，国子监时期的刘岩，是孤高狂傲的"狂生"，其诗大多抒写客子离乡之忧，与身处世俗社会的孤独寂寞之感；《南山集》案发后的刘岩，心灰意懒，其诗中充斥着对世事人心的忧惧、厌恶，与对自身的自怜自伤。这些都不能说是"中庸""雅正"的情感，正如其《移居》诗最后一首所言："穷已如东野，哀鸣不肯休。赋多缘饮恨，骚只是离忧。拊缶呼秦妇，弹琴学楚囚。无聊翻旧卷，都似雀啁啾。"① 韩愈在《送孟东野序》中，提出了著名的"物不得其平则鸣"的观点，认为孟郊能"以其诗鸣"，此"鸣"既包括"鸣国家之盛"，也包括"自鸣其不幸"。② 从孟郊诗作来看，"自鸣其不幸"的内容要远多于"鸣国家之盛"。刘岩认为自己此日诗作，类似孟郊之"哀鸣"，抒发的是失志之人的悲伤。杨恽之《拊缶歌》，钟仪之楚音，均是哀怨自诉，而不是盛世升平之颂。

除以"东野"自况外，刘岩又写有《读孟东野诗》一首，从中我们可以更详细地看到侧身清华之地的刘岩，对这位以书写穷愁而著名的前辈诗人的看法：

酸寒嗟一尉，毁誉何喧呶。逐之变为龙，弃之如空螯。韩苏两巨公，判然讥与褒。虽然取鄙俚，聊爱铜斗谣。全豹窥一斑，佳处何寂寥。岂知孟夫子，雄鸷欺韩豪。浸淫乎汉氏，讽喻追风骚。坡老迷古音，比诸寒虫号。古之受咀嚼，岂独穷者郊。人已诋谢庄，又复挤鲍照。当年扬子云，曾受众口嘲。后世无桓谭，覆瓿安所逃。卓识如坡公，犹且轻訾謷。云何怪余子，议论纷牛毛。得失存心在，岂恤人嚣嚣。③

按《大山诗集》的编次体例，此诗亦是其被逮以后所作。诗中刘

---

① 刘岩：《移居》第二十一首，《大山诗集》第三卷（丙卷），《清代诗文集汇编》第198册，上海古籍出版社2010年版，第40页上。
② 韩愈：《送孟东野序》，《韩昌黎全集》卷十九，中国书店1991年版，第276—277页。
③ 刘岩：《读孟东野诗》，《大山诗集》第一卷（甲卷），《清代诗文集汇编》第198册，上海古籍出版社2010年版，第18页下。

岩讨论了以韩愈与苏轼为代表的、对孟郊诗的两种褒贬不同的评价。韩愈认为孟郊诗"受材实雄骜",赞美其"冥观洞古今,象外逐幽好。纵横盘硬语,妥帖力排奡。敷柔肆纡余,奋猛卷海潦"。① 而苏轼则认为孟郊诗境界狭窄,滋味单薄,只能算是"寒虫号",唯一可称赏的,是一些质朴、近于口语的诗句:"尚爱《铜斗歌》,鄙俚颇近古。"② 后代诗评家赞同东坡者多,赞同韩愈者少,如宋代费衮《梁溪漫志》中,认为韩愈欣赏孟郊,不过是为矫正绮靡诗风的"过当"之举,"后世不解此意,但见退之称道东野过实,争先讥诮,东野反为退之所累",③ 言外之意,韩愈对孟诗的称颂,并不能当真。又如明代俞弁《逸老堂诗话》中说:"人之于诗,嗜好往往不同。如韩文公《读孟东野诗》,有'低头拜东野'之句,《唐史》言退之性倔强,任气傲物,少许可,其推让东野如此。坡公《读孟郊诗》有云:'初如食小鱼,所得不偿劳。又如食蟛蜞,竟日嚼空螯。'二公皆才豪一世,而其好恶不同若此。元次山有云:'东野悲鸣死不休,高天厚地一诗囚。江山万古潮阳笔,合卧元龙百尺楼。'推尊退之而鄙薄东野至矣。此诗断尽百年公案。"④ 认为东坡的意见才是正确的。而刘岩却认为苏轼对孟郊诗的批评,太过轻率,后人随众嚣嚣,致使诗人埋没。实际上,韩、苏二人的意见,来自不同的角度,韩愈所重,在于文字技巧方面的"硬语",以及此种奇崛语言造成的雄奇诗境。而苏轼所论,着重在诗的思想风貌、胸怀气度,所谓"诗从肺腑出,出则愁肺腑"⑤。并且,苏轼一方面批评孟郊诗,另一方面也承认自己与孟郊实有相似之处:"我憎孟郊诗,复作孟郊语。"⑥ 孟郊穷寒的经历、郁郁难抒的心境,以及他对此种境遇的吟唱,是沉浮于世路的士子们或多或少都曾感受过的,因此,"孟郊语"虽批评者众多,但从某种意义上来说,却也是这些拥护"雅正"的批评者们最

---

① 韩愈:《荐士》,《韩昌黎全集》卷二,中国书店1991年版,第41页。
② 苏轼:《读孟郊诗二首》,《苏轼诗集》卷十六,中华书局1982年版,第797页。
③ 费衮撰,金圆校点:《梁溪漫志》卷七,上海古籍出版社1985年版,第78页。
④ 俞弁:《逸老堂诗话》卷上,丁福保辑《历代诗话续编》,中华书局1983年版,第1310页。
⑤ 苏轼:《读孟郊诗二首》,《苏轼诗集》卷十六,中华书局1982年版,第797页。
⑥ 同上。

可以理解的一种诗风。刘岩对孟郊诗的肯定,既有"浸淫乎汉氏,讽喻追《风》《骚》"的格调之古,又有情感方面的"哀鸣",正如清人鲍瑞骏《读孟东野诗》所言:"途穷忧患后,方解诵君诗。"[1] 晚年刘岩对孟郊的"酸寒"人生,体会尤深,对孟郊诗的肯定,也便是情理之中了。这也从另一个角度证明,"歌泣是温柔"不过是障眼法,"哀鸣不肯休"才是刘岩的真实意见。

## 二 刘岩诗歌风格与创作手法

(一)早期古体诗中的险怪意象与"生气奋动"

《大山诗集》编辑者吴楫在集前序中认为,刘岩早期的《石樵集》中诗,"生气奋动,直入杜韩之室",与其家刻本中"用以娱老者"有所不同。又说刘岩在遭难之后,"意境弥复平淡"。[2] 这一评价,基本上是符合实际的。

刘岩早期诗作,在体裁上,大多为古诗,在具体技法上,常常集中使用险怪的意象,而又音节响亮,气势奔涌。这两点,与韩愈的七古有相似处。如《秋夜感怀寄陈星五》:

秋夜露下秋气清,草根凄咽秋虫鸣。一床寒月照孤梦,梧楸乱影堆空明。披衣起坐默无语,念我何事空营营。长安车马若流水,轮毂舂撞相支撑。激射黄沙郁苦雾,风挝电掣奔雷鸣。爪甲污垢尘一斗,衣缁面黑昏双睛。深堑十丈淤且险,蹇驴欹侧推排行。颠仆性命只一缕,市儿拍手呼吴伧。富贵功名真腐鼠,胡为努力驱驰争。长江有水亦可钓,南山有田亦可耕。燕昭白骨已黄土,何必姓名闻公卿。君独萧条卧岩石,烟蓑雨笠终平生。夜阑屋椽插箕斗,呜呜螺角吹严城。高天冥冥霜漠漠,老鸡腷膊寒鸱惊。安得与君共幽谷,千崖万壑松风声。[3]

---

[1] 鲍瑞骏:《读孟东野诗》,《桐花舸诗钞》卷七,清刻本。
[2] 吴楫:《大山诗序》,《大山诗集》卷首,《清代诗文集汇编》第 198 册,上海古籍出版社 2010 年版,第 1 页下。
[3] 刘岩:《秋夜感怀寄陈星五》,《大山诗集》第二卷(乙卷),《清代诗文集汇编》第 198 册,上海古籍出版社 2010 年版,第 28 页下。

此诗描写自己为求功名，困守京城的生活，表达归隐的愿望。北京城地近塞北，风景与江南殊异，方苞《送宋潜虚南归序》开篇即言："京师地隆寒，多风沙。"① 刘岩则用"激射黄沙郁苦雾，风挝电掣奔雷鸣。爪甲污垢尘一斗，衣缁面黑昏双睛"的夸张笔法，来描摹京城风沙袭人的景象。诗的后半部分，情绪转为激昂，如水直泻，写出了萧瑟秋夜中士子慷慨难平的心绪。全诗一韵到底，且为"三平调"，音节铿锵有力，与诗中所表达的慷慨之情相辅相成。前代江南士子在京城，因不得意而怀念故乡的著名诗句，如周邦彦"家住吴门，久作长安旅。五月渔郎相忆否？小楫轻舟，梦入芙蓉浦"，② 陆游"世味年来薄似纱，谁令骑马客京华"，③ 均是音节柔婉，情感轻淡，而刘岩此诗的境界雄奇阔大，不仅北地风光如此，狂风雷电、"污垢"一斗、"衣缁面黑"，而且对江南游钓之地的描述，亦是长江万里、松涛千岩，读来令人心动神摇。

又如《送莱阳赵太常出塞》：

> 公乎去何之，辽水千万里。寒日瘦沉冥，惨烈悲风起。篋舆仓皇奔，贯索缠首趾。防吏与邮夫，驱迫不容止。边城十丈冰，六月已如此。况今冬令骄，杀气乱纲纪。振鳞腾修蛇，扬鬣啼封豕。熊黑虎豹貙，今日雪牙齿。穷冬不肯蛰，跳踉沙碛里。战场白骷髅，垒垒不可纪。黄雾天无光，黑河地无底。旧鬼哭嗷嗷，新鬼泪沴沴。出入万鬼群，忽自疑身死。俄复呼一声，狂顾妻与子。居者曲如钩，行者直如矢。窜投有北乡，于公罪已矣。余毒蓄将施，蔓祸恐未已。壮士心徘徊，眦裂须上指。裹饭一送公，绝塞从此始。④

---

① 方苞：《送宋潜虚南归序》，《方望溪遗集》，黄山书社1990年版，第80页。
② 周邦彦：《苏幕遮》，周邦彦撰，吴则虞校点《清真词》卷上，中华书局1981年版，第23页。
③ 陆游：《临安春雨初霁》，《陆游集·剑南诗稿》卷十七，中华书局1976年版，第502页。
④ 刘岩：《送莱阳赵太常出塞》，《大山诗集》第一卷（甲卷），《清代诗文集汇编》第198册，上海古籍出版社2010年版，第9页上—9页下。

赵太常即赵崙，字阆仙，山东莱阳人，顺治十五年戊戌科进士，康熙二十一年出任江南提学道，清廉爱才，在士林中风评颇佳。康熙二十七年八月任四彝馆提督少卿。赵崙远戍，乃因卷入当日朝臣党争。在康熙前期政坛中，明珠、徐乾学、高士奇均为重要角色。明珠未失势前，徐、高曾联手对抗明珠一党。明珠失势后，徐转而与高对抗。郭琇为徐乾学门生，康熙二十七年曾上疏参明珠、靳辅，康熙二十八年九月再参高士奇、王鸿绪等五人，三疏名震天下，也因此得罪多人。康熙二十八年十月，山西道御史张星法劾山东巡抚钱珏贪黩。钱珏为浙江人，与高士奇同乡。高士奇因令钱氏"发东海（徐乾学号东海）、华野（郭琇字华野）私书"①。钱珏便辩称郭琇曾向其写信举荐即墨令高上达、曹县教谕刘逢甲、成山卫教授孙熙等人，未达目的，故令张星法诬劾。此案结果，诸人俱被罪。当日山东籍在京大僚赵崙、高起元、鹿廷瑛、马光，亦曾致书钱珏，举荐此数人，故被认为是徐、郭一党，得旨革职、流徙奉天。②此即当时著名的"赵高鹿马之祸"。刘岩此时在徐乾学家教馆，此诗即应作于康熙二十八年年底赵崙出京之时。诗中想象北去路上的风物，用"寒日""悲风""黄雾""黑河""修蛇""封豕"，以及跳踉不已的熊、罴、虎、豹、貙，轔轔的白骨等险怪的意象，营造出凄厉惨烈的氛围。"出入万鬼群，忽自疑身死"，悲苦情绪至此到达顶点。与同为送别"东北流人"的吴伟业《悲歌送吴季子》相较，两诗均对山海关外的严寒、荒芜作了想象性的描述，然吴诗境界更为开阔，刘岩此诗，诗境则是压抑、令人恐惧的。

"险怪"之外，刘岩又有一些造语较为清新的作品，如曾为沈德潜收入《清诗别裁集》中的《天台万年藤杖歌》：

金庭洞天高冥冥，悬崖峭壁垂苍藤。风饕雪啮雨淋沥，孕藏

---

① 李光地：《榕村续语录》卷十四，《榕村语录　榕村续语录》，中华书局1995年版，第740页。

② 《清圣祖实录》卷一百四十二，康熙二十八年十月癸酉，《清实录》第5册，中华书局1985年版，第565页下—566页下。

夔魖遭雷霆。九峰一万八千丈，兜络石骨撑天青。天台仙人挥玉斧，斫断一枝手中拄。出洞入洞拨痴云，上山下山鞭馋虎。我昨五岳恣游遨，扶持两脚欺猿猱。东坡铁君已绣涩，少陵桃竹难坚牢。可怜形质癯然瘦，经历千年始成就。五百为春五百秋，应与大椿禀同厚。只今九节八尺长，模状依稀老耆旧。一生耻傍博山侯，伛偻省中笑灵寿。①

此诗沈德潜评曰："可追退之《山石》。"② 我们认为，此诗之特点，除了意象之"奇"，如"风饕雪啮雨淋沥，孕藏夔魖遭雷霆"的描写，以及由换韵而造成的气势的起伏跌宕外，还在于诗中所表达的孤高的人格。历经千年始成、"癯然瘦"的竹杖，本来就令人想到仙风道骨的隐者；结尾"一生耻傍博山侯，伛偻省中笑灵寿"，用西汉博山侯孔光之典，孔光为孔子十四世孙，居公辅位十七年，致仕时帝赐"太师灵寿杖"。孔光曾与王莽共事，却一味求避让，未能阻止王莽篡国之谋。刘岩此两句诗，明确表达了对此种与世委蛇的立身态度的不满。沈德潜亦有同题诗作，结尾却归到"吁嗟乎安得四方老寿颐天和"的"温柔敦厚"上来，两诗对照，刘岩诗自是不"中庸"。

刘岩早期七古中，还有不少直接抒发底层士子之悲慨、以气势取胜的作品，如《出门行》《吴钩行》等，其中《吴钩行》描写一位英豪的侠客："喋血淬剑剑光闪，老蛟鼻上镌仇名。凭空拔鞘拟仇首，咄咄绕床中夜行。韬裹锋铓如俊鹘，欲击先须翎翮伏。不中不发发如飞，踏翻箕斗掀山谷。那似荆轲术太疏，无聊却用铅装筑。一条秋水黯然收，眼前快意知无由。睢盱竖儿休股栗，丈夫不念纤微愁。"③ 侠士与"狂生"的气质是相通的，刘岩对"磁石引针气相感，淋漓斗酒倾肝胆"的侠士，亦充满向往，认为"黄雀投罗飞，不得无人

---

① 刘岩：《天台万年藤杖歌》，《大山诗集》第二卷（乙卷），《清代诗文集汇编》第198册，上海古籍出版社2010年版，第28页上。
② 沈德潜等编：《清诗别裁集》卷十九，上海古籍出版社1984年版，第776页。
③ 刘岩：《吴钩行》，《大山诗集》第二卷（乙卷），《清代诗文集汇编》第198册，上海古籍出版社2010年版，第29页下—30页上。

拔剑将罗分"。① 友人王若霖曾为学生做主报仇，刘岩对此举表示赞叹。② 此诗中技艺高超、心事豪迈磊落的侠士形象，也寄托了刘岩对自身的某种期许。

（二）清深凄婉的怀友、自伤诗

在现存的几条清人关于刘岩诗歌的评论中，我们可以看到，诸人对刘岩诗的一个共同印象是"清"。如袁枚《随园诗话》："人但知其（指刘岩）工作时文，而不知诗才清妙乃尔。"③ 杨钟曦《雪桥诗话》："刘大山编修《崇效寺题壁》有'小车行处草初生'之句，王楼村叹其清绝。"④ 所谓"清"，在古典诗学话语体系中，所指相当广泛，蒋寅在《古典诗学中"清"的概念》一文中认为，审美意义上的"清"，首先是与一种清静、脱俗的人生终极理想与生活趣味联系在一起。在诗歌风格上，则有明晰省净、超脱尘俗、新颖、凄洌、古雅、单弱等特点。⑤ 以此一解释为基础，可以看到，刘岩诗之"清"，主要表现为诗人心志之清高、情感之凄婉与物象之雅淡清疏。《随园诗话》中征引刘岩诗《贺王楼村移居》两首，其一为："官如蚕受茧丝缠，郁郁惟将邸舍迁。家具无多移校易，街坊太远住堪怜。月逢庙市刚三日，俸算词林已六年。闭户忍饥都不患，只愁囊乏买书钱。"其二为："碧山堂里老尚书，二十年前此卜庐。任昉交游今在否？羊昙涕泪痛何如。颓廊有甓奔饥鼠，废圃无墙种野蔬。此日君居最相近，教余一到一蹰躇。"⑥ 王楼村，即王式丹，字方若，号楼村，江苏宝应人，康熙四十一年举人，康熙四十二年会元、状元。王氏擅诗，为"江左十五子"之一。康熙二十五年，王式丹与刘岩同时拔取为贡生，故二人有同乡、同学之谊。此组诗中，第一首摹写翰林的清苦生活，然而即使"闭户忍饥"，也要"买书"，清苦中自有雅趣。

---

① 刘岩：《结客少年场行》，《大山诗集》第二卷（乙卷），《清代诗文集汇编》第198册，上海古籍出版社2010年版，第24页下。
② 刘岩：《师为弟子复仇辨》，《匪莪堂文集》卷一，《清代诗文集汇编》第198册，上海古籍出版社2010年版，第70页上、下。
③ 袁枚：《随园诗话》卷二，人民文学出版社1982年版，第64页。
④ 杨钟羲：《雪桥诗话》续集卷三，民国求恕斋丛书本。
⑤ 蒋寅：《古典诗学中"清"的概念》，《中国社会科学》2000年第1期。
⑥ 袁枚：《随园诗话》卷二，人民文学出版社1982年版，第64页。

第二首抒发对旧日师友的怀念。从诗中所言来看，王氏新居，靠近"碧山堂主人"徐乾学故居。刘岩初入京时，曾在徐家教馆。徐氏碧山堂，曾是京中文人诗酒聚会的胜地，而随着徐氏兄弟的先后离世，此日的碧山堂早已萧条破败。诗中抚今追昔，无限悲感。此种情感，真切凄婉又格调雅致，可谓"清深"。

从刘岩的整体创作来看，刘岩诗的"清深"风格，主要体现在其怀友、赠人诗中。刘岩以"狂生""寒士"自居，其友人中也多不得志之人，因此其赠友诗，大多弥漫着悲哀、凄凉的情绪，如收入《燕台唱和集》中的《悲哉行送徐泰初归白下》：

> 秋气亦悲哉，莎鸡向暮阶。旅燕别巢返，吟蝉依叶哀。絺衣风景冽，团扇恩情歇。发凛素霜寒，貌随衰草羣。临水复登山，他乡古人别。
>
> 秋气亦悲哉，凉风索索来。保此兰蕙姿，勿随萧艾衰。江冷霜飞早，蟹肥菰米老。乌桕宿乌鸦，门前啼到晓。唤子且归家，归家贫亦好。①

徐泰初，名时盛，字文虎，一字泰初，江南江宁人。其父徐必远为顺治六年进士，累授秘书院检讨、河南副使、分守桂平道等，以奏销案左迁，遂归里。时盛为必远季子，汪琬称其"材器颖敏，以翩翩贵公子，顾不堕纨绮裘马之习，循雅自爱，善于属文"。②康熙三十七年拔贡入国子监，然乡试屡不中，终客死于京。刘岩与徐氏早年相识于南京，后又在北京相遇，《燕台唱和集》即为二人唱酬诗集。刘岩此二诗，抒写对友人的理解、同情，与自己的"物伤其类"之感，所用意象虽不新鲜，但能切合眼前风光，结尾"临水复登山，他乡古人别""唤子且归家，归家贫亦好"两句，纯用口语，使得全诗疏朗而清新。这类例子，又有《别怨再送徐泰初》："执手魂黯然，正是

---

① 刘岩：《悲哉行送徐泰初归白下》，《大山诗集》第1卷（甲卷），《清代诗文集汇编》第198册，上海古籍出版社2010年版，第6页下。
② 汪琬：《蓬步诗集序》，《尧峰文钞》卷二十九，四部丛刊景林佶写刻本。

第九章　盛世哀歌：刘岩的诗文创作　293

悲秋日。何处送将归，瑟瑟青枫驿。碧波寒沘沘，白石清粼粼……聚日何其少，别日何其多。一岁一回别，其如将老何。"① 同样是意象疏朗，情感幽淡雅致。

刘岩的怀人诗，如《挽徐泰初》三首：

> 病中决归计，预以书报家。妻儿怀征人，夜夜占灯花。不望印悬肘，不希金满车。妻愿见阿夫，儿愿见阿耶。骨肉苟得完，长饥又何嗟。宁知忽弃捐，旅魂栖天涯。
>
> 忆与汝偕游，爱自白门始。驱驴来幽燕，卧我空斋里。阶前木叶声，秋雨打窗纸。坐上无车公，饮酒不欢喜。当时意气豪，尔我俱壮齿。弹指廿余年，蹉跎嗟我子。余见子盛衰，余亦将老矣。惆怅平生心，悲风飒然起。
>
> 造物使子穷，穷且至于死。死且在道途，何为命如此。屦屦浮薄躯，船木薄如纸。潞水深复深，蛟鼍弄牙齿。一楂波上轻，归去三千里。篷窗夜哭声，如在枫林里。②

此组诗几乎没有用典，只是以白描笔法叙写人间最平常的情事。妻儿望归，友人晤谈，然而这一切平淡普通的乐趣，均随生命的消逝而成泡影，只有回荡在暗夜中的哭声。三诗均平铺直叙，娓娓道来，如泣如诉。沈德潜评曰："三章俱直白语，而情至文生，至今读之犹觉悲风四起。"③ 这类作品，继承了汉魏乐府朴质的语言风格，与杜、韩古体诗"以文为诗"的笔法，却又不似杜、韩古诗的雄壮，而是别有一种清淡之美。

刘岩晚年遭难后的作品，在"清深"之外，又加上了"凄婉"的因素，情感基调更加悲苦，且多不节制。如入旗籍后所作《落花诗二十首》中第十六首、第十七首：

---

① 刘岩：《别怨再送徐泰初》，《大山诗集》第一卷（甲卷），《清代诗文集汇编》第198册，上海古籍出版社2010年版，第6页下。
② 刘岩：《挽徐泰初》，《大山诗集》第一卷（甲卷），《清代诗文集汇编》第198册，上海古籍出版社2010年版，第23页上。
③ 沈德潜等编：《清诗别裁集》卷十九，上海古籍出版社1984年版，第775页。

  姗姗魂魄似耶非，万点心酸带泪飞。南陌东阡俱失路，斜风细雨欲何归。依苔似客栖他县，望树如家忆旧扉。欲倩徐熙写愁思，卷中凄绝是崔徽。

  怕过寒食与清明，一片纷飞百恨盈。驿里袜残春未歇，楼头珠碎泣无声。空怜幽怨堪销骨，那得灵香再返生。从此便传枯树赋，也应愁杀庾兰成。①

咏"落花"，是明清人诗集中常见的题材，刘岩此组落花诗，大多以落花暗喻自身、讽刺世事，抒发人生失意的落寞与哀伤。上引两诗，"感叹"的意味浓于"讽刺"，斜风细雨、依苔望树、万点飘飞，意象纤柔，写出落花的娇弱无力。又使用前代悲情女子的典故，崔徽被弃、绿珠身死，如同落花之香消玉殒，再无返生之日。两诗的意境均迷离惝恍，充满哀怨、绝望的情绪。论宋词者认为秦观晚期词，意绪悲苦，词境朦胧，由"凄婉"变为"凄厉"，② 刘岩此种哀怨之诗，亦是"凄婉"甚至"凄厉"的。

又如《读苇间集》四首。《苇间集》为康熙间文士姜宸英诗集，姜宸英早年文名即震动天下，然科名偃蹇，康熙三十六年，七十岁时方中进士，两年后任顺天乡试副主考，卷入科场案，瘐死狱中。刘岩对姜氏的遭遇十分同情，此组诗中，以悲愤满腹的屈子比拟故友，着力描写姜氏诗作的哀苦氛围："卷中尚有伤心句，夜夜哀音绕薜萝。"③ "秋风木叶生萧瑟，蕙带荷衣入渺冥。"④ 第四首由怀人转向怜己："嗟余酸楚迫罥罗，忆旧怀人感慨多。此日如君身未死，不知于我痛如何。闻弦孽鸟惊投地，失水枯鱼泣过河。若把人间比泉下，一

---

① 刘岩：《落花诗》第十六、十七首，《大山诗集》第 4 卷（丁卷），《清代诗文集汇编》第 198 册，上海古籍出版社 2010 年版，第 55 页上。
② 叶嘉莹：《唐宋词名家论稿》，河北教育出版社 1997 年版，第 163 页。
③ 刘岩：《读苇间集》第一首，《大山诗集》第 4 卷（丁卷），《清代诗文集汇编》第 198 册，上海古籍出版社 2010 年版，第 50 页上。
④ 刘岩：《读苇间集》第二首，《大山诗集》第 4 卷（丁卷），《清代诗文集汇编》第 198 册，上海古籍出版社 2010 年版，第 50 页上。

第九章　盛世哀歌：刘岩的诗文创作　　295

般哀怨不消磨。"① 全诗一气直下，"一般哀怨不消磨"既是指姜诗的风格，也适用于刘岩晚期的许多诗作。

（三）刘岩的"理趣"诗

刘岩诗作中，另有一类值得重视的作品，我们把它称为"理趣"诗。这一类诗，多采用"以文为诗"的笔法，议论人世间事，如《旧碑》：

> 郁郁北邙山，谁家营陇地。买得旧碑冢，重镌登赑屃。旧冢初葬时，奉诏护丧事。柩载辒辌车，赐以东园器。缌麻百夫哀，穿土发军骑。表石高峨峨，琼玖抵坚细。以此历千年，永永又何敝。岂期陵谷迁，箪豆无人祭。路旁负薪人，云是亲苗裔。穷乏将奈何，曳碑卧荒翳。勋业与官阶，文章何瑰丽。子孙不识书，未解云何义。但苦太雕钻，辛勤费磨砺。宰木已斩除，祠堂又折弃。所余石几何，尚足资为利。寄语新坟冢，少刻深深字。②

此诗通过一方"旧碑"的遭遇，描述了一个大家族的盛衰史。祖先贵盛时所树的丰碑，到后世子孙那里，却被磨掉字迹以卖钱维生。人世间荣枯的迅速，令人悚然。刘岩似乎对历史中的沧桑变化感慨颇深，但他又非一味消极悲观者，《匪莪堂文集》中有《旸谷寺记》一篇，记述一位僧人辛勤创业的经历，文末曰："苏子瞻曰：'物之废兴成毁，不可得而知，斯言信矣。然今天下惟浮屠氏之流，心专气锐，往往有谋必遂，有愿必酬。而以余观于富贵者之家，其祖若父之艰难劳苦，创室宅以贻子孙，未几一往过之，而已为墟，而徒为圬者之所笑。然则天下事自废而兴，自毁而成，而复自兴，且成以归于毁废者，岂必其数然哉？亦存乎其人而已矣。"③ 可见他是认同"人定

---

①　刘岩：《读苇间集》第二首，《大山诗集》第4卷（丁卷），《清代诗文集汇编》第198册，上海古籍出版社2010年版，第50页下。

②　刘岩：《旧碑》，《大山诗集》第1卷（甲卷），《清代诗文集汇编》第198册，上海古籍出版社2010年版，第3页下。

③　刘岩：《旸谷寺记》，《匪莪堂文集》卷一，《清代诗文集汇编》第198册，上海古籍出版社2010年版，第75页下。

胜天",人的勤勉、警惕,可以战胜繁华难以长久的"天数"。

又如《杂诗》第十七首:"抛金似泥涂,不如富购书。有书堆数仞,不如读盈寸。读书虽可喜,何如躬践履。积金不积书,守财一何鄙!书多弗能读,贾肆浪奢侈。能读弗能行,蠹枯成蔽纸。"①买书不如读书,读书又不如实行。这是读书人个个能言的道理,立意普通,但胜在文辞简练明白,富有朴拙的趣味。

## 第三节 灵心·气势·韵味:刘岩的文论与文章创作

刘岩在康熙朝文坛上以时文著称,其古文数量虽不多,但亦有特色。今所见光绪刊本《匪莪堂文集》中,收录各体文章六十篇,涵盖记、传、序、墓志铭、墓表、墓碣、书事、引等多种文体。其中,论辩类文与纪传类文最为出色,现分述如下。

### 一 论辩类文字

《匪莪堂文集》中,以"论""辩"为题的文章共四篇,分别为《贞女论辨》《孟尝君论》《太学生伏阙上书论》《师为弟子复仇辨》。《太学生伏阙上书论》前已全文征引,此文所提倡之丧礼复古,或为书生不通世务之见,但文辞方面却可称豪迈潇洒。文章开篇先论"太学何为",认为太学是为国家培育人才、保存礼乐之地。接下来论太学生上书之义。认为太学生无官守、无言责,因此,历代史官对太学生上书,均"谨慎书之"。此一论调似乎与太学时代刘岩的"狂生"形象不相符合,然而,"谨慎"言事,正是为了郑重其言:"盖由其时之公论,必大有所不伸,或大臣不能言,小臣不敢言,或大臣言、小臣言而坚不听,然后章甫缝掖之士,服先王之法服,执先王之法言,率其徒数千人之众以伏于阙下而力争之,其势盖出于人心之所不得已。"这种"弥补时阙"的进言,体现了太学之宗旨:"正可见出先王养士之遗,而礼义教化之风,犹不至于澌灭也。"之后方进入正

---

① 刘岩:《杂诗》第十七首,《大山诗集》第1卷(甲卷),《清代诗文集汇编》第198册,上海古籍出版社2010年版,第13页上。

题，亮明自己对今日太学生上书言事的看法：其一，所言之事并非"弥补时阙"，而是教人"废伦彝"，与太学保存先王礼乐的宗旨相违背。其二，联名上书的程序，不合道理。"凡咨大义，必协众心"，而今日之事，乃为官者"诱之以小利，胁之以必从"的结果，并非上书者自愿，甚至本人不自知，即被列名。因此，这种上书，是师欺其弟子、臣欺其君，无廉耻之甚。结尾用一感叹句加重语气、收束全篇："今大司成固不自恤也，乃率五百有四人，而谓无一人有羞耻之心，呜呼，何其甚也！"讽刺、不满的态度至此到达顶点。全文气势贯通，层层递进，读来酣畅淋漓。

《孟尝君论》可归为"史论"一类。此文开篇即言："齐魏赵楚之亡，孟尝君亡之也。"① 认为孟尝君为齐国公子，身相于齐，却"内招死士以张其势，外挟豪气以劫其君"，② 使得国家纲纪不正，正中秦国下怀。魏之信陵君、赵之平原君、楚之春申君效仿孟尝，养士自重，而国乃灭亡。究其开端，乃在孟尝君一人。此文文气激荡，如后半段对四公子与本国、与秦国的关系的论述：

> 呜呼！孟尝固秦之公子也，其豪强暴戾，岂下一秦国哉！孟尝君好士倡于先，信陵君效之，平原君效之，春申君效之，使四君者以下士之心卑躬以事主，以养士之粟厚积以饱兵，君尊则国强，兵饱则气奋，号召六国之众，捣函谷以攻秦，秦惴惴焉惧其手足之捍腹心，必不敢荼毒诸侯以逞。唯豪暴自喜，而四维之不张，争相倾养士数千人，君畏其臣，臣挟其君，君臣相斗之不暇，何暇计于存亡之势乎。人徒见四君之强，而四国之王已日积而至于弱，此固秦人所祷祀而求，而孟尝信陵平原春申之徒，则且沾沾自以为予雄也。③

一段中，连用排比与对句，造成一种紧张的气势，再将"表象"

---

① 刘岩：《孟尝君论》，《匪莪堂文集》卷一，《清代诗文集汇编》第198册，上海古籍出版社2010年版，第67页下。
② 同上书，第68页上。
③ 同上。

与"实质"作对比,观点鲜明,令人信服。关于孟尝君的评价,历来有不同的看法,荀子将孟尝君归入"篡臣"之列,所谓"篡臣",即"上不忠乎君,下善取誉乎民,不恤公道通义,朋党比周,以环主图私为务"[①],"篡臣用则必危"[②]。但荀子对战国四公子中的平原君、信陵君,持肯定态度,认为平原君可谓赵之辅臣,信陵君可谓魏之拂臣,作用虽不一,但都有利于国家。司马迁则认为孟尝君"好客自喜"[③],可称贤者。贾谊《过秦论》中,认为孟尝、平原、信陵、春申四人,"皆明智而忠信,宽厚而爱人,尊贤而重士"。[④]后世古文家中,王安石有著名的《孟尝君论》,批评孟尝君识人不明。刘岩则抛开"礼贤下士"的传统观点,转从国家大局的层面着眼,认为孟尝君养士,与"忠君、利国"的准则相冲突,其英雄豪举,适足以为国家之害。这一观点,与荀子有相通处。从历史实际来看,孟尝君作为齐国宗室中的重要人物,即使他不招贤纳客,也免不了被齐王猜疑;但他在齐国为相期间,着意培植个人势力,造成君臣不和,后来又去齐相魏,为魏相时"轻忘其薛,不顾其先君之丘墓"[⑤],力主联合秦国以攻齐,则确实对齐国无功而有过。在乱世中,好客、使气,尚可被认为是侠士风范,但在天下一统的治世,这样的人物与行为,却是朝廷安全的隐患。刘岩此文,用治世的"忠君"道德来衡量古人,因此对以养士闻名的战国四公子颇有微词。又其《延陵季子祠记》中,认为"楚尝以暨阳为春申之食邑,春申君觊觎国柄,身贵势极而萌发其奸心,卒以名陨身戕,为天下笑"。[⑥]与《孟尝君论》的观点一致。但刘岩又有诗《结客少年场行》,其中言:"嗟我将衰老,胸中赤血君前喷。一然一诺都仗君,见面问名姓,记忆了不真。黄雀投罗飞,不得无人拔剑将罗分。郭解已谢客,朱家早闭门。七十

---

① 《荀子·臣道》,《荀子集解》,中华书局1988年版,第247页。
② 同上书,第248页。
③ 司马迁:《史记》卷七十五,中华书局1959年版,第2363页。
④ 贾谊:《过秦论》,萧统编,李善注《文选》卷五十一,上海古籍出版社1986年版,第2234页。
⑤ 高诱注:《战国策》卷一,上海书店出版社1987年版,第5页。
⑥ 刘岩:《延陵季子祠记》,《匪莪堂文集》卷二,《清代诗文集汇编》第198册,上海古籍出版社2010年版,第80页上。

抱关休刎颈，而今谁是信陵君。"① 赞叹侠客以武犯禁、除危济困的行为，也对侠客的不为人理解表示叹息，对能慧眼识人的信陵君表示景仰。这一分歧，可以看出刘岩对"诗"与"文"之体的认知："诗"更多的是"言志"，可以从审美的角度出发咏叹史事；而"文"则要"载道"，要以正统之道德、伦理为议论的基础。

　　除专门的论辩文外，刘岩的不少"记"体文里，亦有精彩的议论文字。如《濯江堂记》，"濯江堂"是刘岩乡人郑选所建之堂，位于宣化江畔，取左思"振衣千仞岗，濯足万里流"之诗意命名。刘岩此文的主体部分，实为"左思论"，认为左思拒绝齐王司马冏之招，"不惟不动心于富贵，而且能远患以保身"，② 体现了他清高、智慧的人格。并借此对士之出处问题发表意见说："嗟乎！士之不遇于世者，穷视其所不为，贫视其所不取。夫富贵之在人，如江之浩浩而来，有奔腾澎湃之势，彼望洋而叹者，睹其洪涛巨浪，骇目惊心，而自君子之安贫贱而轻势利者，俯首睨之，不过如潢污行潦之适足以濯吾足而已。而彼溺没乎其中者，虽欲牵黄犬于上蔡，听鹤唳于华亭，而无如已濡首而不可出，则何如我之振衣濯足者能超然于万物之上，而有以自娱哉！"③ 据刘岩康熙三十七年所作《郑鹿萍生圹志》言，此年郑选五十九岁，始结束漫游生涯，决定终老于乡。《濯江堂记》或亦作于此时。此时刘岩已两次会试落第，因此对富贵功名生出厌倦之感。此段论述，用两组对句，列举出"君子"与"俗人"对富贵的态度，以及由此得到的不同的人生结局，两相对照，高下立判。可惜刘岩虽有"富贵溺人"的见识，却仍投入到名利场中，晚年被文字狱牵连，如他此处所言，"濡首而不可出"了。

## 二　纪传类文字

　　《匪莪堂文集》中，纪传类文字包括人物传七篇、墓志一篇、墓

---

① 刘岩：《结客少年场行》，《大山诗集》第二卷（乙卷），《清代诗文集汇编》第198册，上海古籍出版社2010年版，第24页下。
② 刘岩：《濯江堂记》，《匪莪堂文集》卷一，《清代诗文集汇编》第198册，上海古籍出版社2010年版，第72页上。
③ 同上书，第72页上—72页下。

志铭一篇、墓碣一篇、墓表一篇、塔铭一篇、书事一篇，共计十四篇。此外，其"记""序"文中，亦有一些记人的段落。所记之人，主要有乡先贤及妇女两类。刘岩纪传文字的一个共同特点，是结构紧凑、文笔简洁，余味悠长。这种文笔，与戴名世、方苞的记人小品十分相似。如《郭天育画像记》，全文仅三百零三字，开篇即描述儿时记忆中关于乡人郭天育的一个片段："所居一小屋，仅容一榻，前后种竹数百竿，日扫地坐卧其中，虽数日之间盎无粟，殊不以介意。但床头酒瓮必盈溢，日日惟以饮自豪。醉则濡墨画古松，四壁飒飒然，时有龙蛇风雨之势也。人索得其画去，率以酒酬之，翁饮愈酣，画益咄咄有神助。"① 可见这是一个好酒、有才华、意态潇洒脱俗的画家。但如止于此，则此人亦不过是一"才子"，无甚特别之处。接下来文章以极简朴的二十二个字，叙述了郭天育的身世："翁祖当洪武初，以勋阀得世袭，翁一受千户职而明以（已）亡。"② 将国破家亡、惊心动魄的历史，一笔带过。然后描述郭在"画家"之外的另一面："至本朝，常戴箬叶帽，衣水墨色旧布袍，若方外道士状。偶一入廛市，则群异其貌，争随以形，而翁则旁若无人者。遇酒徒，则大谐笑，必醉而归。时人莫测其意也。"③ 至此，读者方知郭天育的醉酒、画古松，不过是逃避现实、抒发隐衷的一种不得已的方式。清高的"才子"，亦是有着痛苦心事的"遗民"。明清之际的遗民中，多有此种逃于酒之人，如戴名世笔下"衣破衣、戴角巾，佯狂自放"，"每行，以酒一壶自随"的"一壶先生"，④ 亦是如此。作为生长于新朝的士子，刘岩虽没有"黍离之悲"，然而对这类有气节操守的人物，仍是敬佩的。也因为时代的"隔膜"与政治立场上的"差异"，使得他的描写十分节制，淡淡写来，似不经意，却令人回味无穷。本章第一节所提到的《陈鸥沙颜弓甫两先生传》，陈、颜二人亦是遗民，文章同样是直叙其事，没有直接的情感发抒，作者对前辈的崇敬之情，

---

① 刘岩：《郭天育画像记》，《匪莪堂文集》卷二，《清代诗文集汇编》第 198 册，上海古籍出版社 2010 年版，第 78 页下—79 页上。
② 同上书，第 79 页上。
③ 同上。
④ 戴名世：《一壶先生传》，《戴名世集》卷六，中华书局 1986 年版，第 165 页。

即潜藏在简朴的文字背后。

除为乡先贤造像外,刘岩笔下还展现了当日一些困守于场屋的士子的情感与生活。如《偶存稿序》中,记述《偶存稿》的作者汪绅文"屡变其文"的经历:"始而不售,则变其文;屡不售,而文数数变。变而之纵横豪宕,弗售;变而之清真淡逸,弗售;变而之朴实谨严,弗售。文屡变而益工,而弗售直如故。其命也夫!遂舍科举不事,得漳浦令以行。"① 汪绅文,字揩书,浙江归安人,康熙四十九年以岁贡生出任漳浦县令。康熙六十年,台湾朱一贵起义平定后,曾随蓝廷珍军入台安辑军民,署理诸罗县,成绩卓著。蓝鼎元称赞他"诸事练达""经济素优"。② 这样一位经济能臣,也曾倾心于帖括文字,不断"揣摩",却终于徒劳而无功。科举之威力,与士子之无奈,令人慨叹。又如《郑清江墓志铭》,亦是记述一位读书人与命运抗争的一生。郑清江名中,字子绂,先世为福建长乐人,其曾祖曾任职浦口,因此占籍江浦。郑中"生而有异禀,眉间爽气棱棱然"③,其为文路径极正,认为"文所以载道之器也,其学必根柢于经,取材于史,而求法度于唐宋作者之门庭",④ 且才思敏捷,"人方嚅毫苦思,而君手腕飒飒然,有风驰雨骤之声,倏忽已尽数十纸"。⑤ 无奈"场中莫论文",虽然郑氏在岁考中屡得高等,但屡踬于场屋,终其一生未得一第。与一般被命运所压制、气息奄奄的穷酸书生不同,刘岩在此文中描绘了一个"屡败屡战"的勇者形象:"每一就秋闱,辄以为必得志,已而竟困踬。然其意终不挫,愈不利,愈磨砺……(君之父)尝贻君古水苍佩玉数枚曰:'戴之以昌后世。'君连不得志,而读书攻苦之隙,时出所藏佩玉,观之泫然曰:'余负先人手泽多

---

① 刘岩:《偶存稿序》,《匪莪堂文集》卷三,《清代诗文集汇编》第198册,上海古籍出版社2010年版,第87页上。
② 蓝鼎元:《鹿洲初集》卷三《上鄂制府书》,《景印文渊阁四库全书》第1327册,台湾商务印书馆1986年版,第607页下。汪绅文籍贯、履历,见薛凝度《云霄厅志》卷十,民国铅字重印本。
③ 刘岩:《郑清江墓志铭》,《匪莪堂文集》卷四,《清代诗文集汇编》第198册,上海古籍出版社2010年版,第95页上。
④ 同上。
⑤ 同上。

矣!'流涕久之,已而心奋然,而琅琅哦声复起。'"① 可见在命运的打击面前,郑氏亦有软弱之时,但是,他的豪气最终战胜了痛苦、犹疑,发愤以求功名,成为贯穿他整个生命的主旋律。将"显亲扬名"作为读书的目的,格调似乎不高,然而,这却是当日士子最真实的生活状态。此文篇幅较长,但因全文均围绕"命运之不公"一点展开,且善用生动的细节,因此并不显烦冗,反有委婉曲折之致。文末铭辞言:"呜呼!谁谓君也而止于斯!君之才也孰丰之!君之遇也孰薄之!以其才,则使之纵横跌宕而自喜,以其遇,则使之穷年坎壈而崎岖!维山之隅,有高丘焉,君于此中乎宴息。而为君重欷而累涕者,不得不痛恨乎茫茫之造物,如此纷纭颠倒而不可以或知!"② 情感奔放、直接,一反正文中的克制,可以说是刘岩代这些在场屋中挣扎的士子们向命运发出的控诉。

## 三 时文之"灵心"与"清气"

刘岩的时文,今存者寥寥,但从《匪莪堂文集》中所收的数篇时文稿序、时文选本序中,我们仍可以窥得刘岩关于时文写作的一些看法。首先是作者需有"灵心"。在康熙三十六年所作《小题立诚集序》中,刘岩谈到自己的浮山之游:"入秋游枞川,其间有所谓浮山者,山之最小而奇者也……斯山不过一卷石之多而已,岂造物者于天地间无所施其技,而独贻诡异怪奇于是山乎?盖是山嵌空玲珑,自趾至巅无寸土,其中空而洞者以数百数。其为楼、为屋、为户牖、为柱础、为床几、为花木鸟兽之形,凡人间所有者,皆有之。如是亦以数百数。"③ 浮山在今安徽省桐城县东部,属于火山岩地貌,方学渐《浮山赋》中,言其有"危岩三十六,别洞七十二"。④ 刘岩惊叹于浮

---

① 刘岩:《郑清江墓志铭》,《匪莪堂文集》卷四,《清代诗文集汇编》第 198 册,上海古籍出版社 2010 年版,第 95 页下。
② 同上。
③ 刘岩:《小题立诚集序》,《匪莪堂文集》卷二,《清代诗文集汇编》第 198 册,上海古籍出版社 2010 年版,第 81 页下—82 页上。
④ 此赋收入《(乾隆)江南通志》卷十五,《景印文渊阁四库全书》第 507 册,台湾商务印书馆 1986 年版,第 496 页下—497 页下;《(光绪)重修安徽通志》卷二十四,清光绪四年刻本。

山之美，又由浮山联想到文章写作，认为人之灵心，亦如浮山般精巧："今夫人心之灵，其嵌空玲珑而多窍也，奚特浮山？穷其心之所入也，其微茫幽渺之境以千万数，而有不能尽者焉。殚其心之所出也，其恢奇怪伟之状以千万数，而有不能尽者焉。"[1] 他称赞此集中小题文作者，均有如浮山一般的玲珑心窍，"人人搜奇抉奥如浮山也"；[2] 又借用友人戴名世的说法："安得倏与忽，为彼浑沌者凿而开之，使心之灵披豁而呈露，则其奇岂特一卷石之多已乎！"[3] 希望此部选集中的作品，能成为开凿浑沌之心的"倏与忽"。倏、忽为浑沌凿七窍的故事，出自《庄子·应帝王》，庄子意欲用此寓言来批判"人为"，推崇"无为"，因此故事的结局是"日凿一窍，七日而浑沌死"[4]。刘岩此处则是反其意而用之，以"玲珑多窍"为文心的特点。

那么，"玲珑多窍"之文心，在具体文辞中有何体现？在康熙四十六年所作《王畴五文稿序》中，刘岩赞叹王氏的文字"根柢于经，博洽于史，陗拔精悍，瘦削镵刻"，"（余）曾举东坡《咏仇池石》句以似其文，云：'坡陀寸尺间，宛转陵峦足。连娟二华顶，空洞三茅腹'，盖读之者如入灵区奥窟，幽光灏气，攒蹙于指掌之间；又如琼草瑶葩，叶叶枝枝，具有真态"。[5] 又认为这种文字，可以挽救当日文坛"空滑""轻浮""支离""芜蔓"的弊病。而与"空滑""轻浮""支离""芜蔓"相对的，是内容扎实、厚重、行文紧凑、凝练，这正是"陗拔精悍，瘦削镵刻"之文的特点。而章法的前后呼应、曲折入胜，文辞的简洁而有表现力，都需要作者的精心安排，也即要有"玲珑多窍"之心。

如何能养成"玲珑多窍"之心，刘岩并没有详细说明。但由"浑沌"到"心之灵披豁而呈露"的说法，与时文写作中常为人所提起的"悟机"十分类似。明嘉靖以后，不少时文名家在论述时文

---

[1] 刘岩：《小题立诚集序》，《匪莪堂文集》卷二，《清代诗文集汇编》第198册，上海古籍出版社2010年版，第82页上。

[2] 同上。

[3] 同上。

[4] 郭庆藩辑，王孝鱼整理：《庄子集释》卷三，中华书局1961年版，第309页。

[5] 刘岩：《王畴五文稿序》，《匪莪堂文集》卷三，《清代诗文集汇编》第198册，上海古籍出版社2010年版，第84页下。

的具体写作时，都强调"当下灵机"，如瞿景淳说自己初学为文时，曾"屏去笔砚，调息凝神，一意涵养性灵"，如此闭门静坐三月后，"试笔为文，便觉轻新流丽，迥然出群"。① 杜伟认为，作文之法，除"认理、定宗、立格、修词"外，还有更关键的"悟机"，"不得其机而求行文，虽有辞格，而神气不能以流贯矣"。② 所谓"机"，在车舟上，是转轮、转轴之用，"虚则活，活则拨，转则无碍"，③ 在文章上，则是作者临文的活泼心思。晚清小说《儿女英雄传》中，安老爷亦嘱咐儿子下场前，要"走走散散，找人谈谈，否则闲中望望行云，听听流水，都可活泼天机，到场屋里，提起笔来，才得气沛词充，文思不滞"。④ 也即是要培养为文之"机"。经、史的修养，是日常功夫，而将其融入文字，则须有"灵机"的助力，这虽带有神秘主义色彩，但却是符合创作实际的。刘岩、戴名世所希望的"玲珑多窍"之心，正是要通过这一"妙悟"的过程，才能获得。

刘岩关于时文写作的另一个重要看法，是文风要"清"。康熙四十八年丁丑科会试，刘岩充任同考官，试后曾编选此科进士窗稿《逊志集》，在为此集所作序中，提出了"清"的概念："为文贵清而贱浊，神气盛则清，衰则浊。"⑤ 何谓"清"？首先是义理明断，合乎正统："词义之清，由于神气之盛，神气之盛，由于义理之明，本于学术之端与人心之正。"⑥ 对"义理"的强调，是刘岩论及时文时的一贯态度，如《赠孔贯源序》中，赞扬古人作文"以理为根柢，辞附之"，批评今人为文"不足于理而逗于辞"；⑦ 又《虞仲山文稿序》

---

① 袁黄编：《昆湖瞿先生论文》，《游艺塾文规正续编》，武汉大学出版社2009年版，第179页。
② 袁黄编：《静台杜先生论文》，《游艺塾文规正续编》，武汉大学出版社2009年版，第197页。
③ 同上。
④ 文康：《儿女英雄传》第34回，上海书店出版社1981年版，第619页。
⑤ 刘岩：《逊志集序》，《匪莪堂文集》卷二，《清代诗文集汇编》第198册，上海古籍出版社2010年版，第83页上。
⑥ 同上书，第83页下。
⑦ 刘岩：《赠孔贯源序》，《匪莪堂文集》卷二，《清代诗文集汇编》第198册，上海古籍出版社2010年版，第77页下。

中，认为"作经义，必平日明于义理之学，而后能代圣贤之言；若义理不明，则命意措词，茫无根据，至于是非全无理会，必然也"。① 时文以"义理"为本，这并不是新鲜的观点，但刘岩在此之外，又进一步提出，此集的选文标准，是"才气浩瀚辞藻淹茂"者反不录，原因在于"意欲扬其波而使之弥清，故不得不有所弃也。歌舞之后与之提手旁邑山水之观，粱肉之余为之进清芬之味，固宜有索然兴尽者，然及其气之平神之清，亦莫不乐此景远而味长也"。② 可见"清"除了义理方面的清楚、明确、合乎程朱之道外，还有行文方面的平淡、简洁的要求。这种弃"浩瀚""淹茂"而取"气平""景远""味长"的做法，令人联想到方苞的"雅洁"，王士禛的"神韵"。可以说，刘岩的"清"，与"雅洁""神韵"一样，体现的都是"淡泊有清音"的盛世的审美趣味，虽和平大雅，却不免拘谨而少生命力。

刘岩时文，今所见者有收录于《钦定四书文》中的五篇。这五篇文章，特点在于说理清楚，文笔平实，如《仰之弥高 一章》，中二比铺排"夫子循循然善诱人，博我以文，约我以礼"一句："回也得夫子之教，不敢冥其心使无所据，而必穷理以致其知。盖天下无性外之物，则文之灿然有条有理者，皆天理之流形于庶物者也。自夫子予我以探索焉，回殆有思之深而信之笃者矣。亦不敢驰其心使无所归，而必返躬以蹈其实。盖吾性乃万物之一源，则礼之秩然无过不及者，皆天理之降衷于吾心者也。自夫子示我以检束焉，回殆有持之坚而守之固者矣。"③ 以"庶物"释"文"，以"吾心"之"躬蹈"释"礼"，切实有根据。又如《克伐怨欲不行焉 一章》④，此题为纯理题，极容易流于浮泛，刘岩则紧紧围绕"制私"与"无私"之别展开全文，

---

① 刘岩：《虞仲山文稿序》，《匪莪堂文集》卷三，《清代诗文集汇编》第198册，上海古籍出版社2010年版，第85页下。
② 刘岩：《逊志集序》，《匪莪堂文集》卷二，《清代诗文集汇编》第198册，上海古籍出版社2010年版，第83页下。
③ 刘岩：《仰之弥高 一章》，方苞编选《钦定四书文·本朝文》卷四，《景印文渊阁四库全书》第1451册，台湾商务印书馆1986年版，第690页下—691页上。
④ 刘岩：《克伐怨欲不行焉 一章》，方苞编选《钦定四书文·本朝文》卷六，《景印文渊阁四库全书》第1451册，台湾商务印书馆1986年版，第733页下—734页上。

破题曰:"制私未足以为仁,狷者毋安于所难矣。"承题进一步指出:"夫无私之与制私,则必有间矣。"起比描摹"仁之纯者"的形象,为辨析的展开树立标准:"今夫仁之纯者,浑然而虚公,廓然而顺应,与物本无间,而何所用其克。与物本无争,而何所用其伐。悯人之愚且贪,而忘情于得失,又安有所为怨与欲哉。"中间两大比,说明为什么"制私"非"仁":

> 不知仁体之精微者,一物之不存,故能统万理而悉备。今克、伐、怨、欲之隐伏于中者,反先入之以为主,即制其流而不至于横决之太甚,然寂然凝一之中,而潜杂之以物我相形之意,已累其体而失其平,况乎其触物而萌者,遏之太坚,未有不溢出而不可御者也。是匿其害而自以为安也。
>
> 仁道之流行者,一念之不扰,故能随万感而皆通。今克、伐、怨、欲之蓄藏于内者,且妄动而不自知,即防其患而不至于攻取之太深,然其坦然因应之时,而强守之以天人交胜之情,已滞其用而违其正,况乎其随事而形者,抑之太深,未有不一发而不可复禁者也。是养其患而自以为得也。

"制私"只是将不平、不正之气强行按下,不仅达不到"仁",而且"遏之太坚,未有不溢出而不可御者也","抑之太深,未有不一发而不可复禁者也",适足以成为"仁"之害。这种对"制私"与"仁"的关系的解释,较朱注更为明晰。最后两小比,将"行私"、"制私"与"无私"三者进行比较,收束全文:"故不行而与行者较,则彼纵其私也,而此制之,彼恣其欲也,而此窒之,斯亦可谓卓然流俗之中,而自爱其身者矣。然不行而与无可行者较,则制其私,而私犹未去也,不如去之而不留;窒其欲,而欲犹未捐也,不如捐之而悉化。岂可谓兢兢坚忍之节,而遂至于纯也哉。"呼应朱注中的"若但制而不行,则是未有拔去病根之意,而容其潜藏隐伏于胸中也",并再次重复本文主要观点:"兢兢坚忍之节",不能等同于"纯仁"。全文论述细致深刻,而又条理清晰,诚如文后方苞所评："明白纯粹，绝无艰涩之态，说理之文，此为上乘。"① 这种明白纯粹的文风，在气势方面不及朱书，在个人情感的发抒方面不及方舟，但却是"气平神清""景远味长"的，这正是刘岩所向往的"清"的境界。

---

① 刘岩:《克伐怨欲不行焉 一章》方苞评语，方苞编选《钦定四书文·本朝文》卷六，《景印文渊阁四库全书》第1451册，台湾商务印书馆1986年版，第734页上。

# 第十章

# 《古文约选》与方苞的"义法"说

方苞的文章学理论，以"义法"说为核心。在明末以来文坛流派芜杂的状况下，方苞不创"派"而说"法"，意欲借"义法"的提倡，来承接从先秦诸子、史汉文章到唐宋八大家的古文传统，创作一种既合于"道"、合于经术，又法度明晰、用词洁净的清通文章。

"义法"的思想，形成于方苞二十岁以后读经、读史时，在其评点诸经、诸子及《史记》的文字中均有体现，而其于雍正年间编选的《古文约选》，则可视为"义法"说的最终成型。方苞编选的此部《古文约选》，据其《序》，是一部供八旗子弟学习文法的基础读本："学者能切究于此，而以求《左》《史》《公》《谷》《语》《策》之义法，则触类而通，用为制举之文，敷陈论策，绰有余裕矣。"[1] 笔者所见为中国国家图书馆藏雍正十一年和硕果亲王府刻本，[2] 分西汉文约选、东汉文约选、后汉文约选、韩文约选、柳文约选、欧文约选、老苏文约选、大苏文约选、小苏文约选、曾文约选、王文约选十一个部分，共选文三百五十三篇。每篇选文均有点画，部分文章文后有评语。历来论"义法"者多关注方苞"有物""有序"之语，而对方苞的文章评点不甚重视。我们认为，"义法"说作为一种文章写作

---

[1] 方苞:《古文约选序例》,《方苞集·集外文》卷四, 上海古籍出版社 2008 年版, 第613页。

[2] 本章所引《古文约选》中方苞评语，均出自此本，以下不再一一标注。

的基本方法，它的真实内容、用意，主要应从方苞对具体文章的看法中得出。故本章试图以《古文约选》中的评点为基础，结合方苞的其他文章评点与创作实践，对方苞的文章理论作一梳理与评价。

## 第一节 《古文约选》中的文体论

方苞对文章不同的体制、风格辨别极严。首先，他认为特定文体有特定的做法。在《古文约选》评语及其《文集》中，对书疏策论、碑传墓志等古文常用之体的具体特点，有着较详细的评论。

书疏、策论作为向帝王陈述政事的庙堂之文，其体高华，责任重大，以道理切至、文辞明通为上。刘勰《文心雕龙》中，曾从事与辞的角度，对疏奏、对策之文的特点进行概括，《奏启》篇言："奏之为笔，固以明允笃诚为本，辨析疏通为首。"《议对》篇言："使事深于政术，理密于时务；酌三五以镕世，而非迂缓之高谈；驭权变以拯俗，而非刻薄之伪论。"方苞则从文章具体结撰方法着眼，认为虽然"古文章法，一义相贯，不得参杂"，但对策、书疏由于其所对、所陈之事的分散性，要达到"一义相贯"的境界实为难事。对策之文，除"一义相贯"如董仲舒《举贤良策一》外，也有"条举所问，以为界画"，如董仲舒《汉武帝策贤良制三》，后者"唐以后遂用此为式"。书疏之体，亦可分陈数事，匡衡《法祖治性正家书》总评曰："书疏之体，主于指事达情，有分陈数事而各不相蒙者，匡衡进戒二疏及韩退之《再与柳中丞书》是也。至北宋人，乃总叙于前，条举于后，盖惟恐散漫无检局，而体制则近于论策矣。"认为条举界划，是唐以后策论之体的特点，北宋以后，书疏与策论两体渐渐接近。

传记、墓志是古文家日常最常作的文体，方苞于此类文体最为看重，在本书第二章第三节"史著之'义法'：桐城早期诸家的史法"中，我们曾讨论过方苞对传记文写作之"义"与"体要""微言"等"文法"的看法。在《古文约选》诸评语中，方苞进一步对墓志铭、墓表等不同体制的碑志文之作法进行了细致辨析，如：

墓志之"铭"须在本文外另起一义："碑记墓志之有铭，犹史之有赞论，义法创自太史公，其指意辞事必取之本文之外。"① 认为班固以下，此种义法"惟韩子识之"，"其铭辞未有义具于碑志者"。②

墓表与墓志铭不同："墓之有志以纳于圹，义主于识其人之实，其道宜一而已。唐柳宗元以哀其姊而二之，非古也。外碑之表，依表之者以重。缘孝子之心，所以光扬其亲者不一而足；则受其请者，各以其意为之可也。"③ 墓志铭重在客观表现墓主平生志事，而墓表可以依据作者对墓主的了解进行发挥。方苞所作《黄际飞墓表》文末曾言："际飞之没也，已勒志铭，历其质行、文学、科名、职事、世系、戚属、生卒、葬地详矣，而子白麟复固以表请。感念平生离合之迹，始终之义，乃著其所独知于际飞者。"④ 此《墓表》只记叙黄际飞孝悌之举、长于地理，以及与自己的诚挚友谊几方面，实践了他"依表之者以重"的墓表写作理论。

以议论为主的墓志"变体"：《古文约选》中，评王安石《泰州海陵县主簿许君墓志铭》曰："墓志之有议论，必于叙事萦带而出之。此篇及《王深甫志》则全用议论，以绝无仕迹可记，家庭庸行又不足列也。然终属变体，后人不可仿效。"以议论代叙事，是《史记》中就有的写法，如《伯夷叔齐列传》。王安石所作这两篇墓志，主要是借墓主生平遭遇，抒发对人之命运的感慨。《许君墓志铭》中，许氏心怀趋时之志，身兼辩说智谋之能，而又有贵人推荐，却终不得大用。王安石由此感叹，离世异俗、独行特立之士，其不遇也"固宜"，但像许君这样积极入世的人，也有这样的命运，"此又何说哉"？因此，"彼有所待而不悔者，其知之矣"，抱残守拙的人，也许是知于天命，才甘心平淡吧。《王深甫墓志铭》写王深甫学问渊深，行为一遵仁义，却不为世俗人所知，著述未成而身先死。王安石说，人们一般认为，天生贤人，必有大用，即便"生无所遇合，至其没久，而后世莫不知"，但是，孟轲、扬雄生前不显达，死后其书虽存

---

① 方苞：《书韩退之平淮西碑后》，《方苞集》卷五，上海古籍出版社 2008 年版，第 111 页。

② 同上。

③ 方苞：《黄际飞墓表》，《方苞集》卷十二，上海古籍出版社 2008 年版，第 349 页。

④ 同上。

而"知其意者甚少",终也逃不了寂寞的命运。何况深甫著述未成,"岂特无所遇于今,又将无所传于后",比之前贤,更加凄凉,由此看,天命"非余所能知也"。方苞认为此两篇墓志全用议论,是因为二人无特出事迹可记。王安石文章,喜好表达自己与众不同的观点,①文章以拗折峭劲著称。但这样的文章,必须建立在作者深湛的思考、独特的观点之上,方能以议论之虚笔,写出人物之精神,否则将有空洞无物之嫌。方苞以为此"变体"不应效仿,是站在初学者角度言,事实上方苞亦有"以议论带叙事者"之传记文如《胡右邻墓志铭》②等。

方苞还曾对"记"体发表过意见。"记"在古文中具有较多的个人发挥空间,可写景,可抒发怀抱。方苞认为,唯其无规定内容,所以创意造言,皆难有独到之处。其《答程夔州书》言:

> 散体文惟记难撰结,论、辩、书、疏有所言之事,志、传、表、状则行谊显然,惟记无质干可立,徒具工筑兴作之程期,殿观楼台之位置,雷同铺序,使览者厌倦,甚无谓也。故昌黎作记,多缘情事为波澜。永叔、介甫则别求义理以寓襟抱。柳子厚惟记山水,刻雕众形,能移人之情;至《监祭使》、《四门助教》、《武功县城厅壁》诸记,则皆世俗人语言意思,援古证今,指事措语,每题皆有见成文字一篇,不假思索。是以北宋文家于唐多称韩、李,而不及柳氏也。③

《文心雕龙》中有"书记"一体,但"书记"比后世"记"的概念要宽泛得多。"记"体的出现,是在唐以后。中唐元结曾作有多篇"记"体文,权德舆、梁肃等也作有"记"体。韩柳出而记体文

---

① 参见方笑一《北宋新学与文学——以王安石为中心》,上海古籍出版社2008年版,第156页。
② 方苞:《胡右邻墓志铭》,《方苞集》卷十一,上海古籍出版社2008年版,第297—298页。
③ 方苞:《答程夔州书》,《方苞集》卷六,上海古籍出版社2008年版,第165—166页。

的文学品格得以大幅提升，宋代欧阳修、苏轼、王安石、曾巩等人亦在"记"体文上取得了不俗成就。方苞称赏韩愈记体文的情事波澜，欧阳修、王安石记体文的议论高超，又认为柳宗元除山水记外，很多记文都是"世俗人语言意思"，不能见出作者的匠心独运。方苞所举的几篇柳文均为"壁记"，壁记者，"叙官秩创置及迁授始末，原其作意，盖欲著前政履历而发将来健羡焉。故为记之体，贵其说事详雅，不为苟饰"。① 柳宗元这几篇壁记，均是先叙写此官职的由来、具体职责，最后写人员的变动安排，体制符合常规，文字平实朴素，不失为"说事详雅，不为苟饰"之文。但较之韩愈《蓝田县丞厅壁记》中对县丞居官无奈状貌的刻画，对崔斯立志不得伸，以吟咏为公事的情景的描绘，以及此种幽默悲凉中所蕴含的讽劝之意，柳文不够生动有味；较之王安石《度支副使厅壁题名记》中对理财之法、理财之吏的重要性的表述，所谓"合天下之众者财，理天下之财者法，守天下之法者吏"②，柳文立意只是恪守儒家经典，不够独特。因此方苞此处对柳文的评价，一方面是从独创性的角度出发，反对"雷同铺序"，认为无特定记叙内容、"无质干"的"记"，尤其需要注意"创意造言"的问题；另一方面，则是从"艺术性"的角度出发，柳宗元这几篇壁记，说明性、实用性很强，而立意、结构、语言等方面的感染力，较之韩、王"缘情事为波澜"或"以义理寓襟抱"者，则有差距。从这两个评价的角度，可以看出方苞对"记"体的理解。

在《古文约选》中，方苞评苏轼《超然台记》曰：

> 子瞻记二台，皆以东南西北点缀，颇觉肤套。此类蹊径，乃欧王所不肯蹈。

苏轼的《超然台记》与《凌虚台记》皆有"东南西北"的描写，

---

① 封演撰，赵贞信校注：《封氏闻见记校注》卷五，中华书局1958年版，第41页。

② 王安石：《度支副使厅壁题名记》，《临川先生文集》卷八十二，中华书局1959年版，第861页。

《超然台记》中，通过对超然台上所见四方景色的描绘，传达"游之于物外"之后对待宇宙与人生的超然旷达态度；《凌虚台记》中，通过对凌虚台四面帝王遗迹的叙述，慨叹"废兴成毁，相寻于无穷"，"人事之得丧，忽往而忽来"的历史的沧桑无定感。据方笑一的观点，此处"东南西北"的铺排，目的是要将写景泛化，使作者易于将笔锋转到议论上来。① 这种"东南西北"的写法，使文辞具有流动性，意象具有纵深感，但一来有"肤套"之嫌，二来有辞赋习气，是尚"雅洁"的方苞所不喜的风格。方苞所称赏的是《石钟山记》，认为其"潇洒自得，诸记中特出者"，《石钟山记》全篇采用叙事的笔法，描绘出一种夜色中风水相激、寂静清旷的氛围，又征引周景王、魏庄子之事，郦道元之书，揭示事情必得"耳见目闻"方能得知真相的哲理，较之《超然台记》《凌虚台记》二文，所议论的道理较为"扎实"，下笔也较为朴实劲健。方苞给它以特别的称赏，反映出方苞偏于平实简朴的文学趣味。

除强调不同文体有不同作法之外，方苞还注意考辨同一类型文章的发展流变，如欧阳修《唐书五行志论》总评曰："欧公志考论皆持之有故，言之成理，其章法气韵，乃自《史记》八《书》、诸《表》序论变化而出之。"韩愈《新修滕王阁序》总评曰："此欧公诸记所从出。"韩愈《送王埙秀才序》总评曰："此子固文体所自出。"苏辙《制置三司条例司论事状》总评曰："西汉人陈事之文，简质而古，退之犹近之。永叔变而为纡余曲畅，介甫加以劲峭，明允雄肆，子瞻骏爽，其体制皆不远于古文。子由此书则近吏牍，开南宋元明人蹊径。而指事达情，明白晓畅，自不可废。"

---

① 方笑一《论欧、苏、曾、王的记体文》一文认为："宋四家的记体文，由于作者要将横亘于心中的一番'万世不可磨灭'的大道理组织进记体文内，故而文章的议论成分加重，这就势必对原来作为文章主体的记叙、描写成分施加影响，迫使各种表现手法发生变化，相互融合。"他并且指出，在议论成分加重的情况下，记体文中的写景，便由单纯描绘景物变为将自己对景物的印象提炼出之。苏轼"东南西北"的写法，就是这种"提炼"的手法之一。见《北宋新学与文学——以王安石为中心》，上海古籍出版社 2008 年版，第 213 页。

## 第二节　古文之"气象"与"境界"

"文气"是以诵读为主要欣赏方式的古典时代常用的文章批评术语，主要靠念诵领会。[1] 韩愈言"气盛言宜"，此"气"有作者自身修养、"吾善养吾浩然之气"的一面，也有"说话时的气势或语气"的一面。[2] 桐城派文家论"气"，以刘大櫆最为著名。在《古文约选》中，方苞也经常提到"气"。方苞言"气"，主要着眼于文章所具有的刚健、淳朴的气势与美感。如李陵《答苏武书》总评：

> 苏子瞻谓此《书》，词句儇浅，决非西汉文章，卓矣。而云齐梁间小儿拟作，则非也。齐梁间舍此俳丽之文，皆索索无气。此似建安诸子所为，格调雅与之近。以拟古，故少变其体势耳。

方苞以齐梁间俳丽之文为"索索无气"，而认为此文近建安格调。

---

[1] 夏丏尊、叶圣陶所著《文章讲话》中，解释"文气"说："文气这东西，看是看不出的，闻也闻不到的，唯一领略的方法，似乎就在用口念诵。"（夏丏尊、叶圣陶：《文章讲话》，中华书局2007年版，第75页）书中列举了三种加强文气的方法：一、"以一词句统率许多词句，足以加强文气，因为许多词句为一词句所统率，读去就不能中断，必须一口气读到段落才可停止。凡具有这种构造的文章，文气都强。"（第75页）二、"在一串文句中叠用调子相同的词句，也足以加强文气。"（第76页）三、"多用接续词，把文句尽可能地上下关联，也是加强文气之一法。"（第78页）具有这三点特点的文章，念起来"急忙追赶，不能中途停滞"，这就是所谓气势旺盛。因此此文特别强调"要领略文章的气势，念诵是唯一的途径。"（第81页）又认为，"文气"是古代人的概念，因为"同是对于文章，古代人和今代人所取的手段不同，古代人重在用口念，近代人重在用眼看……所以文气是近代文章所忽略的一方面。"（第83页）唐弢《文章修养》中，也单列一节专论"文气"。认为"文气的跌宕，其实是根源于声调的转动的，但是，一面也有关于句法的变化。""就长短说，大抵句短则气促，句长则气缓；就张弛说，大抵句张则气势紧凑，句弛则气势松懈。凡属较长的句子，在顿逗处意义既已完备，随时可以截断的，是弛句，读起来费时较多，气势也就松懈。"（唐弢：《文章修养》，生活·读书·新知三联书店2007年版，第166—167页）他举苏轼《潮州韩文公庙碑》为例，说这篇以"文气旺盛"著名的文章，"不过在文章里多用调子相似的排句，在句子里多用前后呼应的虚字——就是现在的所谓接续词，使文气连贯，波澜增加，看起来十分壮观而已。"（第171页）他同样强调"念诵"在理解"文气"问题上的重要性："前人的所谓'浩浩荡荡'，'洋洋洒洒'，都是念诵时候的感觉，无论文言白话，除了看之外，我们还得下一点读的功夫。"（第171页）

[2] 参见周振甫《文章例话》，江苏教育出版社2006年版，第59页。

所谓建安格调,即陈子昂所言"骨气端翔,音情顿挫,光英朗练,有金石声"①者是也。因此,此处"气",主要指文章带给人的刚健、畅朗的感受。

又,扬雄《谏不受单于朝书》总评:

> 亦复朗畅,而西汉质厚之气索尽矣。

陈柱《中国散文史》中将两汉散文分为辞赋、经世、经术、史学四大派,而以司马相如、扬雄为辞赋派之宗。扬雄书疏,较之贾谊、晁错等"经世派"及董仲舒、刘向等"经术派"不注重字句雕琢的奏疏,更具文采。方苞认为此种文章虽"朗畅",但却不再有"质厚之气",失却了前汉文章质拙古朴的特色。

以是否有充实之"气"为评判标准,方苞认为韩愈文章胜过柳宗元。司马迁《报任少卿书》总评曰:

> 如山之出云,如水之赴壑,万状变化于自然,由其气之盛也。后来惟韩退之《答孟尚书书》类此。柳子厚诸长篇,虽词意浓郁,而气不能以自举矣。

韩、柳同为唐代古文运动主将,二人文学创作孰高孰下,一直是古文家们所关注的话题。柳开、欧阳修从"明道"的角度看,认为柳文不如韩文。焦循、林纾等则从文学性的角度看,认为柳文成就超出韩文。朱熹认为韩柳二人各有特色:"韩退之议论正,规模阔大,然不如柳子厚较精密。"②方苞则从"气"的方面切入,认为韩文"气盛"而柳文"气不能自举"。其评柳宗元《与李翰林建书》曰:"子厚在贬,寄诸故人书,事本丛细,情虽幽苦,而与自反而无怍者异。故不觉其气之苶相,其风格不过与嵇叔夜《绝山巨源书》相近

---

① 陈子昂:《修竹篇并序》,《陈子昂集》(修订本)卷一,上海古籍出版社 2013 年版,第 16 页。
② 黎靖德编,王星贤点校:《朱子语类》卷一百三十九,中华书局 1986 年版,第 3302 页。

耳。而鹿门以拟太史公《报任安书》，是未查其形，并未辨其貌也。退之云：气盛则言之短长与声之高下皆宜。此数篇词旨凄厉而其气实未充，三复可见。"《与李翰林建书》，主要叙写作者遭贬永州后郁结苦闷之心情，"闷即出游，游复多恐……时到幽树好石，暂得一笑，已复不乐"，①"摧伤之余，气力可想，假令病尽已，身复壮，悠悠人世，越不过为三十年客耳。前过三十七年，与瞬息无异；复所得者，其不足把玩，亦已审矣"。②凄怆忧伤，满溢纸上。方苞认为此文不能做到"自反而无怍"，"气实未充"。姚鼐、吴汝纶认为方苞此评不当，姚氏认为柳文文风劲健，与魏晋轻弱文格不同；吴氏认为柳宗元被贬，政治上并无污点，因此不能说内心有怍。③但我们认为，方苞所言之"怍"，非内心有愧，而是不够豁达、坦荡，较之司马迁在忍辱偷生之中，仍有"究天人之际，穷古今之变，成一家之言"之信念，境界自不相同。方苞以韩愈《与孟尚书书》为"气盛"，类似于《报任安书》。《与孟尚书书》作于韩愈贬谪潮州时，解释自己与大颠之交往，非慕释氏，并且自己对于释氏的态度，是不求其福，不畏其祸，不学其道，将一如既往，以辟佛弘儒为己任："释老之害，过于杨墨，韩愈之贤，不及孟子。孟子不能救之于未亡之前，而韩愈乃欲全之于已坏之后，呜呼，其亦不自量力……虽然，使其道由愈粗传，虽灭死，万无恨也。"④此书虽有人质疑其"文过饰非"⑤，但其明道之志，豪迈慷慨，且字句铿锵，读来令人振奋，较之柳宗元的惨淡自怜，文"气"自然胜出许多。孟子形容"浩然之气"为"至大至刚，以直养而无害，则塞于天地之间"。⑥方苞所认为的"文气"，也具有"至大至刚"的特点，它发自于正直无惧的心灵，表现为平正明朗的文字。

---

① 柳宗元：《与李翰林建书》，《柳河东集》卷三十，上海古籍出版社2008年版，第494—495页。
② 同上书，第495页。
③ 转引自高步瀛《唐宋文举要》甲编卷四，中华书局香港分局1976年版，第489页。
④ 韩愈：《与孟尚书书》，《韩昌黎全集》卷十八，中国书店1991年版，第268页。
⑤ 《与孟尚书书》邓瑀评语，《韩昌黎全集》卷十八，中国书店1991年版，第269页。
⑥ 《孟子·公孙丑上》，焦循《孟子正义》卷六，中华书局2015年版，第200页。

方苞对柳文,总体评价不高,在《书柳文后》一篇中,认为柳宗元于六经所得不深,"彼言涉于道,多肤末支离而无所归宿,且承用诸经字义,尚有未当者"。因此其文文体多有不纯正,文辞也不够"雅洁":"凡所作效古而自汩其体者,引喻凡猥者,词繁而芜,句佻且稚者,记、序、书、说、杂文皆有之,不独碑、志仍六朝、初唐余习也。"① 他所称赏的,只是"读《鲁论》、辨诸子、记柳州近冶山水诸篇,综心独往,一无所依凭,乃信可肩随退之而峣然于北宋诸家之上"。② 以是否合于"道",是否"雅洁"衡文,则以老子为"孔氏之异流",③"道统"观念不那么纯粹的柳宗元,自然在韩愈之下。

"气"之外,又有"气象"。方苞评诸葛亮《前出师表》曰:

> 孔明早见后主躬自菲薄,性近小人,恐其远离师保,志趣日迁,故宫府营阵悉属之贞良,以谨持其政柄。又恐不能倾心信用,故首言国执危急,使知负荷之难;中则痛恨桓灵,以为倾颓之鉴;终则使之自谋,以警其昏蒙。而皆称先帝以临之,使知沮忠良之气,必堕先帝之业,蹈桓灵之辙,实伤先帝之心;弃善道,忽雅言,是悖先帝之遗命。其言语气象,虽不能上比伊周,而绝非两汉文士之所能近似矣。

"气象"一词,主要见于诗论。南宋严羽《沧浪诗话》中,用"气象"来指诗歌的整体艺术风貌,认为不同的时代有不同的"气象",如:"汉魏古诗,气象混沌",④"建安之作,全在气象",⑤"唐朝人与本朝人诗,直是气象不同";⑥ 不同的作者,诗之"气象"也不同,如:"此篇诚佳,然其体制气象,与渊明不类。"⑦ 晚明胡应

---

① 方苞:《读柳文后》,《方苞集》卷五,上海古籍出版社2008年版,第112页。
② 同上。
③ 柳宗元:《送元十八山人南游序》,《柳河东集》卷二十五,上海古籍出版社2008年版,第419页。
④ 严羽著,郭绍虞校释:《沧浪诗话校释》,人民文学出版社1983年版,第151页。
⑤ 同上书,第158页。
⑥ 同上书,第144页。
⑦ 同上书,第222页。

麟、清初王夫之等人也都曾以"气象"论诗。今人涂光社曾对古代文献中"气象"一词的用法进行梳理,认为:"'气象'最早指气候以及相关的景象,后来在艺术论中发展成为一种虚实、形神兼具,指时代、作家、作品意象的气概风貌的概念。"①"品评'气象'讲求意蕴深厚,从大处着眼,自然浑成。"②"气象"在文章批评中的运用,如唐李汉的《昌黎先生集序》:"秦汉以前,其气浑然。迨乎司马迁、相如、董生、扬雄、刘向之徒,诚所谓杰然者也。至后汉、曹魏,气象萎尔。"其中"气象"主要指时代精神在文章中所表现出的浑厚、朴质的审美特征。方苞此处讲"言语气象",则是着眼于此文言辞背后的作者人格,认为作者正是以此忠贞体国之心,发为恳切平实之言,从而形成了文章博大高远的风貌。

方苞又有"文境"的提法,其评柳宗元《论语辨》言:

> 子厚谪官后,始知慕效退之之文,而此二篇意绪风规,则退之所未尝有。乃苦心深造,忽然而得此境,惜其年不永,此类竟不多得耳。
>
> 摽然若秋云之远,使人可望而不可即,如出自宋以后人,即所见到此,文境亦不能如此清深旷邈。

"意境""境界"亦是诗论中常用语,方苞在此提出"文境"一词,来描绘文章给人的整体感受。《论语辨》上篇辨《论语》非成于孔子诸弟子之手,下篇辨《论语》卒章"尧曰"一段,非体制之差错,而是"此圣人之大志也,无容问对于其间"。其行文流畅简淡,说理无枝词赘语,意尽而言亦止。方苞赞赏其有"情深旷邈"之致。

方苞所说的"文境"与"气象"的不同处,在于"气象"偏于深厚、正大的一面,而"文境"则偏于缥缈清远。如评苏轼《前赤壁赋》言:

---

① 涂光社:《因动成势》,百花洲文艺出版社2001年版,第135页。
② 同上书,第134页。

所见无绝殊者，而文境邈不可攀，良由身闲地旷，胸无杂物，触处流露，斟酌饱满，不知其所以然而然。岂惟他人不能摹仿，即使子瞻更为之，亦不能如此调适而惬遂也。

《前赤壁赋》中，以"自其变者而观之，而天地曾不能一瞬；自其不变者而观之，则物于我皆无尽也"的旷达胸怀，叙写江风、明月、万顷水波与扁舟上的诗意对答。方苞认为，此种"胸无杂物、触处流露"的文字，具有超凡脱俗，空灵悠长的气质。

此外，方苞还常用比喻，来描绘文章整体的气势、美感。如评韩愈《龙说》："尺幅甚狭而层叠综宕，若崇山广壑，使观者不能穷其际。"评欧阳修《论台鉴官言事未蒙听允书》："所向曲折如意，如乘快马行平地，迟速进退，自由其心。"

从以上方苞对文章"气""气象""文境"的评论，可以看出方苞对文章整体美感的重视与领悟力，而不是通常人们所认为的不能体会到古人的"大处、远处、疏淡处及华丽非常处"[1]。此外，他对充实、健朗的文章之"气"的推崇，亦可以说明，他虽然倡导明于"体要"的"简洁"文字，但在理论上却并不偏好阴柔一路。他所希望的以正大的精神为基础的简明平正的文章，是具有刚健之美的。

## 第三节 一义相贯与纵横分合：文章之基本法度

《古文约选》评语中有不少处论及文章结构安排，其中最多强调的是篇法的一义相贯，紧凑浑融，也就是此书中匡衡《法祖治性正家书》总评所说的"古文章法，一义相贯，不得参杂"。

"一义相贯"，即"一篇自为首尾"，"脉络灌输"，文章各部分之间有着文意上的联系。在《西汉文约选》中方苞将贾谊《过秦论》上、中、下篇皆选入，并对每一篇主要用意都予以点出。上篇评曰："此篇论秦取天下之势，守天下之道。"中篇评曰："此承前

---

[1] 姚鼐：《与陈硕士》，《惜抱轩尺牍》卷五，安徽大学出版社2014年版，第75页。

篇攻守异势，而言守天下之道在于安民。"下篇评曰："此篇言子婴不能救败而深探其本，则由于秦俗忌讳，故三主失道乱亡形见而人莫敢言，己终不知。因重叹壅蔽之伤国，以总结三篇之义也。"并得出："古文之法，一篇自为首尾，此论则联三篇而更相表里，脉络灌输。辑《史记》者误倒其序，首尾衡决而不可通。《昭明文选》又独取首篇，皆不讲于文律耳。"方苞强调这一组文章互相之间意义上的承接关系，认为作者用意，需结合三篇得出，将其割裂，是为"不讲文律"。

"一义相贯"，在书疏、策问之体中，表现为分陈条对之中有一中心意义在。如评董仲舒《汉武帝策贤良制一》曰："古文之法，首尾一线，惟对策最难……惟董子能依问条对，事虽不一，而义理自相融贯，且大气包举，使人莫窥其镕铸之迹。"董子此文，虽涉及道统之维持、灾异祥瑞之起因、性命教化之事等多个方面，但每一方面皆以《春秋》一元之义为理论基础，反复陈述"为人君者，正心以正朝廷，正朝廷以正百官，正百官以正万民，正万民以正四方"的"治乱兴废在于己""治天下莫不以教化为大务"之义。因此方苞称其为"义理融贯，大气包举"。又评王安石《上仁宗皇帝言事书》曰："欧苏诸公上书，多条举数事，其体出于贾谊陈政事疏。此篇止言一事，而以众法之善败经纬其中，义皆贯通，气能包举，遂觉高出同时诸公之上。"王安石此文，针对"方今天下人才不足"展开，主要阐述陶冶、培育人才的"教之、养之、取之、任之"之道，以此为线索，涉及学校、科举、任命、升黜、礼与法等多个问题，而以法"先王之意"、重立大伦大法为依归。因此方苞认为此文各部分"义皆贯通"。董、王均有重整天下思想法度的宏大气魄，有自成一家的历史、政治观念，方苞所选的这两篇文章，既是针对当时政治情状提出的建议，又是作者阐说自身思想的著述，文中对具体事务的议论，皆以陈述其政治理念为目的，因此能左右逢源，篇幅虽长、涉事虽杂而无散乱之感，文气较分论数事的一般奏对要流畅、旺盛。这是方苞最欣赏的论说文风格。

方苞指出，为达到"一义相贯"的目的，有时需要用到一些前后照应的笔法。如严安《言事务书》最后部分上批曰："此言汉不变必蹈秦之覆辙，而并及齐晋，与中幅相绾，恐篇法之漫也。"但此种笔法如痕迹太显露，文章便会流于卑俗，如评欧阳修《唐书礼乐志论》曰："逐段界划，宋以后策论始有之。此文义本显著，中间多置界划，转累其体。削去则掉尾处更觉变化。"以文中多处转折语为"累"。宋人策论，体制近于时文，结构变化明显，方苞认为，这样的文章，有其可取之处，如评苏辙《制置三司条例司论事状》曰："指事达情，明白晓畅，自不可废。"但又指出，"子由此书则近吏牍，开南宋、元、明人蹊径"，通俗"吏牍"式的文字，虽然说理明晰，但失却了古文厚重浑融的品格，离西汉"简质而古"的"陈事之文"，体制相去远矣。

与对"一义相贯"的欣赏相呼应，方苞欣赏"直达己见"，较少波澜反复的文章。在苏洵《审势论》总评中，他批评苏氏父子论策，有"横纵往复，层出互见，以尽文之波澜，而气转为之滞壅，意转为之懈散"之病，认为苏洵《审势论》"乃老泉极用意之文，亦不免此病"。在苏轼《鲁隐公论二》评语中，则认为此文能跳出因反复而使文意散乱的苏文"故态"："事核而理当，直达所见，不用反覆以为波澜，于子瞻诸论中，更觉峣然而出其类矣。"

在记叙文中，方苞注重的是"衡纵分合"之法。其评曾巩《序越州鉴湖图》曰："凡叙事之文，义法未有外于左史者。《左传》详简断续，变化无方，《史记》衡纵分合，布勒有体。如此文在子固记事文为第一，欧公以下无能颉颃者，其实不过明于衡纵分合耳。"《序越州鉴湖图》一文，先写鉴湖的地理条件及水利沿革，再分析各种治湖意见的优劣，最后记述此文写作过程，总束全文："巩初蒙恩，通判此州，问湖之废兴于人，求有能言利害之实者。及到官，然后问图于两县，问书于州与河渠司，至于参敷之而图成，熟究之而书具，然后利害之实明。故为论次，庶夫计议者有考焉。"故方苞评其为"明于衡纵分合"。但也需看到，方苞所说的"分合"之法，只是一种接引初学者的方便途径，在刘向《谏起昌陵疏》总评中，他便强调文章"总束"等法的使用，不可太过死板："左氏叙事，于极凌杂处，兼用总束，或于首，或于尾，或于中。子政用之，多于篇末。此古文义法之最浅者，不可数用。"

## 第四节 "义法"说的内涵与价值

方苞解释"义"说:"义即《易》之所谓'言有物'也。"① 又解释"言有物"说:"古之圣贤,德修于身,功被于万物;故史臣记其事,学者传其言,而奉以为经,与天地同流。其下如左丘明、司马迁、班固,志欲通古今之变,存一王之法,故纪事之文传。荀卿、董傅,守孤学以待来者,故道古之文传。管夷吾、贾谊,达于世务,故论事之文传。凡此皆言有物者也。其大小厚薄,则存乎其质耳矣。"② 圣人有德有功,其事、其言皆为至文。司马迁、班固熟悉数千年史迹,对人事代谢有自己的独特见解,因此能作"纪事之文"。荀子、董子为传经之人,儒学学问深厚,因此能作"道古之文",学术之文;管子、贾谊明于治世之法,因此能作"论事之文"。可见此"物"此"义",主要指对宇宙人生的思考、对儒家学问的见解以及经世之术。方苞要求此"义"需真实,源自作者光明的人格,发自作者内心:"古文本经术而依于事物之理,非中有所得而不可以为伪",③ 也就是郭绍虞先生所言的"他的立身祈向,即是他的文学观"。④

整理方苞对"义法"的分散论述,可以看出,方苞的"义法",有两种境界,或曰两个层次,其中一个层次是《左传义法举要》中所说的"古人叙事,或顺或逆,或前或后,皆义之所不得不然",这种"不得不然"的境界,是一种神而明之、随心所欲的高境界。在这个意义上,"法",是"活法"而非"死法"。而另一个层次则是从对《左》《史》以及两汉、唐宋古文家的经典文章的分析、鉴赏中得出的具体的文"法",不仅包括叙事文之法,还包括论说文之法。叙事文之法,除前人多所讨论的"与其人规模相称"的"体要"之法外,还有"以虚为实","一端引申,以及其义类","微婉"等。论

---

① 方苞:《又书〈货殖传〉后》,《方苞集》卷二,上海古籍出版社 2008 年版,第 58 页。
② 方苞:《杨千木文稿序》,《方苞集》卷四,上海古籍出版社 2008 年版,第 608 页。
③ 方苞:《答申居谦书》,《方苞集》卷六,上海古籍出版社 2008 年版,第 164 页。
④ 郭绍虞:《中国文学批评史》,上海古籍出版社 1979 年版,第 636 页。

说文之法，则有"一义相贯""纵横分合"等。此外"法"还包括对不同文体体制的把握。"法"在这一层次中是相对确定的、有规矩可循的，这是"法"较低的层次。初学者学习文"法"，需经历一个由较低层次进入到较高层次的"得意忘象"的过程。

正因为方苞的"法"具有两个不同的层次，而方苞本人又未对此作出过明确说明，所以，后来人对方苞"义法"的理解，往往偏重于"法"的较低层次，而忽视了"法"的较高层次。我们认为，以固定之"法"去品评《左》《史》一类宏文，自然得不到其精神之"远处""疏淡处""华丽非常处"，但是，用从《左》《史》片断中所得出的固定之"法"去指导写作，却有一定效果。道、咸间邵懿辰曾对方苞"义法"进行辩护说："夫方氏以义法言文……其理岂不甚卓？凡韩、李、欧阳以下论文之旨，皆统焉。而刘氏乃以音节，姚氏乃以神韵为宗，斥义法为言文之粗，此非后学之所能知而能信也。音节神韵，独不在法之内乎？"① 近人方孝岳赞同邵懿辰的看法，针对姚鼐对方苞的批评，方氏说："不知惜抱所谓'远淡非常'者，究竟是什么？文章里面的'远淡非常'，必定有所以'远淡非常'的道理，岂可舍义法而捕风捉影的去求吗？"② 又说："天下本没有故意扭捏做作出来的好文章。"③ 姚鼐的关于古文"神理气味""神妙"的理论，更偏重于对古文审美风格、"文境"的体会，偏重于鉴赏的方面，而非实际创作理论。如何做到"神妙"？姚鼐给出的答案是"用功"与"妙悟"。④ 这种说法颇有"羚羊挂角，无迹可求"的意思。禅宗中的"悟"本来就是一种只可内证而无法有外在统一标准的"经验"式的东西。对于有一定积累的作者，"神妙"说可能起到点拨的作用，而对于初学者，"神妙"境界却是不好理解、无从到达的。而方苞的"义法"理论，主要着眼于创作方法，继承了明代唐宋

---

① 邵懿辰：《复方存之书一》，《半岩庐遗文》卷上，《清代诗文集汇编》第635册，上海古籍出版社2010年版，第264页下。
② 方孝岳：《中国文学批评 中国散文概论》，生活·读书·新知三联书店2007年版，第282页。
③ 同上。
④ 参见王达敏《姚鼐与乾嘉学派》，学苑出版社2008年版，第146页。

派注重文章脉络结构的特点,不斤斤于字句的模仿,且能将"法"与"义"结合来讲,不局限于空洞烦琐的形式,因此对于初学者领会"如何下笔",有相当的帮助。因为有"法",所以"远淡非常"不再是空中楼阁,入门有"法",文章便也会大方正派,而没有矫揉造作的诡异笔调。这一道理,本来是学写作的常识,李太白诗、苏子瞻文为何不可学,便是李、苏二人天赋高,才气大,文章随性而发,无"法"可寻,后人除非有同样的才华气魄,否则将画虎不成反类犬。因此可以说,方苞的"法",本是符合实际的、实用的"法"。此一点之所以长期被人忽视,一是由于姚鼐建立桐城派,其功甚伟而其影响也颇大,他对方苞"义法"的不以为然自然会影响到后人。另一点是因为方苞说具体的"法"的时候多而说"不得不然"的时候少,他本人作文亦极讲究锤炼,锤炼太过则有斧凿痕迹,无复自然浑融。因此他的"法"被后人认为刻板。实际上,方苞的"法"是既有具体清晰之一面,亦有神妙变化之一面的。

  方苞对"法"的提倡,可以反映出时代文风的转向。明末清初的大儒如顾炎武、黄宗羲等,均要求文章应抱经世之态度,鄙弃只会弄文字的所谓"文人",而强调"中有所得"之于"文"的重要性。[①]清初的作家,为文也大都豪迈不羁,较少注意细处、"法度"处。如古文大家魏禧,提倡"有益"之文:"作文须先为其有益者,关系天下后世之文,虽名立言,而德与功俱见,亦我辈贫贱中得志事也",[②]认为学问乃文章之"本":"人之为文,本以言其所学,所学苟成,其言足以行世,则吾文之大本既立,不必问人之选不选也。"[③]他要求学人读史以明世务,[④]"积理"以待世用,[⑤]均立足于此点。作为古文家,魏禧对"瘦、劲、转"一类的文法是熟知的,在教授学生时

---

① 参见郭绍虞《中国文学批评史》,上海古籍出版社1979年版,第462—472页。
② 魏禧:《日录二编》,《魏叔子文集·日录》卷二,中华书局2003年版,第1126页。
③ 魏禧:《答友人论选〈文统〉书》,《魏叔子文集》外篇卷六,中华书局2003年版,第283页。
④ 魏禧:《左传经世叙》,《魏叔子文集》外篇卷八,中华书局2003年版,第367页。
⑤ 魏禧:《宗子发文集序》,《魏叔子文集》外篇卷八,中华书局2003年版,第412页。

也曾对议论文之"转"法、文章的各种结构法做过归纳,① 但他亦熟知"法"的弊病,认为"古之文章足以观人,今之文章不足以观人",② 其原因正在于正古人作文,随兴所至,无一定格例,而今人则有法可学,所以"大奸能为大忠之文,至拙能袭至巧之论",③ 文中充斥虚词浮套,而不见作者真性情。因此魏禧强调,有经世学问根底的文章,不言法而自出色:"为文当先留心史鉴,熟识古今治乱之故,则文虽不合古法,而昌言伟论,亦足信今传后……引古得力,则议论不烦而事理已畅。"④ 又强调"作文主意"的重要性远过于"法":"作文主意先求为世所不可少,则自然卓荦,而更力去常格常调,劲挺老健,则虽未尽合古人法度变化,要亦必为可传之文矣。"⑤ 强调"立意"、学问而贬斥"法",是为了使学者从"法"中跳出来,开阔眼界,写出具有扎实内容的文章。但是如果矫枉过正,文章便会显得芜杂,《四库总目提要》评魏叔子的文章为"才杂纵横,未归纯粹",⑥ 即说明了这一点。在这样一个文学史背景下看方苞的"义法",可以发现,方苞的观点,既吸收了前辈重文章学问根底、重文章之内容、命意的意见,又对"法"予以了适当的关注,具有平正、中庸的色彩,"法"的讲求,虽然会减少文章的"纵横"气,但却能使文章更为"纯粹"。而纯粹、平正,按方孝岳的说法,正是历代开国时所追求的文章气象。⑦

桐城派文章学与文章教育的关系,近年来屡被学者提及。而方苞的"义法",在作文教学中,有其独特意义。鲁迅在《做古文和做好人的秘诀》一文中回忆自己学文章的经历说:"从前教我们作文的先

---

① 魏禧:《日录二编》,《魏叔子文集·日录》卷二,中华书局2003年版,第1123—1124页。

② 同上书,第1123页。

③ 同上。

④ 同上书,第1126页。

⑤ 同上书,第1127页。

⑥ 永瑢等:《四库全书总目·尧峰文钞》,《四库全书总目》卷一百七十三,中华书局1965年版,第1522页中。

⑦ 方孝岳:《中国文学批评 中国散文概论》,生活·读书·新知三联书店2007年版,第115—116页。

生，并不传授什么《马氏文通》，《文章作法》之流，一天到晚，只是读，做，读，做；做得不好，又读，又做。他却决不说坏处在哪里，作文要怎样。一条暗胡同，一任你自己去摸索，走得通与否，大家听天由命。但偶然之间，也会不知怎么一来——真是'偶然之间'而且'不知怎么一来'，——卷子上的文章，居然被涂改的少下去，留下的，而且有密圈的处所多起来了。于是学生满心欢喜，就照这样——真是自己也莫名其妙，不过是'照这样'——做下去，年深月久之后，先生就不再删改你的文章了，只在篇末批些'有书有笔，不蔓不枝'之类，到这时候，即可以算作'通'。"① 而且，"这一类文章，立意当然要清楚的，什么意见，倒在其次"。② 这样一种放任自流、全凭"妙悟"的教法，对于天分高的人，也许有一定好处，可以使他们在一开始就不受束缚，自由发展自己的情感思想，以及对文字的敏锐感觉。但是对于一般中才之人，教给其何为"义"之大者、正者，何为"法"之基本者，可以帮助他们打开思路、确立方向，也并不是一件坏事。方苞的"义法"，特别是他关于具体的"法"的论述，对于大学者来说是"不必说"的常识，但对于小学生来说，是有价值的。大学者不常有而小学生常有，因此"义法"之价值常在。

---

① 鲁迅：《做古文和做好人的秘诀》，《鲁迅全集》第 4 卷，人民文学出版社 2005 年版，第 276 页。
② 同上书，第 277 页。

# 第十一章

# 何焯的文章批评与文学观念

在清代前期学术史上，何焯是负有盛名的人物。段玉裁在历数吴地藏书、读书传统时，即将何焯与其弟何煌作为清代吴地"博洽"一派的开风气者。[①] 晚清李慈铭也认为清代吴学传统"筚缕始何氏义门"。[②] 何焯与早期桐城派核心成员戴名世、方苞等，籍贯虽非一地，但何焯与戴、方二人及二人好友朱书、刘齐、刘岩、徐念祖等同为江南学政李振裕所选拔贡生[③]，诸人交谊密切，在学问取向及文章好尚上亦均有相通之处。因此，我们可将何焯视为早期桐城派的外围人物。何焯在文献学、书学方面的成就，已有学者论及，本章将着重对何焯的文章批评进行论述。

## 第一节 吴中名士，都门"朝隐"——何焯生平及交游考述

### 一 何焯家世及早年从学情况

何焯，字屺瞻，晚号茶仙。先世曾以"义门"旌，故学者称其

---

① 段玉裁：《周漪堂七十寿序》，《经韵楼集》卷八，上海古籍出版社2008年版，第199页。
② 李慈铭：《题伯寅藤荫老屋勘书图》，《白华绛柎阁诗集》卷癸，清光绪十六年刻越缦堂集本。
③ 参见本书第一章第二节。

为义门先生。何焯先世为崇明人，后迁于苏州府长洲县。① 何家世代业儒，据民国十三年所修《崇明县志》何焯传："何氏世有名儒，曾祖思佐、祖应登、父栋，皆县学生。自栋兄棣始显盛。"②

何焯父辈中，以伯父何棣功名为最显。棣字与偕，又字涵斋，顺治三年举江南乡试，③ 顺治四年成进士。④ 顺治七年除福建邵武府推官，⑤ 摄福州府事。顺治十三年，郑成功军队由海道攻福州，福建巡抚宜永贵将守城事委于何棣。棣力请释放原福建布政使、时因贪污案下在狱中的周亮工，并与周氏合力指挥，经十三日，终于击退郑军。⑥ 此后行取进京，曾任光禄寺丞、礼部郎中、户部主事等。康熙二十三年以礼部郎中外放河南乡试副主考。康熙二十五年至康熙二十八年任江西提学道，之后告归，终老于吴。何棣服官四十余年，与当日诸多显宦、名士，关系密切，如与康熙前期政坛重要人物余国柱为乡、会试同年；与尤侗为姻亲，康熙十六年尤侗之妻去世，《都门诸先生公祭文》与《同乡亲友公祭文》中，均列有何棣之名，后一篇中何棣的称呼为"年家眷弟"。⑦ 又据《柳南随笔》，康熙三十三年三月三日，已告归家居的徐乾学、徐秉义兄弟曾在昆山徐氏遂园邀请江南名宿集会，与会者有钱陆灿、盛符升、尤侗、王日藻、孙旸、许缵、周金然、秦松龄等江南名宿，何棣亦与焉。诸人以"兰亭"为韵赋诗，编为《遂园禊饮集》三卷，一时传为盛事。⑧

---

① 何家居于长洲，参加科考时仍占籍崇明，如冯桂芬《（同治）苏州府志》卷八十八何棣传，言何棣"由崇明籍举顺治丁亥进士"。何焯拔贡时，身份亦为崇明县学生。

② 曹炳麟：《（民国）崇明县志》，民国十九年刊本。

③ 冯桂芬：《（同治）苏州府志》卷六十四，清光绪九年刊本。

④ 冯桂芬：《（同治）苏州府志》卷六十三，清光绪九年刊本。

⑤ 据郝玉麟《（乾隆）福建通志》卷三十二何棣传，《景印文渊阁四库全书》第528册，台湾商务印书馆1986年版，第546页上。

⑥ 参见李光祚《（乾隆）长洲县志》卷二十五何棣传，清乾隆十八年刻本；又赵宏恩：《（乾隆）江南通志》卷一百五十一何棣传，《景印文渊阁四库全书》第511册，台湾商务印书馆1986年版，第389页下。

⑦ 宋实颖：《同乡亲友公祭文》，尤侗《尤侗集·哀弦集》，上海古籍出版社2015年版，第799页。

⑧ 王应奎：《柳南随笔》卷三，中华书局1983年版，第54页。何焯早年在国子监读书时，以不阿附徐乾学闻名，但从此条记载可知，何家与徐家的关系，并未受何焯行为的影响，在康熙二十七年何焯与徐乾学绝交后，何棣与徐氏兄弟仍有来往。

## 第十一章 何焯的文章批评与文学观念

何焯舅氏中，有名为顾维岳者，生于崇祯十一年正月初一日，号憩闲堂主人，亦为康熙间名士。顾氏之甥陆氏曾从朱彝尊游，① 朱彝尊曾应陆生之请，作《顾叟寿序》，其中说顾氏"幼茹古，长而摩挲古人书画，别其伪真，晚益臻于神妙。由是海内卿大夫交重之"。② 何焯于康熙五十五年所作《憩闲堂八十寿宴诗序》中，言顾氏"早多长者之游"，亲历许多人事变动，而能有旷达之胸怀识见，"左图右史，几鼎床琴，自适己事而已"，又精于书画品鉴，晚年"偶谈及法书名画，壮盛曾一过目者，题识之多，或至一二十人，诵其文辞，举其爵里，不少遗忘"。③

何焯诸弟，亦多有文名，如何棣之子何烱，字倬云，康熙二十七年进士，官至云南佥事；何煜，字章汉，康熙四十二年进士，官至南阳知府。④ 何焯弟何煌，字心友，一字仲友，号小山，精于校勘之学，何焯校书，多得煌之助。《崇明县志》言何煌"喜收旧籍，遇宋椠，即一二残帙亦购藏之。校书甚富。经籍外，若前后《汉书》《说文》《通典》尤精审。而汲古阁本《说文》，每因笔画小讹，多剜改，致失宋版之真，煌悉朱笔纠正之……阮元校《十三经注疏》，于《公羊》《谷梁》传，皆据煌所校宋椠官本。又有宋本《谷梁传》单行疏，煌据以校汲古本注疏，改正甚多。其校《孟子经注》旧刻，则据宋廖氏世彩堂本。嘉庆时元和顾广圻以朴学名，称煌所校本极精云"。⑤

关于何焯在康熙二十四年拔贡入京前的为学情况，全祖望《翰林

---

① 朱彝尊《顾叟寿序》言："叟之甥陆生，从予游。"（《曝书亭全集·曝书亭集》卷四十一，吉林文史出版社2009年版，第466页）何焯《憩闲堂八十寿宴诗序》："陆氏之甥元功，博征名流祝嘏之辞，将侑屠苏之觞以进，而以书来告小子焯曰：舅氏之七十，吾尝请秀水朱竹垞先生为之序，其文编录《曝书亭集》中；今将以属子。"（《义门先生集》卷一，清道光三十年姑苏刻本）按：彭蕴灿《耕砚田斋笔记》载乾隆时有长洲人陆积，字元功，善画。（转引自彭蕴灿《历代画史汇传》卷五十八，清道光刻本）应即为顾氏之甥。
② 朱彝尊：《顾叟寿序》，《曝书亭全集·曝书亭集》卷四十一，吉林文史出版社2009年版，第466页。
③ 何焯：《憩闲堂八十寿宴诗序》，《义门先生集》卷一，清道光三十年姑苏刻本。
④ 据冯桂芬：《（同治）苏州府志》卷六十三"选举志"、卷八十八"何棣传附传"，清光绪九年刊本。
⑤ 曹炳麟：《（民国）崇明县志》卷十二，民国十九年刊本。

院编修赠学士长洲何公慕碑铭》中，言"公少学于邵僧弥"。[1] 李元度《国朝先正事略》卷三十三《何义门先生事略》及钱林《文献征存录》卷九"何焯"条均沿用全祖望之说。考诸史料，全祖望此说有误。案邵僧弥，名弥，字僧弥，号瓜畴，长洲人。吴伟业曾有《邵山人僧弥墓志铭》[2]，言邵僧弥善诗、善画、善书，而为人有迂痴气，卖画卖字之收入，"累数十金，而君用以搜金石，访蜼彝及图章玩好诸物，此外萧然无办"，"性舒缓，有洁癖，整拂巾屐，经营几砚，皆人世所不急，而君为之烦数纤悉……宾客到门，罄欬雅步，移时始出，与人饮不半升，颓然就睡，虽坐有重客弗顾"。此《墓志铭》未载邵氏生卒年，但文中提到邵氏"既死，葬迟之十年之久"，下葬后，其长子方以状来乞铭，吴氏"诺其请，且十年遭乱奔窜，失其所为状"，之后才辗转见到邵氏幼子，得成此文。因此邵僧弥之卒，应在写此文前二十年。周亮工《读画录》，亦载曹尔堪言曰："僧弥为吴中高士，穷约而死已二十余年，梅村先生为志其墓。"[3] 吴伟业卒于康熙十一年，故邵氏之卒，最晚应在顺治九年。翁方纲《跋邵僧弥画卷》，亦据吴氏《墓志》、周氏《读画录》及所见顺治九年、十年题跋，认为邵氏"殁在明崇祯之末年"。[4] 何焯生于顺治十八年，此时邵氏已卒多年，故不可能从邵氏学。

何焯虽与邵僧弥无交集，但少时亦曾接触过邵氏一流人物。《履园丛话》卷十四有"邱三近"条："邱三近者，是胜国遗老，削发为僧，名正诣。学问淹博，工书法，何义门先生总角时业师也。年八十一，盥漱而逝。"[5] 何焯性情中有孤傲淡泊之一面，如《文献征存录》"何焯"条曾引何焯《同友过尧峰免水禅院访过庵长老》诗："道人种松罢，免水开禅关。微尘吹不到，白云相与闲。偶寻林外约，引我

---

[1] 全祖望：《翰林院编修赠学士长洲何公慕碑铭》，《全祖望集汇校集注·鲒埼亭集》卷十七，上海古籍出版社 2000 年版，第 313 页。

[2] 吴伟业：《邵山人僧弥墓志铭》，《吴梅村全集》卷四十六，上海古籍出版社 1990 年版，第 952—953 页。

[3] 周亮工：《读画录》卷一"邵僧弥"条，《读画录》，西泠印社出版社 2008 年版，第 83 页。

[4] 翁方纲：《跋邵僧弥画卷》，《复初斋文集》卷三十四，清李彦章校刻本。

[5] 钱泳：《履园丛话》卷十四，中华书局 1979 年版，第 358 页。

过前山。倚杖看奇石，徘徊殊未还。"① 并评价此诗"诗品孤洁如其人"。② 这种"孤洁"气味，或是受到儿时师辈的影响。

## 二　宦海浮沉——兼及何焯与李光地之关系

何焯于康熙二十三年入京，③ 之后曾游于徐乾学、翁叔元之门，不久又与两人交恶。沈彤《行状》言："昆山徐学士乾学，常熟翁祭酒叔元，方收召后进，其所善，科第立致。先生亦游两人门而慎自持。见事不符义，且加讥切。此后交绝于翁，复干徐之怒，至辨讼于大府。"④ 何焯前期科举之路颇不顺，沈彤认为这与触怒徐、翁等人不无关系。其中曲折，今人韦胤宗《何焯与〈通志堂经解〉之关系及清人对何焯之评价》一文有详细描述，⑤ 此处不赘。康熙三十三年左右，何焯投到李光地门下，⑥ 受到李氏的知遇。李光地可以说是何焯后半生中最重要的人物，不仅在仕途上对何焯屡有提携，而且在治学、为人上都对何焯有过影响。何焯对李光地亦极为尊敬，称呼李光地为"老师"，并且从何焯给李光地身边亲友的书信来看，他对李光地的各方面生活都有广泛、深入的参与。以下即拟以何、李二人的交往为中心，对何焯后半生的心态、行事作一梳理。

### （一）两次被荐

康熙四十一年，时任直隶巡抚的李光地向皇帝举荐何焯，何焯的

---

① 此诗收入何焯《义门先生集》卷十一，清道光三十年姑苏刻本。
② 钱林：《文献征存录》卷九，清咸丰八年有嘉树轩刻本。
③ 何焯《杂录》中，言"余自甲子入都，已三十余年"。《义门先生集》卷十，清道光三十年姑苏刻本。甲子为康熙二十三年。李振裕考试江南诸生，在康熙二十四年、二十五年，与何焯同批拔贡生，大多在康熙二十五年末入京。何焯言其康熙二十三年已在京，或入京后又曾返回乡参加拔贡考试。
④ 沈彤：《翰林院编修赠侍读学士义门何先生行状》，何焯《义门读书记》附录，中华书局1987年版，第1275页。
⑤ 韦胤宗：《何焯与〈通志堂经解〉之关系及清人对何焯之评价》，《古籍研究》2013年卷，总第六十卷。
⑥ 何焯在康熙四十一年末第一次被荐后写给李光地之子的信中，有"九年风雨之契"的说法。据此可知，李、何二人相识，至迟应在康熙三十三年。参见何焯《与友人书》，《义门先生集》卷四，清道光三十年姑苏刻本。

人生从此有了重大转机。沈彤《何焯行状》记述此事为："四十一年冬，圣祖南巡，驻涿州。召直隶巡抚李光地语，询草泽遗才。李公以先生荐。召直南书房。明年，赐举人，试礼部，下第。复赐进士，改庶吉士。仍直南书房。寻命侍读皇八子贝勒府，兼武英殿纂修。"①李光地之孙李清植《文贞公年谱》与李清馥《榕村谱录合考》，则将举荐何焯之事系于康熙四十一年四月："夏四月，荐何焯。因便见，蒙诹逸民，公以焯对……未几，召焯入京。明年会试后，恩受庶吉士。"②考《清代起居注册》相关记载，关于此次举荐的具体细节，《行状》《年谱》《谱录合考》均有误。按康熙四十一年九月，康熙第四次南巡，主要目的为考察河工。十月初四日至德州，因皇太子病，滞留德州行宫，二十一日决定回銮，经景州、献县、河间、霸州、大兴，于当月二十六日回宫。李光地举荐何焯，即在康熙驻跸德州之时。《起居注册》康熙四十一年十月十七日条详细记载了康熙面见何焯之经过：

> 十七日甲午，上驻跸行宫。是日……命江南苏州府贡生何焯书诗二首，以直隶巡抚李光地所荐也。上览毕，命亲近侍卫海青捧上诗、字，令何焯观之，并传谕李光地曰："何焯字差可，所赋诗诚佳。尔举荐之人，朕欲带至京师，教习诸皇子。尔意云何？"李光地奏曰："何焯学问亦可。皇上带伊至京，写字查书，似堪供役，若教习皇子，关系重要，臣不敢保。"海青入奏，出传谕曰："教习皇子，但是伊身不离左右，皇子有问，即指示之，庶几学有裨益。不问则亦已矣，有何关系？尔到保定，从容送彼至京。"谕何焯曰："顷令尔所观诗、字，俟用宝赐尔。"何焯奏曰："臣乃草茅微贱，一介愚民，何敢当圣主宝翰。"海青入奏，出传谕曰："因尔系读书人，故特赏赐。

---

① 沈彤：《翰林院编修赠侍读学士义门何先生行状》，《义门读书记》附录，中华书局1987年版，第1275页。
② 李清植：《文贞公年谱》卷下，李光地《榕村全书》第10册，福建人民出版社2013年版，第62—63页；李清馥：《榕村谱录合考》卷下，李光地《榕村全书》第10册，福建人民出版社2013年版，第250—251页。

昔尔辈吴廷桢亦曾赐之。"①

从此段记载中可知，何焯被荐时间在康熙四十一年十月，《行状》所言为是。地点则在德州行宫，而非《行状》所言涿州。康熙历次南巡，途中均有向大臣询问遗才及草野之人自荐之事，此次在德州，除李光地外，其他朝中大臣亦有举荐之人，《起居注册》康熙四十一年十月二十日，即有"（赐）大学士张玉书等所荐浙江举人查慎行、直隶巡抚李光地所荐江南贡生何焯御书各一幅"②的记载。康熙这种"收纳遗才"的举动，一个重要的目的，是表示对士人的重视，营造"右文"的政治氛围，以达到"文治"之功。他对何焯"因尔系读书人，故特赏赐"的勉励，即可说明此点。

何焯入皇八子府之时间，诸家均语焉不详，《行状》将其系在康熙四十二年殿试后。按康熙四十二年确有选取新科翰林为皇子伴读之事，③但由上述所引《起居注册》中资料可知，康熙在初见何焯时，即有用其为皇子伴读之意。又据何焯《与友人书》，康熙四十一年十月皇帝回銮后，次月初一日，李光地回署，十九日，何焯起身入京。此后信中即不断出现"日事奔走""弟近日遭际，可谓极荣，而亦极苦，碌碌因人，了不能自立，为可叹恨"等描述禁中状况的语句。④可知何焯入京后即入皇子府，而非《行状》所言在殿试后。

蒙皇帝召见，并得到"藩邸伴读"的职务后，何焯心情是"一则以喜，一则以惧"的。其《与友人书》中有数段文字，写于此次被荐前后，生动地反映了何焯当日的心情起伏："弟蒙老师以幽僻姓名上达，于十七日进诗二首，奉旨令到保后即至京师，为藩邸伴读。以二兄相爱，必为弟喜，然学浅性疏，惧滋尤悔，有忝门墙。二兄宜为弟忧之，教以所不逮，乃九年风雨之契，玉弟于成之惠也。"又言：

---

① 《清代起居注册·康熙朝》第 17 册，中华书局、联经出版事业公司 2009 年版，第 9647—9651 页。
② 同上书，第 9661 页。
③ 何焯于康熙四十二年四月底书信中言："昨选新庶常为各藩邸伴读。"何焯：《与友人书》，《义门先生集》卷四，清道光三十年姑苏刻本。
④ 何焯：《与友人书》，《义门先生集》卷四，清道光三十年姑苏刻本。

"诚知二兄必为弟喜,其若此地之不易行走何!极望教我以寡过之方也。"① 这些文字,既流露出"我辈岂是蓬蒿人"的扬眉吐气之感,又表现出一种战战兢兢、如履薄冰的惶恐心态。

何焯的此种矛盾心情,一方面来自于多年来在李光地府邸中的见闻。李光地虽受康熙的宠信,但自康熙十九年入京授官后,即"疑谤丛集",②"一官如寄,来去不定"。③ 李光地为人,此处且不论,但身处此种官场态势中,立身自须极为谨慎,"委蛇进退,务为韬默",④平日亦常以谨言慎行的古训教导后辈,《榕村续集》所收书信中,多有类似教训,如:"宦途古比波浪,我辈惟以言行尤悔自循,更无弥缝补救别法。"⑤ 又:"尤愿读书多,应酬少,相见朋友,论文章,勿谈世事,似是儒者本色。行是而仍有谤伤,则坦然付之义命可矣。"⑥ 何焯在此潜移默化之下,自然有"惧滋尤悔"的心态。另一方面,从草野书生到皇家侍读的身份转换,亲身体会到官场生态,给长处书斋的何焯带来的震撼是巨大的。初入皇八子府,何焯即有孤立无援之感:"同侪二君,皆有声气,独弟木强孤立,惟有甘勤苦,忍呵叱,安拙讷,事事居人之后而已。"⑦ 又说:"弟自离保定,耳不闻一正言。近又厕编校之末,无顷刻余暇温习故书,即写家信虚字,恒至不属。视世兄乃真神仙中人。"⑧

康熙四十二年三月,何焯被赐举人,一体会试。会试落第,又与汪灏、蒋廷锡等被赐进士,一体殿试,⑨ 取在二甲第三名。但这一荣

---

① 何焯:《与友人书》,《义门先生集》卷四,清道光三十年姑苏刻本。从信中内容推断,收信人"二兄"应为随侍李光地身边的李光地第二子。
② 赵尔巽等:《清史稿》卷二百六十二,中华书局1977年版,第9900页。
③ 高阳:《柏台故事》,华夏出版社2004年版,第45页。
④ 赵尔巽等:《清史稿》卷二百六十二,中华书局1977年版,第9900页。
⑤ 李光地:《与徐坛长书》,《榕村全书》第9册,福建人民出版社2013年版,第447页。
⑥ 李光地:《与徐坛长书又二》,《榕村全书》第9册,福建人民出版社2013年版,第448页。
⑦ 何焯:《与友人书》,《义门先生集》卷四,清道光三十年姑苏刻本。
⑧ 何焯:《与李世得书》,《义门先生集》卷七,清道光三十年姑苏刻本。李世得,即李光地长子李钟伦,字世得,康熙三十二年举人,康熙四十五年卒于李光地直隶总督官署。
⑨ 《清圣祖实录》卷二百十一,康熙四十二年三月甲戌,《清实录》第6册,中华书局1985年版,第147页上。

遇，亦招致外界的嫉妒与议论，致使何焯在与友人信中一再申说本心："此役弟实因人成事，未尝向人有求，虽怨仇人，亦难以行险见诬。长安万口，孰能掩哉。"① 可见"极荣"之后，实为"极苦"。康熙四十五年四月，庶吉士散馆，何焯与万经、朱书等二十人以"文义荒疏"为由，不准授职，令再教习三年。② 此后连丁外、内艰，家居五六年，以课徒、印书为事。③

康熙五十二年冬，李光地再荐何焯。康熙五十四年四月丁亥，何焯被授编修。不久，被人诬告下狱。此次下狱始末，沈彤《行状》记载为："又明年秋，驾在热河，有构飞语以闻者。上还京，先生迎道旁，即命收系，并悉簿录其舍中书，付直南书房学士蒋廷锡等，视有无狂诞语。检五日，无有。间有讥笑士大夫著作、诟近科文者，黏籤以进。而书中所厕辞吴县令馈金札稿并进焉。上阅毕，怒渐解，且嘉其有守。简数条，命内侍诣狱诘责，先生各据实奏辨。反报，仅坐免官，还其书，命仍直武英殿。"④ 全祖望《墓志铭》更直言此事之发，乃由"忌者终无已时，箕斗交构，几陷大祸。幸赖圣祖如天之仁，兼以知人之哲，得始终曲全"。⑤ 按《清实录》康熙五十四年十一月十一日上谕："谕刑部：翰林何焯、为人狂妄，众所共知。朕钦赐以举人、进士，伊当终身感激，乃生性不识恩义，将今时文章，比之万历末年文章；将伊女与允禩抚养。又为潘耒之子夤缘。罪应正

---

① 何焯：《与友人书》，《义门先生集》卷四，清道光三十年姑苏刻本。
② 《清圣祖实录》卷二百二十五，康熙四十五年四月癸巳，《清实录》第6册，中华书局1985年版，第259页上—259页下。
③ 何焯曾在与李光地之子信中谈到自己扩建家中学舍事："弟因家中偪仄，偶起三间小屋……经营月余而工作未竟，耳畔日闻斤斧声，极可厌，然此屋成，可容学徒来读书者三四人，一年日用取办其中，亦不减增百亩上腴也。"见何焯《与友人书》，《义门先生集》卷四，清道光三十年姑苏刻本。李元度《国朝先正事略》言何焯弟子"著录四百余人，知名者三之一"（李元度：《何义门先生事略》，《国朝先正事略》卷三十三，清同治刻本）。《义门先生集》诸札中，所提到的弟子有陈格、金来雍、蒋杲、陈汝楫、陈景云等。除课徒外，何焯家中还有刻书作坊，据《义门先生集》中所收与李光地之子的信件，李光地的不少文稿均由何焯在吴门刊刻。
④ 沈彤：《翰林院编修赠侍读学士义门何先生行状》，《义门读书记》附录，中华书局1987年版，第1276页。
⑤ 全祖望：《翰林院编修赠学士长洲何公墓志铭》，《全祖望集汇校集注·鲒埼亭集》卷十七，上海古籍出版社2000年版，第312页。

法，但念其稍能记诵，从宽免死。著将伊官衔并进士、举人革去，在修书处行走。如不悛改，著该管官员即行参奏。"① 当为此案定谳。从"为人狂妄""生性不识恩义"的严厉措辞中，可想见当日情势的严重，并非《行状》中"上阅毕，怒渐解"的轻描淡写。

何焯此次遭祸，时人多认为是其孤傲不妥协的性情所致，如其友人、同在李光地门下的徐用锡，在何焯亡故后的悼诗中，曾有"爱憎不入时，针石起颠踣""所嫌直如弦，险道屡颠仆"之句。② 李清植《文贞公年谱》亦言："（焯）性峻洁，持议论不为诡随，以此为流俗所嫉……居数年，焯果以圭棱，为人所诬构。"③ 我们认为，这一事件，除与何焯评论当代文章时用语较激烈，如谕令中所言"将今时文章，比之万历末年文章"，不给朝廷留情面外，还与当日朝中政治情势有关。首先是储位之争。储位之争的具体情形，本书第一章第三节曾有论述。康熙四十七年、康熙五十一年，康熙两废太子，并对在争储一事中风头甚劲的皇三子、皇八子亦深感不满。何焯曾长期为皇八子府伴读，与皇八子关系密切，忌者借此做文章，是顺理成章之事。康熙谕令中"将伊女与允禶抚养"的说法，即可说明此点。其次是与何焯恩师李光地在朝中的处境有关。李光地在康熙后期，颇得皇帝信任，但亦因此树敌众多。如康熙五十二年，李光地曾向皇帝举荐徐用锡，徐用锡长期随侍李光地，与李家关系十分密切。徐氏于康熙四十八年中进士，五十一年授翰林院检讨，李光地在此时举荐徐氏，显然有扶植提携之意。但不久后徐氏即被皇帝严厉斥责。汪景祺《读书堂西征随笔》"宿迁徐用锡"条言："乙未分校礼闱，（徐用锡）恃安溪之势，一手握定，四总裁咸怡声屏息，听其所为。榜发，士论大哗。安溪亦不能安其位。台臣董之燧劾其苞苴关节，安溪力救之……先帝以台臣徇私，发还原疏，继而徐用锡、储在文等败缺大露，先帝

---

① 《清圣祖实录》卷二百六十六，康熙五十四年十一月癸卯，《清实录》第6册，中华书局1985年版，第612页下—613页上。

② 徐用锡：《得何义门太史凶信》，沈德潜等编《清诗别裁集》卷二十二，上海古籍出版社2013年版，第876页。

③ 李清植：《文贞公年谱》卷下，李光地《榕村全书》第10册，福建人民出版社2013年版，第62—63页。

面诘安溪,安溪引咎,徐、储诸人皆削职去。安溪因以不振。"① 汪景祺此部笔记,多所夸张,自言"意见偏颇""议论悖戾",② 此条亦不能视为史实。徐用锡康熙五十四年确曾担任会试同考官,但以一同考官而能把持会试名次去取,明显不符现实逻辑。这种说法的流传,从侧面说明了当日朝中反对李光地的声音之大。何焯被"飞语"所中,忌者的矛头所向,亦应有所别指。

康熙六十一年,何焯卒于京邸。陈康祺在其《郎潜纪闻二笔》中,感叹何焯身后"以被议七品官,卒于牖下,身后晋秩,特超坊局五阶"的哀荣,是"旷世之遭"。③ 但此一哀荣,却是以何焯身前命运的载浮载沉为代价的。

(二) 李、何二人论学及其他交往

李光地、何焯二人,既是师生,又是学问、道义之交。二人虽行事极为谨慎,尤其是何焯在皇八子府时,严守"内外臣不得交通"的原则,在行迹上与李府中人尽量疏远,往来书信中也多用暗语,但从现存文献中,仍可见出二人的密切关系。

李光地对何焯的影响、教导,是多方面的。首先是为官、立身方面的指导。在何焯被御赐进士,并成为庶吉士之后,李光地表达了对友人的祝贺与期许:"兄志在以学自通于后,科名原不足为兄喜。所可喜者,出自圣明特数,为昭代美谈。二则为高堂垂白,苟非以险幸得之,亦古人所以变色动心者也。"④ 又说:"见殿试榜文,甚喜。虽不在三人之内,然充馆职,便与才称。且将来得个好学院,主司文章,有种子矣。"⑤ 对何焯在入皇子府后的自我约束、"守分寡营",也表示赞赏:"趋禁有日,深知慎默容忍,又因此得大精进。贤人君子,历乎宠辱荣顇之途,处处是学,正为此等。如必曰矫矫直遂而

---

① 汪景祺:《读书堂西征随笔》,上海书店出版社1984年版,第31页。
② 同上书,"卷首"第2页。
③ 陈康祺:《郎潜纪闻二笔》卷九,《郎潜纪闻初笔二笔三笔》,中华书局1984年版,第474页。
④ 李光地:《与何屺瞻书又一》,《榕村续集》卷一,《榕村全书》第9册,福建人民出版社2013年版,第449页。
⑤ 李光地:《与何屺瞻书又三》,《榕村续集》卷一,《榕村全书》第9册,福建人民出版社2013年版,第450页。

已,此以肆志山林则可,入世之后,即如千金良药,亦须泡制几巡,独存真性,然后自度度人,其道不穷……观兄近事,真能以是自捡勒,此尤区区之所叹服,夸于子弟,以为惬我深期者。"①

何焯早岁以"狂生"闻名,中年以后,虽在私下品评人物时,言辞仍不改犀利故态,②处世态度却发生了绝大的转变。如何焯友人徐亮直,乃热心好意气之人,康熙五十一年徐亮直中探花后,何焯在致其的信中一再规劝徐氏要抛弃"高兴热肠",遵守"清慎勤三字":"自求淡静,非特名节可完,禄位可保,兼之所以养寿命之源也。"③此信中又谈到李光地门下士蔡世远之性情:"(蔡)闻之志气激昂,眼中所少,更沉潜则可大受矣。文中子所云其名弥消,其德弥长,专为近于东汉清流者发药也。"④蔡世远乃理学家,方苞言其"忠信正直",又有着义理学学者一般所具有的"议论慷慨""过于疏阔"的特点。⑤好发议论,本非大病,何焯早年亦是如此,但此日的何焯却认为不妥。这种从"狂"到"谨慎"的转变,固然是因为康熙后期政坛平稳之中却暗流涌动,皇帝威权加重,驭下之策亦逐渐收紧,何焯身在官场,为求生存,不得不学习逢迎世故,如他给友人信中所言"识时务者呼为俊杰,使大冶、东海生今日,亦必洗净面孔,改弦易

---

① 李光地:《与何屺瞻书又一》,《榕村续集》卷一,《榕村全书》第9册,福建人民出版社2013年版,第449—450页
② 如他评价傅山:"景州了无旧帖,仅得见傅青主临王大令字一手卷,又楷书杜诗一册页。王帖极熟,乃是其皮,工夫虽多,犯冯先生楷字之病,不及慈溪先生远甚。楷书专使退笔,求古而适得风沙气,每诗下必记数语,发口鄙秽,烂诋宋贤,则又蟾蜍掷粪也。可惜读书万卷,转增魔焰,二十年袭雷灌耳,一见尽兴矣。"(何焯:《与友人书》,《义门先生集》卷四,清道光三十年姑苏刻本)评价朱彝尊:"竹垞先生近何如?渠所缉《明诗综》,前偶见五六卷,费日力于此,殊不可晓。诗之去取几于无目,高季迪名价,却要松江几社诸妄语论定,即此已笑破人口。其诗话并有即将《列朝小传》中语增损改换,据为己有者,甚矣其寡识而多事也……封面再得渠亲写八分书,便是二绝矣。"(何焯:《家书摘录》,《义门先生集》卷七,清道光三十年姑苏刻本)又:"近来人搬演狠僻书目以相夸,如汪钝翁、朱竹垞辈,皆所谓耳学也"。(何焯:《与徐亮直》,《义门先生集》卷三,清道光三十年姑苏刻本)
③ 何焯:《与徐亮直》,《义门先生集》卷三,清道光三十年姑苏刻本。
④ 同上。
⑤ 方苞:《礼部侍郎蔡公墓志铭》,《方苞集》卷十,上海古籍出版社2008年版,第261页。

调";① 但李光地的言传身教，亦是一个重要的原因。

其次是关于学问文章的教导。李光地以崇奉宋儒著称，但其学又不拘泥于"义理"的探寻，而是注重经典研读，力图深入本源。在与何焯的书信中，李光地多次谈到经学学问："近疾病辛苦，隙中改得《中庸》《春秋》一遍，《春秋》固如鸡肋然未足道，《中庸》亦尚有枝蔓处，恨想去远，不得面质。《周官》想已得其精奥，有著述阐明，能寄示一二否？"② 今何焯回信虽不可见，但在与友人书信中，何焯曾强调"注疏"的重要性，认为读经须将"注疏与宋儒现行者"合看："注疏则其来也远，亦间有七十子后人绪论存其中；宋儒则后来未有能到其地者。"③ 这一意见，当受到李光地的影响。李光地身后，彭绍升所作《事状》中，言李氏门下多"通经之士"如何焯、惠士奇等。④ 可以说，在清前期从"理学"到"朴学"的学问风气的转变中，李氏门下士是一个值得注意的团体，此点容日后有机会展开。又，李光地曾指示何焯注意史部与集部之书："曩会聚时，曾以摘《宋史》、选古文两事相属，日月之暇，且了其以，亦非细故，未知得分神于兹否？"⑤ 这两项工作，何焯虽未完成，但今所存《义门读书记》中，保留了许多李光地论文语，从中可见出何焯对老师的文章见解，十分推服。

再次是李光地对何焯弟子，多有提携。何焯家居期间，所收弟子众多，"著录者四百余人"。⑥ 这些弟子中的出色者，何焯往往将其介绍到李府读书、问学。在何焯写与李光地第二子的书信中，提到的弟子有陈汝楫、陈景云、蒋杲、陈瑛、陈恪等。对何焯所引荐的弟子，李光地及李府子弟大多给予关照。如陈汝楫，康熙三十九年由何焯荐

---

① 何焯：《与徐亮直》，《义门先生集》卷三，清道光三十年姑苏刻本。
② 李光地：《与何屺瞻书又四》，《榕村续集》卷一，《榕村全书》第 9 册，福建人民出版社 2013 年版，第 451—452 页。
③ 何焯：《与徐亮直》，《义门先生集》卷三，清道光三十年姑苏刻本。
④ 彭绍升：《故光禄大夫文渊阁大学士李文贞公事状》，《二林居集》卷十五，清嘉庆味初堂刻本。
⑤ 李光地：《与何屺瞻书又七》，《榕村续集》卷一，《榕村全书》第 9 册，福建人民出版社 2013 年版，第 454 页。
⑥ 李元度：《何义门先生事略》，《国朝先正事略》卷三十三，清同治刻本。

入李府,① 何焯丁忧家居时,陈汝楫仍留李府。李光地给何焯书信中,对其褒扬有加:"季方留此,为之觅馆,其人志趣不俗,而能思索,将来名世佳士也。"② "季方在此亦半载,读《易》及宋人诸书契,殊悟彻。此人淳意未浇,而又不以义理为厌,长此不懈,殆书种也。"③ 又如蒋杲,亦由何焯推荐入李府,康熙五十一年,李光地曾为蒋杲母五十寿辰作诗祝寿,诗中说:"吾友何屺瞻,设教姑苏城。其徒八九辈,尽为天下英。或能熟纪载,或能妙唱赓。晚更拨其华,驱之以穷经。柳州有家法,韩门互自名。拥比浑无迹,曳笁何须惊。就中制艺者,直蹂王、钱庭。曰金又曰蒋,举德如輶轻。"④ "蒋"为蒋杲,"金"为蒋杲之师金来雍,亦为何焯门徒,与蒋杲同时进入李府。⑤ 此诗言辞蔼然,可见李光地对何焯诸弟子的熟悉与爱护。

在何焯一方面,除与老师讨论学问、为老师刊刻书稿外,还广泛参与了李府的日常事务。如何焯给李光地之子的信中有一段话:"所谕备物,几番搜索,业少佳者,价亦腾贵……弟耳目又狭,向年曾见者,惟姜氏有赵子昂白描夫子圣像一轴,黄氏有邱长春西江月大字横卷二种,其价皆在三十金左右。但圣像不知于嵩祝为宜否。邱书颇奇伟,质于缪念斋令郎处。吕无党令郎有宋板《近思录》一部,与杂书三种,质于马仲安处,需银二十七两赎出。书则弟未经到眼也。此外意中无他物,当自此留心潜访,务在价不极昂,又不碍儒臣本色

---

① 陈汝楫婿韩骐《赏诗阁集后序》有言:"庚辰馆保定,适安溪李文贞公抚畿甸,方以诚明敬义之旨倡导来学,先生修谒,遂执弟子礼。相契转深,不数年而由堂入室矣。"见韩骐《补瓠存稿》卷六,清乾隆刻本。庚辰,为康熙三十九年。李光地于康熙三十七年十二月出任直隶巡抚。
② 李光地:《与何屺瞻书又十》,《榕村续集》卷一,《榕村全书》第 9 册,福建人民出版社 2013 年版,第 456 页。
③ 李光地:《与何屺瞻书又十二》,《榕村续集》卷一,《榕村全书》第 9 册,福建人民出版社 2013 年版,第 458 页。
④ 李光地:《寿蒋子遵母五十》,《榕村全集》卷三十六,《榕村全书》第 9 册,福建人民出版社 2013 年版,第 352 页。此诗题下注曰:"壬辰年。"
⑤ 蒋杲生平,见下文考述。金来雍,何焯《与友人书》:"蒋生同来者业师金生来雍,亦是旧学徒,尚是章、安公同时会考人。中间懒废,近因蒋生用功,转复奋发。才虽不高而行文简质,不染俗下恶气味。其人生长乡曲,不娴礼节,然朴愿而虚心,有可嘉者。望一视而奖成之。"《义门先生集》卷四,清道光三十年姑苏刻本。

者,乃妥耳。"① 依此语意,当是替李光地备办万寿节礼,其中"务在价不极昂,又不碍儒臣本色"之语,见出何焯为老师考虑得极为周到。

全祖望在《答诸生问榕村学术帖子》中,谈及李光地"大节为当时所共指,万无可逃者"②,有卖友、夺情、外妇之子来归三事。又言:"外妇之子,其一以游荡殒命京师,其一来归承祧。何学士义门,其弟子也,亦叹曰:'学道人乃有是!'"③ 据此,似乎何焯在"外妇之子"一事上对李光地颇鄙薄。实际上何焯对此事态度,并不如全氏所言。《义门先生集》卷四《与友人书》中,何焯对李光地二子谈及此事:

> 连舍世兄认归极佳,弟从前亦微闻之于小金,乃渠与小价、戴五私言如此。即未敢遽信,意中欲待与世得大兄熟商,得其禀命老师而后尽善。机会参差,忽忽不果。弟以恤归,又不敢布之书札。见二兄所示之详,不觉俯仰存殁,挥涕而已。以老师之盛德,固宜造物之巧于斡旋也。然老师家事与寻常人不同,皇上但知其无子,不知一旦忽复有子也。要须俟造膝从容启奏明白,然后万妥。此固无不可言,亦可以见生平无隐情匿己之私也。未审尊意以为何如?④

可见何焯初闻李光地有"外妇之子"时,即希望其归宗,只是不得机缘。此子来归后,何焯更多的是为父子团圆而感到庆幸、感动,并不觉得此事影响了老师的"盛德"。非但如此,他还设身处地,为李光地策划如何向康熙帝说明此事,以保全令名的方法。在这里,何焯体现出了对李光地一以贯之的信任、尊重,以及对人情的通达理解,而非道学家的严厉刻板。

---

① 何焯:《与友人书》,《义门先生集》卷五,清道光三十年姑苏刻本。
② 全祖望:《答诸生问榕村学术帖子》,《全祖望集汇校集注·鲒埼亭集外编》卷四十四,上海古籍出版社 2000 年版,第 1698 页。
③ 同上。
④ 何焯:《与友人书》,《义门先生集》卷四,清道光三十年姑苏刻本。

### 三 何焯与吴地文人

何焯生长吴门，康熙二十三年后虽大部分时间在京城，但仍与籍贯为吴地的众多文人有较为密切的来往。其中重要者有以下几人。

徐葆光，字亮直，吴江人。康熙四十四年，康熙南巡，以诸生献诗赋，被取至京。康熙四十七年举顺天乡试。康熙五十一年会试落第，钦赐一体殿试，成进士第三人，授编修。康熙五十七年，奉旨充册封琉球副使。历二十余年不迁，以病告归。乾隆初，起授御史，寻卒。有《二友斋集》《海舶三集》。《（同治）苏州府志》卷八十八有传。王鸣盛言其"古文辞纯明峻洁，诗尤雄健焉，出入眉山、剑南之间"。[1] 他出使琉球后所撰《中山传信录》，被称为"考据精博，为向来所未有"。[2] 徐亮直亦为李光地门下士，而其入李氏门下，似出于何焯推荐。徐氏中探花后，何焯曾写信给李光地二子，一方面感谢提携之恩："亮直素蒙二兄推分，收之谱末。此番叨在三人之列，定出师门恩知，然弟不敢于禀报中辄叙感私者，缘大人长者之意，于此等事每推而远之，不欲以为己德故也。"另一方面，请求李家继续给徐氏以扶助："更求二兄始终提诲，勉以谦谨廉静，戒目前之覆辙。"[3] 道光三十年刊《义门先生集》中，收有《与徐亮直》书信一组，共十四通，所讨论者涉及立身处世、时文评选、对朝中人物的品评及家常琐事，可见二人关系之密切。

蒋深，字树存，号苏斋，长洲人。生于康熙七年。居苏州城西北桃花坞，家有交翠堂、倚梧巢、西畴阁、苏斋等，总名"绣谷"。为诸生时，与徐亮直、惠士奇、李绂等人游。[4] 康熙四十七年入国子监，被荐入武英殿修《书画谱》《佩文韵府》等。康熙五十一年，出为贵

---

[1] 王鸣盛：《翰林院编修徐君像赞并序》，《西庄始存稿》卷三十八，清乾隆三十年刻本。
[2] 冯桂芬：《（同治）苏州府志》卷八十八徐葆光传，清光绪九年刊本。
[3] 何焯：《与友人书》，《义门先生集》卷五，清道光三十年姑苏刻本。
[4] 李绂《蒋树存七十寿宴序》："康熙辛巳秋，余檗被游学吴门，年才二十有七。与徐子亮直、惠子仲儒等数人并治诸生业，谭艺砺学，结诗文之会。因得交于树存蒋君。"康熙辛巳，为康熙四十年。此文收入《穆堂别稿》卷二十六，《续修四库全书》第1422册，上海古籍出版社2002年版，第429页上—430页下。

州余庆令。再迁为山西朔州知州。乾隆二年卒于家。工诗文，善画，精隶书。有《绣谷诗钞》。夫人李氏，亦出自大家，内侄李锦，字絅文，康熙五十四年会元；李文锐，字鼎臣，康熙五十四年进士。蒋深子仙根，贡生，工书。孙业鼎，字升枚，诸生，为王鸣盛弟子，与钱大昕、王昶等交好，王昶有《蒋升枚墓表》。蒋深为徐亮直姻亲，由此与何焯亦有往来。①

惠士奇，字仲孺，一字天牧，吴县人。生于康熙十年。康熙四十七年举乡试第一，康熙四十八年成进士。官至侍读学士。乾隆六年卒。惠氏为经学大家，人称红豆先生。父周惕、子栋，亦均以经学名世。《义门先生集》中有《答惠天牧庶常》一通，据其中"荣迁未及走贺"语，可知此信作于康熙五十一年，惠氏教习庶吉士期满，授翰林编修不久之后。信中论及文事："沈浸含咀，以继鲍庵、守溪前辈之绪，所望惟在老先生一人而已。"又说："小题刻本，缘侯老师安溪相国寄示近作，停工未成。此腹殊空，何敢辄议著述。伏承垂问，惟有战汗。"前一句所言守溪、鲍庵，均为吴门先贤。守溪，即王鏊，鏊字济之，号守溪，吴县人，明成化十一年进士。鲍庵，即吴宽，字原博，号鲍庵，长洲人，明成化八年会、状元。王、吴二人均以文章名世，王鏊为成化、弘治间时文大家，吴宽亦"以文章德行负天下之望者三十年"②。何焯以王、吴相期惠氏，又郑重讨论时文刊刻事，可见康熙末年吴地士人的经学路径，与时文写作有密切关系。

汪份，字武曹，长洲人。生于顺治十二年，为明广东布政使汪起凤之孙，古文家汪琬之侄。康熙二十五年拔贡，康熙四十二年进士，康熙五十二年授编修，康熙六十年冬授云南学政，未到官即卒。汪份与戴名世、方苞交好，论文观点亦相近，可算作广义的早期桐城派人物。李元度《国朝先正事略》汪份事略言："当丁卯、戊辰间，吴中以文学知名者，先生与常熟陶子师、同邑何屺瞻称最。"③ 丁卯、戊

---

① 何焯《与徐亮直》："树存令亲家抵家，得略悉足下近况。"《义门先生集》卷三，清道光二十年姑苏刻本。
② 王鏊：《（正德）姑苏志》卷五十二吴宽传，《景印文渊阁四库全书》第493册，台湾商务印书馆1986年版，第996页下。
③ 李元度：《国朝先正事略》卷四十，清同治刻本。

辰，为康熙二十六、二十七年，此时汪份、何焯均为太学生。汪份早年性情，亦是狂生一流，故与何焯相得。二人又皆致力于时文评选，在选事上亦有交流讨论。① 何焯入侍内廷后，对汪份进行了力所能及的揄扬，自言"弟推扬武曹，亦不遗力，唯天可表也"。②

何焯在苏州乡居期间，曾设塾教学，众弟子中，与何焯关系较密切的有以下几人。

蒋杲，字子遵，长洲人。为明崇祯年间天津兵备参议蒋灿四世孙。③ 康熙五十二进士，历户部郎中，出为广东廉州知府，以罣误罢用。《（乾隆）江南通志》卷一百四十一、《（同治）苏州府志》卷八十八有传。蒋杲为何焯丁忧家居间所收弟子，从《义门先生集》所收何焯致蒋杲诸札看，蒋杲一家似担负着何焯的衣食供养之责，如："此间十二日便已下霜，且结薄冰，气候陡冷。赖令叔祖厚意，又为我制一大毛外套，将来不至受冻。但暖帽貂领俱未有，不好仍去累他，昨令家人从足下处告贷三两银，托纯锡甥买了寄来，当与此信俱到也。"④ 又："过蒙尊大人老表兄手书见存，且加周恤，乞于过庭时从容先致感愧之私，俟有南归便人，当奏记耳。"⑤ 又："诘朝钱米俱匮，不得不告急于足下，得暂那一二金以济然眉之厄，则举家被其赐矣。"⑥ 此数条均写于何焯第一次被荐在都期间。可见蒋家对何焯及留在苏州的何焯家人均有关照。此外，蒋杲还曾为何焯所办之书坊出赀刻书，如何焯在与徐亮直的信中曾提到，蔡世远欲刊刻时文选本

---

① 何焯《与徐亮直》："荆山宇内知名，奈何不刻一作相见，望为促之。渠平旦之气文最为世所称，然'与日夜之所息句'断乎接不上。昨质之武曹，亦以为然。"见《义门先生集》卷三，清道光三十年姑苏刻本。荆山，即吴士玉，字荆山，吴县人，康熙四十五年进士，雍正时官礼部尚书。吴氏少时以时文名，亦曾从事选事，所选《箧中集》盛行一时。

② 何焯：《与友人书》，《义门先生集》卷四，清道光三十年姑苏刻本。

③ 蒋灿，字弢仲，崇祯元年进士，历官余姚知县、上蔡知县、兵部主事、兵部员外郎、郎中、天津兵备参议。后坐事谪福建。明亡后杜门养母，年六十九卒。《（同治）苏州府志》卷八十七有传。

④ 何焯：《与蒋子遵书》，《义门先生集》卷六，清道光三十年姑苏刻本。

⑤ 同上。

⑥ 同上。

《鸣玉集》,而苦无资金,何焯便"亦劝蒋子遵出赀刊刻"。①

作为回报,何焯亦为推荐蒋杲颇费心力,《与友人书》言:"蒋生子遵向辱奖成,又俾其文得至于老师之前,其铭感实非常辞所喻。今其随计也,所依归者首在二兄与絅斋,惟推心训诲之,得略知文章正派,则如弟身被教育之泽也。弟不量轻妄,场后每思令此生求见老师,禀帖中已辄及之,倘万有一,幸老师不见责而固拒,望二兄更左右之。弟亦转托絅兄率之以造阶下也。蒋生读立侯世兄文,深为敬慕,亦欲先得一见。弟知立侯世兄不轻接杂人,然蒋生犹如弟家子弟,或可容其到书馆中乎?"② 二兄,应为李光地二子。立侯,即李清植,为李光地之孙。③ 此后蒋杲入李府,得到李光地的赏识,李光地曾为其母寿辰作祝寿诗,见本节前述。今《义门先生集》中,收有《与蒋子遵书》一组,共八通。

陈汝楫,字季方,号需斋。吴县人。生于顺治十七年。④ 弱冠从何焯学,年二十四入京师,为国子监生。其文章受到韩菼的赏识。康熙三十九年投入李光地门下。李光地曾荐其修《周易折中》。终老未得一第,卒于家。有《赏诗阁集》《周易札记》《禹贡札记》《四书札记》《史汉札记》《三国志札记》等。《(同治)苏州府志》卷八十二有传。婿韩骐,为韩菼从子,字其武,号补瓢,诸生,有《补瓢存稿》,钱大昕为撰墓志铭。⑤ 韩骐次子韩是升,字东生,号旭亭,曾为礼恭亲王府西席,亦工诗,有《听钟楼诗稿》,王芑孙为撰墓志。⑥ 是升次子韩崶,字桂舲,嘉靖间曾任广东巡抚、刑部尚书,《清史稿》

---

① 何焯:《与徐亮直》,《义门先生集》卷三,清道光三十年姑苏刻本。
② 何焯:《与友人书》,《义门先生集》卷四,清道光三十年姑苏刻本。
③ 李清植,字立候,一字穆亭,生于康熙二十九年,幼失怙恃,十二岁时即随侍祖父于直隶总督府邸。雍正二年成进士,官至礼部侍郎。乾隆九年卒。庄亨阳有《礼部侍郎李公穆亭墓志铭》,收入闵尔昌《碑传集补》卷三,民国十二年刊本。
④ 韩骐《陈母程太君六十寿序代》:"岁己酉,徽君年六十,余方被命主江南试。"《补瓢存稿》卷六,清乾隆刻本。此序为代李清植撰,李曾任雍正七年己酉科江南乡试副主考。据此可知陈汝楫生于顺治十七年(1660)。
⑤ 钱大昕有《赠儒林郎刑部云南司小京官加一级补瓢韩先生墓志铭》,言韩骐卒于乾隆十九年,曾受知于顾嗣立、张伯行。见《潜研堂集》卷四十四,上海古籍出版社1989年版,第793—795页。
⑥ 王芑孙:《韩封君墓志铭》,《渊雅堂全集》编年文续稿,清嘉庆刻本。

有传。《义门先生集》中收有何焯致陈汝楫书信三通。

陈景云，字少章，吴江人。生于康熙九年。诸生。曾游京师，屡试不第，四十后归乡，乾隆十二年卒，年七十八。① 私谥文道。景云早岁从何焯学，博通经史，有《读书纪闻》《纲目订误》《两汉举正》《三国志举正》《韩集点勘》《柳集点勘》《文选举正》《通鉴胡注举证》《纪元要略》《群经刊误》等，合称《文道十书》。《（同治）苏州府志》卷八十八有传。《义门先生集》中收有何焯致陈景云书信两通。

沈彤，字冠云、果堂，吴江人。生于康熙二十七年。乾隆元年，以诸生应博学鸿词试落第。与修《三礼》及《大清一统志》，书成，授九品官，辞归著书。乾隆十七年卒，全祖望为撰墓志。② 沈彤深于经学，尤长《三礼》。其学方苞、李绂皆称之。有《果堂集》。沈彤为何焯弟子，江藩《国朝汉学师承记》沈彤传言："康熙、雍正间，何学士焯以制义倡导学者……弟子中惟陈季方、陈少章及彤最知名。季方工文词，少章精史学，彤独以穷经为事。"③ 认为沈彤能得何焯经学之传。

何焯对诸弟子的教导，涉及经史及立身处世等多个方面，其中关于经学、时文的具体意见，本章第二节将会涉及。此外，《义门先生集》中还有多处对弟子们学风问题的评价，不少片段颇具"严师视角"，如："（季方）自臬司离家后，馆地不静，举业颇荒，近日偶做数篇，气色乃如其姓。义理又无发明，不僧不俗，恐又虚掷三年，为之奈何！程子所谓'扶起一边，又倒一边'，真今日少年家通病。"④ 又谈及陈汝楫的性情之偏："（季方）性躁而傲，不识物情。既不托形势，又未有名声，读书苦不多，自谓莫己若。前在文懿家，蒋扬孙答拜稍迟，便将他一本诗涂乙殆尽。平心论之，扬孙诗虽不耐检点，而笔路松活，无恶种子在内。只少年轻浅，不求前辈磨切故耳。如季

---

① 陈景云生卒年，据钱大昕《疑年录》卷四，清嘉庆刻本。
② 全祖望：《沈果堂墓版文》，《全祖望集汇校集注·鲒埼亭集》卷二十，上海古籍出版社 2000 年版，第 361—363 页。
③ 江藩：《国朝汉学师承记》卷二，中华书局 1983 年版，第 30 页。
④ 何焯：《与李世得书》，《义门先生集》卷六，清道光三十年姑苏刻本。

方尚去之甚远。"① 对陈景云，何焯的评价也不高，如："少章文亦苦涩寥落"。② "少章精神短而太懒，亦只好读书自了。"③ 而晚清李慈铭梳理吴地经学脉络，曾有"筚缕始何氏义门，文道弥便便陈氏景云"④之语，可见何焯弟子在传承学问方面，并没有辜负老师的期待。

### 四 何焯与桐城派文人

何焯与早期桐城派文人发生交集，最早是在国子监期间。康熙二十四年，何焯与戴名世、朱书、刘岩等同被拔取为贡生，次年入监读书。诸人以气节、学问文章相砥砺，同被京城士林目为"狂生"。国子监学业结束后，诸人或作教习，或入幕，或往返于各地，相聚日少，但仍互通音问。《义门先生集》中，何焯提到的桐城派文人有方舟、方苞、刘岩、汪份、王源等。刘岩在康熙后期，常往来于李光地府中，⑤ 故与何焯有较多机会相聚。

何焯与早期桐城派诸人之间的交往，除朋友之间的日常问候外，主要与他所致力的时文评选、刊刻事业有关。在康熙三十年以前，何焯与同为选家的戴名世、汪份，就选文标准问题进行过多次讨论，如康熙二十六年冬，汪份南还，戴名世为其作序送行，以"正文风"与汪份、何焯相期许：

> 国家以制科取天下之士，而举业之文，皆有选本行世，则多吴中之士为之，号曰选家，以此知名当世。于是竖儒小生，皆得登坛坫、据皋比，开口说书，执笔校文。盖吴中名士，大抵如此。四方书贾，买船赁车，重茧而至，捆载而归，天下无有才人志士能辨别其是非，子父朋友交口教授，遂至流荡而不可返。盖名士之祸，其烈如此。吾友汪君武曹，慨然思有以救之，于是取

---

① 何焯：《寄弟书》，《义门先生集》卷七，清道光三十年姑苏刻本。
② 何焯：《与李世得书》，《义门先生集》卷六，清道光三十年姑苏刻本。
③ 何焯：《寄弟书》，《义门先生集》卷七，清道光三十年姑苏刻本。
④ 李慈铭：《题伯寅藤阴老屋勘书图》，《白华绛柎阁诗集》卷癸，清光绪十六年刻越缦堂集本。
⑤ 李光地：《与何屺瞻书又十二》："余则大山时常过语。"《榕村续集》卷一，《榕村全书》第9册，福建人民出版社2013年版，第458页。

> 孔、孟、程、朱之道，与夫左、庄、马、班、欧、曾之旨，发皇恢张，以正告天下。天下之士，必有闻武曹之风而兴起者。余以是于吴中之士独贤武曹。武曹色和而貌恭，然其气稜稜不可自遏抑，其于非道之富贵，张目视之而不屑也。尝为余称何君屺瞻之贤，屺瞻好骂人，亦以气自豪者，吴中之名士多恶之。呜呼！士之贱久矣，则岂非名士之罪欤？武曹实痛心焉。余之在江北，犹武曹、屺瞻之在吴中也，孤另独往，而欲支撑坏败，以为乡党之笑者，又岂特文章之区区是非而已哉？①

此段引文中，戴名世郑重提出了选家的职责问题。时文有选本，始于明万历年间。② 至明末，选家已成为文坛一股极为重要的力量。天启、崇祯年间著名选家艾南英即认为："今天下之为选政者，以草莽而操文章之权，其转移人心，乃与宰执侍从及提学使等。"③ 戴名世亦认为选家对文风具有极大的影响，但这种影响，往往是坏的、不正当的，是天下之"祸"。因此，他要承担起选家真正的责任，以"孔、孟、程、朱之道"，以及"左、庄、马、班、欧、曾之旨"，也即宋儒之义理与秦汉唐宋以来的古文辞，"正告天下"，并把汪份、何焯引以为"孤另独往""支撑坏败"的同道。

康熙二十八年，吴地友人为戴名世带来何焯所选之《行远集》，戴名世读后颇感慨，于是致书何焯，对彼此相同的"世人皆欲杀"的处境表示感慨，并对何焯"昌言正告，举向之所为妄庸相授者，一举而廓清之"的工作表示赞叹。同时，也对何焯此选本的去取标准提出异议：

> 集中所载，有云："经义始于宋，作者但依傍宋人门径足矣，唐已不近，况高谈秦汉乎？"足下之言云尔，余以为非也。夫自

---

① 戴名世：《送汪武曹序》，收入上海图书馆藏萧穆编《潜虚先生文集补遗》，转引自[法]戴廷杰《戴名世年谱》，中华书局2004年版，第152页。
② 参见顾炎武《日知录》卷十六"十八房"条，《日知录集释》（全校本），上海古籍出版社2006年版，第935—937页。
③ 艾南英：《甲戌房选序下》，《天佣子集》卷一，艺文印书馆1980年版，第131页。

周秦汉以来，文章之家多有，虽其门户阡陌各别，而其指归未有不一者也。即宋人之门径，未有不本之于周秦汉唐者。今必区而别之，是为今之名士低就一格，以为其妄庸地也。圣人之道衰，至宋之儒者而发皇恢张，始以大明于天下，故学者终其身守宋儒之说足矣。至于文章之道，未有不纵横百家而能成一家之文者也。①

针对何焯时文文辞应"依傍宋人"的观点，戴名世认为，宋儒之义理固然不可谤议，但在文辞上，却须博采众长，不能局限于宋人。这一分歧，与二人各自的学问趋向，以及对时文文体的理解有关。何焯治经，义理与注疏并重，其论时文，虽不废文采，但更强调时文发明经旨的功用（此点下文将详论）；而戴名世以史学、文学见长，其论时文，虽亦以时文为通往学问"大本大源"的工具，但更偏重于文章的辞采、气势，如其《意园制义自序》，认为自己时文的长处，在能摹写一种"可喜可愕不可胜穷"之意境："其或为海波汹涌，风雨骤至，瀑泻岩壑而湍激石也；其或为山重水复，幽境相通，明月青松，清泠欲绝也；其或为远山数点，云气空濛，春风淡荡，夷然倏然，远出尘外也；其或为江天万里，目尽飞鸿，不可涯涘也；其或为神龙猛虎，攫挐飞腾，而不可捕捉也；其或为鸣珂正笏，被服雍容；又或为含睇宜笑，绝世而独立也"，总之，是"意度各殊，波澜不一，不可以一定之阡陌畦径求也。"②这种韵味悠远、意境神变的文风，是辞章家的做派，与何焯理法家的路数不同。

尽管有"理"与"辞"的分歧，在推崇"先正典型"的大方向上，诸人却并无异见。康熙三十三年，汪份在苏州选编隆庆、万历两朝文为《庆历文读本》，刻成之际，戴名世路过苏州，应邀为此选本作序，序中回忆了自己少年时对"两朝诸先辈之文，心摹手追，奉以为程式"的经历，并指出，有明时文，以隆庆、万历两朝为最盛，时

---

① 戴名世：《与何屺瞻书》，《戴名世集》卷一，中华书局1986年版，第19页。
② 戴名世：《意园制义自序》，《戴名世集》卷四，中华书局1986年版，第123—124页。

文体制在此时得以成熟、完备。天启、崇祯年间,虽亦有特出之作者,但"其源流指归,未有不出于先辈者"。之后郑重呼吁:"为文而不本之于先辈,则必破坏其体,灭裂其法,其卑者蹈常习故,既奄奄而不能振,而好高者又钩奇索隐,失之于怪迂险贼而不可以训,无惑乎文字愈变而愈下也。"① 何焯亦将"先正典型"视为文章标准,多次表明对"庆历法脉"的肯定。在"揣摩"之风盛行,"新科利器"大行其道之日,诸人对"先辈之文"的揄扬,确实需要一定的勇气,体现了他们共有的维挽风气的责任感和使命感。

以"理"为关注点,何焯对以"辞"与"情"取胜的桐城诸家的文章,并不怎么佩服,曾言:"胡袭参文则常见之,既无真理法,亦少启、祯间假议论,远不如灵皋。灵皋尚有几句浮面议论。止笔路稍清拔耳。"② 胡袭参,名宗绪,字袭参,桐城人,康熙五十年举人,雍正八年进士,授编修,官至国子监司业。《清史稿·文苑传》《桐城耆旧传》卷九有传。胡宗绪与方苞、刘大櫆同时,而文章旨趣不同,方、刘尚八家,而胡氏文宗秦汉,"不阑入唐以后语"③,马其昶认为其"古藻"要超过方、刘,④ 为"能自立"之人。⑤ 而何焯在古文方面偏好唐宋文,《义门读书记》中对韩、柳、欧、曾之文都有细致评点,因此对胡氏之文评价颇低。对方苞文章,虽未赞扬其"理法",但认为文中的"议论"也即说理的逻辑、气势还是可取的。

平心而论,就"文辞"方面的成就而言,《义门先生集》所收书信、序跋,在结构安排、字句锤炼上多不精心,文气散漫不振,不如戴名世、方苞远甚。章学诚批评乾隆时学者之文"贪多务得""不惮词费",⑥ 此一弊病,在何焯文中亦颇明显。孟森曾评价何焯"文格

---

① 戴名世:《庆历文读本序》,《戴名世集》卷四,中华书局1986年版,第106—107页。
② 何焯:《与徐亮直》,《义门先生集》卷三,清道光三十年姑苏刻本。
③ 马其昶:《桐城耆旧传》卷九,黄山书社1990年版,第321页。
④ 同上。
⑤ 同上书,第322页。
⑥ 章学诚:《古文十弊》,《文史通义校注》卷五,中华书局1994年版,第507—508页。

甚卑"①，不为苛论。但在"文辞"之外广义的"文章"领域，何焯却有一些精彩的观点，可与桐城派诸人相比并。如李光地曾以编撰明史编年一事委托何焯，何焯回信敬谢不敏，认为编年史的撰写较纪传体更难："纪传之与志，得互为详略，编年必举撮纪传与志之要领。今《明史》之告成无期，诸志无从而见也。《地理志》不熟，不可纪战功；《食货志》不熟，不可以料财用；《沟洫志》不熟，不可以稽水利。其他或犹可寻行数墨而为之，若三者，岂区区《实录》所载数句断烂朝报，便足究利害、明劝戒哉！窃尝论之，胸中非先有一代之志者，难为一代之纪传，其事变不悉故也……凡史家所难，在乎旁贯五经，上下洽通，叙致之工拙，固特其末务矣。"②此段中所言作史者需通晓一代地理区划、经济制度、水利设施的观点，与戴名世《史论》中对作史者须将"一代之政治典章因革损益之故"③了然于心的要求，虽侧重不同，但却都指向一种宏阔、错综复杂而非单一狭窄的史学视野与史著风格。这种文风，与方苞《古文约选序例》中所说的"瑰丽浓郁""自然而发其光精"④的古文高境也是相通的。

康熙五十年，《南山集》案发，方苞、刘齐、朱书、王源等戴名世友人均牵连入此案。刑部关于此案审理的初次题本中，对戴名世文集内涉及的韩菼、汪份等三十七人给予"无庸议"的处理。⑤此三十七人名单，原疏未一一列举。《南山集》中亦收有与何焯书信，何焯之名，未知是否在这三十七人中。今《义门先生集》中《与友人书》，有"宝翰楼主人昨又提往扬州矣。前番止于县中拘唤，取保候质，今则老命不知如何"⑥之语。康熙四十一年，戴名世《南山集偶

---

① 孟森：《己未词科录外录》，《明清史论著集刊》，中华书局2006年版，第492页。
② 何焯：《上安溪先生书》，《义门先生集》卷三，清道光三十年姑苏刻本。
③ 戴名世：《史论》，《戴名世集》卷十四，中华书局1986年版，第405页。
④ 方苞：《古文约选序例》，《方苞集·集外文》卷四，上海古籍出版社2008年版，第614页。
⑤ 哈山等：《审拟戴名世〈南山集〉案题本》，《清代文字狱档（增订本）》，上海书店出版社2011年版，第956页。
⑥ 何焯：《与友人书》，《义门先生集》卷五，清道光三十年姑苏刻本。

钞》在苏州宝翰楼刊刻。何焯此书作于康熙五十年居乡期间,① 所言宝翰楼主人被提审,当即因《南山集》案一事。前文曾提到何焯晚年狂生心态的收敛,成因众多,昔日友人惨遭文字祸事,或许也是一个重要的原因。

## 第二节　作为选家的何焯

在乾嘉及其以后学人眼中,何焯的学问长处在经史校勘,但在康熙年间,何焯选家的身份可能更为人所熟知。韦胤宗认为何焯学术转向在康熙三十一年之后,证据是何焯自述在康熙二十四年遇阎若璩后,即转向精研经史。② 实际上,这一结论具有片面性。评选时文,几乎贯穿了何焯的一生,在《义门先生集》所收的书信里有许多证据,可以证明何焯在康熙三十一年后仍在进行时文评选的工作。康熙三十一年之前,何焯并未因评选时文而不关注经史学问,之后,也并未因校勘经史而放弃评选时文。校勘经史与评选时文,在何焯这里是并行不悖的。关于何焯对时文的意见,学者多不措意,我们认为,这一部分言论,在何焯现存文字中极多,其中包含着丰富的关于经学、文章学的见解,值得单提出来论述。

### 一　时文与经学

何焯对时文的态度,与当日许多立志于经学古文,但又不得不学习时文的士子相似,即一方面认为时文在学问序列中处于低端,不值得将心血全部托付于此,如《与徐亮直》:"八股既为时尚,将来略作几篇亦佳,只是解书要紧。"③ 另一方面,他对时文又非一味鄙弃。究其原因,一在于时文是博取功名、谋求生计之具,如他曾劝友人应

---

① 此通信之下一通,提到李光地此年"大寿",李光地为明崇祯十五年(1642)生人,康熙五十年(1711)年正值七十寿龄。何焯:《与友人书》,《义门先生集》卷五,清道光三十年姑苏刻本。

② 韦胤宗:《何焯与〈通志堂经解〉之关系及清人对何焯之评价》,《古籍研究》2013年卷,总第六十卷。

③ 何焯:《与徐亮直》,《义门先生集》卷三,清道光三十年姑苏刻本。

试以娱亲："太夫人体中向愈，足下安心作下场事，博一名低进士，胜十换金参也。"① 又曾对另一位友人说："金先生想此兴未阑，精力犹壮，何妨逢场作戏。使程朱生此时，亦必应举，伊川本亦中嘉祐二年进士，特殿试时与明道差池其羽耳。坐邀蒲轮，恐不可施之唐宋以后也。"② 此两句口吻，与《儒林外史》中马二先生规劝匡超人的"你回去奉养父母，总以做举业为主……那害病的父亲睡在床上，没有东西吃，果然听见你念文章的声气，他心花开了，分明难过也好过，分明那里疼也不疼了"③，以及规劝蘧公孙的"就是夫子在而今，也要念文章、做举业，断不讲那'言寡尤，行寡悔'的话"④ 之语，几乎如出一辙。当日大多数读书人要想生存，必须经此一途，此乃身不由己、无可奈何之事。

另一重原因，则是抛开功名因素，时文本身亦值得郑重对待。时文题目取自经典，内容需阐发圣贤精微之义，因此时文与经学之间天然有着密切联系。由时文而上溯儒家经典，是清代许多学者所共有的思路，如何焯所敬重的老师李光地即认为："制义之根本六经也，其门户先儒也。讲诵而思索之，固即汉宋所谓专经之艺、穷理之功也……吾所为汲汲焉勉子弟以制举业者，欲其借此以通经焉尔，循是以辨理焉耳。"⑤ 本书第三章所论戴名世、方苞等的时文改革，也大致遵循了这一思路，不过是更偏重"古文辞"的方面而已。何焯亦认为："《近思录》者，四子之阶梯，四子者，六经之阶梯。朱子作《集注》，又约《近思录》之要以附焉。士子诚讲明《集注》，以上溯六经，非先河后海之学乎？"⑥ 时文需依照《集注》敷衍，而《集注》是通往《四书》与六经的必由之路。因此，八股时文具有庄重的意义，值得认真对待。

---

① 何焯：《与徐亮直》，《义门先生集》卷三，清道光三十年姑苏刻本。
② 何焯：《与某书》，《义门先生集》卷七，清道光三十年姑苏刻本。
③ 吴敬梓：《儒林外史》第十五回，人民文学出版社1958年版，第170—171页。
④ 吴敬梓：《儒林外史》第十三回，人民文学出版社1958年版，第148页。
⑤ 李光地：《成絅斋制义序》，《榕村全集》卷十二，《榕村全书》第8册，福建人民出版社2013年版，第314页。
⑥ 何焯：《两浙训士条约（代颜学山学使作）》，《义门先生集》卷十，清道光三十年姑苏刻本。

作为康熙间著名时文选家，以时文为经学之阶梯，可以说是何焯时文评选活动的指导思想。其康熙三十八年所作《行远集序》中写道：

> 由道一而后经明，士以能言经之义获升，背乎道者宜无所容。然而思不深则浮，意不达则晦，识陋则寡要，养失则难驯，浮毁于似，晦即于蔽，寡要启歧，难驯诲驳，自其盛犹有颇焉，而况华巧代扇，朴雕质灭，几何不分而驰哉。虽然，道不变也，反而折诸经斯一矣。始吾随俗为经义，华于溺，巧于戭，匪是若弗慊。乙亥冬，学习复乐记，至于奸声正声感应之际，废卷而叹，悔向之弦郑卫于孔墙也，日奔驰而道则亡。乃尽屏丛说，更取圣人贤人之经读之，反复乎训故，会通乎条理，得其大体。道本浸出。于是截伪放淫，凡是且非，依经以定。……呜呼！非经何义，儒先既造道，而解经为之义者，即以经核乎道之合离焉。①

从这段序文中可知，何焯对时文的理解，经历了一个从追逐"华巧"到重视"朴质"的过程。乙亥为康熙三十四年，也即何焯初入李光地门下之时。"解经为之义者，即以经核乎道之合离焉"，即以读经明道为作文之根本方法。这与上引李光地勉励士子藉时文而"通经"的意见类似。因此，何焯时文观念的这一转变，很可能是受到了李光地的影响。

关于"读经"之法，何焯在《杂说》中曾指出："《四书》《六经》及濂、洛、关、闽之书，人须终身艺之，如农夫之终岁而艺五谷也。……艺之之法，一曰熟诵经文也，二曰尽参众说而别其同异、较其短长也。三曰精思以释所疑，而犹未敢自信也。四曰明辨以弃所非，而犹未敢自是也。"② 此四种方法中，"熟诵经文"是第一步的童蒙功夫；"尽参众说而别其同异、较其短长"，上升到了"学"的层面，涉及的"众说"，可以是文字训诂，也可以是义理阐释；"精思以释所疑""明辨以弃所非"，则进入了"博而返约"的更高层次，

---

① 何焯：《行远集序》，《义门先生集》卷一，清道光三十年姑苏刻本。
② 何焯：《杂说》，《义门先生集》卷十，清道光三十年姑苏刻本。

即通过精思、明辨,获得学者个人的心得。在《行远集序》中,何焯给出的读经方法则是"反复乎训故,会通乎条理,得其大体",将"训故"与"条理"并提,亦是涵盖了"学问"与"思想"两个方面。这在宋学仍流行的康熙年间,是颇具特色的提法。

从今传世的《小题文行远集》来看,何焯选文,不偏废文采,但更注重能阐发经典意旨之文。这些篇目在义理阐发上,有如下几个特点。

一是能将经之意旨进行全面、细致的论述。如李光地《素富贵行乎富贵》一文:

> 君子之行,素于富贵一征焉。夫位不尽富贵也,时乎富贵,则君子之行,斯在矣。君子之于道何如哉?盖谓道无时而不在,君子之体道亦何往而不然。是故君子素其位而行,不愿乎其外,然则位无穷而道亦无穷者,君子惟其居之所素也。道不变而位亦莫之能变者,君子于其间而有行也。虽时而素于富贵乎。则亦行乎富贵而已。
>
> 志存乎富贵者,不足以行乎富贵。君子之未富贵也,优哉游哉,其无心也。及乎自隐居而行其义,则达不变塞,以尽乎富贵之分,是其所谓无改于幽人之贞,而履道坦坦者也。志挠于富贵者,不足以行乎富贵。君子之方富贵也,摧如愁如,而不悔也,及乎自穷困而大其行,则进不失正,以乘乎富贵之会。是其所谓独得于鸿渐之吉,而饮食衎衎者也。
>
> 盖人生之所历,富贵少而不富贵者恒多,君子之视不富贵,犹富贵也。故其行乎富贵,性之固有,而未尝加也。君子之终身不尽富贵也,亦自求夫多福而已矣。人情之所安,不富贵难而富贵者恒易,君子之视富贵,甚于不富贵也。故其行乎富贵,心之惕若而未尝驰也。君子之终身而尽富贵也,亦历试夫诸艰而已矣。
>
> 富贵者位,行乎富贵者道,孰谓君子之于道而可离乎?[①]

---

[①] 李光地:《素富贵行乎富贵》,何焯编选《本朝小题文行远集·中庸卷》,清康熙义门书塾刻本。

此文何焯评曰:"富贵四项,虽逐层自易以及难,然至于能尽其道,则行乎富贵者,亦处贫贱夷狄患难之心也。行乎贫贱夷狄患难者,亦处富贵之心也。易地皆然。所以能无入而不自得。先生发明行字,独确实圆足。"① 朱子《集注》中对"素其位而行"的解释为:"君子但因见在所居之位而为其所当为,无慕乎其外之心也。"李光地此文,并没有停留在"不慕外"的层面,而是进一步探讨"不慕外"的原因,即有道之人,能将富贵贫贱之境一视同仁。文中对"素其位而行"者在居于下位时"履道坦坦",在处于贫困时"饮食衎衎"之情状的描写,以及对"人生所历,富贵少而不富贵者恒多","人情之所安,不富贵难而富贵者恒易"的洞见,均能体贴到人情细微处,因此,后二股中对"素其位而行"的解释:"君子之终身不尽富贵也,亦自求夫多福而已矣","君子之终身而尽富贵也,亦历试夫诸艰而已矣",便极具说服力。此种"易地皆然",《集注》中并未言及,但又可由《集注》推想出,因此何焯认为此文对义理的发明可谓"圆足"。

又如焦袁熹《之其所敖惰而辟焉》一文:

人情之多辟也,至敖惰而极矣。夫敖惰而不过其则,犹之无敖惰也。奈何其复至于辟乎。《大学》传谓:正心之君子,其于人无敢慢也,无敢肆也。乌有所谓敖惰哉。其所敖惰者,必先挟一可敖可惰之质以来,而遂以无心之敖惰应也。是则所敖惰者存乎人,而非有敖惰之心于我者也。虽然,用情而至敖惰,其几益以危,而其坊益不可以不谨矣。何则?卑以自牧者吾之素,而无奈是人之不足与行礼也。则将以夷然不屑之意处之,而以视夫谦尊之常,或见以为敖焉矣。然何至视之若无也。夫敖实凶德,当济之以和也。敬而无失者吾之素,而无奈斯人之不足与致恭也。则将以颓然自放之容对峙,而以视夫齐肃之常,或见以为惰焉

---

① 李光地《素富贵行乎富贵》何焯评语,何焯编选《本朝小题文行远集·中庸卷》,清康熙义门书塾刻本。

矣。然何至弃之如遗也。夫惰实败名，当受之以节也。

　　而乃有之其所敖惰而辟焉者。其始也，凌物之气一发而不及持，而其继也，好上人者稍欲自贬损而不能。且是亦乌知己之为敖与。方且谓天下之宜狎侮者莫斯人若也，虽相加而无已，固无如予何耳。而不知声音颜色之间其偃蹇而难近也，亦已甚矣。其始也，便己之私微露而不及禁，而其久也，好自恣者欲稍加检束而不能，且是亦乌知己之为惰与。方且谓天下之可忽易者莫斯人若也，虽不改乎此度，亦因物而施耳。而不知肌肤筋骸之会其纵驰而不举也，亦已甚矣。而是人之受其敖惰者，岂不曰吾亦犹人也。而何慢易之至斯极乎？非意之遭，其渐不可长也。纵彼亦自处揣夫势地之不敢与抗，而黾勉以相承，然试静言思之，既不以礼处人，并不以礼处己，庸能安乎？即他人之见其敖惰者，孰不曰：彼亦犹人也，而何鄙夷之至斯极乎？不平之憾，其中未可测也。纵人亦习知夫体貌之非为彼设，而委曲以相谅，然试平心察之，彼不与君子为齿，我且为小人分过，复奚为乎？假令之其所敖惰而亲爱加焉，而畏敬行焉，是不近人情之尤者也，患且不独在一家。惟是之其所敖惰而哀矜泯焉，而贱恶形焉，是过用其情之甚者也，害亦不独在一身矣。而天下之无辟者谁哉。①

此文题目出自《大学》，全节为："所谓齐其家在修其身者，人之其所亲爱而辟焉，之其所贱恶而辟焉，之其所畏敬而辟焉，之其所哀矜而辟焉，之其所敖惰而辟焉。故好而知其恶，恶而知其美者，天下鲜矣。"何焯认为此文："本其所录朱子之语而发明之，说敖惰二字尤稳细。"② 朱子《集注》中认为此处所讲五种感情，本有"当然之则"，但常人容易"陷于一偏"，因此修身者对此要格外重视。而在《大学或问》中，朱熹又单提出"敖惰"来讨论："亲爱、贱恶、畏敬、哀矜，固人心之所宜有，若夫敖惰，则凶德也。曾谓本心而有

---

① 焦袁熹：《之其所敖惰而辟焉》，何焯编选《本朝小题文行远集·大学卷》，清康熙义门书塾刻本。
② 焦袁熹《之其所敖惰而辟焉》何焯评语，何焯编选《本朝小题文行远集·大学卷》，清康熙义门书塾刻本。

如是之则哉？曰：敖之为凶德也，正以其先有是心，不度所施而无所不敖尔。若因人之可敖而敖之，则是常情所宜有，而事理之当然也。今有人焉，其亲且旧，未至于可亲而爱也；其位与德，未至于可畏而敬也；其穷未至于可哀，而其恶未至于可贱也；其言无足去取，而其行无足是非也，则视之泛然如途之人而已尔。又其下者则夫子之取瑟而歌，孟子之隐几而卧，盖亦因其有以自取，而非吾故有敖之之意，亦安得而遽谓之凶德哉？又况此章之指，乃为虑其因有所重，而陷于一偏者发，其言虽曰有所敖惰，而其意则正欲人之于此更加详审，虽曰所当敖惰，而犹不敢肆其敖惰之心也。"[1] 焦氏此文，依照《或问》所释意展开，中二股"方且谓天下之宜狎侮者莫斯人若也""方且谓天下之可忽易者莫斯人若也"，发挥《或问》中"人之可敖"句意，后二股"静言思之，既不以礼处人，并不以礼处己，庸能安乎"，"平心察之，彼不与君子为齿，我且为小人分过，复奚为乎"，发挥《或问》中"不敢肆其敖惰之心"句意。因此何焯赞其"稳细"。

二是某些篇目，"义理"阐发的范围并不限于朱子，甚至不限于宋儒。如成文《致知在格物》一篇，起讲以后言：

> 盖天道流行，造化发育，自身心以及家国天下皆物也。天体物而不遗，故有物必有则；性体事无不在，故万物同一原。惟不能随事观理，则无以尽吾心之精微；不能反身穷理，则无以极吾心之广大。是故古人明明德之功，又在于格物焉。
> 
> 天下既无性外之物，致知者必当即物以格之。能物物得其理，自约之可会于一本焉。盖格之于天下国家之间，而皆不出乎吾之身心也。吾性既有皆备之量，致知者尤当切己以格之。于一理诣其极，自广之可通于万物焉。盖格之于身心之内，而已不遗乎天下国家也。
> 
> 苟以家国天下为外，则梏于有我之私矣。吾心之理，散见于万物，惟积累以格之，斯其知乃实尔。即致知不必遍乎物，而乌

---

[1] 朱熹著，黄珅校点：《四书或问·大学或问下》，上海古籍出版社、安徽教育出版社2001年版，第32页。

可以却物哉。不知身心为先,则陷于骛外之弊矣。万物之理,根极于一心,惟类推以格之,斯其知乃真尔。虽致知不可窒于物,而乌可以逐物哉。①

由"格物"而"致知",是朱学路数,然而文中所言,又不限于朱子意思。何焯在评语中为读者一一指明来源:"程朱及龟山先生诸说,择焉而精。又旁推交通于象山先生《答赵咏道书》,且采《原道》中论释氏'欲治其心而外天下国家'之意。盖其讲明者有自,故能发向来经义所未到也。"②具体来说,此文中"天下既无性外之物,致知者必当即物以格之"一句,是程朱"博观"的路数,而"约之可会于一本""万物同一原",强调"反约",则与陆九渊《与赵咏道》中"塞宇宙一理耳,学者之所以学,欲明此理耳"③ 相似。"格之于天下国家之间,而皆不出乎吾之身心也"一句,则又化用了韩愈《原道》中对释家的批评。何焯对这种不存先见、吸收诸家合理之说以发明经旨的做法,持肯定态度。

三是多能融贯诸经与诸家义疏。如李祖谏《瞻彼淇澳》:

诗人托物以兴,而先之于淇澳焉。夫诗之取兴武公者,义不系淇澳也,有所忐感者,而薄言瞻之尔。传者引以释明明德之止,谓人之感物,莫如好德之思,而物之感人,自有得气之本。则次其所以而见端取义,亦咏物之大恒也。卫滨大河之险,而安澜于竟内者有淇。思女劳人,时赋写心之句。淇汇百泉之流,而曲渚于熙泮者有澳。物象意趣,堪供载笔之游。间尝托物以感兴焉,徘徊而瞻顾焉。其若远若近,一望而移情者,宛在何方也?前此未之有也。意天地英伟之气,正以生人,鋆以生物,而凝结磅礴于林壑之间者,淇固为之钟灵,而澳复为之毓秀者也。其若

---

① 成文:《致知在格物》,何焯编选《本朝小题文行远集·大学卷》,清康熙义门书塾刻本。
② 成文《致知在格物》何焯评语,何焯编选《本朝小题文行远集·大学卷》,清康熙义门书塾刻本。
③ 陆九渊:《与赵咏道》,《陆象山全集》卷十二,中国书店1992年版,第103页。

隐若现，四顾而永怀者，异哉斯址也，过此未或知也。意芸生发育之功，天有其时，地有其利，而润悦终始于水土之乡者，有澳而错于不倾之地，有淇而积于不涸之原者也。天下埤下之区，必举足而后见，有其卓越者，则无俟此也。吾初未至淇之上也，思从中来，而游之于目，徐而瞩之，乃知吾所感者，非彼无有也。淇澳其相得而彰者耶？天下穷极之概，一入目而无余，有其进益者，则不止此也。吾继至澳之下也，立于其少以观其多，从而察之，乃知吾所接者，彼且无尽也。淇澳有引人以胜者耶？东南之筱簜著于天下，而卫以淇园特称。穆考之闻德垂于后昆，而公以耄年不已。然则为之托兴于菉竹也。岂无谓哉？①

此题出自《大学》。"瞻彼淇澳"，为《诗·卫风·淇澳》中语。文后何焯评曰："从一瞻字领取题神，正与公羊子记见之说有会。视之则竹，察之则始生而美盛，徐而察之则在淇水之隈矣。读经贯穿，体悟自生。"② 公羊子"记见"之语，即《春秋公羊传》中对《春秋》僖公十有六年"春，王正月戊申朔，陨石于宋五。是月，六鹢退飞，过宋都"一条的解释："曷为先言陨而后言石？陨石记闻，闻其磌然，视之则石，察之则五……曷为先言六而后言鹢？六鹢退飞，记见也，视之则六，察之则鹢，徐而察之则退飞。五石六鹢，何以书？记异也。外异不书，此何以书？为王者之后，记异也。""陨石于宋五""六鹢退飞"，以极条理的语言，描述生动的物象，而《公羊传》则清晰地揭示了这两句所蕴含的叙述逻辑。何焯认为这一逻辑，与《淇澳》的叙述理路有相通处，作者能吸取诸经传中的文章道理，故下笔能活泼生动。

又如惠周惕《宜其家人》一文：

诗有家者，而即以宜卜之焉。夫家则之子之家也，此家人

---

① 李祖谏：《瞻彼淇澳》，何焯编选《本朝小题文行远集·大学卷》，清康熙义门书塾刻本。

② 李祖谏《瞻彼淇澳》何焯评语，何焯编选《本朝小题文行远集·大学卷》，清康熙义门书塾刻本。

之宜。诗所为即于归时咏之乎？尝读《诗》而有感于《周南》也。淑女好逑之作，则家人之宜后妃也。樛木葛藟之篇，则后妃之宜家人也。故其时民间硕女，皆有令德来教之思，而觏尔新婚者，即以成家之义责焉。之子之归，曷归乎？归其家也。论子妇无私之礼，虽百两盈门，其敢曰"我有家也"与哉？然枣脩赞见之后，姑舅先降西阶，则固明明以家子妇矣。论妇道无成之义，虽三日庙见，其敢曰"吾之家也"与哉？然特豚馈荐之时，子妇降自阼阶，则亦明明以家自主矣。故无论冢妇介妇也，皆得以其家属之，无论在内在外也，皆得以其家人系之。眷此家人，尊卑有不一之等，而维彼硕人，又皆有相临之分者也。责备深而指示集，此中之调剂，岂徒恃丝麻布帛之能事已乎？问静好于琴瑟之余，其果有女贞之利否也？念此家人，刚柔复有不一之性，而思娈季女，又非其相习之素者也。情分亲而形势疏，此际之绸缪，岂徒恃珩璜杂佩之有文已乎？问和理于闺门之内，其果有德音之括否也。则甚矣宜之之难也。

今观之子，楖纵笄总，既无忝于常仪，枣栗菫荁，更无惭于中馈。由是而接之家人，家人曰宜矣。终温且惠，能自尽其孝思，淑慎塞渊，亦克守其仁让，由是而施之家人，家人曰宜矣。盖当其在父母家也，教于公宫，教于宗室，则蘋蘩鱼芼所以尸季女之齐者，已非一日，而天作之合，自堪协二姓之欢。及其往之女家也，问我诸姑，问我伯姊，则言物行恒，所以成富家之吉者，亦非一事，而文定厥祥，自能谐一室之好。诗人之为此言，幸之也，亦望之也。①

惠周惕为经学大家，此文融汇《仪礼》《诗》笺，叙述细致，但何焯认为仍有遗憾："前后语俱有本，但此仅发得诗人本意，非《大学》断章。盖此题'宜其家人'者，指齐家之君子言之。按朱子

---

① 惠周惕：《宜其家人》，何焯编选《本朝小题文行远集·大学卷》，清康熙义门书塾刻本。

《或问》曰：三诗亦有序乎？曰：首言家人，次言兄弟，终言四国，亦刑于寡妻，至于兄弟，以御于家邦之意也。故家人当即为上文之子，与《诗传》中家人一家之人也不同。《诗传》云：宜者和顺之意，此处注中变文云：宜，善也。盖皆为此。王守溪五节文，瞿昆湖三节文中，皆主妇人难化而君子能以礼法正始讲，近乃糊涂耳。然虽指家人为一家之人，但能推本到齐家君子刑于之化上，亦可使下文脉理得以接续。《昏义》云：妇顺者，顺于舅姑，和于室人，而后当于夫。康成云：当犹称也。篇中反少却当于夫一层，则于经学尚未思索贯通，故理解都异先正。"[1]"宜其家人"一句，出自《诗·周南·桃夭》。何焯认为《大学》引此句来说明"治国在齐其家"的顺序，故其中"家人"应指"之子"即新嫁女子，而非《诗》原意中的"一家之人"。此解颇新奇。惠氏此文中的"家人"仍按"一家之人"解，认为是"（之子）接之家人，家人曰宜"，逻辑上不能说有误。何焯第二条批评，在此文未能将《仪礼·昏义》中"当于夫"的一层意思阐发出来。这一批评，可以说已经超越了文辞的层面，而是关于古《礼经》的讨论了。

综上可见，何焯评选时文，在很大程度上，是将其视作"解经"的庄重事业来做的。这一出发点，使得他对时文的评价标准，与重点在揣摩风尚，以求科场获胜的世俗选家，以及与重点在"辞采"与"文气"的桐城派作家们均有不同。

## 二 "先正规矩"与"庆历法脉"

### （一）对万历间时文文风转变的态度

清人谈及明代时文演变，一般以万历为界，认为成化、弘治年间为时文文体创立之时，正德、嘉靖为文体的发展成熟期，万历以后，则进入了文胜于质的新阶段。更具体来说，认为这一变化发端于万历十一年丙戌科到万历十七年己丑科数年间。康熙间八股大家王步青认为："万历己丑，石簣以奇矫得元，而壬辰踵之。遂以凌驾之习首咎

---

[1] 惠周惕《宜其家人》何焯评语，何焯编选《本朝小题文行远集·大学卷》，清康熙义门书塾刻本。

因之。"① 何焯友人汪份，亦认同前明时文之"元派""元度"，"至丙戌而始变，至己丑而更变，迄于壬辰而其派遂亡"。② 何焯也将万历看作时文文体转换的关键时期，并在代颜光敩所作《两浙训士条约》中，对此转变过程进行了详细阐述：

> 鄞县癸未所收多异才，而元卷犹主于和平温润。袁伯修变而峭峻，气味与孙冯绝不相入矣。同考杨公复所出而语人曰："吾书二房应取十二卷，即足数矣，陆葵日过阅，谓皆平平无奇，恐不当荆石先生意。予因偕之遍观各房一二新奇出色，乃将落卷遍阅，重取十六卷。"此足以征太仓之赏好，又一变也。后此歙县所取元卷，即上科主司批其所作平常，下帷更张者。今人谓己丑始别开户牖，特未识已密移于丙戌耳。③

此段中，"鄞县"指万历十一年癸未科会试主考余有丁，字丙仲，号同麓，鄞县人。此科会元为李廷机，状元为朱国祚。"太仓"万历十四年丙戌科会试主考王锡爵，字元驭，别号荆石，嘉靖四十一年会元，太仓人。此科会元为袁宗道，字伯修。"歙县"指万历十七年己丑科会试主考许国，字维桢，嘉靖四十四年进士，安徽歙县人。此科会元陶望龄，状元焦竑。何焯认为，万历十一年癸未科会、状之文，仍遵循法度，不至出格。到万历十四年丙戌科，主考官喜"新奇"，故所取会元之文，具有"峭峻"之象，此后万历十七年己丑科所取中文，如会元陶望龄之文，以奇矫著称，而此中消息，在万历十四年即已透出。

本书第三章，曾谈到万历时人对当日文运转变的态度。清人对万历文章的看法，主要有两派意见，一派如吕留良，认为万历二十三年

---

① 梁章钜：《制义丛话》卷六，《制义丛话 试律丛话》，上海书店出版社2001年版，第89页。
② 梁章钜：《制义丛话》卷十二，《制义丛话 试律丛话》，上海书店出版社2001年版，第232—233页。
③ 何焯：《两浙训士条约（代颜学山学使作）》，《义门先生集》卷十，清道光三十年姑苏刻本。

乙未科之后，时文趋于"浅陋"，"恶俗之调，影响之理，剽弄之法，曰圆熟，曰机锋，皆自古文章之所无"①，实乃文运之大衰颓。另一派如王步青，则认为万历以后盛行的"机法""凌驾"等，是文体发展的自然趋势："文章之变，随人心而日开，于顺题成局，相沿已久，之后变而低昂其势，疾徐其节，亦何不可？"②因此无须将万历文章全部打倒。在此一问题上，何焯的态度是审慎的。他表示，自己论文"不止一格"，并不"偏尚成宏"③，但又说："庆历间作者如林，尚自少无疵累之作也。行文变法，皆自汤若士辈开之，于前辈法律已大坏。"④以下我们将会提到，何焯对汤显祖富有辞采的时文，并不排斥，但在他心目中，终究是"先正规矩""前辈法律"占了上风。

在《答陈生汝楫简》⑤中，何焯引用了明人的三段话，来向自己的得意弟子说明自己为什么要"裁万历己丑以后之文过峻"。第一段出自冯梦祯《王逸季墨卷序》。冯梦祯为万历五年会元，曾任万历十一年会试房考，此文作于万历二十一年。冯氏在文中认为，当日文字之弊，在"剽窃诸子，厌薄六经，巧于凌驾，拙于锻炼，有青黄黼黻之观，无布帛菽粟之味"，评文者欲维挽风气，必须痛削"理诡而词支"，而提倡理、法均依照先正典型的"雅正"之文。何焯认为此乃"评文之金科"。第二段出自汤宾尹的《墨选序》。汤宾尹为万历二十三年会元，被视为善用"机法"者。而何焯认为，恰恰是汤氏对所谓"机法"表现出了极大的担忧："睡庵《墨选序》中，于当时作者，厌薄亦已甚矣……其言云：'吾读嘉以前文多见瑕，万以后多见瑜。嘉以前如乌鹊也，白者自白，黑者自黑，如十数羧中得一羧，而能举其名也；于得中得一行两行，而能举其语也。见瑕者多，有真瑜者存。万以来如乌之雌雄同命，黑白之名而不能分其物也。欲举数

---

① 吕留良：《东皋遗选前集论文一则》，《吕晚村先生文集》卷五，清雍正三年吕氏天盖楼刻本。
② 梁章钜：《制义丛话》卷六，《制义丛话 试律丛话》，上海书店出版社2001年版，第89—90页。
③ 何焯《与徐亮直》："足下以愚为偏尚成宏，亦何曾如此，亦何能如此。"何焯：《义门先生集》卷三，清道光三十年姑苏刻本。
④ 何焯：《与徐亮直》，《义门先生集》卷三，清道光三十年姑苏刻本。
⑤ 何焯：《答陈生汝楫简》，《义门先生集》卷六，清道光三十年姑苏刻本。

十牍中谁氏夺目,则皆夺目也;欲别一牍中谁语为佳,则皆佳也。就题面视之未必是,掩题面视之未必非,是见瑜者多,而不知其所以瑜也。'"认为汤氏对万历以后过于炫目、"似是而非"的文章的评价并不高。何焯又指出:"宣城自为文,虽颇事穿合,不能若虞山冯嗣宗之《谭艺录》确守题理,一字一句皆有定体,然亦必致谨于位置,而恶眉目手足之争序,如万季躁扰凌乱、无异倒悬之病者,固其所深斥也。"也即汤氏之文,尚能遵守正、嘉之规矩,并不过分玩弄文字游戏。第三段出自隆庆、万历间人于慎行的《榖山笔麈》。于慎行认为当日时文文体之坏,在于士子不慕经学:"先年士风淳雅,学务本根,文义源流皆出经典,是以粹然统一,可示章程。近乃厌常喜新,慕奇好异,六经之训,目为陈言,刊落芟夷,惟恐不力。陈言既不可用,势必极于清空,清空既不可常,势必求助于子史。子史又厌,则宕而之佛经,佛经又同,则旁而及小说,拾残掇剩,转相效尤,以至踵谬承讹,茫无考据,而文体日坏矣。"① 何焯认为此段话正中万历文病:"斯言也,凡万历中之转辗迷谬、文病言妖,皆若烛照。"从何焯此信中,我们可以归纳出何焯对万历十七年己丑科以后时文的态度,即此科以后的文章,弊病在于力求文辞之"新",而忽视了文章的义理基础,由此导致了文章在义理上的"不纯";而对形式的过分追求,也使得"新奇"变为"怪奇",成为徒绚人目的陈词滥调。

(二) 对"庆历法脉"的推崇

对万历十七年之前文,何焯基本持肯定态度,所谓:"庆历间作者如林,尚自少无疵累之作也。"② 又说:"本朝止有慕庐先生一人真知庆历法脉,做到五分以上工夫。余子即有高下,亦以其法为法者也。"③ 韩菼于康熙十一年中顺天乡试,康熙十二年会元、状元,其文被认为能扭转明末以来风气。何焯认为韩菼文的好处,即在于能继承"庆历法脉"。

何谓"庆历法脉"?在《小题文行远集》所选王仕云《人莫不饮

---

① 此段话见于慎行《榖山笔麈》卷八,中华书局1984年版,第86页。词句与何焯所引稍有不同。
② 何焯:《与徐亮直》,《义门先生集》卷三,清道光三十年姑苏刻本。
③ 何焯:《与友人书》,《义门先生集》卷四,清道光三十年姑苏刻本。

食也》一篇评语中,何焯指出:"紧抱正意,不令一句落空,此固庆历法。"紧接着又记述说:"庚午春,侍饮于先师慕庐先生,先生言学文时颇得望如小题稿之力,而深惜流传不广。"① 王仕云,字望如,歙县人,康熙五年曾出任湖南衡州府推官。② 王氏此文,题目出自《中庸》,全文如下:

> 喻人之不能离道,即皆有体道之责矣。盖道非他,即其饥而食,渴而饮者是耳。今有人焉,能离于道以自异者乎?即亦有人焉,能离于饮食以自外者乎?资性各殊,或多所溺而长其贪,或多所捐而明其洁。智愚之相越也,岂不远哉。故其从事于饮且食也有辨,而莫不饮且食也无以辨也。风尚各别,或循礼而欢愉盖寡,或闻乐而嗜好以移,贤不肖之相绝也,岂不甚哉。顾其寄情于饮且食也不同,而莫不饮且食也则尽同也。人父人子,而奉觞洗腆,莫不雍雍焉修膝下之和;人君人臣,而旨酒承筐,莫不秩秩焉燕在宗之考。以至婚姻者人道之始也,饮庶几食庶几,莫不傧笾豆而宜家室;兄弟者人伦之序也,酒有衍豆有践,莫不庆无远而乐埙篪。若乃良朋萃止,牡羚作其欢,好友偕藏,班荆通其意,又何莫而不愉愉樽俎之间也哉。本无愚不肖,所以日用无愆,而即侈天保平康之颂;本无贤智,所以燕乐贞吉,而即防讼师噬嗑之淫。乃鲜能知味,斯不亦可慨哉!③

按朱熹《集注》,在原文语境中,"人莫不饮食也,鲜能知味也",是"道不可离,人自不察"的一种比喻说法。王氏此文之动人处,在于通过对人世间各类饮食场合如"人父人子"之聚、"人君人

---

① 王仕云《人莫不饮食也》何焯评语,何焯编选《本朝小题文行远集·中庸卷》,清康熙义门书塾刻本。
② 见穆彰阿《(嘉庆)大清一统志》卷三百六十三,四部丛刊续编景旧钞本。又见何绍基《(光绪)重修安徽通志》卷一百八十六,清光绪四年刻本。曾国荃主纂《(光绪)湖南通志》则记载王仕云为江南江宁人,见《(光绪)湖南通志》卷一百二十二,清光绪十一年刻本。
③ 王仕云:《人莫不饮食也》,何焯编选《本朝小题文行远集·中庸卷》,清康熙义门书塾刻本。

臣"之欢以及亲友之间宴饮情状的细致描绘,得出人之不能"离于道以自异",正如人不能"离于饮食以自外"。在义理阐发上,此文并无特出之处,但却是依据朱注细致敷衍而成。何焯指出,此种"紧抱正意"、无一句离题语的论述方式,即是"庆历法"。而这种写法,确与韩菼《吾与点也》等成名作的笔法有相似处。

在《义门书塾论文》中,何焯正面谈到八股文的作法:

> 朱子论读书,当虚心涵泳,举《庄子》"吾与之虚而委蛇"语为法。谓既虚其心,又当随书之曲折以涵泳之,不可先自立说,移圣贤以合己意。八股既体贴口气,则此法所宜守也。虚者实之,实者虚之,变诈之兵谋;人弃我取,人取我弃,此废居之心计。儒生说经,必遵大路,焉用彼哉!文有体有度,吾友本以艮其限,列其夤,讥理脉之判隔。听者不察,遂务更互上下字句,体乃乱矣。请申以艮之六五云:艮其辅,言有序。走昔童孩亦倡轻新灵之论,程子谓心定者其言重以舒,不定者其言轻以疾。文既轻儇度乖,而生心之害作,他何言哉。①

"随书之曲折以涵泳之",类似时文写作中的"循题"。此段话亦可证明,何焯对"虚者实之,实者虚之""上下字句"的做法是不满意的,认为这类技巧是"轻儇",非时文之正体。而"紧抱正意"、谨于位置的"庆历法",正与"上下字句"、虚实颠倒的做法相反,故是时文之"大路"所在。在这里,何焯用了"言有序"一语,但很显然,此"言有序"重在"序之正",与方苞"法随义起"的"言有序"不同。

(三)时文风格论与对明季文风的批判

与对"大路"之文、"先正规矩"的推崇相并行的,是何焯对万历后期直至明亡这一段时期纤仄文风的批判。《两浙训士条约》言及此段时文史曰:

---

① 何焯:《义门书塾论文》,《义门先生集》卷十,清道光三十年姑苏刻本。

甲寅以后，大士、大力方为诸生，而海内争相慕效，非孟旋为之乎。典午之清言，玉茗先生聊以博其趣也，而大力务焉。于是仅具说家一谈一咏之致，求夫议论卓荦，可以阐圣言、断国论者，不复见矣。大士中年亦趋之，晚乃去其尖侧，变而宏达，恢恢乎若辟大路，回思鼠穴之旧梦，未有不哑然自笑者也。

窃苏张之绪余，醉佛老之糟粕，此万历后二十年政乱于上，言厖于下之应也。天启间文，则无非温陵之横议，而体制亦颠倒狂逸，几于飞头歧尾，乳目脐口。凡宦寺盗贼，祸变相仍，已魄兆萌茁于心声。

思而不学，则必至于依附寒涩，无所置才。虽其极致，亦不过如么弦子韵，凄清噍促，求夫宽裕肉好，顺成和动之音，可复作乎？乙丑凌忠清文，思非不深也，而读者知其世之衰，叹其声之细矣。[①]

第一段中，"大士"即陈际泰，字大士，临川人，崇祯七年进士。"大力"为章世纯，字大力，天启元年举人。陈、章二人，与艾南英、罗万藻并称为"四子"，是明末时文豫章派的代表人物。何焯在此对明末时文好用"清言"，表现"一谈一咏之致"的做法表示不满，认为此种"风致"只是"鼠穴旧梦"，而非"阐圣言、断国论"的宏大之体。"鼠穴旧梦"的比喻，还曾出现在清初人对明末诗文的评价中，如钱谦益《列朝诗集》中，认为明末竟陵派领袖钟惺所提倡的诗风，是"如梦而入鼠穴，如幻而之鬼国"。[②] 何焯在这里所使用的"鼠穴旧梦"，同样是与"正大"相对的贬斥语。

第二、三段中，何焯指出天启文章的弊病在义理的驳杂与文体的坏乱。先儒之经说与文章规矩，同被抛弃。虽亦有深刻动人者，但因无"学"的支撑，因而意象萧瑟，并不具有"宽裕肉好"的宏大气象。此处将文章与世运联系起来进行批判的做法，与钱谦益等人对竟

---

[①] 何焯：《两浙训士条约（代颜学山学使作）》，《义门先生集》卷十，清道光三十年姑苏刻本。

[②] 钱谦益：《列朝诗集小传》丁集中，上海古籍出版社2008年版，第571页。

陵派的批判也如出一辙。文风与世运之间的因果关系,此处暂不讨论,但时文、古文领域同时出现此种反思,正可说明在新朝安定之时,士人群体之心态由激动到平稳的变化,以及整个文坛对和平正大的新文风的期待。何焯曾赞叹李光地时文可称"宫声",①"宫声"即正声,李光地时文,以意蕴深厚取胜,文辞朴实通顺,正具有一种和平正大的风格。

又,在为前辈姜宸英所作时文序中,何焯提出了一个概念"温而清":"大山之文宏而肆,姜丈之文清而温。然所谓清而温者,自纵横博辨,极其所至,洗练以归于纯粹。其风格高矣,光焰长矣,参观少作,不可以知用功之深乎。予窃怪古今文人,愤其道之郁滞,多流为悲凉怨思,乖谬圣籍,初不自禁。而姜丈之文也加粹焉……汗青头白,犹着麻衣,叹老嗟卑,不形篇翰,非君子有德之言,殆未能然也。"② 此处的"温而清",首先具有"温柔敦厚"之意。姜宸英为康熙年间名士,以"唐诗宋文晋字"闻名朝野,虽遭逢盛世,先后与修《明史》《大清一统志》,但功名偃蹇,于康熙三十六年,七十岁时方登进士第。何焯此序作于康熙三十三年,此时姜氏仍是布衣之身:"每京兆秋赋,犹屈首逐六馆之士,裹饭携饼,提三钱鸡毛笔入试。"在极不得意的情势下,姜之时文却无"叹老嗟卑"之言,这种和平温厚的处世心态,为何焯所赞赏。其次,"温而清"者,并非平庸,而是"绚烂至极,归于平淡",内中有物、有思。稍早于何焯的吴人潘耒亦曾将"辞旨清远"与"不激不靡、外淡而中腴"并提,③这种包含"纵横博辨"在内,又超越了少年人的"意气风发"的"清"辞,或许最为接近清初文人的文章理想。

## 三 辞采与性灵

何焯看重时文的经学内蕴,但与此同时,也不排斥"辞采"。

---

① 何焯与李光地之子信中曾说:"老师之文,日月望得改定寄下。一书之中,唯此为宫声,但多一篇,皆可扶助元气而鸣国家之盛也。"何焯:《与友人书》,《义门先生集》卷四,清道光三十年姑苏刻本。
② 何焯:《姜西溟四书文序》,《义门先生集》卷一,清道光三十年姑苏刻本。
③ 潘耒:《草阁集序》,《遂初堂集》卷八,《续修四库全书》第1417册,上海古籍出版社2002年版,第511页上。

《两浙训士条约》中论及时文文体的形成时有言：

> 成、宏以前，举业以能熟记传注为尚，仅具对偶，固与帖经无异也。久而琼山、长沙在馆阁，颇病其不能解义，思创革文体，而其学亦足以召云命律，于是乎守溪、鹤滩出焉，以情纬物，以文被质，始变学究为秀才，彬彬乎，郁郁乎，自为一代之文，而非复宋元经义之旧规矣。持论过高者，或訾古今文之裂自守溪始，是犹谓文法亡于昌黎，诗法裂于康乐，徒思撼前修以要名，而不知其无当也。①

此段中，"琼山"指邱濬，字仲深，琼山（今海南海口）人，景泰五年进士。"长沙"，指李东阳，天顺七年进士，长沙茶陵人。守溪为王鏊字，王鏊为成化十一年会元。鹤滩为钱福字，钱福为弘治三年状元。王、钱二人之文，在敷衍传注之外，加入情感、辞采，也即何焯所言之"以情纬物，以文被质"，标志着八股文体的成熟。这种兼具理与法的文体，被后世目为八股正统，近人钱基博言"王、钱之后，衍于唐顺之，终明之世，号曰元灯"，② 并认为唐顺之、归有光等以古文笔法抒写四子书义理，是承衍王、钱而来。王、钱之中，王鏊之名又盛于钱，清人俞长城曾如此概括王鏊之文在八股文史上的地位："制义之有王守溪，犹史之有龙门，诗之有少陵，书法之有右军，更百世而莫并者也。前此风会未开，守溪无所不有；后此时流屡变，守溪无所不包。理至守溪而实，气至守溪而舒，神至守溪而完，法至守溪而备。"③ 但后世亦有一些人，认为王鏊之文开启了"文胜于质"的先河，所谓"讥其雕镂，疵其圆熟"④。对此，何焯持否定态度，认为是"持论过高"。此可为何焯不废辞采之一证。

---

① 何焯：《两浙训士条约（代颜学山学使作）》，《义门先生集》卷十，清道光三十年姑苏刻本。
② 钱基博：《中国文学史》，东方出版中心2008年版，第743页。
③ 梁章钜：《制义丛话》卷四，《制义丛话 试律丛话》，上海书店出版社2001年版，第56页。
④ 同上。

## 第十一章 何焯的文章批评与文学观念

对于万历以后以辞采著称的文章，何焯并非一味否定。作为选家，何焯强调"前辈法律"；而作为文人，何焯对时文之文采又表现出欣赏与理解。《两浙训士条约》中论汤显祖文曰：

> 癸未汤若士之文，餍饫于五经三史，以发其深情逸韵，自言宗师王钱，信乎能得髓者也。后人俎豆震川，而推排若士，岂知诗笔一理，有曹刘即有沈谢，有少陵即有义山，本并行而不悖。有愚夫焉，习鹭之振振，而憎凤之翙翙为怪鸟，则人皆笑之矣。①

汤显祖是著名的古文家、剧作家，其八股文亦是文笔摇曳，风姿绰约。"俎豆震川，而推排若士"的现象，实际上是时文领域"正宗"与"文采"的对抗，清初钱谦益《家塾论举业杂说》中曾将时文分为"举子之文"与"才子之文"："何谓举子之时文？本经术，通训故，析理必程、朱，遣词必欧、苏，规矩绳尺，不失尺寸。开辟起伏，浑然天成。自王守溪以迄于顾东江、汪青湖、唐荆川、许石城、瞿昆湖，如谱宗派，如授衣钵，神圣工巧，斯为极则……何谓才子之时文？心地空明，才调富有，风樯阵马，一息千里，不知其所至，而能者顾诎焉。钱鹤滩、茅鹿门、归震川、胡思泉、顾泾阳、汤若士之流，其最著者。"② 此处钱谦益将归有光、汤显祖同归入"才子之文"，但二人相较，归氏文更具有"析理必程朱，遣词必欧苏"的特点。何焯认为此两种风格的文字，无高下之别，均有存在的价值。这与前面所引，他在谈到"庆历法脉"时"行文变法，皆自汤若士辈开之，于前辈法律已大坏"的论点并不一致。这种差异的形成，微妙地反映出何焯在评文时的两种不同维度，即"选家"的维度与文人的维度。作为选家，必须"别裁伪体"，而作为文人，自不妨对文章之技法抱持欣赏、宽容的态度。

《两浙训士条约》中又论董其昌文曰：

---

① 何焯：《两浙训士条约（代颜学山学使作）》，《义门先生集》卷十，清道光三十年姑苏刻本。

② 钱谦益：《家塾论举业杂说》，《牧斋有学集》卷四十五，上海古籍出版社1996年版，第1508页。

萧子显云："习玩为理，事久则渎，若无新变，不能代雄。"董文敏公之规橅王瞿而见绌，又何疑焉。然其生平则极讲于脱化之秘者，他人方处使圆，涣处使一，实处使虚，滞处使灵，一篇之呼应，一股之开阖，莫不自具匠巧，并其七字文诀，皆后人所当尽心也。①

董其昌参加万历十四年进士试时，所为文乃王鏊、瞿景淳"正大"一路，但其时主考官喜新奇，故被黜。之后改换文风，于次科中进士。董文在晚明以机法著称，何焯在此认为，"匠巧"是时文文体发展的必然，"质朴"之后，必有"新奇"。这同样体现的是文人的立场与眼光。

除了从"文"的角度来理解、接受时文的文字技法外，作为曾长期教导蒙童的时文教师，何焯对文采、技法的肯定，也来自于教学的需要。何焯认为，对初学者而言，文思的开拓十分重要，而晚明不少文字，可以充当此任。如他评王思任文："山阴王季重，弱冠牵丝，晚淹簿领，好为细幺小题，借以状人情，感世变，资谈笑，助谐谑，至今人喜诵之。独钱宗伯目为杂乱，盖别裁之严，不得不尔。其才华烂熳，触绪多通，自足为始学疏导心灵，但戒其过于漫戏，致蹈俚俗者可矣。"②钱谦益曾批评王思任文是"窃衔窃辔，乏驾自喜"，属于"才子之文"的伪体。③何焯则认为不妨取其"才华烂熳，触绪多通"处，作为教学的材料。又曾赞扬金声文："金正希虽带衰飒气象，然才思横厉，可发后生聪明。"④"正宗"之文，大多循题写来，文字质朴平淡，非已有一定的学养与写作训练，不能体味到其深厚处，因此，初学者仅从"正宗"之文入手，一易厌倦，二易平庸。具有才

---

① 何焯：《两浙训士条约（代颜学山学使作）》，《义门先生集》卷十，清道光三十年姑苏刻本。

② 同上。

③ 钱谦益：《家塾论举业杂说》，《牧斋有学集》卷四十五，上海古籍出版社1996年版，第1508—1509页。

④ 何焯：《与徐亮直》，《义门先生集》卷三，清道光三十年姑苏刻本。

思之文,虽在义理上不尽醇厚,但可以开浚心灵,培养兴趣。

秉承"不废辞采"的观念,何焯在《行远集》中选入了不少笔锋锐利及文采绚烂之文。如金虞《虽不中不远矣》,此题出自《大学》,全句为:"康诰曰'如保赤子',心诚求之,虽不中不远矣。"《集注》解释言:"此引书而释之,又明立教之本不假强为,在识其端而推广之耳。"金虞此文,着力描绘母亲对尚未能言语之"赤子"的体贴、呵护的情状:

> 幸而中焉,而心之妙合于无间者,更无形气之可隔,否则人以为不远,而慈母之心直以为不中焉矣。况夫有不中焉,而心之彷徨而莫措者,弥觉体会之无从,虽或不至于相远,而赤子之心,固不仅望其不远矣。
>
> 而吾谓心之诚者必无不中可知也。惟中焉而犹以为远,则不妨时设一不中之想,以自迫其心。心之中者,其为不远无疑也。惟不中而亦明其不远,则正于万一不中之时,而愈卜其中,故不必谓中者其常,而不中者其偶也。
>
> 不必谓中者必至之情,而不中者或然之虑也。孩赤之天机,常多变幻,纵多方拟议,而难概以人情物理之恒则。或者有意之推求,反形其扞格。而恩勤之至性,易地皆然,虽差以毫厘,亦不减天动神随之致,则任举无端之啼笑,而有触皆通,无他,中者此心也,不中者亦此心也。中而犹虑其远者,心之有加而无已也。虽不中而不远者,心之取怀而各足也。①

"人以为不远,而慈母之心直以为不中","有不中焉,而心之彷徨而莫措",将母亲一片痴爱描绘得淋漓尽致;因"孩赤之天机,常多变幻",故"有意之推求,反形其扞格","无端之啼笑,而有触皆通",这有意无意间,如同占卜般的体味,全要凭一番诚心,方能达到神明交感。如此描写人情,可谓细腻敏锐。何焯在文后采用了康熙

---

① 金虞:《虽不中不远矣》,何焯编选《本朝小题文行远集·大学卷》,清康熙义门书塾刻本。

间八股名家方槃如的评语:"翠驳谁剪剔,紫燕自超诣。君家嘉鱼,余风未沫。"①"翠驳谁剪剔,紫燕自超诣",出自杜甫《夜听许十一诵诗爱而有作》,蔡梦弼解此首诗言:"紫燕,古之良马;翠驳,乃马之似驳者。驳,兽名,食虎豹。言许生如紫燕超然远到,甫如翠驳,仗谁剪其鬣、剔其蹄,乃有望于许生之拂拭也。"②"嘉鱼"为明末八股文家金声之籍贯。金声之文,有着笔锋锐利而义理不够醇粹的特点。方氏用此句诗做评语,暗指此文与金声之文风格类似,富有文采,但又需进一步"拂拭"。何焯选入此文与此评,委婉地表明了自己对"辞采"的较为平正、客观的态度。

又如储在文《诗云瞻彼淇澳 终不可喧兮》,此文题目出自《大学》,朱注言此处引《诗》,意在明明明德者之止于至善。储氏此文起讲言:"尝考卫之地,北滨大河,淇水在其右。环淇而上下,多茂林修竹之观。生其间者,往往瞻望流连,赋诗见志,而淇澳之章,则志在有斐君子也。"后二比言:"质极者文自生,钟以山川之秀;积厚者光自远,异乎草木之华。淇泉日流而益深,菉竹日聚而益茂,君子之文,日积而益章,凡兹国人,九十余年间,饱闻而厌见之,是有斐者可喧耶?抑不可也,则以为终不可喧而已。嗟乎!颂甘棠者爱其树,歌菉竹者思其人,美哉武公,明德远矣。其文王之遗乎?吾得进而绎其说。"③何焯评此文"规模欧公小记以资游戏,略从兴语生情,点次不溢,自饶姿媚"。④此文对菉竹生长环境由远及近、娓娓道来的叙述,类似《醉翁亭记》之开头;而从山水,到竹,到人之文章,将原诗之"兴"意揭示得从容而又清晰。虽未探讨义理,但仍给人以深深的美感。

又如韩菼《莫知其苗之硕》,题目出自《大学》,乃当日一句谚

---

① 金虞《虽不中不远矣》何焯评语,何焯编选《本朝小题文行远集·大学卷》,清康熙义门书塾刻本。
② 杜甫:《夜听许十一诵诗爱而有作》,蔡梦弼《杜工部草堂诗笺》卷七,华东师范大学出版社 2017 年影印古逸丛书本,第 364 页。
③ 储在文:《诗云瞻彼淇澳 终不可喧兮》,何焯编选《本朝小题文行远集·大学卷》,清康熙义门书塾刻本。
④ 储在文《诗云瞻彼淇澳 终不可喧兮》何焯评语,何焯编选《本朝小题文行远集·大学卷》,清康熙义门书塾刻本。

语。朱注言此处是要用"贪得者无厌"来说明"一偏之害"。此文中、后比言：

> 夫田事之既登也，其颖欤？其栗欤？无不可知者。若苗则犹未可知也。未可知而必欲预知之，则遂无以知之。盖其意之所待者亟，方其苗也，而已怏然失矣，曰：吾意中之苗不尔也。农夫之即功也，一之日，二之日，无一可知者。若苗之硕，则未可知而已，可知者也已。可知而犹谓未足以知之，则果无以知之，盖其中之所必者奢，幸而硕也，则益皇然冀矣。曰：吾意中之硕不尔也。且夫天下未有习其事而不知者，问苗于人，未必皆知也；问苗于农，其所素知也。然至于其硕，则途之人自知而农人自不知，天下事大抵入其中者蔽耶？亦未有溺于欲而仍知者。问硕于苗，其无知也，问苗之硕于人，其有知也。然至于莫知，则无知者自为有余，有知者自生不足。天下事大抵动于情者妄耶？①

据此文后所附章在兹评语，当时许多同题文，"漫用千仓万箱、穫穧敛穧等句，遂有以莫知作怨望语者"，韩焱此文，不用"千仓万箱"等修饰语，而是紧扣"贪得者无厌"之题旨，对农人患得患失的心理进行描绘。出苗时即"怏然失"，认为"吾意中之苗不尔也"；在收获时，又"皇然冀"，认为"吾意中之硕不尔也"，令人发笑却又十分真实。何焯评此文曰："以清言写俗情，指点之妙，茶味洗昏，松吹回梦。"② 认为此文对鄙琐人情的描写是极"妙"、极隽永的。

还需指出，何焯理想中的"文采"之文，是内外兼美之文。《两浙训士条约》中论唐顺之文言："文之有采，犹五行之必发为五色，外槁者亦中枯也。然而徒以骈丽相煽，无复生意，则美而不可悦，仍归腐败矣。正德之季，其文无不四属六比，竞事铺陈，永嘉取唐襄文

---

① 韩焱：《莫知其苗之硕》，何焯编选《本朝小题文行远集·大学卷》，清康熙义门书塾刻本。
② 韩焱《莫知其苗之硕》何焯评语，何焯编选《本朝小题文行远集·大学卷》，清康熙义门书塾刻本。

为会元,而洗其秾华,化其排偶,存王钱之真,以立文章之中制。"①
时文既为文章,那么不应废"文采",但一味秾华,亦将归于腐败。
何焯认为唐顺之文,能在内与外之间取得平衡,因此具有"生意",
而不是一味"秾华"。这样的文章,才是理想的、合于"中"之审美
的作品。

## 第三节 何焯的古文批评——以《义门读书记》中的韩文批评为例

除评选时文外,何焯对诗、古文亦有许多见解。这些意见,主要保存在《义门读书记》中。《义门读书记》为何焯所评阅过的书籍评语的汇集,包括《大学》《中庸》《论语》《孟子》《诗经》《左氏春秋》《谷梁春秋》《公羊春秋》《史记》《汉书》《后汉书》《三国志》《五代史》《昌黎集》《河东集》《欧阳文忠公文》《元丰类稿》《文选》《陶靖节诗》《杜工部集》《李义山诗集》二十一种。这一类批语,涉及所批文字的意旨、技法、整体风格等多个方面,而重点尤在其文法。何焯此种读书法,在后世颇有争议。批评者如全祖望,曾讽刺何焯《困学纪闻笺》尚流露"批尾家当",不脱时文选家气息;② 回护者如俞樾,认为"专论文法"正是何焯所长,后学者如能从此入手,"熟复之于行文之法",则"所得非浅"。③ 这一争议,也延续到今日对何焯古文批评的评价中。如有不少学者注意到何焯在《义门读书记》中对韩、柳文的评点,但其关注点多在文章义理的阐发,而将占主要部分的对文句结构的讲求,视为"时文糟粕"而不予重视。④ 这不能不说是何焯研究

---

① 何焯:《两浙训士条约》,《义门先生集》卷十,清道光三十年姑苏刻本。
② 全祖望:《困学纪闻三笺序》,《全祖望集汇校集注·鲒埼亭集外编》卷二十五,上海古籍出版社 2000 年版,第 1231 页。
③ 俞樾:《何义门〈文选〉评本序》,《春在堂杂文》四编卷七,清光绪二十五年刻春在堂全书本。
④ 参见近年来讨论何焯古文评点的论文,主要有梁必彪:《论何焯的韩柳文批评》,《文艺评论》2015 年第 6 期;梁必彪:《论何焯对柳文的批评》,《佛山科学技术学院学报》(社会科学版) 2015 年第 5 期;高平:《论何焯的柳宗元研究》,《中国韵文学刊》2010 年第 6 期等。

中的一个遗憾。

关于评点之优劣，古今学者讨论已多，此处不赘述。后期桐城派作家方东树称批点为"筌蹄"，认为好的评点，能够"解于意表，而得古人已亡不传之心"，将"文中之秘妙"较为清晰地展现给后学者。[①] 方东树此言，可以说是古文家的切身经验之谈。我们亦认同方氏此观点，即关于"语言文字"的评点，虽与文章最深微的精神特质终有隔膜，但亦蕴含着大量关于"文意"与"文法"的思考，是传统文章学的最主要表述方式。以此认识为基础，本节拟以《义门读书记》中对韩愈文章的评点为例，对何焯的古文理念作一管窥。

## 一　章法论

对文章章法的关注，是何焯韩文批评中所占篇幅最多的部分。这与何焯长年从事时文评点的经历有一定关系。唐宋古文，较之秦汉文章，波澜意脉更为清晰，更容易从中总结出为文之"法度"。而明清八股由宋经义发展而来，在文体结构上先天与唐宋古文有相通处。康熙间八股名家唐彪《读书作文谱》中指出，八股文写作中，章法最为重要："先辈云：文章大法有四：一曰章法，二曰股法，三曰句法，四曰字法，四法明而文章始有规矩矣。四法之中，章法最重，股法次之，句法、字法又次之。"[②] 此处章法、股法，即如何将全文之意分为两两对仗的四组句子，每一组对句间的关系又应如何，这在很大程度上也是古文布局之法。因此，何焯在分析韩文内在结构时，也常常借鉴八股文的论文术语，其中重点提及的有以下几种。

（一）布局之法

总分。如《唐正议大夫尚书左丞孔公墓志铭》，"守节清苦，议论平正"句下评曰："二语为通篇眼目。"[③] 并对全文中哪些内容是"守节清苦"，哪些是"议论平正"一一进行说明。"吾为左丞，不能

---

[①] 方东树：《书归震川史记圈点评例后》，《考槃集文录》卷五，《清代诗文集汇编》第 507 册，上海古籍出版社 2010 年版，第 216 页上—217 页上。

[②] 唐彪：《读书作文谱》卷七，王水照编《历代文话》第 4 册，复旦大学出版社 2007 年版，第 3480 页。

[③] 何焯：《义门读书记》卷三十三，中华书局 1987 年版，第 588 页。

进退郎官，唯相之为，二宜去"句评曰："含正平意。"①"且公虽贵而无留资"句评曰："含清苦意。"② 又"事有害于正者，无所不言"与"公屡言远人急之，则惜性命，相屯聚为寇；缓之则自相怨恨而散，此禽兽耳，但可自计利害，不足与论是非"后均评曰："议论平正。"③ "约以取足境内诸州负钱，至二百万，悉放不收"与"公之北归，不载南物"后均评曰："守节清苦。"④ 这一评点，很容易令人联想到八股中的"两扇题"。"两扇题"即题目中有两个中心点，作文时可依此两重意思，作两大股，或仍分八股，将两重意思一再表述。何焯此处先提出全文两种意旨，再分述其表现，即借用了"两扇题"的写作思路。又如《应科目时与人书》，此文全文皆用比兴，用困于泥沙中的怪物来比拟自身，虽是干谒之文，但颇有傲气。何焯在总评中引用李光地长子李世得之语来说明此文之布局："怪物者，士也。得水不得水者，穷达也。有力者，援引也。劈头便分三柱，以下复应三段。"⑤ "分柱"法亦是八股之作法，即将题目中的主要意思分拆出几点，依此组织全文。此文中，怪物、水、有力者，是全篇寓言中的三个实体因素，文章开篇，即交代这三个因素，接下来对此三因素的特点与彼此联系进行说明，展开故事。因此李世得以"分柱"法来解读，亦不为牵强。

衬贴。唐彪《读书作文谱》中有"衬贴"法："文章固有不必用衬者。若当衬者不衬，则匡廓狭小，意味单薄，无华赡之致也。衬之理不一，或以目之所见衬，或以耳之所闻衬，或以经史衬，或以古人往事衬，或以对面衬，或以旁观衬，或牵引上文衬，或逆取下意衬，皆衬贴也。"⑥ 又引汪份评语来说明"对面衬贴"法："汪武曹评许子逊《文王视民如伤》文云：有'如伤'，对面即有'真伤'一层。有'文王之视民'，对面即有'民之自视'，与'人视文王之民'两层。

---

① 何焯：《义门读书记》卷三十三，中华书局1987年版，第588页。
② 同上。
③ 同上书，第588、589页。
④ 同上书，第589页。
⑤ 同上。
⑥ 唐彪：《读书作文谱》卷七，王水照编《历代文话》第4册，复旦大学出版社2007年版，第3482页。

第十一章　何焯的文章批评与文学观念　379

又评李树元《今吾子以邻国为壑》文云：有'邻国之怨我'，对面即有'吾民之德我'一层。有'吾可以邻国为壑'，对面即有'邻国亦可以吾为壑'一层。此二文者，对面衬贴之榜样也。"① 可见在八股文中，"衬贴"即围绕上一股的意思来安排下一股的内容，使意义的阐释更加全面。何焯在《代张籍与李浙东书》一文总评中，认为此文好处，在"就盲不盲两层翻出无限起伏"②，并借用"衬贴"一词来解说这两层意思的展开方式，其中一段评曰：

　　既数日，复自奋曰："无所能人，乃宜以盲废，有所能人虽盲，当废于俗辈，不当废于行古人之道者。"先以道自明当惜，心中平生所知见即古人之道也。嫌于夸毗，故反以中丞言之。浙水东七州，户不下数十万，不盲者何限，李中丞取人，固当问其贤不贤，不当计盲与不盲也。此段从不盲者反衬。当今盲于心者皆是，又变出一层。……夫盲者业专，于艺必□。故乐工皆盲。此段从盲者衬出。③

《代张籍与李浙东书》一文主旨，在用张籍的口吻，阐明自身虽有目疾，但仍有济世之才能与志意，希望能为李巽所用。何焯在评语中指出，"行古人之道者"，字面上是说李巽，实际上是说张籍自己能行古道，是"有所能而盲"。接着又用世人"无所能而不盲者"作为"反衬"，强调"贤不贤"才是用人的关键。之后的"乐工皆盲"亦是"盲于目"的"衬语"。可见"衬贴"既有反面衬，如以"无所能不盲"衬"有所能而盲"，又有正面衬，如以"乐工皆盲"衬"盲"。通过此数种角度的"衬贴"，"盲"之优势与劣势、体貌之盲与内在之盲均得到了充分的阐述，自身"盲而可用"的意旨也便呼之欲出。

　　提破与顺下。如《鳄鱼文》，全文总评曰："此文曲折，次第曲

---

① 唐彪：《读书作文谱》卷七，王水照编《历代文话》第4册，复旦大学出版社2007年版，第3483页。
② 何焯：《义门读书记》卷三十二，中华书局1987年版，第555页。
③ 同上。

尽情理，所以近于六经。"① 此文内容简单，语言平实，但说来极有顺序，何焯在夹评中，则将此"曲尽情理"处一一阐明。为阅读方便，我们将韩愈原文与何焯评语结合起来引录如下：

> 维年月日，潮州刺史韩愈，使军事衙推秦济，以羊一、猪一投恶溪之潭水，以与鳄鱼食，而告之曰：昔先王既有天下，烈山泽，罔绳擉刃，以除虫蛇恶物为民害者，驱而出之四海之外。发端先提破，必无可容之道。
>
> 及后王德薄，不能远有，则江、汉之间，尚皆弃之以与蛮、夷、楚、越，况潮岭海之间，去京师万里哉！鳄鱼之涵淹卵育于此，亦固其所。开其前愆。
>
> 今天子嗣唐位，神圣慈武。四海之外，六合之内，皆抚而有之。况禹迹所揜，扬州之近地，刺史、县令之所治，出贡赋以供天地宗庙百神之祀之壤者哉！鳄鱼其不可与刺史杂处此土也！责其更新。
>
> 刺史受天子命，守此土，治此民；而鳄鱼睅然不安溪潭，据处食民、畜、熊、豕、鹿、獐，以肥其身，以种其子孙；与刺史亢拒，争为长雄。刺史虽驽弱，亦安肯为鳄鱼低首下心，伈伈睍睍，为民吏羞，以偷活于此邪？
>
> 且承天子命以来为吏，固其势不得不与鳄鱼辨。又一提，谕之以体。
>
> 鳄鱼有知，其听刺史言：潮之州，大海在其南。鲸、鹏之大，虾、蟹之细，无不容归，以生以食，鳄鱼朝发而夕至也。导之以路。
>
> 今与鳄鱼约，尽三日，其率丑类南徙于海，以避天子之命吏。三日不能，至五日；五日不能，至七日；宽之以期。
>
> 七日不能，是终不肯徙也，是不有刺史、听从其言也。不然，则是鳄鱼冥顽不灵，刺史虽有言，不闻不知也。逐层逆卷，后复顺下三段，有千层万叠之势。
>
> 夫傲天子之命吏，不听其言，不徙以避之，与冥顽不灵而为

---

① 何焯：《义门读书记》卷三十三，中华书局1987年版，第592页。

民物害者，皆可杀。竦之以法。

刺史则选材技吏民，操强弓毒矢，以与鳄鱼从事，必尽杀乃止。其无悔！迫之以威。①

上引评语中之"提破"，意即开门见山，说明作文本意。此文为"告文"，故开端即援引先王之例，向鳄鱼宣示驱逐之意，即"提破"。在数说鳄鱼罪愆与当今形势后，回到所要宣告的正式内容，即"又一提"，这里的"提"，有收束前文，引起下文之意。此后三段，"导之以路""宽之以期"，是以理服之，以情感之，"竦之以法""迫之以威"则是以威权强令之。语气逐层加重，文势逐渐加强。故"顺下"即顺承、语意递进之意。

（二）转承之法

韩文以气势取胜，但此种气势的形成，并非全是"一气直下"。唐彪《读书作文谱》认为："文字从无直行者。必用转转相生。"② 何焯评点中，也多处涉及韩文的转折、停顿之法：

绾结。《论佛骨表》中，评"臣虽至愚，必知陛下不惑于佛，作此崇奉以祈福祥也。直以年丰人乐，徇人之心，为京都士庶设诡异之观、戏玩之具耳，安有圣明若此，而肯信此等事哉"一段曰："此数句是前后关键绾结处。祈福无验，上已开陈。故入迎佛骨本事后，一句撇过，只以国家大体反复言之。"③ 此段之前，主要列举前代帝王对佛教的态度及其各自寿考、国祚，得出结论"由此观之，佛不足事"，并回顾宪宗即位初期对佛教的理智态度，为此段中"必知陛下不惑于佛"做铺垫。此段之后，则用严肃的语气说明若皇上看重佛教，则愚民必将什百倍效仿之，至于弃本业而伤风俗，影响到政治的稳定。此段在这两层内容之中，句中既有"陛下"，又提到"士庶"，承上启下，故谓"前后绾结"。

纽。"纽"之法，如《与孟尚书书》中，"释老之害过于杨墨，

---

① 何焯：《义门读书记》卷三十三，中华书局1987年版，第592页。
② 唐彪：《读书作文谱》卷七，王水照编《历代文话》第4册，复旦大学出版社2007年版，第3496页。
③ 何焯：《义门读书记》卷三十三，中华书局1987年版，第594—595页。

韩愈之贤不及孟子，孟子不能救之于未亡之前，而韩愈乃欲全之于已坏之后"句评曰："纽得紧。"① 此句位于文章末段，之前已表述自己不信佛的态度，以及对孟子辟杨墨、存孔子的敬佩之情。此四句可以说既是对自己辟佛态度再次强调，也是对前文的总结。故此评中"纽"有承上启下之意，而重在"承上"。同篇中"天地鬼神，临之在上，质之在傍，又安得因一摧折，自毁其道以从于邪也"句评曰："回抱到近少信奉释氏，前后纽得紧。"② 此句为信之主体部分的结语。韩愈写此信的目的，在向孟简分辨关于自己奉佛的流言，开篇即言明自己与释子交往，是普通朋友之间的人情酬酢，而非"崇信其法"。何焯在此用"纽"来揭出文末此句与前文的相互呼应。因此，"纽"在何焯笔下，具有呼应、照应之意，此种照应，不是隐曲的"草蛇灰线"，而是较为显豁，其作用在使全文意脉贯通。

关。如《送浮屠文畅师序》，此序文乃借赠浮屠为名，阐发儒家之道，一般人只注意到文中对儒家道统的论述，何焯则注意到作者引出议论的方法。开篇"浮屠师文畅喜文章"一句后评曰："佛学不立语言文字而喜文章，此则其志将有异乎彼也。"③ 文中言儒家传承之序，从二帝三皇到尧舜禹汤文武周公孔子，均"书之于册，中国之人世守之"。"书之于册"句后评曰："关着文字。"④ 文畅研习佛学，却不能遵守"不立文字"的佛教教诲，喜好文章。而儒家正以"郁郁乎文"著称。这是韩愈向文畅传扬儒家学说的逻辑前提。"书之于册"，暗含"文字"意，此处"关"，既有"暗示"之意，又有与前文"暗相呼应"之意。

反跌。《与于襄阳书》中，"如曰吾志存乎立功，而事专乎报主，虽遇其人，未暇礼焉，则非愈之所敢知也"句评曰："都用反跌，不陋。"⑤ 此信乃韩愈向于𫖯自荐，开篇先谈上下遇合之难，再表明对于𫖯的敬慕，希望得到其汲引。"如曰"一句，设想对方拒绝自己，

---

① 何焯：《义门读书记》卷三十二，中华书局1987年版，第562页。
② 同上。
③ 同上书，第567页。
④ 同上书，第568页。
⑤ 同上书，第557页。

一反前文中之热切渴盼。因此，此处"反跌"应为"反转"意。虽是语势反转，然却以退为进，文势不弱反强。

断续。《答崔立之书》总评曰："前后作两段分析，却将崔书点在中间，文势妙，有断续，自觉激昂磊落。"① 此书之写作背景，为韩愈三应吏部试不中后，友人崔立之以卞和献玉为喻，勉其继续进取。韩愈在此信中回应崔氏劝说，表明自己应试只是为了衣食之资，并不如卞和般看重得失结果。何焯在"今足下乃复比之献玉者，以为必俟工人之剖，然后见知于天下，虽两刖足不为病，且无使勋者再剨"句后评曰："将来书叙在中间，文势便不直，此昔人所谓断续也。"② 此句之前，韩愈叙述了自己的生平志向，从少时"以为人之仕者，皆为人耳，非有利乎己"的怀抱讲起，到入京城后对众人以"俳优之辞"换取名利之行为的不解，再坦承自己本心之中，是以屈原、司马迁等贤文人为榜样，自负于天下，并不屑与"斗筲者决得失于一夫之目"。文势湍急，一泻而下，而到此句则打住。此句之后，正式回答对方："仆之玉固未尝献，而足固未尝刖，足下无为我戚戚也。"并言明自己今后的打算，或从军，或隐居著史，将不再赴试。可见"断续"，即中间插入别事以宕开文势，以达到回环往复的效果。

## 二 文体论

在《义门读书记》的韩文评点中，何焯对某些特定文体的写作特点进行了总结，其中着笔最多的是干谒文与碑传文。

干谒文在韩文中所占比重相当大，后人对此也争议颇多。而何焯对韩愈此类文章中的大多数篇目，是持肯定态度的，认为韩愈此类文字，并非苟且求荣，而是一代贤人抱负与骨气的展现。如《上宰相书》《后十九日复上书》《后二九日复上书》三篇书信，为德宗贞元十一年韩愈试博学鸿词科下第后上书宰相贾耽，表明求仕心意的文字。何焯于《上宰相书》后总评曰："为宰相者，各宜书一通于座

---

① 何焯：《义门读书记》卷三十二，中华书局1987年版，第552页。
② 同上书，第553页。

右，未可以后进求知常语视之也。须具绝大心胸读之。"① 此文中，韩愈在引用孟子"君子有三乐"语后，接"然则孰能长育天下之人材，将非吾君与吾相乎？孰能教育天下之英才，将非吾君与吾相乎"一句，何焯评曰："秦汉以来庙堂久不闻此高言。"② 文中又引《尚书》中语，说明选拔贤能，是治理天下者的本职："《洪范》曰：'凡厥庶民，有猷、有为、有守，汝则念之。不协于极，不罹于咎，皇则受之。而康而色，曰：予攸好德。汝则锡之福。'是皆与善之辞也。"何焯评曰："从诸经相表里处，推明职分当为之实，乃非徒攀援求进也。"③ 此三处评语，都强调韩愈此文中所表达理念的正大、合理，并不因这些理念是出于后进之口、处于乞索之文而失去其价值。《后十九日复上书》是三篇中词气最为急切的一篇，南宋张九成曾批评韩愈在此篇中将自身与"蹈水火者""强盗""管库"同列的做法是"略不知耻"。④ 何焯则将此篇与《后二九日复上书》联系起来，《后二九日复上书》总评曰："末段中皆申明所由自进亟有不得已者。其不逆以否则固听之，岂屑屑蕲得一官哉。"⑤ 文中"舍乎此则夷狄矣，去父母之邦矣。故士之行道者不得于朝，则山林而已矣。山林者，士之所独善自养而不忧天下者之所能安也。如有忧天下之心，则不能矣。故愈每自进而不知愧焉，书亟上，足数及门，而不知止焉"句评曰："言至此则第二书之情隘辞蹙亦不为过矣。"⑥ 此句中，韩愈说明了自己数次投书的原因，一是由于当今之日，天下一统，故士子只有仕与隐的选择，而不能像战国游士那样择主而事。二是自己的抱负在天下，如归隐山林，独善其身，则心不能安。因此，求仕是遵从本心、忠于朝廷国家的表现。何焯认为，有此理由，则第二封书中的急切语气，便显得可敬，而不是自媒自炫的可耻。又如《与于襄阳书》

---

① 何焯：《义门读书记》卷三十二，中华书局1987年版，第548页。
② 同上书，第549页。
③ 同上。
④ 韩愈《后十九日复上书》题下张九成评语，《韩昌黎全集》卷十六，中国书店1991年版，第240页。
⑤ 何焯：《义门读书记》卷三十二，中华书局1987年版，第551页。
⑥ 同上书，第552页。

总评曰:"两存地步,不失轻重,乞索书之最出拔者。"① 韩愈此文,以激昂的语调,论述了"先达之士"与"后进之士"相须相成的道理,认为"高材多戚戚之穷,盛位无赫赫之光"的社会现状,先达与后进均有责焉。故何焯评其为"两存地步",无奴颜婢膝之媚态。综上,可以看出,何焯认为,干谒之文,亦可以表达对政治与社会人生的意见,具有浩然之气;而要达到此境界,正大的文辞与恰到好处的文势收放技巧最为重要。

碑传文是韩文中的另一类具有开创性的文体。近人钱基博认为:"碑传文有两体:其一蔡邕体,语多虚赞而纬以事历……其一韩愈体,事尚实叙而裁如史传。"② 何焯在评语中对韩愈诸篇"尚实叙"的碑传进行了分析,如《唐故观察使韦公墓志铭》总评曰:"初读此,似无奇。后观杜牧《遗爱碑》仅存一空壳,乃服其叙致之精赡也。"③ 此文叙述韦丹生平事迹,语言朴素,确如文末韩愈所自言"直而不华",故初看无奇。与杜牧《唐故江西观察使武阳公韦公遗爱碑》相较,杜牧此碑虽亦称名篇,但杜文中对韦丹祖先功业的叙述,以及文末传赞,占据了较多篇幅,对韦丹功绩只提到了教民建瓦屋、筑江堤两事。韩愈此文则紧扣韦丹"循吏"的特点,将韦丹为官之不慕私利、一心为民的大处,如拒绝额外赏赐、教人制瓦、制陶、置南北市、建新城、筑江堤等,一一写来,文中虽自言"其大如是,其细可略",不重细节描写,但传主一生事业,已有全面展开。何焯评其"精赡",正是肯定其在剪裁上的匠心。文中"始教人为瓦屋。取材于山,召陶工教人陶;聚材瓦于场,度其费以为估。不取赢利,凡取材瓦于官,业定而受其偿。从令者免其赋之半,逃未复者,官与为之。贫不能者,畀之贫。载食与浆,亲往劝之,为瓦屋万三千七百,为重屋四千七百。民无火忧"句下评曰:"叙致如在目。"④ 此句具体叙述教民造屋之事,将千头万绪之措施分说得极有条理,即为有"叙致"。

---

① 何焯:《义门读书记》卷三十二,中华书局1987年版,第557页。
② 钱基博:《中国文学史》,东方出版中心2008年版,第290—291页。
③ 何焯:《义门读书记》卷三十三,中华书局1987年版,第576页。
④ 同上。

除"实叙"外，韩愈墓志中还有一些以"闲笔"取胜的作品。此类作品，虽非韩愈碑传文之正体，但亦有别趣。对此类文，何焯也予以较多关注，如《试大理评事王君墓志铭》，此文传主王适官位低微，且任职时间较短，因此全文笔墨，以传主的言语、神情为重点，逸事多而实际功业少。何焯认为此乃"虚写"之体："王适之才必有过人者，以不拘小节，遂失之于牝牡骊黄之外，故即琐事摹画其生平大概。"① 又如《殿中少监马君墓志》，此文对传主本人生平，只一语带过，而以作者与马氏三代人的交往、马氏家族的盛衰荣枯为重点，借此抒发作者对于人世沧桑的感慨，何焯总评曰："无可志，故只以世旧为波澜，又一体。"② 这类墓志中的"别体"，早期桐城派作家笔下多有，如方苞《翰林院编修查君墓志铭》等，最精彩处均在人物之"琐事"。但方苞在论文时，却对此具有小说意味的笔法表现出不屑。何焯能够为此种"虚写"之体正名，可以见出他较为通脱开放的文体观。

### 三　风格论

何焯的韩文批评中，有不少关于文章整体风格的评述。韩愈文章，以气势磅礴著称，何焯亦有不少此类评语，如《后十九日复上书》总评："文势如奔湍激箭。"③《后二九日复上书》"不惟不贤于周公而已，岂复有贤于时百执事哉？岂复有所计议，能补于周公之化者哉？"句后评曰："一路顿跌而下，如怒涛出峡。"④《与孟尚书书》："理明气畅，此文真是如潮。"⑤ 等等。但何焯的独到处，还在于发掘出了韩文温厚有味的一面。韩愈以道统自任，除专门的论辩体外，在各类书信、赠序中，也常有论辩、规劝之意。何焯认为这些规劝语，均能正大宽厚，不急不躁，具有儒者之风。如《鳄鱼文》总

---

① 何焯：《义门读书记》卷三十三，中华书局1987年版，第579页。
② 同上书，第589页。
③ 何焯：《义门读书记》卷三十二，中华书局1987年版，第550页。
④ 同上书，第551页。
⑤ 同上书，第561页。

评:"诚能动物,非其刚猛之谓。"① 也即此文之过人处,不在压倒人的气势,而在劝说的入情入理,诚恳真挚。又如《送浮屠文畅师序》总评:"横空而入,推排众说,又不觉为远于人情……此文须味其忠厚诚恳,不是虚憍之气。"② 此文在论述儒家的主要理论及传承谱系后,紧接一句"今浮屠者,孰为而孰传之耶"。何焯评此句曰:"只一语,含蓄有体。"③ 因这句问话,并未对释家理论进行正面批驳,而是在对比中暗含褒贬,故是"含蓄"。文末"知而不以告人者,不仁也,告而不以实者,不信也"一句后评曰:"有此二句,诚恳有味,不是强以大言弹压。仁义之人,其言蔼如,可从此二句观之。"④ 此二句意在说明此文中对儒家道理的阐述,并非强行要对方接受,而是为了遵守自己心中的"仁""信"之德,因此并不会给对方造成压力,故是"诚恳有味"。

又如《送许郢州序》,此序名为赠郢州刺史许氏,实则要借此机会规劝许氏的上司,时任山南东道节度使的于頔,勿要敛民太急。此文作于贞元十九年,韩愈此时任国子监四门博士,为七品官,而于頔官居正二品,为朝廷镇守一方的大员。文章以下讽上,极有技巧。何焯在总评中认为此文:"忠告善道,亦六经孔氏之词。讽刺之辞却语语平恕蔼如也。"⑤ 何谓"平恕蔼如"?文章开篇,先叙述自己与于頔在昔日的书信来往,赞美于氏勇于纳言的宽广胸怀。何焯于此处评曰:"从平昔相知发端,乃得进言之体。"⑥ 从铺叙个人交情、表达赞颂之意入手,引起所要规劝的正文,其言才易入,故曰能"得进言之体"。"为刺史者,恒私于其民"句评曰:"妙于语言,从刺史说起,善于为公地。"⑦ "诚使刺史不私于其民,观察使不急于其赋,刺史曰:吾州之民,天下之民也,惠不可以独厚。观察使亦曰:某州之民,天下之民也,敛不可以独急。如是而政不均,令不行者,未之有

---

① 何焯:《义门读书记》卷三十三,中华书局1987年版,第592页。
② 何焯:《义门读书记》卷三十二,中华书局1987年版,第567页。
③ 同上书,第568页。
④ 同上。
⑤ 同上书,第563页。
⑥ 同上。
⑦ 同上。

也。"句评曰:"得刺史与有责焉,为之分谤,则道之易入。"① 文末"有以事乎上,有以临乎下,同则成,异则败者,皆然也。非使君之贤,其谁能信之"句评曰:"此一段又就刺史本分言之,不失文章宾主,讽喻又不觉。"② 诸评均从"接受效果"着眼,认为此文虽以劝谏于公为实际目的,但在写法上却是许氏为主、于公为宾,对二人同时加以规劝,结尾则总归到徐氏,给于公保留了足够的体面。又认为"宾主双行"的安排,可以将于公不惜民力的操守问题,转换为官场之间上下级的关系问题,性质减轻,被规劝者也易于接受:"本是不恤民命,却只讽他不通下情,妙甚。"③ 因此,全文对于公的讽喻是"蔼如""温柔敦厚"的。

何焯还注意到韩愈文中"怨"的表达法。如《试大理评事王君墓志铭》,后半段以大段笔墨,写王适假冒官人而骗得岳丈的认可,与妻子结成婚姻之事。此事手段近乎诈,后代文家,多对此段文字持保留态度,如曾国藩认为:"以蔡伯喈碑文律之,此等文已失古意,然能者游戏无所不可,末流效之,乃堕恶趣矣。"④ 认为此处笔调,近于"游戏",并不庄重。何焯则认为此段叙述,与全文主旨有关:"怀奇之人困于资地,思女嫁官人,至为人绐,其情亦既可悲,而两人情性反适相合,因而记之,乃极跌宕。一妻耳,犹漫言官人而乃得之,则何事不困于无资地而不能自出乎?书此以见其穷,所谓微而显也。"⑤ 王适岳父亦是"怀奇不遇"之人,奇人相遇,两相映衬,使得文情更为起伏,也可为士林中此类心气高昂,却又命途偃蹇之人造一群像。传主虽有才华,但因无功名,所以娶妻尚需"绐",则当日社会上之势利成风,可以想见。何焯认为,此即是作者的"谲谏"处,有此"微而显"之语,此文便不仅仅是对一位普通士子人生行迹的传写,还暗含着作者对社会、对人生的愤慨不平之感。又如《与

---

① 何焯:《义门读书记》卷三十二,中华书局1987年版,第564页。
② 同上。
③ 同上书,第563页。
④ 曾国藩评语,转引自吴孟复、蒋立甫主编《古文辞类纂评注》,安徽教育出版社2004年版,第1383页。
⑤ 何焯:《义门读书记》卷三十三,中华书局1987年版,第580页。

李翱书》,此信中,韩愈向李翱解释了自己离开京师的原因,乃是"内无所资,外无所从",前途无望,不愿再过乞食的日子。同时也叮嘱友人要"慎其所之"。文中"今天下之人,有如子者乎?自尧舜已来,士有不遇者乎,无也"句后评曰:"所谓以子待我之意望时人。公之寄身从事幕府,不入京师,徒以德宗昏惑,信用谗慝谀佞之人,无可为者。然难以显言,故但以不相忌者少,偏以不能下达见意,自尧、舜以来二句,正见当待明天子也。深得圣经微而显之妙。"① 此句字面意思,是说自古以来,天下并没有"不遇"的人与事,自己之所以"不遇",是因为当日京城中没有像李翱一样真正赏识自己的师友,也即责任在于"大臣"而不在"天子"。但用"尧舜"提起反问,则又暗示当今天子并非"尧舜",带出隐约的怨望之情。何焯对此句中"怨望"程度的拿捏极为称赞,认为其恰到好处。

在《义门读书记》中对其他古文家的评点中,我们可以看到,是否"有味"是何焯评文的一大标准,而在何焯看来,韩愈文章是最符合此一标准的。如他评论欧阳修《岘山亭记》,认为此文"妙在微讽中有引而进之之意,仍归于敦厚"②,又称赞"将自待者厚,而所思者远欤"两句,认为若无此两句,"便义理不圆足,文章亦径露少味矣。欧公此等处,尚得韩法也"。③ 此文应襄阳太守史中辉而作,史氏在岘山立亭刻石,虽是应吏民所请,但仍有自夸之嫌,所以欧阳修要借羊祜、杜预刻石于岘山的旧事,表达劝诫之意,阐明刻于碑石者,不如存于人心者能流传久远的道理。"将自待者厚,而所思者远欤"一句,字面上是分析杜预建功后刻石之原因,实际寄寓了对史氏的期望,史氏立亭刻石,显然做不到"自待者厚,所思者远"。因此,此句暗含讽谏,但又是借古人发之,故是"微讽""得韩法"。又评《答陕西安抚使范龙图辞辟命书》曰:"公文之最近韩者。言外多讽切,亦忠告之遗意。"④ 此信中谈及用人之道,认为"士虽贫贱,以身许人,固亦未易。欲其尽死,必深相知,知之不尽,士不为用",

---

① 何焯:《义门读书记》卷三十二,中华书局1987年版,第556页。
② 何焯:《义门读书记》卷三十八,中华书局1987年版,第690页。
③ 同上。
④ 同上书,第680页。

指出范仲淹麾下人才极多，关键在于如何使用。虽是进言，但语气从容舒缓，没有咄咄逼人的批评。因此何焯认为此文具有"言外意"，"最近韩"。欧阳修文章之纡徐不迫，后人多认为来源于《史记》，何焯则指出这是学习韩愈的结果。这一观点，值得重视。对于欧阳修语气凌厉、咄咄逼人的论辩文章，何焯则表示不满，如《朋党论》评曰："自是会做文章，然久读反觉其虚夸寡味。此欧文之近苏者，无诚意，少和气。"①《朋党论》提出"小人无朋，惟君子则有之……为人君者，但当退小人之伪朋，用君子之真朋，则天下治矣"，何焯则认为，朋党并没有小人、君子之分，"有朋而不党，是君子所以自处，人主宜迹其生平行事之素，别白用之，乃颠扑不破之论"。②欧阳修此文一意别立新说，虽能动人心目，但违背了人世常情，于事理上站不住脚，故是"诚意"不够，"虚夸寡味"。

何焯对"温柔敦厚"之文的赏识，其原因主要有二。首先是对正大、平和的文章风貌的向往。这与其时文评选中对"先正法度"的强调、对融贯诸家之说而出以平实清晰之辞的文章的推崇相一致。其次，何焯中年以后性情由狂傲到谨慎的转变，也影响到他的文辞审美标准。前文曾提到，何焯月旦人物，颇多冷隽而刻薄之语，但在这一表象之下，却有着对"涉世略要识窍"③的清醒认识。在何焯这里，和缓而巧妙的表达方式，是极为重要的文章"法度"。较之方苞对文章"义"与"法"的分明斩截的论述，何焯的这一"法度"似更圆融，但也缺少了少年人的生气，表现出一种饱尝世味后的暧昧与沧桑。

---

① 何焯：《义门读书记》卷三十八，中华书局1987年版，第683页。
② 同上书，第684页。
③ 何焯：《与弟书》，《义门先生集》卷七，清道光三十年姑苏刻本。

# 参考文献

**古籍**

经、子部：

（清）阮元校刻：《十三经注疏》，中华书局1980年版。

（宋）谢良佐：《上蔡语录》，《景印文渊阁四库全书》第698册，台湾商务印书馆1986年版。

（宋）朱熹撰，黄珅校点：《四书或问》，上海古籍出版社、安徽教育出版社2001年版。

（宋）朱熹：《四书章句集注》，齐鲁书社1992年版。

（宋）黎靖德编，王星贤点校：《朱子语类》，中华书局1986年版。

（清）焦循撰，沈文倬点校：《孟子正义》，中华书局2015年版。

（清）刘宝楠撰，高流水点校：《论语正义》，中华书局1990年版。

（清）戴名世、程逢仪辑：《四书朱子大全》，《四库禁毁书丛刊》经部第9册，北京出版社1998年版。

（清）王先谦撰，沈啸寰、王星贤点校：《荀子集解》，中华书局1988年版。

（清）傅以渐等编：《御定内则衍义》，清文渊阁四库全书本。

（明）仁孝文皇后撰：《内训》，丛书集成初编本，中华书局1991年版。

《女子四书读本》，扫叶山房清光绪三十二年刊本。

史部：

（汉）司马迁：《史记》，中华书局1959年版。

（汉）班固：《汉书》，中华书局1962年版。

《大明会典》，明万历内府刻本。

（明）丘濬：《世史正纲》，《四库全书存目丛书》史部第 6 册，齐鲁书社 1996 年版。

（明）张岱：《石匮书后集》，中华书局 1959 年版。

（清）查继佐：《罪惟录》，四部丛刊三编景手稿本。

（清）黄宗羲著，沈芝盈点校：《明儒学案》，中华书局 1985 年版。

（清）陈鼎：《东林列传》，《景印文渊阁四库全书》第 458 册，台湾商务印书馆 1986 年版。

（清）张廷玉等：《明史》，中华书局 1974 年版。

赵尔巽等：《清史稿》，中华书局 1977 年版。

《清代起居注册·康熙朝》，中华书局、联经出版事业公司 2009 年版。

《清实录》，中华书局 1985 年版。

《清代文字狱档（增订本）》，上海书店出版社 2011 年版。

中国第一历史档案馆编：《康熙朝汉文朱批奏折汇编》，档案出版社 1984 年版。

《钦定大清会典则例》，清文渊阁四库全书本。

田涛、郑秦点校：《大清律例》，法律出版社 1998 年版。

（清）梁国治等：《钦定国子监志》，《景印文渊阁四库全书》第 600 册，台湾商务印书馆 1986 年版。

（清）汪廷珍等：《钦定国子监则例》，文海出版社 1989 年版。

（清）英汇等纂：《钦定科场条例》，文海出版社 1989 年版。

（清）素尔讷纂，霍有明、郭海文校注：《钦定学政全书校注》，武汉大学出版社 2009 年版。

王钟翰点校：《清史列传》，中华书局 1987 年版。

（清）钱仪吉纂：《碑传集》，中华书局 2008 年版。

（清）钱林：《文献征存录》，清咸丰八年有嘉树轩刻本。

（清）张维屏：《国朝诗人征略二编》，清道光二十二年刻本。

（清）彭蕴灿：《历代画史汇传》卷五十八，清道光刻本。

（清）江藩著，钟哲整理：《国朝汉学师承记》，中华书局 2008 年版。

（清）马其昶著，毛伯舟点注：《桐城耆旧传》，黄山书社 1990 年版。

刘声木撰，徐天祥点校：《桐城文学渊源考 桐城文学撰述考》，黄山书社1989年版。

闵尔昌编：《碑传集补》，民国十二年刊本。

谭其骧主编：《中国历史地图集》第7、8册，中国地图出版社1982年版。

（清）宋荦：《漫堂年谱》，清宋氏温堂钞本。

（清）王士禛撰，孙言诚点校：《王士禛年谱》，中华书局1992年版。

（清）李塨撰、王源订，陈祖武点校：《颜元年谱》，中华书局1992年版。

（清）冯辰、刘调赞撰，陈祖武点校：《李塨年谱》，中华书局1988年版。

（清）杨谦：《朱竹垞先生年谱》，清刻曝书亭集诗注本。

黄珅等编：《顾炎武年谱（外七种）》，上海古籍出版社2012年版。

（明）王鏊：《（正德）姑苏志》，《景印文渊阁四库全书》第493册，台湾商务印书馆1986年版。

（清）张楷：《（康熙）安庆府志》，清康熙六十年刻本。

（清）王士俊：《（雍正）河南通志》，《景印文渊阁四库全书》第537册，台湾商务印书馆1986年版。

（清）李光祚：《（乾隆）长洲县志》，清乾隆十八年刻本。

（清）赵宏恩：《（乾隆）江南通志》，《景印文渊阁四库全书》第507、508、509、510、511、512册，台湾商务印书馆1986年版。

（清）郝玉麟：《（乾隆）福建通志》，《景印文渊阁四库全书》第528册，台湾商务印书馆1986年版。

（清）桂敬顺：《（乾隆）浑源州志》，清乾隆二十八年刻本。

（清）何绍基：《（光绪）重修安徽通志》，清光绪四年刻本。

（清）冯桂芬：《（同治）苏州府志》，清光绪九年刊本。

（清）薛凝度：《云霄厅志》，民国铅字重印本。

俞庆澜等：《（民国）宿松县志》，民国十年刊本。

曹炳麟：《（民国）崇明县志》，民国十九年刊本。

（宋）陆游撰，李剑雄、刘德权点校：《老学庵笔记》，中华书局1979年版。
（宋）费衮撰，金圆校点：《梁溪漫志》，上海古籍出版社1985年版。
（明）王士性撰，周振鹤点校：《五岳游草 广志绎》，中华书局2006年版。
（明）王士性著，周振鹤编校：《王士性地理书三种》，上海古籍出版社1993年版。
（清）王秀楚等：《中国近代内乱外祸历史故事丛书·扬州十日记》，台北广文书局有限公司1977年版。
（清）计六奇撰，任道斌、魏得良点校：《明季南略》，中华书局1984年版。
（清）钱𣘻：《甲申传信录》，上海书店出版社1982年印行。
（清）温睿临：《南疆逸史》，中华书局1959年版。
（清）徐鼒：《小腆纪传》，清光绪金陵刻本。
（清）王应奎撰，王彬、严英俊点校：《柳南随笔》，中华书局1983年版。
（清）秦瀛：《己未词科录》，清嘉庆刻本。
（清）李光地著，陈祖武点校：《榕村语录 榕村续语录》，中华书局1995年版。
（清）刘献廷：《广阳杂记》，中华书局1997年版。
（清）王士禛著，张世林点校：《分甘余话》，中华书局1989年版。
（清）钱泳撰，张伟点校：《履园丛话》，中华书局1979年版。
（清）汪景祺：《读书堂西征随笔》，上海书店出版社1984年版。
（清）萧奭著，朱南铣点校：《永宪录》，中华书局1959年版。
（清）鄂尔泰等：《词林典故》，《景印文渊阁四库全书》第599册，台湾商务印书馆1986年版。
（清）陈康祺著，晋石点校：《郎潜纪闻初笔二笔三笔》，中华书局1984年版。
（清）法式善等撰，张伟点校：《清秘述闻三种》，中华书局1982年版。

（清）法式善撰，陶雨公点校：《陶庐杂录》，中华书局 1959 年版。
（清）法式善：《槐厅载笔》，清嘉庆刻本。
（清）梁章钜著，陈居渊校点：《制义丛话 试律丛话》，上海书店出版社 2001 年版。
（清）梁章钜：《退庵随笔》，江苏广陵古籍刻印社 1997 年版。
（清）昭梿著，何英芳点校：《啸亭杂录》，中华书局 1980 年版。
（清）戴望著，刘公纯标点：《颜氏学记》，中华书局 1958 年版。
刘承干编：《明史例案》，民国嘉业堂刊本。
潘宏编著：《百世杜溪》，黄山书社 2012 年版。

集部：

（梁）萧统编，（唐）李善注：《文选》，上海古籍出版社 1986 年版。
（清）卓尔堪编：《遗民诗》，华东师范大学出版社 2013 年版。
（清）黄宗羲编：《明文海》，中华书局 1987 年版。
（清）方苞编选：《钦定四书文》，《景印文渊阁四库全书》第 1451 册，台湾商务印书馆 1986 年版。
（清）方苞编选：《古文约选》，清雍正十一年和硕果亲王府刻本。
（清）沈德潜编选：《清诗别裁集》，上海古籍出版社 2013 年版。
（清）何焯编选：《本朝小题文行远集》，清康熙义门书塾刻本。
（清）姚鼐编选，吴孟复、蒋立甫主编：《古文辞类纂评注》，安徽教育出版社 2004 年版。
（清）周有壬辑：《梁溪文钞》，凤凰出版社 2011 年版。
高步瀛选注：《唐宋文举要》，中华书局香港分局 1976 年版。

（唐）陈子昂著，徐鹏校点：《陈子昂集》（修订本），上海古籍出版社 2013 年版。
（唐）孟浩然著，曹永东笺注：《孟浩然诗集笺注》，天津古籍出版社 1989 年版。
（唐）李白著，（清）王琦注：《李太白全集》，中华书局 1977 年版。
（唐）杜甫著，（清）仇兆鳌注：《杜诗详注》，中华书局 1979 年版。
（唐）韩愈：《韩昌黎全集》，中国书店 1991 年版。
（唐）柳宗元：《柳河东集》，上海古籍出版社 2008 年版。

（唐）刘知几著，（清）浦起龙校释：《史通校释》，上海古籍出版社1978年版。

（宋）欧阳修著，洪本健校笺：《欧阳修诗文集校笺》，上海古籍出版社2009年版。

（宋）柳永著，孙光贵、徐静校注：《柳永集》，岳麓书社2003年版。

（宋）王安石撰，中华书局上海编辑所编：《临川先生文集》，中华书局1959年版。

（宋）苏轼著，孔凡礼点校：《苏轼文集》，中华书局1986年版。

（宋）苏轼著，（清）王文诰辑注，孔凡礼点校：《苏轼诗集》，中华书局1982年版。

（宋）陆九渊：《陆象山全集》，中国书店1992年版。

（明）方孝孺著，徐光大校点：《逊志斋集》，宁波出版社1996年版。

（明）王守仁撰，吴光、钱明、董平、姚延福编校：《王阳明全集》，上海古籍出版社2014年版。

（明）归有光著，周本淳校点：《震川先生集》，上海古籍出版社1981年版。

（明）赵南星：《赵忠毅公诗文集》，明崇祯十一年刻本。

（明）袁宏道著，钱伯城笺校：《袁宏道集笺校》，上海古籍出版社2008年版。

（明）袁中道著，钱伯城点校：《珂雪斋集》，上海古籍出版社1989年版。

（明）钟惺著，李先耕、崔重庆标校：《隐秀轩集》，上海古籍出版社1992年版。

（明）谭元春著，陈杏珍标校：《谭元春集》，上海古籍出版社1998年版。

（明）王思任著，任远点校：《王季重集》，浙江古籍出版社2012年版。

（明）凌义渠：《凌义渠奏牍》，明崇祯刻本。

（明）曾异撰：《纺授堂集》，明崇祯刻本。

（明）罗万藻：《此观堂集》，清乾隆二十一年刻本。

（明）艾南英：《天佣子集》，艺文印书馆1980年版。

（明）艾南英著，吕留良评点：《艾千子先生全稿》，伟文图书出版社1977年版。

（明）张溥：《七录斋诗文合集》，伟文图书出版社1977年影印本。

（明）刘宗周著，丁晓强点校：《刘宗周全集》第3册，浙江古籍出版社2007年版。

（清）钱谦益撰，钱仲联标校：《牧斋初学集》，上海古籍出版社1985年版。

（清）钱谦益撰，钱仲联标校：《牧斋有学集》，上海古籍出版社1996年版。

（清）钱谦益：《列朝诗集小传》，上海古籍出版社2008年版。

（清）魏禧著，胡守仁、姚品文、王能宪校点：《魏叔子文集》，中华书局2003年版。

（清）彭士望著，彭玉雯辑：《彭躬庵文钞》，清道光丁酉刊本。

（清）侯方域：《壮悔堂文集》，《清代诗文集汇编》第62册，上海古籍出版社2010年版。

（清）汪琬：《尧峰文钞》，四部丛刊景林佶写刻本。

（清）顾炎武撰，华忱之点校：《顾亭林诗文集》，中华书局1959年版。

（清）顾炎武著，（清）黄汝成集释，栾保群、吕宗力校点：《日知录集释（全校本）》，上海古籍出版社2006年版。

（清）顾炎武撰，华东师范大学古籍研究所整理：《顾炎武全集》第4册，上海古籍出版社2012年版。

（清）黄宗羲：《黄宗羲全集》第1册，浙江古籍出版社1985年版。

（清）黄宗羲：《黄宗羲全集》第2册，浙江古籍出版社1986年版。

（清）黄宗羲著，平惠善校点：《黄宗羲全集》第10册，浙江古籍出版社2005年版。

（清）黄宗羲著，吴光编校：《黄宗羲全集》第11册，浙江古籍出版社2012年版。

（清）黄宗羲著，陈乃乾编：《黄梨洲文集》，中华书局1959年版。

（清）吴伟业著，李学颖集评标校：《吴梅村全集》，上海古籍出版社1990年版。

（清）方文撰，胡金望、张则桐校点：《方嵞山诗集》，黄山书社 2010 年版。
（清）钱澄之撰，彭君华校点：《田间文集》，黄山书社 1998 年版。
（清）方孝标：《钝斋诗选》，《清代诗文集汇编》第 63 册，上海古籍出版社 2010 年版。
（清）方孝标撰，石钟扬、郭春萍校点：《方孝标文集》，黄山书社 2007 年版。
（清）吕留良：《吕晚村先生文集》，清雍正三年吕氏天盖楼刻本。
（清）魏裔介：《兼济堂文集》，《清代诗文集汇编》第 56 册，上海古籍出版社 2010 年版。
（清）傅山著，陈监批点：《陈批霜红龛集》，山西古籍出版社 2007 年版。
（清）周亮工：《读画录》，西泠印社出版社 2008 年版。
（清）王余佑著，张京华点校：《五公山人集》，华东师范大学出版社 2011 年版。
（清）屈大均：《翁山文钞》，《清代诗文集汇编》第 119 册，上海古籍出版社 2010 年版。
（清）潘耒：《遂初堂集》，《续修四库全书》第 1417 册，上海古籍出版社 2002 年版。
（清）万斯同：《石园文集》，《清代诗文集汇编》第 161 册，上海古籍出版社 2010 年版。
（清）徐乾学：《憺园文集》，《清代诗文集汇编》第 124 册，上海古籍出版社 2010 年版。
（清）李振裕：《白石山房稿》，《清代诗文集汇编》第 159 册，上海古籍出版社 2010 年版。
（清）杨宾撰，柯愈春主编：《杨宾集》，浙江古籍出版社 2012 年版。
（清）朱彝尊著，王利民等校点：《曝书亭全集》，吉林文史出版社 2009 年版。
（清）李颙撰，陈俊民校点：《二曲集》，中华书局 1996 年版。
（清）尤侗撰，杨旭辉点校：《尤侗集》，上海古籍出版社 2015 年版。
（清）王步青：《已山先生别集》，清乾隆敦复堂刻本。

（清）俞长城：《俞宁世文集》，清康熙刻本。

（清）戴名世著，王树民编校：《戴名世集》，中华书局1986年版。

（清）戴名世著，王树民、韩明祥编校：《戴名世遗文集》，中华书局2002年版。

（清）戴名世：《南山集偶钞》，《续修四库全书》第1418册，上海古籍出版社2002年版。

（清）戴名世：《南山集》，《续修四库全书》第1419册，上海古籍出版社2002年版。

（清）方苞著，刘季高校点：《方苞集》，上海古籍出版社2008年版。

（清）方苞著，徐天祥、陈蕾点校：《方望溪遗集》，黄山书社1990年版。

（清）方苞：《抗希堂稿》，清光绪十四年会友书局刊本。

（清）王兆符、程崟传述：《左传义法举要》，抗希堂十六种丛书本。

（明）归有光、（清）方苞：《归方评点史记》，扫叶山房民国二十五年刊本。

（清）李塨：《恕谷后集》，《清代诗文集汇编》第203册，上海古籍出版社2010年版。

（清）刘岩：《大山诗集》《匪莪堂文集》，《清代诗文集汇编》第198册，上海古籍出版社2010年版。

（清）朱书撰，蔡昌荣、石钟扬点校：《朱书集》，黄山书社1994年版。

（清）梁份：《怀葛堂文集》，《清代诗文集汇编》第158册，上海古籍出版社2010年版。

（清）何焯：《义门先生集》，清道光三十年姑苏刻本。

（清）何焯著，崔高维点校：《义门读书记》，中华书局1987年版。

（清）方舟著，方观承辑评：《方百川先生经义》，清乾隆间刻本。

（清）韩菼：《有怀堂诗稿》《有怀堂文稿》，《清代诗文集汇编》第147册，上海古籍出版社2010年版。

（清）王源：《居业堂文集》，清道光十一年读雪山房刻本。

（清）李光地著，陈祖武点校：《榕村全书》，福建人民出版社2013年版。

（清）蓝鼎元：《鹿洲初集》，《景印文渊阁四库全书》第 1327 册，台湾商务印书馆 1986 年版。

（清）方登峄等：《述本堂诗集 宁古塔纪略》，黑龙江大学出版社 2014 年版。

（清）邵廷采著，祝鸿杰校点：《思复堂文集》，浙江古籍出版社 1987 年版。

（清）萧正模：《后知堂文集》，《清代诗文集汇编》第 187 册，上海古籍出版社 2010 年版。

（清）周金然：《砺岩续文部二集》，《清代诗文集汇编》第 126 册，上海古籍出版社 2010 年版。

（清）张伯行：《正谊堂文集》《正谊堂续集》，清乾隆刻本。

（清）张英撰，江小角、杨怀志点校：《张英全书》，安徽大学出版社 2013 年版。

（清）张廷瓘：《张思斋示孙编》，清刻本。

（清）查慎行：《敬业堂诗集》，四部丛刊景清康熙本。

（清）姜宸英：《湛园集》，《景印文渊阁四库全书》第 1323 册，台湾商务印书馆 1986 年版。

（清）施闰章撰，何庆善、杨应芹点校：《施愚山集（四）》，黄山书社 1993 年版。

（清）宋至：《纬萧草堂诗》，《清代诗文集汇编》198 册，上海古籍出版社 2010 年版。

（清）赵执信：《饴山文集》，《清代诗文集汇编》第 210 册，上海古籍出版社 2010 年版。

（清）邵长蘅：《邵子湘全集》，清康熙刻本。

（清）邵廷采著，祝鸿杰校点《思复堂文集》，浙江古籍出版社 1987 年版。

（清）陈兆崙：《紫竹山房文集》，《四库未收书辑刊》玖辑第 25 册，北京出版社 2000 年版。

（清）方楘如：《集虚斋学古文》，《清代诗文集汇编》第 228 册，上海古籍出版社 2010 年版。

（清）全祖望著、朱铸禹汇校集注：《全祖望集汇校集注》，上海古籍出版社2000年版。

（清）李绂：《穆堂别稿》，《续修四库全书》第1422册，上海古籍出版社2002年版。

（清）章学诚：《文史通义》，民国嘉业堂章氏遗书本。

（清）章学诚著，叶瑛校注：《文史通义校注》，中华书局1994年版。

（清）汪中著，李金松校笺：《述学校笺》，中华书局2014年版。

（清）翁方纲：《复初斋文集》，清李彦章校刻本。

（清）韩骐：《补瓢存稿》，清乾隆刻本。

（清）汪缙：《汪子文录》，清道光三年张杓刻本。

（清）杭世骏：《杭世骏集》，浙江古籍出版社2015年版。

（清）汪师韩：《上湖诗文编》，清光绪十二年汪氏刻丛睦汪氏遗书本。

（清）郑燮著，中华书局上海编辑所编：《郑板桥集》，中华书局1962年版。

（清）吴玉纶：《香亭文稿》，清乾隆六十年滋德堂刻本。

（清）焦循：《雕菰集》，清道光岭南节署刻本。

（清）姚鼐著，刘季高标校：《惜抱轩诗文集》，上海古籍出版社1992年版。

（清）姚鼐著，卢坡点校：《惜抱轩尺牍》，安徽大学出版社2014年版。

（清）钱大昕著，吕友仁标校：《潜研堂集》，上海古籍出版社1989年版。

（清）王鸣盛：《西庄始存稿》，清乾隆三十年刻本。

（清）王芑孙：《渊雅堂全集》，清嘉庆刻本。

（清）段玉裁撰，钟敬华校点：《经韵楼集》，上海古籍出版社2008年版。

（清）方东树：《考槃集文录》，《清代诗文集汇编》第507册，上海古籍出版社2010年版。

（清）吴敏树著，张在兴校点：《吴敏树集》，岳麓书社2012年版。

（清）邵懿辰：《半岩庐遗文》，《清代诗文集汇编》第635册，上海古籍出版社2010年版。

（清）曾国藩：《曾国藩全集·读书录》，岳麓书社1989年版。
（清）陈澧：《东塾集》，《续修四库全书》第1537册，上海古籍出版社2002年版。
（清）彭蕴章：《归朴龛丛稿》，清同治刻本。
（清）张文虎：《舒艺室杂著》，清光绪刻本。
（清）萧穆：《敬孚类稿》，清光绪三十三年刻本。
（清）俞樾：《春在堂杂文》，清光绪二十五年刻春在堂全书本。
（清）龚自珍：《龚自珍全集》，中华书局1959年版。
梁启超：《饮冰室全集》，北京出版社1999年版。

（梁）刘勰著，陆侃如、牟世金译注：《文心雕龙译注》，齐鲁书社1995年版。
（宋）严羽著，郭绍虞校释：《沧浪诗话校释》，人民文学出版社1983年版。
（明）袁黄撰，黄强、徐姗姗校订：《游艺塾文规正续编》，武汉大学出版社2009年版。
（明）徐师曾著，罗根泽校点：《文体明辨序说》，人民文学出版社1962年版。
（清）赵翼著，江守义、李成玉校注：《瓯北诗话校注》，人民文学出版社2013年版。
（清）王夫之著，戴鸿森笺注：《姜斋诗话笺注》，人民文学出版社1981年版。
（清）袁枚：《随园诗话》，人民文学出版社1982年版。
（清）吴德旋：《初月楼古文绪论》，人民文学出版社1998年版。
杨钟羲：《雪桥诗话》，民国求恕斋丛书本。
林纾：《春觉斋论文》，人民文学出版社1959年版。
王国维著，滕咸惠校注：《人间词话新注（修订本）》，齐鲁书社1986年版。
陈衍著，郑朝宗、石文英校点：《石遗室诗话》，人民文学出版社2004年版。
丁福保辑：《历代诗话续编》，中华书局1983年版。

丁福保辑：《清诗话》，上海古籍出版社2015年版。
王水照编：《历代文话》第四册，复旦大学出版社2007年版。

（清）蒲松龄：《聊斋志异》，中华书局2009年版。
（清）吴敬梓著，张慧剑校注：《儒林外史》，人民文学出版社1958年版。
（清）曹雪芹等：《红楼梦》，人民文学出版社1982年版
（清）文康：《儿女英雄传》，上海书店1981年据亚东图书馆1932年版印行。
（清）吴趼人著，张友鹤校注：《二十年目睹之怪现状》，人民文学出版社1959年版。

### 今人论著

孟森：《明清史讲义》，中华书局1981年版。
孟森：《明清史论著集刊（全二册）》，中华书局2006年版。
邓之诚：《清诗纪事初编》，上海古籍出版社2012年版。
邓之诚著，栾保群校点：《骨董琐记全编（新校本）》，人民出版社2012年版。
谢国桢：《明清之际党社运动考》，上海书店出版社2006年版。
谢国桢：《明末清初的学风》，上海书店出版社2006年版。
谢国桢：《增订晚明史籍考》，华东师范大学出版社2011年版。
鱼宏亮：《知识与救世：明清之际经世之学研究》，北京大学出版社2008年版。
嵇文甫：《晚明思想史论》，东方出版中心2013年版。
顾诚：《南明史》，光明日报出版社2011年版。
司徒琳著，李荣庆等译：《南明史》，上海古籍出版社1992年版。
朱端强：《万斯同与〈明史〉修纂纪年》，云南人民出版社2012年版。
赵园：《明清之际士大夫研究》，北京大学出版社1999年版.
赵园：《易堂寻踪：关于明清之际一个士人群体的叙述》，江西教育出版社2001年版。

杨念群：《何处是"江南"？清朝正统观的确立与士林精神世界的变异》，生活·读书·新知三联书店2010年版。

饶宗颐：《中国史学上之正统论》，上海远东出版社1996年版。

王汎森：《执拗的低音：一些历史思考方式的反思》，生活·读书·新知三联书店2014年版。

王汎森：《权力的毛细管作用：清代的学术、思想与心态》，联经出版事业公司2013年版。

王汎森：《晚明清初思想十论》，复旦大学出版社2004年版。

姚念慈：《康熙盛世与帝王心术：评"自古得天下之正莫如我朝"》，生活·读书·新知三联书店2015年版。

谢正光：《清初诗文与士人交游考》，南京大学出版社2001年版。

余英时：《方以智晚节考（增订版）》，生活·读书·新知三联书店2004年版。

[法] 戴廷杰：《戴名世年谱》，中华书局2004年版。

邬庆时：《屈大均年谱》，广东人民出版社2006年版。

汤中：《梁质人年谱》，上海书店出版社1992年版。

孟醒仁：《桐城派三祖年谱》，安徽大学出版社2002年版。

陈祖武：《清初学术思辨录》，中国社会科学出版社1992年版。

严迪昌：《清诗史》，浙江古籍出版社2002年版。

严迪昌：《清词史》，江苏古籍出版社1990年版。

马镛：《中国教育制度通史》第5卷，山东教育出版社2000年版。

郗鹏：《清代国子监制度研究》，黑龙江人民出版社2008年版

[日] 内藤湖南：《中国史学史》，马彪译，上海古籍出版社2008年版。

蒙文通：《中国史学史》，上海人民出版社2006年版。

方孝岳：《中国文学批评 中国散文概论》，生活·读书·新知三联书店2007年版。

郭绍虞：《中国文学批评史》，上海古籍出版社1979年版。

钱基博：《中国文学史》，东方出版中心2008年版。

钱穆：《中国文学讲演集》，巴蜀书社1987年版。

钱穆：《中国学术思想史论丛》第八册，九州出版社2011年版。

钱穆：《中国近三百年学术史》，商务印书馆1997年版。

郭豫衡：《中国散文史》，上海古籍出版社1999年版。

［日］佐藤一郎：《中国文章论》，赵善嘉译，上海古籍出版社1996年版。

姜书阁：《桐城文派评述》，商务印书馆1930年版。

王达敏：《姚鼐与乾嘉学派》，学苑出版社2007年版。

魏际昌：《桐城古文学派小史》，河北教育出版社1988年版。

周中明：《桐城派研究》，辽宁大学出版社1999年版。

钱竞、王飙著：《中国20世纪文艺学学术史 第1部》，上海文艺出版社2001年版。

刘咸炘著，黄曙辉编校：《刘咸炘学术论集·史学编》，广西师范大学2007年版。

刘咸炘著，黄曙辉编校：《刘咸炘学术论集·文学讲义编》，广西师范大学2007年版。

刘咸炘：《推十书（增补全本）》己辑，上海科学技术文献出版社2009年版。

皮锡瑞：《经学通论》，中华书局1954年版。

阚红柳：《清初私家修史研究——以史家群体为研究对象》，人民出版社2008年版。

陈永明：《清代前期的政治认同与历史书写》，上海古籍出版社2011年版。

杜维运：《清代史学与史家》，东大图书公司1984年版。

钱仲联：《梦苕庵清代文学论集》，齐鲁书社1983年版。

曹树基：《中国移民史 第五卷》，福建人民出版社1997年版。

钱锺书：《谈艺录》，中华书局1984年版。

鲁迅：《鲁迅全集》第四卷，人民文学出版社2005年版。

夏丏尊、叶圣陶：《文章讲话》，中华书局2007年版。

唐弢：《文章修养》，生活·读书·新知三联书店2007年版。

周振甫：《文章例话》，江苏教育出版社2006年版。

黄强：《八股文与明清文学论稿》，上海古籍出版社2005年版。

孔庆茂：《八股文史》，凤凰出版社2008年版。

［美］本杰明·艾尔曼：《经学·科举·文化史：艾尔曼自选集》，复旦大学文史研究院译，中华书局2010年版。

龚笃清：《明代八股文史探》，湖南人民出版社2005年版。

龚鹏程：《游的精神文化史论》，河北教育出版社2001年版。

魏向东：《晚明旅游地理研究（1567—1644）——以江南地区为中心》，天津古籍出版社2011年版。

尚小明：《学人游幕与清代学术》，社会科学文献出版社1999年版。

杜芳琴、王政主编：《中国历史中的妇女与性别》，天津人民出版社2004年版。

鲍家麟编：《中国妇女史论集》，牧童出版社1977年版。

牟宗三：《牟宗三先生全集》第6册，联经出版事业公司2003年版。

方笑一：《北宋新学与文学——以王安石为中心》，上海古籍出版社2008年版。

涂光社：《因动成势》，百花洲文艺出版社2001年版。

安徽省社会科学院文学研究所、安庆师范学院中文系、淮北煤炭师范学院中文系编：《桐城派研究论文选》，黄山书社1986年版。

# 后　　记

这是我将要出版的第一部学术著作。本书的构想，始于博士学位论文的写作阶段。我的博士论文以方苞的文论思想为研究对象，主要关注的是思想观念的"静态呈现"。当时限于时间、学力，论文对方苞思想的前后期变化，及其与时代学术文化的关系，未能展开充分的论述。为弥补这一缺憾，毕业以后，我又进一步阅读了一些方苞友人及同时代人物的文集，并以"桐城派早期作家群与清初文坛关系研究"为题，申请到了2012年教育部人文社科青年项目。课题结项后，成稿又经修改，最终形成了这样一本小书。

需要向读者说明的是，尽管本书从构思到完成，耗费了较长时间，但现在交出的书稿，尚有不少不尽如人意处。原想设置一章对"土风"也即皖北沿江一带学术、文学传统的论述，但最终因感到难以把握而付之阙如。这一缺憾，希望能在以后的研究工作中进行弥补。此外，因我的博士论文已与安徽大学出版社签订出版合同，将作为"桐城派研究丛书"中的一种出版，为避免内容上的重复，本书对方苞的论述并不全面，请各位读者见谅。

最后，在交稿之际，请允许我向山东大学中文系、中国社会科学院研究生院文学系的各位老师，以及过去学习生涯中给予过我关心支持的所有老师、同学表示衷心的感谢。特别要感谢我的博士生导师党圣元老师，自2002年秋天到北京参加硕士推免考试时与党老师相识，十几年来，党老师一直关心着我的成长，我所取得的每一点进步，都离不开老师的直接指导与帮助。感谢文学所刘跃进老师，在工作以后最感艰难的一段时间里，刘老师的鼓励让我重拾对生活的信心，那些温暖如春风的话语，到现在依然是我最重要的力量来源。感谢文学所王达敏老师、苏州大学罗时进老师，二位老师曾多次对我的学习和研究工作进行过切中肯綮的指导，使我受益匪浅。我的硕士导师钱竞老师是我进入清代思想文化世界的最初的引导者，钱老师已于2012年3月去世，六年多来，一直未能给老师写点什么，借此机会，也向老师表达我深深的怀念。

因为自身的原因，这些年来，我在学业上进步并不大，每次想到老师的期望，都觉得十分愧疚。希望这本小书，能成为一个新的起点，下一本书，能写得更好一些。

本书的出版，得到厦门大学"中央高校基本科研业务费"的资助，在此，向各位批准立项的专家及厦门大学社科处办理此事的领导、老师表示感谢。此外，还要感谢本书责任编辑慈明亮老师对书稿的细致审读；感谢厦门大学中文系古典文学教研室各位老师、同事在日常工作中给予我的帮助；感谢家人一直以来的理解和陪伴。

谨此为记。

师雅惠
2018年6月于厦门